아라비안 나이트 9

The Book of the Thousand Nights and a Night

리처드 F·버턴(Richard Francis Burton)
김병철(金秉喆, 중앙대학교 명예교수·영문학) 옮김

범우사

■ 이 책을 읽는 분에게

　이 책의 영역자 리처드 프랜시스 버턴에 관하여 다소 알 필요가 있다. 우리 나라에서는 그가 《아라비안 나이트》의 영역자(英譯者)로만 알려져 있지만, 구미(歐美)에서는 여러 면에 걸친 공적에 의하여 더 유명하다는 사실을 알아야 한다. 아프리카의 탐험도 그가 최초이며, 그때의 기록인 《동아프리카에 있어서의 최초의 발자취》도 이 방면의 최초로서, 이미 고전적인 명저로 정평이 나 있다. 이슬람교에 관해서는 유럽인 이슬람교도로서가 아니라, 동양인 이슬람교도로서 비로소 메카 순례를 완성했다는 점에서도 버턴이 유일한 사람이었다. 중동 및 아프리카에 관한 그의 저서가 70종에 이르고, 자유롭게 구사할 수 있었던 언어는 35개 국어에 이르렀으니, 언어의 천재라 해도 과언이 아니다.
　다음으로 《아라비안 나이트》가 어느 시대에 완성되었는가를 알 필요가 있다. 여러 이설(異說)이 있기는 하나 대체로 10세기에서 16세기 사이에 성립되었다고 보는 것이 정설이다.
　그리고 또 알아야 할 것은 이슬람교사상에 대한 칭송이다. 인류의 기원이 거기서 비롯되고, 양대 종교, 즉 이슬람교와 기독교와의 싸움도 결국에 가서는 이슬람교의 승리로 끝난다. 이것이야말로 이 작품의 크나큰 주제 의식이라는 것을 알아야 한다. 이와 함께 또하나의 주제 의식은 권선징악(勸善懲惡) 사상이다.

끝으로 특히 이 책의 외설(猥褻) 문제에 관해 독자가 알아두어야 할 점이 있다. 이 작품에서는 단순하고, 소박하고, 어린애들 같은 유치한 외설로서 자연적인 상태를 솔직하게 묘사하는 표현법을 쓰고 있음을 발견할 수 있다. 그것은 마치 짐승들이 백주에 공공연하게 행하는 성행위가 조금도 수치가 아니라 자연스러운 생명력의 표출인 것과 마찬가지로 《아라비안 나이트》가 제작되었을 당시의 아라비아인들의 성관(性觀)은 짐승들의 세계에서 볼 수 있었던 그러한 것이었다. 야화에 점잖은 신사나 귀부인이 얼굴을 붉힐 정도로 적나라한 성적 표현이나 지칭(指稱)이 숨김없이 나오는 것도 바로 이러한 아라비아인의 성관 때문이다. 따라서 그들은 그것을 외설이라고 생각하지 않았으며 조금도 숨길 것이 없는 자연스러운 것이었다. 현대소설에서 작가들은 대개가 성행위는 베일로 덮어두는 것이 보통이지만, 야화는 규방(閨房)에까지 독자들을 이끌고 들어가 화려한 문장으로 성행위 그 자체를 적나라하게 파헤친다.

그러므로 《아라비안 나이트》를 재미있게 읽은 독자라면 야화의 소박한 외설은 호색이라기보다 유희(遊戱)에 가깝다는 버턴의 설명에 찬동할 것이다. 때로 불쾌감을 느끼는 수가 있다 하더라도 그 불순한 정서의 시사(示唆)나 암시를 비난할 수는 없다. 말투는 천하거나 기품이 없지만 정신이 천하지 않다는 것만은 인정할 것이다. 외설은 있지만 결코 남을 타락시키는 요소는 없다.

끝으로 이 작품에서 묘사되어 있는 이슬람교군과 기독교군과의 치열한 전투에 대한 기술은 《일리아드》와 《오딧세이》의 영향을 짙게 받고 있음을 간과해서는 안된다.

옮 긴 이

차 례

■ 이 책을 읽는 분에게 …………………………………………3
□ 주요 등장인물 ………………………………………………8

바그다드의 어부 하리파 …………………………………9
마스룰과 자인 알 마와시프 ……………………………37
알리 누르 알 딘과 미리암 공주 ………………………151
상부 이집트의 사나이와 프랑크 인 아내 ……………314
영락한 바그다드의 사나이와 노예 처녀 ……………322
인도의 쟈리아드 왕과 재상 시마스 …………………336
   생쥐와 고양이 ……………………………………339
   탁발승과 버터 항아리 …………………………345
   물고기와 게 ………………………………………349
   까마귀와 구렁이 …………………………………353

야생 노새와 승냥이 …………………………………… 355
무도한 왕과 순례하는 왕자 …………………………… 358
까마귀와 매 ………………………………………… 362
뱀 부리는 사람과 그의 아내 …………………………… 367
거미와 바람 ………………………………………… 370
두 사람의 왕 ………………………………………… 378
장님과 앉은뱅이 …………………………………… 381
어리석은 어부 ……………………………………… 412
소년과 도둑 ………………………………………… 415
남편과 아내 ………………………………………… 418
상인과 도둑 ………………………………………… 421
승냥이와 늑대 ……………………………………… 425
양치기와 도둑 ……………………………………… 429
자고새와 거북 ……………………………………… 438

아라비안 나이트 9

The Book of the Thousand Nights and a Night

□ 주요 등장인물

샤리야르 왕 '천일야화'를 듣는 사람. 아내인 왕비의 불륜을 목격하고는, 여성에 대한 혐오감 때문에 밤마다 한 처녀와 동침한 뒤, 그 다음 날 아침이면 처녀를 처형한다.

샤라자드 '천일야화'를 이야기하는 사람. 대신의 큰 딸로 샤리야르 왕의 신부가 되어, 밤마다 이어지는 이야기를 왕에게 들려준다.

마스룰 돈많은 상인으로 또한 당대의 미남자인 마스룰은 어느날 꿈속에서 본 비둘기의 모습을 못잊어 애를 태우다가 비둘기의 정체를 알게 된다. 알 마와시프라는 비둘기로 변신한 처녀를 보자 반한 마스룰은 온갖 고초를 겪으면서 그녀를 찾아 모험의 길을 나선다.

알리 누르 알 딘 카이로의 부유한 상인의 아들로써 유복하게 자라는데, 어느날 친구들의 꼬임에 빠져 환락의 화원으로 놀러간다. 미리암 공주를 알게 되어 그녀의 사랑을 얻고자 재물을 모두 탕진한다.

쟈리아드 왕 인도의 권세 높은 왕으로 재상 시마스와 함께 꿈속에서 본 나무 이야기를 하면서 꿈의 해몽을 부탁한다. 그러자 시마스는 왕이 꿈의 아들을 갖게 될 꿈이라면서 재미 있는 많은 이야기를 왕에게 들려준다.

바그다드의 어부 하리파
(브레스라우판에 의한)

　옛날 옛적, 아주 먼 옛날에 바그다드의 도성에 하리파라는, 아주 달변가였지만 운을 타고나지 못한 한 어부가 있었습니다.
　어느 날 하리파는, 자기의 조그만 방에 틀어박혀 여러 가지로 궁리하다가 이렇게 혼잣말을 했습니다. '영광되고, 위대하신 신 알라 외에 주권 없고, 권력 없도다! 나는 도대체 주 앞에서 어떠한 죄를 저질렀다는 말이냐! 넓고도 넓은 바그다드의 성내에 나만큼 솜씨좋은 어부는 없는데 동료들 사이에서 나만큼 불운하고 더러운 팔자를 타고난 놈도 없으니 이 어찌된 셈일까?'
　그런데 이 사나이는 입구의 문도 없는 폐옥의 대상객주, 즉 주막집에 살고 있었으며, 고기잡이를 나갈 때에도 고기바구니와 칼 같은 것은 가지고 가지 않고, 그물만을 어깨에다 메고 가는 습관이 있었습니다. 이웃 사람들은 그 모습을 흘깃흘깃 바라보고서 "여보, 하리파, 잡은 고기는 어디다 넣으려고 고기바구니를 안가지고 가는 거요?" 하고 물으면 본인은 으레 "갈 때에도 빈 손, 돌아올 때에도 빈 손이야. 웬일인지 나에게는 고기가 한 마리도 안 잡힌다니까." 하고 대답했습니다.
　어느 날 밤, 하리파는 아직 먼동도 트기 전에 잠자리에서 나와 그물을 어깨에 메고 하늘을 우러러보며 말했습니다. "저의 알라시여, 이무란의 아들 모세를 위하여 바다를 진압하신 신이시여, 제발 오늘은 하루분의 먹을 것을 희사해주십시오. 당신은 빵을 주시는 분들 가운데에서도 가장 훌륭한 분이시니까."

그러고 나서 티그리스 강으로 나아가 그물을 펴가지고 이것을 강 속으로 던진 다음 가라앉기를 기다렸다가 슬슬 잡아당겨 육지로 끌어올렸습니다. 그러자 뜻밖에도 죽은 개가 한 마리 걸려 있었습니다.

하리파는 시체를 던져버리면서 투덜거렸습니다. "제기랄, 아침부터 재수가 없군! 묵직하기에 좋아했더니 좋아한 것도 일순간 그게 죽은 개라니, 무슨 마수가 이꼴이람!" 그러고 나서 그물 찢어진 데를 고쳐가지고 "꼭 저 썩은 고기 뒤에는 큰 고기가 잡힐 거야. 냄새를 맡고 고기들이 몰려들 테니 말이야." 하고 말하면서 또다시 그물을 던졌습니다.

잠시 후에 끌어올려 보니까 안에는 낙타 무릎 뼈가 걸려 있고, 게다가 그물이 여기저기 찢어져 있었습니다. 하리파는 찢어진 그물을 보고 눈물을 흘리면서 외쳤습니다. "영광되고 위대하신 신 알라 외에 주권 없고 권력없도다! 모닥불에 구워 먹으려고 생각했는데 망둥이 새끼 한 마리 걸리지 않다니 도대체 내가 무슨 나쁜 짓을 했길래 이꼴이람? 이처럼 내가 운이 나쁜 것은 도대체 어떻게 된 일일까? 자랑은 아니지만 나만한 어부는 이 바그다드 시중을 다 뒤져도 없을 텐데."

그러고 나서 비스밀라를 외우고 세 번째로 그물을 던지고서 잠시 후에 육지로 끌어올려 보니 이번에는 앞다리에 상아 지팡이를 짚은 한 눈이 먼, 옴투성이에다 절름발이인, 눈 뜨고는 차마 볼 수 없이 추하게 생긴 원숭이가 한 마리 걸려 있지 않겠습니까.

하리파는 이것을 보자, 말했습니다. "이거 어째 재수가 트이려나 본데! 야, 원숭이야 넌 도대체 누구냐?" "날 몰라?" "알게 뭐야! 알아서 뭘 해?" "난 당신의 원숭이야!" "그래서 무슨 소용에라도 닿는다는 건가?" "매일 아침, 당신에게 안녕하세요, 하고 인사하지. 그러면 신께서는 당신에게 나날의 양식의 문을 열어주지 않으실 거야."

"이 재수없는 애꾸놈아! 틀림없이 너 같은 놈에게는 알라의 축복이 없도록 기도드릴 테다! 무슨 수를 써서라도 네 놈의 성한 한쪽 눈을 도려내고, 성한 한 쪽 다리를 부러뜨려놓지 않고서는 직성이 안 풀리겠어. 그렇게 해놓으면 네놈은 장님이 되어 쓸모없는 놈이 되고 말겠지. 그런데 손에 들고 있는 그 지팡이는 무엇에 쓰는 거냐?"

"이봐, 하리파, 당신 그물에 고기가 들지 말라고 이걸로 놀라게 해주는 거야." "그런가? 옳지, 그렇다면 내일을 기다릴 것도 없이 지금 당장 혼을 내주고 실컷 고통을 가해줄 테다. 미안하지만 뼈와 살을 발라내어 저승으로 보내주겠다!"

그렇게 말하면서 어부 하리파는 허리에 매었던 새끼줄 한 가닥을 풀어서 원숭이를 옆에 있는 나무에 묶어놓고 "이봐, 망나니 원숭이놈! 나는 다시 한 번 그물을 던질 생각이다. 무엇인가 걸리면 그땐 괜찮지만 만일 걸리지 않는 날에는 정말 단단히 혼을 내준 다음 숨통을 막아서 천당으로 보내주겠다. 이 고약한 원숭이야!"

하리파가 그물을 던졌다가 끌어당겨 보니 또다시 원숭이가 한 마리 걸려 있었습니다. "이거 사람 죽겠는데! 난 옛날부터 티그리스 강에서 고기만 잡아왔는데, 오늘 따라 잡히는 것이라곤 원숭이뿐이구나!"

그러고 나서 두 번째의 원숭이를 잘 보니 모습이 예쁘고, 얼굴은 둥글며, 귀에는 금 귀걸이를 걸고, 허리에는 푸른 허리띠를 두르고, 마치 불을 켠 초 같은 모양을 하고 있었습니다. 하리파는 물었습니다. "너도 원숭이로구나 도대체 너는 뭐냐?" 그러자 그 원숭이는 "저, 하리파 양반, 나는 교주님의 단골 유태인 환전꾼 아브 알 사다트의 원숭이입니다. 매일 내가 주인에게 안녕하십니까, 하고 말하면 금화 열 닢을 번답니다." 그러자 어부는 외쳤습니다. "정말 너는 훌륭한 원숭이다. 저기 있는 재수 없는 원숭이와는 근본이 달라!"

그렇게 말하면서 하리파는 몽둥이를 집어들고 나무에 매어 둔 원숭이의 배를 때려 마침내는 늑골을 부러뜨렸기 때문에 원숭이는 아파서 죽는다고 펄펄 뛰었습니다. 이 모습을 보고 있던 또 한 마리의 원숭이는 "여보세요, 하리파님, 그놈을 때려 죽여본댔자 무슨 소용이 있습니까?" 하고 말하자, 하리파는 대답했습니다. "그럼, 어떻게 하면 좋지? 저놈을 놓아주면 저 건방진 얼굴로 고기를 쫓아버리고, 아침 저녁으로 인사를 하는 통에 결국 내게는 날마다의 양식의 문조차 열리지 않게 될 게 아니냐. 그러니 안되겠어. 나는 이놈을 죽여서 액땜을 한 다음 대신 너를 갖겠다. 그렇게 하면 매일 아침 안녕하십니까, 하는 인사를 받을 때마다 나는 10디나르를 벌게 될 게 아니냐!"

그러자 잘생긴 원숭이는 대답했습니다. "그것보다 더 좋은 방법을 가르쳐드리겠어요. 만약 내 말을 들어주시면 당신은 편히 살 수 있고, 또 나도 저 원숭이 대신으로 당신 것이 되겠어요." "어떻게 하라는 거야?" "다시 한 번 그물을 던져보세요. 그렇게 하면 아무도 보지 못한 굉장한 고기가 한 마리 잡힐 거예요. 그 고기를 어떻게 하느냐에 관해서는 나중에 가르쳐드릴게요." "이봐, 너도 조심해. 내가 그물을 던져서 만일 세 번째도 원숭이가 들어 있다면 나는 너희들 세 놈 다 잘라서 여섯 조각으로 만들고 말 테니." 그러자 두 번째 원숭이는 대답했습니다. "하리파 씨, 좋아요. 그렇게 되어도 아무런 이의가 없어요."

그래서 하리파는 그물을 던졌다가 끌어당겼습니다. 그러자 그물에는 머리가 둥근, 마치 우유 짜는 통처럼 생긴 아름다운 돌잉어가 한 마리 걸려 있지 않겠습니까. 그것을 본 하리파는 기절할 만큼 놀라면서 신이 나서 외쳤습니다. "이건 근사한데! 이 예쁜 고기는 뭐라는 고기지? 저 원숭이놈이 강 속에 있었다면 이것도 잡히지 않았을 게 아니냐."

잘생긴 원숭이가 "여보시오, 하리파 씨, 내 충고를 들으면 당신은 부자가 돼요." 하고 말하니 어부는 "힘들 것 없어. 이제부터 네가 하는 말에 절대로 반대하지 않으마!" 그러자 원숭이는 말했습니다. "그렇다면 풀을 조금 뜯어서 고기바구니 안에 깔고, 그 위에 고기를 놓고 그 위를 풀로 덮으세요. 그러고 나서 야채가게에 가서 질리꽃을 조금 사다가 물고기 입에 물려두도록 하세요. 그리고 손수건이라도 위에 덮어 바그다드의 시장거리를 빠져나가는 거예요. 누가 사겠다는 사람이 있어도 팔지 말고 자꾸만 앞으로 나가면 보석상과 환전꾼의 시장거리로 나옵니다. 그러면 오른쪽 가게를 다섯 채 지나서 여섯 번째 가게가 교주님의 단골 환전꾼인 유태인 아브 알 사다트의 가게입니다. 당신이 주인 앞으로 가면 '무슨 일이오?' 하고 물을 거예요. 물으면 '나는 어부인데, 나리 이름을 외우면서 그물을 던졌더니 이런 훌륭한 돌잉어가 걸렸기 때문에 드리려고 가지고 왔어요.' 하고 대답하라구요. 만일 돈을 주거든, 많건 적건 간에 받아서는 안됩니다. 받으면 앞으로의 계획이 엉망이 되고 마니까요. 돈은 받지 말고 이렇게 말하라구요. '나는 나리에게 단 한 마디 해주십사 하는 말이 있습니다. 즉 말입니다. 내 원숭이를 네 원숭이와 바꾸고 내 운수와 네 운수를 바꾸겠다, 라고요.' 만일 유태인이 그렇게 말하면 그 물고기를 주시라구요. 그러면 나는 당신 원숭이가 되고, 이 절름발이에다 옴쟁이에다 애꾸눈의 원숭이는 유태인의 것이 되는 것입니다."

"말 잘했어." 하리파는 그렇게 대답하고는 곧장 바그다드를 향하여 길을 떠나 원숭이가 하라는 대로 했습니다. 얼마 지나지 않아 유태인의 가게에 당도하니 그 환전꾼은 내시와 시동들에게 둘러싸여 지시도 하고, 돈을 주고받고 하면서 가게에 앉아 있었습니다.

그래서 하리파는 고기바구니를 내려놓고 말했습니다. "여보시오, 유태인 나리, 나는 어부인데, 오늘 티그리스 강에 가서 나리의 이름을 외우고서 '이것은 아브 알 사다트님의 재수보기다.' 하고 외치고 그물을 던졌어요. 그랬더니 이 돌잉어가 걸렸길래 나리에게 드리려고 가지고 왔습니다."

그러고 나서 풀 덮은 것을 쳐들고 유태인에게 보이니 상대방은 그 근사한 모양에 깜짝 놀라며 말했습니다. "최고 지상하신 조물주의 훌륭한 조화를 칭송할지어다!" 주인은 어부에게 1디나르 내밀었지만 하리파가 거절했으므로 이번에는 2디나르를 주려고 했습니다. 그러나 이번에도 거절당했으므로 점점 사례금은 올라가 끝내는 10디나르가 되고 말았습니다. 그래도 하리파가 받지 않았으므로 아브 알 사다트는 말했습니다. "정말 자네는 욕심꾸러기구먼. 자, 말해봐, 도대체 자넨 얼마를 내라는 것이야?"

그러자 하리파가 대답했습니다. "난 말입니다. 나리에게서 한 마디만 들으면 됩니다." 유태인은 이 말을 듣더니 안색을 바꾸며 말했습니다. "자네는 내 신앙을 바꾸어놓자는 건가? 어서 돌아가!" "아니오, 그렇지 않습니다. 유태인 나리가 이슬람교도가 되건 나렛교도가 되건 그런 것은 아무래도 상관없습니다." 유태인이 물었습니다. "그럼, 도대체 뭐라고 해주면 좋겠다는 건가?" "'나의 원숭이를 자네 원숭이와 바꾸고 나의 운수를 자네 운수와 바꾼다.' 하고 말씀해주십시오."

유태인은 상대방을 못난 놈이라 생각하고 비웃으면서 농담조로 말했습니다. "내 원숭이를 네 원숭이와, 내 운수를 네 운수와 바꾼다. 여보시오, 상인들, 나의 증인이 되어주시오! 가엾은 사람이군, 이제 자네는 나한테서 아무것도 받긴 틀렸어!"

하리파는 발길을 돌리고 스스로를 책하면서 말했습니다. "영광되고 위대하신 신 알라 외에 주권 없고 권력 없도다! 모처럼 생긴 돈을 놓쳐버렸구나!" 그리고 돈을 받지 않은 자신을 저주하면서 티그리스 강으로 돌아왔습니다. 그런데 그 두 마리의 원숭이는 어디 갔는지 흔적도 보이지 않으므로 눈물을 흘리고 자기 얼굴을 때리거나, 얼굴에 개흙을 바르거나 하면서 "두 번째 원숭이놈에게 깜빡 속지 않았다면 애꾸눈의 원숭이도 놓치진 않았을 텐데." 하고 한탄했습니다.

하리파는 한동안 비탄에 젖어 있었으나 그러는 사이 더위와 배고픔에 지쳐 그물을 집어들고 "자, 다시 한 번 알라의 은혜를 빌고서 그물을 던져보자. 재수가 좋아 메기나 돌잉어가 걸리면 구워 먹어야지." 하고 중얼거렸습니다.

그래서 그물을 던지고 가라앉을 때까지 기다렸다가 둑으로 끌어당겨 보니 그물 안에 고기가 잔뜩 들어 있었습니다. 하리파는 아주 신이 나서 정신없이 그물에서 고기를 떼어 땅바닥으로 던졌습니다.

이윽고 그곳으로 아낙네 하나가 "거리에는 물고기라고는 한 마리도 없어." 하고 큰 소리로 말하면서 고기를 사러 왔습니다. 그리고 하리파의 모습을 보자, "어부 아저씨, 이 고기 파실 거예요?" 하고 물었습니다. 하리파가 "나는 이놈을 옷으로 바꾸려던 참이에요. 모두 팔 거예요. 내 수염까지도(아무에게나 하는 카이로의 최하층 사람들의 농담). 원하는 대로 가지고 가세요."

그래서 아낙네가 1디나르 내놓자 하리파는 고기를 한 바구니 잔뜩 넣어서 주었습니다. 아낙네가 떠나자, 또 불쑥 다른 하녀가 와서 1디나르분의 고기를 사갔습니다. 그 뒤 계속 끊임없이 손님이 오고 어느덧 오후의 기도시간이 되어 돈을 세어보니 고기의 매상고는 10디나르나 되었습니다.

기진맥진하고 허기진 하리파는 주린 배를 끌어안고 그물을 집어서 어깨에다 메고 시장으로 갔습니다. 그리고 털 덧옷과 차양이 달린 모자, 그리고 노르스름한 두건을 사서 1디나르를 내고, 9디르함의 거스름돈을 받았습니다. 그래서 이번에는 그 거스름돈으로 튀긴 치즈와 기름이 오른 양의 꼬리와 벌꿀을 사서 이것을 큰 접시에 수북이 담아가지고, 배가 너무 불러서 가슴이 서늘해질 때까지 먹어치웠습니다.

그러고 나서 덧옷을 입고, 노르스름한 두건을 쓰고, 입에는 아홉 개의 금화를 물고서 난생 처음 맛보는 행운에 취해 터벅터벅 창고인 자기 숙소로 돌아왔습니다. 방에 들어가자마자 곧 잠자리에 들었지만 마음에 걸려 도무지 잠이 오지 않았습니다. 날이 밝을 때까지 돈을 만지작거리면서 속으로 생각하기를 "어쩌면 교주님이 내가 돈을 가지고 있다는 소문을 듣고 자파르에게 말할지도 몰라. '어부 하리파네 집에 가서 돈을 좀 꾸어 오너라.'라고. 빌려준다고 해도 그건 쉬운 일이 아니고, 내놓지 않으면 혼날 테고. 그러나 현금을 내놓기보다는 차라리 벌을 받는 편이 낫다. 그럴 경우 내 몸이 채찍 같은 것을 참아낼 수 있을지 어떨는지 어디 일어나서 한번 시험해 보자."

그래서 옷을 벗고 백육십 가닥이 진 선원용 가죽 채찍을 손에 들고 연방 자기 몸을 때렸습니다. 나중에는 온몸이 피투성이가 돼 비명이 저절로 나올 지경이었습니다. "오, 이슬람교도 양반, 나는 가난뱅이입니다! 오, 이슬람교도 양반, 저에게 어디서 금화 같은 것이 생기겠습니까?"

마침 같은 객주에 들어 있는 이웃 사람들은 "부잣집에 가서 받으시오." 하고 고함을 지르는 어부의 목소리를 듣고 도적이 들어와서 강제로 돈을 약탈하고 있어, 어부가 구원을 청하고 있는 것이라고 생각했습니다.

그래서 모두들 무기를 손에 들고 달려왔습니다만, 방문에는 자물쇠가 채워져 있고 안에서는 연신 죽겠다고 구원을 청하는 소리가 들려왔으므로 이것은 분명히 도둑이 평지붕으로 침입했음에 틀림없다고 생각했습니다. 그들은 몸을 부딪쳐 문을 깨뜨리고 안으로 우우 밀려들어갔습니다. 들어가 보니 하리파는 몸에 실오리 하나 걸치지 않은 알몸으로 머리에는 아무것도 쓰지 않고, 몸에서 뚝뚝 피를 흘리면서 보기에도 처참한 모습을 하고 있습니다.

그들은 물었습니다. "아니, 이 꼴이 뭐야? 오늘밤 자네는 돌았나, 아니면 도깨비에라도 홀렸나?" 그러자 하리파가 대답했습니다. "아니야, 그렇지 않아. 난 말이요, 사실은 금화를 벌었는데 교주님이 날더러 그 돈을 꾸어달라고 사람을 보내면 어떻게 하나 하고 걱정이 된 거야. 얼마라도 내놓기란 정말 가슴이 아파서 할 수 없는 노릇이거든. 그러나 내놓지 않으면 고생을 치르게 될 것은 뻔한 노릇 아닌가. 그래서 내 몸이 채찍에 견디어낼 수 있는가 시험해보는 거야."

그들은 그 말을 듣고 말했습니다. "부디 알라께서 자네 몸을 지켜주시지 말기를! 정말 불쌍한 미치광이구먼. 자, 드러누워서 잠이나 자! 그런데 글쎄, 자넨 교주님이 오셔서 돈을 꾸어달라고 하실 거라고 하지만 도대체 몇천 디나르라도 가지고 있는 건가?" "알라께 맹세코, 9디나르 밖에 가진 게 없어." 그러자 모두는 어이가 없어서 말했습니다. "정말 이 친구, 큰 부자이구먼!"

 이윽고 그들은 어부의 어이없는 어리석은 행동에 혀를 차면서 돌아갔습니다. 혼자 남은 하리파는 돈을 누더기에 싼 다음 혼잣말을 했습니다. '이 큰 돈을 어디에 감추어두면 좋담? 땅속에다 묻으면 도둑맞을 것이고, 남에게 맡기면 맡지 않겠다고 할 것이고, 두건에 넣고 다니면 채어갈 것이고, 그렇다고 해서 옷 속에다 꿰매면 도려낼 것이고.' 그때 문득 하리파는 덧옷 가슴에 조그만 호주머니가 달려 있는 것을 보고 말했습니다. "됐다. 이거 잘됐군! 목 바로 아래라 입에 가깝군. 누가 빼앗으려고 하면 입에다 물고 목에다 감출 수 있겠다."

 그래서 하리파는 돈을 싼 누더기를 가슴 호주머니에 넣고 자리에 누웠습니다. 그러나 그래도 역시 불안하고 가슴이 설레고 마음이 놓이지 않아 한잠도 못자고 뜬눈으로 하룻밤을 새웠습니다.

 이튿날 아침, 하리파는 객주집을 나와 고기잡이를 할 작정으로 티그리스 강으로 나가 무릎이 닿는 데까지 물 속으로 들어갔습니다. 그러고 나서 그물을 던지고 힘껏 이것을 흔들었습니다. 그러자 그 바람에 돈지갑이 물 속으로 풍덩 떨어진 것입니다. 그래서 하리파는 덧옷이고 두건이고 모두 벗어버리고 "영광되고 위대하신 신 알라 외에 주권 없고 권력 없도다!" 하고 외우면서 그 뒤를 좇아 물 속으로 뛰어들어갔습니다.

 물 속으로 들어가서 강바닥을 뒤지고 있는 동안 어느 사이에 해도 절반이나 기울었는데도 그래도 아직 돈지갑은 눈에 띄지 않았습니다. 그때 한 사나이가 멀리서 물 속에 가라앉기도 하고, 뛰어들기도 하고 있는 어부의 모양과, 강둑에다 덧옷과 두건을 벗어놓은 것을 보았습니다. 아무도 옆에 없다는 것을 안 그 사나이는 어부가 물 속에 잠긴 틈을 타서 그 옷을 훔쳐가지고 걸음아 날 살려 라 하고 도망쳤습니다.

얼마 후에 하리파는 돈지갑을 포기하고 육지에 올랐는데 벗어놓 았던 덧옷과 두건이 간 데가 없으므로 이를 갈면서 분해했습니다. 그래서 언덕으로 올라가 누가 지나가면 물어보려고 생각했습니다 만 공교롭게도 누구 하나 지나가는 사람이 없었습니다.

이야기가 바뀌어, 하룬 알 라시드 교주는 때마침 그날 사냥에 나가 있었습니다. 한낮의 더위 속에 귀로에 오르고 있었는데, 날씨 도 더운 데다 목이 말라 견딜 수가 없었습니다. 그래서 마실 물이 없을까 하고 주위를 두리번거리며 찾고 있자니까 언덕 위에 발가 벗은 사나이가 하나 우뚝 서 있는 것이 눈에 띄었습니다. 동행한 자파르에게 "내 눈에는 보이는데 그대 눈에도 저게 보이나?" 하고 교주가 물으니 대신은 대답했습니다. "네, 충성된 자의 임금님, 언 덕 위에 웬 사나이가 하나 서 있군요." "누굴까?" "아마 오이밭 파수꾼일 테죠." 그러자 교주는 말했습니다. "혹은 수도자일지도 몰라. 내가 혼자 가보지. 기도를 해달라고 해야겠어. 그대들은 여기 에서 기다리고 있거라." 교주는 하리파의 옆으로 오자, 손을 이마 에 얹고 인사를 하고는 물었습니다. "여봐라, 그대는 누구인가?" 어부는 그 물음에 답하여 "여보, 날 모르시오? 어부 하리파요." "뭐라고? 털 덧옷과 벌꿀빛 두건을 쓴 어부라는 건가?"

하리파는 상대방 사나이가 도둑맞은 옷 이야기를 했으므로 혼자 속으로 생각했습니다. '내 옷을 훔친 놈은 이놈이구나. 이놈은 나 를 분명히 놀리고 있어.' 그래서 언덕을 달려내려가서 말했습니다. "네놈이 이런 못된 장난을 치니까 낮잠도 잘 수가 없지. 나는 분 명히 이 눈으로 네놈이 옷을 훔쳐가는 것을 보았어. 나를 놀리고 있는 것도 알고 있고."

이 말을 듣고 교주는 자기도 모르게 웃음이 터져나왔습니다. "어떤 옷을 잃었다는 건가? 이봐, 하리파, 그대가 말하는 그런 건 나에게는 전혀 기억이 없어." 어부는 외쳤습니다. "위대한 신에게 맹세코 나에게 그걸 돌려주지 않으면 이 몽둥이로 네놈 갈비뼈를 분질러놓겠다!"(그도 그럴 것이 하리파는 항상 몽둥이를 몸에 지니고 다녔던 것입니다.)

"알라께 맹세코, 나는 그대가 말하는 그런 물건 같은 것은 한번도 본 적이 없어!" "나는 너와 함께 가서 네가 살고 있는 집을 확인해가지고 경비대장에게 고소하겠다. 그렇게 하면 다시는 나에게 장난을 치지는 않을 테지. 아무리 생각해도 내 덧옷과 두건을 훔친 놈은 너밖에 없어. 자, 지금 내놓으면 좋고, 내놓지 않으면 타고 있는 노새 등에서 떨어뜨려 꼼짝도 못할 정도로 네 머리를 이 몽둥이로 때려주겠다!"

그러면서 하리파는 노새의 고삐를 확 잡아당겼으므로 노새는 뒷다리로 우뚝 일어섰습니다. 교주는 '이 미치광이 때문에 봉변을 당하겠는 걸!' 하고 중얼거리면서 자기가 입고 있던 1000디나르나 하는 덧옷을 벗어주면서 하리파에게 말했습니다. "그대 옷 대신으로 이걸 받아주게."

하리파는 그것을 받아들자 곧 입어보았으나 너무 커서 맞지 않았습니다. 그래서 무릎 있는 데까지 짧게 잘라서 자른 자락을 두건 대용으로 머리에 감았습니다. 그러고 나서 교주에게 "당신은 도대체 누구요? 뭐 하는 사람이요? 아니야, 물을 것도 없어, 나팔수가 뻔해." 하므로 알 라시드 교주는 물었습니다. "내 직업이 나팔수라는 건 어떻게 알았소?" "코가 크고 입이 작으니까 그렇잖아."

교주가 "잘 맞췄어! 바로 그것이 내 직업이야." 하고 외치자 하리파는 다시 "자네가 내 말을 잘 들으면 고기잡는 법을 가르쳐주지. 나팔 부는 것보다 훨씬 나을 테고, 누구에게 머리 숙일 것도 없고, 밥은 먹을 수 있다니까." "배울 수 있을지 없을지 한번 해볼 생각이니 가르쳐주게." "그럼, 나팔수 양반, 날 따라와."

그래서 교주는 어부를 따라 강으로 내려가 하리파에게서 그물을 받아들고 던지는 방법을 배웠습니다. 그러고 나서 그물을 던지고 끌어올리려 했으나 너무 무거워서 끄떡도 안합니다. 어부는 옆에서 말했습니다. "여보, 나팔수 양반, 암초에라도 걸렸으면 너무 잡아당기면 안돼. 그러다간 그물이 찢어지니까 말이야. 찢어지기라도 해봐, 당신 노새를 빼앗을 테니까."

교주는 상대방의 이야기를 듣고 웃으며 조금씩 그물을 끌어당겨 마침내 강둑까지 끌어올렸습니다. 그 안에는 고기가 우글우글 걸려 있었습니다. 하리파는 그것을 보고 신이 나서 외쳤습니다. "이거 근사하군, 나팔수 양반, 당신은 고기 복이 많구려! 죽을 때까지 당신을 붙잡고 있어야겠다! 그런데 말이야, 당신, 어시장에 좀 갔다와. 어물상 후마이드의 가게를 찾아가서 우리 스승 하리파가 당신에게 안부드린다고 전해줘. 그러고 나서 어제보다 훨씬 더 고기를 많이 잡았으니 큰 바구니 둘 하고 칼 하나만 보내달라고 말해. 자, 단숨에 달려가서 냉큼 돌아오라구!"

교주는(실은 웃고 있었습니다만) 천연덕스럽게 "알았어요, 스승님!" 하고 대답하고는 노새에 뛰어올라 자파르 있는 데로 돌아갔습니다. "도대체 어떻게 된 것입니까? 이유를 들려주십시오." 자파르의 물음에 교주는 어부 하리파와의 일의 자초지종을 들려준 다음 맨 마지막으로 덧붙였습니다. "그 사나이는 지금 바구니를 가지고 내가 돌아오기를 기다리고 있다. 나는 이제부터 비늘 뜯는 방법과 창자 들어내는 방법을 그 사나이한테서 배우려고 생각하고 있다." "그러시다면 소신도 전하를 모시고 가서 비늘 처리 방법과 가게 청소를 하겠습니다."

그런 이야기를 하고 있던 중, 교주가 갑자기 큰 소리로 말했습니다. "여봐라, 자파르, 그대에게 부탁이 있는데, 젊은 백인 노예들에게 '저기 있는 어부에게서 고기를 한 마리 가지고 오면 1디나르 주겠다.'고 하여 고기를 구해오지 않겠나. 나는 내가 손수 잡은 고기가 먹고 싶어 죽겠다."

그래서 자파르는 젊은 백인 노예들에게 교주의 말을 전하고, 어부가 있는 곳도 가르쳐주었습니다. 그들은 곧 하리파에게로 달려들어 고기를 빼앗았습니다. 고기를 빼앗긴 하리파는 겨우 남아 있는 고기 두 마리의 싱싱한 모습을 바라보자 이건 필시 눈동자 검은 천국의 처녀들일 것이라 생각하고, 그 물고기를 움켜쥐자 강물 속으로 뛰어들었습니다. 그러고는 "오, 알라시여, 이 고기의 이상한 힘을 두고 제발 저를 용서해주십시오!" 하고 기도를 올렸습니다. 그런데 그곳에 또 갑자기 내시 우두머리가 와서 고기를 찾아다녔습니다. 그러나 고기는 한 마리도 없었습니다. 이윽고 하리파가 손에 두 마리의 고기를 움켜쥐고 물 속에 잠겼다 떠올랐다 하고 있는 모습을 본 내시 우두머리는 하리파를 불렀습니다. "여보, 하리파, 당신은 거기 뭘 가지고 있는가?" "물고기 두 마리." "나에게 주면 100디나르 주지."

하리파는 100디나르라는 말을 듣자, 물 속에서 나와 외쳤습니다. "그럼 100디나르 이리 줘." "알 라시드 교주의 궁전까지 따라와. 그 후에 줄 테니, 알았지 하리파." 내시 우두머리는 고기를 받아들자 얼른 교주의 궁전으로 돌아갔습니다.

한편 하리파도 바그다드로 돌아왔습니다. 그리고 무릎이 드러나게 껑충한 교주의 덧옷을 입고 잘라낸 조각을 칭칭 머리에 감고, 허리에는 새끼를 두른 모습으로 도성의 큰길 한가운데를 여봐라는 듯이 뽐내며 걸었습니다.

거리의 사람들은 그 모습을 보고 깜짝 놀라기도 하고, 웃기도 하면서 이구동성으로 말했습니다. "자네는 도대체 어디서 그 어의를 얻은 건가?" 그러나 하리파는 시침을 딱 떼고 "알 라시드의 집은 어디요?" 하고 물으면서 자꾸만 걸어갔습니다. "알 라시드의 궁전이라고 하는 거야?" 사람들이 말하자, 하리파는 "이러나저러나 마찬가지야." 하고 되받으면서 또다시 자꾸만 걸어갔습니다. 그리하여 겨우 교주의 궁전에 당도했습니다.

그런데 도중 그 덧옷을 만든 재봉사가 가게 입구에 있다가 하리파가 입고 있는 덧옷을 보고 말을 건넸습니다. "당신은 몇 해나 궁전에 출입하고 계슈?" "어렸을 때부터 쭉." "못쓰게 만들어버리긴 했지만 그 덧옷은 어디서 구하셨소?" "내 나팔수가 준 것이오."

하리파가 궁전 문에까지 오자, 아까 그 내시 우두머리가 두 마리 고기를 옆에 놓고 앉아 있었는데, 하리파는 내시의 피부 색깔이 새까맣기 때문에 이렇게 말했습니다. "울금향 나리, 100디나르 주시오." "주고 말고, 하리파." 상대방이 그렇게 대답한 그 순간, 대신 자파르가 교주의 어전에서 퇴궐하는 도중에 어부가 내시 우두머리를 상대로 하여 "이것은 친절에 대한 보답이라는 거요. 여보, 울금향 양반." 하고 지껄이고 있는 것을 보게 되었습니다. 그래서 자파르는 곧장 알 라시드의 궁전으로 돌아가서 아뢰었습니다. "오, 충성된 자의 임금님, 전하의 스승인 어부가 와서 내시 우두머리더러 100디나르 빚진 것을 내라고 재촉하고 있습니다." "여봐라, 자파르, 곧 이리 데리고 오너라." 교주가 외치자 대신은 "알았습니다." 하고 대답했습니다.

　자파르는 어부에게로 가서 말했습니다. "여보, 하리파, 그대 제자인 나팔수가 이리 오라고 부르시네." 하고 대신이 앞서니 어부도 그 뒤를 따라 이윽고 알현실로 들어갔습니다. 그곳에는 교주가 머리 위에 천개(天蓋)를 두른 옥좌에 앉아 있었습니다. 하리파가 안으로 들어가니 알 라시드는 세 개의 두루마리에 글씨를 적어 어부 앞에 늘어놓았습니다. 어부가 "그런데 그건 뭐야, 당신은 나팔수를 그만두고 점쟁이가 됐구먼!" 하고 말하니 교주는 "한 개만 뽑아 봐." 하고 말했습니다.

　그런데 맨 처음 두루마리에는 '금화 1디나르를 줄지어다.' 두 번째의 그것에는 '100디나르를 줄지어다.' 세 번째에는 '채찍 100대를 줄지어다.'라고 적혀 있었던 것입니다. 하리파는 손을 뻗어 이것을 받았는데, 운명의 장난이라고나 할까요. '100대의 채찍을 줄지어다.'라고 적힌 두루마리를 뽑았던 것입니다. 그러나 왕이라고 하는 것은 일단 무엇인가를 정하면 결코 뒤로 물러서지 않는 법입니다. 그래서 모두는 하리파를 마루 위에 엎어놓고 볼기 100대를 치니 하리파는 눈물을 흘리며 살려달라고 아우성을 쳤습니다. 그러나 아무도 살려주려고 하는 사람은 없었으므로, "여보, 나팔수 양반,

이건 좀 농담이 지나치지 않소! 나는 당신에게 고기잡는 방법을 가르쳐주었는데, 당신은 점쟁이가 되어서 나에게 흉패를 뽑게 하다니. 젠장, 지긋지긋한 놈 같으니라구. 인정머리가 없는 놈이구나!" 교주는 그 말을 듣자 웃음을 터뜨리며 말했습니다. "이봐, 하리파, 나쁘게는 안할 테니 걱정마! 이 자에게 금화 100닢을 주라."

그들이 100디나르를 주자, 하리파는 궁전을 나와 집으로 걸음을 재촉했습니다. 이윽고 큰 시장으로 나왔는데, 많은 사람들이 거간꾼 하나를 둘러싸고 인산인해를 이루고 있었습니다. 그리고 거간꾼은 "100디나르에서 1디나르가 모자란다! 자물쇠가 걸린 큰 궤짝입니다!" 하고 외치고 있었습니다. 그래서 하리파는 군중을 헤치고 앞으로 나아가 거간꾼에게 말했습니다. "100디나르에 사겠소!"

거간꾼이 하리파와 홍정을 하고 대금을 받자, 하리파의 수중에는 돈이라고는 한푼도 남지 않았습니다. 옆에서는 짐꾼들이 누가 이 짐을 나를 것인가에 대하여 서로 다투고 있었습니다만 이윽고 모두가 이구동성으로 입을 모아 말했습니다. "이 궤짝은 즈라이크더러 나르라고 해!" 또 구경꾼들도 말했습니다. "푸른 눈이 가장 안성맞춤이다." 그래서 즈라이크는 솜씨도 근사하게 그 궤짝을 어깨에 메고 하리파 뒤를 따라갔습니다.

걸으면서 어부는 혼자 생각했습니다. '짐꾼에게 줄 돈이라고는 한푼도 남아 있지 않아. 어떻게 해서 쫓아버리지? 옳지, 중심가를 이리저리 끌고 다니자. 그러는 동안 녀석은 지쳐서 그만 나가떨어질 거야. 그러면 내가 메고 객주집까지 가자.'

그래서 하리파는 한낮에서부터 해가 질 무렵까지 짐꾼을 온 시내를 이리저리 끌고 다녔습니다. 끝내 짐꾼은 툴툴거리며 "저 나리, 댁은 어디십니까?" 하고 물었습니다. "어제는 알고 있었는데, 오늘은 잊어버렸네." 하리파의 대답에 짐꾼은 말했습니다. "짐삯을 주시오. 궤짝을 드릴 테니."

그러나 하리파는 "천천히 걸어가. 그러는 동안 내 집이 어디 있는지 생각날 테니까." 하고 말하고는 곧 덧붙였습니다. "이봐, 즈라이크, 난 말이야, 지금 돈이라고는 일전 한푼도 가진 게 없어. 모두 집에다 뒀는데, 어디 뒀는지도 잊어버렸어."

둘이서 이런 이야기를 주고받고 있는데, 그곳에 어부와 구면의 사나이가 지나가다가 말을 건넸습니다. "여보, 하리파, 자네 어찌 여기까지 왔나?" 그러자 짐꾼이 끼여들어 "저, 아저씨, 하리파 씨의 집은 어딥니까?" "라와신 구(區)의 헌 객주집이야." 이 말을 듣고 즈라이크는 하리파에게 말했습니다. "자, 갑시다. 당신 같은 것은 이 세상에 태어나지 않으면 좋았을 것을."

어부는 짐꾼을 데리고 터덜터덜 걸어서 겨우 객주집에 당도했습니다. 그러자 짐꾼이 말했습니다. "어이 여보, 당신의 나날의 양식 같은 건 알라께서 주시지 않았으면 좋겠는데! 이 근처는 벌써 스무 번도 더 지나친 데가 아니오? 이러이러한 곳이라고 말했으면 이렇게 고생은 하지 않았을 텐데. 하지만 어쨌든 좋소, 짐삯이나 주시오, 가봐야겠으니."

하리파는 "금화가 아니면 은화로 주리다. 이제 가지고 올 테니까, 여기서 기다리고 있어." 하고 방으로 들어가자, 마흔 개나 못을 박은 망치를 손에 들고(이것으로 낙타를 때리면 단번에 숨이 끊어지고 마는 물건이었습니다) 짐꾼에게 달려들어 두 팔을 번쩍 쳐들어 내리치려고 했습니다. 그러자 즈라이크는 비명을 지르며 "이러지 마! 나는 한푼도 안 받을게." 하고 외쳤습니다.

감쪽같이 짐꾼을 쫓아버린 하리파는 큰 궤짝을 객주집으로 메고 들어갔습니다. 그러자 이웃 사람들이 우르르 몰려와서 하리파 주위에 모여들어 "어이, 하리파 양반, 그 옷과 궤짝을 어디서 얻었소?" 하고 물었습니다. "내 제자 알 라시드한테서 얻었어." 하는 하리파의 대답에 모두는 말했습니다. "이 악당놈아, 돌기라도 했느냐! 알 라시드 교주께서는 필경 이 자의 불손한 말씀을 들으시면 객주집 문간에다 매달아놓으실 것이다. 게다가 이 어릿광대놈 때문에 객주집에 든 우리들마저 목이 달아날 거란 말이야. 이거 기막힌 토막극인걸!" 그리고 나서 그들은 하리파를 도와서 큰 궤짝을 방안으로 날라다준 것인데, 이 궤짝만으로도 방은 꽉 차고 말았습니다.
 하리파의 이야기는 여기서 이쯤 해두고, 이 큰 궤짝의 유래를 말씀드리자면 실은 이렇습니다. 교주는 쿠트 알 쿠르브라고 하는 터키인 노예 처녀를 갖고 있었는데, 이 처녀를 무척 총애했습니다. 그런데 즈바이다 왕비는 교주 자신의 입에서 이 사실을 알자, 처녀를 몹시 시기하여 은밀히 처녀를 없애버리려고 흉계를 꾸몄습니다.
 그래서 충성된 자의 임금님이 사냥을 나가 집을 비운 사이에 왕비는 쿠트 알 쿠르브를 잔치 자리에 불러 술과 안주를 대접했습니다. 처녀는 이것을 마시기도 하고 먹기도 했는데, 술 속에는 미리 마약을 넣었기 때문에 처녀는 깊은 잠에 빠지고 말았습니다. 그러자 즈바이다 왕비는 자기 내시 우두머리를 불러서 처녀를 큰 궤짝에다 넣은 다음 자물쇠를 채워 "이 큰 상자를 메고 가서 강 속에 던져라." 하고 말하면서 내주었습니다. 내시 우두머리는 암노새를 타고, 그 앞에 궤짝을 놓고 바다 쪽으로 떠났습니다. 그런데 여간 운반하기가 힘들지 않았습니다. 그래서 큰 시장 앞을 지나칠 무렵 거간꾼과 상인들 우두머리를 만난 것을 다행으로 생각하여 이렇게 말했습니다. "우두머리 양반, 어디 이 궤짝을 좀 팔아주지 않겠소?" 그러자 상대방은 대답했습니다. "좋습니다. 그런 것은 식은 죽 먹기입니다." "그런데." 하고 내시는 말했습니다. "여봐, 자물쇠를 채운 채로 파는 걸세." "좋습니다. 그대로 하겠습니다."
 내시가 큰 상자를 내려놓자, 거간꾼들이 큰 소리로 경매를 부르기 시작했습니다. "이 큰 궤짝을 100디나르에 살 사람은 없습니까?" 그러자 거기 불쑥 나타난 것이 어부 하리파였으며, 그것을 살펴본 후에 이것을 산 것입니다. 그러고 나서 짐꾼과의 옥신각신이 있었는데 이것은 아까 말씀드린 대로입니다.
 어부 하리파는 잠을 자려고 생각하고서 큰 궤짝 위에 몸을 눕혔습니다. 그런데 얼마 있다 쿠트 알 쿠르브가 마약에서 깨어나 자신이 궤짝 속에 갇혀 있다는 것을 깨닫자, 큰 소리로 "아, 슬프다!"

하고 외쳤습니다. 이것을 들은 하리파는 큰 궤짝에서 뛰어내려 비명을 질렀습니다. "여보, 이슬람교도 양반들, 살려줘! 궤짝 안에 마신이 있어요."

이웃 사람들은 단잠을 깨게 되어 화를 냈습니다. "여보, 미치광이, 어찌된 것이오?" "궤짝 안에 도깨비가 잔뜩 들어 있어." "조용히 자. 남의 잠을 방해하다니 괘씸한 놈 같으니라구! 안에 들어가서 자. 미친 수작 작작하고." 하리파가 "난 잠이 안와." 하고 아우성을 쳐봐도 모두에게 욕만 먹을 뿐이므로 할 수 없이 방안으로 들어가 또다시 몸을 눕혔습니다.

그러자 갑자기 쿠트 알 쿠르브의 목소리가 들렸습니다. "여긴 어디에요?" 그 목소리를 들은 하리파는 방을 뛰어나가 "여보시오, 손님 여러분, 살려줘요!" 하고 고함을 질렀습니다. "웬일이야! 시끄러워서 이웃 사람들이 어디 잘 수가 있나?" "여러분, 궤짝 속에 도깨비가 있어 꿈틀꿈틀 움직이기도 하고, 지껄이기도 하고 있다니까요." "거짓말 마라. 도대체 뭐라고 그랬어?" "놈들이 여기는 어디냐? 하고 물었다니까." "너 같은 놈은 지옥에라도 떨어지는 것이 좋아. 너 때문에 이웃 사람들이 잠도 못자지 않아. 자, 가서 자. 너 같은 놈은 이 세상에 없는 편이 낫다!"

하리파는 겁을 먹으며 방안으로 들어갔습니다. 그도 그럴 것이 큰 궤짝 뚜껑 위 말고는 몸을 눕힐 곳이라고는 없었으니 말입니다. 방에 우뚝 서서 귀를 기울이고 있자니까 이상도 해라! 또다시 쿠트 알 쿠르브의 목소리가 들렸습니다. "난 배가 고파요."

소스라치게 놀라면서 하리파는 밖으로 뛰어나가자 외쳤습니다. "여보시오, 여러분! 여보시오, 손님 여러분! 살려줘요!" "이번에는 또 뭐야?" "궤짝 안의 도깨비들이 배가 고프다는 거예요." 그러자 객주집 사람들은 서로 "아마도 하리파란 놈 배가 고픈 모양이군. 뭘 먹을 것을 줘야겠군. 저녁 먹다 남은 것이라도 갖다 줍시다. 그렇지 않으면 오늘밤은 자기 틀렸는걸." 하고 서로 말하고는 빵과 고기와 먹다 남은 밥과 무 따위를 갖다가 바구니에 가득 넣어주었습니다. "이걸 먹고 배가 부르면 가만히 자. 이젠 떠들면 안돼. 그렇지 않으면 네놈 갈비뼈를 부러뜨려 내일을 기다릴 것도 없이 오늘밤으로 때려죽일 테니 그리 알아."

 하리파는 먹을 것이 들어 있는 바구니를 받자, 방안으로 들어갔습니다. 마침 그날 밤은 달밤이어서 달빛이 교교하게 큰 궤짝을 비쳐 방안이 환하게 빛나고 있었습니다. 하리파는 궤짝 위에 털썩 주저앉아 두 손으로 정신없이 음식을 집어먹기 시작했습니다. 이윽고 또 쿠트 알 쿠르브가 입을 열었습니다. "여보세요, 이슬람교도 양반, 제발 열어주세요!"

 그래서 하리파는 일어나 옆에 있던 돌을 집어들고 큰 궤짝의 자물쇠를 깨뜨려 열었습니다. 그랬더니 뜻밖에도 안에는 젊디젊은 귀부인이 누워 있는 것이 아니겠습니까. 이마는 눈처럼 희고, 얼굴은 달처럼 빛나고, 볼은 아리따운 장미색을 띠고, 목소리는 설탕을 머금은 것보다도 더 감미로운, 그야말로 하늘에서 내리쪼이는 햇빛이 아닌가만 싶은 요염한 미녀로서 몸에는 천금의 값어치가 있는 호화로운 옷과 패물을 달고 있었습니다.

 이 모양을 보고 하리파는 너무도 기뻐서 미친 듯이 큰 소리로 외쳤습니다. "어렵쇼, 어렵쇼! 당신 정말 미인인데!" 색시가 "도대체 당신은 누구에요?" 하고 묻자, 하리파는 "색시, 나는 어부 하리파라는 사람이오." 하고 대답했습니다. "누가 여기 데려왔어요?" "내가 너를 산 거야. 그래서 너는 내 노예 색시야." 그러자 색시는 말했습니다. "그러고 보니, 그 옷은 교주님이 입으시는 옷이군요."

 하리파는 자기가 겪은 전말의 자초지종에서부터 큰 궤짝을 사게 된 경위에 이르기까지 들려주었습니다. 쿠트 알 쿠르브는 이 말을 듣고 즈바이다 왕비에게 완전히 속았다는 것을 깨달았지만 이 이야기 저 이야기로 밤을 지새우고는 아침이 되자 하리파에게 말했습니다. "이봐요. 하리파 아저씨, 어느 분한테서 먹통과 붓과 종이를 좀 구해오세요." 하리파는 이웃집에 가서 요구한 물건을 빌어서 이것을 처녀에게 갖다주었습니다. 처녀는 얼른 한 통의 편지를 써서 접어 하리파에게 내주면서 말했습니다. "하리파 아저씨, 이 편지를 가지고 보석시장으로 가서, 보석상 아브 알 하산의 가게를 찾아 주인에게 주고 오세요." "색시, 이 이름은 너무도 어려워서 도무지 나는 외울 수가 없는 걸." "그럼, 이븐 알 우카브(소리개나 매라는 뜻으로 쓰이고 있다)의 가게는 어디냐고 물으세요." "우카브란 무슨 뜻이지?" "새라는 말이에요. 눈을 가리고 주먹 위에다 놓고 다니는 매 말이에요." "아, 그렇군, 알았어."

그러고 나서 하리파는 색시를 남겨놓고 잊어버리지 않으려고 이름을 거듭 외우면서 걸음을 재촉했습니다. 그러나 보석시장에 도착했을 무렵에는 까맣게 이름을 잊어버리고 말았습니다. 그래서 상인 하나에게 인사를 하고 물었습니다. "이 동네에 새 이름을 가진 상인이 없습니까?" 그 상인은 대답했습니다. "있어요, 이븐 알 우카브 말이죠." 하리파는 외쳤습니다. "그래요. 그 사람이에요, 내가 찾고 있는 사람은." 그리고 가까스로 보석상을 찾아내어 편지를 주었습니다. 상대방은 이것을 읽고 글뜻을 이해하자, 이것에 입을 맞추고 나서 받들고 절을 하였습니다. 왜냐하면 아브 알 하산은 측실 쿠트 알 쿠르브의 후견인으로서 땅이나 집은 물론 측실의 재산은 모두 다 관리하고 있다는 소문이 떠돌고 있었던 것입니다.

그런데 쿠트 알 쿠르브는 편지에 이렇게 적었습니다. 『측실 쿠트 알 쿠르브로부터 보석상 아브 알 하산님에게. 이 편지를 받으신 즉시 가구 집기를 위시하여 흑인 노예와 노예 계집 등 나의 생활에 필요한 것들을 모두 갖춘 큰 방을 하나 마련하여주시오. 그리고 편지를 가지고 간 사람을 목욕탕에 데리고 가서 좋은 옷을 입힌 다음 여차여차하게 처사해주십시오..』

상인은 "잘 알았습니다." 하고 중얼거리고는 얼른 가게 문을 닫아 자물쇠를 채우고는 어부를 데리고 목욕탕으로 갔습니다. 그리고 관례대로 여러 가지 시중을 들어주기 위하여 등밀이꾼 하나를 구하여 모든 것을 그에게 맡긴 것입니다. 그러고 나서 자기는 쿠트 알 쿠르브의 지시를 실천에 옮기기 위하여 나갔습니다.

한편, 하리파는 어떻게 되었는가 하면 천성이 바보인지라 자기 마음대로 목욕탕을 감옥으로 알고 등밀이꾼에게 말했습니다. "나를 감옥에 처넣다니, 도대체 내가 무슨 죄를 저질렀다는 거야?" 모두는 웃으며 하리파를 욕조 옆에 앉히고 등밀이꾼은 두 다리를 붙잡았습니다. 때를 밀고 문질러주려고 생각했기 때문입니다. 그런데 하리파는 상대방이 씨름이라도 하려는 줄로 잘못 생각하고서 속으로 생각했습니다. "여기가 씨름판인가, 그런 줄은 몰랐지." 그리고 벌떡 일어나 때밀이꾼의 두 다리를 붙잡고 갑자기 번쩍 쳐들어 바닥에 내던져 상대방의 갈비뼈를 부러뜨려놓고 말았습니다.

그 때밀이꾼이 큰 소리로 구원을 청하자, 다른 때밀이꾼들이 우르르 몰려와서 하리파에게로 달려들어 꼼짝 못하게 만들었습니다. 그리고 동료를 하리파의 손에서 빼앗아 구출하자 제정신이 들 때까지 간호해주었습니다. 그러나 그들은 이윽고 어부가 바보라는 것을 알고, 아브 알 하산이 돌아올 때까지 여러 가지로 시중을 들며 호화로운 옷을 입혀주었습니다. 그러고 있는데 보석상은 안장을 얹은 훌륭한 암노새 한 마리를 끌고 와서 하리파의 손을 잡고 목욕탕에서 데려다가 "자, 타시오." 하고 말했습니다. "어떻게 타는 거요? 이놈이 날 던져버리기라도 해서 갈비뼈라도 부러지는 날에는 큰일이 아니야." 옥신각신하다가 겨우 말에 올라탄 하리파는 보석상과 함께 길을 재촉하여 이윽고 아브 알 하산이 쿠트 알 쿠르브를 위하여 특별히 마련한 저택에 당도했습니다.

하리파는 안에 들어가 그 색시가 이미 와서 노예와 내시를 주위에 거느리고 앉아 있는 것을 알았습니다. 현관에는 몽둥이를 든 문지기가 앉아 있다가, 어부의 모습을 보자 뛰어 일어나 그 손에 입을 맞추고는 앞서서 큰 방에까지 안내했습니다. 무엇을 보아도 눈을 휘둥그래지게 하는, 사치의 극을 다하고 기예를 다한 호화로운 물건들이며, 늘어선 노비들이며, 모두가 넋을 빼앗고 마는 물건들 뿐이었습니다. 모두는 하리파의 손에 입을 맞추고서 말했습니다. "목욕을 하시어 기분이 산뜻하시죠?"

큰 방으로 들어가 쿠트 알 쿠르브 옆에 다가가자, 색시는 자리에서 일어나 하리파를 맞이하여 손을 잡고, 방석이 푹신한 장의자에 앉혔습니다. 그리고 나서 장미수와 유서수를 섞은 설탕이 든 샤벳트를 한 병 가지고 오니, 하리파는 이것을 움켜쥐고 꿀꺽꿀꺽 단숨에 마셔버렸습니다. 그뿐이 아니라 그릇 안쪽까지 손가락으로 훑어서 핥으려고 하는지라 색시는 "아이, 더러워." 하면서 이것을 말렸습니다. 그러자 하리파는 "쉿! 이게 얼마나 맛있는 꿀이라구." 하고 말했으므로, 색시는 저도 모르게 웃음이 터져 나왔습니다. 이어 밥상이 나오자 하리파는 배불리 이것을 먹어치웠습니다. 식사가 끝나자, 이번에는 황금 물병과 수반이 나와 오른손을 씻으니, 하리파는 다시없는 기쁨과 영예에 빠진 셈이 되고 말았습니다.

이야기가 바뀌어, 충성된 자의 임금님은 그 후 어떻게 되었는가를 말씀드리겠습니다.

교주는 여행에서 돌아오자, 쿠트 알 쿠르브의 모습이 보이지 않으므로 즈바이다 왕비에게 안부를 물었습니다. 그러자 왕비는 "오, 충성된 자의 임금님, 만수무강 하시기를 비옵니다. 실은 그 애는 곧 죽고 말았습니다." 그보다 먼저 왕비는 궁전 한가운데에 무덤을 파게 하고 그 위에 가짜 비를 세웠는데, 그 까닭은 교주가 쿠트 알 쿠르브를 총애하고 있다는 것을 잘 알고 있었기 때문입니다. 왕비는 다시 말을 이었습니다. "충성된 자의 임금님, 저는 궁전 한가운데에 묘비를 세우고, 그곳에 시체를 묻었습니다." 그러고 나서 왕비는 그저 눈가림으로 검은 상복을 입고 오랫동안 거짓 상을 치르고 있었습니다.

그런데 쿠트 알 쿠르브는 교주가 먼 사냥에서 돌아왔다는 것을 알자, 하리파에게 말했습니다. "자, 이제부터 곧 목욕을 갔다 오세요." 하리파가 목욕탕에서 돌아오자, 색시는 천금이나 하는 옷을 입히고 웃어른에게 대하는 예의범절을 이리저리 가르쳐주었습니다. 그리고 말하기를 "이제부터 교주님에게로 가서 이렇게 말하세요. '오, 충성된 자의 임금님, 오늘밤 제 집에 빈객으로서 왕림하시는 영예를 주시옵기를 비옵니다.'라고요."

그래서 하리파는 일어나 암노새를 타고 시동과 흑인 노예들을 앞세우고 교주의 궁전으로 갔습니다. 세상의 현인은 '옷이 날개'라고 말하고 있습니다만, 정말로 하리파의 풍채는 위풍당당해 보는 사람의 눈이 부실 정도였고, 길 가는 사람들은 누구일까 하고 모두들 의심했습니다.

이윽고 예전에 100디나르를 주고 행운의 길을 터준 그 내시장이 어부를 알아보고, 곧 교주 어전으로 나아가 아뢰었습니다. "오, 충성된 자의 임금님, 어부 하리파가 임금님이 됐습니다. 1000디나르나 하는 옷을 입고 있습니다." 교주는 곧 안으로 불러들이라고 명령했습니다. 하리파는 어전으로 나오자, 우선 "전하에게 편안 있으시기를 비옵니다. 오, 충성된 자의 임금님, 삼계의 주의 부섭정(副攝政), 신임이 두터운 자를 수호하시는 임금님! 아무쪼록 전능하신 알라께서 전하를 만수무강케 하시고, 주권을 높이시고, 권세를 더욱 떨치게 하소서!"

교주는 상대방을 지켜보며, 어찌하여 이 사나이에게 뜻하지 않은 행운이 닥쳤을까 하고 이상하게 생각했습니다. 그래서 이렇게 물었습니다. "여봐라, 하리파, 너는 지금 입고 있는 옷을 어디서 구했느냐?" 그러자, 상대방은 "오, 충성된 자의 임금님, 제 집에 있던 것입니다."

"그럼, 너에게도 집이 있었던가?" "네, 그렇습니다! 그런데 충성된 자의 임금님, 오늘은 전하를 제 집에 모시고자 온 것입니다."

알 라시드 교주가 "나 혼자만인가, 혹은 수행자도 같이 말인가?" 하고 묻자 상대방은 대답했습니다. "다른 누구를 거느리고 오셔도 상관없습니다." 그러자 자파르가 하리파에게 말했습니다. "그럼 오늘 밤 우리들이 신세질까?" 이 말을 듣고 하리파는 다시 한 번 마루에 엎드린 다음 어전을 물러나왔습니다. 그리고 노새를 타고 시동과 백인 노예 일행을 거느리고 떠났습니다.

그 뒷모습을 바라본 교주는 자못 알 수 없는 일이라는 얼굴로 자파르에게 말했습니다. "노새를 타고, 훌륭한 옷을 입고, 백인 노예를 거느리고 가는 하리파의 모습을 보았는가? 바로 어제까지는 어릿광대에다 고기잡이로밖에는 생각하지 않았는데." 두 사람은 아무래도 이상해서 견딜 수가 없었습니다.

이윽고 교주 일행은 말을 몰고 하리파의 집 근처까지 왔습니다. 그러자 어부는 일행을 맞아 시종으로부터 꾸러미를 받아 이것을 열어 안에서 얼룩무늬의 비단천 한 필을 꺼내 교주의 암노새 발굽 밑에 깔았습니다. 비로드와 같은 부드러운 비단을 한 필, 세 번째에는 곱게 짠 공단을 한 필이라는 식으로 차례차례로 꺼내서는 똑같이 땅 위에다 펴고, 끝으로 스무 종류 되는 호화로운 비단을 잇달아 깔아놓았습니다. 교주 일행이 그 위를 지나 집에 도착하자, 어부는 앞으로 나와 말했습니다. "비스밀라! 오, 충성된 자의 임금님!"

알 라시드 교주는 자파르를 돌아다보며 말했습니다. "이 집은 도대체 누구의 것이지?" "보석상인의 우두머리인 이븐 알 우카브라는 자의 집입니다." 교주가 말에서 내려 신하들과 함께 안으로 들어가니 천정이 높은 어마어마한 대청이 있고, 단(壇)에는 침상이 놓여 있고, 마루에는 양탄자가 깔려 있고, 벽을 따라 장의자가 놓여 있었습니다. 교주는 자기를 위하여 마련한 침상 옆으로 걸어 갔습니다. 그 다리는 네 개가 모두 상아로 만들어졌고, 번쩍거리는 황금이 입혀져 있고, 또 대 위에는 일곱 장의 양탄자가 깔려 있었습니다. 교주는 그 만든 품이 매우 마음에 들었습니다.

그때 하리파가 내시와 백인 노예인 시동들을 거느리고 들어왔는데, 모두는 설탕과 레몬을 섞고, 장미수와 유서수와 진짜 사향으로 향기를 내게 한 온갖 종류의 샤베트수를 날라온 것입니다.

어부 하리파는 앞으로 나와 자기가 우선 한 잔 마시고 나서 교주에게 권했습니다. 시동들도 앞으로 나와 다른 손님들에게 샤베트수를 따르며 돌아다녔습니다. 이어 하리파는 갖가지 진미가효를 담고, 거위며 닭이며 그 밖의 새고기를 늘어놓은 식탁을 벌여놓은 다음 "알라의 이름으로!" 하고 말했습니다. 모두가 배불리 먹자, 하리파는 상을 치우라고 명령하고 교주 앞에 세 번 엎드린 다음, 이제부터 주연을 베풀고 음악을 연주하고 싶은데 어떻겠느냐고 교주의 허락을 빌었습니다.

교주는 그러라고 허락한 다음 자파르를 돌아다보며 말했습니다. "이것은 틀림없이, 집도 여기 있는 것도 모두 하리파의 것임에 틀림없군. 저 자가 뭐나 다 일일이 지시하고 있는 것을 보니. 그렇다 하더라도 이와 같은 놀라운 부귀와 행운이 어디서 굴러들어왔는지 이상하기 짝이 없군. 하기야 '있을지어다!' 이 한마디로 모든 것을 다 마음대로 하시는 신께 있어서는 대단한 일이 아니겠지만 말이야. 나에게 더욱 이상하게 생각되는 것은 저 자의 눈치빠른 행동이야. 어찌하여 저렇게 눈치가 빨라졌는지, 저 우아하고도 위풍당당한 인품이 어디서 왔을까. 알라께서는 사람에게 행운을 주실 때에는 재물을 주시기 전에 우선 머리부터 바꿔놓으시는 모양이야."

두 사람이 이런 이야기를 하고 있는데, 하리파가 앞에 서서 달처럼 아름다운 술시중꾼들을 데리고 들어왔습니다. 모두가 황금띠를 허리에 감은 젊은이들로, 비단천을 펼쳐놓고, 그 위에 사기로 만든 목이 긴 병을 위시하여 키가 큰 유리병이며 수정 술잔, 나중에는 가지각색의 물병과 받침대 달린 술잔 등을 늘어놓았습니다. 그리고 목이 긴 병에는 맑고 묵은 술을 가득 따랐는데 그 향기는 맑은 사향의 향기와 조금도 다름없어 마치 시인의 노래에도 있는 그대로였습니다.

　　따르시라, 어서 나에게
　　나의 친구에게도 따르시라.
　　아주 먼 옛날에 짠
　　더할 나위 없이 맑은 오랜 술을.
　　귀한 이의 공주님은

사뿐히 일어서네.
치장한 술잔에서
세상에 다시없는 보옥과
큰 알 작은 알, 바다의
자랑이라 할 만한 진주로써
버들 같은 허리를 장식한
진정 아리따운 맵시로다.
그러면 알겠노라, 가지가지의
표적으로 미루어 감미로운 술을
'꽃 같은 신부'라고 부르는 까닭을.

또 그릇 주위에는 세상에 다시없을 과자와 꽃들이 놓여 있었습니다. 알 라시드 교주는 이 성대한 대접에 감격하여 하리파에게 마음이 끌려 온화한 웃음을 띠우며 궁중의 한 직책을 맡겼습니다. 그러자 하리파는 교주의 위엄과 권세가 영원할 것을 빌면서 말했습니다. "죄송하옵니다만, 충성된 자의 임금님, 비파를 타는 가희를 이 자리에 불러도 괜찮으시겠습니까? 세상에서도 보기 드문 처녀입니다만." "상관없으니 부르라!" 교주의 대답에 하리파는 어전에 엎드린 다음 어느 밀실로 가서 쿠트 알 쿠르브를 불러왔습니다. 그러자 처녀는 변장을 하고 베일을 쓴 다음 화려한 차림을 하고 발걸음도 가볍게 걸어나와 충성된 자의 임금님의 어전에 엎드렸습니다.

그리고 나서 의자에 걸터앉아 비파의 줄을 고른 다음, 현에 손을 대고 간드러지게 비파를 뜯었습니다. 좌중의 사람들은 그저 황홀감에 취해 넋을 잃을 지경이었으나 이윽고 처녀는 이런 시를 즉석에서 지어 읊었습니다.

아, 알고 싶어라 언제 어느 날
우리들의 사랑은 맺어지리.

아, 어느 날에 서로 만나
즐거운 행복을 맛보리.
세상 풍파에 무사히
오래 살아 남아 어느 날에
즐거운 꿈을 맺으리.
어서 합환을 있게 하고
쓰라린 이별을 지난 날로
바꾸신 알라께 맹세하고라도,
그 밖에 밤마다의 밀회에
같은 거처를 내려주신
신께 맹세하고라도 애인을
내 곁으로 보내주옵소서
내 가슴 가까이 붙여주소서.
그렇지 않을진대, 시름겹고 처량한
내 인생은 헛되이
덧없는 꿈으로 사라져버리리.

 교주는 이 노래를 듣자, 슬픔을 견디다 못해 자신의 옷을 찢으며 기절하여 쓰러지고 말았습니다. 좌중의 사람들은 급히 자기들의 옷을 벗어 교주에게 던져주었습니다. 한편 쿠트 알 쿠르브는 하리파를 불러 말했습니다. "곧 저 궤짝을 그대로 이리 갖다 주세요." 왜냐하면 처녀는 이런 경우가 있을 것을 짐작하고 미리 교주의 옷을 한 벌 준비하여 두었기 때문입니다. 하리파가 궤짝을 가져오자, 처녀는 충성된 자의 임금님께 옷을 입혔습니다. 조금 있다 정신을 차린 교주는 아까 그 처녀가 쿠트 알 쿠르브라는 것을 알자 "오늘은 부활날인가? 무덤에 갇힌 자를 알라께서 소생시킨 날일까, 그렇지 않으면 나는 자고 있는 것일까? 야릇하게 일그러진 꿈이더냐?" 하고 말했습니다.
 이 말을 듣고 쿠트 알 쿠르브는 "모두가 꿈은 아니에요. 눈을 뜨고 계십니다. 저는 죽음의 잔을 마신 것도 아니고, 이렇게 살아 있습니다." 하면서 지금까지의 자초지종을 낱낱이 이야기했습니다. 교주는 애첩을 잃은 후로는 항상 마음이 편치 않았으며, 달콤한 잠조차도 고통의 씨가 되어 어느 때는 의심만 가고, 어느 때는 눈물을 흘리고, 또 어느 때는 연정의 불길에 몸이 타는 것만 같은 심정이었던 것입니다.

처녀의 이야기가 끝나자, 교주는 일어나 처녀의 입술을 빨고, 가슴에 껴안은 다음 손을 잡고 궁전으로 돌아가려고 했습니다. 그러자 하리파가 일어나서 말하기를 "알라께 맹세코, 오, 충성된 자의 임금님! 저는 전에 한 번 전하로부터 부당한 대접을 받았습니다. 이것으로 두 번째입니다." 교주는 "아, 그렇군, 하리파, 정말 그대 말이 옳구나!" 하고는 대신인 자파르에게 하리파가 원하는 것은 무엇이든 주라고 명령했습니다. 그래서 대신은 하리파가 원하는 것을 준 외에 어느 부락의 통치를 맡겼고, 2만 디나르의 연봉까지 정해주었습니다. 그 밖에 또 쿠트 알 쿠르브는 그 저택과 그 안에 있는 가구와 물건, 장식품이며, 남녀노소의 노비와 노예 처녀와 내시들도 아낌없이 하리파에게 주었습니다.

이렇듯 하리파는 단번에 거부가 되어 아내도 얻고, 가문의 번창과 더불어 장자다운 풍채도 스스로 갖추어서 매사에 천복의 혜택을 입은 것입니다. 교주는 또 하리파를 마구간 관리로 임명하였으므로 하리파는 그 후 세상을 떠나 알라의 자비에 몸을 맡길 때까지 이 세상의 온갖 기쁨을 다하며 여생을 보냈습니다.

또, 이런 이야기도 있습니다.

마스룰과 자인 알 마와시프

　지금으로부터 훨씬 먼 옛날 옛적에 마스룰이라는 한 상인이 있었습니다. 당대에 제일 가는 미남자인 데다가 재산가였기 때문에 무엇 하나 부족함이 없는 신분이었습니다. 그러나 과수원과 화원에서 환락에 빠지거나, 잘생긴 여자들을 상대로 하여 정사를 갖기를 좋아하는 풍류인이었습니다.
　그런데 어느 날 밤 잠을 자던 중, 이런 꿈을 꾸었던 것입니다. 이 세상에서 둘도 없는 화원에서 놀고 있자니까, 네 마리 새가 날아왔는데, 그 중 한 마리는 반짝반짝 닦아놓은 백은처럼 하얀 비둘기였습니다. 마스룰은 그 비둘기가 매우 마음에 들어 가슴 속에 갑자기 사모의 정이 싹텄습니다. 그런데 얼마 지나, 큰 새가 한 마리 날아내려와서 비둘기를 덮쳐가지고 눈 깜짝할 사이에 날아가버렸습니다. 마스룰의 슬픔은 이루 말할 수 없을 정도였습니다.
　눈을 뜬 마스룰은 그 비둘기의 모습을 못잊어 아침까지 애절한 심정에 가슴을 태웠습니다. 그리고 날이 밝자, 혼자 생각했습니다. '오늘은 어디 이 꿈의 수수께끼를 풀어줄 사람을 찾지 않을 수가 없군.'

　──샤라자드는 날이 훤히 밝아오는 것을 깨닫자, 여기서 허락된 이야기를 그쳤다.

• 846일째 밤

샤라자드는 다시 말을 이었다. 오, 인자하신 임금님, 상인 마스룰은 눈을 뜨자, 애절한 심정에 가슴을 태우다가 이튿날 아침 혼자 중얼거렸습니다. '오늘은 어디 이 꿈의 수수께끼를 풀어줄 사람을 찾지 않을 수가 없군.'

그래서 밖으로 나가, 이리저리 걸어다니고 있는 동안 자기 집에서 꽤 떨어진 곳에까지 오게 되었습니다. 그러나 어젯밤의 꿈을 해몽해줄 사람을 구할 수가 없었습니다. 할 수 없이 발길을 돌려 돌아가고 있던 중, 갑자기 무슨 생각이 들어 어느 호상의 집에 들러볼까 하는 생각이 들었습니다. 집 쪽으로 다가가니 뜻밖에도 안에서 슬픈 생각을 담은 애끓는 노랫소리로 이런 시구를 중얼거리고 있는 소리가 들려왔습니다.

아침 바람 솔솔
처녀가 사는 집 쪽에서 불어와
사랑에 병든 애인의
아픈 마음을 고치는도다.
나는 포로인가, 언덕에 서서
그리운 사람을 찾으면
아, 야영지는 간데없고
대답하는 것은 슬픈 눈물뿐.
그리하여 할 수 없이 나는 물었노라.
"신에게 맹세코, 아침 바람아
언젠가 또다시 이 땅에
행복된 은총이 찾아오려나,
자못 부드러운 몸매에
눈에는 시름을 머금고 몸은 마른
새끼사슴을 만날 날이 그 언제인가?"

이것을 듣고 마스룰이 문간에서 안을 들여다보니, 이 세상에 둘도 없는 굉장한 화원이 있고, 그 안쪽 한구석에는 진주와 보옥으로 단을 두른 새빨간 비단장막을 늘어뜨리고, 그 안에 네 명의 처녀들이 앉아 있었습니다. 그 중에 하나는 키가 크지도 않고 작지도 않은 마치 초승달인가, 휘황찬란하게 빛나는 보름달이 아닌가 싶은 젊은 처녀가 있었습니다. 두 눈은 자연의 코르분을 새까맣게 바른 것만 같고, 눈썹은 초승달을 그리고, 입은 마치 솔로몬의 도장 모양처럼 귀엽고, 입술과 이는 진주와 산호를 연상시킬 만큼 빛나고 있었습니다. 보는 사람 모두가 처녀의 요염한 눈썹과 볼의 타고난 아름다운 모습에 넋을 잃지 않을 수가 없었습니다.

마스룰은 이 여자를 바라보자, 문을 지나 안으로 들어가 휘장 앞으로 다가갔습니다. 그러자 그 여자는 얼굴을 들고 마스룰에게 흘긋 시선을 주었기 때문에 이쪽이 이마에 손을 얹고 답례하자, 그 여자도 아주 공손한 말투로 답례했습니다. 마스룰은 뚫어져라 하고 처녀의 모양을 지켜보고 있었는데 체면이고 뭐고 그저 그 요염한 아름다움에 눈이 휘둥그래져서 놀라고 있을 뿐이었습니다.

이윽고 화원 쪽으로 시선을 옮기니 재스민을 위시하여 질리꽃과 제비꽃과 장미와 오렌지꽃 등이 한창 아름다움을 자랑하며 피어 있고, 온갖 그윽한 향기를 내뿜고 있었습니다. 나무라는 나무는 모두 열매를 달고 있고, 화원 네 구석에 서로 마주보도록 마련된 단으로부터는 맑은 물이 흘러내리고 있었습니다. 마스룰이 맨 처음의 높은 단을 바라보니, 그 주위에 산뜻한 주황색으로 이런 시구가 적혀 있었습니다.

오, 사람이 사는 저택이여!
탄식은 네 속에 영원히
깃들이지 않느니라! 세월도
너의 주인을 배신하지 않고,
발 가는 대로 나그네길에서 보낸

모든 길손에게 공손히
숙소를 빌려준 저택에게
모든 행복이여, 찾아오라!

이어 두 번째 높은 단을 바라보니 그곳에도 또 금글자로 이런 시구가 적혀 있었습니다.

가는 가지에서 새들이 우는 한
사람 사는 저택이여, 세월의
더없이 좋은 옷을 입을지어다!
너의 벽 안에 그윽한
향기로운 향기 떠돌고,
사랑하는 사람은 밀회에서
무상한 지복을 받을지어다!
떠도는 별이 하늘의
언덕에 오르는 한,
잠자리를 비는 사람은 이 세상의
행복을 다하며 살지어다!

세 번째 높은 단을 보니, 그것에는 군청색으로 이런 시구가 적혀 있었습니다.

오, 사람 사는 저택이여
영화의 잠은 끝없이
끊어지는 일이 없이, 어두운 밤과
빛나는 낮이 있는 한
너의 영화를 어서 보여라!
너의 정원에 들어선
모든 사람에게, 저기 사는

모든 사람에게 길이길이
천복 있으라고 빌고 싶구나!

그리고 네 번째를 보니 노란 글씨로 이런 시구가 적혀 있었습니다.

이 화원도, 이 연못도
진정으로 아름다운 휴식의 자리로다.

그뿐 아니라 이 정원에는 염주비둘기, 흰비둘기, 꾀꼬리, 나무비둘기 따위의 온갖 종류의 작은 새들이 있어, 갖가지 목소리로 지저귀고 있었습니다. 그리고 그 사이를 그 젊은 여자는 말할 수 없는 아름다운 맵시로 천천히 걸음을 옮기며 보는 사람들의 마음을 황홀케 하고 있었던 것입니다. 이윽고 여자는 마스룰에게 "여보세요, 거기 계신 서방님. 당신은 주인의 허락도 없이 어찌하여 남의 집에 들어오셨나요? 자기 여자도 아닌, 낯모르는 여자의 곁으로 어찌하여 오셨나요?"

마스룰은 대답했습니다. "오, 마님, 실은 이 화원이 눈에 띄자, 싱싱한 초록색의 아름다움, 향기로운 꽃의 향기, 작은 새들이 지저귀는 소리 등에 홀딱 반하여 잠시 구경한 다음 나갈 생각으로 들어왔습니다." "그렇다면, 어서 들어오세요!" 마스룰은 여자의 아름다운 목소리, 아양을 머금은 눈매, 늘씬한 몸매 따위에 놀라고, 또 나긋나긋한 그 자태, 아름다운 화원과 작은 새들의 달콤한 울음소리 따위에 몸도 마음도 황홀해졌습니다. 그래서 마음이 어지러워지는 것을 누를 길 없어 이런 시구를 읊었습니다.

장미에다 바질과 재스민이
교태를 서로 다투는 화원에서
나는 보았네, 초승달을

닮은 그대의 모습을.
제비꽃 맞은편에 천인화
누우만 왕의 아네모네도
가리륵조차도 만발하여
그대 향기에 서풍이
솔솔 부는 숨길도 향기로워라,
향기로운 숨길에 나뭇가지조차
흔들려 움직이는 모양에 가슴 들뜨도다.
아, 만발한 화원은
호사를 다하고 꾸밈새는
지묘를 다하여 미를 모으고
작은 새들은 지저귄다, 그윽하게
천국의 선조인양.
보름달은 나뭇가지 사이에서
그 신선한 아름다움을 자랑하고,
앵무새며 염주비둘기며
꾀꼬리의 우는 소리 들으면
나의 넋은 꿈꾸는 기분.
아름다운 처녀에 반하여
마치 술에 취한 듯
나의 지각은 흐려지네.

자인 알 마와시프라는 이름의 그 처녀는 이 시를 듣자, 아양을 머금은 눈길을 던졌으므로 마스룰은 몇백 번이나 한숨을 쉬며, 체면이고 뭐고 다 잃고 완전히 그녀에게 뇌쇄되어버렸습니다. 그러자 여자는 이런 답시를 읊었습니다.

나의 사랑을 그대의 미끼로 삼고
탐욕스런 그대의 소망을

이루려고 꿈엔들 생각지 마라.
버리시라, 그대의 나에 대한 동경
설령 그대 애써보건만,
애인의 정을
얻을 길 없으리.
시름하는 무리에게 보내는
나의 눈동자 재앙이로다.
이 몸 그대의 달콤한 말에
기울어질 마음 아예 없도다.
이제는 더 할 말도 없도다!

 "자, 여보세요! 어서 돌아가세요. 우리들은 당신이나 다른 사람의 것이 될 여자들이 아니니까요." 마스룰이 "여보시오, 마님, 나는 별로 비위를 거슬릴 만한 말을 한 것도 아닌데요." 하고 말하니 상대방 여자는 대답했습니다. "당신은 구경하시겠다고 말씀하셨어요. 이젠 구경도 끝났으니까 어서 돌아가세요."
 "마님, 괜찮으시다면 목이 말라 견딜 수 없으니 물을 한 그릇 주십시오." 그러자 여자는 외쳤습니다. "당신은 나렛교도인데, 어떻게 유태인의 물을 마실 수 있으시겠어요?" 그러나 마스룰은 말했습니다. "댁의 물을 우리들이 마셔서 안된다든가, 우리들의 물을 당신네들이 마셔서 안된다든가 하는 그런 일은 없습니다. 모두 다 똑같이 신께서 만드신 인간이니까요."
 그래서 여자는 노예 계집에게 말했습니다. "이분에게 물을 드려라." 노예 계집은 하라는 대로 했습니다. 그러자 또 여자는 상을 차려오라고 명령했으므로 모두가 가슴이 봉긋 솟아오른 네 명의 처녀가 쟁반 네 개에다 요리를 담고, 독한 오래된 술이 가득 들어 있는 금칠한 목이 긴 병을 네 개 가지고 왔습니다. 그 맑게 가라앉은 술의 빛깔은 사랑의 노예인가 싶을 정도였으며, 식탁 가장자리에는 이런 시구가 새겨져 있었습니다.

손님을 대접하려고
연석에 나온 것은
황금으로 장식한 식탁이로다.
모든 사람을 끌어당기는
영원한 꽃밭도 이런가 싶을 정도로
사람들이 모두 동경하는 것은
고기와 술.

 가슴이 탐스럽게 솟아오른 처녀들이 마스룰 앞에 요리를 모두 늘어놓자, 여자는 말했습니다. "당신께선 물을 달라고 그러셨죠. 자, 그럼, 이 음식과 술을 잡수세요!" 마스룰은 자기의 귀를 의심하면서 얼른 식탁 앞에 앉았습니다. 그러자 여자는 시녀 하나에게 술을 따르라고 분부했습니다.
 그런데 노예 처녀의 이름은 후부브와 후투브, 그리고 세 번째는 스쿠브라고 하는데, 마스룰에게 잔을 내민 처녀는 후부브였습니다.
 마스룰이 잔을 손에 들고 그 겉면을 잘 보니 다음과 같은 시구가 적혀 있었습니다.

이 잔을 들려고 할진대
그대를 사랑하는 귀여운
처녀와 함께 마실까,
술맛도 한층 더하리.
그대의 몸을 기어다니는
전갈을 부디 조심하고
말을 삼가고, 처녀의
마음을 어지럽히지 마라.

한 순배 잔이 돌아오니 마스룰이 이것을 꿀꺽 마시고, 안쪽을 들여다보니 거기에는 이런 시구가 적혀 있었습니다.

급히 닥쳐올 그때에는
처녀의 전갈에 조심하여
처녀의 비밀을 감출지어다.
세상의 원수들의 까탈을 피하여.

이것을 읽은 마스룰은 여자 쪽을 바라보며 웃었습니다. 그러자 여자는 "왜 웃으세요?" 하고 물었습니다. "너무도 기뻐서요." 이윽고 산들바람이 휙 불어오자, 그 바람에 머리에 쓴 여자의 흰 두건이 떨어져, 진주와 보옥을 꽂은 반짝반짝 빛나는 금색 머리댕기가 드러났습니다. 가슴에는 온갖 고리 모양의 보석으로 만든 목걸이가 늘어져 있고, 그 한가운데는 밝은 분홍색 산호로, 부리는 백은으로 만들고, 몸에는 혼합향료와 진짜 용연향과 향기로운 사향 따위를 가득 채운 순금제 참새가 한 마리 달려 있었습니다. 그 등에는 또 이런 시구가 새겨져 있었습니다.

혼합향기는 술 향기에
풍기는 가루며, 나의 양식인가.
가슴은 나의 잠자리,
유방은 나의 숙소며, 다시 또
나의 목덜미는 사랑의 짐을,
나의 고통도, 나의 그리움,
나의 무료를 한탄하노라.

그리고 나서 마스룰이 가슴에 드러난 여자의 속옷을 보니, 아, 글쎄, 금글씨도 선명하게 이런 시구가 적혀 있었습니다.

잘생긴 사람의 가슴에서는
사향의 향기 떠돌고
그것을 빌어 서풍은
아침 공기를 맑게 하였도다.

마스룰은 이 시를 읽고 깜짝 놀라 여자의 아리따운 맵시에 그저 넋을 잃을 뿐이었습니다. 이윽고 자인 알 마와시프는 말했습니다. "자, 이젠 돌아가세요. 이웃 사람이 알게 되어 음탕한 여자라는 소문이 나면 안되니까요." "부인, 부탁이오니 당신의 그 아리따운 모습을 좀더 보게 해주세요." 마스룰의 대답에 여자는 화를 내며 자리에서 일어나 마당으로 나갔습니다. 그때 마스룰은 여자의 속옷 소매자락에 다음과 같은 시구가 수놓여 있는 것을 보았습니다.

직조공은 금빛 글자를 찍었더라.
손목에서 비단 위로 내리는 것은 눈부신 빛
손바닥은 은빛으로 빛나고,
길다란 손가락 마치 새하얀 상아
손가락 끝은 다시 없는 진주의 둥근 멋
그 요염한 맵시에 자못 캄캄한 밤도 환히 빛나리!

천천히 발을 떼어놓는 여자의 발밑을 살펴보니 그 덧신에는 다음과 같은 기분좋은 시구가 적혀 있었습니다.

정말 아름답고 귀여운 발을
간드러지게 옮기는 덧신이,
그대의 몸을 산뜻하게
굽히는 것도 재미있어라.
솔솔 부는 산들바람의 한가운데를

걸어가면 칠흑같이
어두운 밤에 빛나는 보름달인가.

　다른 노예 처녀들도 여주인의 뒤를 따랐지만 후부브 하나만은 휘장 옆에 있는 마스룰 옆에 남았습니다. 휘장 단에도 또한 이런 시구가 수놓여 있었습니다.

휘장 뒤에 앉아 있는
잘생긴 처녀 오직 혼자
아, 이처럼 그윽한
천부의 미를 주신
알라를 칭송하고, 칭찬할지어다!
화원은 여자를 지켜주고,
작은 새들은 처녀와 놀았노라.
자, 어서, 한 잔의 술을 마실꺼나
잔을 비우면, 맑은
처녀는 더욱 빛나리,
능금과 헨나의 꽃들도
처녀의 구슬 같은 볼을 시기하고
진주의 구슬조차 비치는
처녀의 빛을 빌려가리,
처녀를 낳은 정액은
진정 들국화꽃의 이슬이던가.
밤마다 처녀에게 입맞추고
껴안고 자는 자야말로
복 많은 사나이로다.

　그래서 마스룰은 후부브를 상대로 하여 세상 이야기에 꽃을 피우다가 얼마 후 "여보시오, 후부브, 부인에겐 남편이 계십니까?"

하고 물었습니다. 그러자 처녀는 "아씨에겐 남편이 있어요. 그런데 현재는 상품을 가지고 먼 나라에 나가 있어요." 하고 대답했습니다. 이 말을 듣자, 마스룰은 갑자기 정욕의 불꽃이 일어남을 느꼈습니다. "이 처녀를 만드신 알라께 영광 있으라! 여보세요, 후부브, 저 부인은 얼마나 고운가요! 산뜻하고, 이루 말할 수 없는 맵시에다 저 고상한 자태. 아니, 정말, 나는 완전히 마님에게 반했어요. 이봐요, 후부브, 아씨와 잠자리를 즐길 수 있도록 어디 힘 좀 써주지 않겠어요. 그렇게 해주신다면 돈이든 뭐든 원하는 것은 모두 드리겠소." 그러나 후부브는 대답했습니다. "어머, 나사렛인 나리, 마님께서 그런 소릴 들으신다면, 당신이 피살되거나, 마님이 자살하고 말 거예요. 마님은 유태교의 독신자의 따님이시며, 보통 분이 아니십니다. 돈 같은 것에 전혀 쪼들리시도 않고, 사생활에 관한 이야기는 누구에게도 입 밖에 내놓지 않으시고, 세상과는 교섭이 없으며, 늘 집에만 들어박혀 계십니다."

"이봐요, 후부브, 만일 당신이 마님을 자유롭게 할 수만 있다면 나는 당신의 노예나 머슴이 되어주고, 일평생 당신을 섬기며, 원하는 것은 모두 주겠소." 그러나 상대방은 "마스룰님, 정말 마님은 돈도 남자도 원치 않아요. 자인 알 마와시프 아씨는 세상을 버린 사람으로서 세상 사람 눈에 띄기가 두려워, 한 발자국도 밖에 나가신 적이 없어요. 당신의 경우엔 외국인이니까 참으셨지, 그렇지 않으면 한 발도 집 안에 들여놓게 하지 않았을 것입니다. 정말 마님의 형제분이었다 하더라도."

"이봐요, 후부브, 어쨌든 길을 좀 터줘. 그렇게 해주면 금화 100디나르에다, 그만한 값어치의 옷도 주리다. 나는 아씨에게 완전히 반해버렸으니까." 이 말을 듣고 후부브는 "그럼, 나리, 이제부터 아씨에게 가서 이야기해보고 대답을 가지고 돌아오겠어요. 뭐라고 그러시는지 알려드릴게요. 사실을 말씀드리면 아씨는 자기 일을 시로 읊어주는 분을 좋아하시니까, 아름다운 이목구비며 용모를 시로 읊어주시는 나리라면 꼭 마음에 드실 거예요. 어쨌든 근사하게 설득하여 온갖 수단을 다 쓰지 않으면 잘되지 않을 겁니다."

그래서 후부브는 일어나 아씨에게로 가서 이런저런 집안 이야기를 하다가 이윽고 이렇게 말했습니다. "저, 아씨, 나사렛 교도이신 그 젊은 나리를 보세요. 말씨도 퍽 고운 데다, 용모도 아주 근사해요!"

자인 알 마와시프는 이 말을 듣자, 시녀를 돌아다보며 말했습니다. "그분의 남자됨이 마음에 든다면 너나 재미보려무나. 나에게 그런 소리를 꺼내다니 넌 부끄럽지도 않느냐? 자, 어서 가서 그분더러 어서 돌아가시라고 알려라. 그렇지 않으면 이대로 내버려두지는 않을 테니까."

후부브는 마스룰에게로 돌아왔지만 아씨가 한 말을 일부러 감추고 말하지 않았습니다. 그러고 있는데, 아씨는 후부브에게 나쁜 소문이라도 퍼지면 안되니까, 문 있는 데로 가서 거리에 사람이 있는가 보고 오라고 일렀습니다. 후부브는 나갔다가 곧 돌아오기가 무섭게 말했습니다. "저, 아씨, 밖에는 사람들이 많이 있습니다. 오늘밤엔 그분을 도저히 내쫓을 수가 없습니다." 그러자 자인 알 마와시프는 말했습니다. "난 어젯밤에 꿈을 꾸었는데, 웬일인지 슬프고도 무서워서 견딜 수가 없구나."

옆에서 마스룰이 끼여들었습니다. "무슨 꿈을 꾸었습니까? 제발 신께서 당신의 마음을 흐트러놓으시지 않기를 빕니다." "실은, 어젯저녁 깊은 밤에 내가 자고 있는데, 난데없이 한 마리의 매가 높고도 높은 구름 위에서 홱 날아내려와 휘장 뒤에서 나를 채가려고 했어요. 나는 무서워서 벌벌 떨고 있었습니다. 그 순간 퍼뜩 잠이 깼으므로 곧 시녀들에게 술상을 차려오라고 일렀어요. 취하기라도 하면 악몽의 슬픈 뒷맛이 없어지리라고 생각한 것이죠."

이 말을 듣고 마스룰은 웃으며, 자기가 꾼 꿈 이야기를 맨 처음부터 끝까지, 즉 비둘기를 잡은 자초지종을 자세히 낱낱이 들려주었습니다. 자일 알 마와시프는 이 말을 듣고 몹시 놀랐습니다.

그러고 나서 마스룰은 오랫동안 아씨를 상대로 하여 세상 이야기를 계속하다 맨 마지막으로 이렇게 말했습니다. "나는 이제 겨우 내 꿈이 틀림없는 꿈이었다는 것을 알았습니다. 왜냐하면 아씨가 비둘기고, 내가 매이기 때문이죠. 확실하게 틀림없습니다. 나는 당신을 한눈에 본 그 순간부터 몸도 마음도 빼앗겨 그리움에 가슴을 태우고 있으니까요!"

그러자 자인 알 마와시프는 매우 화를 내며, "알라시여, 제발 저를 지켜주옵소서! 제발 부탁이니 어서 당장 돌아가주세요. 이웃 사람들 눈에 띄거나, 쓸데없는 쑥덕공론을 들어선 안되니까요." 하고 말한 다음 다시 덧붙였습니다.

"아시겠어요, 오르지 못할 나무는 쳐다보지도 마세요. 아무리 수고를 해도 소용없어요. 나는 어엿한 상인 우두머리의 딸이며 남편은 상인, 당신은 일개 약장수. 지금까지 사랑 놀음에서 약장수와 상인 우두머리의 딸이 짝이 된 예가 있었던가요?"

"천만에요, 아씨, 누구나 정사가 없었던 예는 없습니다. 그러니까 그렇게 매정하게 차버리시면 안됩니다. 당신이 원하시는 물건이라면 돈이건 옷이건 패물이건 모두 드리겠습니다." 마스룰은 또 오랫동안 여자를 상대로 하여 마음껏 이야기하며 상대방을 나무라곤 했습니다만, 여자는 점점 더 화를 내는 눈치였습니다. 그러던 중 날이 저물었으므로 마스룰은 말했습니다. "아씨, 이 금화로 술을 마련해주실 수 없겠습니까? 나는 목이 마르고 마음이 우울해서 견딜 수가 없습니다."

그러자 부인은 노예 처녀 후부브에게 "술을 가지고 오너라. 돈은 받지 말고. 이분이 주시는 돈은 필요없으니까."

노예 처녀가 사라지자, 마스룰은 입을 꾹 다문 채 한 마디도 말을 하지 않았습니다. 그러자 갑자기 여자는 이런 시를 읊었습니다.

그대의 흉계 깨끗이 버리고
어서 가버리시오. 자, 그대여,

불륜의 죄에 빠져
음탕한 길을 밟지 마소서!
사랑은 마음을 어지럽혀
사람을 포로로 하는 덫이라오.
아침에 눈을 뜨면 시름에 잠기고,
몸은 나른하고 수척해지네.
세상의 원수들에게 들키면
뜬소문 퍼지리, 그대 때문에.
우리 일족도 그대 때문에
세상의 비웃음을 살 뿐.
그러나, 그대가 고운 여자를
사랑한들 놀라지 않으리.
영양을 노리는 짐승은
어느 세상에서도 끊이지 않는 것.

그러자 마스룰은 이런 노래로 답했습니다.

가리륵의 빛나는 가지
그대로의 아리따운 그대여!
아미 때문에 애태우는 마음에
다정한 자비를 베푸소서.
그대 때문에 죽음의 술잔을
찌꺼기까지도 나는 마시고,
재앙과 저주가 깃들인
애욕의 옷을 입었노라.
나 어찌 마음을 기울여
그리움에 타오르는
이 가슴 무슨 수로 누를 수 있으랴.

이 시를 들은 자인 알 마와시프는 외쳤습니다. "어서 가버리세요! '함부로 눈을 쓰는 자는 마음을 지치게 한다'라는 속담도 있어요. 정말 나는 당신과 이야기를 하고, 잔소리를 늘어놓기가 싫어졌어요. 당신은 자기 것이 될 수도 없는 것을 애타게 바라고 있어요. 그래요, 비록 나의 몸무게만큼 금화를 주셔도 당신 생각대로는 되지 않습니다. 나는 말이에요, 전능하신 알라의 은총에 맹세코 말합니다만 즐거운 생활 외에 속세의 것은 아무것도 몰라요!"

"여보세요, 자인 알 마와시프 부인, 이 세상의 보물로서 무엇이든 갖고 싶은 것이 있으면 나에게 말해주시오." "내가 도대체 무엇을 바라겠어요? 당신은 밖에 나가서 이러쿵저러쿵 이야기하고 돌아다닐 것이 뻔해요. 그 때문에 나는 세상의 웃음거리가 되고, 노래에까지 불리워지게 될 거예요. 상인 우두머리의 딸이며, 게다가 전통 있는 집안 출신인 이 내가 말이에요. 나에겐 돈도 옷도 필요없어요. 그런 정사를 하다간 세상에 알려져서 나뿐만 아니라, 가문의 망신이 될 뿐이에요."

이 말에 마스룰은 당혹하여 한 마디도 대답할 수가 없었습니다. 그러나 이윽고 부인은 또 말을 이었습니다. "대도둑이라고 하는 것은 도둑질을 할 때에는 자기 목과 맞먹는 것이 아니면 훔치지 않아요. 남편 이외의 남자와 음탕한 짓을 하는 여자도 마찬가지로 모두 도둑이라 불러도 상관없을 거예요. 그렇다고 해도 도무지 단념할 수 없으시다면, 당신은 내가 직성이 풀릴 만큼 돈이고 옷이고 패물이고 주시지 않으면 안돼요."

마스룰은 대답했습니다. "비록 당신이 세계를 달라고 해도, 동쪽에서 서쪽 끝까지의 나라들을 모두 달라고 해도, 당신의 정에 비하면 아무것도 아닙니다." "그럼 옷을 세 벌 갖고 싶어요. 모두가 다 이집트 금화로 1000디나르나 하는 비단으로, 진주와 보옥과 최고의 보석으로 곱게 단을 두른 옷 말이에요. 그리고 또 나의 비밀을 지키시어 아무에게도 말하지 말 것, 나 외에는 어느 여자하고도 사귀지 않겠다는 맹세를 해주셔야 해요. 그 대신 나도 절대로 당신을 배신하지 않겠다는 언약을 진심으로 하겠어요."

그래서 마스룰은 상대방의 요구에 응하여 맹세를 하고, 여자 쪽도 굳게 약속을 하여 여기서 두 사람 사이에 은밀한 양해가 성립된 것입니다. 이야기의 결말이 나자, 자인 알 마와시프는 시녀 후부브에게 말했습니다. "내일 마스룰님과 함께 그분 댁에 가서 사향과 용연향과 낫드향과 장미수를 얼마 얻어 오는 외에 무엇을 가지고 계신지 조사해보고 오너라. 만일 지체 있는 분이라면 앞으로도 계속 사귈 것이고, 그렇지 않다면 그만 인연을 끊고 말겠다." 그리고 마스룰에게는 "여보세요, 마스룰님, 나는 약간의 사향과 용연향과 침향과 낫드향을 갖고 싶어요. 후부브에게 보내주세요." 하고 말하자, 마스룰은 "좋구말구요! 내 상점을 제발 당신 마음대로 하세요!" 하고 대답했습니다.

이윽고 두 사람은 서로 잔을 나누며 즐거운 향연을 계속했습니다. 그런데 마스룰은 무엇에 홀린 듯한 욕정에 사로잡혀 견딜 수가 없었습니다. 그것을 알아차린 자인 알 마와시프는 노예 처녀 스쿠브에게 "멍하니 계시니 깨워드려라. 아마 정신이 번쩍 들 테니까." 하고 말했습니다. "알았습니다." 스쿠브는 이렇게 대답하고 나서 이런 시구를 읊었습니다.

그대 만약 나를 사랑한다면
자, 돈과 비단을
어서 가져오고, 사랑의 노래를
소리높이 부를지어다.
그러면 좋은 결과 얻으리라.
눈시울이 검고, 상냥하게
웃는 새끼사슴도 부드러운
헨나의 가는 가지도 나의 기쁨이로다.
처녀가 던지는 눈길에
그대는 기적을 인정하리.

그러니 목숨이 끝나기 전에
그대의 목숨을 바칠지어다!
사랑의 시름은 이렇다는 것을
그대는 아는가 모르는가.
그러나 그대 만일 돈에
눈이 어두워지면 어서 가버려라!

이것을 듣고 마스룰은 그 뜻을 깨닫자 이렇게 말했습니다. "잘 알았습니다. 아마 슬픔이 있다면 나중에 반드시 기쁨이 찾아올 것이며, 신께서도 괴로움을 주신 다음에 고쳐주실 터이니까."
그러자 자인 알 마와시프는 이런 시구를 읊었습니다.

오, 마스룰이여, 사랑 때문에
자기를 잊은 꿈에서 깨어나라
나는 오늘이야말로 두렵구나.
나를 사모하여 애끓는
슬픔에 마음을 태우는 그대의 슬픔.
내일은 두려워하리, 동서로
세상 사람들은 놀라고
공연한 뜬소문 퍼질 것을.
어서 사랑을 버릴지어다
그렇지 않으면 비방 들으리.
무엇 때문에 마음을 쓰는가?
이러한 정사는 부정한 것!
핏줄을 달리하는 외국인이라는
신분 때문에 그대의 이름은
세상에서 소외되어 벗도 잊으리.
나는 유태인 신자의 딸이니
세상 사람들은 놀라리라.

아, 나의 목숨 끊고
영원한 휴식을 얻고 싶구나.

 그러자 마스룰은 상대방의 즉흥시에 답하여 이런 시를 읊었습니다.

사모하여 마지않는 나의 마음
슬픈 대로 내버리고서
탓하지 마시라.
그대를 탓하면 연정은
더욱더 사무쳐 참을 길 없으리.
그대 무정하게도 이 몸을
아무렇게나 다루니, 아침이건
또 밤이건, 나 찾아갈 곳 없으니 슬프구나.
사랑의 법도는 죽음을 금하고
사랑에 쓰러진 희생자는
영원히 그 유혼 세상을 떠돈다고
세상에 전해짐도 슬프구나.
아, 애처롭도다! 애욕을
심판하는 마당에서 심판자를
본다면 충정을
말하여 뜻을 이루련만.

 이렇듯 서로 다투고 있는 사이에 날도 밝았으므로 자인 알 마와시프는 말했습니다. "마스룰님, 세상 사람들의 눈에 띄어 재미없는 일이라도 생기면 안되니까, 자, 어서 돌아가세요."
 그래서 마스룰은 시녀 후부브를 데리고 집을 나와 자기 집으로 돌아왔습니다. 그리고 후부브와 이야기한 끝에 "그대가 원하는 것은 무엇이나 줄게. 그러니까 꼭 아씨를 내 마음대로 할 수 있도록 힘을 써줘." 후부브가 "알았습니다." 하고 대답하자, 마스룰은 일어나 100디나르를 주었습니다. "이봐, 후부브, 나에게는 100디나르나 하는 옷도 있어." 그러자 시녀는 "여보세요, 마스룰님, 어서 약속하신 패물이며 모두를 챙겨주세요. 마님 생각이 변하기 전에 여러 가지로 수를 쓰지 않는다면 손안에 넣을 수 없어요. 그런데 마님은 노래 이야기를 아주 좋아한답니다." "알았어." 이렇게 말하고 마스룰은 사향에다 용연향, 침향에다 장미수 따위를 꺼내가지고, 함께 자인 알 마와시프한테로 돌아가서 인사를 했습니다. 상대방이 더할 나위 없이 상냥한 말로 답례하자, 마스룰은 부인의 요염한 아름다움에 눈도 어지러워질 지경이라 곧 이런 시를 지어 읊었습니다.

> 오, 그대여, 어두운 밤에
> 환히 빛나는 태양이여!
> 나의 넋을 저 검고
> 둥근 눈으로 빼앗아버린 그대여!
> 아름다운 목덜미를 가진
> 모습 상냥한 아리따운 여인이여!
> 새빨간 볼로서
> 장미꽃조차 무색케 하는 그대!
> 원컨대, 나를 업신여기고
> 내 눈을 속이지 마시라.
> 그대 괄시하면 그리움과
> 고통의 짐을 지게 되리라.
> 춘정은 나의 가슴 밑에
> 자리잡고 살았노라.
> 아! 회춘의 정은 활활 타올라
> 꺼질 줄을 모르네!
> 내 가슴 속엔 그대를

그리는 마음 뿌리박고 있지만,
나는 그대에게서
그 흔적을 보지 못했노라.
그러니, 그대도 박복한
슬픈 사랑의 포로야말로
가련타 생각할지어다.
아, 맑은 새벽이여!

 자인 알 마와시프는 이 시를 듣자, 마스룰에게 눈길을 주었으니, 이 간장을 녹이는 눈매에 마스룰은 천 번이나 이를 갈고 한숨을 내쉬며 체면이고, 무엇이고 다 잃고는 자신을 가누지 못할 지경이었습니다. 이윽고 여자는 이런 답가를 읊었습니다.

꿈에도 생각지 마라.
그대를 사모하는 여자로부터
뜨거운 기쁨을 얻으려고,
어서 연정을 버리시라.
버리시라, 그대의 애끓는 비원을.
아무리 그대가 애쓴다 하더라도
그대가 사모하는 그 여자
정조는 굳고 매정하니
모든 것은 헛되이 끝날 뿐.
나의 눈길에 정을 느끼는
사나이의 마음은 흩어질지라도
나는 조금도 마음에 두지 않으리.
그대가 원망하는 말도.

 마스룰은 이 소리를 듣자, 스스로 자기의 마음을 억제하고, 가슴의 동요를 감추며 꾹 참고 있었습니다. 그리고 속으로 생각하기를

'불행한 사건에 관해서는 어디까지나 꾹 참고 있을 수밖에 딴 방법이 없다.' 이런 모양으로 두 사람은 저녁때까지 노래의 응수를 거듭하고 있었으나, 날이 저물자, 자인 알 마와시프는 저녁상을 차려오라고 일렀습니다. 이윽고 두 사람 앞에 놓여진 상에는 메추라기, 비둘기, 양고기 등의 온갖 진수성찬이 차려져 있었습니다. 두 사람은 마음이 내키는 대로 이것을 먹었습니다. 그러고 나서 상을 물리라고 명령하자, 시녀들은 지시에 따라 잠시 후에 손을 닦을 도구를 가지고 왔습니다. 손을 닦고 나자, 여자는 촛대를 내놓으라고 이르고, 받침접시를 놓고, 그 안에 장뇌가 든 초를 세우라고 일렀습니다.

이윽고 여자는 말했습니다. "어떻게 된 것일까요. 오늘밤은 가슴이 답답하고, 열기가 있어요." 마스룰이 "신께서 당신의 기분을 가라앉히고, 괴로움을 걷어주시기를." 하고 말하니, 여자는 다시 말을 이었습니다. "마스룰님, 나는 장기를 곧잘 둬요. 어떠세요, 조금은 둘 줄 아세요?" "네, 잘 둡니다." 그래서 여자는 시녀 후부브에게 명령하여 장기판을 가지고 오라고 명령했습니다. 시녀가 나가서 곧 장기판을 들고 와 두 사람 앞에다 놓았습니다. 보니 장기판은 상아를 박은 흑단제로 줄은 선명한 금빛으로 긋고, 말은 진주와 홍옥으로 만들어져 있었습니다.

―샤라자드는 날이 훤히 밝아오는 것을 깨닫자, 여기서 허락된 이야기를 그쳤다.

• 847일째 밤

샤라자드는 다시 말을 이었다. 오, 인자하신 임금님, 자인 알 마와시프가 장기판을 가지고 오라고 명령하자, 시녀는 그 앞에 갖다 놓았습니다. 여자는 그 기막힌 구조에 깜짝 놀라고 있는 마스룰을 돌아다보며 말했습니다. "홍을 잡으시겠어요. 아니면 백을 잡으시겠어요?" 마스룰이 "아름다운 공주님, 아침 공기를 향기롭게 물들이시는 귀부인이시여, 어서 홍을 잡으시오. 그편이 더 예쁘게 보이고, 당신 같은 분에게는 어울리니까요. 백은 내가 잡겠습니다." 하고 말하니 여자는 "그럼, 그렇게 하겠어요." 하고 대답하고 빨간 말을 잡더니 흰 말 맞은편에 늘어놓고 우선 한 손을 뻗어 맨 처음 말을 가운데로 내몰았습니다.

마스룰은 분가루같이 새하얀 여자의 손가락 끝을 물끄러미 바라보며, 그저 그 아름다움, 그 늘씬한 잘생긴 모양에 넋을 잃고 있었습니다. 그러자 여자는 얼굴을 들어 "마스룰님, 그렇게 깜짝 놀라시지 마시고, 침착하게 참고 계세요." "달도 무색하리만큼 아름다운 맵시의 아씨, 사모하는 사나이가 당신을 쳐다보는데 어찌 가만히 참고만 있을 수 있겠습니까?" 이럭저럭하는 사이에 여자는 "장이야!" 하고 외치더니 이기고 말았습니다. 너무나도 터무니없는 승부였으므로 여자는 상대방이 욕정에 몰려 정신이 혼돈되지 않았나 하고 생각했습니다. 그래서 "마스룰님, 뭘 걸지 않고서는 둘 기분이 안나네요." 하고 말하니 상대방은 대답했습니다. "알았습니다." "그럼, 서로 속임수를 쓰지 않기로 맹세합시다." 두 사람이 맹세를 하자, 여자는 다시 말을 이었습니다. "여보세요, 마스룰님, 만일 내가 이기면 10디나르 주세요. 만일 진다면 뭐 돈이 되지 않는 걸 드리겠어요." 마스룰도 이길 자신이 있었으므로 "부인, 그럼, 그 말대로 합시다. 보기에 당신은 여간 강적이 아닌 것 같군요." "그럼, 그렇게 하기로 정했어요!" 두 사람은 말을 늘어놓고 또다시 승부를 시작했습니다. 졸을 내보내기도 하고, 이것을 여왕으로 잡기도 하고, 진용을 갖추기도 하고, 성을 쌓고 대항하기도 하고, 기사의 공격을 막아보기도 하고, 쌍방이 모두 필사적으로 싸웠습니다. 그런데 자인 알 마와시프는 머리에 파란 비단 천을 걸치고 있었는데, 이것을 벗고, 소매를 걷어올리더니 하얀 손목을 흘긋흘긋 내보이면서 빨간 말 위로 손을 뻗쳤습니다. "자, 조심하세요."

그러나 마스룰은 여자의 아름다움에 눈이 어리고 요염한 맵시에 사리분별마저 잃은 형편이어서, 마음이 어지럽고 그저 정신이 멍해져서 흰 말 쪽으로 손을 뻗는다는 것이 자기도 모르게 빨간 말을 잡고 말았습니다. "마스룰님, 도대체 어떻게 된 거예요? 빨간 말은 내 것이고, 흰 것이 당신 거예요." "당신을 바라보고 있으면 아무나 제정신을 잃게 됩니다."

정신이 뒤죽박죽이 된 상대방의 모양을 알아차린 여자는 자신이 백을 갖고, 상대방에게 홍을 주고서 승부를 진행시킨 결과 마침내 마스룰을 이기고 말았습니다.

몇 번씩이나 승부를 되풀이했지만 마스룰의 패배로 끝나, 그때마다 10디나르씩 치르는지라, 결국 여자는 사랑에 미친 사나이의 마음을 눈치채고 이렇게 말했습니다. "여보세요, 마스룰님, 나를 이기지 못하는 한 당신의 소원은 이뤄지지 않아요. 그럼 약속하겠어요. 이제부터는 한 판에 100디나르 걸지 않으면 하지 않겠어요." "좋습니다." 마스룰의 대답에 자인 알 마와시프는 승부를 계속하여 그때마다 상대방을 이겼으므로 마스룰은 100디나르씩 뺏기고 말았습니다.

이럭저럭하는 사이에 날도 훤히 밝아졌습니다. 그러나 여전히 마스룰은 단 한 번도 이기질 못했습니다. 그러자 별안간 마스룰은 홱 일어섰습니다. "마스룰님, 웬일이세요?" 여자의 물음에 사나이는 대답했습니다. "집에 가서 돈을 좀 가지고 올 생각입니다. 아직 소원을 못이룰 것도 없으니까요." "그럼, 마음대로 하세요." 그래서 마스룰은 자기 집으로 돌아가 가지고 있던 돈을 전부 가지고 이런 시구를 중얼거리면서 여자에게로 돌아왔습니다.

꿈에 보았네. 하늘을 나는 새를,
사랑의 화원은 웃으며 빛나는
꽃들을 장식했네.
진정 나 뜻을 이룬
새벽녘 꿈에 본 일이

틀림없음을 잘 알았노라.

그런데 마스룰은 집에 있는 돈을 전부 가지고 돌아와서 또다시 승부를 시작했습니다. 그러나 계속 질 뿐 한 번도 이기질 못했습니다. 그런 식으로 사흘이 지나는 사이에 여자는 남자의 가진 돈을 전부 빼앗고 말았습니다. "여보세요, 마스룰님, 이번에는 어떻게 하실 거죠!" "약방 가게를 걸겠습니다." "얼마나 값이 나가죠?" "500디나르."

그래서 두 사람은 다섯 판을 두었지만 결국 여자에게 가게마저 빼앗기고 말았습니다. 그러자 마스룰은 노예 처녀와 땅과 정원을 걸었습니다. 그러나 이것도 져서 전재산을 다 빼앗기고 말았습니다. 이윽고 자인 알 마와시프는 물었습니다. "아직도 또 걸게 있나요?" "사랑의 함정에 나를 빠뜨리신 신께 맹세코, 이젠 돈도, 아무것도 없는 빈털터리가 되었습니다!" "마스룰님, 처음부터 알아서 한 일이라면 후회할 것도 없잖아요. 그러니까 조금이라도 후회하신다면 당신 것을 모두 되돌려드리겠어요. 어서 돌아가세요. 전부 끝난 것으로 해드릴 테니까요."

그러자 마스룰이 대답했습니다. "우리들에게 이러한 운명을 정해주신 신에게 맹세코 말합니다만, 비록 이 생명을 달라고 해도 당신을 위하여 거는 것이라면 마다않겠어요. 나는 당신 외에는 아무도 사랑하지 않으니까요."

잠시 후 여자는 말했습니다. "그럼, 마스룰님, 이제 곧 재판관과 증인을 불러오세요. 당신의 땅과 재산을 증서로 만들어서 양도해 주세요." "좋습니다."

마스룰은 그렇게 대답하고 그 길로 나가서 재판관과 증인을 여자 앞으로 데리고 왔습니다. 재판관은 여자를 보자 몸도 마음도 빼앗기고, 우아한 손가락 끝에 정신이 멍해졌습니다. "여보시오, 부인, 나는 당신이 토지와 집과 노예 계집을 매수하여 모두 다 당신의 소유물이 됐다고 하는 것이 아니라면 양도증을 작성하지 않습니다." 그러나 자인 알 마와시프는 말했습니다. "우리들의 이야기는 벌써 끝이 났습니다. 마스룰님의 집도 토지도 노예 계집도, 소유권이 있는 것은 모두 자인 알 마와시프에게 양도하고, 이러이러한 가격으로 동인의 소유로 귀속함, 이라는 증서를 써주세요."

그래서 재판관이 증서를 작성하고, 증인이 서명하자 여자는 그것을 받았습니다.

—샤라자드는 날이 훤히 밝아오는 것을 깨닫자, 여기서 허락된 이야기를 그쳤다.

• 848일째 밤

샤라자드는 다시 말을 이었다. 오, 인자하신 임금님, 자인 알 마와시프는 재판관의 손에서 마스룰의 재산을 양도한다고 적은 증서를 받자, 마스룰에게 말했습니다. "자, 마스룰님, 어서 돌아가주세요."

그러나 노예 처녀 후부브는 마스룰을 돌아다보고 말했습니다. "무엇이든 시를 읊어주세요." 그래서 마스룰은 장기의 승부에 관하여 이런 시구를 즉석에서 지어 읊었습니다.

> 나는 원망하리 '세월'과
> 내 몸에 내리닥친 불행을,
> 지고 만 장기와 재앙의
> 눈동자를 탄식하고 슬퍼하면서.
> 그것은 비할 데 없이 고운 여자의
> 진정 우아한 가는 허리를
> 애타게 사모했기 때문이로다.
> 처녀는 시선의 화살을 쏘아
> 막강한 군사를 싸움터에
> 내보내 싸움을 벌이면

홍백이 서로 엉키고, 서로 치고받으며,
"자, 간다!" 하고 소리 높이 외치며
처녀는 말을 몰았더라.
창끝을 날카롭게 서로 맞대고
길다란 손가락 끝을 보이면,
갑자기 하늘은 흐리고
밤의 어둠보다 더 어둡더라.
백군은 위기에 빠지지만
구원의 손길 없이 망연히
눈물 비를 흘릴 뿐.
'여왕'과 더불어 '성'도 '졸'도
마침내 패배하여 백군은
어지러이 도망쳤네,
적의 화살 당해낼 길 없어.
그렇다. 눈동자의 화살로써
처녀는 나를 꿰뚫었나니,
이윽고 화살은 나의 가슴도
나의 머리도 꿰뚫었더라.
처녀는 홍백 양군을
날더러 택하라고 말하는지라,
흰빛은 달빛이라
나는 우선 백을 잡았네.
이 은빛의 장병은
나에게는 더할 나위 없이 어울리고
친하게 느껴지니 나는 이것을 잡으리라.
"그대는 홍을 잡으라."라고.
언약이 끝나 내기 장기
운명을 걸고 다투었건만
정에 무른 나에게

아, 애석하게도 전세는 불리하였네.
아, 가슴 속의 불이여, 그리움이여,
뭇별 속의 달을 닮은
고운 이를 그리고, 애달픔도
이 몸을 태우지는 못할망정
땅과 보물을 잃고
후회하는 마음도 없지만
처녀의 나에 대한 무정함은
애끓는 슬픔이어라.
그저 막연히 시름만을
탓하며 나는 이토록
쓰라린 고뇌를 가져다준
무상한 '때'를 원망할 뿐.
"어이하여 이토록 어리석은가?"
처녀의 물음에 답하여 가로대,
"만취한 몸에 이미 술은
쓸데없는 것이 되고 말았노라!"
그녀는 비단결같이 부드러운 살갗의
상냥한 맵시로 나의 넋을
몰아갔지만
마음속에 지극히 굳은
바위를 간직함도 슬프구나.
나는 힘을 내어
"자, 오늘이야말로 내 것이로다!"
외치고 걸었노라, 무정한
여자라고는 꿈에도 모르고.
뜻을 이루려고 애는 썼지만
뉘 알았으리오. 나 패배하여
거지의 신세가 되었노라.

춘정의 뒤끓는 거친 바다에
　　빠지기는 했지만, 그 어찌
　　젊은 목숨이 사랑 때문에
　　아픈 마음을 스스로 피할소냐?
　　이렇듯, 하루 아침 눈을 떠보니
　　오호라, 이 노예는 허망하게도
　　오르지 못할 곳에 핀 꽃을 그리워하며
　　신세를 망쳤노라!

　자인 알 마와시프는 이 시를 듣자, 상대방의 거리낌없이 흐르는 화술에 혀를 차며 감탄했습니다. 그러나 여자는 매정하기 짝이 없었습니다. "여보세요, 마스룰님, 그 쓸데없는 수작을 그만두시고 정신을 차려 어서 돌아가세요. 당신은 동산도 부동산도 내기 장기로 모두 탕진하고 말았어요. 그럼에도 불구하고 본뜻을 이루지 못했고, 그뿐만 아니라 뜻을 이룰 수단도 재력도 무엇 하나 가진 게 없어요."
　그러나 마스룰은 여자를 돌아다보며 말했습니다. "부인, 무엇이든 원하는 것이 있으면 말해보세요, 드릴 테니까. 갖다가 당신 발밑에 놓으리라." "하지만 당신에겐 동전 한푼도 없지 않습니까?" "아, 모든 소원의 과녁이여! 비록 빈털터리라 할망정 남이 도와줍니다." "물건을 주는 사람이 이번에는 물건을 구걸하는 사람이 되는 건가요?" "나에게는 친구들도 친척도 있습니다. 무엇이든 달라고 하면 줍니다." "그렇다면, 마스룰님, 사향을 4상자, 영묘향 4병, 용연향 4파운드, 금화 4000닢, 금실로 단을 두른 비단 400필을 받겠어요. 만일 그만큼 가지고 오신다면 나의 마지막 것을 드리겠어요."
　"달도 무색할 만큼 아름다운 분이시여! 그런 것은 문제도 되지 않습니다." 마스룰은 이 말을 남기고 여자가 원하는 물건을 얻으러 밖으로 나갔습니다.

자인 알 마와시프는 시녀 후부브에게 미행케 하여 마스룰이 다른 사람들에게 얼마나 신용이 있는지를 알아오라고 일렀습니다. 그러나 큰길을 걷고 있던 마스룰은 뒤돌아보고서 저 멀리서 시녀의 모습을 알아보자, 그녀가 가까이 오기를 기다렸다가 말을 건넸습니다. "이봐, 후부브, 어디 가는 거지?" "마님께서 미행하여 이러이러해라 하고 일렀어요." "이봐, 후부브, 나에겐 아무것도 줄 것이 없어!" "그럼, 왜 아씨와 약속을 하셨죠?" "약속이라는 것은 했다가도 어길 수 있는 거야! 남녀의 정사에는 거짓말이 많게 마련이지." 시녀는 그 말을 듣고 말했습니다. "마스룰님, 너무 걱정마시고 힘을 내세요. 알라께 맹세코, 제가 꼭 마님과 즐길 수 있도록 주선해드릴게요."

후부브는 마스룰과 헤어지자, 곧 그 길로 돌아가 찔끔찔끔 울면서 부인 앞에 섰습니다. 그리고, "마님, 저 서방님은 정말 세상에서 신망도 있고, 평판이 좋은 분이에요." 하고 말했습니다. 자인 알 마와시프는 "사람이 아무리 잔재주를 부린다 하더라도 전능하신 알라께서 정하신 법도는 어길 수 없는 거야! 그분은 나를 무정한 여자라고 생각하고 있어. 글쎄, 재산을 몽땅 빼앗고도 속시원한 대답도 않고 사랑의 즐거움도 거부했으니까. 하지만 난 말이야, 만일 그분의 뜻에 놀아나서 세상 사람들의 입에 오르내리기라도 하면 어쩌나 하는 것이 걱정이야."

그러자 후부브가 말했습니다. "저, 마님. 오늘 그분의 딱한 입장과 재산을 탕진한 경위 따위를 생각하면 우리로서도 가슴이 답답할 노릇이군요. 게다가 여긴 아씨와 노예 처녀 스쿠브뿐입니다. 시녀인 우리들이 아씨의 일을 이러쿵저러쿵 이야기할 까닭이 없지요."

이 말에 부인은 잠시 고개를 숙이고 있었으나, 두 시녀는 입을 모아 말했습니다. "저, 마님, 저분을 불러서 정을 주시고, 욕심 많은 사람들에게 구걸 따위를 시키지 않도록 하시면 어떠시겠어요? 남에게 구걸하다니 얼마나 어려운 일이겠어요." 자인 알 마와시프는 두 시녀의 충고를 받아들여 먹통과 종이를 가지고 오라 하여 이런 시구를 적었습니다.

오, 마스룰, 그대의 몸에
즐거움은 이미 가까워졌노라.
참된 말을 믿고
밤이 되면 찾아와
뜨거운 합환을 즐기시라.
탐욕스런 사람에게
구걸하지 마소서. 사랑하는 이여,
나는 술 때문에 분별을
잃었건만 이젠 되찾았나이다.
그대에게서 빼앗은 재산은
모두 반환하리.
오, 마스룰이여, 게다가 또
사랑의 보답을 드리리라.
사랑한 여자의 포악한
탐욕 때문에 가지가지의
압박을 받았건만, 그대는 곧잘
마음을 누르고 참고 참아
그윽한 마음을 보여주었도다.
그러니 어서 오시라,
함께 놀아봅시다.
어서 서두르소서, 무정한
방해물이 끼여들기 전에
어서 오시라.
나의 남편
멀리 떨어져 있는 사이에
사랑의 나무의 열매 맛보시라.

그러고 나서, 종이쪽지를 접어서 시녀 후부브에게 주자 시녀는 얼른 이것을 마스룰에게 가지고 갔습니다. 한편 집에 돌아온 마스룰은 눈물을 흘리며 울다가, 욕정과 하염없는 그리움에 자신을 잊고 이런 시를 읊고 있었습니다.

>사랑의 산들바람 나의 넋에
>솔솔 불어와 나의 간장은
>사랑의 불길에 타버렸네.
>그리운 임의 곁을 떠나면
>나의 그리움은 더욱 커지고,
>눈물은 그칠 줄 모르고 폭포처럼
>나의 눈에서 쏟아져내리네.
>이토록 심한 나의 번뇌
>내 가슴 속의 떨림인가.
>비록 무심한 암석에
>나의 사정을 전한들
>비정한 돌도 슬픔에
>마음 움직여 녹아버릴지어다.
>아, 알고 싶어라, 어느 날엔가
>사랑의 기쁨을 알 수 있으려나,
>나의 소원을 이루어 벗에게 알리리.
>우리들을 갈라놓은 밤의 휘장
>쳐들어져 나의 가슴 속의
>탄식이 지워짐은 언제런가?

―샤라자드는 날이 훤히 밝아오는 것을 깨닫자, 여기서 허락된 이야기를 그쳤다.

● 849일째 밤

샤라자드는 다시 말을 이었다. 오, 인자하신 임금님, 마스룰은 욕정과 애절한 그리움에 자신을 잊고 느릿느릿 단조로운 억양으로 비련의 노래를 중얼거리고 있는데 그곳에 후부브가 와서 문을 두드렸습니다. 마스룰이 일어나 맞이하니 시녀는 편지를 주었습니다.

마스룰은 이것을 읽고 말했습니다. "이봐, 후부브, 마님의 상태는 어떠신가?" "나리, 이 편지를 잘 읽어보시면 대답할 것도 없어요. 당신께서 그걸 제일 잘 알고 계실 텐데요, 뭐!" 이 말을 듣고 마스룰은 하늘에라도 오를 듯이 기뻐하며 이런 노래를 읊었습니다.

　새 기쁨을 알리는
　글월이 나에게 왔네.
　깊숙이 봉하여 숨겨두리.
　그 글월에 입을 맞추면
　연정의 진주를 품었는지
　나의 사랑 더욱 사무치네.

그러고 나서 한 통의 답장을 써서 후부브에게 주자, 그녀는 이것을 받아들고 마님에게로 돌아갔습니다. 그리고 곧 마스룰의 늠름한 사나이다움을 칭찬하기도 하고, 훌륭한 선물과 너그러운 태도 따위를 칭찬하기도 하면서 마스룰의 은혜에 보답했습니다. 그도 그럴 것이 후부브는 부인과의 정사를 성사시키기 위하여 아무쪼록 마스룰을 따랐기 때문입니다.

자인 알 마와시프는 말했습니다. "이봐, 후부브, 그분 왜 이리 늦어?" 그러자 후부브는 "틀림없이 곧 오실 겁니다." 채 말이 끝나기도 전에 마스룰이 문을 두들겼습니다. 시녀가 얼른 문을 열고 부인에게로 안내하자, 부인은 이마에 손을 얹고 인사를 하고 반가이 맞으며 자기 옆에 앉혔습니다.

이윽고 자인 알 마와시프가 "비단옷 한 벌만 가져오너라."하고 분부하니, 후부브는 얼른 금실로 단을 두른 옷을 가지고 왔습니다. 여자는 이 옷을 마스룰에게 던져주고, 자기는 가장 고급품인 비단옷을 입고, 더할 나위 없이 맑은 윤이 나는 진주로 꾸민 그물 장식을 머리에 썼습니다. 그리고 그 주위에 진주와 그 밖의 보옥으로 단을 두른 비단 허리띠를 두르고, 그 밑에 두 개의 비단 끈을 늘어뜨리고, 고리를 단 끝에다 빛나는 황금글씨를 새긴 루비를 매달았습니다. 또 캄캄한 밤과 진배없는 칠흑 같은 머리를 길게 늘어뜨리고, 마지막으로 침향을 피우고, 몸에 사향과 용연향의 그윽한 향기를 뿌렸습니다. 후부브는 자기도 모르게 "알라시여, 부디 흉악한 눈으로부터 아씨를 지켜주옵소서!" 하고 외쳤습니다.

몸단장이 끝나자, 자인 알 마와시프는 발걸음도 가볍게 좌우로 몸을 흔들면서 걸음을 옮겨놓았습니다. 이것을 보고 시문의 재주에 뛰어난 후부브는 이런 시구를 지어 그 요염함을 칭찬했습니다.

> 가리륵 가지일망정
> 간드러진 걸음걸이에
> 무색해지리라, 그리고 또
> 애인은 수심 깊은
> 그대의 눈초리에 상처 입으리.
> 달을 닮은 얼굴은
> 칠흑 같은 머리칼에서
> 아련히 떠오르며,
> 그 이마, 솜털 사이에서
> 떠오르는 태양처럼
> 요염한 얼굴을 감쌌구나.
> 아, 그대의 총애를
> 한몸에 모아, 정화 나누며,
> 백년해로를 맹세하며

그대를 위하여 목숨 바치는
   그 사람은 행복한 사람이어라!

 자인 알 마와시프는 시녀에게 치하하고, 보름달 그대로의 고운 모습으로 마스룰 옆으로 다가왔습니다. 마스룰은 그 모양을 보고 얼른 일어서며 외쳤습니다. "내 생각이 잘못이 아니라면, 이 여자는 사람의 딸이 아니라, 낙원의 신부 중의 하나로다!"
 이윽고 여자가 식사를 내놓으라고 이르자, 시녀가 식탁을 가져왔는데 그 가장자리에는 이런 시구가 새겨져 있었습니다.

   자, 그대여, 네 개의 접시에
   숟가락 넣어 가지각색의
   후리캇세, 스튜, 튀긴
   요리를 먹어 마음과 눈을
   다같이 즐겁게 할지어다.
   그뿐인가, 살찐 메추라기를
   '나는 다시없이 사랑해 마지않네.'
   들새와 뜸부기와 그 밖의
   하늘을 나는 온갖 새들도
   모두 나와 식탁을 장식하였도다.
   타는 듯이 빨갛게 빛나는
   구운 고기에 신의 축복 있으라!
   초에 저린 들나물도
   죽접시의 진미도 있네.
   젖으로 지은 밥에
   가인은 손을 꽂았네.
   팔찌도 높이 쳐들어
   두 팔이 가려질 정도로!
   테와리지의 두 개의 빵,

옆에 늘어놓은 두 접시의
　　생선 요리, 이 몸 그 얼마나
　　가슴을 태우며 그것을 동경했던가!

두 사람은 식사를 모두 하고 나서 즐겁고도 쾌활하게 흥을 돋구었습니다. 그러자 이번에는 시녀들이 식탁을 치우고 술도구를 한 벌 차려왔습니다. 술이 돌아감에 따라 점점 마음은 흥겨워졌습니다. 마스룰은 잔에 가득 술을 따라가지고 "나의 마음을 포로로 한 애인에게!" 하고 말하면서 이런 즉흥시를 지어 읊었습니다.

　　세상을 비추는 처녀의
　　아름다운 맵시를 짐짓
　　지켜보는 나의 눈초리야말로
　　행복하기 이를 데 없구나.
　　몸도 영혼도 비할 데 없는
　　하늘이 주신 아름다움 갖추어져
　　보기에도 즐거운 자태로다.
　　그대 성장하고 얌전하게
　　걸음을 옮겨놓으면 헨나조차도
　　그 요염한 용모를 질투하리라.
　　어두운 밤도 무색하리만큼
　　이마는 희게 빛나고
　　왕관이 아닌가 싶은 초승달도
　　눈부신 그대를 못당하리.
　　대지 위를 그대 걸으면
　　그윽한 향기는 떠돌아
　　불어닥치는 바람에 들도 산도
　　향기를 뿜으리 드높게.

마스룰의 즉흥시가 끝나자, 여자는 말했습니다. "저, 마스룰님, 신앙을 굳게 지키시어 우리집에서 한입이라도 식사를 하신 분에게는 이쪽에서 갚을 것을 드려야 해요. 그러니까 지금까지의 일은 모두 없는 것으로 하고 내가 당신한테서 빼앗은 땅과 집을 모두 반환하겠어요." 그러자 마스룰은 대답했습니다. "여보세요, 부인, 당신은 맹세를 어기고 우리가 한 최초의 언약을 지키지 않았지만 지금 말씀 해주신 말로 용서해드리겠습니다. 나는 이제부터 이슬람교에 귀의할 작정이니까요."

자인 알 마와시프도 또한 상대방의 예에 따르겠다고 맹세했습니다. 그때, 후부브가 큰 소리로 끼여들었습니다. "마님, 당신은 나이는 젊지만 여러 가지 것을 아시는군요. 그러니까 제가 하라는 대로 하시어 저를 안심시켜주지 않으신다면 이 이상 오늘밤부터 댁의 신세는 지지 않겠습니다." "후부브야, 너 하라는 대로 하마. 자, 따로 방을 마련해다오."

후부브는 얼른 일어나 방 준비를 갖추자, 여자의 기호에 따라 아름다움을 다하여 장식하기도 하고, 향을 피우기도 했습니다. 그것이 끝나자, 후부브는 또다시 새로 술과 안주를 늘어놓으니 잔이 돌아감에 따라 두 사람의 기분은 점점 더 들떴습니다.

―샤라자드는 날이 훤히 밝아오는 것을 깨닫자, 여기서 허락된 이야기를 그쳤다.

• 850일째 밤

샤라자드는 다시 말을 이었다. 오, 인자하신 임금님, 자인 알 마와시프가 시녀에게 딴 방을 하나 마련하라고 이르자, 시녀는 당장 그대로 했습니다. 그러고 나서 또다시 술과 안주를 두 사람 앞에 늘어놓자, 술잔은 두 사람의 마음을 들뜨게 하면서 빙빙 돌았습니다. 이윽고 자인 알 마와시프가 입을 열었습니다. "여보세요, 마스룰님, 드디어 잠자리에 들 시간이 되었군요. 당신은 이제부터 나의 사랑의 맛을 보려고 하고 계시니까 무엇이든 한층 더 흥이 나는 시를 읊어주세요."
　여자의 요청에 응하여 마스룰은 이러한 송시를 읊었습니다.

　　나는 마음을 빼앗겼노라.
　　쓰라린 이별에 서로 헤어지고
　　사랑의 불꽃에 이 가슴은
　　탈 것만 같은 애절함이여!
　　그것은 나의 영혼을 앗아가고
　　귀여운 볼로써 분별을
　　훔쳐간 처녀를 사랑하기 때문.
　　눈썹은 서로 붙어 있고, 눈은 둥글고
　　생긋 웃으면 번개같이
　　번쩍이는 흰 이빨일세.
　　나이는 겨우 열 하고 넷인가
　　처녀가 그리워 이 몸은
　　피눈물 그대로의
　　눈물이 흘러내려 슬프구나.
　　그 얼굴 처음 본 것은
　　개울이 졸졸 흘러내리는 화원 속,
　　지평선 언덕 위로 떠오른
　　달조차 능가할 앳된 모습.
　　나는 겁이 나서 소스라치고
　　그 자리에 서서 외쳤더라.
　　"오, 화원의 가인이여!"
　　처녀는 인사에 답례하며
　　실에 꿴 진주인가
　　의심하리만큼 낭랑하게
　　간드러진 목소리로 대답하더라.

그러나 처녀는 내 말을
듣고 내 뜻을 깨닫자
바위처럼 굳게
매정한 태도를 보였더라.
"그대의 말은 어리석고
무지하지 않은가."
그래도 나는 "용서하소서,
탓하지 마오. 오늘
그대의 허락 얻으면
탓할지라도 꺼리지 않으리.
그대는 사랑받고, 이 몸은
사랑하는 자가 되기만 한다면."
처녀는 내 마음을 알고
쾌활하게 웃으며 대답하더라.
"천지를 창조하신 신께 맹세코!
나는 이 세상에 다시없는 냉혹무정한 유태 계집,
그대는 나사렛의 후예.
어찌하여 요구하는가
나의 사랑을.
신분이 다른 그대인데
잘못을 후회할 날 있으리."
자, 묻거니와 사랑은
두 가지 가르침과 희롱하여도
과연 용서받을 수 있는 것인가?
아침마다 세상 사람들의
비웃음을 받으리, 두 사람 다!
그대는 교의를 비웃고
제사를 모독하고 우롱하여도
우리들의 영혼의 허물

증명하고자 하는가?
진정으로 나를 사랑한다면
그대는 사랑을 위하여, 다시 또
나의 사랑을 위하여 세상을 버리고
유태교에 귀의할지어다.
복음서에 맹세하고서라도
우리들의 비밀을 잘 지키고
세상의 비웃음을 받지 않겠다고
굳은 맹세를 할지어다!
그러면 나는 율령에 맹세코
두 사람의 약속에 어긋나지 않겠다고
굳게 맹세를 하였더니라.
이에 율법과 신앙과 교의에 맹세코 가지가지의
자못 거룩한 약속을
그대에게도 지워 묶어놓았네.
"나의 기쁨인 그리운 그대,
그 이름은 무엇이뇨?"
나 물으면 그대 대답하였네
"오, 자인 알 마와시프라고 불러요." 하고.
"오, 자인 알 마와시프여!
자, 나의 절규를 들으소서.
이 몸은 그대의 사랑을 빌다
그만 노예가 되어버렸소이다!"
베일을 젖히고 들여다보니
진정 아리따운 그녀로다.
나는 그 순간 눈이 아찔하여
사랑의 불꽃에 몸을 태웠네.
휘장 뒤에 나 숨어서
슬픈 생각의 가지가지를

한결같이 원망해 마지않으니,
처녀는 사랑에 미친
나를 보고 베일을
거두고 상냥하게 웃었도다.
아름다운 인연의 꿈을 약속한
산들바람이 얼굴을 스칠 때
처녀는 목덜미며 가는 손에
사향의 향기를 피웠네.
그 드높은 향기는
흘러내리는 듯 그윽하게 온 집 안을 채웠네.
나는 미소짓는 입술에
입맞추며 훌륭한 술과 같은
그지없는 맛을 보건만,
이윽고 여자는 가리록의
가지 그대로의 비단옷을 입고
몸을 좌우로 비꼬며
법에 어긋나는 즐거움도
이제는 법도에 들어맞도다.
이렇듯 하룻밤을 함께 지내며
그리던 여인과 단꿈을 꾸며
애무어린 입맞춤에
또 옥 같은 혀에 갖가지
춘태를 다하며 희롱하였네.
사랑하는 여자를 껴안고
서로 교합하는 그 희열,
세상에 다시없는 행복이로다!
하룻밤이 지나면 자리를 나와
여자는 말했네. "자, 안녕."
달보다 밝은 얼굴로.

헤어지며 그 처녀
하염없이 옥 같은 볼을 눈물방울로 적시면서
"신명께 맹세한 말은
언제까지나 가슴 속에 간직하리,
앞으로도 즐거운 밤을
굳게 맹세하여 지키오리다."

자인 알 마와시프는 반색을 하며 말했습니다. "어머, 마스룰님, 정말 훌륭한 재주를 타고나셨어요. 당신의 마음을 상하게 하는 자는 제발 장수하지 못하기를!"

그리고 여자는 자기 방으로 들어가서 마스룰을 불렀습니다. 방으로 들어간 마스룰은 여자를 가슴에 껴안고 애무하기도 하고, 입맞춤도 하며 아직까지 오르지 못할 나무로만 생각하고 있던 것을 빼앗고, 애욕의 쾌락을 다하여 도원지경에서 놀았습니다.

이윽고 여자가 말하기를 "이봐요, 마스룰, 당신의 재산을 내가 빼앗은 것은 법에 어긋나요. 이제 우리들은 알몸을 서로 허락한 애인사이니까 당신에게 돌려보내겠어요." 여자는 마스룰에게서 빼앗은 물건을 모두 되돌려주고 나서 말했습니다. "이봐요, 마스룰, 당신에겐 화원이 있나요? 거기 가서 놀고 싶어요." "네, 부인, 아주 근사한 화원이 있습니다."

마스룰은 자기 집으로 돌아오자, 노예 계집들에게 명령하여 눈이 부시도록 근사한 호화로운 잔치 준비를 마련하게 했습니다. 그리고 자인 알 마와시프를 초대하자, 그녀는 시녀들에게 둘러싸여 찾아왔습니다. 그들은 요리를 먹고, 술을 마시며 흥을 돋구고, 잔을 거듭함에 따라 점점 더 마음이 들떠갔습니다.

이윽고 애인끼리 손을 잡고 별실로 물러나자, 자인 알 마와시프가 말했습니다. "지금, 근사한 노래가 생각났어요. 비파에 맞춰 부르고 싶어요." "불러보세요." 마스룰의 대답에 여자는 비파를 손에 들고 음정을 맞추고는 가락도 경쾌하게 이런 시구를 노래불렀습니다.

> 줄을 타면 기쁨은
> 내 옆으로 찾아들어,
> 아침 일찍 드는 술은
> 정말로 오묘한 취기를 주네.
> 사랑을 아는 사람은 저절로
> 겉으로 색향을 드러내고
> 휘장을 찢고 그 표시
> 분명히 밖으로 나타내느니라.
> 아, 이토록 맑고
> 정답게 빛나는
> 포도주를, 태양 광선인가 싶은 동자로부터
> 받아 마실 줄은 꿈에도 몰랐노라.
> 밤마다 한 잔 기울여
> 거룩한 은혜에 서글픈
> 머리의 서리를 지워버릴까나.

노래를 다 부르고 나서 여자는 사나이에게 말했습니다. "이봐요, 마스룰, 당신도 평소 생각하고 있던 것을 시로 들려주세요." 그래서 마스룰은 이런 시구를 읊었습니다.

> 잔을 돌리는 보름달 같은
> 술따르는 동자도, 그 밖에 또
> 화원에서 울려 퍼지는 유쾌한
> 비파의 가락도 정말 기쁘구나.
> 먼동이 트는 것과 동시에 화원의
> 비둘기 구구 울며 나무들의 가지
> 아침을 맞이하여 인사하네.

아, 화원이야말로 쾌락의
모든 길이 모였느니라.

마스룰의 노래가 끝나자, 여자는 말했습니다. "저를 진정으로 사랑해주신다면 우리가 처음 만났을 때의 일을 시로 읊어주세요."

―샤라자드는 날이 훤히 밝아오는 것을 깨닫자, 여기서 허락된 이야기를 그쳤다.

• 851일째 밤

샤라자드는 다시 말을 이었다. 오, 인자하신 임금님, 자인 알마와시프가 마스룰에게 "저를 진정으로 사랑해주신다면 우리가 처음 만났을 때의 일을 시로 읊어주세요."라고 말하자, 마스룰은 "좋습니다." 하고 대답하고 이런 서정시를 즉석에서 지어 읊었습니다.

발을 멈춰 어서 들어보라.
영양 같은 그대를 그리워하며
나의 신상에 일어난 자초지종을!
나는 암사슴의 눈초리의 화살에 맞고
자못 깊은 상처를 입고 쓰러졌노라.
파멸의 근원은 색향이며
애끓는 사랑에 정신은 황홀하여
가슴도 막히는 듯한 심정이로다.
견고한 성채로 방비된
자못 어린 애인을
나는 동경하여 설득했노라.
무릇 그 시초는 화원에서
영롱하기 구슬 같은 모습을 한

처녀를 나는 엿보았노라.
인사를 보내니 처녀도
이마에 손을 얹고 답례하더라.
"그대 이름은?" 내가 물으니
"나의 이름은 자인 알 마와시프,
그 이름과 같은 계집이외다!"
나는 외쳤노라. "따뜻한 인정어린
대답을 다오, 내 가슴 속의
연모의 정 격렬하여 이 세상에
나보다 뛰어난 적수 없도다!"
처녀 말하기를 "그대 진정으로
나를 사랑하여 정담을
나누고자 하면, 나는 요구하리라.
무수히 많은 재보와
산같이 쌓아놓은 비단을
다마스쿠스의 비단도
비단옷도 요구하리라.
그 밖에 또 하룻밤의 정으로
살 수 있는 사향도
큰 알 작은 알의 진주도
홍옥수와 그 밖의
세상에 보기 드문 보옥도!"
그러나 나는 곧잘 참아
불굴의 끈기를 보였더라.
마침내 어느 날 밤에, 초승달이
중천에 걸렸을 무렵
여자는 알몸을 맡겼더라.
무심한 사람들, 여자 때문에
나를 비방하면 나는 대답하리.

자, 원수들아 듣거라!
여자의 긴 검은 머리채는
칠흑 같은 밤보다 더 검고
볼에서 타는 것은 빨간 장미
마치 겹화처럼 타오른다.
속눈썹은 그 모두가 칼이요
시선에 머금은 것은 화살이로다.
조그만 두 입술에는
묵은 술 머금고, 맑은
샘물과 같은 이슬이 맺혔더라.
이제 방금 바다에서 따 온
진주를 실에 꿰어
늘어놓은 것만 같은 흰 이로다.
목덜미는 가련한 모양이어서
암사슴의 목을 연상시키고,
가슴은 아름다운 대리석
두 개의 유방은 초원의
탑처럼 기복을 이루고,
복부에서 보이는 주름에는
향료의 향기가 그윽하구나.
아, 그 밑에 대망의
옥문이 숨어 있구나
모양은 둥글고, 두덩은 높아
정말 탐스럽고 흐벅지구나.
나에게는 진실로 옥좌로다.
나의 춘정이 발동할 때마다
자유로이 드나드는 곳,
두 기둥 사이에 끼여
좁으면서도 높은 자리가 있도다.

여기에 특이한 영검 있어
제아무리 성인군자라 할지라도
미치광이가 되어 날뛰리라.
얼굴에 붙은 입 못지않게
도톰한 입을 이루고
음모 속 깊숙이 숨어 있노라.
굳게 닫힌 입술은
낙타의 그것을 연상시켜
진분홍색으로 타고 있구나.
나 사납게 달려들어
격렬하게 일을 치를 때,
나의 창끝을 능히 받아내어
정말 씩씩하고도 완강하게
지키는 용사와도 같구나.
모든 용사도 사기가 꺾여
쓰러지고 말리라. 여자 때문에
때로는 약할 때도 있지만,
이단의 무리에게 도전할 만큼
의기당당한 기개 넘쳐흐르네.
너는 한 번에 깨달으리라
정기는 넘쳐 끊일 줄 모르고
은밀한 기교를 다한 그 짜릿한 맛을.
진정 그대야말로 우아하고
어디에도 비할 데 없는 미녀,
그 이름은 바로 자인 알 마와시프로다.
하룻밤, 나는 그대의 가슴에
안기어 뜻을 이루었도다.
법도에 맞는 위로를
'내 생애에 다시 없는'

그날 밤에 맺은 꿈
그야말로 원앙의 꿈이 되리.
이튿날 아침 여자는 발랄하게
잠자리를 나와 나긋나긋한
가지로 만든 창인양
걸음걸이도 사뿐히
이별을 고하며 외쳤도다.
"이러한 밤 또다시 돌아옴은
그 언제일까?" 나는 대답했네.
"신께서 법도를 내리실 때!"

자인 알 마와시프는 이 송시를 듣고 더할 나위 없는 기쁨에 넘쳤습니다. 그리고 이윽고 "여보세요, 마스룰, 날이 밝을 시간도 얼마 남지 않았으니 이제 돌아가야 해요. 별 수가 없어요. 들켜서 세상에 나쁜 평판이라도 떠돌게 되면 안돼니까요!" "알았습니다." 마스룰은 그렇게 대답하고 여자를 저택까지 바래다준 다음, 자신은 자기 집으로 돌아와 날이 밝을 때까지 여자의 요염한 자태를 이리저리 생각해보았습니다.

그러는 사이 어느 새 날이 밝아 아침해가 찬란하게 떠오르자, 호화로운 진기한 피륙을 골라, 이것을 가지고 여자를 찾아갔습니다. 이와 같이 해서 그후 얼마 동안, 두 사람은 이 세상의 온갖 유흥과 위락을 다하고 있는데, 어느 날 자인 알 마와시프에게 급히 귀국한다는 내용의 남편의 편지가 당도했습니다.

이것을 안 여자는 속으로 생각했습니다. '알라시여, 아무쪼록 남편을 돌보지 말아주시기를! 만일 돌아오면 우리들의 정사도 무사하진 못할 거야. 그이를 단념할 수 있으면 좋으련만!' 그러자 얼마 안있어 마스룰이 와서 언제나처럼 이 얘기 저 얘기 꽃을 피웠습니다. 그러다가 여자는 말했습니다. "여보세요, 마스룰, 남편한테서 편지가 왔어요. 갑자기 여행에서 돌아온다고 하는데 어쩌면 좋지요?”

 “난 모르겠소. 오히려 당신 쪽이 적당하게 분별할 수 있으리라 생각되는데. 주인의 기질도 잘 알고 있을 테고. 게다가 또 당신은 전혀 빈틈이 없는 영리한 여자고, 현자도 뺨칠 만한 계교와 수단을 훌륭히 꾸며내는 여자이기도 하니까.” 마스룰의 대답에 자인 알 마와시프는 말했습니다.

 “남편은 사람이 옹색한지라 가정 일에 여간 시기심이 많지 않거든요. 그렇지만 말이에요. 남편이 돌아왔다는 것을 알거든 남편의 가게로 가서 인사를 하고 옆에 앉아 '이거 처음 뵙겠습니다. 실은 저는 약종상인데.'라고 말하세요. 그러고 나서 약과 여러 가지 향료를 얼마간 사는 거예요. 그리고 늘 찾아가서는 남편을 상대로 하여 오랫동안 이 얘기 저 얘기 하세요. 그리고 그 사람 말에 절대로 거역해서는 안돼요. 그렇게 하노라면 나의 계략이 우연한 일처럼 잘 들어맞을 거예요.” “알았습니다.” 마스룰은 그렇게 대답하고 연모의 정이 불꽃처럼 활활 타는 심정으로 집으로 돌아왔습니다.

 한편 여자는 남편이 돌아오자, 재회를 기뻐하며 인사도 제대로 못하며 허겁지겁 맞았습니다. 남편은 아내의 얼굴을 유심히 지켜보고는 안색이 창백하고 누래진 것을 보자(왜냐하면 아내는 꾀를 내어 사프란으로 얼굴을 씻었기 때문입니다), 웬일이냐고 물었습니다. 아내는 남편이 오랫동안 집을 비우고 있어서 자기도 시녀들도 병을 앓았노라고 대답하고, 다시 “정말 오랫동안 집을 비우고 계셔서 우리들은 당신 일이 마음에 걸려 항상 걱정하고 있었어요.” 하고 덧붙였습니다.

 그리고 이별의 쓰라림을 핑계삼아 찔끔찔끔 눈물을 흘리면서 말했습니다. “당신이 누군가 친구분이라도 동행이 있었다면 이렇게 나는 근심하거나 걱정하지 않았을 거예요. 그러니까 여보, 제발 앞으로는 아무런 동행자 없이 혼자서 여행을 하시다가 불쑥 소식을 끊는 그런 일이 없도록 하세요. 그렇게 하시면 나도 마음 놓고 잘 있을 수 있을 게 아녜요!"

—샤라자드는 날이 훤히 밝아오는 것을 깨닫자, 여기서 허락된 이야기를 그쳤다.

● 852일째 밤
 샤라자드는 다시 말을 이었다. 오, 인자하신 임금님, 자인 알 마와시프는 남편에게 말했습니다. "앞으로는 동행자 없이 혼자서 여행을 하시다가 불쑥 소식을 끊는 그런 일이 없도록 하세요. 그렇게 하시면 나도 마음 턱 놓고 있을 게 아녜요!" 남편은 대답했습니다. "그렇게 하지! 당신 말은 정말 지당한 말이야. 당신의 생명에 맹세코 이제부터 앞으로는 당신 충고를 따르리라."
 그러고 나서 남편은 재고품의 짐을 얼마간 풀어 시장거리의 가게로 가지고 가서 상점문을 열고 장사를 시작했습니다. 그런데 아직 주인이 가게에 앉기도 전에 거기 불쑥 나타난 것은 마스룰로써, 주인에게 인사를 하고 나서 옆에 앉아 이야기를 걸며 잠시 세상 이야기에 꽃을 피우고 있었습니다. 그러고 나서 지갑을 꺼내 금화를 자인 알 마와시프의 남편에게 주며 말했습니다.
 "약과 여러 가지 향료를 그 돈만큼 주시오. 제 가게에서 소매하고 싶으니까." 유태인은 "알았습니다." 하고 대답하고 손님에게 그가 요구한 물건을 주었습니다.
 그후 마스룰은 빈번히 오곤 했는데, 어느 날 상인은 마스룰에게 말했습니다. "실은 말입니다. 나는 동업자가 하나 있었으면 하는데요." 그러자 마스룰도 "저도 그렇습니다. 왜냐하면 제 부친께서도 알 야만의 나라에서 장사를 하여 상당히 많은 재산을 남겨 주셨는데, 그 돈을 활용하는 것이 어떨까 생각하고 있던 참이었거든요."
 유태인은 마스룰을 바라다보며 말했습니다. "당신이 내 동업자가 되어주지 않으시겠어요? 그래주시면 나도 당신의 동업자가 되어 고국에서도 외국에서도 진짜 동업자가 될 수 있을 게 아니겠소. 그리고 장사나 거래하는 방법도 당신에게 가르쳐드리죠." "기꺼이 맡겠습니다."

그래서 상인은 마스룰을 자기 집으로 데리고 와서 응접실로 안내했습니다. 그리고 아내에게 말하기를 "동업자를 구했으므로 손님으로 집에 초대했소. 자, 잘 대접하도록 하오." 아내는 이 말을 듣자, 손님이 마스룰임에 틀림없음을 짐작하고 아주 기뻐했습니다. 그리고 자기의 계략이 잘 들어맞은 것이 기뻐서 굉장한 잔치를 준비했습니다.

이윽고 손님이 가까이 오자, 남편은 아내에게 말했습니다. "같이 손님에게 가서 '잘 오셨습니다.' 하고 인사하시오." 그러나 자인 알 마와시프는 일부러 화가 난 체하고 외쳤습니다. "알지도 못하는 남자분 앞에 나가라는 건가요? 천만의 말씀이에요! 비록 제가 갈기갈기 찢기는 한이 있더라도 손님 앞에 나갈 수는 없어요!"

"저 사람은 나사렛 교도, 우리들은 유태인. 게다가 두 사람은 친한 사이가 됐으니까 별로 부끄러워할 것도 없잖소?" "그래도 나는 아직 한 번도 뵙지 않은 남자분이나 전혀 모르는 남 앞에는 나가고 싶지 않아요."

남편은 아내의 말도 그럴 듯하다고 생각했습니다만, 너무나도 남편이 집요하게 조르는 바람에 마침내 아내는 일어나 베일을 걸치고서 먹을 것을 들고 마스룰 앞으로 나가 인사했습니다. 그러자 마스룰은 부끄러운 듯이 고개를 숙였습니다. 유태인은 고개를 숙인 그 모양을 보고 속으로 생각했습니다. '필경, 이 사람은 신앙이 굳은 분일 게다.'

두 사람이 배불리 먹자, 식탁은 치워지고, 이번에는 술과 안주가 나왔습니다. 자인 알 마와시프는 마스룰 맞은편에 앉아서 서로 상대방을 물끄러미 바라보고 있었습니다. 그러는 동안 해가 저물었으므로 마스룰은 욕정의 불길에 마음을 태우면서 자기 집으로 돌아왔습니다.

그러나 주인인 유태인은 손님의 우아한 모습과 이목이 수려한 사나이다운 풍채에 언제까지나 감탄하고 있었습니다. 밤이 되자 아내는 언제나 하듯이 이번에도 저녁 밥상 준비를 하고 두 사람은 그 앞에 앉았습니다. 그런데 주인은 앵무새 한 마리를 기르고 있었습니다. 이 새는 주인이 식탁에 앉으면, 늘 옆으로 와서 같이 식사를 하고, 머리 위를 날아다니는 버릇이 있었습니다. 그런데 주인이 집에 없는 사이에 이 새는 마스룰에게 정이 들어 식탁에 앉아 있으면 곧잘 그 주위를 날아다니곤 했습니다.

그러한 까닭으로 마스룰이 없어지고 주인이 돌아와도 앵무새는 주인을 잊고는 옆으로 다가오려고도 하지 않았습니다. 그 때문에 주인은 어째서 새가 자기를 멀리하게 되었는지 이상하기만 했습니다.

한편 자인 알 마와시프는 마스룰 생각을 하면 밤에도 잠을 편히 잘 수가 없었습니다. 이틀, 사흘 밤을 거듭하는 동안에 유태인은 아내의 이상한 거동을 눈치채게 되어, 멍하니 앉아 있는 모습을 볼 때마다 '어째 수상한데.' 하고 의심하기 시작했습니다. 나흘째 되는 날 밤에 유태인이 문득 밤중에 눈을 뜨자, 아내는 남편의 가슴에 안겨 있으면서 마스룰의 이름을 잠꼬대로 부르고 있는 것이었습니다. 남편의 의심은 점점 더 깊어졌지만, 아직은 모른 체하고 날이 밝자 가게로 나갔습니다.

얼마 안되어, 거기 나타난 마스룰은 주인에게 인사했습니다. 이쪽도 답례하고 나서 말했습니다. "잘 오셨소. 형제!" 그리고 나서 곧 덧붙여 "당신 오기를 기다리고 있었소." 그리고 얼마 동안 이야기를 하다가 이렇게 말했습니다. "형제여, 이 길로 어서 우리집으로 갑시다. 의형제를 맺기로 하십시다."

"거 좋은 말씀이외다." 마스룰은 이렇게 대답하고 유태인의 집으로 갔습니다. 주인은 안으로 들어가 아내에게 공동사업의 조건을 결정짓기 위하여 마스룰을 데리고 왔노라고 말했습니다. 그리고 "잘 준비하여 대접해드리도록 하오. 그리고 당신도 손님 앞에 나가 우리들이 의형제가 되는 언약에 입회해주셔야겠소." 그러나 아내는 대답했습니다. "제발, 그렇게 무리하게 낯선 분 앞에 나가라고 하지 마세요. 난 그분 상대를 해드리고 싶지 않아요."

유태인은 입을 다물고 그 이상 무리하게 강요하려 들지 않았습니다. 그리고는 시녀들에게 먹을 것과 마실 것을 가져오게 하였습니다. 이윽고 유태인은 앵무새를 불렀으나 새는 주인을 잊고 있었으므로 마스룰 무릎에 앉았습니다. 유태인은 손님에게 물었습니다. "저, 당신 이름은 뭐라고 하죠?" "마스룰이라고 합니다." 이 대답에 유태인은 어젯밤 아내가 잠꼬대로 꿈속에서 되풀이 말하던 이름이 바로 그것이었다는 것을 생각해냈습니다.

그러고 있는데, 유태인이 문득 얼굴을 쳐들자, 아내가 손가락 끝으로 마스룰에게 이것저것 신호를 보내기도 하고, 추파를 던지기도 하고 있었습니다. 유태인은 자기가 깜빡 속아 잠자리를 빼앗긴 남편이 되고 말았다는 것을 깨달았습니다. 그래서 "여보시오, 형씨, 잠깐만 기다려주십시오. 의형제 맺는 데 증인이 될 친척을 불러올 테니까요." 하고 주인이 말하니, 마스룰은 대답했습니다. "제발 좋도록 하십시오."

유태인은 집을 나갔다가 몰래 뒷길로 해서 다시 돌아왔습니다.

—샤라자드는 날이 훤히 밝아오는 것을 깨닫자, 여기서 허락된 이야기를 그쳤다.

• 853일째 밤

샤라자드는 다시 말을 이었다. 오, 인자하신 임금님, 자인 알 마와시프의 남편은 마스룰에게 말했습니다. "잠시 기다려주시오. 의형제 맺는 데 증인이 될 친척을 불러올 테니까요." 그러고 나서 밖으로 나갔습니다만 실은 몰래 거실 후면을 되돌아와 객실 창 바로 옆에 섰습니다. 거기서는 상대방에게 들키지 않고 두 사람의 거동을 가만히 지켜볼 수가 있었던 것입니다.

갑자기 자인 알 마와시프가 시녀 스쿠브에게 물었습니다. "나리는 어디 가셨지?" "밖으로 나가셨습니다." 그러자 아내는 외쳤습니다. "문을 닫고, 쇠자물쇠를 채워라. 나리께서 문을 두들기거든 우선 나에게 그것을 알린 다음 열어드려라." "알았습니다." 하고 스쿠브는 대답했습니다.

그러고 나서 남편이 상황을 탐지하고 있다는 것도 모르고 여자는 일어나 잔에 술을 따라 사향의 분말과 장미수로 맛을 더한 다음 마스룰 옆으로 다가섰습니다. 마스룰은 뛰어오를 듯이 반색을 하며 여자를 맞이하자 "알라께 맹세코 말하건대 당신 입술이 이 술보다도 더 맛이 좋습니다." 하고 말했습니다. "그렇다면 드리겠어요." 여자는 이렇게 말하고 입에 잔뜩 술을 물어서 남자의 입으로 옮기니, 사나이도 똑같이 하여 상대방에게 술을 물려주었습니다. 이어 여자가 머리 위에서 발 끝까지 마스룰의 몸에 장미수를 뿌려주자, 그윽한 향기가 방안에 넘쳤습니다.

그러는 동안 유태인은 계속 거동을 살피고 있었는데, 두 사람이 서로 나누는 격렬한 애욕을 보고 깜짝 놀랐습니다. 그리고 눈앞에서 목격한 부정에 분노의 불길이 활활 타올랐습니다. 그저 화가 날 뿐만 아니라 맹렬한 질투까지 느낀 것입니다.

주인은 다시 밖으로 뛰어나가 문 앞으로 다가왔지만 문은 굳게 닫혀 있었습니다. 그래서 홧김에 문을 쾅쾅 두들겼습니다. 그러자 스쿠브가 이 소리를 듣고 말했습니다. "저 마님, 나리께서 돌아오셨습니다." 자인 알 마와시프는 말했습니다. "열어드려라. 무엇하러 벌써 왔담!"

그래서 스쿠브가 나가서 문을 여니, 주인은 물었습니다. "웬일이냐? 문에 자물쇠를 채우다니?" "나리께서 댁을 비우셨을 때에는 계속 자물쇠를 채우고 있었지요. 밤에도 낮에도 늘." "그거 잘했군. 마음에 들었다." 유태인은 웃으면서 분하기 짝이 없는 마음을 감추고 마스룰 곁으로 다가가 이렇게 말했습니다. "여보시오, 마스룰 님, 오늘은 의형제 맺는 일을 그만두고 다른 날로 연기합시다." 마스룰은 "좋도록 하시죠." 하고 대답하고는 자기 집으로 돌아갔습니다.

뒤에 남은 유태인은 곰곰이 생각해보았지만 어떻게 해야 좋을지 알 수 없었습니다. 그도 그럴 것이 완전히 마음이 뒤죽박죽이 되어 있었기 때문입니다. 유태인은 마음속으로 생각하기를 '앵무새조차도 나를 주인으로 생각지 않고 노예 계집들도 나를 쫓아버리고 딴 놈을 두둔한단 말이야.'

그리고 분한 나머지 이런 시구를 읊기 시작했습니다.

　　은총을 업고 환락에
　　내 세상은 말할 것도 없고 남의 세상도
　　즐겁게 보내는 마스룰,
　　그러나 이 몸은 진정 깊은
　　슬픔 때문에 탄식할 뿐,
　　사랑하는 여자는 가슴 속에
　　부정한 사랑을 품었으니
　　이 몸은 운명에 배신당하여
　　아, 이 가슴은 불처럼 치밀어올라
　　타버릴 것만 같구나.
　　그렇다, 그대는 복 받았도다.
　　그러나 여자의 우아한
　　잘생긴 자태에 분별을
　　빼앗기는 동안에 행복했던
　　그대의 시간은 가버렸구나.
　　내 눈은 여자의 아름다운,
　　하늘이 내리신 선물을 보았지만
　　아, 괴롭구나 나의 시름
　　마음을 무겁게 누르는구나!
　　나는 보았도다. 일족의

처녀가 마치 낙원의
샘물과도 같은 감미로운
술을 물어 간부에게
먹여주는 현장을.
나의 애인은 배신했도다.
앵무새도 또한 마찬가지,
너도 내 사랑을 배반하고
적에게 가르쳤구나.
정사와
바람둥이 장난을.
내 눈에 비친 자못 기구하고도
이상한 광경, 내 눈에
비록 잠은 깃들이건만
깊은 잠의 함정에서
진정 빨리 깨어나리라.
나는 깨달았도다. 그지없이
사랑하던 아내가 나의 사랑을
무참히도 끊고 저버렸음을,
앵무새도 또한 마찬가지로
갑자기 나의 손을 떠나
미로에 들어섰도다.
세계를 다스리시고
마음대로 사람을 다루시고
아무도 그 명령을 거역 못하는
알라의 진실에 맹세코라도
나는 결단코 갚고 말리라.
불륜의 사랑을 이루고자
나의 아내를 속인 간부에게.

자인 알 마와시프는 이것을 듣자, 몸을 떨면서 시녀에게 말했습니다. "너 저 노랫소리를 들었어?" "나리께서 저런 노래를 부르시는 걸 듣기란 생전 처음이에요. 하지만 마음대로 하고 싶은 말을 하시게 내버려두세요."

그런데 유태인은 수상하게 생각했던 일이 진실로 드러났다는 것을 확인하자, 자기 소유물을 전부 팔기로 작정하고는 마음속으로 말했습니다. '아내를 이 고장에서 멀리 떼어놓아 두 사람의 사이를 갈라놓지 않는 한, 저놈들은 도저히 이 정사에서 손을 떼진 않을 거야, 절대로!'

그래서 유태인은 모든 소지품을 일체 현금으로 바꾸자 가짜 편지를 한 통 써서 자인 알 마와시프에게 읽어주었습니다. 그것은 동부인하여 찾아와달라는 친척에게서 온 편지였던 것입니다. 아내가 "그곳에 가셔서 얼마나 계실 작정이세요?" 하고 묻자, 남편은 대답했습니다. "한 열이틀 동안." 자인 알 마와시프는 고개를 끄덕인 다음 또다시 물었습니다. "시녀들도 함께 데리고 갈까요?" "후부브와 스쿠브는 데리고 가고, 후투브는 남겨놓고 가지."

그리고 나서 남편은 아내와 시녀를 위하여 훌륭한 낙타용 가마를 마련하는 등 여러 가지로 출발 준비를 서둘렀습니다. 그 사이에 아내는 정부에게 뜻밖의 사건이 생겼다는 것을 알리고 『마스룰 님, 우리들이 서로 주고받은 약속 날짜가 지나도 아직 돌아오지 않을 때에는 남편이 나를 감언이설로 속여, 우리 두 사람 사이를 갈라놓으려는 흉계라고 생각해주세요. 어쨌든 우리들 사이의 굳은 언약을 부디 잊지 않으시도록. 어쩌면 남편에게 우리들의 정사가 들킨 것만 같아 남편의 흉계와 복수가 무서워서 견딜 수 없습니다.』라는 편지를 보냈습니다.

남편이 여행을 떠날 준비를 숨가쁘게 재촉하고 있는 동안 자인 알 마와시프는 울거나 탄식하며, 밤낮으로 한시도 마음 편할 때가 없었습니다. 남편인 유태인은 그 모양을 바라보고도 별로 개의치 않았습니다. 아내는 드디어 어떻게 할 수 없다는 것을 알게 되자,

자기 의류와 소유물을 모아 모든 핑계를 대고 언니네 집에 맡겼습니다.
 언니에게 이별을 고하고 밖으로 나온 자인 알 마와시프는 눈물에 젖어서 자기 집으로 돌아왔습니다. 그러자 남편은 낙타를 끌고 와서, 가장 좋은 낙타만을 아내용으로 남겨놓고 계속 짐을 싣고 있는 중이었습니다. 이 모양을 본 아내는 이젠 별수없이 마스룰과의 사이가 깨지나보다 하고 미칠 것만 같이 번민했습니다.
 얼마 후에 마침 남편이 무슨 볼일로 외출하였으므로 그 틈에 제일 앞쪽, 즉 가장 밖에 있는 문에다 이런 시구를 적어놓았습니다.

─샤라자드는 날이 훤히 밝아오는 것을 깨닫자, 여기서 허락된 이야기를 그쳤다.

• 854일째 밤
 샤라자드는 다시 말을 이었다. 오, 인자하신 임금님, 자인 알 마와시프는 얼마 후에 마침 남편이 무슨 볼일로 외출하였으므로 그 틈에 제일 앞쪽, 즉 가장 밖에 있는 문에다 이런 시구를 적어놓았습니다.

 오, 비둘기여, 여기서 날아가
 나의 인사를 전해다오.
 헤어진 그리운 임에게
 행복했던 세월은 영원히
 지나가버리고, 나의 번민과
 슬픔의 눈물 그칠 줄 모른다고.
 지나간 날의 꿈 같은
 합환의 기쁨을 눈시울에 그리며
 나는 영원히 그리움에 애태우리.

이렇듯 즐거움은 길고
아침저녁으로 끝날 줄 모르는 아쉬움을
애석하게 여겼던 두 사람의 꿈은
변하지 않을 거라고 생각했노라.
그렇건만 어느 날, 숲 속의 까마귀는
저주받은 울음소리를 지르며
맺어진 우리들의 인연을
슬프게도 끊어놓았도다.
텅 빈 컴컴한 집을
두고 우리는 떠났노라.
문전에도 인적은 끊어지고
가족은 끝내 돌아오지 않는구나.

그러고 나서 두 번째 문간으로 가서 문 위에 이런 시구를 적어 놓았습니다.

이 문을 지나가는 사람이여
쓸쓸한 벗의 얼굴을
생각하며 나를 대신하여
전해다오. "그 과거의
나날을 회상하여 눈물을 흘리건만,
끊임없이 흐르는 눈물의 비
그 무슨 소용이 있으랴.
몸에 내리닥친 재앙을
참을 수 없다면 모래티끌을
그대 머리 위에 끼얹으라!
동으로 서로 떠돌면서
나의 운명을 감수하며
한결같이 참고 견딜지어다!"

다음에 세 번째 문간으로 가서 하염없이 눈물을 흘리면서 이런 시구를 읊었습니다.

오, 마스룰이여,
나의 거처를 찾아와
문짝에 적은 갖가지의
글들을 읽으시거든
조용히 어서 가버리시오!
만일 그대에게 성의가 있다면
어찌 잊으리오, 사랑의 언약을!
대체 그대는 몇 번이던가
밤마다의 쓰고도 단
기쁨을 맛본 것은!
오, 나의 정을 잊지 마소서.
기쁨은 만날 날 끊기어
영원히 가버렸도다!
남의 눈 피하여 그대 찾아온
더할 나위 없이 즐거운 나날은
이제는 없느뇨, 탄식할지어다!
나를 위하여 먼 들녘에도
가보시라, 어서, 나를 위하여
산에도 가고, 바다 속으로도 들어가시라.
지나간 좋았던 날을 칭송할지어다!
꽃을 땄던 사랑의 화원에서
얼마나 즐거웠던가.
합환의 밤은 사라지고
괴로운 이별 때문에
밤의 빛 그늘져서 어둡도다.
아, 영원히 우리들의 기쁨

계속되리라고 생각했건만,
남은 것은 장미꽃 피는 화원과
가슴 속에 숨어 있는 뜨거운 그리움뿐.
또다시 그대를 만날 날이
찾아와 신께 맹세한 맹세를
이행할 날 있으랴?
아시라, 우리들의 운명
신의 손에 쥐어진 채
자세하게 머리의 주름살에
적혀져 정해져 있음을!

그러고 나서 자인 알 마와시프는 하염없이 눈물을 흘리며 울면서 일의 결과를 탄식하다가, 자기 방으로 돌아와 "이처럼 우리들의 운명을 정해주신 신께 영광 있으시기를!" 하고 외었습니다. 그러나 사랑하는 사나이와의 사이가 깨어져 고국을 등지는 슬픔에 번민의 고통은 더해만 갈 뿐이었습니다. 이윽고 또 이런 시구를 중얼거렸습니다.

텅 빈 저택이여, 그대 위에
알라의 평화 있을지어다!
우리들의 모든 기쁨도
즐거운 단란도 사라졌도다.
오, 나의 저택의 흰비둘기여
달 같은 얼굴 빛나는
여자들 사라지면 그 운명
영원히 탄식하며 슬퍼하라!
오, 마스룰이여, 조용히
여기를 떠나 애도할지어다,
떠나버린 나를 슬퍼하며.

> 그대를 기리어 나의 눈동자의
> 빛나는 빛도 사라졌도다.
> 우리들 헤어질 날
> 지옥의 고난과도 같이
> 가슴에서 복받치는 나의 눈물
> 한번 그대에게도 보여주고 싶구나!
> 사람 눈을 피해 몰래
> 화원의 나무 그늘에서 맹세한
> 우리들의 약속 행여 잊지 마소서!

노래를 끝마치고 자인 알 마와시프가 남편 앞에 모습을 나타내자, 남편은 미리 특별히 마련해놓은 가마에다 아내를 태웠습니다. 마침내 낙타 등에 태워졌다는 것을 알자, 아내는 이런 시구를 읊었습니다.

> 사람 없는 집에 안식 있으라!
> 우리들은 오랫동안 여기 살며
> 불행의 그림자를 보았노라.
> 나는 바라노니, 이 집에서
> 밤의 기쁨을 다하며
> 나의 생명 끊어지기를!
> 이 몸 어디로 갈지 모르노니
> 타향의 하늘에서 고향을
> 그리며 탄식하는 이 몸이기에.
> 아, 알고 싶구나. 어느 날엔가
> 나의 집을 또다시 우러러보며
> 옛날 그대로 변함없는
> 환락의 보금자리를 찾을 수 있으랴?

남편은 "여보, 자인 알 마와시프, 집을 떠난다고 해서 그렇게 슬퍼할 것도 없잖아. 머지않아 돌아올 게 아닌가. 인샬라!" 하고는 계속 아내의 마음을 위로하고, 슬픔을 달래려고 애썼습니다.

이윽고 일행은 함께 출발하여 동구 밖으로 나와 갑자기 널따란 큰길로 들어섰습니다. 자인 알 마와시프는 이 모양을 보고 드디어 이것으로 애인과는 생이별이구나 하고 생각하니 애타는 슬픔에 쑤시는 듯한 가슴의 통증을 느꼈습니다.

이야기는 바뀌어, 마스룰은 자기 집에 틀어박혀 자기와 여자의 신상에 관하여 이것저것 궁리를 하고 있자니까, 영감에서였던지 웬일인지 헤어질 것만 같아 견딜 수가 없었습니다. 그래서 곧 일어나 여자의 집으로 달려가보니, 아니나 다를까 바깥문은 굳게 닫혀 있고, 그저 문 위에 적어놓은 여자의 시구가 눈에 띌 뿐이었습니다. 마스룰은 이것을 읽자 기절하여 쓰러지고 말았습니다.

얼마 있다 정신이 든 마스룰은 처음 번 문을 열고 안으로 들어가 두 번째 문짝 위에 적어놓은 시구를 읽었습니다. 그리고 심한 그리움과 회춘의 정을 느끼고는 미칠 듯이 마음의 동요를 느꼈습니다.

그래서 마스룰은 집을 뛰쳐나와 서둘러 여자 뒤를 쫓아 마침내 그들 일행을 따라잡았습니다. 보니 여자는 제일 뒤에서 가고, 남편인 유태인은 상품을 나르고 있는지라 앞에 서서 낙타를 몰고 있었습니다. 마스룰은 여자의 모습을 보자 가마에 매달려 이별의 쓰라림을 탄식하면서 이런 시구를 읊었습니다.

    알고 싶구나, 이별의 화살
    맞아야 함은 그 무슨 죄 때문인가.
    그리운 임이여, 지난날 나는
    찾아왔노라. 그대의 창가를
    기다리다 못해 참을 수 없어.
    그러나 집 안은 황야처럼

폐허가 되고 인적은 간 데 없더라.
이 몸 심한 슬픔에 잠겨
괴로움에 못이겨 몸부림쳤네.
나는 물었노라. 벽을 바라보며
"나의 사랑을 굳게 결박해놓고,
기다리는 나를 남겨놓고
가버린 벗은 이제 어디 있는가?"
벽은 대답하여 가로되
"모든 사람
집을 떠나 들과 언덕에
슬픔의 흔적을 남겨놓았노라."
벽 위에 적어놓은 시구는
이 세상이 계속되는 한
의리를 지키는 신앙이 두터운
사람들이 적어놓은 글자이니라.

그런데 자인 알 마와시프는 이 노래를 듣자, 노래의 주인공이 마스룰임을 알았습니다.

―샤라자드는 날이 훤히 밝아오는 것을 깨닫자, 여기서 허락된 이야기를 그쳤다.

• 855일째 밤

샤라자드는 다시 말을 이었다. 오, 인자하신 임금님, 자인 알 마와시프는 노랫소리를 듣자, 그 주인공이 마스룰이라는 것을 알고서 본인도 시녀도 다 같이 눈물에 젖으면서 말했습니다. "어머, 마스룰님, 제발 돌아가세요. 둘이 같이 있는 것을 남편에게 들키면 큰일이에요!"

이 말에 마스룰은 잠시 기절했으나 곧 제정신으로 돌아오자, 이별을 고하면서 이런 시구를 읊었습니다.

> 대상 우두머리는 이른 아침에
> 소리높이 외쳤노라.
> 아침 햇빛에 산들바람도
> 아직 살랑거리지 않는 그때에.
> 그리하여 사람들은 짐을 챙기고
> 출발 준비를 갖춰가지고
> 허겁지겁 떠났도다. 그 동안에도
> 두목은 혼자 투덜거리며
> 사람들 주위를 뒤져가며
> 어두운 골짜기도 얼른 지났네.
> 사랑에 지쳐 몸을 태우는
> 내 눈을 속이고, 흔적을
> 감추려고 사람들은
> 날이 밝기 전에 떠났도다.
> 오, 아름다운 애인이여!
> 나는 헤어지지 않으련다. 헤어지면
> 이슬 같은 나의 눈물
> 대지를 적시리!
> 정말 슬픈 이 마음,
> 그대와 헤어져 몸도 마음도
> 번민하며 시름하는 애처로움이여!

그러고 나서 또 계속 탄식하면서 가마를 붙잡고 늘어지니 여자는 남편의 노여움을 두려워하여 이 밤이 밝기 전에 돌아가라고 애원했습니다. 그래서 마스룰은 가마 가까이 다가가 다시 한 번 이별을 고하고는 기절하여 쓰러지고 말았습니다. 그대로 잠시 그곳에 쓰러져 있다가 제정신이 들었을 때에는 이미 일행은 어디로 갔는지 그림자도 보이지 않았습니다. 마스룰은 일행이 가버린 쪽으로부터 불어오는 산들바람의 냄새를 맡으면서 이런 즉흥시를 읊었습니다.

> 만날 것을 기약하는 산들바람은
> 이미 애인의 볼 스치지 않고
> 오직 불 같은 시름에
> 몸을 태우는 듯한 심정이로다.
> 새벽과 더불어 서풍은
> 사랑의 불꽃을 일으켜놓건만
> 눈을 뜨고 보면 적막한
> 지평선 저쪽에 인기척도 없구나.
> 고민과 근심 속에
> 끝내는 병들어
> 병석에 누워 불처럼 타는
> 고민 속에서 뒹굴면서
> 흐르는 눈물은 피눈물.
> 길 떠난 사람은 야속하게도
> 고함을 지르고 채찍질하며
> 낙타 떼를 몰면서
> 나의 마음과 같은 미인을
> 멀리 아득한 저쪽으로 데리고 갔네.
> 사람이 가버린 저쪽에서
> 서풍 조금도 불어오지 않건만,
> 나는 눈동자를 밟는
> 정부처럼 냄새를 맡고 다니고,
> 이토록 사향처럼 감미로운
> 남쪽 바람이 사랑에 애태우는
> 나에게 보내준 향기를 맡으리.

그러고 나서, 마스룰은 연모의 정에 미치광이가 되어 여자의 집으로 되돌아왔습니다. 그러나 온 집 안이 텅 비고 사람 하나 없는지라 자기도 모르게 옷을 적실 만큼 울었습니다. 정신이 멍해지며 영혼이 육체를 떠나가는 것만 같은 심정이었으나 정신이 들자 또다시 이런 시구를 읊었습니다.

    봄철의 들녘의 야영지여,
    이토록 초라하게 영화로움 사라져
    말라빠져 흥건히
    넘치는 눈물을 보고
    불쌍타 생각해달라.
    산들바람에 실어
    그리운 향기를 보내다오.
    점점 더해가는 슬픈
    마음도 위로되리.

다시 넋을 잃고 눈에 가득 눈물을 담고 자기 집으로 돌아와서 열흘 동안이나 집 안에 틀어박혀 지냈습니다.

마스룰은 이러했습니다만, 유태인은 어떻게 되었는가 하면, 자인 알 마와시프를 데리고 열흘 동안이나 여행을 계속하다 이윽고 어느 도시에서 발을 멈췄습니다. 아내는 그 무렵 남편에게 속았다는 것을 분명히 눈치채고 있었으므로 마스룰에게 한 통의 편지를 써서 이것을 후부브에게 주며 말했습니다. "이 편지를 마스룰님에게 전해다오. 이것을 읽어보시면 우리들이 얼마나 무참하게 기만을 당하고, 얼마나 엄청나게 속았는지를 아시게 될 거야."

그래서 후부브는 편지를 마스룰에게 보냈습니다. 마스룰은 편지를 읽은 후 그 뜻을 짐작하고 매우 슬퍼하며 땅바닥을 적실 만큼 눈물에 젖었습니다. 그러고 나서 답장을 적어 그리운 여자에게 보냈는데, 그 밑에 이런 시구를 적었습니다.

위로의 문으로 가는
길은 어디메뇨, 나의 가슴은
꺼지지 않는 불길로 해서
어찌 위로되리?
지나간 날의 추억은
진정 즐거웠도다.
원컨대 그 옛날의
행복했던 날들이여, 돌아오라.

이 그리움의 편지가 여자에게 도착하니 자인 알 마와시프는 그것을 읽고 나서 시녀 후부브에게 "아무도 모르게 잘 간수하라."면서 편지를 주었습니다. 그러나 아내와 마스룰이 편지를 주고받고 있다는 것을 눈치챈 유태인은 스무 날이나 더 걸리는 먼 곳으로 다시 거처를 옮겼습니다.

한편 마스룰은 밤에도 잠을 이루지 못하고 무겁고 답답한 심정으로 나날을 보내고 있었습니다. 그러던 어느 날, 피곤해서 누웠다가 깜빡 잠이 들었는데 꿈에서 어느 정원 안에 있으려니 자인 알 마와시프가 곁에 다가와 자기를 꼭 끌어안는 것이었습니다. 잠에서 깨어난 마스룰은 그리움에 미칠 듯이 몸부림치며 울면서 이런 시를 읊었습니다.

꿈에 본 그대의 환상에
안식 있으라!
그대의 모습에 연정은
더욱 사무쳐
타오르는 것은 사랑의 불길.
진정 꿈에서
깨어나면 요염한

모습 아련하게
엿보이고, 욕정은
슬프게도 미쳐 날뛰누나!
어찌 꿈에 내가 그리는
처녀의 소식
들을 길 있으랴?
타는 것만 같은 갈증 꺼지고
광연의 상처를
쉽게 고칠 수 있으랴?
하루는 가슴 헤치고
나를 끌어안고
하루는 시름을
편안하게 달래주었네.
나는 진한 연분홍색
입술에서 이슬 핥는
버릇 있고, 사향의
향기 그윽한데
자못 순수한 묵은 술만 같구나.
잠깐 꾸는 꿈에서 가지가지의
신비를 바라보고
눈을 흡뜨며
온갖 소원을
나는 채웠노라.
그러나 꿈에서 깨어
생시에는 그대의 환상
그림자도 없고, 남은 것은
시름과 불 같은
가슴의 설레임이로다.
아침에 그대의 요염한 모습 바라보고

사랑에 울고
밤마다 술 마시어
취해봐도
마음이 뛰지 않는 슬픔이여!
오, 솔솔 부는 북풍이여,
내가 그리는 다시 없는 인사를
그리운 그대에게 전해다오.
"사랑의 맹세를 그대와 한
그 사나이, 세월이 흘러
죽음의 쓴 잔을 스스로 핥고
죽었노라."고.

그러고 나서 밖으로 나와 울면서 여자네 집으로 갔지만, 어디에도 인기척은 없고 텅 비어 있습니다. 그러나 얼마 있다가 여자의 그림자가 흘긋 보인 것만 같아 가슴 속의 불꽃이 확 타오르고 슬픔은 한층 더 심해져 그대로 실신하여 쓰러지고 말았습니다.

─샤라자드는 날이 훤히 밝아오는 것을 깨닫자, 여기서 허락된 이야기를 그쳤다.

• 856일째 밤

샤라자드는 다시 말을 이었다. 오, 인자하신 임금님, 마스룰은 꿈속에서 자인 알 마와시프의 환상을 보고 여자를 가슴에 끌어안고 황홀경에 취하여 어쩔 줄을 몰랐습니다. 그래서 눈을 뜨자 곧 여자의 집을 찾았습니다. 그러나 어디에도 인기척은 없고 고요하기만 한 것을 보고 또다시 기절하여 쓰러지고 말았습니다. 이윽고 제정신을 찾은 마스룰은 이런 시구를 읊었습니다.

그대의 환영에서
내가 냄새 맡은 것은
가리륵의 그윽한 향기와
향기로운 내음이로다.
자, 그럼 가시라.
사랑에 취해
약하게도 힘 잃은
마음을 품고서.
그대의 그리움 치유되리
벗 이제 없지만
애인이 집에 돌아오면.
그러나 이별의 오뇌는
더욱 쑤셔오고
벗과 노닐던 지난날의
생각이 슬프게 되살아나누나.

    마스룰이 노래를 끝마쳤을 때 집 근처에서 갈가마귀가 까옥까옥 우는 소리가 들렸습니다. 그러자 마스룰은 갑자기 눈물을 흘리며 "아니, 이건 웬일이지! 까마귀는 황폐한 폐허에서만 산다고 들었는데." 하고 외치고는 괴로운 듯이 신음하면서 이런 시를 읊었습니다.

애인의 창가에 무엇 때문인가,
까마귀 우는 것은?
나의 온몸 활활 타오르는
불꽃에 타리.
그 옛날 애욕의 쾌락을 맛보며
희희낙락 놀았더니라.

애인 떠나가니 나의 마음
함께 황야로 헤매어 나가,
슬프게도 마음의 상처를
참고 견디었노라.
그리움에 시달려 나의 숨길은
오호라 벌써
끊어질 것만 같구나.
가슴 속의 불길은 꺼지지도 않고
더욱 세차게
타오르기만 하노라.
연문을 썼건만 전해줄
사람도 없기에
아, 수척하게 지친 이 몸
가련도 하구나!
떠난 다음 다시 밤마다
그대 돌아오면
오죽이나 기쁘리!
동쪽에서 불어오는 산들바람이여, 처녀의 곁을
찾아드는 바람이여
처녀들의 야영지에 발 멈추고
나의 인사 전해다오!

 그런데 자인 알 마와시프에게는 나심 — 서풍 — 이라고 부르는 언니가 한 사람 있었습니다. 이 여자는 우연히 집안의 높은 곳에서, 마스룰이 반쯤 미쳐 날뛰는 모습을 보고 불쌍하게 생각되어 한숨을 내쉬며 이런 시구를 읊었습니다.

그대 빈번히 오고가며
그 몇 번이나 눈물을 흘렸던가?

텅 빈 집도 눈물 비
끊임없이 흘리면서
주인 없는 슬픔을 한탄하거늘
나의 벗 아직 대상과
여행을 떠나지 않은 그 옛날
여기 무상의 위락 있었노라.
그 집 사람들도 처녀들도
환한 얼굴로 언제 끝날지
모르는 잔치를 베풀었도다.
그지없이 떠오르는 온갖
달 같은 얼굴 지금 어드메?
비운의 화살은 사정없이
하늘 나라 처녀의 눈썹을 빼앗아
밝은 거리를 어둡게 하였노라.
그러니, 그 옛날 그리며
처녀와 함께 했던 생각을
그대 미련없이 버리시라.
보시라, 언젠가 기약도 없이
즐거웠던 과거도 다시 돌아오리.
그대만 없었다면 집안 식구
멀리 타향으로 갈 것도 없고
또 그대인들 불길한
까마귀 소리를 듣지도 않았을 것을.

마스룰은 이 노래를 듣자, 그 뜻을 깨닫고 하염없이 눈물을 흘렸습니다. 그런데 나심은 자기의 여동생과 마스룰과의 정사와 서로 죽을 듯이 사랑에 빠져 있다는 것을 잘 알고 있었으므로 마스룰에게 말을 건넵습니다. "여보세요. 마스룰님, 부탁이오니 이 집에서 돌아가주세요. 누구에게 들켜 나를 만나러 온 것처럼 보이면 안되니까요. 당신 때문에 동생은 이 집에서 쫓겨났는데 이번엔 나마저 쫓겨날 거란 말예요. 당신도 잘 아시겠지만 당신만 없었더라면 이 집 사람들도 집을 버리는 일은 없었을 것 아니겠어요? 그러니까 동생이 없더라도 슬퍼하지 말고 체념해주세요. 과거는 과거, 어찌할 길이 없잖아요."

마스룰은 이 말을 듣자, 몹시 울면서 말했습니다. "나심 아주머니, 사랑에 불붙은 나로서는 될 수만 있다면 그 사람 뒤를 따라 날아가고 싶은 심정입니다. 그러니 어찌 슬퍼하지 않겠어요?" "참을 수밖에 없어요." "제발 부탁이오니 당신이 동생에게 편지를 써 주실 수 없으실까요? 그쪽 답장을 받을 수만 있다면 나의 기분도 가라앉고, 가슴 속의 불도 끌 수 있을 것 같아요."

여자는 "좋습니다." 하고 대답하고는 먹통과 종이를 가지고 왔습니다. 그래서 마스룰은 격렬한 연정과 이별의 쓰라림 때문에 겪은 가지가지의 고민을 줄줄이 늘어놓은 다음과 같은 사연을 적게 했습니다.

『실의에 고민하고, 슬픔에 가슴이 막힌 자가 이 글을 올립니다.

사랑하는 임을 빼앗긴 후 깊은 시름에 잠긴 이 몸은 낮이고 밤이고 부단히 편안한 안식을 얻을 수 없이 오직 한결같이 늘 눈물에 젖어 울 뿐이외다. 진정, 눈물 때문에 눈꺼풀은 통통 붓고, 슬픔 때문에 타오른 가슴의 불길은 고칠 길이 없도다. 마치 짝 잃은 작은 새와도 같이 슬픔은 한이 없고, 불안은 더해갈 뿐, 바라는 것은 오직 어서 죽는 일뿐. 아, 애석하구나, 그대를 잃은 나의 슬픔, 아, 그대를 동경하여 그 얼마나 고민했더냐! 진정 이 몸은 파괴되고 수척해졌도다. 눈물은 폭포처럼 흐르고, 들도 산도 시름 때문에, 나의 달랠 길 없는 슬픔 때문에 나의 얼굴은 애수의 빛을 띠웠도다. 그러하오니 나는 읊으리다.』

광야의 꿈은 이제도 아직
이 집에 그대로 남아 없어지지 않으니
이 집 식구들 그리는 마음은
오호라, 갈수록 늘어만 가는구나.
그 옛날 이 집으로 내 가슴 속의
정분을 보냈더니,
술 심부름하는 동자는 나에게
사랑의 술잔을 가져왔노라.
그러나, 이제 그대는 간 데 없이
먼 타향으로 떠났기에
나의 상처입은 눈에서
눈물 마를 새 없구나.
가마 끄는 사람아, 고운 임을
돌려보내다오. 이 가슴은
뜨거운 정으로 활활 타는구나.
어서 전해다오. '저 빨간
입술 외엔 나의 병
고칠 수단은 더욱 없고,
처녀를 빼앗기고 나의 연분은
슬프게도 단절되어 결별의
화살에 맞고 쓰러졌다.'고.
아, 줄기차게 그대 그리는
나의 연정을 전해다오.
임과 헤어져서는 병을
고칠 희망도 전혀 없고
나는 맹세하리, 사랑을 걸고
언약을 지켜, 충실하게
마음을 주는 것은 임 하나뿐

임의 정을 잊지 않으리라고.
사랑에 몸을 태우는 연인이
어찌 나의 말을 잊으리오?
그러니 사향이 향기롭게
풍기는 글에 부쳐
임 편안하기를 비노라.』

언니인 나심은 마스룰의 명쾌한 구변, 아름다운 말씨, 멋진 시의 낭독 따위에 매우 감동되어 그의 신세를 아주 측은하게 생각했습니다.
그래서 좋은 사향의 향기를 먹여서 봉인한 다음 다시 혼합향료와 용연향을 피운 다음, 상인 하나에게 이것을 부탁하며 말했습니다. "이것을 자인 알 마와시프나 시녀인 후부브에게 전해주시오. 다른 사람에게 주어선 안돼요."
그런데 이 연문이 동생의 손안에 들어가자 그녀는 그것이 마스룰이 한 말을 받아 쓴 것이며, 재치 있는 말씨 속에 사나이의 연정이 역력히 나타나 있다는 것을 알았습니다. 자인 알 마와시프는 편지에 입맞추고서 자기 눈 위에 놓았습니다만, 눈물이 하염없이 흘러내려 언제까지고 울고불고 하는 동안에 마침내 그만 기절하고 말았습니다.
이윽고 제정신이 들자, 그녀는 얼른 먹통과 종이를 구하여 자신도 역시 욕정과 그리움에 넋을 빼앗기고, 사랑하는 사나이 때문에 괴롭고도 격렬한 연정에 몸을 시달리면서, 운명이라고 알고 이것을 감수하고 있다고 애절한 충정을 호소했던 것입니다.

─샤라자드는 날이 훤히 밝아오는 것을 깨닫자, 여기서 허락된 이야기를 그쳤다.

• 857일째 밤

샤라자드는 다시 말을 이었다. 오, 인자하신 임금님, 자인 알 마와시프는 마스룰의 편지를 받고 이런 답장을 보냈습니다.

『그리운 임, 나의 주인, 내 가슴 속 깊은 곳에 간직한 마음의 왕자에게. 정말 밤의 단잠도 이룰 수 없고, 우수의 괴로움은 날로 점점 더해갈 뿐으로, 이 이상 임 안계시면 못견딜 지경이옵니다. 오, 그 광채에 햇빛도 달빛도 당하지 못하는 임이여, 편안한 휴식을 원하여 마음 초조하고 격렬한 춘정에 몸은 타는 것만 같아 당장에 숨도 끊어질 것만 같은 이 몸이기에, 이러한 탄식도 또한 부득이한 일이 아니겠나이까. 오, 세상의 영광이여, 생명의 꽃이여, 정기를 끊긴 여자이기에 그 술잔 입에 대면 자못 쓰리라 생각됩니다. 이 몸은 벌써 산 송장이며, 살아 있는 것도 아니고 죽은 것도 아니오이다.』

그리고 즉석에서 이런 시를 지어 읊었습니다.

 오, 마스룰이여, 그대의 편지는
 나의 그리움을 북돋았도다.
 참는 힘도 위안도
 모두 다 끝난 이 몸이기에.
 임의 편지 읽었을 때
 나의 가슴 갑자기 타올라
 애절한 심정에 눈물 흘리니
 젖고 또 젖은 들풀이여.
 밤의 날개를 타고
 자, 하늘 날고 싶구나, 새처럼.
 임 안계시면 잘 익은 술의
 더할 나위 없는 맛도 달지 않고
 임 떠나신 후의 이 세상도

무미한 세상이 되어버렸도다.
오호라, 이별의 괴로움을
이 몸은 참을 힘 없나이다.

그러고 나서 여자는 이 답장에 사향과 용연향의 가루를 뿌리고 자기 인장으로 굳게 봉인한 다음 "이것을 확실히 나의 언니에게 전해주세요." 하고 어느 한 상인에게 맡겼습니다. 편지가 나심의 손에 이르자, 나심은 곧 다시 이것을 마스룰에게로 보냈습니다. 마스룰은 이것을 받아들고 입맞춘 다음 눈 위에 놓고 정신이 멍해질 때까지 자꾸만 울었습니다.

두 사람의 상태는 그러했습니다만, 한편 유태인 남편은 얼마 후 두 사람이 편지를 주고받고 한다는 말을 듣고 또다시 자인 알 마와시프와 시녀들을 데리고 이리저리 여행을 계속했습니다. 마침내 아내는 참다 못해 남편에게 물었습니다. "어머, 큰일이야! 고향을 떠나 이렇게 멀리 데리고 오다니 도대체 언제까지 여행을 계속할 작정인가요?"

그러자 남편은 말했습니다. "나는 너희들을 데리고 일 년 동안 여행을 계속할 작정이다. 그러니까 이젠 마스룰한테서 사랑의 편지도 못올걸. 내 모를 줄 알고, 네가 내 돈을 모두 훔쳐서 그놈에게 몰래 주고 있다는 걸. 그러니까 내가 잃은 것 만큼 너한테서 긁어낼 테다. 마스룰이 너를 위하여 얼마만큼 도움이 될는지, 내 수중에서 너를 건져낼 만큼의 힘이 그놈에게 있는지 이제 두고 보면 알 수 있을 거다."

그러고 나서 유태인은 아내와 시녀들의 비단옷을 벗기고 말털실로 짠 거친 옷을 입힌 다음 대장간으로 가서 쇠고리 세 개를 주문했습니다. 그것이 준비되자, 유태인은 대장장이를 아내에게로 데리고 와서 "이 세 노예 계집에게 차꼬를 채워주시오." 하고 말했습니다.

제일 먼저 앞으로 나온 것은 자인 알 마와시프였는데, 대장장이는 그 모습을 보자, 완전히 넋을 잃고는 어리둥절하여 자기도 모르게 자기 손가락 끝을 물어뜯으며, 체면이고 뭐고 다 잊고서 여자의 색향에 그저 맥을 못쓸 지경이었습니다.

그래서 대장장이는 유태인에게 물었습니다. "이 여자들은 무슨 죄를 저질렀습니까?" "이것들은 내 노예 계집들인데 물건을 훔쳐가지고 도망쳤단 말이오." 이 말을 듣고 대장장이는 외쳤습니다. "그건 나리의 공연한 질투 같은데, 잘하는 처사가 아닙니다! 신에게 맹세코 말하건대 이 여자가 재판관 중의 재판관 앞에 나가도 꾸중은 듣지 않을 걸요. 비록 하루에 천 번 죄를 저질렀다 하더라도 말입니다. 정말 이러한 생김새는 도둑놈의 인상이 아닙니다. 도저히 무거운 차꼬는 참아낼 수 없을 거예요."

대장장이는 이리 저리 달래서 자기를 보아 제발 쇠고리만큼은 채우지 말게 하라고 간청했습니다. 자인 알 마와시프는 대장장이가 이토록 자기 편을 들어주는 것을 보고 남편에게 말했습니다. "제발 부탁이니 저런 처음 본 사내 앞에 나를 끌어내지 마세요!" 남편이 "그렇다면 왜 너는 마스룰 앞에는 아장아장 걸어나갔지?" 하고 말하니 아내는 아무 대답도 하지 않았습니다.

유태인은 드디어 대장장이의 의견을 받아들여 가벼운 고리를 채우기로 했습니다. 왜냐하면 아내의 몸이 허약해서 도저히 무거운 차꼬는 참아낼 수 없으리라고 생각되었기 때문입니다. 그러나 시녀들에게는 무거운 차꼬를 채웠습니다. 세 사람은 모두 밤낮을 가리지 않고 말털로 짠 거친 옷을 입고 있었기 때문에 나중에는 몸은 쇠약해지고, 안색은 파리하게 시들고 말았습니다.

대장장이는 또 대장장이대로 자인 알 마와시프에게 마음을 태우며 집으로 돌아오자, 마음이 편치 않아 우울증에 걸리고 말았습니다. 그래서 이런 즉흥시를 지어 읊었습니다.

여봐라, 대장장이여, 어찌된 일이냐
세 처녀의 손과 발에

고랑과 사슬을 채우다니!
세상에 보기 드문 맵시 좋고
이목이 수려한 미인을 상하게 하다니.
그대가 진실된 사나이라면
복사뼈 장식은 쇠가 아니라,
순수무구한 황금으로
보기 좋게 세공해야 할 것을
세상의 대법관이 한 번이라도
그 아리따운 맵시를 본다면
높은 옥좌에 앉히리라.

때마침 재판관이 대장간 앞을 지나다가 이 즉흥시를 들었습니다. 그래서 곧 대장장이를 불러다가 물었습니다. "여봐라, 대장장이, 그대가 홀딱 반해버린 그 여자, 조금 아까 정성껏 멋지게 노래 부른 그 여자는 도대체 누구냐?"

대장장이는 자리에서 재빨리 일어나 재판관의 손에 입을 맞추고는 "부디 알라께서 우리 상전 법관님의 춘추를 장수케 하시고, 더욱더 다복하게 해주옵소서!" 하고 나서, 자인 알 마와시프가 세상에 드문 미인이며, 영롱하기가 옥과 같은 맵시에다, 기품도 갖추고, 용모도 단정하고, 어디 하나 탓할 데가 없으며, 또 옥 같은 얼굴에 눈썹은 굽고 볼은 탐스러우며, 버들개지 같은 허리는 늘씬하고, 엉덩이는 탐스럽게 생겼다는 따위를 자세히 이야기했습니다. 그리고 또 현재는 천대받고 창피를 당하고 있는 데다가 먹을 것도 별로 얻어 먹지 못해 신세가 말이 아닌 처지에 놓여 있다는 것도 전했습니다.

재판관은 이 말을 듣자 말했습니다. "여봐라, 대장장이, 그 여자를 나에게로 보내라. 내가 정당한 판결을 내려준다고 일러라. 너는 어쨌든 그 여자에게 책임이 있어. 따라서 이리 데리고 오지 않으면 최후의 심판날에 천벌을 받게 된다."

"알았습니다." 대장장이는 그렇게 대답하고 그 길로 곧 자인 알 마와시프네 집으로 갔습니다. 그러나 와보니 문은 굳게 닫혀 있고, 의지할 곳 없는 외로운 영혼에서 흘러나오는 듯한 구슬픈 노랫소리가 들려오지 않겠어요. 자인 알 마와시프가, 이런 노래를 부르고 있었던 것입니다.

> 그대와 나, 기이하게도 굳게
> 맺어져서 맑게 가라앉은
> 그윽한 술을 그대에게 바쳤노라.
> 즐겁게 잔치에 흥을 돋우고
> 흥이 나면 울렁이는 가슴에
> 마음은 들떠 아침저녁으로
> 시름도 견줄 길 없었네.
> 현악의 가락도 간드러진데
> 옥배는 돌고돌아
> 정말 깊구나, 쾌락의 꿈.
> 세월은 흘러 우리들의 인연
> 끊어진 후, 임 멀어져
> 잠깐 사이에 하늘의 은총도
> 재앙으로 변해버렸네.
> 원컨대 이별 고하는 까마귀의
> 우는 소리 그치고
> 서로 만나는 날 아침에
> 태양의 영광된 빛
> 어서 나에게 뵙게 하소서.

대장장이는 이것을 듣자, 마치 하늘의 구름이 울 듯이 하염없이 눈물을 흘리면서 울었습니다. 그러고 나서 문을 두들기니 시녀들의 목소리가 들렸습니다. "누구십니까?" "납니다. 대장장이입니다."

대장장이는 재판관한테서 들은 이야기와 재판관에게 찾아가서 사정을 호소하라는 것, 그렇게 하면 상대방을 벌줄 거라는 것 따위를 들려주었습니다.

─샤라자드는 날이 훤히 밝아오는 것을 깨닫자, 여기서 허락된 이야기를 그쳤다.

• 858일째 밤

샤라자드는 다시 말을 이었다. 오, 인자하신 임금님, 대장장이는 자인 알 마와시프한테 판관에게서 들은 이야기와 모두를 불러가지고 가해자에게 복수의 법을 적용하고 싶다고 말하더라는 것 따위를 전했습니다. 이 말을 듣고 여자는 말했습니다. "하지만 문에는 자물쇠가 채워져 있고, 발에는 고리가 채워져 있으며, 열쇠는 유태인이 가지고 있어요. 무슨 수로 판관님에게 갈 수 있겠어요?"

그러자 대장장이는 대답했습니다. "열쇠 같은 건 내가 만들어드리죠. 그걸로 문도 고리도 여세요." "그런데 법관님 댁엔 누가 데려다주죠?" "내가 다 가르쳐드리지요." "그렇다 해도 유황 냄새나는 말털로 짠 옷을 입은 채로 판관님 앞에 어찌 나가겠어요?" "당신 사정이 사정인 만큼 그런 일을 가지고 이러쿵저러쿵 말씀하시진 않아요."

대장장이는 그러고서 곧 밖으로 나가 열쇠를 만들었습니다. 그리고 이것으로 문을 열고 쇠사슬을 푼 다음 모두를 데리고 판관네 집으로 갔습니다. 그러자 후부브는 부인 몸에서 말털로 짠 옷을 벗기고 목욕탕으로 데리고 가서 잘 씻어준 다음, 비단옷을 입혔으므로 몰라보리 만큼 피부색이 고와졌습니다.

때마침 그 날 남편인 유태인은 외출하여 어느 상인의 잔칫집 자리에 가고 없었습니다. 그래서 자인 알 마와시프는 가장 고급 비단옷을 입고 간 것인데, 판관은 그 모습을 알아보고는 얼른 일어서서 여자를 맞았습니다. 여자는 공손한 말씨로 이루 비할 데 없이 아양을 떨면서 눈동자의 화살로 대번에 상대방의 가슴을 꿰뚫고 말았습니다. "알라시여, 아무쪼록 우리 상전 판관님의 춘추를 무궁케 하시고, 사람과 사람의 재판에 힘을 빌려주옵소서!"

이어 대장장이가 한 일을 이야기하고, 그것은 자못 훌륭한 행동이었다는 것, 그와는 달리 유태인은 자기와 시녀들에게 지독한 고통을 주고 죽을 고생을 시켰지만 아무도 구해주는 사람은 없었다는 것 등을 자세히 이야기했습니다.

"저, 귀부인." 하고 판관은 물었습니다. "그대의 이름은 무엇인가?" "제 이름은 자인 알 마와시프, 즉 '명가의 꽃'이라고 하며, 여기 있는 시녀는 후부브라는 이름이옵니다." "과연 이름과 실물이 닮았을 뿐더러, 그 발음도 의미와 딱 들어맞는군."

이 말을 듣고 자인 알 마와시프는 생긋 웃으며 얼굴을 가린 베일을 거두었습니다. 그러자 판관은 "자인 알 마와시프, 그대에겐 남편이 있는가?" "아니오, 없습니다." "그럼 신앙은?" "이슬람교의 가르침을 따르며, 충성된 백성의 종교를 믿고 있습니다." "그렇다면 신위의 증거와 실례가 풍부한 신성한 법전에 맹세코 그대들이 충성된 백성의 종교에 귀의하고 있다는 것을 맹세하라."

그래서 자인 알 마와시프는 신앙의 고백을 하고 맹세했습니다. 그러자 또 판관은 물었습니다. "그대가 젊디젊은 몸으로 유태인과 살고 있는 것은 어찌된 셈인가?"

여자는 대답했습니다. "실은 말입니다, 판관님. '알라시여, 아무쪼록 판관님의 만족한 나날을 늘이시고, 뜻하시는 바를 이루게 해주시고, 그 하시는 일에 신의 은총이 내리기를 약속해주소서!' 제 부친이 세상을 떠나실 때 1만 5000디나르의 유산을 남겨놓았습니다. 부친은 그 돈을 현재의 그 유태인에게 맡기고 그것을 자본으로 장사를 하여 이익을 분배하기로 되어 있었습니다. 원금은 법률상의 정식 승인을 얻어 저에게 양도되었던 것입니다.

그런데 부친이 세상을 떠나자, 유태인은 나를 탐내 모친을 통해 아내로 맞이하겠다고 말했습니다. 모친이 "딸에게 신앙을 버리게 하여 어찌 유태여자를 만들겠다는 것인가? 안될 말이오. 당신을 관청에 고소하겠소." 하고 말한즉 유태인은 깜짝 놀라 돈을 가진 채 아단(오늘의 애 댄(Aden))으로 도망을 쳤어요. 그러는 동안 그 자의 거처가 알려졌기 때문에 우리들은 그 자 뒤를 쫓아 아단으로 왔습니다. 그리고 그곳에서 그를 체포하여 사정을 물어보니 그 돈으로 포목상을 하여 자꾸만 물건을 사들이고 있는 중이라는 이야기였습니다. 우리들은 그 말을 믿고 있었습니다만 그는 끝까지 우리들을 속여서 나중에는 한 방에다 감금하여 쇠사슬을 채우고는 이루 말할 수 없이 혹독한 매질을 했습니다. 그러나 원래 우리들은 외국인이어서 전능하신 알라와 우리 상전 법관님 외에는 구원의 손길을 뻗쳐주는 이가 없었던 것입니다."

법관은 이 이야기를 듣고 시녀 후부브에게 물었습니다. "이 사람은 정말로 네 주인이며, 너희들은 외국인인가? 그리고 주인은 아직 독신인가?" "네." 후부브는 대답했습니다. 그러자 법관은 "그럼 어디, 내 아내로 맞을 수 있게 힘써줄 수 없겠는가? 만일 내가 그 녀석을 응징하여 가지가지의 악행을 벌주지 않는다면 나는 아낌없이 나의 노예들을 해방하고, 단식과 순례를 하고, 재산을 모두 남에게 주겠다만." "알았습니다." 시녀가 대답하자 법관은 다시 덧붙였습니다. "너도 주인도 마음을 턱 놓고 있어. 내일 나는 그 악독한 놈을 불러내 제재를 가하고, 그대들에게도 혼내주는 장면을 보여줄 테니."

후부브는 법관에게 하늘의 축복이 있기를 기원하고, 부인과 함께 그 집을 나왔습니다. 그러나 뒤에 남은 법관은 안타까운 연정에 가슴을 찢기고, 애욕의 불길에 몸도 마음도 타는 것만 같은 심정이었습니다.

두 사람은 그 길로 두 번째 법관의 집을 찾아가, 법관 앞에 나오자 똑같은 이야기를 되풀이했습니다. 그런 식으로 세 번째, 네 번째 법관을 찾아가서도 똑같은 말을 되풀이하여 끝내는 네 사람의 법관 전부에게 딱한 사정을 호소했습니다. 법관들은 또 하나도 빠짐없이 자인 알 마와시프에게 홀딱 반하여 자기 아내가 되어달라고 졸랐으므로 여자는 그 어느 요청에도 그러마 하고 대답했습니다. 그러나 네 사람의 법관은 모두 다 한결같이 다른 동료의 일은 아무것도 몰랐던 것입니다.

잔칫집에서 하룻밤을 보낸 그 유태인은 그런 사건이 생겼다는 것은 꿈에도 몰랐습니다. 그 이튿날 후부브는 눈을 뜨자, 자인 알 마와시프의 가장 좋은 옷을 준비하여 이것을 부인에게 입혀가지고 함께 법정의 네 법관 앞으로 출두했습니다.

자인 알 마와시프가 안으로 들어서 베일을 걸친 채 모두에게 인사하자, 법관들도 답례를 하면서 어제 왔던 여자라는 것을 당장 알아차렸습니다. 그러자 하나는 무엇을 쓰고 있다가 붓을 손에서 떨어뜨렸고, 또 하나는 이야기를 하던 중 혀가 굳어 말이 나오지 않았으며, 계산을 하고 있던 세 번째 법관은 또한 계산을 잘못하는 형편이었습니다. 그들은 모두 이구동성으로 말했습니다.

"아, 이분은 얼마나 근사한 맵시를 가진 세상에서도 보기 드문 귀부인이람! 안심하시오. 우리들은 반드시 올바른 판단을 내려 그대의 소원을 풀어드리리다!"

그래서 자인 알 마와시프는 그들에게 축복을 빌고는 작별을 고한 다음 떠났습니다.

──샤라자드는 날이 훤히 밝아오는 것을 깨닫자, 여기서 허락된 이야기를 그쳤다.

● 859일째 밤

샤라자드는 다시 말을 이었다. 오, 인자하신 임금님, 법관들은 자인 알 마와시프에게 말했습니다. "이분은 얼마나 근사한 맵시를 가진 세상에서도 보기 드문 귀부인이람! 안심하시오. 우리들은 반드시 바른 판단을 내려 그대의 소원을 풀어드리리다!"

그래서 자인 알 마와시프는 모두에게 축복을 빌고 작별을 고하고는 떠났습니다. 한편 공교롭게도 남편은 알고 지내는 사람들과 결혼식 피로연 자리에 앉아 있느라고 아내가 무슨 일을 꾸미고 있는지 알 까닭이 없었습니다.

그러고 나서 또 아내는 공증인과 대서인과 경비대장 등을 차례차례로 찾아다니면서 이단의 악당으로부터 자기를 구출하여, 그 사나이의 못된 형벌로부터 모면하게 해달라고 부탁했습니다. 그리고 하염없이 눈물을 흘리면서 이런 시구를 즉석에서 읊었던 것입니다.

내 눈에서 쏟아지는 것은 폭포인가,
그 어찌 내 가슴 속의
연정의 뜨거운 불길을
끌 수 있으랴? 금실로 수놓은
비단옷을 입은 이 몸
어느 날 아침, 눈을 뜨니, 오호라,
수도승의 거친 옷과 같구나.
그 옛날 나의 흰 살결에는
사향의 향기 풍겼건만
이제는 오직 유황의 악취가
뭉클뭉클 코를 찌를 뿐.
그리운 것은 나의 마스룰
이 신세를 그대 알면
이 치욕, 참기 어려우리.
유일의 신도 모르는
이단자에게 후부브마저도
쇠사슬이 채워졌네.
자, 나는 유대의 믿음 버리고
이슬람교에
귀의하리라, 동쪽으로

엎드려 참된 가르침을
받들리라. 오, 마스룰
결코 잊지 마시라, 우리의 사랑의
자못 굳은 맹세를
한결같이 우리의 언약
잘 지켜, 어기지 마소서!
그대 때문에 신앙을 바꾸고
뜨거운 사랑에
비밀을 나는 지키리!
어서 오시라 나의 모습
있는 동안에, 어서 씩씩하게
급히 달려오시라!

그러고 나서 자인 알 마와시프는 마스룰에게 편지를 쓴 다음 유태인의 무참한 행패를 낱낱이 적고 끝으로 금방 읊은 시도 덧붙였습니다. 그리고 두루마리를 접어서 시녀 후부브에게 넘겨주며 "마스룰님에게 전하기까지 네 호주머니 속에 잘 넣어두도록 해." 하고 말했습니다.

이렇게 하고 있는데, 그때 갑자기 유태인이 돌아와 기쁜 듯한 표정을 짓고 있는 두 사람의 모양을 보고 물었습니다. "웬일이냐, 들떠 있는 것 같으니. 글쎄, 네 샛서방 마스룰한테서 편지라도 왔느냐?" 자인 알 마와시프는 대답했습니다. "알라를 칭송할지어다! 당신으로부터 우리를 구해줄 분은 알라 외엔 없어요. 알라께서는 반드시 당신의 그 난폭한 행동에서 우리를 구해주실 거예요. 만일 당신이 고향 집으로 데려다주지 않으신다면 우리들은 내일 이 고을의 총독과 법관에게 고소하러 갈 작정이에요."

"도대체 어느 놈이 너희들 발에서 쇠사슬을 떼었지? 옳지, 이번만큼은 무게 10파운드나 되는 쇠사슬을 만들어서 그걸 채워가지고 온 거리를 끌고 돌아다니지 않고는 직성이 풀리지 않을 것만 같다." 유태인이 말하자 후부브가 대답했습니다. "나쁜 짓을 하면 손수 자기 무덤을 파게 되는 법입니다. 당신은 우리들을 고국에서 내쫓았으니까요. 어쨌든 내일은 우리들도 당신도 이 고을의 총독 앞에 나갑시다요."

그들은 이런 모양으로 하룻밤을 보낸 것인데, 이튿날 아침 유태인은 부리나케 일어나더니 새로 쇠사슬을 주문하러 나갔습니다. 그 틈에 자인 알 마와시프도 일어나 시녀들과 함께 법정으로 나갔습니다. 네 명의 법관 앞에 나온 여자가 인사를 하자, 그들도 모두 답례를 했고, 이윽고 그 중 하나가 자기 주위의 사람들에게 말했습니다. "정말 저 여자는 금성처럼 아름답군그래. 한 번만 보아도 아무나 저 여자에게 반하여 그 우아한 맵시에 그만 무릎을 꿇지 않을 수가 없겠는걸." 그러고 나서 샤리프(일반적으로 모하메드의 자손)인 네 명의 관리를 불러서 "범인을 눈 뜨고는 차마 볼 수 없게 만들어 잡아오너라." 하고 분부했습니다.

그런데 유태인이 쇠사슬을 만들어가지고 돌아와보니 집 안은 텅 비어 있으므로 깜짝 놀랐습니다. 어리둥절하여 멍하니 넋을 잃고 있는데, 뜻밖에도 관리들이 들이닥쳐서 유태인을 붙잡아가지고 사정없이 때린 다음 법관 앞으로 끌고 갔습니다.

법관은 유태인을 보자 호되게 꾸짖으며 호통을 쳤습니다. "이 괘씸한 놈, 신에게 거역하는 놈! 네놈은 못된 짓을 하고 여자들을 자기들의 나라에서 멀리 납치해가지고 와서 돈마저 빼앗았지? 네놈은 모두를 유태인으로 만들 작정이냐? 괘씸하게도 이슬람교도를 이단자로 만들 셈인가!" 유태인은 대답했습니다. "법관님, 저 여잔 제 아내입니다."

법관들은 그 말을 듣자, 일제히 호통을 쳤습니다. "이 녀석을 땅바닥에 내동댕이쳐서 흙발로 얼굴을 밟고, 마구 때려라. 이놈의 죄는 용서할 수 없기 때문이다." 그래서 부하 관리들은 유태인의 비단옷을 벗기고 아내가 입고 있던 말털로 짠 거친 옷을 입힌 다음 마루에 내던지고서 수염을 잡아뽑기도 하고, 얼굴을 흙발로 짓밟

기도 했습니다.
 그러고 나서 이번에는 노새 등에 얼굴을 꽁무니 쪽으로 하여 거꾸로 매달고 꼬리를 잡게 하고는 앞에다 방울을 달아 찌링찌링 울리면서 시내의 거리라는 거리는 모두 조리를 돌렸습니다. 그것이 끝나자, 유태인은 차마 눈 뜨고는 볼 수 없는 처참한 모양으로 다시 법관들 앞에 끌려 나왔습니다. 그러자 네 법관은 이구동성으로 유태인의 두 팔과 두 다리를 자르고, 끝으로 책형에 처하라고 선고했습니다.
 범인은 이 선고를 듣자, 제정신을 잃을 정도로 깜짝 놀라며 말했습니다. "여보시오, 법관님들, 도대체 날더러 어쩌라는 겁니까?" 일동은 대답했습니다. "이렇게 말하라. '이 여자는 내 아내가 아닙니다. 돈도 여자 것입니다. 나는 이 여자가 싫다는 것을 억지로 꾀어 고국을 버리고 멀리 데리고 왔습니다.'라고 말이다."
 유태인이 그대로 고백하자 법관들은 정식으로 그 진술을 기록하고, 돈을 몰수하여 서류와 함께 자인 알 마와시프에게 주었습니다. 그녀는 그대로 거기를 떠났습니다만, 그 모습을 바라본 사람들은 모두 그 아리따운 자태에 멍하니 넋을 잃고 있었으며, 법관들은 제각기 자인 알 마와시프가 자기에게야말로 알몸을 맡길 것이라고 지레 짐작하고 있었던 것입니다.
 그러나 자인 알 마와시프는 숙소로 돌아오자, 필요한 물건을 모두 준비하고 밤이 되기를 기다리고 있었습니다. 그러고 나서 가볍고 돈이 될 만한 물건을 챙겨 깊은 밤을 이용해서 시녀들과 함께 숙소를 빠져나와 사흘 밤낮을 한눈도 팔지 않고 여행을 계속했습니다.
 이야기가 바뀌어 법관들은 유태인을 옥에 가두라고 명령한 다음 자인 알 마와시프가 찾아오기를 기다리고 있었습니다.

—샤라자드는 날이 훤히 밝아오는 것을 깨닫자, 여기서 허락된 이야기를 그쳤다.

● 860일째 밤

샤라자드는 다시 말을 이었다. 오, 인자하신 임금님, 법관들은 유태인을 옥에 가두라고 명령한 다음, 그 이튿날 입회인과 함께 자인 알 마와시프가 찾아오기를 학수고대하고 있었습니다. 그러나 자인 알 마와시프는 누구네 집에도 모습을 나타내지 않았습니다. 그래서 재판관은 말했습니다. "오늘은 볼일이 있으니까 교외로 출장을 나가겠다."

재판관은 암노새를 타고 사동을 하나 데리고 온 거리를 구석구석까지 걸어다니면서 자인 알 마와시프를 찾았지만 어디서도 찾을 수가 없습니다. 그렇게 걸어다니고 있는 동안에 불쑥 다른 세 법관들과 마주쳤습니다. 왜냐하면 세 사람이 모두 다 여자가 약속한 것은 자기 하나만이라고 지레 짐작하고서 같은 용건으로 밖으로 나왔던 것입니다. 재판장은 어디 가느냐고, 왜 거리를 배회하느냐고 물었습니다. 그러자 세 사람은 자기만의 비밀을 실토했으므로 재판장은 동료들의 고민도 자기 고민과 똑같으며, 찾고 있는 대상도 똑같다는 것을 알게 되었습니다.

그래서 네 사람은 다같이 자인 알 마와시프를 찾아서 온 시내를 누볐습니다. 그러나 도저히 행방을 알 수가 없었습니다. 모두는 사랑에 지쳐 집으로 돌아와 상사병에 걸려 자리에 누웠습니다. 그러던 중 재판장의 머리에 그 대장장이 생각이 떠올랐기 때문에 불러서 물었습니다. "여봐라, 대장장이, 네가 전에 데리고 왔던 그 여자 말인데, 뭐 아는 게 없느냐? 거처를 가르쳐주지 않으면 태형을 가할 테니 그리 알아라."

대장장이는 이 말을 듣자 다음과 같은 시구를 읊었습니다.

　　나 사랑에 지치고, 내 사랑을
　　모두 독차지한 그 여자,
　　온갖 미를 한몸에

지닌 고운 모습.
보내는 눈동자는 영양인가
숨길에 풍기는 향기는 용연향인가
몸을 흔드는 모양은 호수던가
흔들고 걸으면 가는 가지던가
빛나는 모양은 흡사 태양이던가.

그러고 나서 대장장이가 말하기를 "여보세요, 나리. 그분이 제 앞을 떠난 후 저는 한 번도 만난 적이 없습니다. 아니요, 정말로 한 번도 없습니다. 어쨌든 저도 몽땅 마음을 빼앗기고는 생각하는 것, 말하는 것 모두 다 그 여자에 대한 것뿐입니다. 그녀 집도 찾아보았지만 찾지 못했고, 누구 하나 그 여자의 소식을 알고 가르쳐주는 사람 없습니다. 마치 바다 밑으로 가라앉았든가, 하늘로 날아올라간 것만 같습니다."

법관은 그 이야기를 듣자 외마디 소리를 지르고는 이제라도 당장 쓰러질 것만 같았습니다. "아니, 정말, 그 여자를 만나지 않았더라면 좋았을 것을!" 이윽고 대장장이가 떠나자 법관은 마루에 몸을 던지고 상사병에 걸려 어찌할 바를 몰랐습니다. 다른 세 법관과 입회인들도 마찬가지 상태였습니다.

의사들이 빈번히 드나들었지만 도무지 병의 원인을 찾을 수가 없었습니다. 성안의 명사들이 재판장을 찾아와 병문안했습니다. 그러자 재판관은 한숨을 내쉬고 이런 시구를 읊으면서 자기 심중을 털어놓았습니다.

한사코 나무라지 마시라.
이 몸 사랑에 병이 들어 몹시
시름하며 괴로워했노라.
세상 사람들을 재판하는 몸이어서
정에 약한 법관인지라

공연히 비방치 마라.
나의 헛된 사랑 벌 주고자
헐뜯는 사람에게 고하시라.
사랑의 불꽃에 몸을 태워
눈이 멀었건만 죄 없다고.
나는 다시없는 운명의
탓으로 법관이 되어
재물을 쌓아, 자못 높은
지위에 오른 행운아.
그러나 날카로운 여자의
눈의 화살에 맞아
나라 일도 다스릴 길 없어
나는 피를 흘리며 쓰러졌노라.
나의 집을 찾아온 것은
이슬람교의 처녀
흡사 동방의 진주 그대로의
희게 늘어선 이빨을 보이고서
교태를 머금은 입을 열고
자기가 당한 괴로움을 호소하더라.
베일 아래에서 보인 것은
검고도 검은
어둠의 날개를 헤치고
떠오르려고 하는 보름달인가,
빛나는 얼굴은 비할 데 없고
야릇한 미소는 입가에
진정 감미롭게 떠돌고
입은 것은 세상에 둘도 없는
비단옷, 주옥의 옷이로다.
알라께 맹세코 말하거니와

나 이토록 요염한
　　여자를 보기란 난생 처음이로다.
　　아라비아, 아잠의 온 나라를 털어도.
　　오, 아름다운 미녀여!
　　그대는 맹세하여 말하지 않았던가,
　　"한 번 나 맹세하면
　　반드시 이행한다."고.
　　이것이 내가 겪은 그 모두이며
　　오호라, 슬프구나, 나의 몰골.
　　그러니 그대들이여, 내가 참는
　　슬픈 사랑의 병을
　　이제 더 이상 묻지 말아다오.

　법관은 노래를 끝내자, 하염없이 눈물을 흘리고 외마디 소리를 한 번 지르더니 그냥 그대로 죽고 말았습니다. 모두는 얼른 시체를 씻기고 수의를 입히고 기도를 올린 다음, 땅속에 묻고 묘비 위에 이런 시구를 새겼습니다.

　　오, 그대는 군자건만
　　사랑의 어둠 속에 숨지니
　　허망하게도 기약 없이
　　무덤 속에 묻히고 말았도다.
　　진정 그대야말로 명법관,
　　세상 사람들을 사랑하여
　　정의의 칼 뽑지 않음을
　　자신의 자랑으로 삼았더라.
　　사랑의 병에 걸려 쓰러졌음은
　　아, 슬프게도 운명이더라.
　　마음 사로잡은 노예 때문에

이토록 무릎을 꿇은 자
세상에 일찍이 없었더니라.

그러고 나서 모두는 재판장을 알라의 자비에 맡기고, 의사와 함께 두 번째 법관에게로 문병을 갔습니다. 그는 부상을 입은 것도 아니고, 몸이 어디 아픈 것도 아니고 해서 별로 의사에게 수고를 끼칠 필요도 없었습니다. 그래서 모두는 어찌된 셈이냐, 무슨 걱정이 있느냐고 물어보았습니다. 그러자 법관은 고민의 원인을 고백했습니다. 모두가 멋쩍어하며 그게 무슨 어리석은 짓이냐고 나무라자, 법관은 이런 시를 읊어서 대답했습니다.

처녀 때문에 나 괴로울지라도
나에게 죄 없도다. 아름다운
처녀의 손에 든 화살로써
나의 넋을 이토록 꿰뚫었도다.
나를 찾아온 것은
연년세세 이 세상을
저주하여 마지않은 계집으로
그 이름을 후부브라고 불렀더라.
그 계집과 함께 온 것은
밤의 어둠 헤치며 하늘을 건너는
보름달도 무색케 할
진정 아름다운 처녀였더라.
처녀는 구슬 같은 볼을 드러내놓고
하염없이 눈물을 흘리면서
불평의 가지가지를 호소했도다.
나 또한 귀를 기울이고
자세히 바라보니 이 어인 일이냐,
처녀는 웃음을 지으면서

나의 사랑을 얻고 말았네.
그러므로 처녀가 떠나버리니
나의 넋도 가버리고
오로지 슬픔에 싸인 신세가 되었도다.
이것이 나의 신세 이야기
자, 이 몸을 측은히 여겨
여기 있는 시동에게 나의 법의
물려주소서, 쾌히.

 이어 한 차례 흐느껴 우는가 싶더니 넋은 육체를 떠났습니다. 모두는 장례 준비를 갖추자, 알라의 자비에 맡기고 시체를 매장했습니다. 그러고 나서 이번에는 세 번째, 네 번째 법관을 찾았지만 모두가 다 똑같은 운명을 걸어갔습니다.
 그리고 또 입회인들도 자인 알 마와시프를 그리워하여 사랑의 병에 걸렸고, 이 미녀를 바라본 사람은 누구나 할 것 없이 애태우며 죽던가, 아니면 죽지 않더라도 연모의 정에 시달리는 몸이 되었던 것입니다.

 —샤라자드는 날이 훤히 밝아오는 것을 깨닫자, 여기서 허락된 이야기를 그쳤다.

• 861일째 밤
 샤라자드는 다시 말을 이었다. 오, 인자하신 임금님, 고을 사람들은 법관도 입회인도 모두 처녀를 애타게 그리다 병이 들어 상사병으로 목숨을 잃거나, 비록 목숨은 잃지 않았다 하더라도 부질없이 연모의 정에 가슴 태우며 번민했던 것입니다. 알라시여, 아무쪼록 이들 중생들을 위해 자비를 내려주옵소서!
 이야기가 바뀌어 자인 알 마와시프와 두 시녀는 한눈 팔지 않고서 걸음을 재촉하여 마침내 도성을 멀리 벗어났습니다. 때마침 일행은 다니스라는 원장과 40명의 수도사가 살고 있는 수도원 옆을 지나게 되었습니다.

원장인 다니스는 자인 알 마와시프의 우아한 모습을 바라보자 밖으로 나와 "우리들 수도원에 열흘 정도 묵었다가 그 후에 떠나시는 것이 좋을 것입니다." 하고 말하면서 말에서 내리라고 권했습니다.

그래서 그녀는 시녀들과 함께 말에서 내려 수도원으로 들어갔습니다. 그런데 다니스는 이목이 수려한 자인 알 마와시프의 아름다운 용모를 바라보자, 평소의 신앙심을 대번에 잃어버리고 마음도 몸도 색향에 사로잡히고 말았습니다. 그래서 다니스는 사랑의 심부름꾼으로 수도사를 하나씩 여자에게로 보냈습니다.

그러나 수도사들 역시 여자를 한번 보자마자, 저마다 가슴을 태우며 자기에게 사랑의 대답을 줄 것을 바라는 눈치들이었습니다. 한편, 여자는 요리조리 구실을 만들어 일일이 이것을 거절하였습니다.

그렇지만 다니스는 집요하게 심부름꾼을 보내어 끝내 40명의 수도사들을 하나도 빼놓지 않고 여자에게로 보냈습니다. 그러나 수도사들은 모두 한눈에 사랑에 빠져, 다니스의 이름 같은 것은 입 밖에도 내놓지 않고 계속해서 감언이설로 자인 알 마와시프를 설득하려고 들었습니다. 여자는 대답은커녕 냉정하게 물리치고 말았습니다.

마침내 다니스는 참다 못해 애달픈 연정에 몸을 태우면서 혼잣말을 했습니다. "정말 세상의 속담에도 있듯이 '자기의 살갗을 긁는 것은 자기의 손톱, 자기의 일은 자기 발로 하는 것이 좋다.'라니까." 그래서 벌떡 일어나 산해진미를 준비했습니다. 마침 그날은 여자가 휴식차 수도원에 머문 지 아흐레가 되는 날이었습니다.

다니스는 음식을 여자 앞에 늘어놓자 말했습니다. "비스밀라! 우리집에서 가장 정성껏 장만한 요리인데 어디 하나 들어보시오." 그래서 그녀는 손을 뻗쳐 "자비하시고 인자하신 알라의 이름을 위하여!" 하고 중얼거리면서 시녀들과 함께 이것을 먹었습니다. 식사를 끝내자 다니스는 말했습니다. "부인, 당신에게 시를 하나 읊어드렸으면 하는데." "제발 읊어주세요." 여자의 대답에 다니스는 이런 시구를 읊었습니다.

    그대의 옥 같은 볼과 눈매 때문에
    마음 뺏기고, 사랑에 병들었네.
    그러므로 이 몸 슬픈 심정으로
    글에서도 시에서도 사랑을 칭송하리.
    마음은 미칠 것 같고, 사랑 그리워
    덧없는 꿈에서 위안을
    구하여 마지않는 이 몸이건만
    아, 어찌하리, 사랑의 설레임을.
    그대 때문에 암자를 버린 이 몸
    사랑길의 어둠에 잠긴
    이 몸을 실의에 잠기지 말게 해주소서.
    세상에 둘도 없는 가인이여,
    이 몸이 피를 흘리는 것도 흘리지 않는 것도
    그대 마음에 달렸으니
    나에게 정을 기울여주오.
    자, 들으시오, 나의 절규를!

자인 알 마와시프는 이 시를 듣자, 다음과 같은 시구로 대답했습니다.

    인연을 맺으려는 서방님이시여,
    이러한 기쁨 바라지 말고
    나의 반가운 대답을 기대하지 마소서.
    오, 박복한 서방님이시여

쓸데없는 소망을 추구하여
애태우지 마시라. 언제까지나
탐욕이 지나치면 세상 사람의
혹독한 모멸을 받으리라.

다니스는 이 대답을 듣고 자기 방으로 돌아왔지만 아무리 궁리해봐도 어떻게 하면 좋을지 전혀 알 길이 없습니다. 그저 몸을 뒤척이면서 괴로운 하룻밤을 뜬눈으로 보냈습니다.

한편 자인 알 마와시프는 주위가 캄캄해지자, 일어나서는 시녀들에게 말했습니다. "자, 도망치자. 40명의 승려들을 상대로 하다간 도저히 살아날 길이 없어. 모두가 제각기 내 몸을 요구하고 있으니." "정말 그래요. 그럼 어서 떠나시지요" 시녀들은 그렇게 대답하고 곧 말을 타고서 수도원 문을 뛰쳐나왔습니다.

──샤라자드는 날이 훤히 밝아오는 것을 깨닫자, 여기서 허락된 이야기를 그쳤다.

• 862일째 밤

샤라자드는 다시 말을 이었다. 오, 인자하신 임금님, 자인 알 마와시프와 시녀 일행은 깊은 밤을 이용해 수도원 문을 뛰쳐나오자, 자꾸만 길을 재촉하던 도중 어느 대상을 만나게 되었으므로 그 일행이 되었습니다. 이 대상은 전에 자인 알 마와시프가 살고 있던 아단에서 온 대상으로, 묻지도 않았는데도 자인 알 마와시프의 이야기를 하면서 법관과 입회인들이 상사병으로 죽었다는 것과 그 후임으로 앉은 관리들이 여자의 남편을 옥에서 석방시킨 이야기를 하는 것이었습니다.

그래서 그녀는 시녀들을 뒤돌아보며 물었습니다. "너희들 저 소리 들었어?" 그러자 후부브는 "여색을 끊고 수도하지 않으면 안될 수도사들까지도 마님의 색향에 눈이 어두워 정신을 못차리니, 이슬람교에는 사랑 같은 것은 죄가 없다고 말씀하시는 법관님이 되고 보면 당연하지 않겠어요! 그러나 어쨌든 우리들의 본색이 드러나기 전에 하루빨리 고국으로 돌아가도록 하십시다." 그래서 그들은 열심히 길을 재촉했습니다.

  수도사들은 어떻게 되었는가 하면, 이튿날 날이 밝자마자 곧 인사하러 자인 알 마와시프의 방으로 갔지만 방은 텅 비어 있고 아무도 없었습니다. 그들은 가슴 속에 심한 노여움을 느꼈습니다. 그리하여 맨 처음 수도사는 자신의 승복을 찢으며 이런 즉흥시를 읊었습니다.

    자, 벗이여, 와서 들으라
    이별은 나의 운명이니
    나는 곧 떠나리라.
    이 몸도 넋도 불처럼 타는
    사랑의 고문에 시달리어,
    사랑의 불길은 이 가슴에
    더욱더 세차게 타오르누나.
    이것도 내 나라를 찾아온
    지평선에 뜬 달도 따를 수 없는
    진정 아름다운 처녀 때문.
    처녀는 가버렸네. 사랑에 병들고
    눈의 화살에 맞은
    이 몸을 남겨놓고 가버렸네.

  그러자 이번엔 다른 수도사가 다음과 같은 시구를 중얼거렸습니다.

    박복한 나에게 인정을 베푸소서!
    나의 목숨을 빼앗은 임이여

고향길로 급히 가버린 임!
임 가버렸네. 아득한 저쪽으로.
내 귀에 자못 묘하게 들린
목소리만은 아직도 남아 있네.
아, 그대 멀리 가버렸구나,
일순간의 환영이라도
나의 잠자리 가까이에서
그 모습 보고 싶구나.
임 가버리면 나의 마음도
같이 떠나, 애절하게도
비처럼 내리는 눈물에 젖네.

세 번째 수도사도 이런 시를 즉석에서 지어 읊었습니다.

임의 집은 나의 마음
이 몸은 모두 그대의 보금자리로다.
그러니 머리와 눈과 귀에,
나의 마음에도 자리를 잡으시라.
임의 이름을 입에 담으면
꿀보다도 더 달고
나의 가슴 속에서 발랄하게
움직이는 정기와도 흡사하게
마음 뛰는 것도 가련하구나.
정에 약한 이 몸이기에
몸은 말라 수척해져서 이쑤시개처럼 되고
시름에 애태우며 슬픔의
눈물에 빠지는 애통함이여.
허망한 꿈 어리는 베갯머리에
임의 모습을 보여다오.

그 아름다운 모습 보면
　　볼의 눈물도 사라지리.

다음에 네 번째 수도사는 이런 시구를 읊었습니다.

　　나의 혀는 묵묵히 말이 없구나
　　색향 때문에 이 몸 미치도록
　　슬프건만 시름을 참노라.
　　온 하늘을 집으로 삼은
　　보름달이여, 임 때문에
　　참기 어려운 가슴의 불길이여.

다섯 번째 수도사도 읊었습니다.

　　이 몸 그리워하는 것은 모습도 상냥한
　　달을 닮은 하늘의 천사,
　　날씬한 허리에 사랑을 불태우며
　　시름하고 탄식함도 당연한 이치로다.
　　오래된 묵은 술이라 할지라도
　　입술의 달콤한 이슬에는
　　비할 수 없고,
　　흐벅진 엉덩이 보면
　　한시도 마음 떠나지 않네.
　　내 가슴은 아침마다
　　사랑에 주려
　　밤의 잠자리에서 미칠 듯이
　　고민하고 시름하며
　　볼을 타고 흐르는 눈물은
　　홍옥인가, 장미색의

비처럼 쏟아지네.

여섯 번째 수도사는 이런 시를 읊었습니다.

아, 가리륵의 가는 가지
아, 자못 드높은 하늘의 별
그대의 색향에 넋을 잃은
사나이를 버린 처녀여!
오, 구슬 같은 붉은 볼에
이 가슴 태운 처녀여
사랑 길의 어둠 속에 길을 잃은
사나이 마음을 임에게 하소연하리.
진정 이다지도 몸도 마음도
모두 잃고, 염불도
독경도 그만둔 자
이 세상에 있었던가, 없었던가.

일곱 번째 수도사도 또한,

임에게 마음 뺏기고
나의 눈물 끊임없이 흐르도다.
가슴 속의 불길은
더욱더 타올라
이제는 참을 힘도 없구나.
야속한 임의 소행
모멸은 올지라도, 고운 맵시
자못 감미로워 사랑의 화살에
맞은 자 모두 쓰러졌네.
오, 이 몸을 탓하지 마오.

지난날을 후회하지 마라
그 누구도 사랑의 이 길
임 모른다고는 생각지 않으리.

또 다른 수도사들도 마찬가지로 눈물을 흘리면서 시구를 중얼거렸습니다. 원장 다마스는 어찌 되었는가 하면 이제는 이미 그 여자에게 뜻을 이룰 길이 없는지라, 그저 비탄에 잠겨 이런 시구를 읊었습니다.

내가 기리는 여자 가버리니,
이 가슴도 또한 견디기 어려워
이 날로 깨달음도 선함도
허사가 되어버렸네, 덧없이.
아, 아름다운 그 여자를
싣고 가는 가마 멘 사람,
언젠가 나의 집을
임시의 거처로 삼으소서!
임과 헤어져 나의 단잠
눈시울을 떠나 시름은
더욱 늘기만 하고, 안락도
산산이 깨져 사라져버렸네.
나는 알게 호소하리라,
사랑에 들떠 몸도 마음도
이울어져버린 슬픔을.

그러고 나서 모두는 여자 일을 단념하고, 이마를 맞대고 의논한 결과 여자의 상을 만들어 수도원 안에 세우기로 합의를 보았습니다. 그리고 열심히 여상의 건립에 온갖 정성을 쏟고 있던 중, 마침내 쾌락을 멸망시키고 사귐을 끊는 자가 찾아오니, 그들은 속절없이 저 세상으로 떠나고 말았습니다.
 이야기가 바뀌어, 자인 알 마와시프는 애인 마스룰을 만나고 싶은 일념에서 한눈 팔지 않고 여행을 거듭하여 마침내 자기 집에 당도했습니다. 문을 열고 안으로 들어가 곧 언니 나심을 불러 찾았더니, 언니는 동생의 무사한 귀국을 매우 기뻐하며, 맡았던 가재도구와 귀중품을 모두 집으로 옮겨다주었습니다.
 그래서 자인 알 마와시프는 가재도구를 방안에 들여놓고 방을 아름답게 장식하고, 출입구에는 휘장을 늘어뜨리고는 침향과 사향과 용연과 그 밖의 향료를 태웠습니다. 그 때문에 온 집안이 더할 나위 없는 내음으로 그윽하게 향기를 풍겼던 것입니다. 그러고 나서 또 몸에는 가장 좋은 비단옷과 패물로 장식하고는 집을 지켜준 시녀들과 무릎을 맞대고 앉아 여행에서 겪은 사건을 낱낱이 들려주었습니다.
 이윽고 자인 알 마와시프는 후부브를 돌아다보고 은화를 주며 무엇이든 먹을 것을 좀 사오라고 일렀습니다. 후부브가 곧 먹을 것과 마실 것을 사가지고 돌아오자, 일동은 배불리 이것을 먹었습니다. 이어 자인 알 마와시프는 후부브에게 마스룰이 어디서 뭘 하고 있는지 그 사정을 보고 오라고 명령했습니다.
 그런데 마스룰은 여자가 돌아왔다는 것을 알 까닭이 없어 시름에 잠기고, 슬픔에 싸여 그날그날을 보내고 있었던 것입니다.

 ─샤라자드는 날이 훤히 밝아오는 것을 깨닫자, 여기서 허락된 이야기를 그쳤다.

 • 863일째 밤
 샤라자드는 다시 말을 이었다. 오, 인자하신 임금님, 자인 알 마와시프가 자기 집으로 돌아와 곧 언니 나심을 불러오니, 언니는 동생의 무사한 귀국을 기뻐하며 맡았던 가재도구와 귀중품을 모두 집으로 옮겨다주었습니다. 그래서 자인 알 마와시프는 방을 장식하고, 몸에는 가장 좋은 비단옷을 입었습니다.
  그러나 마스룰은 여자가 돌아왔다는 것을 알 까닭이 없어 시름에 잠기고, 슬픔에 싸여 그날그날을 보내고 있었으니, 한시도 마음은 편치 못했으며, 억누를 수 없는 욕정에 시달리고 있었습니다. 사랑의 불꽃에 몸을 태우고 미칠 것만 같은 춘정이 사무치면 곧잘 시가를 읊다가 여자의 집을 찾아와 그 벽에 입을 맞추고 마음을 달래곤 했습니다.
  어느 날, 마스룰은 그리운 여자와 울며 헤어진 예전의 그곳으로 가서 다음과 같은 근사한 노래를 읊었습니다.

    받은 원한, 겉으로는
    나타날지라도
    나는 감췄네.
    나의 눈동자 도무지
    감기지 않고
    슬프고 애달프도다.
    애수에 이 가슴
    아프면
    나는 외치노라.
    "오, 이 세상이여, 까닭없이
    언제까지 이 몸을
    업신여기느뇨."라고.
    오호라, 이 몸은 방랑했네
    원한과 공포 속을.

    사랑이라는 왕자가
    나에게 은총을
    베푸신다면,
    나의 눈동자 밤마다

단잠을
벗으로 삼으리.
주여, 조금이나마
자비를 베푸소서.
동족의 장은 나를 위해
뜨거운 정을
어서 베푸소서.
사랑에 지쳐 그 옛날의
재물을 없애버린 나에게.

세상의 원수들 비방할지라도
나 멀리
눈길 던지고
귀를 막아
부질없는 잠꼬대
듣지 않으리.
그러니 사랑하는
가인과 맺은
언약 지키리!
"그대가 사랑하는 것은
달아난 여자로다!"
남은 비방할지라도 나는 대답하리
"한 번 운명이 내려지면
세상 사람 모두 눈 멀지어다!"

그리고 나서 마스룰은 자기 집으로 돌아와 흐느껴 울다가, 어느새 꾸벅꾸벅 잠이 들어 자인 알 마와시프가 자기를 찾아온 꿈을 꾸었습니다. 울다가 잠이 깬 마스룰은 곧 이런 시를 지어 읊으면서 여자의 집으로 갔습니다.

나의 가슴 속의 비밀도
사랑의 희롱을 받고
숯불보다도
더욱 세차게 타올랐도다.
그러니 어찌 내 마음
사랑의 위안을 찾으리오.
이 몸 그대를 몹시 사랑하기에
그대 없음을 신께 호소하리.
운명 때문에 정해진
뜬세상의 무상을 호소하리.
오, 이 가슴의 그리움이여!
오, 보름달 같은 얼굴이여!
만날 날은 그 언제인가?
언제 다시 만나 즐거움 더하리?

 노래를 마쳤을 즈음에 어느 틈엔가 자인 알 마와시프의 집이 있는 거리로 나와 있었습니다. 순간 집안 가득히 스며 있는 향기로운 냄새가 코를 찔렀습니다. 마스룰은 몸도 마음도 떨리며, 이제라도 가슴 속에서 튀어나올 듯한 음욕의 불길이 확 타올라 미칠 것만 같은 춘정을 느꼈습니다.
 그러자, 그때 뜻밖에도 심부름을 가던 후부브와 거리 모퉁이에서 딱 마주치고 말았습니다. 마스룰은 하늘에라도 오른 듯이 기뻐했습니다. 후부브는 그의 모습을 보자 가까이 와서 인사한 다음 부인이 돌아왔다는 반가운 소식을 전했습니다. "지금 서방님을 모시러 가는 길이었어요." 이 말에 마스룰은 이루 말할 수 없이 기뻐하며 곧 후부브 뒤를 따라 갔습니다.
 자인 알 마와시프는 마스룰의 모습을 보자, 침상에서 내려와 맞으며, 서로 입맞춤을 나누고는 꼭 껴안았습니다. 오랫동안 입맞춤

과 포옹을 나누고 있는 동안 두 사람 다 점점 더해가는 안타까운 정을 참지 못하여 그만 기절하여 쓰러지고 말았습니다. 그대로 잠시 동안 정신을 잃고 누워 있다가 이윽고 자인 알 마와시프는 후부브에게 설탕과 레몬을 따로따로 넣은 샤베트수를 한 병씩 가지고 오라고 일렀습니다.

부탁한 음료수가 나오자, 두 사람은 날이 저물 때까지 먹고 마셨으며, 밤이 되자 이제까지의 사건을 이것저것 회상하면서 그 자초지종을 서로 이야기했습니다. 이윽고 그녀가 이슬람교에 귀의했다는 이야기를 하자, 마스룰은 아주 기뻐하며 자기도 또한 이슬람교도가 되었습니다. 시녀들도 똑같이 이슬람교에 귀의하여 지금까지 이교도였던 것을 전능하신 알라께 참회한 것입니다.

그 이튿날, 자인 알 마와시프는 법관과 입회인을 불러 자기는 남편을 잃었지만 이미 제재의 시한도 끝났으므로 이제부터 재혼하겠노라는 뜻을 밝혔습니다. 그들은 정식으로 혼인계약서를 작성하니 이에 두 사람은 버젓하게 인간세상의 기쁨을 다하면서 나날을 보낼 수 있게 되었습니다.

한편 유태인은 아단의 사람들이 주선하여 옥에서 석방되자, 고국으로의 귀로를 서둘러 도성까지 앞으로 사흘쯤 되는 곳에까지 오게 되었습니다. 자인 알 마와시프는 유태인이 돌아오고 있다는 것을 알자, 시녀 후부브를 불러 말했습니다. "이제부터 유태인 묘지로 가서 무덤을 하나 파줘. 그 다음 그 위에다 예쁜 재스민을 심고 물을 뿌려줘라. 유태인이 와서 나에 대해 묻거든 이렇게 대답해. '아씨께서는 당신한테 그런 행패를 당했기 때문에 분해서 20일 전에 돌아가셨어요.'라고 말이야. '그럼 무덤을 보여줘.' 하고 말하면 묘지로 안내하여 너는 거기서 눈물을 흘리며 무척 슬픈 체를 해보이란 말이야. 그런 다음 꾀를 내어 그 녀석을 구멍 속으로 떠밀어 생매장해버려라." "알았습니다." 하고 후부브는 대답했습니다. 그리고 나서 모두는 가재도구를 창고에 치우고 자인 알 마와시프는 마스룰네 집으로 옮겼습니다. 사흘이 지나자, 유태인이 와서 문을 두들겼습니다. "누구세요?" 후부브의 물음에 유태인은 대답했습니다. "너의 주인이다." 그래서 후부브는 문을 열어준 것인데, 유태인은 시녀의 뺨에 눈물이 흐르고 있는 것을 보자 물었습니다. "왜 울고 있지? 아씨는 어디 있어?" "아씨는 나리를 원망하다 돌아가셨어요."

유태인은 이 말을 듣자, 어쩔 줄을 모르며 흐느껴 울다가 물었습니다. "이봐, 후부브, 아씨의 무덤은 어디 있느냐?"

그래서 후부브는 유태인 묘지로 안내하여 미리 자기가 파놓은 무덤을 보였습니다. 그러자 유태인은 몹시 울며 이런 시구를 중얼거렸습니다.

> 그 때문에 피눈물
> 흘릴지라도
> 진정 눈동자 녹아버리어,
> 꺼질 때까지
> 울고 울어도
> 좀처럼 보상하기는
> 힘든 것이
> 세상에 둘 있으니,
> 하나는 청춘과
> 사랑하여 마지않는
> 처녀의 죽음이로다.

그리고 나서 또다시 몹시 눈물에 젖으면서 이런 시구를 읊었습니다.

> 아, 원통하구나! 이 몸은
> 어찌 마음의 상처를 참을 수 있으랴?
> 벗 사라졌으니 이 몸도 또한

번민하다 죽을 수밖에 딴 길이 없구나!
아, 그리운 임과 이렇듯
헤어진 이 몸의 슬픔이여!
나의 원수인 나의 마음
오호라, 산산조각으로 깨져버렸구나.
이렇게 된 이상은 나의 비밀
가슴에 안고, 이 원한
한결같이 남에겐 감추리라.
이 몸은 그 옛날 인간세상의
위락을 다한 몸이건만,
하루아침에 처녀 가버리니
진정 애처로운 몰골이로다.
오, 자인 알 마와시프
목숨으로 알던 그대이기에
애도하여도 끝이 없을 임의 요절.
아, 내 죄를 후회하련다.
맹세에 어긋난 나의 허물을.
그대에게 희망을 걸면서도
부실한 죄를 거듭한
이 몸을 책하리라.

　유태인은 노래를 끝마치자, 울고불고 하면서 비탄에 젖어 끝내 기절하여 그 자리에 쓰러지고 말았습니다. 후부브는 이때다 싶어 얼른 유태인의 몸을 무덤 속으로 끌고 가서, 기절을 하고 있지만 아직 숨이 남아 있는 사나이를 무덤 속으로 던져버렸습니다. 그 다음 그 위에다 흙을 덮고는, 자인 알 마와시프에게로 돌아가 자초지종을 보고했습니다. 이것을 듣고서 자인 알 마와시프는 아주 기뻐하며 이런 시구를 읊었습니다.

현세는 영원히 나를
　　학대하리라고 맹세했건만
　　오, 현세여, 그것은 잘못,
　　그대의 맹세, 어서 버리라.
　　사랑의 파수꾼은 이미 없고
　　그리운 사람은 나의 팔 안에 있고,
　　자, 일어나서 만지리
　　사랑의 환희를, 어서 높이
　　그대의 옷소매 걷어올리라!

　그 후 자인 알 마와시프와 마스룰은 환락을 끊고, 사귐을 갈라 놓고 사람의 아들을 죽이는 자가 찾아올 때까지 마음껏 즐겁고 재미있게 여생을 보낸 것입니다.
　또, 다음과 같은 이야기를 들은 적이 있습니다.

알리 누르 알 딘과 미리암 공주

지금으로부터 아주 먼 옛날 카이로의 거리에 그 이름을 타지 알 딘이라고 하는, 상인 동료들 중에서도 가장 덕망이 있고, 자유민의 우두머리라고까지 공경받는 상인이 살고 있었습니다.

나면서부터 여행을 몹시 좋아하여, 돈이 생기면 황야와 물이 없는 저지대와 모래뿐인 사막을 건너거나 망망한 바다의 외딴 섬으로 항해하기를 좋아했으며, 벌써 젊었을 때부터 검은 머리를 대번에 백발로 만들어버릴 만한 가지가지의 고생과 무서운 위기를 다 겪었던 것입니다.

구변이 유창하기로도 당대 일류일 뿐 아니라, 부유한 상인으로서도 당대에 이를 당할 사람이 없었고, 말과 노새와 바크토리아산 낙타와 단봉낙타는 말할 것도 없고, 크고 작은 돈자루를 비롯하여 흉노의 모스린, 바아락크의 비단과 금수, 메리의 무명, 인도의 피륙, 바그다드의 모시, 무어인국의 두건 달린 너울 따위의 상품과 옷감, 그 밖에 또 터키의 백인 노예와 아비시니아의 내시, 그리스의 처녀, 이집트의 젊은이들까지 소유하고 있었습니다. 그 호탕한 기품은 천하에 이를 따를 사람 없고, 짐짝의 덮개조차도 금실로 단을 두른 비단을 사용했습니다.

게다가 모양은 단정하고 기품은 저절로 구비되어 정이 두터우니, 마치 어느 시인이 노래부른 그대로였습니다.

나는 보았노라. 어느 상인을
사모하여 가까이 하는 사람 많아
미친 듯이 겨루는 것을.
상인이 물어서 가로되
"이 어인 소동이냐?"
나는 대답했네. "영롱한
그대의 눈동자를 사모하기 때문!"이라고.

또 다른 시인도 상인을 칭찬하고, 다복하기를 빌며 다음과 같이 절묘하게 노래를 불렀습니다.

어느 상인이 나를
찾아왔노라. 그 눈동자에
나의 마음 몹시 뛰기에,
상인은 "어이하여
그대는 그리 놀라는가?"
그러면 나는 "그것은 그대의
아름다운 눈동자 때문이오!"

그런데 그 상인에게는 알리 누르 알 딘이라는 아들이 하나 있었습니다. 마치 보름날 밤에 하늘에 떠 있는 보름달처럼 아름답고, 이목구비가 반듯하여 세상에서도 보기 드문 고운 맵시를 지니고 있었습니다.

어느 날 누르 알 딘이 언제나처럼 부친의 가게에 앉아서 장사를 하고 있노라니까, 마침 상인의 아들들이 몰려와 그를 둘러쌌습니다. 그 모양은 떼를 지은 별무리에 둘러싸인 달 그대로의 모습이었으며, 얼굴은 꽃처럼 희고, 장미빛 볼은 아름다운 솜털 속에 빛나고, 구슬 같은 살결은 석고처럼 빛나고 있었습니다. 마치 시인의 시구에 있는 그대로의 모습이었습니다.

"나를 노래부르라."고 가인이 말하면
나는 아주 작은 말씨로
"그대야말로 미의 여왕,
온갖 매력을
그대로 갖추었네." 하고 읊었네.

또, 다른 시인도 이렇게 노래부르고 있습니다.

옥 같은 볼에 박혀 있는 검은 점
대리석 위에 떨어진
한 방울의 용연향인가.
눈길은 칼과 같이
모든 연적에게
알릴지어다, "주는 크시도다!"라고.

젊은 상인들은 누르 알 딘을 유혹하며 말했습니다. "여보게, 누르 알 딘, 오늘은 자네를 데리고 이러이러한 화원에 놀러가고 싶은데." "그럼 아버님께 의논해볼 테니까 기다려주게. 승낙이 없으면 못간단 말이야." 이런 이야기를 하고 있는데 그곳에 마침 타지 알 딘이 나타났습니다. 그래서 아들은 아버지에게 물었습니다.

"저, 아버님, 젊은 상인들이 함께 이러이러한 화원으로 놀러 가지 않겠느냐고 권하고 있는데 가도 괜찮겠습니까?" 그러자 아버지는 "괜찮고 말고, 같이 갔다 오너라." 하고 대답하고는 얼마간의 돈을 주었습니다.

젊은이들이 제각기 노새와 당나귀를 타자, 누르 알 딘도 암노새를 타고는 사이좋게 앞서거니 뒤서거니 화원으로 나갔습니다. 그곳은 마음을 위로해주고, 눈을 기쁘게 하는 온갖 것을 갖춘 화원으로 주위에는 넓은 초석 위에 높다랗게 담을 두르고, 둥근 천정 모양의 문 뒤에는 천국의 입구가 아닌가만 싶은 푸른 하늘과 같은 유리색 문이 달려 있는 넓은 거실이 있었습니다. 그곳 문지기의 이름은 리즈완이라고 했습니다. 또한 문 위쪽의 시렁에는 포도 넝쿨이 우거져, 그 안에는 홍산호처럼 빨간 포도, 수단인의 코처럼 까만 포도, 암비둘기의 알처럼 흰 포도등 가지각색의 포도가 달려 있었습니다.

또 한걸음 안으로 들어가니 복숭아와 석류가 있는가 하면 배와 살구, 그 밖에도 씨가 있는 것과 없는 과일이 송아리져 있거나 혹은 하나씩 따로 떨어져서 달려 있었습니다.

—샤라자드는 날이 훤히 밝아오는 것을 깨닫자, 여기서 허락된 이야기를 그쳤다.

• 864일째 밤

샤라자드는 다시 말을 이었다. 오, 인자하신 임금님, 젊은 상인들이 화원 안으로 들어가자, 그곳은 마음을 위로해주고, 눈을 기쁘게 하는 온갖 것을 갖춘 곳으로, 가지각색의 포도송이가 송아리져 있기도 하고, 또는 하나씩 따로 떨어져서 달려 있기도 했습니다. 그것은 마치 시인의 노래에도 있는 그대로였습니다.

> 술 향기도 그윽하게
> 까마귀의 깃이련가, 칠흑 같은
> 옷을 입고 빛나는 것은
> 진정 아름다운 포도 열매.
> 자못 달콤한
> 잎 사이로 내다보이는 그 모양은

헨나로 물들인 귀부인의
아름다운 손가락과 흡사하구나.

또, 다른 시인도 같은 포도에 관하여 이렇게 노래부르고 있습니다.

포도송이가 흔들리는
간드러진 모양은, 가냘프게도
수척한 이 몸을 닮았구나.
꿀과 물을 단지에 넣어
신맛을 빼면 진정 달콤한
꿀물로 바뀌리라.

그러고 나서 모두가 화원 안의 정자로 들어서니, 거기에는 천국의 문지기 리즈완과 흡사한 리즈완이라고 부르는 정원지기가 앉아 있었습니다. 그리고 문짝에는 이런 시구가 적혀 있었습니다.

하늘나라의 물이 쏟아지는
화원에 달린 과일,
진정 달콤한 물을 머금고
가지마다 주렁주렁 달렸네.
서풍의 손길이 희롱하여
가지들이 흔들려 움직이면,
뇌성은 비 대신 진주알을
퍼부었노라.

정자 안에는 이런 시구가 적혀 있었습니다.

벗이여, 어서 와서 놀아라

이 화원은 슬픔의
　　그림자를 씻으리.
　　서풍은 빨리 불어오고,
　　만발하게 피는 꽃은 남몰래
　　웃으며 흥을 돋우리.

화원에는 흰비둘기, 뻐꾹새, 도요새 따위의 종류와 빛깔이 서로 다른 온갖 새들이 날아다니고, 멧비둘기와 홍비둘기는 가는 가지에 앉아서 사랑의 노래를 부르고 있었습니다. 맑은 잔물결을 일으키며 고운 꽃잎을 싣고 졸졸 흐르는 작은 시내도 있고, 꽃들의 향기 그윽하게 풍겨 사람들의 마음을 끌고 있었습니다.
　마치 그 모양은 시인이 다음과 같은 시구에서 노래부르고 있는 그대로였습니다.

　　서풍은 나뭇가지 사이로 불어대니
　　비단옷을 입은 아름다운 여인의
　　고운 걸음걸이와도 같구나.
　　흐르는 물은 칼집을 뽑은
　　무사의 칼과도 같구나.

이 밖에 또 이런 시와도 같았습니다.

　　작은 시내는 나뭇잎이 우거진
　　숲 저쪽을 졸졸대면서
　　마음도 가볍게 흥겨워하며
　　아름다운 경치를 보여주는구나.
　　그래서 서풍은 그것을 질투하여,
　　질투 때문에 빨리 달려서
　　나뭇가지와 잎을 저쪽으로 뉘어놓는구나.

나무에는 온갖 종류의 과일이 두 종류씩 열려 있고, 그 중에는 은구슬 같은 석류도 섞여 있었습니다. 시인은 간드러지게 이렇게 노래부르고 있습니다.

    살갖 고운 석류는 마치
    여봐라는 듯이 남자 앞에
    다소곳이 드러낸 처녀의 유방.
    그 살갖을 드러내놓으면
    홀연 넋을 뺏고 말 것만 같은
    홍옥이 찬란하게 빛나는도다.

이 밖에 또 다른 시인은 이렇게 노래부르고 있습니다.

    속을 들여다보면 홀연
    비단 옷자락에 싸인
    진홍색 구슬이 나타나리.
    나는 석류를 대리석에 비교하리.
    혹은 사람 눈을 기쁘게 하는
    처녀의 유방에 비교하리.
    온갖 질병 고칠
    양약은 석류로다.
    마음도 깨끗한 예언자는
    전하여 이렇게 말했도다.
    또 알라께서도 《코란》에
    거룩한 말씀 남겼도다.

사과는 설탕처럼 달고, 사향처럼 향기로워 보는 사람의 마음을 빼앗았습니다만, 시인 하산은 이렇게 노래부르고 있습니다.

두 가지 빛깔의 사과에는
사랑하는 두 사람이 구슬 같은 볼을
맞댄 모습이 생각나는구나.
가지에 달린 사과열매
기이하게도 서로 다른 두 가지 빛깔
하나는 진한 색깔, 또 하나는
연한 빛깔을 띠었도다.
그러나 둘이 서로 껴안고
남의 눈에 띄면 부끄러워
하나는 빨갛게, 또 하나는 노랗게
볼을 물들이는 모양 귀여워라.

 게다가 또 여러 가지 종류의 살구도 있고, 편도·장뇌나무·지란 종·안다브 종 따위도 있었습니다. 시인은 이렇게 노래부르고 있습니다.

보라, 저 살구를, 그 꽃에
모든 사람들을 위로하는
눈부신 화원을 간직했도다.
초록색으로 빛나는 푸른 잎을
가지마다 장식하는 그때
꽃은 마치 별처럼
빛나는 모양의 아름다움이여.

 또 마찬가지로 병든 사람들의 병을 고쳐주고 현기증과 울화병을 머리에서 쫓아주는 오얏과 앵두도 있었으며, 가지들 사이에는 빨간색과 초록색의 무화과도 열려 있어 보는 사람을 놀라게 했습니다. 마치 시인이 노래부르고 있는 그대로의 모습이었습니다.

녹음도 짙은 나무 사이에서
살갗이 새하얀 무화과는
초록색 사이로 내다보누나.
그는 마치 왕궁의
위병인 로움의 젊은이가
지는 해와 더불어 밤새도록
궁성을 지키는 것과도 같구나.

또, 다른 시인은 그럴 듯하게 이렇게 노래부르고 있습니다.

이거 어서 오십쇼, 무화과님.
근사한 접시에 의젓하게
늘어앉아 왔구나.
고리 없는 자루같이 생긴 생김새는
뚤뚤 뭉친 식탁보와 흡사하구나.

다시 세 번째 시인은

어서, 나에게 주소서.
향기 좋고 비단옷을 입은,
아름다운 속살이 거죽에
못지않은 무화과 열매를!
잘 익은 열매를 입에 넣으면
카밀레의 풍미 넘치고
단맛은 사탕과 같구나.
큰 접시에 담긴 그 모양은
비단실과 엷은 명주로
만든 구슬 같구나.

또 이런 시도 있는데, 정말 훌륭합니다.

'내 입에는 그것만이 맞기 때문에
나는 다른 과일을 좋아하지 않는다.'
그대 어찌하여 무화과를
그렇게 좋아하는가?라는 물음을 받고, 나는
이렇게 대답했도다. "사람은 가지가지,
우담화를 좋아하는 사람도 있고
무화과를 좋아하는 사람도 있다."라고.

그것보다 더 기막힌 것은

잘 익어 빛나는 가지에
매달렸을 때 그 어느 과일보다
무화과를 나는 사랑하리.
구름 사이에서 비가 떨어지면
눈물 흘리며 알라의 힘을
칭송하는 수도자처럼.

화원 안에는 또 시나이 종, 아레포 종, 그리스 종 따위의 여러 가지 종류의 배가 주렁주렁 열리기도 하고, 하나씩 열리기도 하며, 초록색인 것도 있고, 노란색의 것도 있었습니다.

─샤라자드는 날이 훤히 밝아오는 것을 깨닫자, 여기서 허락된 이야기를 그쳤다.

• 865일째 밤
샤라자드는 다시 말을 이었다. 오, 인자하신 임금님, 젊은 상인들이 화원 안으로 들어가자, 아까 말씀드린 대로 온갖 과일을 위시하여 시나이 종, 아레포 종, 그리스 종 따위의 갖가지 배가 눈에 띄었습니다. 여기저기 주렁주렁 달리기도 하고, 하나씩 매달려 있기도 하고, 초록색인 것도 있고, 노란색인 것도 있어서 보는 사람의 눈을 놀라게 했습니다. 마치 시인이 노래부르고 있는 그대로였습니다.

저 배는 그대를 닮았던가,
아침에 보는 빛깔은
박복한 애인의 누런
얼굴 색인가.
그 얼굴은 빨리 달리는 말처럼
베일을 뒤로 젖히고, 후궁 속에
엄중히 세상과 격리된
처녀와도 같구나.

노랑, 빨강 따위의 가지가지의 색채를 지닌 스루탄 종의 복숭아에 관해선 시인이 다음과 같이 노래부르고 있습니다.

노란색을 띤 둥근 구슬
핏빛으로 물들어,
기린혈수와도 같이
찬연히 빛나며, 화원의
익은 복숭아를 닮았구나.

또, 단맛이 나는 초록색 편도도 있는데 야자 열매 그대로의 형체를 하고 있고, 세 개의 자루 속에는 자비로운 조물주의 손으로 된 종자가 들어 있었습니다. 그것은 시로 읊은 대로였습니다.

아주 깨끗한 저 모습

세 가지 옷을 입었구나.
　　빛깔도 모양도 서로 달라
　　신이 만드신 이상한 조화.
　　밤이나 낮이나 굳게 닫혀 있지만
　　후회할 허물이라곤 조금도 없네.

다른 시인은 가상스럽게도 이렇게 노래부르고 있습니다.

　　전에 살던 나뭇가지로부터
　　사람의 손으로 딴
　　편도를 그대는 보았던가?
　　껍질을 벗기고 나타난
　　속살은 굴껍질 속에
　　자리잡은 진주와도 같구나.

세 번째 시인은 더 멋지게 노래부르고 있습니다.

　　정말 아름다운 경치로다
　　초록색 뚝뚝 흘러내리는 편도는!
　　아주 작은 것은 손에도 얹히고
　　그 고운 솜털은 수염 안난
　　볼의 솜털과 흡사하구나!
　　껍질 속에 든 그 알맹이는
　　홀몸인가, 또는 쌍둥인가
　　진주처럼 빛나며
　　벽옥색 깊은 구석에
　　포근히 안기어 휴식을 취하도다.

이 밖에 또 교묘하게도 이런 시를 읊은 시인도 있습니다.

이제를 놓칠세라 아양을 다투며
꽃을 피운 살구만큼
이 세상에서 더 아름다운 자태 없으리.
머리는 나이를 먹어 서리가 내렸건만
볼은 젊어서 맑은
솜털로 덮였으니 아름답구나.

가지각색의 대추도 주렁주렁, 또는 따로따로 달려 있어, 시인은 그 모양을 다음과 같이 노래부르고 있습니다.

자, 대추를 자세히 보라.
갈대를 깔아놓은 마루의 살구인가
의심하리만큼 아름답게
가지를 장식한 그 모양을.
아침의 햇빛은 극히 맑아
순수무구한 황금의
귀여운 방울과도 같구나.

다른 시인도 참 근사하게 이렇게 노래부르고 있습니다.

날마다 대추는 요염하게
단장하고, 가지의 열매는
흡사 남의 눈에 자기 맵시
의기양양 뽐내는 것만 같구나.
그것은 황금매의 방울가지,
날 때마다 흔들리는 듯.

또, 화원에는 마치 하우라잔(독한 냄새를 풍기는 나무로서 이것을 손에 잡고 있으면 향료 대용이 된다)인가 싶을 만큼 피처럼 빨간 오렌지도 열려 있어, 마음을 빼앗긴 어느 시인은 이렇게 노래부르고 있습니다.

눈처럼 살갗 희지만
불처럼 눈부시게 빛나는
빨간 열매, 이제 손에 가득 차네.
불에 놓아도 눈이 녹지 않음은
이상한 일이로다. 더욱 기이한 것은
타오르지 않는 빨간 불꽃이로다.

이 밖에 다른 시인도 정말 기막히게 노래부르고 있습니다.

색향 흐르는 그 모양을
곰곰이 바라보면, 오렌지의
익은 모습은 참으로 고와라.
비단 나들이옷을 입은
여인의 볼에나 비겨볼까.

이 밖에 또,

오렌지의 언덕, 서풍은
솔솔 불어, 상냥하게도
큰 가지 작은 가지를 흔드는구나.
그것은 마치 몰래 만나
볼을 비벼댈 때에 귀엽게
타오르는 볼과도 같구나.

네 번째 시인도 똑같이 근사하게 노래부르고 있습니다.

세상에 다시없는 새끼 사슴에게
나는 말했노라. "이 화원을, 오렌지를 자세히 보라."고.
새끼사슴은 대답했어라. "그대의 화원은
나의 얼굴을 닮았나니, 오렌지를
모으는 자는 불을 모으리."라고.

이 화원에는 시트론도 열려 있었습니다. 순금색을 띠고서 높게 또는 얕게 나무 사이에 매달려서 마치 살찐 금덩이를 연상시킬 지경이었습니다. 시인은 마음을 빼앗기고 이렇게 노래부르고 있습니다.

그대 보았는가, 가지가 휠 정도로
시트론이 무겁게 달렸음을?
염려되는구나, 가지가 휘어
땅 위를 굴러갈까.
서풍이 나무 사이를 지나가면
맑은 황금 방울이
주렁주렁 늘어진 것만 같구나.

또 네이블은 영양 같은 처녀의 유방인가 싶은 모양으로 나무 사이에 낮게 늘어져 그리워하여 마지않는 사람의 마음을 흡족케 하고 있었습니다. 바로 시인이 읊고 있는 그대로였습니다.

화원의 오솔길을 나 거닐며
진정 우아한 처녀의
맑은 모습을 연상시키는
네이블을 잎 사이에서 보았네.
산들바람에 흔들리는 그 모습은

감람석 막대로
황금의 공을 치는 것만 같구나.

이 밖에 또 그윽한 향기를 풍기고 있는 레몬도 열려 있었습니다. 그 모양은 달걀을 닮았고, 익은 열매는 노랗고, 이것을 따는 사람들은 그윽한 향기에 마음이 들뜨는 것을 느꼈습니다. 시인도 이렇게 노래부르고 있습니다.

그대 보았는가 잘생기고
햇빛을 받아 빛나는
레몬 열매를, 그 요염한 모양에
사람들 모두 감탄하리.
사프란 빛깔 선명하게
상인의 손으로 칠해진
영계의 알과 흡사하구나.

그 밖에 이 화원에는 재스민, 헨나, 수련, 감송과 갖가지 종류의 장미, 질경이, 도금양 등 가지각색의 과일과 향기가 좋은 초목과 그윽한 꽃들도 있어 이것을 바라보는 사람들에게는 천국인들 이럴까 싶을 지경이었으니, 정말로 비할 데 없이 좋은 곳이었습니다.

가령 병약한 사람이 이 화원으로 들어오기만 하면 사납게 날뛰는 사자처럼 건강한 모습이 되어 나갔을 것입니다. 천국 이외에선 볼 수 없는 가지가지의 기적과 진기한 경치가 많아서 도저히 붓과 입으로는 이루 다 표현할 수 없을 지경이었습니다. 문지기의 이름을 리즈완이라고 부를 만도 하였습니다. 비록 이 두 문지기가 맡은 곳에는 천지의 차이가 있을망정 말입니다.

그런데 상인의 아들들은 화원 안을 한가로이 거닐면서 마음의 시름을 풀자, 이번에는 어느 정자로 들어가서 누르 알 딘을 가운데에 앉히고 자기들도 그 둘레에 앉았습니다.

―샤라자드는 날이 훤히 밝아오는 것을 깨닫자, 여기서 허락된 이야기를 그쳤다.

• 866일째 밤
샤라자드는 다시 말을 이었다. 오, 인자하신 임금님, 상인의 아들들은 정자로 들어가서 누드 알 딘을 알 타이프(메카 동쪽의 산악지대에 있는 읍으로서 산양의 향피 생산지로서 유명)의 비단으로 단을 두른 가죽 깔개 위에 앉고, 타조의 털을 넣은 흰 표범 모피의 베개에 기대게 하여 가운데에 앉혔습니다. 또 타조의 깃털로 만든 부채를 주었는데 그것에는 이런 시구가 적혀 있었습니다.

> 흔들리는 숨결에 향기로운
> 내음이 넘치는 부채로다.
> 지나간 그 옛날의 다복했던
> 영화의 꿈을 생각케 하는,
> 부치면 그때마다 그윽하게
> 향기 풍기며 귀공자의
> 옥 같은 얼굴을 스치면서
> 천천히 바람을 보내누나.

이윽고 모두는 두건과 덧옷을 한옆에 벗어버리고는 서로 이 이야기 저 이야기를 하며 흥을 돋구었으나 그 사이에도 모두의 눈초리는 끊임없이 누르 알 딘에게 쏠렸으니 그 아름다운 맵시에는 그저 눈이 휘둥그래질 뿐이었습니다.

얼마쯤 앉아 있으려니까 노예 하나가 머리에 쟁반을 이고 왔는데, 그 안에는 사기와 수정으로 만든 큰 접시에 온갖 진미가 잔뜩 담겨 있었습니다. 미리 젊은이 하나가 화원을 찾아오기 전에 자기 집 사람에게 지시해두었던 것입니다. 들꿩, 살찐 메추라기, 새끼비둘기, 양고기, 닭고기, 싱싱한 물고기 등 땅을 걷고, 물에서 헤엄치는 온갖 진미가 갖추어져 있었습니다.

그래서 모두는 자기들 앞에 늘어놓은 쟁반에 담긴 요리를 배불리 먹었습니다. 식사가 끝나자 자리에서 일어나 맑은 물과 사향 냄새가 풍기는 비누로 손을 씻은 다음 비단과 관옥으로 단을 두른 흰 수건으로 손을 닦았습니다. 그러나 누르 알 딘에게는 특별히 번쩍거리는 금실로 단을 두른 흰 수건을 주어 이것으로 손을 닦게 했습니다.

이윽고 차가 나오자 제각기 이것을 마시고 나서 또 이 얘기 저 얘기 꽃을 피웠습니다. 잠시 후 그곳에 나이 젊은 정원지기가 장미를 잔뜩 가지고 와서 모두에게 말했습니다. "젊은 나리들, 이 꽃은 어떻습니까?" 그 중 하나가 "좋소. 특히나 장미꽃은 좋지. 하나 갖고 싶은데." 하고 말하니 정원지기는 대답했습니다. "좋습니다. 그러나 저희들의 관습은 그 무슨 재미난 얘기라도 듣지 않으면 장미를 드릴 수 없게 되어 있습니다. 이것을 받으시는 분은 이곳과 어울리는 노래를 하나 불러주세요."

그러자 열 명의 상인의 아들 중 하나가 말했습니다. "좋아, 그 장미를 이리 주게. 이 자리에 어울리는 노래를 불러줄 테니." 그래서 정원지기가 한 송이의 장미를 주니, 상대방은 이것을 받아들고, 곧 이런 노래를 불렀습니다.

> 나는 다시없이 장미를 사랑하노라.
> 바라보아도 지치지 않는 그 빛깔,
> 진정 장미야말로 왕자며
> 향기 드높은 다른 꽃들은
> 모두가 장미의 하인이로다.
> 장미꽃 없으면 꽃들은
> 자기를 뽐내어 마지않으나
> 일단 장미가 있을 때에는

입을 다물고 말을 못하네.

정원지기가 다른 하나에게 한 송이의 장미를 주자, 그 젊은이는 이런 시를 읊었습니다.

　　사향에 떠도는 향기를 그리어
　　나의 주여, 장미를 받으소서!
　　사랑하는 이의 시선을 받고
　　소매로 머리를 가린
　　청순한 처녀와도 흡사하구나.

정원지기가 세 번째 젊은이에게 장미 한 송이를 주니, 젊은이는 이런 시를 읊었습니다.

　　보기만 해도 마음 들뜨는
　　장미를 고르시라.
　　향기로운 혼합향료의
　　절묘한 향기를 생각하면서.
　　작은 가지가 자못 기쁘게
　　푸른 잎에 꽃을 맺음은
　　원망을 말하지 않는
　　입술의 입맞춤과 같아라.

다시 네 번째 젊은이에게 주자, 그는 이런 시를 읊었습니다.

　　그대는 못보았던가, 장미의 꽃동산
　　이제 바야흐로 장미는 피어나서
　　가지를 말 삼아 타고
　　온갖 기적을 보였도다.

봉오리는 흡사 루비요,
허리에 감은 것은 감람석
안에 감춘 것은 작은 금상자.

다시 다섯 번째 젊은이에게 주니, 그 젊은이는 이런 노래를 불렀습니다.

초록색 감람석이
아이를 낳으면 그것은 흡사
커져가는 금덩어리를 닮은
과일이 되리.
푸른 잎에서 떨어지는
수옥은 나의 시름 싣고
눈에서 흘러내리는
눈물이어라.

이번에는 여섯 번째 젊은이에게 주니, 그는 이런 시를 읊었습니다.

아, 장미여, 온갖 천부를,
알라의 신비를 지닌
세상에서도 아리따운 장미꽃이여!
합환을 즐기는 애인이
금화를 붙이는 어린 처녀의
구슬 같은 볼을 닮았구나.

정원지기가 일곱 번째 젊은이에게 한 송이의 장미를 주자, 그 젊은이는 이런 시를 읊었습니다.

장미에게 나는 물었노라.
"어찌하여 손을 대는 사람들을
사정없이 냉혹하게 쏘는가?"
장미 대답하여 가로대 "떼를 짓고
있는 꽃은 나의 병사, 나의 가시는
무기며, 병사를 다스린다."고.

여덟 번째 젊은이는 장미 한 송이를 받아들자, 이런 시를 읊었습니다.

비노니, 신의 가호 있으라!
아침에 물들어 현란하게
빛깔도 선명하게 피는
금덩어리를 닮은 장미꽃.
아, 금빛의 태양처럼
능가할 꽃을 맺은
아름다운 가는 가지를 칭송하네.

아홉 번째 젊은이는 한 송이를 받자, 이런 시를 읊었습니다.

비단 같은 장미의 봉오리에
사랑의 설레임을 앓는 사람도
갖가지 희열을 느끼리라.
날마다 쏟아지는 것은 백은 같은
맑은 물이건만 희한하여라.
피는 것은 황금빛 꽃이로구나.

또 정원지기가 마지막 열 번째 젊은이에게 한 송이의 장미를 주자, 젊은이는 다음과 같은 시구를 읊었습니다.

그대 못보았던가, 장미의 무리
화원에다 빨강 노랑,
비단을 짜놓은 것을?
나는 꽃과 가시를
황금의 방패와 그를 꿰뚫은
긴 창에 비유하리.

젊은이들이 제각기 장미꽃을 손에 들고 기뻐하고 있노라니, 정원지기는 순금 당초 무늬를 그려놓은 사기 쟁반에다 술병과 잔을 얹어가지고 와서 모두의 앞에 늘어놓았습니다. 그리고 자신도 이런 시를 읊었습니다.

동이 트고, 이윽고 날이 밝아
술을 따라 잔을 돌리면,
성현도 마음 어지러워져서
완전히 만취가 되리.
더할 나위 없이 맑은 술 보면
잔에 따른 술인지, 혹은
술이 들어 있는 잔인지 모를레라.

그러고 나서 우선 술을 따라 마시니 잔은 빙빙 돌아, 나중에는 누르 알 딘의 차례가 되었습니다. 정원지기가 술을 찰랑찰랑 따라 젊은이에게 주자, 그는 말했습니다. "나는 술맛을 모르고, 아직 한 번도 입에 대본 적이 없어. 술을 마신다는 것은 죄악이며, 전능하신 주께서도 성전에서 술을 금하고 계시니까 말이야."

그러자 정원지기는 대답했습니다. "누르 알 딘 나리, 그저 죄악이라는 이유만으로 술을 삼가신다면 알라(칭송할지어다!)께서는 자비하시고, 관대하시고, 어떠한 큰 죄도 용서해주십니다. 알라의 대자대비는 온갖 만물에 미칩니다. 알라시여, 아무쪼록 다음과 같이 노래부른 시인을 불쌍히 여겨주옵소서!

신의 마음은 끝없이 넓으시니,
마음대로 하시도다.
비록 죄를 범할지라도
두려워하지 마라, 조금도.
그러나 오직 조심하라.
알라 외의 신을 섬기고
세상 사람들을 해침은
두 가지 죄로다. 용서 못받을."

그러자 상인의 아들 중의 하나가 말했습니다. "자, 누르 알 딘 나리, 부탁이니 이것을 마셔보십시오!" 또 하나가 절교를 맹세하며 부탁하고, 그 밖의 또 하나는 눈앞에 우뚝 서서 계속 권하여 마지않으므로 누르 알 딘도 마침내 얼굴을 붉히고 정원지기의 손에서 잔을 받아들고 단숨에 마셔버렸습니다. 그러나 곧 내뱉으며 외쳤습니다. "아이구, 쓰다."

그러자 젊은 정원지기가 말했습니다. "누르 알 딘 서방님, 좋은 약은 입에 쓰다고 하지 않습니까? 이것이 쓰지 않다면 여러 가지 효능도 없는 것이 됩니다. 특히 음식물의 소화를 돕고, 근심걱정을 몰아내고, 피를 깨끗이 하고, 살갗을 윤나게 하고, 피의 순환을 왕성하게 하고, 겁쟁이를 용사로 만들고, 남성의 정력을 증진시켜줍니다. 일일이 그 효능을 늘어놓으면 그만 질리고 말 것입니다. 시인의 한 분도 이렇게 노래부르고 있습니다.

자, 술 마시리. 신은 온갖
죄인을 용서하시느니라.

술을 마시면 병도
모두 나으리라.
술의 죄 모르는 바 아니건만
신께서 말씀하시기를 "인간 세상을
이롭게 하는 것은 술 속에 있느니라."고.

정원지기는 벌떡 일어나 정자 안의 벽장문을 열더니 결이 고운 질 좋은 사탕덩어리를 꺼내었습니다. 이것을 커다랗게 갈라서 누르 알 딘의 잔에 넣고 "자, 서방님, 써서 싫으시다면 이번엔 달아졌으니까 어서 들어보시죠." 하고 말했습니다.

권하는 대로 누르 알 딘은 잔을 손에 들고 이것을 모두 마셨습니다. 그러자 일행 중의 하나가 다른 잔에 가득히 따라서 "누르 알 딘 서방님, 제발 부탁합니다." 하고 말하니 세 번째도 "저도 당신의 노예의 하나입니다." 하고 말했습니다. 세 젊은이는 이구동성으로 "제발 나를 위하여!"라고 말하고 또 네 번째 젊은이는 "누르 알 딘 서방님, 제발 부탁이니 제 마음이 풀리도록 해주십시오!" 하며 좌중의 사람들 열 사람이 모두 차례차례로 술을 권했으므로 누르 알 딘은 마침내 열 잔의 술을 마시게 되었습니다.

그런데 누르 알 딘의 몸은 술기운에 더럽혀진 적도 없고, 또한 그때까지 포도즙을 입에 댄 일조차 없었으므로, 대번에 취기가 머리에 돌아 휘청휘청할 정도로 만취가 되고 말았습니다. 누르 알 딘은 자리에서 일어나 돌지도 않는 혀로 헛소리를 하면서 말했습니다. "이봐, 여러분들, 자네들은 미소년이고, 이야기하는 품도 아주 능란하여, 이 자리는 매우 기분이 좋다. 하지만 좋은 음악을 듣고 싶어. 노랫가락이 없는 술좌석이란 싱겁기 짝이 없거든. 시인도 이렇게 노래부르고 있어.

늙은이도 젊은이도 술잔을
빙빙 돌리며 비추는 달(술시중 드 는 미동)에

미주를 따라 마실지어다.
그러나 가곡이 없으면
술을 따르지 말아라. 말조차도
피리소리에 맞춰 물 마시니."

 이 말을 듣자, 젊은 정원지기는 뛰어 일어나더니 젊은이들의 노새에 올라타 어디론지 사라졌습니다. 그러나 얼마 기다릴 것도 없이 카이로 처녀 하나를 데리고 왔습니다. 이 처녀로 말하자면 마치 살이 통통히 찐 부드러운 양의 꼬리거나, 맑은 은덩어리거나, 사기 접시에 담은 금화거나, 호젓한 숲 속의 영양인가 싶을 정도의 맵시를 갖고 있었습니다.
 옥 같은 얼굴은 눈부신 태양을 무색케 하며, 눈동자는 바빌로니아풍(매혹적이라는 뜻)이요, 이마는 흰 활과 같고, 볼은 장미색으로 물들고, 이는 진주처럼 희고, 입술은 사탕처럼 달았습니다. 또 눈초리는 시름에 잠겨 괴로워하는 듯했고, 유방은 상아처럼 희고, 몸매는 날씬하고, 주름이 져서 여기저기 오목 패이고, 엉덩이는 터질 듯이 속을 넣은 베개인가 싶을 지경이고, 두 허벅다리는 시리아산 돌기둥인가 싶었고, 허벅지 사이에는 불룩한 향주머니를 닮은 무엇을 차고 있었습니다. 시인은 이런 시구를 읊어 처녀의 맵시를 칭송하고 있습니다.

우상을 숭배하는 자에게
그 모습 드러내보이면,
그 얼굴 지켜보면서
신들이 싫어져서 버리리라.
동방의 승도에게 보일까나,
동쪽으로 몸을 엎드리지 않고서
서쪽에 엎드려 이마를 조아리리라.
짜디짠 바닷물도

그 입에 한 번 닿으면
　　자못 단 풍미를 더하리.

또 다른 시인은 이런 시구를 적었습니다.

　　눈에 천연의 코르 바르고
　　보름달보다도 더 빛나는
　　처녀는 왔네. 사자 새끼를
　　쫓으며 달리는 사슴처럼
　　검고도 검은 머리칼이
　　처녀를 감싼 그 모습은
　　들녘의 휘장인가, 떠받들
　　기둥도 없는 머리칼의 천막인가.
　　볼에서 활활 타는 분홍색
　　장미꽃은 시름 싣고
　　활활 타오르는 사나이의 가슴 속
　　사랑의 불꽃을 양식으로 삼도다.
　　세상에 소문난 가인이라도
　　처녀를 보면 공손히
　　허리를 숙이고 외치리라.
　　"자못 뛰어난 자야말로 칭송할지어다!"

또, 세 번째 시인도 이렇게 노래부르고 있습니다.

　　옥 같은 이마에 패물 소리
　　또 부드러운 살갗의 몰약과
　　용연향의 그윽한 향기,
　　이렇게 세 가지는 갖췄건만,
　　자못 음흉한 자들이 두려워서

> 그 여자는 찾아오지 않네.
> 비록 옷소매로
> 이마를 감춘다 할지라도
> 그 어찌 살갗의 향기 지울 수 있으랴?

처녀는 마치 열나흗날 밤의 보름달과도 같으며, 몸에는 남빛 옷을 입고, 꽃처럼 흰 이마에는 초록색 베일을 걸치고 있는지라 지혜자도 분별 있는 자도 그 아리따운 모습에는 넋을 잃을 지경이었습니다.

─샤라자드는 날이 훤히 밝아오는 것을 깨닫자, 여기서 허락된 이야기를 그쳤다.

● 867일째 밤

샤라자드는 다시 말을 이었다. 오, 인자하신 임금님, 정원지기는 어제 말씀드린 바와 같은 절세의 미인으로, 균형이 잡힌 아름답기 짝이 없는 모습을 한 처녀 하나를 데리고 왔습니다. 그 모습은 마치 시인이 읊은 시구에도 있는 그대로였습니다.

> 남빛 옷 입고
> 처녀는 찾아왔도다.
> 푸른 하늘도, 그 푸른빛도
> 부끄러워하리 그 단장에.
> 그래서 나는 생각했도다.
> 이토록 곱게 단장하고
> 정말 뜻밖에 나타났으니
> 여름의 달, 겨울의 밤 하늘에
> 걸린 것이 아닌가 하고도.

또 다른 시인이 읊은 시구도 기막히게 훌륭한 것이 아니겠습니까.

> 베일로 깊숙이 얼굴을 가리고
> 처녀는 찾아왔네. 나는 외쳤어라
> "자, 베일을 거두시라.
> 하얗게 빛나는 보름달 같은
> 얼굴을 나에게 보여달라."
> "내 이름의 수치라오." 처녀가 말하자
> "당치 않은 소리 마오.
> 무상한 바람일지라도 그대의 마음
> 결코 흐트러뜨리지는 않을 것을."
> 처녀는 자못 아름다운
> 얼굴의 베일을 쳐드니,
> 주옥에 떨어뜨린 물방울이
> 흐르는 듯한 맵시로다.
> 최후의 심판 있을 날의
> 원망의 말 나 두려워하여
> 옥 같은 볼에 입맞추었을 뿐.
> 우리들은 그날, 천상의
> 신 앞에 무릎을 꿇고
> 제일 먼저 구원을
> 빌어야 할 몸이 되리라.
> 그래서 기도드렸네. 오, 신이여,
> 최후의 심판을 연장시켜
> 영원히 나의 봄을 즐기게 해주소서.

이어 젊은 정원지기는 처녀에게 말했습니다. "실은 말이오, 예쁜 아가씨, 하늘을 비추는 별보다도 아름다운 귀부인이여, 그대를 이리 데리고 온 것은 여기 계신 미남자인 젊은 누르 알 딘님의 상대가 되어 위로해드렸으면 해서요. 서방님은 오늘 처음 여기 오셨으니까."

그러자 처녀는 대답했습니다. "처음부터 그렇게 말씀해주셨다면 늘 가지고 다니는 것을 가지고 왔을 텐데." "그렇다면 아가씨, 내가 한달음에 달려가서 가지고 올까?" "제발 좋도록 하세요." "그렇다면 무슨 증거가 될 만한 물건을 줘야지." 그래서 처녀가 손수건을 그에게 주자, 정원지기는 급히 밖으로 뛰어나갔습니다. 그리고 잠시 후에 금실로 짠 끈이 달린 초록색 공단 자루를 가지고 돌아왔습니다.

처녀가 이것을 받아들어 열고 흔들자, 안에서 굴러나온 것은 32개의 나뭇조각이었습니다. 이것을 조립하여 암컷을 수컷에, 수컷을 암컷에다 끼우니 단번에 인도세공의 윤기 흐르는 비파가 되었습니다.

그러자 처녀는 손목 소매를 걷어올리고서 비파를 무릎 위에 올려놓고 마치 젖먹이 위를 굽어보는 어머니의 자세를 하고는 손가락 끝으로 줄을 튕겼습니다. 그러자 비파의 줄은 감미로운 신음소리를 내며 울려 퍼졌는데, 그 소리는 그리운 고향을 연상케 했습니다. 즉 그 옛날에 마셨던 고국의 물과 자라난 땅, 또 세공을 가한 재단사와 광을 낸 장인, 그것을 거래한 상인, 이것을 실어나른 배 따위를 생각나게 했던 것입니다.

높게 얕게 금옥 같은 소리를 내면서 마치 처녀의 가지가지 질문에 말없이 이런 시를 읊어 대답하고 있는 것만 같았습니다.

　　그 옛날, 나는 나무였었네.
　　부르부르새의 보금자리로
　　푸른 머리를 숙이고
　　그 새를 사랑하였네.
　　새가 울면 나도 또한

탄식하는 것을 배웠으니, 사람들은
시름하고 슬퍼하는 나의 목소리에서
나의 비밀을 깨달았네.
그리하여 허물없는 나를
나무꾼들 무참히도 베어내어
이 비파를 만들었네.
그러나 손가락이 나의 줄을
튕겨 울리면 그 옛날
참기는 하지만 내가 받은
가지가지의 아픔을 말하노라.
두어라, 나의 시름
술 마시는 사람이 들을 때마다,
마치 술에 취한 듯
마음 흩어지니 슬프구나.
주께서는 나를 위하여 세상 사람의
마음을 누그러뜨리시니, 나는 이미
지상의 영예를 받았도다.
이목이 수려한 사람은 모두,
눈동자 어린 영양도
극락세계에 사는 처녀들도
자진하여 나의 허리 끌어안으리.
알라시여, 아무쪼록 애인에게
그 기쁨을 거절마소서.
매정하게 달아난 애인은
오래 살아 남지 마소서.

처녀는 잠시 말없이 손을 쉬고 있었으나 얼마 후에 비파를 무릎 위에 올려놓고 또다시 어머니가 젖먹이에게 젖을 물리는 자세로 몸을 구부려 갖가지의 음계로 서곡을 탔습니다. 그리고 나서 또 처음 가락으로 되돌아가 이런 시를 노래불렀습니다.

　　옥신각신하는 것은 꼴사나운 일.
　　세상의 처녀들이 애인을
　　찾아 헤맨다면 문제없이
　　사나이의 시름도 슬픔도
　　깨끗이 사라져버리리라.
　　나이팅게일조차도 애인과
　　헤어진 사람 모양으로
　　가지에 앉아서 울고 있더라.

　　자, 어서 눈을 뜨고 일어나소서!
　　밤하늘에는 달이 밝게 떠올라
　　가약의 밤을 비춰주노라.
　　합환의 꿈에 '새벽'이
　　마치 눈뜨고 일어난 듯이.
　　오늘이야말로 아무도 탓하지 않으리니,
　　비파의 줄은 합환이
　　계속되라고 노래부르네.

　　장미, 천인화, 향료와
　　황금 빛깔의 꽃들과
　　이 넷이 하나가 된 것처럼
　　그대에겐 그것이 안보이는가.
　　정말 오늘은 이 꽃동산에
　　술과 돈과 사랑하는
　　남녀가 모여
　　네 가지 기쁨이 갖춰졌네.

그러니 그대는 늦기 전에
또 세상의 쾌락을 맛보시라.
기쁨과 즐거움은 허무한 꿈이어서
옛날 이야기에만 남을 뿐.

누르 알 딘은 처녀의 노랫소리를 듣자, 애끓는 연정을 실은 눈초리로 처녀를 바라보며 몹시 마음이 끌리는 것을 어찌 할 수 없었습니다. 처녀의 생각도 마찬가지였습니다. 왜냐하면 상인의 아들들이 늘어앉은 가운데에서도 누르 알 딘의 모습은 뭇 별들에게 둘러싸인 달처럼 빛나고 있었기 때문입니다. 정말 이 젊은이야말로 말투가 상냥하고 싱싱한 모습인 데다 곱고, 흠 잡을 데 없이 균형이 잡힌, 어디 한 군데 나무랄 데가 없는 영롱한 구슬 같은 미남이었습니다. 마치 시인이 노래부르고 있는 것처럼 새벽의 산들바람보다도 부드럽고, 낙원의 샘물보다도 맑았던 것입니다.

나는 맹세하리, 그윽한
향기를 내뿜는 눈동자를 두고
날씬한 가는 허리를 두고,
세상에서도 보기 드문 마력으로
겹붙인 화살을 두고,
극히 부드러운 허리와
빛이 깃들인 눈동자를 두고,
눈부신 한낮의 광선과
머리칼에 깃들인 어둠
모두를 갖춘 이마를 두고.
보는 사람의 마음을 자극하여
때로는 명령하고, 때로는 거부하고
영원히 시름과 기쁨을

주어 마지않는 눈썹을 두고.
볼을 물들인 장미꽃 빛깔
우거진 이끼와 천인화
입에서 잠자는 풍신자
웃음을 머금은 진주에 걸고.
진정 아름다운 입술과
빛나는 가슴에 두 개의 석류
사이좋게 늘어선
요염하기 짝이 없는 유방에 걸고.
아주 뽐내며 걸을 때
아니면 세상에 유례가 없는
가는 가지의 허리로 쉴 때
흔들어 마지않는 엉덩이에 걸고.
비단으로 착각할 부드러운 살갗과
더러움을 모르는 마음에 걸고.
빛나고 우아한
모든 것을 간직하고 있는 미에 걸고.
물건을 아끼지 않는 손에 걸고.
솔직하게 말하는 입에 걸고.
조상 대대로 내려오는
고귀한 혈통과 신분에 걸고.
사향 같은 그의 숨결에서
향기를 발산하고, 산들바람도
그 내음을 빌어 이리저리
향기를 발산하리, 그윽하게.
저 태양의 찬란한 빛도
애인 때문에 빛을 잃으리.
나의 애인 없으면 이 몸도
손톱 부스러기처럼 보이리.

―샤라자드는 날이 훤히 밝아오는 것을 깨닫자, 여기서 허락된 이야기를 그쳤다.

• 868일째 밤
샤라자드는 다시 말을 이었다. 오, 인자하신 임금님, 누르 알 딘은 처녀의 노래를 듣자 마음이 기뻐지고, 술에 취해 몸을 부들부들 떨면서 처녀를 칭송하기 시작했습니다.

비파 타는 여인, 정을 담으니
술에 취하여, 얼빠진 나의 마음
완전히 넋을 잃고 갈팡질팡,
처녀의 비파가 말하기를
"주의 명령을 받고 이 몸은
깨끗한 목소리로 노래합니다."

누르 알 딘이 즉흥시를 읊는 것을 듣자, 처녀는 정을 담은 눈초리로 상대방을 짐짓 지켜보았습니다. 젊은이를 탐내는 욕정의 불길은 점점 더 세게 타올라 그 비할 데 없는 고운 자태에 넋이 빠질 지경이었습니다. 처녀는 다시 한 번 무릎 위에 비파를 올려놓고서 이런 시구를 읊었습니다.

내 눈길 그대에게 던졌더니
그대는 탓하며 나의 몸도 마음도
오호라, 빼앗아가고 말았네.
비록 마다할지라도 그대는 알리라
내 가슴 속의 비밀을,
마치 신에게서 영감을
받은 사람처럼.

내 손바닥에 그대의 모습
그리며 내 눈에 외쳤노라.
"그대의 애처로운 모양을
눈물을 흘리며 탄식하리."
아, 나 아직껏 이토록
잘생긴 사람 본 일이 없네.
가슴의 아픔을 참아낼
힘도 나에겐 없구나.
그러므로 마음을 오려가지고
가슴에서 떠나리, 샘 많은
원한을 품은 사람처럼.
"사랑의 설레임에 그대의 마음
달랠지어다." 하고 내가 말하거든
그대외에 나의 마음
주지 않을 것을 깨달으시라.

  누르 알 딘은 처녀의 아름다운 노래솜씨와 우아한 말씨, 나아가서는 하늘의 목소리인가 싶은 지묘한 성대에 넋을 잃었습니다. 그리고 애절한 연모의 정에 체면이고 무엇이고 다 잃고, 그저 이젠 미친 듯이 한시각도 견디기 어려워졌습니다. 그래서 느닷없이 몸을 굽혀 처녀를 자기 가슴에 끌어안으니, 처녀도 또한 감겨들며 젊은이의 포옹에 몸을 맡기고는 이마에 입을 눌러댔습니다. 이윽고 누르 알 딘은 처녀의 입에 입을 맞추고는 마치 비둘기가 장난치듯이 입맞춤의 애무에 빠졌습니다.
  처녀도 마찬가지로 뜨거운 정을 담아 그에 응했습니다만 그러는 동안에 다른 젊은이들은 마음이 어지러워져 자리를 뜨고 말았습니다. 이 모양을 보자, 누르 알 딘은 민망한 생각이 들어 여자에게서 손을 떼었습니다. 그러자 여자는 비파를 안고 여러 가지 선율로 서곡을 울리고, 맨 마지막에 또다시 먼저 가락으로 돌아가 이런 노래를 불렀습니다.

 몸을 굽혀 그대의 눈을
 자세히 보니 그 모습 달이런가,
 아니면 상냥한 영양을
 겁주고 괴롭히는 횃불인가.
 그대는 왕자로다, 진기한
 가지가지의 매력을 거느리고
 흡사 창을 쥔 시종들
 등나무 지팡이인가 싶구나.
 그대의 고운 살갗 마음에 옮아
 마음 상냥한 분이라면
 사랑에 빠진 처녀도 이처럼
 시름하며 고민하지는 않을 것을.
 오호라, 가엾구나, 다시없이
 마음은 모질고, 살갗은 부드러워
 뒤바꿀 수단도 없음을.
 아, 나의 변명 나무라는 사람이여
 그대 영원한 즐거움을 차지하고
 나에게 주소서, 덧없는 기쁨을.

 누르 알 딘은 아름다운 처녀의 노랫소리와 진기한 노래의 문구를 듣자, 저도 모르게 탄성을 지르고는 기쁜 나머지 여자 옆으로 바싹 다가섰습니다. 그러고 나서 이런 시구를 읊었습니다.

 베일을 쓰기까지엔
 그 처녀 낮의 태양과
 흡사하다고 생각했노라.
 몹시 타오르는

불길을 내 가슴의
화로에 당겼네.

그 처녀 손가락 끝으로
나의 인사에 응해주거나
혹은 또 극히 아련한
추파를 나에게 던져
응하거나 무슨 지장이
있을소냐?

그 얼굴을 흘긋 엿본
멋쟁이 사나이 몸도 마음도
빼앗겨 넋을 잃었네.
영광을 더욱 더하여
온갖 매력을 능가하는
색향 때문에.

"그대 이토록 사랑의 설레임에
기리며 애태움은
아름다운 그 처녀였던가?
진정 그대는 용서 받으리라."
"그 여자는 내가 사랑하는
여자이기에."

활과 같은 눈길로써
나의 마음을 꿰뚫어버린 여자,
내가 참는 사랑의 불길도
가슴 저미는 슬픈 아픔도
괴로운 시름의 그림자도

측은히 여기지 않네.

찢어진 마음 안고
새벽에 나는 일어나네.
사랑이 그리워 포로가 되니
낮이나 또는 밤이나
눈물 흘리며 하염없이 울면서
세상을 원망하노라.

처녀는 젊은이의 도도하고도 거침없는 말솜씨와 우아한 노랫소리에 깜짝 놀라며 다시 비파를 집어들고서 더할 나위 없이 능란한 솜씨로 온갖 가락을 탔습니다. 그러고 나서 또다시 이런 노래를 불렀습니다.

아, 나의 가슴의 생명인
그리운 임이여, 기쁘거나
또 슬프거나 나는 그만두지 않으리
영원히 그대를 사랑함을.
그대 나에게 야속할 때엔
그대의 환상 내 옆에 있고,
멀리 그대와 떨어져 있을망정
아, 그대 모습은 이 가슴 속에 있네.
그대 사랑 아니고는 이 가슴
달래줄 사람 없음을
나는 잘 알건만, 나의 눈을
슬프게 하는 이는 그 누구냐?
그대의 옥과 같은 볼은 장미꽃,
입에 문 것은 그윽한 술,
즐거운 꽃밭에서 그대 그것을

나에게 아끼는가 알고 싶구나.

이것을 들은 누르 알 딘은 반색을 하며 기뻐함과 동시에 완전히 넋을 잃고서 이런 답시를 읊었습니다.

　　태양은 어둠에 싸여
　　황금빛을 띠는 것이 아니라,
　　바다 저쪽 바다 깊이
　　진주와 같이 숨노라.
　　그 관을 새벽녘의 눈동자에
　　보일 때에도
　　새벽녘의 샛별을 그리워함은
　　이별을 애석해 하기 때문이로다.
　　자, 쉴새없이 흘러내리는
　　눈물 방울, 받아서 보라.
　　가슴 속의 생각 전부를
　　자못 분명하게 전하리라.
　　흐르는 눈물을 나일 강변의
　　넘치는 물에 비하면
　　나의 사랑은 물이 스쳐간 마랏타(나일 강변의 땅이라는 뜻)로다.
　　"그대의 보물, 나에게 주오!"
　　처녀가 말하면 나는 대답하리.
　　"와서 가져가라!"
　　"그대의 단잠도?"
　　"그렇다, 나의 눈에서 가져가라."

처녀는 누르 알 딘의 시를 듣고 그 명쾌한 내용을 알자, 마음이 미칠 듯이 멍해져 그저 무턱대고 젊은이가 사랑스러워 견딜 수가 없었습니다. 그래서 그를 안고 서로 희롱하는 비둘기처럼 입을 맞추니, 누르 알 딘도 애무에 답하여 연방 입맞춤을 되돌려보냈습니다. 그러나 어떻든 선수를 치는 편이 이기는 셈입니다. 처녀는 입맞춤이 끝나자 비파를 집어들고 이런 시를 읊었습니다.

나 한탄해도, 빌어도,
또는 변명해도
오호라, 슬프도다, 세상 사람들이
비방하여 마지않는 말이여!

오, 나의 사랑의 파수꾼이여,
이처럼 그대에게 괄시 받다니
뉘 알았으리오, 이다지도 그대
매몰차고 무정한 사람이라고는.

나 그 옛날, 애인의
사랑을 업신여기는 연정을
탓하였지만, 이제는 나
그대를 헐뜯는 사람에게 굴복하련다.

나 어제까지 장난으로
사랑하는 무리들을 비방했지만,
애절한 사랑의 법열을
구하는 마음 용서하리다.

아, 이별하는 슬픔이
내 가슴 메어 마지않으면
아침에 나는 신에게 기도올리리
"알라시여, 그대의 이름을 걸고!"

또 이런 시구도 읊었습니다.

그 임을 기리며 사모하여
처녀들이 말하기를 "저 임이
입에 머금은 맑고
오래된 맛좋은 술을 나에게
거절하신다면 삼계의
주에게 기도올리며 다 같이
목소리를 맞추어 외치리,
'알라시여, 임의 이름을 두고.'"

누르 알 딘은 그 시구와 교묘한 가락을 듣자, 처녀의 유창한 말솜씨에 감탄하며, 뛰어나게 아름다운 그녀의 요염한 맵시를 칭찬하면서 치하했습니다. 그러자 처녀는 매우 기뻐하여 일어서자 몸에 걸치고 있던 덧옷도 패물도 벗어버리고 말았습니다. 거추장스러운 것을 모두 치워버린 처녀는 누르 알 딘의 무릎 위에 앉아, 그 이마와 볼의 검은 점에 입을 맞추고는 자기 손으로 벗어버린 옷을 모두 젊은이에게 주었습니다.

─샤라자드는 날이 훤히 밝아오는 것을 깨닫자, 여기서 허락된 이야기를 그쳤다.

• 869일째 밤

샤라자드는 다시 말을 이었다. 오, 인자하신 임금님, 처녀는 누르 알 딘에게 벗어버린 옷을 주고 말했습니다.

"나의 그리운 분, 정말로 이것은 나의 분수에 맞는 선물이에요."

누르 알 딘은 일단 이것을 받았다가 다시 그녀에게 돌려주고 나서 입술과 볼과 눈에 입을 맞췄습니다. 그것이 끝나자, 영원히 길이 살아 계시는 신, 공작과 올빼미의 창조물주 외에 영원불멸한 것은 아무것도 없으므로 젊은이는 자리에서 일어섰습니다. 왜냐하면 벌써 사방은 컴컴하고, 하늘에는 별이 깜박이고 있었기 때문입니다.

그러자 처녀는 물었습니다. "여보세요, 당신. 어디로 가시는 거예요?" "아버지 집으로 갑니다." 누르 알 딘이 그렇게 대답하자, 상인의 아들들은 함께 밤을 새우며 놀자고 권유했습니다. 그러나 누르 알 딘은 그것을 거절하고 자기의 암노새에 올라타고는 한 눈 팔지 않고 길을 재촉하여 마침내 자기 집에 당도했습니다. 어머니는 아들을 맞으며 말했습니다. "여봐라, 애야. 이렇게 늦게까지 도대체 뭘 하고 있었니? 도무지 돌아오지 않길래 아버지도 나도 얼마나 걱정했는지 아느냐? 어떻게 된 줄만 알고."

어머니는 앞으로 다가와서 입을 맞추려고 하다가 술 냄새가 물씬 풍겼으므로 말했습니다. "웬일이냐? 신에게 기도드리고 예배를 하면서 술꾼이 되어, 만물을 창조하시어 다스리시는 신에게 거역하다니." 그러나 누르 알 딘은 잠자리에 몸을 던지더니 그대로 세상 모르게 잠이 들고 말았습니다.

이윽고 그곳에 아버지가 들어와 물었습니다. "웬일이냐, 누르 알 딘이 이런 모양으로 자다니?" 어머니는 "아마 화원의 공기를 쐬어 머리가 아픈가 봐요." 하고 대답했습니다.

그래서 아버지인 타지 알 딘이 아들 옆으로 와서 증세를 물어보려고 하자, 그 순간 술 냄새가 물씬 코를 찔렀습니다. 평소부터 술꾼을 무척 싫어하는 아버지는 누르 알 딘에게 외쳤습니다. "여봐라, 아들아, 너는 이 무슨 벌받을 짓을 했느냐! 술을 입에 대다니 어리석은 짓을 하게 되었구나."

누르 알 딘은 아버지의 잔소리를 듣자, 아직 술이 깨지 않았기 때문에 느닷없이 한손을 들어 아버지를 때렸습니다. 그러다 운명의 장난이라고나 할까, 아버지의 오른쪽 눈을 쳤으니 어떻게 되었겠습니까? 대번에 눈알이 튀어나와 볼을 타고 굴러떨어졌던 것입니다. 아버지는 그 자리에 기절하여 마루에 쓰러져버렸습니다.

집안 식구들이 달려와 장미수를 뿌리자 아버지는 그때서야 겨우 제정신으로 돌아와 아들을 때리려고 했습니다. 그러나 어머니가 말리는 바람에 아버지는 어머니와 이혼하는 한이 있더라도 내일 아침이 되면 아들의 오른손을 잘라버리겠다고 욕설을 퍼부었습니다. 어머니는 그 말을 듣자, 가슴이 죄어드는 듯 아파지며 자기 아들의 몸이 걱정되어 견딜 수가 없었습니다. 그래서 연방 아버지의 비위를 맞추며 달래려니까 다행히도 아버지는 잠이 들고 말았습니다.

어머니는 달이 뜨기를 기다렸다가 이젠 완전히 술이 깨어 있는 아들에게로 가서 말했습니다. "얘야, 누르 알 딘, 너는 아버지에게 어쩌면 그렇게 몹쓸 짓을 했단 말이냐?" "내가 뭘 어떻게 했는데요?" 아들이 묻는 말에 어머니는 대답했습니다. "네가 오른쪽 눈을 몹시 때렸기 때문에 눈알이 튀어나와 볼을 타고 굴러떨어졌단다. 그래서 아버지는 나와 이혼을 하는 한이 있더라도 날이 밝으면 반드시 네 오른손을 잘라놓겠다고 하셨단다."

누르 알 딘은 자신의 행동을 후회했습니다. 그러나 아무리 후회해본댔자 소용없는 일인지라 어머니는 말했습니다. "이봐라, 애야, 이제 새삼스럽게 후회해본댔자 무슨 소용이 있겠느냐. 이렇게 된 이상 이제라도 당장 도망치는 수밖에 달리 방법이 없다. 몰래 집을 빠져나가 네 친구네 집에라도 피신하도록 해라. 그리고 신께서 어떻게 처사해주시려는지 기다려라. 세상 일은 신의 마음 하나로 항상 변하는 것이니까 말이다."

그리고 나서 어머니는 돈궤를 열어 100디나르들이 돈주머니를 꺼내며 이렇게 말했습니다. "아들아, 자, 이 돈을 줄 테니 필요한 것을 사라. 떨어지면 사람을 보내 사정을 말하면 또 보내줄 테니 말이다. 그때에는 또 몰래 네가 어떻게 하고 지내는지 근황도 알려다오. 필경 그러면 알라의 구원이 있어 집에 돌아올 수 있게 될 테니까 말이다." 어머니는 이별이 애석하여 하염없이 눈물에 젖었습니다.

누르 알 딘은 돈주머니를 들고 나가려고 했습니다만 문득 그때 돈궤 옆에 어머니가 모르고 놓고 나간 1000디나르들이 큰 전대가 눈에 띄었습니다. 그래서 이것도 집어들어 두 개의 전대를 허리에다 차고서 아직 날이 밝지 않은 거리를 걸어갔습니다. 부라크에 도착했을 무렵에는 벌써 밤도 훤히 밝아졌습니다. 온갖 생물들은 일어나서 알라의 유일무이함을 증명하면서 각기 알라께서 마련해주신 것을 손에 넣기 위하여 일터로 나가려는 참이었습니다.

부라크에 도착한 누르 알 딘은 강변을 따라 걷고 있던 중 현문을 열고, 네 개의 닻을 내리고 있는 배를 한 척 발견했습니다. 많은 사람들이 배 안으로 들락날락하고 있었습니다. 옆에 몇 명의 선원이 있었으므로 누르 알 딘은 배의 행선지를 물었습니다. 그러자 그들은 "로제타의 도시로 가오." 하고 말하므로 누르 알 딘은 말했습니다. "날 좀 데려다줄 수 없겠소." "그럽시다. 기꺼이 태워드리리다!"

그래서 누르 알 딘은 곧 시장으로 나가서, 식료품과 침구 등 필요한 것을 사가지고 항구로 돌아오자, 출항하려는 배에 올라탔습니다. 기다릴 것도 없이 배는 닻을 올리고 출범하여, 도중 아무 곳에도 들르는 일 없이 로제타에 도착했습니다. 이 항구에는 알렉산드리아 행의 작은 배편이 있었기 때문에 누르 알 딘은 곧 그것을 탔습니다. 로제타의 물굽이를 가로질러 알 야미라는 선창에 도착한 누르 알 딘은 곧장 상륙하여 '연꽃 문'으로부터 알렉산드리아로 들어갔습니다.

다행히 알라의 가호를 받아 망을 보고 있던 문지기들 중 누구 하나 젊은이의 행색을 수상히 여기는 자가 없었으므로 누르 알 딘은 자꾸만 걸어서 시내로 들어갔습니다.

―샤라자드는 날이 훤히 밝아오는 것을 깨닫자, 여기서 허락된 이야기를 그쳤다.

● 870일째 밤

샤라자드는 다시 말을 이었다. 오, 인자하신 임금님, 누르 알 딘이 알렉산드리아에 들어서보니 그곳은 굉장한 도시로서 주민의 마음을 즐겁게 하는 것은 물론이고 외국인의 발길조차 끌어들이고야 마는 것이었습니다.

겨울은 추위와 함께 가버리고, 장미꽃과 함께 봄이 찾아와 있었습니다. 꽃들은 서로 교태를 자랑하며 만발하고, 작은 시내는 졸졸 흐르고 있었습니다. 정말로 아름다움과 편안함을 겸비한 눈이 부신 도시로서 주민들 또한 선량하여 한번 성문을 굳게 닫아놓으면 도성 사람들은 모두 편히 잘 수가 있었습니다. 마치 시인이 노래 부르고 있는 그대로였습니다.

어느 날, 나는 벗에게 물었다,
말솜씨 좋은 벗에게.
"들려다오. 이 도시의 형편을."
"그것은 미소지은 가인이니라."
"사람은 사는가?" 나의 물음에
"바람이 부는 한." 하고 벗은 대답했네.

또, 어느 시인은 이렇게 노래부르고 있습니다.

알렉산드리아는 국경 도시
입 속의 이슬조차 달고도 맑다.
와 보니 더욱 좋은 곳
까마귀 같은 것은 눈에 띄지도 않는다.

누르 알 딘은 시내를 돌아다니다가 이윽고 시장으로 나오자, 환전시장, 다음엔 과자집, 과일상, 약방거리의 순서로 차례차례 다른 시장을 찾아다녔습니다. 누르 알 딘은 거리의 기막힌 모양에 넋을 잃고 놀랐습니다만, 그도 그럴 것이 이 도시의 호화로운 모양은 과연 그 이름에 어긋나지 않았기 때문입니다.

누르 알 딘이 약시장을 걷고 있는데, 뜻밖에도 노인 하나가 가게에서 나와 젊은이의 손을 잡고는 자기 집으로 데리고 갔습니다. 그곳은 깨끗이 쓸고 물까지 뿌린 정갈한 뒷골목으로서 서풍이 상쾌하게 불고, 나무들이 우거져 그늘을 이루고 있었습니다. 이 뒷골목에는 세 채의 집이 늘어서 있고, 그 안쪽에 커다란 저택이 서 있었습니다. 주춧돌은 튼튼히 땅속에 박히고, 주위의 벽은 하늘의 끝까지라도 닿을 듯이 높이 솟고, 문 앞은 깨끗이 청소가 되어 있고, 물 뿌린 깨끗한 뒷골목도 상쾌하기만 하여, 솔솔 부는 서풍을 타고서 화초의 향기로운 내음이 떠돌고 있었습니다. 마치 천국의 낙원을 연상시킬 만큼 이루 말할 수 없는 향기가 거기를 찾아오는 사람들의 코를 찔렀습니다. 그리고 이 뒷골목의 입구가 한적했던 것과 마찬가지로 대리석을 깐 그 구석도 기막히게 기분이 상쾌한 냉기로 가득 차 있었습니다.

노인은 누르 알 딘을 집 안으로 불러들이더니, 얼마간의 식사를 내놓고 함께 이것을 먹었습니다. 식사가 끝나자 약종상인 노인은 입을 열었습니다. "자네는 언제 카이로에서 이곳으로 왔는가?" "오늘밤 도착한 참입니다." 노인은 다시 "이름은 뭐라고 하나?" "알리 누르 알 딘이라고 합니다." "그럼 말이오, 누르 알 딘 씨, 이 도시에 머물고 있는 동안은 꼭 우리집에 계셨으면 하오. 거처는 따로 마련해드릴 테니."

이 말을 듣고 누르 알 딘은 물었습니다. "노인어른, 좀더 자세히 당신의 신상에 관하여 알고 싶습니다." 그러자 노인은 대답했습니다. "실은 말이오, 몇 해 전에 나는 카이로에 상품을 가지고 간 적이 있었소. 거기서 갖고 간 물건을 팔고는 다른 물건을 샀던 것이오. 그런데 그때 1000디나르의 돈이 필요했었오. 그런데 말이오, 당신 아버님이신 타지 알 딘님께서 알지도 못하는 나에게 그 돈을 꾸어주셨을 뿐 아니라 채용증서 한 장 써달라고도 하시지 않더란 말이오. 그뿐이겠소. 내가 이리 돌아와서 머슴들에게 선물과 함께 꾼 돈을 돌려보낼 때까지 가만히 기다리고 계시더란 말이오. 그 무렵 나는 아직 어린 자네를 본 적이 있었소. 그런 까닭으로 천고 지상하신 알라의 뜻에 맞는다면, 자네 어른한테서 받은 은혜를 얼마만이라도 자네에게 갚았으면 하고 생각하는 것이오."

누르 알 딘은 노인의 이야기를 듣고 아주 기분이 좋아져 웃으면서 1000디나르가 든 지갑을 꺼내어 이것을 주인에게 주면서 말했습니다. "언젠가 장사할 만한 물건을 사려고 생각하니까 이 돈을 맡아주십시오."

그리고 나서 잠시 젊은이는 알렉산드리아에 체류하면서 매일 밖에 나가 먹고 마시고, 가무 현악에 빠져 즐거운 나날을 보내고 있었으니, 이윽고 용돈으로 가지고 있던 100디나르를 모두 써버리고 말았습니다. 그래서 맡겨둔 1000디나르 중에서 얼마간 찾아 용돈으로 쓰려고 약종상 노인을 찾아갔습니다. 그런데 공교롭게도 노인이 가게에 없었으므로 누르 알 딘은 가게에 앉아 주인이 돌아오기를 기다리기로 했습니다.

가게에 앉아서 이리저리 상인들과 오가는 사람들을 호기심 어린 눈으로 바라보고 있자니까, 갑자기 페르시아인 하나가 암노새를 타고 뒤에는 처녀 하나를 거느리고서 시장 안으로 들어왔습니다. 그 처녀를 바라보니 마치 티없는 순금인가, 강에서 사는 발티어인가, 무인의 초원에 사는 암영양인가 싶을 정도였습니다. 옥 같은 얼굴은 태양도 무색케 하고, 눈은 요염하게 빛나고, 유방은 상아처럼 희고, 이는 진주, 허리는 버들개지 허리, 복부는 움푹 패이고, 엉덩이는 살찐 양의 엉덩이에다 비길 만했습니다.

참으로 영롱하기 옥 같은 처녀로 한 점 흠잡을 데 없는 우아하고도 아름다운 모습은 마치 시인이 노래부르고 있는 그대로였습니다.

그것은 마치 스스로의
뜻대로 만든
처녀이리라, 키는
크지도 않고, 그렇다고 해서 작지도 않고,
진정 미의 전형이니
장미일망정 처녀를 보면
얼굴을 붉히고, 나무 열매일망정
처녀의 고운 맵시에 놀라리라.
얼굴은 달 같고
살갗의 내음은 사향 같고
모양은 상냥한 가는 가지,
아, 세상에 이에 견줄 것 없으리.
자못 새로운 진주니
틀에 부은 듯이 빛나고
귀여운 손발도 마치
달을 품은 듯하여라.

 이윽고 그 페르시아인은 암노새에서 내리자 처녀도 땅 위에 내려놓고서 큰 소리로 거간꾼을 불렀습니다. 그리고 거간꾼이 오자 "이 처녀를 시장으로 데리고 가서 경매에 붙여주시오."하고 말했습니다.
 거간꾼은 처녀를 데리고 시장 한가운데로 끌고 나갔습니다. 그리고 잠시 어디론지 사라졌다가 이윽고 상아를 박은 흑단 걸상을 들고 돌아와 이것을 땅 위에 놓더니 처녀를 그 위에 앉혔습니다. 그러고 나서 베일을 들고 처녀의 얼굴을 노출시키니, 아니 이건 메디아제의 둥근 방패인가, 한 줄로 꿴 진주인가 싶은 얼굴이 아니겠습니까.
 진정 열나흗날 밤의 보름달 그대로의 맵시로서, 옥처럼 영롱하

게 빛나고 있었습니다. 마치 시인이 노래부르고 있는 그대로였습
니다.

> 보름달은 정말 어리석게도
> 처녀와 아름다움을 다투건만
> 광채를 잃고, 슬프게도
> 노여움 때문에 부서져버렸네.
> 우뚝 솟은 밤나무도 처녀와
> 겨룬다면 땔나무 나르는
> 아내의 두 손은 썩고 멸망하리.

또 한 시인도 극히 교묘하게도 이렇게 노래부르고 있습니다.

> 고운 덧옷을 걸친
> 아름다운 그 처녀에게 물으라
> 수도자를 닮은 그 사람을
> 어찌하여 괴롭히느냐고.
> 옥 같은 얼굴, 빛나는 비단에
> 어두운 밤의 적도 도망쳤도다.
> 나도 또한 몰래 옥 같은 볼에
> 눈을 던지면 파수꾼은
> 별 같은 화살로 나를 쏘았도다.

이윽고 거간꾼은 상인들에게 말을 건넸습니다. "이 처녀야말로 바다 속을 뒤지는 해녀가 건져낸 굵은 진주, 새사냥꾼이 잡은 뛰어난 상품의 짐승이외다. 여러분, 얼마부터 값을 붙이겠습니까?" 하고 외치니 다른 하나가 "200디나르." 세 번째는 "300." 하고 서로 값을 올리다보니 마침내는 950디나르까지 값이 올라갔습니다. 경매 값을 외치는 소리는 거기서 정지되었으므로 이번엔 본인인 처녀

의 승낙을 얻기만 하면 되는 단계에까지 이르렀습니다.

— 샤라자드는 날이 훤히 밝아오는 것을 깨닫자, 여기서 허락된 이야기를 그쳤다.

• 871일째 밤

샤라자드는 다시 말을 이었다. 오, 인자하신 임금님, 상인들은 서로 값을 올리다보니 마침내 950디나르까지 값을 붙였습니다. 그러자 거간꾼은 페르시아인의 주인에게로 가서 말했습니다.

"당신의 노예 계집의 경매값은 950디나르가 되었습니다. 어떻게 하시렵니까, 그 값으로 파시고 대금을 받으시겠습니까?"

페르시아인은 물었습니다. "저 여자가 승낙할까요? 나는 본인의 뜻에 따르도록 해주고 싶소이다. 왜냐하면 여행중 내가 병을 얻었을 때 친형제 못지않은 간호를 받았기 때문에, 본인이 좋아하는 남자가 아니면 팔지 않겠다는 맹세를 했었오. 그러니 매매는 일체 본인의 의견 여하에 달렸소. 우선 본인과 의논하여 좋다고 하면 누구이건 당신이 좋아하는 사람에게 팔아도 상관없소. 그러나 싫다고 하면 팔지 않기로 하겠소."

그래서 거간꾼은 처녀 옆으로 다가가 물었습니다.

"이봐, 미인 아가씨, 실은 주인에게 물으니까 아가씨의 매매는 그대의 마음 여하라고 하던데 그래. 이제 그대의 값은 950디나르까지 올라가 있는데, 팔아도 좋겠소?"

"흥정을 끝내기 전에 사실 분을 보여주세요." 처녀의 대답에 거간꾼은 늙어빠진 노인에게로 데리고 갔습니다. 처녀는 오랫동안 노인을 지켜보고 있다가 거간꾼을 되돌아보며 말했습니다. "거간꾼님, 당신은 마귀가 씌었소. 아니면 머리가 돌았소?" "아름다운 아가씨, 어째서 그런 소리를 하시오?" "저런 늙은이에게 나를 팔다니 천벌을 받아요. 저런 영감의 아내가 되는 날엔 그야말로 노래의 시구처럼 되고 말 거예요."

자존심에 큰 상처를 입고
　　몹시 화를 내면서,
　　우리집 마누라가 말하네,
　　그도 그럴 것이 나에게
　　불가능한 의논을 했기 때문이라네.
　　'세상의 남편이 하는 것처럼
　　지금 당장 나에게 합환을
　　해주지 않는다면
　　병신 남편으로 여기겠소.
　　나중에 불평은 아예 마시오.
　　그대의 연장 초로 빚었는지
　　도무지 시들시들 힘이 없어,
　　비록 이 손으로 아무리 주물러도
　　금세 쭈그러들어 쓸모없도다.'

또 노인의 옥경에 대하여 이렇게도 노래부르고 있습니다.

　　내가 요구하는 그 장난
　　비록 정부가 응한다 해도
　　부끄러운 듯이 그 물건은
　　잠만 잘 뿐 일어나지 않는다오.
　　아침에 혼자 이불 속에서
　　눈을 뜰 때에는 벌떡 일어나
　　싸움도 불사하는 그 용맹.

또, 노인의 옥경에 관하여 이런 시구도 있습니다.

　　나의 옥경, 심기가 나빠

가장 자기를 아껴주는
여자의 체면을 깍기가 일쑤,
내가 자면 벌떡 일어나고
내가 일어나면 누워버리니,
이런 연장 불쌍히 여기면
천벌을 받을지어다."

늙은 상인은 처녀의 이와 같은 짓궂게 빈정대는 말을 듣자 무턱대고 화를 내며 거간꾼에게 달려들었습니다. "이놈, 이 괘씸한 거간꾼놈, 네놈은 이 악질적인 계집을 시장으로 끌고 와서 모든 사람들 앞에서 나를 병신으로 만들어 놀릴 생각이구나."

그래서 거간꾼은 여자를 한쪽 구석으로 데리고 가서 말했습니다. "이봐, 아가씨, 버릇없는 소리를 해선 안돼요. 당신이 놀려준 노인은 이 시장의 우두머리이자 감독이며 상인단체의 임원을 맡아보고 있는 분이라오." 그러나 여자는 그저 웃으며, 당장 이런 시구를 지어 읊었습니다.

우리 성을 다스리는 사람은
의무라고 생각할지어다.
경비대장을 문짝에 못박고
시장을 매질할 것을.

그리고 덧붙여서 말하기를 "여보세요, 거간꾼 양반, 나는 저런 영감한테 팔려가고 싶지 않아요. 그 사람 외의 다른 사람에게 팔아주세요. 글쎄, 내가 상대가 되면 저 사람은 아마 부끄러워져서 나를 또다시 팔아버릴 거예요. 그렇게 되면 나는 그저 하녀가 되어버릴 거예요. 천한 하녀가 되다니 나에겐 어울리지 않아요. 그리고 아시겠지요, 나의 매매는 내 생각 여하에 달려 있다는 것을."

"알았소이다." 거간꾼은 그렇게 대답하고 이번엔 어떤 상인 우두머리에게로 데리고 갔습니다. 그리고 그 옆에 서서 거간꾼은 여자에게 물었습니다. "여보시오, 아가씨, 어떻소? 샤리프 알 딘 나리에게 950디나르에 팔고 싶은데."

여자는 상대방의 얼굴을 짐짓 지켜보고 있었는데, 이 또한 수염을 검게 염색한 노인임을 알게 되자 거간꾼에게 말했습니다. "저런 쭈글쭈글한 바보 늙은이에게 팔다니 당신은 바보가 아닌가요? 이제라도 당장 무너질 것만 같은 벽 같은, 지옥의 불에 타 죽을 마귀 같은 백발노인에게서 백발노인에게로 끌고 다니다니 내가 솜부스러기거나 누더기인 줄 아세요? 아까 그 늙은 영감으로 말하자면 필경 시인은 그런 영감을 머리에 두고 이런 노래를 불렀을 거예요.

　　내가 잘생긴 미인의
　　빨간 산호 같은 입술에
　　입을 맞추려고 했더니
　　처녀는 딱 잡아떼며 말했습니다.
　　'그건 안돼요, 만물을
　　창조하신 신에게 맹세코.
　　머리가 하얀 영감님에겐
　　조금도 마음이 안가요.
　　나의 입을 죽이기 전에
　　솜으로 막아버릴 셈인가요?'

또, 다음과 같은 시인의 노래도 여간 근사하지 않습니까?

　　세상의 현인은 말했습니다.
　　백발 은빛, 남자분들의
　　얼굴을 위엄 있게 비추니
　　남의 눈에 비치는 위광.

그래도 나는 옥문에
흰 표적이 생길 때까진,
그믐밤처럼 새까만 채
있기를 빕니다.
비록 남자분들의 턱수염이
밀어닥치는 나이 때문에 서리를 이고,
저승으로 갈 그때의
책 같은 것이라 해도
나는 흰머리는 딱 질색.

좀더 근사한 시도 있어요.

손님은 나의 머리를
살펴보지만, 실례도 이만저만
머리칼을 자르는 칼이라 해도
인정 있는 마음 깃들이라.
어서 사라져라 흰머리칼이여,
눈을 위로하는 빛이라곤
조금도 없는 흰머리칼이여,
너는 나의 눈이 이 세상에서
무엇보다도 싫어하는 것이므로.

이들 영감으로 말하자면, 정사라면 사죽을 못쓰는 색광 영감이라, 머리에 서리를 이고 있을망정 정사에는 빈틈없는 나리들, 무엇보다 머리를 검게 물들이고 있다는 것이 그 엉큼한 증거, 바로 이러한 시 그대로예요.

여자가 나에게 말하기를
'어째 머리는 물들인 것 같군요.'

'그리운 그대여,
흰머리에 물들인 것도 그대를 위해서요.'
여자는 깔깔 웃어대며
'어머, 기가 막혀라. 그 말재주
가짜 백발과 같군요.'

또, 이런 시도 있는데, 여간 잘된 것이 아니거든요.

흰머리를 까맣게 물들인 그대
모처럼 남의 눈에나마 젊게
보이고 싶은 욕심.
잘 명심하세요,
나의 운명은 그 옛날
까맣게 물들여져 있었습니다.
'거짓말이 아니에요.' 금후에도
다른 색으로는 물들이지 않겠어요."

수염을 물들인 그 노인은 노예 처녀의 조롱을 듣자, 몹시 화를 내고 펄펄 뛰며 거간꾼에게 호통을 쳤습니다. "이 고약한 거간꾼 놈아, 오늘 네놈이 이 시장으로 수다쟁이 계집을 데리고 온 것은 이 고장 상인을 차례차례로 욕보이고, 되지도 않은 노래와 건방진 익살로 헐뜯으려는 심보였구나."

그리고 노인은 가게에서 뛰어나와 거간꾼의 따귀를 때렸습니다. 거간꾼은 화가 나서 여자를 데리고 가면서 "알라에게 맹세코 말하지만 나는 아직 이 나이가 될 때까지 너만큼 뻔뻔스러운 여자를 만나본 적이 없다! 네 덕택으로 오늘은 동전 한푼 벌지도 못했고 게다가 상인들의 원망만 샀으니."

그때 문득 길가에서 시하브 알 딘이라고 하는 상인을 만나게 되었는데 이 사나이는 10디나르를 더 낼 테니 자기에게 처녀를 달라는 것이었습니다. 그래서 거간꾼이 여자의 승낙을 구했더니 처녀가 말하기를 "우선 나에게 보여주세요. 뭘 좀 물어보겠어요. 만일 그것을 집에 가지고 있다면 팔려가겠어요. 하지만 가지고 있지 않다면 거절하겠어요."

그래서 거간꾼은 여자를 그곳에 남겨놓고 시하브 알 딘 옆으로 가서 말했습니다. "여보세요, 나리. 실은 저 처녀가 말하기를 당신에게 뭘 좀 물어볼 것이 있다는 겁니다. 만일 그것을 당신이 가지고 계시면 팔려가도 좋다는 겁니다. 그런데 처녀가 동료 상인들에게 욕을 보였다는 말은 아까 이미 들으셨겠지요."

—샤라자드는 날이 훤히 밝아오는 것을 깨닫자, 여기서 허락된 이야기를 그쳤다.

• 872일째 밤

샤라자드는 다시 말을 이었다. 오, 인자하신 임금님, 거간꾼은 상인에게 말했습니다. "그 처녀가 당신의 동료 상인들에게 욕을 보였다는 것은 이미 아실 거라고 생각합니다만, 어째 그 처녀를 데려오기가 겁이 납니다. 동료 상인들을 다룬 것처럼 당신마저 그런 식으로 대하는 날에는 제 체면은 말이 아닙니다. 하지만 데리고 오라고 하시면 물론 데리고 오겠어요."

상인은 말했습니다. "어쨌든, 이리 데리고 오시오." "알았습니다." 거간꾼은 그렇게 대답하고 처녀를 사려는 사람에게로 데리고 왔습니다. 그러자 처녀는 상대방을 찬찬히 바라보고 나서 말했습니다. "여보세요. 시하브 알 딘 나리, 산족제비 털을 넣은 둥근 요가 댁에 있습니까?" 시하브 알 딘이 "그래, 미인 아가씨, 집에 한 열 장쯤 가지고 있소. 그런데 대관절 그걸 어떻게 할 작정인지 가르쳐주구려." 하고 물으니 처녀는 대답했습니다. "나는 당신이 잠이 들 때까지 상대를 해드리겠지만 잠이 들면 그 작은 요로 당신의 입과 코를 틀어막아 죽을 때까지 위에서 눌러주겠어요."

그러고 나서 여자는 거간꾼을 돌아다보며 말했습니다. "이 똑똑하지 못한 거간꾼 양반! 어째 당신은 머리가 돈 것만 같군요. 조금 아까 흰 수염의 영감을 둘씩이나 보이지 않았어요! 아까 그 둘에게는 두 가지의 결점이 있었지만 이번 나리에겐 세 가지나 결점이 있군요. 첫째, 몽뚝한 난쟁이에다 둘째, 코가 턱없이 크며 셋째, 턱수염이 너무나도 커요. 어느 시인이 이런 나리를 다음과 같이 노래부르고 있어요.

　　세상의 나리들 중에 삼 박자를
　　다 갖춘 분은 드물다.
　　나는 난생 처음이오.
　　수염이 두 자에다, 코는 다섯 치
　　키는 겨우 세 치.

다른 시인도 이렇게 노래부르고 있어요.

　　얼굴은 번번한 들판인가.
　　반지의 홈과도 흡사하게
　　우뚝 선 것은 높은 탑.
　　모든 것이 그 콧속으로
　　일단 들어가는 날엔 만물은
　　사라져버리니 야릇하구나"

시하브 알 딘은 이것을 듣자, 가게에서 나와 거간꾼의 멱살을 움켜잡고 외쳤습니다. "이놈, 이 상놈의 거간꾼놈아! 수다를 늘어놓고 우리들을 놀려대며 우롱하기 위하여 계집을 데리고 왔단 말이지."

그래서 거간꾼은 여자를 멀리 데리고 간 다음 말했습니다. "알라께 맹세코 말하건대, 나는 이 장사를 시작한 지 꽤 오래 되지만 너 같이 건방진 계집을 보기란 처음이며, 너만큼 괘씸한 여자를 만난 적도 없다. 글쎄, 너 때문에 오늘은 돈벌이도 끊어지고, 목덜미를 얻어맞거나, 멱살을 잡히거나 한 외엔 아무 득이라곤 없었으니 말이다!"

그리고 나서 거간꾼은 흑인 노예와 백인 노예들을 거느린 또 하나의 가게로 데리고 가서 처녀를 그 앞에 세운 다음 물었습니다.
"이 알라 알 딘 나리는 어떻소?"

여자는 상대방을 바라보고 꼽추임을 알자 "이 사람은 꼽추가 아닙니까?" 하고 이런 시구를 읊었습니다.

> 어깨는 오그라들고 등은 툭 삐져나와
> 악마가 준 행운을
> 찾아서 기는 것만 같구나.
> 아니면 한 번 채찍으로 얻어맞고
> 넋을 잃고 두 번째를 기다리는 꼴인가.

또 하나의 시인은 똑같은 제목으로 이렇게 노래부르고 있습니다.

> 꼽추가 노새를 타면
> 우습기 짝이 없는 광경
> 어릿광대놀음인가, 노새란 놈
> 껑충 뛰어 달아나면 더욱 구경거리.

다시 또 하나의 시인은,

> 꼽추는 등의 혹 외에
> 자기도 모르게 드러나보이는
> 결점을 얼마든지 가지고 있죠.

시들고, 비틀어진 시트론이
볕을 오래도록 받고 말라비틀어진
가지에 매달린 그 꼴.

이것을 듣자, 거간꾼은 허겁지겁 처녀 곁으로 달려들어 다른 상인에게로 데리고 갔습니다. "이분은 어떻소?" 여자는 상대방을 찬찬히 지켜보고 있다가 "이 서방님의 눈은 정말로 파랗군요. 이런 사람에게 날 팔 작정인가요?" 하고 이런 시구를 읊었습니다.

눈꺼풀이 짓무른 것은
몸이 약하다는 증거.
자, 사람들이여, 잘 보라
그 눈에 깃들인 티끌을.

그래서 거간꾼이 또다시 다른 상인에게로 데리고 가니, 처녀는 짐짓 그 모양을 지켜보고 있다가 수염이 너무 길므로 거간꾼에게 말했습니다.
"싫어요. 이 사람은! 저건 마치 목구멍에 꼬리가 돋친 염소가 아닌가요! 저런 사람에게 날 팔 셈인가요? '수염이 긴 사람은 멍텅구리'라는 속담도 들은 적이 없으세요? 정말 수염이 길면 길수록 머리는 모자라거든요. 경우가 밝은 분이라면 누구나 다 알아요. 시인의 하나도 다음과 같이 노래부르고 있어요.

수염이 길면 길수록
세상에선 존경받고, 우러러보지만
그 자신은 멍텅구리
수염의 길이에 정비례하여.

또 하나는 이렇게 노래부르고 있습니다.

나의 친구의 턱수염은
   쓸데없이 자라서 길기만 하니,
   독수공방 한탄하는 어둡고도 추운
   겨울의 긴긴 밤을 생각케 하네"

 거간꾼은 그 대답을 듣자, 처녀를 데리고 그곳을 떠났습니다. 그러자 처녀는 "어디로 데리고 갈 예정이세요?" 하고 물었습니다. "네 주인인 페르시아인에게로 가겠다. 네 일엔 진절머리가 났다. 지독히 버르장머리가 없어서 내 장사도 공쳤을 뿐 아니라, 네 주인도 장사가 안됐지 뭐냐." 하고 거간꾼은 대답했습니다.
 처녀는 시장 안을 이러저리 살피고 있었습니다만 운명의 탓이라고나 할까 그때 문득 처녀의 시선은 카이로인 알리 누르 알 딘에게로 떨어졌던 것입니다.
 처녀가 뚫어져라 하고 보니, 상대방 사나이는 키가 훤칠하게 크고, 꽃과 같이 온화한 아름다운 젊은이로서 나이는 열 하고 넷, 이루 비할 데 없을 만큼 우아한 미모에다 열나흗날 밤의 보름달을 연상시킬 만큼 아름다운 맵시를 하고 있었습니다. 이마는 마치 꽃처럼 희고, 입에 문 이슬은 사탕보다도 더 달고, 마치 시인 한 분이 노래부르고 있는 그대로였습니다.

   이루 비할 데 없이 아름다운 젊은이와
   미를 다툴 보름달과
   영양의 무리가 찾아왔네.
   그러나 나는 타일렀네
   "어서 몰래 도망치라!
   영양이여, 저 젊은이와 겨룬다는 것은
   부질없는 짓일세. 오. 보름달이여,
   너도 네 분함을 참을지어다!"

또 다른 시인도 여간 근사한 시를 읊고 있는 것이 아니었습니다.

　　버들개지 같은 허리, 우아한
　　사나이의 흑발은
　　아침에 일어나도 밤과 같으니
　　이마는 더욱 해맑구나.
　　몸에 박힌 검은 점을
　　탓하지 마라. 누우만의
　　꽃에도 검은 점이 있는 법.

노예 처녀는 누르 알 딘을 바라보고 있다가 그만 넋을 잃고 황홀해져 갑자기 사랑의 설레임을 느끼고 연정의 포로가 되어버렸습니다.

　—샤라자드는 날이 훤히 밝아오는 것을 깨닫자, 여기서 허락된 이야기를 그쳤다.

• 873일째 밤
샤라자드는 다시 말을 이었다. 오, 인자하신 임금님, 노예 처녀는 누르 알 딘을 바라보고 있다가 그만 완전히 반하고 말았습니다.
그래서 거간꾼을 돌아다보며 말했습니다. "저기 줄무늬 모양의 검정 나사 옷을 입고 상인들 사이에 앉아 있는 젊은 서방님이 좀 더 비싼 값을 붙여주지 않을까요?"
거간꾼은 대답했습니다. "안돼. 아가씨. 저 젊은이는 카이로에서 온 외국인이야. 아버지는 상인조합의 장이며, 카이로에서 제일가는 부유한 상인으로서, 상인이거나 명사거나 누구도 당할 사람이 없지. 본인은 이 도시로 온 지는 얼마 되지 않는데, 아버지의 친척 집에 묵고 있는 중이지. 그런데 말이야, 저 양반은 비싸고 싸고가 아니라 전혀 당신에게 값을 부치지 않았거든."
 노예 처녀는 거간꾼의 이야기를 듣자, 자기 손가락에 끼고 있던 값비싼 루비 도장반지를 뽑아가지고 말했습니다. "저 젊은 서방님한테 데려다주세요. 만일 사주신다면 오늘의 수고비로 이 반지를 당신에게 드리겠어요."
 거간꾼은 이 말을 듣고 기뻐하며 곧 처녀를 누르 알 딘에게로 데리고 갔습니다. 처녀가 가까이 가서 찬찬히 바라보니 상대방은 구슬과 같이 한 점 흠잡을 데 없는 수려한 자태에다 마치 보름달처럼 맑게 가라앉은 맵시입니다. 마치 시인 중 한 분이 노래부르고 있는 그대로였습니다.

> 싱싱하기 옥 같은 볼의
> 환히 빛나는 아름다운
> 눈동자는 날카롭게 뾰족한
> 화살의 비를 퍼붓는다.
> 마음을 바치는 사람들에게
> 그대가 모멸하는 아주 쓴
> 술잔을 내밀고 애욕의
> 쾌락을 거절하면 사람들은
> 숨이 막혀 쓰러지리라.
> 아, 이마도 모습도
> 내가 사랑하는 마음처럼
> 진정 더할 나위 없이 아름다워,
> 무엇에 비길 방도도 없이
> 옷으로 감싼 목덜미는
> 옷깃을 장식한 초승달인가.
> 두 개의 검은 점과 눈은
> 나의 눈의 눈물처럼
> 점점 더 어두워가는

칠흑 같은 밤을 연상케 하노라.
눈썹과 얼굴은 가냘프게도
하늘에 걸린 초승달인가.
나의 몸매와도 흡사하구나.
술 따르는 시동은 달콤한 술을
따라 벗에게 술잔을 돌리건만
나의 마음에는 자못 쓰기만 하구나.
함께 맹세할 그날에야
그대는 따르리. 생글
미소짓는 입으로부터 목마른
나의 목에 달콤한 술을.
그날이 오면 나의 피
또는 목숨도 바치리.
그대야말로 진정 나의 주인이기에.

처녀는 누르 알 딘을 응시하면서 말했습니다. "여보세요. 젊은 나리, 제가 이쁘지 않습니까?" 젊은이가 "기막힌 미인이여, 이 세상에 당신만큼 아름다운 여자가 어디 있겠어요?" 하고 대답하자, 처녀는 다시 말했습니다. "그렇다면 다른 상인들은 나에게 비싼 값을 부르고 있는데, 당신만은 입을 꼭 다문 채 한마디도 말이 없이 1디나르도 더 내려고 하시지 않는 것은 무슨 까닭입니까? 이 몸이 당신 마음에 들지 않은 모양이군요!"

"아가씨, 내가 고국에 있는 것이라면 가진 돈을 전부 털어서라도 그대를 샀을 것이오." "아니오, 나리, 나는 '싫으시다는 것을 억지로 사달라'고 말씀드린 것은 아니에요. 그저 조금이라도 웃돈을 불러주셨다면 비록 사주시지 않았더라도 나는 흡족할 거란 말이에요. 상인분들도 이럴 것이 아니겠어요? '이 여자가 미인이 아니라면 저 카이로의 젊은 상인이 값을 부를 까닭이 없지. 카이로인은 노예 처녀의 감정에는 도사거든.' 하고 말이에요." 이 말을 들은 누르 알 딘은 얼굴을 붉히며 거간꾼에게 물었습니다. "부르는 값은 얼마죠?" "수수료를 제외하고 950디나르까지 값이 붙었어요. 국왕에게 바치는 몫은 파는 분이 치르게 됩니다." "그럼, 수수료고 뭐고 다 포함하여 1000디나르로 삽시다."

처녀는 거간꾼의 옆을 떠나서 급히 앞으로 걸어나와 "그럼, 1000디나르로 이 미남자인 젊은 나리에게 내 몸을 팔겠어요." 하고 말했습니다. 그러나 누르 알 딘은 아무 말도 하지 않았습니다.

그러자 그곳에 있던 상인 하나가 "이 젊은이에게 팔기로 합시다." 하자, 또 하나는 "제격이다." 세 번째 사나이는 "값을 불러놓고 사지 않으면 병신이야!" 네 번째는 "확실히 저 둘은 천생연분이야!" 하고 각기 한마디씩 했습니다.

그런 까닭에 누르 알 딘이 생각을 가다듬을 겨를도 주지 않고 거간꾼은 법관과 입회인을 불러다가 매매계약서를 만들게 했습니다. 그리고 거간꾼은 서류를 누르 알 딘에게 주고 말했습니다. "부디 노예 색시를 받으시고, 알라의 축복 있으시기를 빕니다! 저 여자는 젊은 나리 외엔 아무에게도 어울리지 않고, 또 젊은 나리 외에 저 여자에게 어울리는 사람도 없으니까요."

그리고 이런 시구를 읊었습니다.

  행운은 자못 얌전하나
  바쁘게 옷자락을 끌며
  그대의 모습을 찾아다녔네.
  그 여자야말로 진정 그대에게
  어울리고, 그대 외에
  그 여자에게 어울리는 자 없나니.

이 노래를 듣자, 누르 알 딘은 상인들 앞에서 얼굴을 붉혔습니다. 그래서 곧 일어나 아버지의 친구인 약종상에게 맡겨두었던 1000디나르를 거간꾼에게 주고, 자기는 처녀의 손을 끌고 노인이 그전부터 마련해주어 살고 있던 집으로 돌아왔습니다.

처녀가 집 안에 들어서보니, 다 헐어빠진 더덕더덕 기운 양탄자와 누더기와 다름없는 담요 외에 아무것도 없었으므로, 누르 알 딘에게 말했습니다. "나리, 당신은 재산이 많은 자기 집으로 안내하지 않고, 하인의 집으로 데리고 오셨는데, 그만큼 나는 보잘것없는, 값어치가 없는 여자입니까? 왜 당신의 아버지가 사시는 저택으로 데리고 가시지 않습니까?"

젊은이는 대답했습니다. "아니오, 예쁜 아가씨, 이것은 지금 내가 살고 있는 집이오. 주인은 이 도시에서 약종상을 하고 있는 노인인데 나를 위하여 특별히 이 집을 마련해준 것이오. 전에도 말한 것처럼 나는 외국인이며 카이로 시 태생이란 말이오."

그러자 처녀는 대답했습니다. "하기야 서방님께서 태어나신 고향으로 돌아가실 때까지진걸요. 뭐 아무리 초라한 집이라 해도 상관없어요. 그렇지만 제발 부탁이에요. 이제부터 구운 고기와 포도주, 거기다 마른 과일 따위를 좀 사다주세요."

"아냐, 알라께 맹세코 말하지만 아까 당신 몸값으로 치른 1000디나르가 내가 가지고 있는 전재산이었어. 그 밖에 뭐 돈이 될 만한 것도 없고, 그렇다고 해서 가지고 있던 잔돈도 어제 다 써버렸어." "이 고을에 누군가 친구분도 안 계신가요? 50디르함만이라도 꾸어서 나에게 갖다주신다면 그것을 밑천으로 하여 어떻게 하면 좋을지 가르쳐드리겠어요." "약종상 외엔 아무도 친한 친구는 없는데."

하는 수 없이 누르 알 딘은 약종상에게로 가서 말했습니다. "아저씨, 안녕하십니까?" 노인은 손을 이마에 얹고 인사한 다음 물었습니다. "당신은 오늘 1000디나르의 돈으로 무엇을 사셨소?" "노예 색시를 하나 샀습니다." "그까짓 노예 계집 하나에 1000디나르를 내다니 당신 정신이 있는 사람이오? 도대체 어떤 노예 계집인지 알고 싶구려." "프랑크인 혈통을 이은 처녀입니다."

─샤라자드는 날이 훤히 밝아오는 것을 깨닫자, 여기서 허락된 이야기를 그쳤다.

• 874일째 밤

　샤라자드는 다시 말을 이었다. 오, 인자하신 임금님, 누르 알 딘은 늙은 약종상에게 말했습니다. "그 처녀는 프랑크인입니다." 그러자 노인은 "프랑크인 처녀라면 아무리 고급 여자라도 이 고을에선 100디나르만 내면 살 수 있다우. 당신은 아마도 그 거래에서 속은 거요! 하지만 그 여자에게 생각이 있다면 오늘밤 동침하여 뜻을 이룬 다음 내일 아침 시장으로 데리고 가서 팔도록 하게. 한 200디나르쯤 손해를 보겠지만 배가 파선하여 손해를 보았다던가, 길에서 도둑을 맞은 셈치고 체념하는 게 좋을 거요."
　누르 알 딘은 대답했습니다. "아저씨, 지당한 의견입니다. 그런데 아시다시피 나는 돈이라곤 1000디나르밖에 없는데 그 돈으로 저 여자를 산 것입니다. 그래서 이제 수중에는 돈이라곤 한푼도 없습니다. 대단히 죄송하지만 50디르함만 꿔주셨으면 합니다. 내일이면 저 여자를 팔아서 그 대금으로 갚아드릴 테니까요."
　노인은 "아, 그러시오." 하고 대답하고는 50디르함을 젊은이에게 주었습니다.
　그리고 나서 덧붙여 말하기를 "여보시오, 젊은 나리, 당신은 아직 젊고, 여자는 미인이니까 어쩌면 그 여자에게 홀딱 반해버릴지도 모를 일이오. 그렇게 되면 그 여자를 판다는 것은 무척 어려워질 거요. 그런데 당신에겐 현재 생계의 길도 없으니까 이 50디르함도 곧 써버릴 거란 말이오. 그렇게 되면 또 나에게 오게 되겠지만 나는 당신에게 열 번까진 형편을 봐드리리다. 그러나 열 번 이상이 되면 나는 당신에게 인사도 안받겠소. 그렇게 되는 날엔 자연 당신의 어르신네와의 사이도 나빠질 거란 말이오."
　누르 알 딘은 그 돈을 받아가지고 곧 처녀에게로 돌아왔습니다.

그러자 처녀가 말하기를 "나리, 이 길로 곧 시장으로 가서 오색으로 물들인 비단실을 20디르함 어치 구하시고, 나머지 30디르함으로 고기와 빵과 과일, 그리고 포도주와 화초 등을 사다주세요."

 그래서 누르 알 딘은 시장으로 나가서 처녀가 부탁한 물건들을 모두 사가지고 돌아왔습니다. 처녀는 곧 일어나 소매를 걷어올리고 솜씨도 근사하게 요리를 만들어 젊은이 앞에 늘어놓았습니다. 두 사람은 배불리 이것을 먹고 나서, 술 준비를 해놓고 부어라 마셔라 잔을 거듭하다가, 처녀는 이 얘기 저 얘기 꽃을 피우면서 연방 술을 권했으므로 누르 알 딘은 마침내 만취가 되어 먼저 잠이 들어버렸습니다. 이 모양을 본 처녀는 얼른 일어나 자기 보따리 속에서 가죽으로 만든 작은 주머니를 꺼내어 안을 열고 두 개의 뜨개질바늘을 꺼냈습니다. 그리고 정성을 다하여 아름다운 허리띠를 하나 만든 다음 마지막 끝손질을 하고, 인두로 다려서는 베개 밑에 감춰두었습니다.

 이윽고 처녀는 옷을 벗고, 실오라기 하나 걸치지 않은 알몸으로 누르 알 딘의 옆으로 파고들어 계속 몸을 주무르기 시작했습니다. 젊은이는 세상 모르고 자고 있었습니다만, 문득 눈을 뜨고 옆을 보니, 순은과 같은 살갗을 한 처녀가 자기 옆에 누워 있는 것이 아니겠습니까. 비단보다도 더 부드러운 살갗을 하고, 살찐 양보다도 부드럽고, 붉은 낙타보다도 더 훌륭한 피부의 촉감이며, 키는 5척 남짓, 볼록하고도 팽팽한 유방, 눈썹은 초승달, 눈동자는 영양의 눈을 연상시키며, 볼은 진분홍색 아네모네가 아닌가 싶을 정도, 허리는 몇 겹으로 골을 이루고, 배꼽은 안식향의 연고가 한 온스나 들어갈 정도로 크고, 허벅다리는 낙타의 깃털을 넣은 긴 베개만 같고, 그리고 사이에는 차마 입으로 말할 수 없는, 그 이름만 들어도 눈물이 넘쳐 흘러나올 정도의 어마어마한 것이 자리잡고 있었습니다. 한마디로 말하면 시인이 다음과 같은 시구로 칭송하고 있는 것은 바로 이런 처녀를 두고 하는 소리였던 것입니다.

머리칼은 그믐밤
이마는 한낮
볼은 장미
입술은 달콤한 술
동침은 천국
이별은 지옥
이는 진주며
정면으로 보면 보름달인가.

다른 시인의 시구도 여간 버리기 어려운 맛이 있지 않습니까?

서면 보름달, 걸으면 버들
내뱉는 숨결은 용연향
빛나는 눈동자는 영양인가.
슬픔은 이 내 가슴을
설득하며 사모하다가,
처녀 떠나면 재빠르게
내 가슴 속으로 파고들어 살도다.
아, 가슴은 별보다도
더욱 아름답게 가라앉은
이마를 누르네, 초승달을.

또 한 시인은 이렇게 칭송하고 있습니다.

보름달은 밝게 빛나고
초승달은 찬란하게 빛난다.
일찍 돋은 가는 가지는 흔들리고
들의 소는 날뛴다.

그 안에 까만 눈의
옥문 있어, 뱃사람은
그 아름다움에 애태우며
육지로 올라
기뻐하며 그 위에 엎드리리라.

그래서 누르 알 딘은 곧 처녀 쪽으로 돌아누워 가슴에 끌어안고 우선 윗입술을, 다음엔 아랫입술을 빤 다음, 혀를 상대방의 입 깊숙이 넣었습니다. 그러고 나서 처녀와 합환의 정을 나누니 처녀는 아직 실을 꿴 적이 없는 진주, 아무도 타본 일이 없는 암말이었습니다. 누르 알 딘은 새 그릇을 깨고, 교환의 즐거움을 맛보았습니다. 여기서 두 사람은 영원히 끊을 수 없는 애정의 고리로 굳게 맺어지게 된 것입니다.

누르 알 딘은 처녀의 볼에 마치 조약돌이 물에 떨어지는 것 같은 입맞춤을 하고, 싸움터에서 창을 찌르듯이 연장을 깊이, 얕게 넣었다 꺼냈다 하곤 했습니다. 그도 그럴 것이 젊은이는 언제까지나 춘정이 식지 않아, 목을 끌어안고 입술을 빨고, 머리채를 풀고, 가슴을 누르고, 볼을 깨물고는 카이로 사람의 교합, 야만 사람의 몸놀림과 허리틀기, 아비시니아 사람의 흐느낌, 힌드 사람의 실신, 누비아 사람의 다정, 리프 사람의 다리들기, 다리엣타 사람의 괴성, 사이드 사람의 농탕, 알렉산드리아 사람의 춘태 등 갖가지 즐거움에 탐닉하고 싶었기 때문입니다. 한편 상대방인 여자도 보통내기가 아니어서 천하에 비할 데 없는 자태는 말할 것도 없고, 이러한 정사 기술을 모두 한몸에 갖추고 있어, 바로 시인이 노래부르고 있는 대로의 처녀였습니다.

죽는 날까지도 나는 처녀를
잊지 않으리, 처녀와 가까운
사람 이외는 나는 맞지 않으리.

보름달을 닮은 맵시도
희한하게 그를 본딴
조물주를 칭송하리!
쾌락을 찾아 마지않는
나의 죄는 극히 깊을지라도,
최후의 심판 날에는
절대로 후회하지 않으리.
"사랑의 무거운 짐을 져본 일이 없는
세상 사람은 사랑을 모르리,
슬픔과 쾌락을 맛보지 않고는
자못 뜨거운 정을 모르리라."
내 마음 시정에 담아
이렇게 외치는 젊은 생명의
시를 읊었도다.

누르 알 딘은 사랑의 위안과 즐거움을 다하면서 처녀를 품에 안고 하룻밤을 보냈습니다.

─샤라자드는 날이 훤히 밝아오는 것을 깨닫자, 여기서 허락된 이야기를 그쳤다.

• 875일째 밤

샤라자드는 다시 말을 이었다. 오, 인자하신 임금님, 누르 알 딘은 사랑의 위안과 즐거움을 다하여 처녀와 함께 하룻밤을 보냈습니다. 두 사람은 굳게 맺어진 포옹의 옷을 입고 밤과 낮의 무정한 처사를 모면하여 끝없는 사랑의 정담에 흥을 돋우면서, 아무런 걱정도 없이 오로지 정사의 이슬에 젖으며 동침의 밤을 즐겼던 것입니다. 시문에 뛰어난 어느 시인이 갸륵하게도 노래부른 그대로였습니다.

사랑하는 이를 찾아보시오.
세상 사람들의 험담에 신경쓰지 말고,
시샘하는 자들에겐 사랑의 맛
알 도리가 없기 때문이리라.
서로 사랑하는 두 사람이 서로 껴안고
잠자코 정을 불사르는 것만큼
보기 좋은 광경도 다시 없으리.
마음과 마음이 서로 부딪히면
세상의 어리석은 자 훼방놓고
사이를 갈라놓으려고 하지만
그런 무리는 냉혹한 강철
마냥 때리고 있으라지요.
정말로 상대방에게 반했다면
그 진정을 받아들여
한결같이 사랑에 사시구려.
사랑에 애태우는 사람을 탓하는 자여
부질없는 험담을 하지 마오,
사랑의 병 고칠 줄도 모르고.

날이 밝아, 아침 해가 환히 빛나자, 누르 알 딘은 깊은 잠에서 깨어났습니다. 처녀가 먼저 일어나 물 준비를 해놓았으므로, 두 사람은 함께 목욕을 했습니다. 그리고 주에 대한 의무인 기도를 마친 다음 처녀는 곧 먹을 것과 마실 것을 날라다가 아침식사를 마쳤습니다.

이윽고 처녀는 베개 밑으로 손을 넣어 어젯밤에 짠 허리띠를 꺼내어 누르 알 딘에게 주었습니다. "이 허리띠는 웬 것이오?" 누르 알 딘이 묻자 처녀는 대답했습니다. "서방님, 이것은 어제 당신께서 20디르함으로 사오신 비단실로 짠 것이에요. 자, 이제부터 페르시아인의 시장으로 가셔서 거간꾼의 손을 통하여 파세요. 다만 맞돈으로 금화 20닢 이하로 파시면 안됩니다."

이 말에 누르 알 딘은 되물었습니다. "여보, 20디르함밖에 들지 않는 물건이 단 하룻밤의 세공으로 그렇게 몇 배나 되는 값으로 어떻게 팔린단 말이오?" "서방님, 당신께선 이 물건의 가치를 모르시는군요. 어쨌든 시장으로 가지고 가셔서 거간꾼에게 주세요. 거간꾼이 시장에서 팔면 곧 얼마만한 값어치가 있는지 아시게 될 거예요."

그래서 누르 알 딘은 허리띠를 가지고 시장으로 가서 거간꾼에게 주고는 팔아달라고 부탁했습니다. 그리고 자기는 어느 가게 앞의 돌걸상에 걸터앉아 있었습니다.

거간꾼은 일단 가버렸는데 얼마 있다가 돌아와서 말했습니다. "자, 나리, 허리띠 값을 받아주세요. 20디나르를 받았으니까." 누르 알 딘은 이 말을 듣자, 매우 이상하게 생각하면서도 기뻐서 몸이 떨렸습니다.

누르 알 딘은 일어나 반신반의하면서 곧 그 길로 시장으로 나가 여러 가지 빛깔의 비단을 샀습니다. 누르 알 딘은 집으로 돌아와 사온 물건을 처녀에게 주면서 말했습니다. "이것으로 모두 허리띠를 만들어줘. 그리고 나도 함께 만들 테니까, 만드는 방법을 가르쳐줘. 세상에 나온 이후 이만큼 근사하게 벌이가 잘되는 기술을 본 적이 없어. 확실히 상인들의 벌이보다 천 배나 낫군그래!"

여자는 그의 말을 듣자 웃으며 말했습니다. "서방님, 이제는 친구인 약종상에게로 가서 다시 30디르함만 꿔 오세요. 내일 허리띠를 팔아서는 전에 꾼 50디르함과 함께 이번 30디르함도 갚아드리세요."

그래서 누르 알 딘은 약종상에게로 가서 말했습니다. "아저씨, 30디르함만 더 꿔주세요. 전능하신 알라의 뜻에 맞으면 내일은 80디르함을 고스란히 돌려드릴 테니까요."

노인이 30디르함을 주자, 젊은이는 이것을 가지고 시장으로 나가 전과 마찬가지로 고기와 빵과 마른 과일과 화초 등을 사가지고, 그 이름을 '허리띠 짜는 처녀 미리암'이라고 하는 노예 처녀에게로 돌아왔습니다.

여자는 곧 일어나 훌륭한 요리를 만들어 주인 누르 알 딘 앞에 이것을 늘어놓았습니다. 식사가 끝나자, 이번엔 술도구를 갖춰놓고 계속 잔을 주고받고 했습니다.

점점 취기가 돌기 시작하자, 여자는 누르 알 딘의 재미난 이야기 솜씨와 아름다운 마음씨에 아주 도취되어 이런 시구를 읊었습니다.

> 사향 향기 그윽한
> 자못 묘하게 생긴 술잔에
> 달콤한 술을 따르는 가는 허리의
> 그대에게 나는 말했노라.
> "그것은 그대의 옥 같은 볼에서
> 짠 술이던가?" 그대 대답하기를,
> "아니, 그렇지 않소! 장미에서 술을
> 짜낸 사람 일찍이 있었던가?"

처녀는 젊은 주인을 상대로 하여 마음이 들떠 떠들어대면서 계속 잔을 건네고는, 마음을 황홀케 하는 달콤한 술을 어서 돌려달라고 요구했습니다. 그리고 상대방이 손을 뻗칠 때마다 일부러 아양을 부리며 몸을 피했습니다. 술에 취하여 처녀의 요염한 얼굴이 한층 더 곱게 피어오르자 누르 알 딘은 이런 시구를 읊었습니다.

> 허리가 가는 처녀는
> 벗의 술잔을 달라면서
> '벗이 두려워하는 무리들과
> 만났을 때에' 외쳤노라.

"나에게 술잔을 돌리지 않으면
오늘밤 그대는 독수공방의
무료함을 탓하며 슬퍼하리!"
벗은 몹시 떨었도다!

두 사람은 계속해서 술을 마시다가, 마침내 누르 알 딘은 곤드레만드레가 되어 잠이 들어버렸습니다.
그러자 미리암은 어제와 마찬가지로 곧 허리띠를 짜기 시작했습니다. 그리고 다 끝나자 종이에 싸놓고, 옷을 벗고는 젊은이 곁으로 파고들어 날이 밝을 때까지 잠자리의 즐거움에 골몰했던 것입니다.

─샤라자드는 날이 훤히 밝아오는 것을 깨닫자, 여기서 허락된 이야기를 그쳤다.

● 876일째 밤

샤라자드는 다시 말을 이었다. 오, 인자하신 임금님, 허리띠 짜는 처녀 미리암은 허리띠를 짜서 종이에 싸놓고 옷을 벗고는 젊은이 곁으로 파고들어 날이 밝을 때까지 잠자리의 즐거움에 골몰하자, 누르 알 딘도 씩씩하게 본분을 다했던 것입니다.
그 이튿날 아침, 미리암은 젊은 주인에게 허리띠를 주면서 말했습니다. "이것을 시장으로 가지고 가서 어제 파신 것처럼 20디나르로 파세요." 그래서 누르 알 딘은 시장으로 가서 허리띠를 20디나르로 팔자, 그 길로 약종상의 가게로 가서 그의 친절에 사례하고, 하늘의 축복을 빌면서 80디르함의 빚을 갚았습니다.
"그런데 당신은 그 여자를 팔아버리셨소?" 노인의 물음에 누르 알 딘은 대답했습니다. "당신은 내 몸에서 혼을 빼앗아 팔아버리려는 건가요?" 그리고 처음부터 끝까지 자초지종을 이야기하니 약종상은 자기 일처럼 기뻐하며 말했습니다. "이거 참, 정말 기쁜 이야기요! 제발 앞으로도 행복하게 살기를 빌겠소! 그대의 부친에 대한 애정으로 보다라도, 두 사람의 우의를 오래 지속시키기 위해서도 그대의 행복을 빌어 마지않겠소."

이윽고 누르 알 딘은 노인의 집을 나와 곧장 시장으로 가서 언제나처럼 고기와 과일과 술 따위의 필요한 물건들을 모두 사가지고 미리암에게로 돌아왔습니다.

두 사람은 이런 모양으로 꼬박 일 년 동안 재미있게 마시고 먹으며 사랑의 장난에 탐닉하고, 밤마다 여자가 허리띠를 짜면 사나이는 이것을 20디나르로 팔아 필요한 물건을 사고, 남은 돈은 만일의 경우에 대비하여 저축해두었습니다.

일 년이 지난 어느 날, 미리암은 주인 누르 알 딘에게 말했습니다. "서방님, 내일 허리띠를 파시거든 그 돈으로 여러 가지 빛깔의 비단실을 사다주세요. 상인의 아들은 말할 것도 없고, 왕의 자제들도 한 번도 가져보지 못했을 그런 기막힌 목도리를 만들어드릴 테니까요."

그 이튿날, 누르 알 딘은 시장으로 나가 허리띠를 팔자, 여자가 부탁한 염색된 비단실을 사왔습니다. 미리암은 목도리 하나를 만드는데 꼬박 7일 동안이나 걸렸는데, 그것은 밤마다 허리띠를 하나씩 만든 후에 얼마 안되는 시간을 목도리 만드는 데 이용했기 때문입니다.

드디어 목도리가 완성되자, 미리암은 이것을 주인에게 주었습니다. 주인은 곧 이것을 어깨에 걸치고 시장으로 나갔는데, 상인도 거리의 사람들도 명사들도 모두 누르 알 딘의 주위에 모여들어, 그의 근사한 생김새와 세상에도 보기 드문 목도리를 넋을 잃고 바라보았습니다.

그런데 그 후 어느 날 밤 젊은 주인이 문득 눈을 뜨니 미리암이 하염없이 울면서 이런 노래를 중얼거리고 있는 것이 아니겠습니까.

나의 애인과 헤어질
슬픈 날은 다가왔도다.
헤어질 날은 다가왔도다.
그러니 애석하구나, 아 슬프구나!
두 조각으로 갈라진 이 마음
아, 그 옛날에 더할 나위 없는
환락에 빠졌던 밤 때문에
진정 나의 운명의 쓰라림이여!
사랑의 파수꾼은 사랑하는 사람을
시새워 엿보다가 방해하니
그것을 막을 길 없구나!
한결같이 두려워 마지않는 것은
세상 사람들의 질투이니라.
남을 욕하는 사람의 눈에
재앙은 보이도다, 역력히.

누르 알 딘은 물었습니다. "여보, 나의 귀여운 미리암 아가씨, 왜 울고 있는 거지?" 그러자 여자는 "이별의 쓰라림을 생각하고 울고 있는 거예요. 웬일인지 예감이 헤어질 것만 같아요." "나는 그대를 누구보다도 사랑하고, 이 세상에서 가장 귀엽다고 생각하고 있소. 누가 우리 사이를 갈라놓겠어?" "나는 그 갑절이나 당신을 사랑하고 있어요. 그러나 화와 복은 꼬아놓은 새끼줄과 같은 것. 시인이 이렇게 노래부르고 있는 것도 그럴 법한 일이에요.

다복한 날에 하늘의
명령으로 재앙이
날아내려올 것을 두려워하지 않고,
한결같이 이 몸의 행운을

믿으시는가 도대체 그대는?
머리에 인 천체의
수는 무수히 있을망정,
조그만 별은 말할 것도 없고
해와 달마저 일식과 월식으로 해서
빛을 잃게 마련이라오.
대지를 보면 나무도 많아
푸르디푸른 상록수도,
옷을 입지 않은 나무도 있지만,
돌로 상처입은 나무들이야말로
잔뜩 열매를 맺은 나무들 뿐일세!
조수 밑 바다 속에
진주는 묻혀 살지만,
그대는 보지 못했는가, 바다 위에
썩은 고기가 파도에 떠 있음을!

그러고 나서 이렇게 덧붙였습니다. "여보세요, 누르 알 딘님, 당신이 헤어지고 싶지 않을 생각이시라면 오른쪽 눈이 멀고, 왼쪽 다리가 절름발이인 얼굴색이 검은 노인을 부디 조심해주세요. 나는 그 영감이 이 고을로 들어오는 것을 보았는데, 어째 나를 붙잡으러 온 것만 같아요."

누르 알 딘이 "그놈을 보는 날엔 숨통을 끊어놓겠소." 하고 말하니 미리암은 말했습니다. "서방님, 죽여선 안돼요. 다만 말을 건네거나 거래를 하지 마세요. 사고팔거나, 함께 앉거나 걷거나, 한마디라도 지껄여선 안돼요. 아니, 법도로 정해진 인사조차도 해선 안돼요. 아무쪼록 알라시여, 그 영감의 흉계에서 우리들을 지켜주옵소서!"

그 이튿날 아침, 누르 알 딘은 허리띠를 가지고 시장으로 가서 가게 걸상에 앉아 상인의 아들들을 상대로 하여 이 얘기 저 얘기를 하고 있었습니다. 그러고 있는데 몹시 졸려서 걸상 위에 벌떡 누워서는 푹 잠이 들어버렸습니다.

그러자 잠시 후에 거기 나타난 것은 미리암이 이야기하던 그 프랑크 사람인데, 그 뒤로는 일곱 명의 동료를 거느리고 있었습니다. 프랑크 사람은 누르 알 딘이 미리암이 만든 목도리를 머리에 쓰고, 그 끝을 꽉 붙잡고는 걸상 위에 누워 자는 모양을 보자, 옆에 앉아 목도리의 한끝을 손에 집어들고 잠시 동안 곰곰이 살피고 있었습니다.

누르 알 딘은 뭔지 이상한 낌새를 느끼고 벌떡 눈을 떴습니다. 그러자 미리암이 어제 주의하라고 충고를 한 바로 그 노인이 자기 옆에 앉아 있었으므로 큰 소리를 지르고 호통을 쳤습니다. 프랑크 사람은 깜짝 놀라며 말했습니다. "그렇게 우리들에게 호통을 치다니 도대체 어떻게 된 셈이오? 뭔가 당신 물건이라도 훔쳤다는 거요?"

누르 알 딘이 "이 지긋지긋한 늙은이놈! 내 물건이라도 훔쳐봐라, 경비대장 앞으로 끌고 갈 테니!" 하고 대답하자, 프랑크 사람은 대답했습니다. "여보시오, 이슬람교 양반, 당신의 신앙과 믿고 있는 신에게 맹세코 제발 이 목도리를 누구한테서 얻었는지 가르쳐 줄 수 없겠소?" "이건 말이오, 우리 어머니가 짠 것이오."

―샤라자드는 날이 훤히 밝아오는 것을 깨닫자, 여기서 허락된 이야기를 그쳤다.

• 877일째 밤

샤라자드는 다시 말을 이었다. 오, 인자하신 임금님, 프랑크 사람한테서 목도리를 만든 사람이 누구냐는 물음을 받고 누르 알 딘은 대답했습니다. "사실을 말하면 이것은 말이오. 어머니가 나를 위하여 손수 짜주신 거요." 그러자 프랑크 사람은 "현금으로 팔아주지 않겠소?" 하고 말하므로 누르 알 딘은 "안돼요, 이건 당신에게도,

다른 누구에게도 절대로 팔 수 없어요. 다시는 또 만들어달랠 수 없으니까." 하고 대답했습니다.

"만일 판다면 그 대가로 지금 당장 500디나르를 드리겠소. 그것을 만든 어머니에게 더 좋은 것을 만들어달라고 부탁하겠소." "난 절대로 팔지 않아요. 이 고을에는 이만한 것은 없단 말이오." "여보시오, 나리. 에누리 없이 600디나르에 팔지 않으시겠소?"

이런 식으로 프랑크인은 자기가 부른 값을 100디나르씩 올려가다가 마침내 900디나르까지 올라갔습니다. 그러나 누르 알 딘은 말했습니다. "나는 안팝니다. 다른 데로 가보시오. 2000디나르건 뭐건 절대로 안팔아요. 무슨 일이 있어도."

프랑크 사람은 계속 돈으로 낚으려고 하다가 끝내 1000디나르의 값을 붙였습니다. 그러자 마침 그 자리에 있던 상인들이 끼여들었습니다. "우리들이 그 값으로 목도리를 팔겠소. 돈을 치뤄주시오."

누르 알 딘이 "알라에게 맹세코, 나는 절대로 팔지 않아요!" 하고 말하니 상인들은 말했습니다. "여보시오, 젊은 양반, 이 목도리의 값은 고작해야 100디나르밖에 안돼요. 그것도 갖고 싶어 견딜 수 없다는 사람이 있을 경우요. 이 프랑크 사람이 1000디나르로 사준다면 당신은 900디나르나 이득을 보게 되는 셈이오. 그 이상 이익을 보려고 하다니 그건 무리요. 그러니까 이 목도리를 그 값으로 팔아서 다시 한 번 좀더 훌륭한 것으로 짜달라면 좋겠소. 그러면 알라와 이슬람교의 적인 저주받을 프랑크 사람 덕택으로 900디나르 버는 셈인데."

누르 알 딘은 상인들 앞에서 고집을 부리기도 부끄러워서 프랑크 인에게 목도리를 팔아버렸습니다. 프랑크 사람은 상인들 앞에서 1000디나르의 값을 치렀기 때문에 누르 알 딘은 그 돈을 받아들고 미리암에게로 돌아와 자초지종을 이야기하여 기쁘게 해주리라고 생각했습니다. 그런데 프랑크 사람이 말했습니다.

"여보시오, 상인 양반들. 누르 알 딘 나리를 붙잡아두시오. 오늘

밤은 당신들도 함께 어울려주십시오. 나에게는 묵은 그리스 술을 비롯하여 살찐 새끼양, 새 과일, 화초, 과자 등 모두 다 있습니다. 그러니까 오늘밤은 어디 한 사람도 빠지지 말고 나와 어울려주시지 않겠소?"

그래서 상인들은 말했습니다. "여보시오, 누르 알 딘님, 오늘밤에는 우리들과 함께 어울려주지 않겠소? 함께 이야기라도 할 수 있지 않겠소. 부디 손해보는 셈 치고 어울려주시구려. 이 프랑크 양반은 여간 인심이 좋은 분이 아니니까 어디 신세 좀 져봅시다."

모두는 이혼까지 맹세하며 간청하여 억지로 누르 알 딘을 붙잡아놓고 집에 보내려고 하지 않았습니다. 그리고 곧 가게를 잠그고서 누르 알 딘을 데리고 프랑크 사람과 함께 떠났습니다. 이윽고 모두는 프랑크 사람의 안내를 받아 단이 두 개나 설치되어 있는 훌륭한 넓은 객실로 들어갔습니다. 모두에게 자리를 권한 프랑크 사람은 진분홍색 식탁보를 펴놓았는데, 그것은 눈을 부시게 하는, 다시없이 공을 들여서 만든 물건으로서 사랑을 깨는 자와 사랑에 깨진 자, 사랑하는 자와 사랑을 받는 자, 요구하는 자와 주는 자와의 사이를 금실로 수놓은 것이었습니다.

프랑크 사람은 이 천 위에다 진귀한 과자와 화초를 담은 도자기 그릇과 수정 그릇을 늘어놓고, 오래 묵은 그리스 술을 한 병 내놓았습니다.

그리고 나서 또 살찐 새끼양을 잡으라고 명령하고는 불을 피워 고기를 구워서 차례차례로 상인들에게 권하고 몇 잔씩 잔을 거듭했습니다. 그 사이에도 모두에게 눈짓하여 누르 알 딘에게 계속하여 술을 권하게 했습니다.

그래서 모두는 계속하여 젊은이에게 술을 권했으므로 마침내 누르 알 딘은 만취가 되어 정신을 잃고 말았습니다. 프랑크 사람은 누르 알 딘이 곤드레만드레가 된 것을 보고 말했습니다. "여보시오, 누르 알 딘 나리. 오늘밤은 초대에 응해주셔서 고맙습니다. 정말 잘 오셨습니다."

이윽고 프랑크인은 이것저것 농담을 걸면서 옆으로 가까이 오더니 말했습니다. "여보시오, 누르 알 딘 나리. 당신이 일 년 전에 여기 계신 상인들 앞에서 1000디나르로 사신 그 노예 처녀를 팔지 않으시렵니까? 당장 이 자리에서 금화 5000닢을 드릴 테니 결국 4000디나르 이득을 보게 되는 셈이죠."

누르 알 딘은 싫다고 거절했습니다. 그런데 프랑크 사람은 계속 요리를 권하고, 술을 따라주며 돈을 미끼로 하여 유혹하다가 웃돈을 점점 더 붙여서 끝내는 1만 디나르까지 내겠다고 말했습니다. 누르 알 딘은 술에 곯아떨어져 있었던 판이라 상인들 앞에서 잘라 말했습니다. "그럼 1만 디나르로 팔 터이니 그 대금을 주시오." 이 말을 들은 프랑크 사람은 반색을 하며 상인들을 증인으로 하여 손뼉을 치며 거래가 성사된 것을 기뻐했습니다.

모두는 먹고 마시고 하는 일에 흥을 돋우면서 하룻밤을 지새웠으며, 날이 밝자 프랑크 사람은 시동들에게 큰 소리로 명령했습니다. "돈을 가지고 오너라." 시동들이 돈을 가지고 오자, 주인은 누르 알 딘에게 1만 디나르의 돈을 세어서 주고는 "자, 젊은 나리, 어젯밤 여기 계신 이슬람교도 상인들 앞에서 당신은 노예 처녀를 파셨습니다. 그 대금을 받으시오." 하고 말했습니다.

누르 알 딘은 깜짝 놀라며 "바보소리 마시오. 나는 당신에게 아무것도 판 기억이 없어요. 거짓말 마시오. 노예 계집은 가지고 있지 않아." 그러자 프랑크 사람은 "아냐, 당신은 틀림없이 나에게 팔았어. 이 상인들이 증인이 되어 거래를 한 거야."

그러자 모두가 이구동성으로 외쳤습니다. "그렇소, 틀림없어요! 당신은 우리들 앞에서 1만 디나르에 노예 계집을 팔았소. 여보시오, 누르 알 딘씨. 이 거래에 관해서 우리들의 증언은 당신에겐 불리해요. 자, 돈을 받고 노예 계집을 내놓으시오. 신께선 그 여자 대신으로 좀더 근사한 것을 주실 것이오. 누르 알 딘 씨, 그 여자를 1000디나르로 사서 일 년 반이나 고운 살갗을 즐기고서도 아직 미련이 있다는 거요? 게다가 그 여자가 매일 만들어주는 허리띠를

20디나르로 팔아서 금화 1만 닢이나 벌어들이지 않았소? 그리고 이번에는 이번대로 밑천을 빼고도 9000디나르나 번 셈이오. 그러면서도 팔기가 싫다고 하니 그게 될 만한 소리냔 말이오! 이보다 더 큰돈 버는 방법이 어디 있단 말이오. 자꾸만 큰돈 벌고 싶다는 거요? 그 여자를 사랑하고 있다고 해도 이제까지 싫증이 나도록 재미를 보셨을 것 아니오. 그러니까 이 기회에 그 돈을 받아 더 예쁜 여자를 사는 게 좋을 거요. 아니면 그 색시보다 더 잘생긴 우리들의 딸을 하나 소개해드리다. 그 값의 절반도 못되는 지참금으로 말이오. 그렇게 하면 나머지 돈은 밑천으로 당신 수중에 남을 테니까요."

상인들이 계속 설득하여 여러 가지 이유를 늘어놓는지라 마침내 누르 알 딘은 미리암의 몸값으로 1만 디나르의 돈을 받았습니다. 그러자 프랑크 사람은 서둘러 법관과 증인을 불러다가 누르 알 딘의 승낙을 받은 다음, 허리띠 만드는 처녀 미리암이라고 부르는 노예 계집의 매매계약서를 작성하게 했습니다.

누르 알 딘은 그러했지만 미리암은 어찌 되었는가 하면 주인이 돌아오기를 아침부터 저녁때까지, 저녁때부터 날이 밝을 때까지 기다리고 있었습니다. 그러나 좀처럼 돌아오지 않으므로 상심하여 몹시 울었습니다.

약종상 노인은 처녀가 흐느껴 우는 소리를 듣고, 자기 아내를 시켜 형편을 알아보고 오라고 했습니다. 약종상의 아내가 안에 들어가보니 미리암이 눈물에 젖어 있으므로 물었습니다. "여보시오, 색시, 어째 이렇게 울고 계시오?" "사실은, 아주머니, 주인 누르 알 딘이 돌아오기를 하루종일 기다리고 있었어요. 그런데 끝내 돌아오지 않는군요. 혹시 누군가의 속임수에 빠져 나를 팔기로 했는지 모르겠어요. 감쪽같이 속아서 나를 팔아버렸을 거예요."

—샤라자드는 날이 훤히 밝아오는 것을 깨닫자, 여기서 허락된 이야기를 그쳤다.

• 878일째 밤

　샤라자드는 다시 말을 이었다. 오, 인자하신 임금님, 허리띠 만드는 처녀 미리암은 약종상의 마누라에게 말했습니다. "주인이 누구의 속임수에 빠져 나를 팔게 된 것이 아닌가 하고 걱정입니다."
　"글쎄, 미리암 아씨, 비록 이 방 가득히 당신의 몸값을 쌓아놓는 한이 있더라도 나리가 왜 당신을 팔겠어요. 나는 나리께서 아씨를 너무나도 사랑하고 있다는 것을 잘 알고 있거든요. 어쩌면 카이로의 양친한테서 친구분이라도 오셔서 여관에서 여러분을 대접하고 계시는 것이 아닐까요. 이 집은 손님을 모셔오기엔 너무도 협소해서 그것을 부끄러워하고 계시거나, 아니면 오신 분의 신분이 낮아서 자기 집에까지 부를 것까지는 없다고 생각하셨든지. 아니면 당신 일을 알리고 싶지 않아서 그분이 계시는 곳에 묵으셨는지도 모르죠. 어쨌든 알라의 뜻에 맞는다면 내일은 무사히 돌아오실 겁니다. 그러니 당신은 그렇게 안절부절 마음을 태우고 걱정하지 마세요. 이게 다 모두 어젯밤 나리가 함께 계시지 않았기 때문일 것입니다. 오늘밤은 내가 동무해드려 마음을 편케 해드리리다. 나리께서 돌아오실 때까지."
　그래서 약종상의 아내는 미리암의 집에 그대로 머물면서 밤새도록 이야기벗이 되어주었습니다. 그 이튿날 아침 미리암은 누르 알딘이 프랑크 사람을 데리고, 상인들에게 둘러싸여 거리로 들어오는 모습을 보았습니다. 이 광경을 보고 여자의 겨드랑이 근육이 부들부들 떨리고, 안색은 갑자기 변하여 마치 배가 큰 바다 한가운데서 풍파를 만나 흔들리는 것처럼 전신이 부들부들 떨렸습니다.
　약종상의 아내는 이 모양을 보고 말했습니다. "미리암 아씨, 웬일이세요. 갑자기 모양이 달라지며, 안색도 창백해지고, 보기 흉한 얼굴이 되시니." "아, 어떻게 하면 좋죠. 아주머니, 드디어 우리들은 헤어져야만 할 것 같아요!"

그리고 미리암은 더할 나위 없이 슬픈 한숨을 내쉬고 한탄하며 이런 시구를 읊었습니다.

이별에 마음 끌리지 마라.
이별의 맛은 쓰라린 것
태양도 하루에
헤어져 서쪽으로 가라앉을 때
얼굴색이 새파래지며 수심에 잠긴 얼굴.
그러나 아침에 동쪽을
나올 때에는 재회를
기뻐하며 웃음 띤 얼굴.

그리고 나서 미리암은 하염없이 울면서, 이젠 이별을 피하지 못할 거라고 깨닫자 약종상의 아내에게 외쳤습니다.
"아주머니, 주인 누르 알 딘께서 남에게 속아서 나를 팔아버렸을 거라고 어젯밤 말씀드렸죠? 확실히 저 프랑크 사람에게 나를 팔아버렸어요. 그렇게 조심하라고 일렀는데. 하지만 잔꾀를 부려보았댔자 운명에는 이길 수 없어요. 이걸로 내 말에 거짓이 없다는 것을 아셨겠지요."
둘이 이야기를 하고 있는데, 누르 알 딘이 들어왔습니다. 미리암이 짐짓 거동을 살펴보고 있노라니까, 젊은이의 안색은 창백해지고, 몸은 부들부들 떨리고 그 얼굴에 슬픔과 후회의 표시가 역력히 나타나 있었습니다. 그래서 미리암은 말을 건넸습니다. "누르 알 딘님, 당신은 나를 팔아버리신 것 같은데요."
그러자 누르 알 딘은 몹시 흐느껴 울고, 신음하고 탄식하면서 이런 시를 중얼거렸습니다.

주의 마음에 맞지 않을 때
참혹한 지령은 떨어지리라.

설령 재주가 있고 귀가 밝고,
이 날카로울지라도
주는 그 귀를 막으시고
마음의 눈을 멀게 하시고
그 머리에서 사악한
분별을 없애시어 흡사
해골바가지처럼 머리가 빠진
대머리로 바뀌리라.
이윽고 사람 모두 이 거룩한
신의 지시를 받들어
자기 몸을 삼가는 그때에는
주는 또다시 총명한 분별력을
사람에게 주시리라.

이윽고 누르 알 딘은 변명하면서 말했습니다. "알라께 맹세코 말하건대, 이봐 미리암, 운명의 갈대붓은 알라께서 정하신 것을 모두 다 적는 것이야. 나는 속아서 그대를 팔 생각이 들어 순간적으로 그대를 팔아버렸어. 정말 뭐라 해야 좋을지 모르겠소. 그러나 우리들의 이별을 정하신 신께서는 언젠가는 또다시 만날 날을 주실 테지." "일찍이 이런 결말이 나면 어떻게 하나 하고 몹시 걱정되어 주의시켜드렸는데."

미리암은 이윽고 젊은이를 으스러져라 자기 가슴에 껴안고는 이마에 입을 맞추고 이런 노래를 불렀습니다.

나는 맹세하리, 사랑을 걸고
비록 이 몸이 사랑의
아픔으로 하여 망할지라도
나는 잊지 않으리, 그대의 정을.
사막의 언덕 위의 나뭇가지에서

비둘기 신음하며 울 듯이
날마다 밤마다 나는 울리라.
아, 극히 아름다운 벗이여
그대 없이는 살아갈
보람도 없이 그 옛날에
서로 즐기던 사랑의 보금자리도
다시 볼 수는 없으리라.

때마침 그곳에 나타난 것은 바로 그 프랑크 사람이었습니다. 미리암 옆으로 다가와서 그 두 손에 입맞추려고 하자, 여자는 그 뺨을 손바닥으로 찰싹 때리고는 외쳤습니다. "개새끼, 어서 꺼져! 네놈은 끝끝내 내 꽁무니를 쫓아다니며, 마침내 주인을 속여 나를 팔게 했구나. 하지만 인샬라! 신의 뜻에 맞는다면 언젠가는 또다시 모두 다 잘되게 해보일 테다."

프랑크 사람은 여자의 말을 듣고 비웃었습니다. 그리고 여자의 거친 행동을 이상하게 생각하면서 변명하듯 말했습니다. "여보시오, 미리암 공주님. 나에게 무슨 죄가 있습니까? 당신의 주인 누르 알 딘님이 자기 뜻대로 다 양해한 끝에 당신을 판 것입니다. 구세주의 주권에 맹세코 나리가 당신을 사랑하고 계셨다면 그런 실없는 짓은 하지 않았을 게 아닙니까! 그리고 당신을 실컷 즐기지 않았던들 여간해서 팔지는 않았을 것입니다.

시인 하나는 이렇게 노래부르고 있습니다.

싫증이 나거든 어서 빨리
나에게 이별을 고하고 떠나시라.
그대의 이름을 부른다 해도
어떻게 하자는 것은 아녜요.
정 떨어진 사나이를
사모하여 미련을 남길 만큼

이 세상은 좁은 것도 아닙니다.

그런데, 이 노예 처녀로 말하면 프랑크의 어떤 광대한 도시를 다스리는 왕의 딸이었습니다. 그 도시는 콘스탄티노플과 흡사하여, 여러 가지 제품과 보화가 나며, 나무들도 푸르게 우거져 있고, 화초도 아름다운 자태를 서로 다투며 피어 있는 도시였습니다. 이와 같은 부왕의 도시를 두고 떠난 미리암 공주에 관해서는 세상에도 드문 곡절이 있었으니 듣는 사람의 즐거움을 위하여 이제부터 이야기해드리기로 하겠습니다.

―샤라자드는 날이 훤히 밝아오는 것을 깨닫자, 여기서 허락된 이야기를 그쳤다.

● 879일째 밤

샤라자드는 다시 말을 이었다. 오, 인자하신 임금님, 허리띠를 만드는 미리암 공주가 어찌하여 부모의 슬하를 떠나게 되었는가에 관해서는 희한한 곡절이 있습니다.

미리암 공주는 양친 슬하에서 금이야 옥이야 소중하게 자라났고, 수사학과 서예와 수학과 미술 등을 비롯하여 자수, 바느질, 직포, 허리띠 짜기, 비단실 만들기, 은실에 금실을, 금실에 은실을 섞어서 짜는 기술 등의 온갖 수예를, 즉 한마디로 말하면 남녀 양쪽의 기예를 모두 익혀 당대에 으뜸가는 진주가 되어 천하의 보배라는 호칭을 받고 있었던 것입니다.

그뿐이 아니라 알라의 은총에 의하여 이 세상에 둘도 없는 아름답기 짝이 없는 용모와 자태를 타고났으니, 사방의 왕후들은 서로 다투어 부왕에게 혼담을 신청하여 공주를 왕비로 달라고 졸랐습니다. 그러나 부왕은 도무지 아무에게도 주려고 하지 않았습니다. 그도 그럴 것이 공주를 무한히 사랑하여 한시도 떼어놓을 수가 없었기 때문입니다. 또 왕에게는 아들은 많았지만 딸이라곤 하나밖에 없었으므로 공주야말로 누구보다도 귀여움을 받은 것입니다.
 어느 해, 우연히 공주는 중병이 들어 하마터면 목숨을 잃게 되었습니다. 그 때문에 공주는 병이 완쾌되었을 때에는 어느 섬에 있는 수도원에 참배를 하리라고 신께 맹세했던 것입니다. 그런데 이 수도원은 프랑크 사람들 사이에서 크게 소문이 난 수도원으로서 사람들은 평소 이 수도원을 참배하여 기도를 올리기도 하고, 영검을 빌기도 했던 것입니다.
 병이 완쾌되자, 미리암 공주는 곧 참배의 맹세를 실행하려고 생각했습니다. 그래서 부왕은 공주를 조그마한 배에 태워, 고을의 명사들의 딸들을 시종으로 하고, 신분이 높은 기사들로 하여금 일행의 호위를 담당케 하여 그 수도원으로 보낸 것입니다.
 일행이 섬 가까이에 왔을 무렵 갑자기 알라의 길을 받들어 싸우는 신앙의 전사인 이슬람교인들을 태운 배가 나타나 공주가 탄 배로 뛰어올라 기사도 처녀도 봉납품도 금은도 모두 하나도 남기지 않고 약탈하여 카이라완(중앙아프리카의 사이네이카라는 지방에 있는 고대 그리스 식민지 도시)이라는 도시에서 팔아버렸습니다.
 미리암은 어느 페르시아 상인에게 팔려갔는데, 이 사나이는 나면서부터 성불구자라서 이 사나이를 위하여 알몸이 된 여자라곤 아직 하나도 없었습니다. 그래서 상인은 공주를 노비로서 몸시중을 들게 한 것입니다.
 그런데 얼마 안되어 상인은 병석에 눕게 되어 점점 병세가 악화되어 두 달 동안 생사의 기로를 헤매었습니다. 그동안 미리암 공주는 정성을 다하여 간호에 힘썼기 때문에 상인의 중병은 완쾌되었습니다. 상인은 정이 깃들인 친절한 처녀의 간호와 육친도 못따르는 열성을 생각함에 따라 뭔가 그 은혜에 보답해야겠다고 생각하고 이렇게 물었습니다. "무슨 부탁할 것이 없는가?"
 "나리, 제 부탁이라고 하는 것은 제 자신이 이 사람이다 하고 생각하는 사람에게 팔아주었으면 하는 것입니다." 하고 공주가 대

답하니 상인은 대답했습니다. "좋아, 그렇게 하지. 이봐, 미리암, 알라에게 맹세하고 말하지만 나는 네가 승낙하지 않는 사나이에겐 절대로 팔지 않겠다. 매매의 권리는 네 자신의 손에 맡기겠다." 미리암은 이 말을 듣고 아주 기뻐했습니다.

그런데 페르시아 사람은 이보다 먼저 처녀에게 알 이슬람의 가르침을 설파하고 있었으므로 처녀는 이슬람교에 개종하여, 신앙의 규율을 배웠습니다. 게다가 또 이 사이에 페르시아 사람은 이슬람교의 교의와 이슬람교도가 해야만 할 여러 가지 의식 따위도 가르치고, 코란을 암송하게 했으며, 신학과 예언자의 전설 따위까지 얼마간 습득케 했습니다. 그러고 나서 처녀를 알렉산드리아의 시장으로 데리고 가서 이미 말씀드린 대로 누르 알 딘에게 팔아버렸던 것입니다.

이야기가 바뀌어, 프랑크 왕인 부왕은 자기의 사랑하는 딸과 그 일행에게 내리닥친 재난의 소식을 알게 되자, 갑자기 최후의 심판의 날이 찾아온 것처럼 깜짝 놀라 곧 기사와 강한 군대와 보병을 가득 실은 배를 몇 척씩 파견했습니다. 그러나 이슬람 나라의 섬들을 모두 찾아다녀도 미리암 공주의 행방은 묘연하여 알 길이 없었습니다. 그래서 일행은 왕에게로 돌아와서 이구동성으로 외치며 말했습니다. "아, 슬프도다!" "재앙이로다!" "이 무슨 운수 사나운 날이옵니까!"

부왕은 하염없이 탄식하며 왼쪽 눈이 먼 애꾸눈 절름발이를 파견하여 공주의 행방을 찾게 했습니다. 이 사나이는 왕의 재상으로서 완고한 전제자였으며, 심술궂은 성품을 가진 자로서 간교와 기략에도 뛰어난 인물이었기 때문에 왕은 이슬람교도의 모든 나라를 샅샅이 뒤져서라도 공주의 소식을 알아내어, 비록 배에 하나 가득 금화를 실어서 주는 한이 있더라도 꼭 찾아오라고 단단히 일렀던 것입니다.

그래서 이 저주받은 노인은 아라비아인의 섬들은 말할 것도 없고 그 밖의 모든 이슬람교도의 도시를 찾아서 돌아다녔습니다. 그러나 도무지 공주를 찾을 길이 없었던 것입니다. 이윽고 알렉산드리아에 도착하여 찾던 중 뜻밖에도 아까 이야기한 목도리가 기연이 되어 공주가 카이로 사람 누르 알 딘에게 의지하고 있다는 것을 알게 된 것입니다. 그도 그럴 것이 공주를 제외하고는 아무도 저만큼 훌륭한 목도리를 만들 수 있는 사람은 없었기 때문입니다.

그래서 노인은 누르 알 딘에게서 공주를 빼앗을 계략으로 우선 상인들을 매수하여 자기 편에 서게 한 다음 먼저 이야기한 대로 감쪽같이 공주를 팔게 했던 것입니다.

그런데 노인은 공주를 손안에 넣기는 했지만, 언제까지나 공주의 탄식이 그치지 않으므로 말했습니다. "여보세요. 미리암 공주님, 이젠 탄식은 그만두시오. 이제부터 나와 함께 부왕의 도성으로, 왕권과 권세를 떨치고 있는 당신의 왕가로 돌아가십시다. 그렇게 하시면 노비와 시녀들의 시중을 받으시면서 이러한 따분한 생활의 어려움도, 이국의 하늘의 외로움도 잊으실 게 아니겠습니까? 저도 여행길에서 죽도록 고생을 했고, 공주님을 위하여 돈도 이만저만 쓰지 않았습니다. 왜냐하면 아버님께서는 비록 금화를 산처럼 쌓아주는 한이 있더라도 공주님을 찾아오라고 단단히 분부하셨기 때문입니다. 공주님의 행방을 찾아서 고국을 떠난 지도 벌써 일 년 반이 됩니다."

늙은 재상은 공주의 손과 발에 입을 맞추고 굽신거렸습니다. 그런데 늙은 재상이 입을 맞추고 굽신거릴수록 처녀는 점점 더 화를 내며, "아, 지겨워! 전능하신 알라께서 너의 소원을 이루어주지 마시기를!" 하고 말했습니다.

이윽고 재상의 시동들은 금실로 단을 두른 마구를 얹은 암노새를 끌고 와서 미리함 공주를 태운 다음, 머리 위로는 금은으로 살을 댄 비단 천개를 둘렀습니다. 마침내 프랑크 사람 일행은 그 주위의 경호를 삼엄하게 하면서 전진하여, 해변가 성문을 나와 도시에서 멀어지자 공주와 함께 조그만 배를 타고, 항구에 정박중인 큰 배로 저어 갔습니다.

일행이 배에 옮겨 타자, 애꾸눈의 대신은 선원들에게 명령했습니다. "돛을 올려라!" 모두는 곧 돛대를 세우고, 방금 말아놓은 돛과 기를 올린 다음 큰 노를 저어 먼바다로 나갔습니다.

한편, 미리암은 언제까지나 알렉산드리아를 바라보며 이별을 섭섭해 하고 있었습니다만, 이윽고 그 모습도 보이지 않게 되자 혼자 선실에 들어앉아 하염없이 울었습니다.

─샤라자드는 날이 훤히 밝아오는 것을 깨닫자, 여기서 허락된 이야기를 그쳤다.

• 880일째 밤

샤라자드는 다시 말을 이었다. 오, 인자하신 임금님, 프랑크 왕의 대신이 허리띠 만드는 공주 미리암을 배에 태우고 먼바다로 나오자, 공주는 언제까지나 알렉산드리아 쪽을 바라보며 이별을 섭섭해 하고 있었습니다만, 이윽고 그 모습도 보이지 않게 되자 하염없이 눈물을 흘리고 탄식하면서 이런 시구를 읊었습니다.

　　나의 좋은 벗이 사는 도시여,
　　어서 말해다오. 언젠가 또다시
　　돌아올 날이 있는가 없는가를?
　　알라께서 나에게 정하신 바
　　오호라, 알 길이 없구나.
　　이별의 배는 빨리 달려
　　바다를 건너갔도다.
　　나의 상처 입은 눈에
　　눈물의 흔적을 남긴 채.
　　그것은 나의 마음의 사람이요,
　　나의 시름도 아픔도
　　고쳐준 벗과 헤어지고

사이가 벌어진 때문이로다.
알라의 신이시여, 그 임에게
나를 대신하여 섬기시오.
신도 언젠가는 대리인의
헌신을 피하지 못하리라.

공주는 슬픈 나머지 넘쳐흐르는 눈물을 누를 수가 없었습니다. 그래서 기사들이 공주 옆으로 다가와 여러 가지로 위로하려고 했으나, 공주는 그저 애절한 연정과 애욕의 불꽃에 미칠 듯이 마음이 흩어져 모두의 위로에 귀를 기울이려고도 하지 않았습니다. 그리고 눈물을 흘리면서 슬픈 목소리로 신음하기도 하고, 원망하기도 하면서 이런 시구를 읊었습니다.

사랑의 말은 가슴 속에서
"사랑하는 이 몸이 영원히 찾는 것은
사랑의 위안!"이라고 속삭였도다.
오장육부는 자못 뜨거운
사랑의 불꽃에 타면서
괴로운 이별에 가슴은 아파
하염없이 흐르는 눈물이여.
나의 상처 입은 눈에서
흘러 마지않는 눈물 때문에
불 같이 타오르는 사랑의 불길을
무슨 수로 숨길 수 있으리오.

미리암은 항해중 계속 이러한 상태였으며, 한시도 마음이 편치 않았고, 괴로움을 참을래야 참을 길이 없었습니다. 애꾸눈에다 절름발이인 대신에게 끌려가는 미리암은 이러한 상태였으나, 한편 카이로인 누르 알 딘은 공주를 태운 배가 항구를 벗어나자 갑자기

세상이 좁아지는 것만 같은 생각이 들어 견딜 수가 없었습니다.
　두 사람이 즐겁게 지내던 집으로 돌아와보니 어딘지 어두운 그림자가 깃들여 음산하게 가라앉아 보였습니다. 그러다가 미리암이 허리띠와 아름다운 살갗을 덮어줄 옷을 만들기 위하여 평소 사용하던 바느질 도구를 발견하자, 그것을 가슴에 끌어안고, 쏟아지는 눈물에 저도 모르게 이런 시구를 중얼거렸습니다.

　　　어서, 가르쳐다오. 이별 후에
　　　긴 고통과 희망 없는
　　　쓴 맛을 맛본 그 후에
　　　또다시 만날 날이 올 것인가를?
　　　오호라, 애달프구나, 그 옛날의
　　　즐거웠던 나날은 가버렸구나.
　　　그러니, 다시 한 번만이라도
　　　아름다운 여자의 그 눈길
　　　나에게 닿기를 허락하소서.
　　　나는 의심하노라, 갈라진
　　　두 사람의 인연 맺어져
　　　그리운 여자는 그 맹세
　　　굳게 지켜 어기지 않을 것인지?
　　　오호라, 헤어진 그날부터
　　　나는 원혼의 먹이가 되어
　　　슬픈 운명에 떠는 심정
　　　벗은 깨닫고 수긍하리라.
　　　아, 애석하구나 나의 한탄!
　　　아무리 울어본들 보람도 없어
　　　이 몸은 심한 슬픔의
　　　망아의 경지에 잠기노라.
　　　이제는 즐거웠던 지난날의

사랑의 꿈도 사라져버려,
아, 알고 싶구나 이 가슴의
그리워 마지않는 연정이
채워질 날이 있을 것인지.
그러니, 마음아, 너의 통한
더욱 사무쳐, 눈에서
눈물방울이 마를 만큼
눈물 흘리며 실컷 울지어다.
그리운 여자를 잃고
참을 힘도 없기에
나는 한결같이 탄식하노라.
구원의 손길도 보람없이
슬픔만 자꾸 느는구나.
나는 삼계의 주에게 기도하리,
어서 애인을 나에게 돌려주시어
지나간 옛날의 기쁨에
우리를 다시 맺어주소서.

그러고 나서 누르 알 딘은 하염없이 눈물을 흘리며 방의 구석구석을 들여다보면서 이런 시구를 읊었습니다.

그 옛날에 살던 집을 찾아와 보니
지난 날의 추억 눈에 잠겨,
애절하게도 아픈 가슴 끌어안고
한결같이 기리어 마지않네.
슬프게도 이별을 정하신
신에게 나는 기도하리.
어느 날엔가 그리운 임을
나에게로 보내주소서 하고.

이윽고 누르 알 딘은 벌떡 일어나 문에 자물쇠를 채우고 서둘러 해변 쪽으로 달려갔습니다. 그리고 미리암을 데리고 간 배의 뒷모습을 물끄러미 지켜보고, 한숨을 내뱉고 눈물을 뚝뚝 흘리면서 이런 시구를 중얼거렸습니다.

>잘 가거라, 기도하리. 여행이 무사하기를.
>아, 무엇과도 바꿀 수 없는
>그대이기에, 지난날의
>그대의 모습 회상할 뿐!
>그대 잠시도 잊을 수 없고,
>그리워 마지않는 모양은
>지친 발을 이끌고
>길 떠난 사람이 바다를
>그리는 모양과 흡사하도다.
>귀도, 마음도, 눈조차
>그대의 곁을 떠나지 않고
>'꿀보다도 더 단'
>그대의 생각 그리워하노라.
>그러니, 악한들이 그 배에
>세상에 둘도 없는 나의 희망을
>납치해 간 그때의
>나의 슬픔은 어떠했으랴.

누르 알 딘은 눈물을 흘리며 비탄에 젖어, 끊임없이 자신의 불행을 원망하며 외쳤습니다. "오, 미리암이여, 오, 미리암이여! 이것도 저것도 모두가 허무한 꿈속에서 본 그대의 환상에 지나지 않았던 것일까?" 후회의 쓰라림이 더욱 사무치자, 다음과 같은 시구를 읊었습니다.

나 그대의 사랑에 마음 어지러워
참을 힘도 이젠 없구나.
나의 사랑하는 애인은
그대밖에는 다시 없도다!
나의 눈 어리어 다른 여인의
잘생긴 모습에 마음 끌린다면
나는 또다시 그대를 보고
가슴이 설레임을 모르리라!
그대를 사랑한다고 맹세한
굳은 약속 잊지 않지만,
만날 날을 기약하는 이 가슴은
오호라, 슬프기 한이 없구나!
사랑이 넘쳐 흐르는 애욕의
술잔에 술을 부어 그대는 나에게
권하지만 도대체 나는
어느 날엔가 그대에게 권하리?
그대가 가는 곳으로 나의 시체
늘 가지고 다니다가 그대가 죽으면
그 옆에 묻어다오!
무덤에 묻힌 나를 부르면
나의 시체는 땅속에서 대답하리.
그대가 부를 때 한숨지으며
"하늘에 바라는 건 도대체 무엇인가?"
"우선 첫째는 신의 뜻,
둘째는 그대의 좋은 그것을."

누르 알 딘이 이런 모양으로 비탄에 젖으면서 "오, 미리암이여, 오, 미리암이여!" 하고 외치고 있는데, 불쑥 노인 하나가 배에서 올라와서 옆으로 다가왔습니다. 그러자 젊은이는 눈물에 젖어 이런 시구를 읊고 있는 것이 아니겠습니까.

> 오, 아름다운 미리암이여,
> 어서 돌아오라. 나의 눈동자
> 더할 나위 없이 어두운 구름처럼
> 눈물의 비를 퍼부으니.
> 나의 소식 물으면 세상 사람은
> 눈물의 비에 나의 눈동자
> 빠져 죽었다고 대답하리라.

이 노인은 말을 건넸습니다. "젊은이, 아무래도 그대는 어제 프랑크 사람과 함께 배로 떠난 여자가 그리워 울고 있는 모양이군." 누르 알 딘은 노인의 이 말을 듣자 오랫동안 기절한 채 땅 위에 쓰러져 있었습니다. 그러나 이윽고 정신을 차리고서 하염없이 울면서 이런 시구를 지어 읊었습니다.

> 이별하고도 다시 맺어져
> 비할 데 없는 기쁨의 날은
> 도대체 언제나 돌아오려나?
> 이 가슴은 사랑의 불길을
> 간직하지만 나의 고통을
> 비웃는 무심한 사람 때문에
> 이 마음 쑤시는 듯하구나.
> 나의 나날은 마음 어지러워
> 미친 듯이 나의 베개맡에서
> 밤마다 보노라 그대의 환상.
> 잠시도 사랑의 기쁨을
> 못느끼는 슬픈 몸에는

그 얼마나 괴로운 것이랴
세상 사람이 나를 비방할 때.
귀여운 버들허리의
처녀는 눈동자의 화살로써
이 마음 꿰뚫으니
즐거움 어이 있을까.
흡사 그 요염한 맵시는
화원의 가리륵의 가지,
태양도 그저 부끄러워하며
얼굴 가리고, 몹시 부끄러워하리.
칭송해야 할 주이기에
한결같이 나는 두려워하지만
그렇지 않다면 나는 외치리
"아름다운 그대를 칭송하리!"

  그 노인은 누르 알 딘을 물끄러미 바라보고 있었는데, 그 균형 잡힌 이목구비, 우아하고도 온순해 보이는 모습, 유창한 말솜씨와 사람을 황홀케 하는 매력 등을 보자, 젊은이의 신세를 몹시 측은히 여겼습니다.
  그런데, 이 노인은 미리암 공주의 도성으로 출범하려는 배의 선장이었는데 그 배에는 구제의 신앙인 이슬람교를 믿고 있는 상인들이 100명쯤 타고 있었습니다. 그래서 선장은 누르 알 딘에게 말했습니다. "참으시오. 만사가 다 잘될 것이오니. 알라의 뜻이라면 내가 그대를 여자 있는 데로 데려다주리라."

  —샤라자드는 날이 훤히 밝아오는 것을 깨닫자, 여기서 허락된 이야기를 그쳤다.

● 881일째 밤

샤라자드는 다시 말을 이었다. 오, 인자하신 임금님, 늙은 선장은 누르 알 딘에게 말했습니다. "인샬라! 내가 그대를 여자 있는 데로 데려다드리리다." "언제 떠나십니까?" 젊은이의 물음에 늙은 선장은 대답했습니다. "앞으로 사흘이면 지체없이 출범할 것이오."

누르 알 딘은 선장의 말을 듣자, 반색을 하며 기뻐하고는 인자한 마음씨에 뜨겁게 감사했습니다. 그리고 이루 비할 데 없는 노예 처녀와 즐거운 정사에 빠져서 살던 합환의 나날을 상기하고 하염없이 눈물을 흘리면서 이런 시구를 읊었습니다.

> 들려주소서 나의 신이시여!
> 정답게 다시 만날
> 나날을 약속해주시려나?
> 이 소원 이뤄질 날 있으리까?
> 어쩔 수 없는 무상한 운명임에도
> 그리운 임이 찾아올 것을
> 나에게 보증할 수 있으리까?
> 자못 주린 눈시울에도
> 임의 모습 줄 수 있으리까?
> 재회의 날을 판다면
> 나 기꺼이 사겠네,
> 비록 나의 재보 모두
> 던져서라도 사겠네!

그러고 나서 누르 알 딘은 곧 시장으로 가서 항해에 필요한 물건과 먹을 것 등을 얼마쯤 사가지고 선장에게로 돌아왔습니다. "젊은 양반, 그대가 손에 들고 있는 것은 도대체 무엇이오?" 선장의 물음에 누르 알 딘은 대답했습니다. "여행에 필요한 먹을 것과 그 밖의 것입니다."

그러자 노인은 웃으며 말했습니다. "그대는 폼페이의 기둥이라도 구경하러 갈 셈인가? 가려고 하는 나라까지는 두 달이나 걸리는 여정이야. 그것도 순풍이 불고, 날씨가 좋을 때의 이야기지." 그러고 나서 선장은 젊은이에게서 얼마간의 돈을 받아가지고 시장으로 나가 항해에 필요한 물건을 낱낱이 샀으며, 커다란 질항아리에는 마실 물까지 가득 채워주었습니다.

누르 알 딘이 사흘 동안 배 안에서 지내고 있는 동안 상인들은 완전히 준비를 갖춰가지고 배에 올랐습니다. 그래서 배는 돛을 달고 큰 바다로 나와 51일 동안 항해를 계속했습니다. 그러나 불행하게도 해적의 습격을 받아 배는 약탈되고, 누르 알 딘을 비롯하여 선객은 모두 포로가 되어 프랑크의 도시로 납치되어 갔습니다. 그리고 모두는 일단 국왕 앞에 끌려나갔다가 국왕의 명령으로 투옥되었는데, 물론 누르 알 딘도 그 중의 하나였던 것입니다.

마침 모두가 옥으로 끌려갈 즈음, 미리암 공주와 애꾸눈의 대신을 실은 큰 범선이 항구로 들어와 닻을 내리자, 곧 절름발이 재상은 왕을 뵙고 무사히 공주가 돌아왔다는 반가운 소식을 전했습니다. 이 소식을 듣고 모두는 큰 북을 두들겨 공주의 무사함을 축하하고, 더할 나위 없이 아름답게 도시를 장식했습니다.

이윽고 국왕은 호위병과 고관대작들을 거느리고는 말을 타고 공주를 맞으러 해변가로 나갔습니다. 배가 닻을 내리고 공주가 육지에 오르자, 왕은 인사를 하고 공주를 끌어안은 다음 순종말에 태워서 궁전으로 데리고 왔습니다. 그러자 어머니인 왕비는 두 팔을 벌려 공주를 맞아, 여러 가지 자초지종을 따져 물으면서 그전대로의 숫처녀인지 아닌지, 사나이를 안 여자가 되었는지 아닌지를 물었습니다.

공주는 대답했습니다. "어머니, 이슬람교도의 나라에서 상인에게서 상인에게로 팔려간 노예 계집이 어찌 이제까지 숫처녀로 있을 수 있겠어요? 나를 산 상인은 채찍을 휘두르며 나를 위협하여 강제로 정조를 빼앗았습니다. 그 다음 다른 상인의 손에 넘어가고, 또 다른 상인에게 팔려 갔습니다."

왕비는 공주의 이야기를 듣자, 눈앞이 캄캄해지는 것만 같아 왕에게 이 일을 알렸습니다. 왕도 또한 이것을 알자 이를 갈고 분해하며 눈물을 흘리며 원통해 했습니다. 그래서 왕은 고관대작과 기사장 등에게 공주의 일을 이야기했더니 모두는 말했습니다. "오, 임금님, 공주님은 이슬람교도들에게 수모를 당하셨습니다. 그렇기 때문에 100명의 이슬람교도의 목을 자르지 않는 한 깨끗한 몸이 되실 순 없을 것입니다."

이 말을 들은 왕은 곧 옥에 가둔 참된 신자들을 불러냈습니다. 그리고 우선 선장부터 하나씩 차례대로 목을 베어가는 도중 마지막으로 하나, 누르 알 딘만이 남게 되었습니다. 모두는 젊은이의 옷자락을 찢어서 눈을 가린 다음 피의 가죽깔개 위로 끌고 가서 이제라도 당장 그 목을 베어버리려고 했습니다. 이젠 바람 앞의 등불이구나 하고 생각한 그 순간 뜻밖에도 노파 하나가 왕의 어전으로 나타나 이렇게 말했습니다. "오, 임금님, 전하께선 맹세하시지 않으셨습니까. 만일 알라의 따님 미리암 공주가 임금님 수중으로 돌아오면 어느 사원이나 이슬람교의 포로를 다섯 사람씩 두어 부리게 하시겠다고요. 공주님은 다행히도 무사히 돌아오셨으니 제발 그 맹세를 지켜주십시오."

왕은 대답했습니다. "할멈, 구세주의 영검과 참된 신앙에 맹세코 말하지만 공교롭게도 지금 당장은 포로가 한 명밖에 남지 않았어. 그것도 이제 목을 치려는 참이었어. 우선 그 사나이라도 데리고 가서 사원에서 부리도록 하라. 나중에 좀더 이슬람교의 포로가 늘게 되면 나머지 네 사람도 부리도록 하라. 목을 자르기 전에 좀더 빨리 왔더라면 할멈이 원하는 만큼 주었을 텐데."

노파는 왕의 은혜에 감사하고, 장수와 더불어 권세가 한층 더 번영하기를 빌었습니다. 그리고 나서 곧 누르 알 딘 앞으로 가까이 와서 피의 가죽깔개에서 일으켜 세워 유심히 바라보니, 뜻밖에도 이목이 수려한 젊은 멋쟁이로서 살갗은 한없이 희고, 얼굴은 보름달 그대로였습니다. 그래서 노파는 젊은이를 사원으로 데리고 가서 말했습니다. "젊은 양반, 입고 있는 옷을 벗으시오. 그것은 왕자를 섬길 때 입는 옷이니까."

그렇게 말하면서 노파는 덧옷과 까만 털두건과 폭이 넓은 허리띠를 갖다가 이것을 젊은이에게 주었습니다. 그리고 마지막으로 허리띠를 감아주고는 사원의 잔심부름을 하라고 지시했습니다.

누르 알 딘은 시키는 대로 이레 동안 사원 일을 열심히 하였는데 여드레째 날이 되자 갑자기 노파가 와서 말했습니다. "여보, 이슬람교 양반, 당신 비단옷을 입고, 10디르함을 줄 테니 곧 어디로 가서 하루쯤 놀다 와. 꾸물거리지 말고 어서 가. 당신의 생명에 무슨 일이라도 생기면 안되니까."

"할머니, 왜 그러십니까?" 그러자 노파는 대답했습니다. "실은 말이오. 임금님의 따님이신 허리띠 짜는 미리암 공주께서 오늘 이 사원으로 참배하러 오셔. 이슬람교의 나라에서 무사하게 구출된 사례 참배를 겸하여, 일찍이 구세주에게 맹세하고 계시된 가지가 지의 맹세를 이행하시기 위한 참배야. 신의 축복도 받으시고, 제물도 바치시려는 거야. 400명이나 되는 귀부인이 따라오시는데, 모두가 꽃 같은 미인이며, 대신과 고관대작의 따님들이시라구. 이제 곧 올 터인데 당신의 모습이 그분들의 눈에 띄는 날엔 갈가리 찢기고 말 것이오."

그래서 누르 알 딘은 노파에게서 10디르함을 받고 자기 옷을 입고는 시장에도 나가고, 거리를 걷기도 하면서 바람을 쐬다가 끝내는 큰 도시의 거리와 성문의 소재를 모두 외웠습니다.

—샤라자드는 날이 훤히 밝아오는 것을 깨닫자, 여기서 허락된 이야기를 그쳤다.

● 882일째 밤

샤라자드는 다시 말을 이었다. 오, 인자하신 임금님, 누르 알 딘은 자기 옷을 입고는 노파에게서 10디르함을 받아들고서 시장거리로 나갔습니다. 그리고 잠시 이리저리 걸어다니고 있는 동안에 거리의 구석구석까지 외우게 되었습니다. 그러고 나서 사원으로 돌아와보니 프랑크 왕의 왕녀이자 허리띠 짜는 미리암 공주가 봉긋하게 가슴이 솟아오른 달과 같은 처녀를 400명이나 데리고 사원에 참배하러 와 있었습니다. 이 귀부인들 사이에는 예의 그 애꾸눈 재상의 딸도, 영내의 태수와 대공들의 딸도 끼여 있었는데, 미리암 공주는 그 한가운데를 마치 뭇 별에 둘러싸인 달과 같은 자태로 걷고 있었습니다.

누르 알 딘은 문득 그 모습을 보자 자신을 잊고는 가슴 속에서 우러나오는 소리로 크게 외쳤습니다. "오, 미리암이여! 오, 미리암이여!" 처녀들의 무리는 그 외치는 소리를 듣자 번개처럼 번쩍거리는 칼을 들고 젊은이에게 덤벼들어 단번에 베어 죽이려고 했습니다.

그런데 그 순간 공주는 휙 몸을 돌리고 젊은이를 바라보고는 그것이 다른 사람 아닌 누르 알 딘이 틀림없다는 것을 알자, 처녀들에게 말했습니다. "그 젊은이를 내버려둬. 필경 미치광이야. 얼굴에도 실성한 표적이 뚜렷이 나타나 있어." 누르 알 딘은 그 말을 듣자, 자기의 두건을 벗어버리고, 눈알을 굴리며, 입에서 거품을 내뿜으면서, 손짓으로 신호를 보내고, 다리를 뒤틀기도 했습니다.

미리암 공주는 말했습니다. "저것 봐, 내가 말한 대로 불쌍하게도 저 젊은이는 미쳤어. 저 사나이를 이리 끌고 오고, 너희들은 물러가 있어. 무슨 소리를 지껄이는지 들어볼 테니까. 나는 아라비아 말을 아니까 저 사나이의 신상을 물어보고 미치광인지 아닌지 확인해봐야겠어."

그래서 모두는 젊은이를 붙잡아, 공주 앞으로 끌고 온 다음 멀리 물러섰습니다. 미리암 공주는 곧 물었습니다. "당신은 이 나를 위하여 목숨을 바치고 여기 오셔서 미치광이 행세를 하고 계시는 겁니까?" 그러자 누르 알 딘은 말했습니다. "오, 나의 공주님, 그대는 시인의 노래를 들은 적이 없소?

'그대는 사랑하는 여자 때문에
실성하여 미치고 말았소.'
사람들이 말하니 나는 대답했노라.
'미치면 이 세상에
눈꼽만치도 쾌락이 없도다.'
미친 내 모양을
귀여운 여자와 비교해보라.
처녀가 그럴 만도 하다고 끄덕이면
비록 미쳤다 하더라도 나를 탓하지 마라."

미리암 공주는 대답했습니다. "알라께 맹세코, 누르 알 딘님, 당신은 손수 죄를 저지른 거예요. 글쎄, 내가 미리 주의시키지 않았던가요. 그런데 당신은 내 말을 듣지 않고 자신의 욕심에 눈이 멀고 말았습니다. 물론 나의 충고는 신령이니 관상술이니 꿈이니 하는 것에 의한 것이 아니라, 이 눈으로 직접 본 다음의 것이었습니다. 왜 그런고 하니 말이죠. 애꾸눈의 대신을 흘긋 보고 필경 나를 찾아서 멀리 알렉산드리아까지 왔구나 하고 깨달았기 때문이었던 것입니다."

"오, 나의 미리암 공주여, 원숭이도 나무에서 떨어진다는 속담도 있듯이 내 실수를 용서해주오!" 젊은이는 그렇게 대답하고 더욱 사무치는 마음의 고통을 못참고 이런 시를 중얼거렸습니다.

나의 허물을 용서해주오
그것은 총명한 사람의 습성이니라.

남이 죄를 저지를지라도
아주 몹시 탓하지 마오.
나의 가슴 속에 온갖 죄는
깃들였도다. 그것은 마치
그대의 가슴 속에 온갖
자비심이 깃들인 것과 같도다.
하늘의 정을 구하는
사람들은 우선 이 세상의
사람들에게 정을 베풀지어다.

이어 누르 알 딘도 미리암 공주도 끝없는 사랑의 원한을 하였으니 이것을 일일이 말해본댓자 따분할 뿐입니다. 두 사람은 또 그 후에 자기 몸에 닥친 자초지종을 서로 이야기하기도 하고, 시구를 읊기도 하면서 하염없는 괴로움과 쑤시는 듯한 심한 욕정을 호소하며 슬픔에 잠겼던 것입니다. 그 사이에도 두 사람의 볼은 비처럼 흐르는 눈물에 젖어 있었지만, 끝내는 입을 뗄 힘조차 없어져 버렸습니다. 이럭저럭하는 사이에 해는 저물어 점점 어둠이 짙어 졌습니다.

그런데 미리암 공주의 그날의 단장은 어떠한가 하면 순금으로 단을 두르고, 진주와 보옥으로 수놓은 초록색 옷을 입고, 평소의 우아하고 요염한 맵시에 한층 더 광채를 띠고 있었습니다. 교묘하게도 시인은 이렇게 노래부르고 있습니다.

보름달이 아닌가 싶은 처녀
초록색 옷을 입고
가슴과 목덜미 드러낸 채,
검은 머리 길게 늘어뜨리니
진정 찬연하게 빛나도다.
"그대 이름 무엇이냐?" 내가 물으면

처녀는 대답하여 "나야말로
사랑의 불길로 애인의
마음을 태우는 여자로다.
그렇다, 나야말로 순백의
백은이며, 또 황금이로다.
그것으로 노예가 옥에서
내놓은 황금일세."
"아, 애처롭구나, 이토록
뜨거운 생각에 타버렸으니."
"바위 같은 내 가슴에
그대의 부질없는 불평
헛되이 부서져 사라지리라."
"나는 말했네. 비록 그대의 가슴
무심한 바위일지라도
신의 마음인가, 쾅쾅
바위에서 솟는 것은 맑은 물이로다."

어둠의 장막이 내리자, 미리암 공주는 시녀들 있는 데로 가서 물었습니다. "문단속은 했느냐?" "네, 자물쇠를 채웠습니다." 모두의 대답에 공주는 일행을 데리고 '광명의 어머니, 성녀 마리아의 제전'이라고 하는 예배소로 갔습니다. 왜냐하면 나사렛 사람들은 그곳에 마리아의 영과 혼이 깃들여 있다고 생각하고 있었기 때문입니다.

처녀들은 하늘의 축복을 빌면서 기도를 올린 다음 예배당을 한 바퀴 돌았습니다. 참배가 끝나자, 공주는 모두를 뒤돌아다보며 말했습니다. "나는 오늘밤 성녀 마리아의 제전에서 혼자 기도를 올리고 싶다. 이슬람교의 나라에 오래 있었던 탓으로 못견디게 기도가 올리고 싶어졌다. 너희들은 참배가 끝나거든 마음대로 아무 데나 가서 쉬어라." "고맙습니다. 제발 마음대로 하십시오!"

모두는 그렇게 대답하고 제전에다 공주만 혼자 남겨놓고는 사원에 이리저리 흩어져서 누웠습니다. 미리암 공주는 모두가 물러간 것을 확인하자, 누르 알 딘을 찾으러 나갔습니다. 젊은이 또한 사원 구석에 앉아 사랑의 불길에 몸을 태우면서 공주가 오기를 간절히 기다리고 있었습니다.

 젊은이가 일어나 공주의 손발에 입을 맞추자, 공주는 앉아 자기 몸에 바싹 젊은이를 끌어당겼습니다. 그러고 나서 입고 있던 옷도, 패물도, 아름다운 모시천도 모두 벗어버리고는 누르 알 딘을 두 팔로 꽉 끌어안았습니다. 두 사람은 계속 애무를 되풀이하고, 수법을 바꿔가며 마음껏 재미를 보고, 그 사이에도 "교합의 밤은 왜 이리 짧고, 독수공방의 밤은 왜 이리 긴가!" 하고 투덜거렸습니다. 그리고 또 이런 시구도 읊은 것입니다.

> 오, 교합의 밤이여,
> '세월'의 맑은 보배여,
> 장미빛 밤의 흰 별이여,
> 낮을 보내고, 그 즉시로
> 아침을 맞는 짧은 밤이여,
> 그대는 아침의 눈에 바른
> 바래기 쉬운 코르가루인가.
> 아니면, 흐릿한 사람의 눈에
> 다시없이 달콤한 단잠인가.
> 이별의 밤은 정말 길기도 하구나,
> 그대의 걸음걸이 늦기도 하여
> 처음도 끝도 구별없이
> 끝없는 그대의 걸음걸이는
> 쓰라린 이별을 슬퍼하는
> 사랑하는 사람이 죽을 때까지도
> 그렇다. 심판의 날까지도

밝은 기색을 보이지 않도다.

　두 사람이 황홀경에 빠져 있으려니까 성녀를 섬기는 하인 하나가 예배 시작을 알리려고 옥상의 나무종을 뎅뎅 울리는 소리가 들려 왔습니다. 그 모양은 마치 시인이 노래부르고 있는 그대로였습니다.

　　종치는 사람을 보고
　　나는 즉시 물었도다.
　　"그 누구의 소행이냐,
　　잘생긴 사내아이에게 종치게 하여
　　이별의 시각을 알리는 것은?"
　　나는 또한 마음에 물었노라.
　　"이별의 신호를 울리는
　　종소리만큼 그대의 마음을
　　아프게 하는 소리, 세상에 또 있으랴?"

　―샤라자드는 날이 훤히 밝아오는 것을 깨닫자, 여기서 허락된 이야기를 그쳤다.

● 883일째 밤
　샤라자드는 다시 말을 이었다. 오, 인자하신 임금님, 누르 알 딘과 허리띠 만드는 처녀 미리암은 곧 일어나서 옷과 패물을 몸에 걸쳤습니다. 그러나 누르 알 딘에게는 그 순간이 쓰라리기 한이 없었으며, 황홀한 기쁨도 순식간에 고뇌로 변한 것입니다. 그리하여 하염없이 흐르는 눈물을 닦지도 않고 이런 시구를 읊었습니다.

　　장미의 봉오리로 단장한
　　그 옥 같은 볼에 나는 빈번히

입맞췄노라. 눈을 감고
그 옥 같은 볼을 힘껏
이로 물었도다, 귀엽게.
마침내 즐거운 정사도
멋지게 끝내니 황홀하구나.
그러나 원수의 간첩은
대지에 엎드려 엿보며
분노의 불길에 눈이 어리어
뒤도 보지 않고서 종소리를
울려 퍼뜨렸도다, 요란스럽게.
그것은 이슬람의 시보자가
기도시간을 알리는 것과 흡사하구나.
그러니 처녀는 얼른
일어나 옷을 입고
머리 위에 유성이
떨어질까봐 몹시 겁을 내며
이렇게 외쳤노라. "나의 희망,
나의 마음, 모든 소원인
그대여! 자, 보라,
아침은 찬연히 빛나며
마침내 나를 찾아왔도다."
나는 맹세하리, 비록 하루 동안
세상을 다스리고, 권세를
뽐내는 왕자가 되더라도
온갖 사원의 방벽을
산산히 부수고는 대지에서
온갖 승려를 죽여버리리라.

그리고 나서 미리암 공주는 자기 가슴에다 누르 알 딘을 껴안고 볼에 입맞춘 다음 물었습니다. "여보세요, 누르 알 딘, 이 도시로 오신 지 얼마나 되지요?" "이레가 되오." "거리를 다녀보셨어요? 길이며, 출입구, 바다와 육지의 성문 등을 아세요?" "알고말고!" "그럼 사원의 제물함으로 가는 길도 알고 계세요?" "알고 있지."

그러자 공주는 다시 말을 이었습니다. "모두 알고 계시니까 오늘밤 삼경의 시각이 되거든, 곧 제물함 있는 곳으로 가서 당신이 원하는 것을 무엇이든 집으세요. 그러고 나서 바다로 통하는 갱도의 문을 열고 항구로 나가세요. 그러면 조그만 배가 한 척 있고, 선원이 10사람 타고 있을 거예요. 선장은 당신의 모습을 보면 한 손을 내밀 테니까 당신도 한손을 내미세요. 그러면 배에 태워줄 테니까 내가 갈 때까지 기다리고 계세요. 그래도 조심하여 오늘밤은 자거나 해서는 안돼요. 그렇지 않으면 후회해봐도 아무 소용이 없어요."

이윽고 미리암 공주는 젊은이에게 작별을 고하자, 우선 시녀들을, 다음엔 귀부인을 깨워서 함께 사원문으로 가서 문을 두들겼습니다. 예의 그 노파가 이 소리를 듣고서 문을 열고 나와 보니, 기사와 측근의 수행원들이 다 같이 밖에 서 있었습니다. 모두가 밤색 암노새를 끌어내니, 공주는 이에 올라타고, 머리 위에는 비단 휘장을 늘어뜨린 천개가 펼쳐지자 기사들이 그 고삐를 잡았습니다. 그리고 경호병들이 각기 칼을 빼어들고 그 주위를 둘러싸고는 공주를 선두로 사원을 떠나, 이윽고 부왕의 왕궁으로 돌아왔습니다.

한편 누르 알 딘은 날이 훤히 밝을 때까지 어젯밤 미리암과 함께 보낸 휘장 뒤에 몸을 숨기고 있었습니다. 그리고 사원의 큰 문이 열려 사람들이 많이 모여들자, 사람들 사이에 끼여 빠져나와 사원지기 노파에게 인사말을 했습니다. 노파가 "어젯밤은 어디서 주무셨소?" 하고 묻자, 젊은이는 대답했습니다. "당신이 말씀하신 대로 시내에서 잤어요." "거, 잘하셨군. 만일 이 사원에서 잤더라면 무참하게 죽었을 거요." "어젯밤의 재앙에서 구해주신 알라를 칭송할지어다!"

그러고 나서 누르 알 딘은 열심히 사원일을 보고 있던 중 어느새 하루가 저물었습니다. 아주 어두워지기를 기다렸다가 젊은이는 일어나 제물함을 열고 그 속에서 가볍고도 값이 나가는 보석류를 가려냈습니다. 그리고 초경이 지나기를 기다렸다가 갱도의 옆문으로 나가는 길을 따라, 문을 지나 알라의 가호를 빌면서 자꾸만 앞으로 나갔더니 겨우 나가는 문이 눈에 띄어 이것을 열고 해변가로 나갔습니다.

보니, 출구에 가까운 물가에 예의 배가 한 척 매여 있는데, 갑판 한가운데쯤에 긴 수염을 늘어뜨린 키가 큰 훌륭한 풍채의 노선장이 서 있고, 그 앞에 10명의 부하 선원이 늘어서 있었습니다. 미리암이 일러준 대로 누르 알 딘이 한 손을 내밀자, 선장이 그 손을 잡고 배로 데리고 가서 선원들에게 지시했습니다. "닻줄을 풀고 날이 밝기 전에 먼바다로 나가게 하라."

그러자, 선원 하나가 말했습니다. "여보세요, 선장님. 임금님께서 내일 이 배를 타시고, 미리암 공주를 이슬람교도의 해적으로부터 지키기 위하여 해변을 순시하신다는 전갈이 계셨습니다. 그런데 어찌하여 배를 내는 것입니까?" 그러나 선장은 호통을 쳤습니다. "건방진 소리 마. 괘씸한 놈 같으니라구. 나에게 대들어 말대답을 할 셈인가?" 그러면서 노선장은 칼을 빼가지고 지금 말대답을 한 선원의 목덜미를 콱 찔렀습니다. 칼끝은 목구멍을 뚫고 뒷덜미로 튀어나와 번쩍였습니다. 다른 선원이 끼여 들었습니다. "목을 찌르다니 도대체 이 친구가 무슨 죄를 저질렀다는 겁니까?"

그러자 선장은 또다시 칼을 손에 들고 그 사나이의 목을 쳤으며, 차례차례로 다른 선원들 모두를 죽인 다음 열 개의 시체를 바닷가에 던져버렸습니다. 그리고 누르 알 딘을 돌아다보며 몸서리가 처지는 무서운 목소리로 호통을 쳤습니다. "내려가서 닻줄을 맨 말뚝을 빼가지고 와"

누르 알 딘은 육지로 뛰어내려가 말뚝을 빼가지고, 눈을 어리게 하는 번개보다도 빨리 배로 뛰어올랐습니다. 선장은 쉴새없이 이것저것 일을 시켜 이리 뛰고 저리 뛰게 했으며, 성좌의 관측까지 시키는 상태였으므로 누르 알 딘은 속으로 벌벌 떨면서도 그 지시에 따랐습니다. 그 사이에 선장은 손수 돛을 올려 배는 두 사람을 태우고 큰 파도가 들끓는 거친 바다로 쏜살같이 나아갔습니다.

─샤라자드는 날이 훤히 밝아오는 것을 깨닫자, 여기서 허락된 이야기를 그쳤다.

• 884일째 밤

샤라자드는 다시 말을 이었다. 오, 인자하신 임금님, 노선장은 순풍에 돛을 달고, 누르 알 딘의 힘을 빌면서 배를 거친 바다로 몰고 나갔습니다. 그런데 누르 알 딘은 그 사이에도 선미에 매달린 채 이제부터 앞으로 도대체 어떻게 될 것인지 전혀 알지 못하고 깊은 생각에 잠겨 시름에 빠져 있었습니다. 선장을 볼 때마다 그저 마음이 떨릴 뿐 어디로 끌려가는지 알 길이 없었습니다.

그런 모양으로 시름에 잠기기도 하고, 어리둥절하기도 하는 동안 밤은 환히 밝아졌습니다. 그때 문득 젊은이가 선장의 거동을 살피니 선장은 자기의 긴 수염을 붙잡고 힘껏 잡아당겼습니다. 그 순간 수염이 몽땅 떨어졌으므로 누르 알 딘이 잘 보니 그것은 아교로 붙인 가짜 수염이 아니겠습니까. 그래서 누르 알 딘이 다시 바짝 들여다보니 뜻밖에도 선장은, 그 자신이 마음으로부터 사랑하고 있는 애인 미리암 공주였던 것입니다. 공주는 누르 알 딘보다 먼저 감쪽같이 선장을 습격하여 불시에 그 목숨을 빼앗자, 그 수염을 깎아내어 자기 얼굴에다 이것을 붙인 것입니다.

그것을 안 누르 알 딘은 기쁜 나머지 반색을 하며, 시름의 그림자는 찾을 길도 없이 공주의 멋진 솜씨와 대담한 기상에 혀를 차고 놀라면서 말했습니다. "고마운 일이로다. 나의 그리운 임, 나의 모든 소원의 과녁이여!" 이윽고, 젊은이는 기쁨과 춘정에 가슴이 설레임을 느끼고, 은근한 기대에 가슴을 두근거리면서 갑자기 다음과 같은 시구를 읊기 시작했습니다.

운명에게 찢긴 청춘을
나 사랑하기에 그것을 모르는
모든 사람에게 전해다오.
"나의 겨레에게
나의 애인을 물어보라.
그이는 나의 노래를 연가로
부드럽게 맑게 하는 여자로다.
나를 무엇보다 존경하며."

그 이름을 들으면 온갖
병도 고치고, 내가 참는
온갖 마음의 시름조차
깨끗이 사라지리라.
진정 이다지도 나의 사랑은
격렬하고도 애처로운 것이기에
아침마다 마음은 미쳐
이렇듯 나는 세상의 본보기로다.

세상 사람들에게 원망할 만한
허물은 없건만, 사람들이
이 세상에 없으면 이 몸에게
희망도 없으리라.
그대를 사랑하기 때문에 나는 시름하고,
없어지지 않는 사랑의 불길은
나의 가슴 속에서 타오르며

세찬 불은 나의 쓸개를 태우는도다.

모든 사람들은 어두운 한밤중에
사랑에 병들어 내가
잠 못이룸을 의아해 하였도다.
어찌하여 이 가슴을
이토록 괴롭히고, 나의 피가
용솟음침을 보고 기뻐하느냐?
아, 그러면서도 무심한
사람이 하는 일에도 도리는 있는 법!

아, 알고 싶구나. 그대를 사랑하는
젊은 사나이를 헐뜯건만
누가 그대를 수중에 넣으리?
그대를 만드신 신에게 맹세코
원수들은 그대를 원망하여
어쨌든 불평한다면
그것은 지겨운 거짓이로다!

주여, 원컨대, 나의 병을
고쳐주지 마옵소서.
나의 가슴 속의 괴로움도
들여다보지 마소서.
사랑에 빠진 것을 나 후회하여
그대 안계신 땅을 칭찬하고
신음하며 시름하는 날도 있다면
그대는 손뼉치며 기뻐하리!

그러나 쓰라린 고통을

비록 맛볼지라도 이 나에겐
변치 않는 진정이 있나니,
그름과 옳음을 묻기 전에
나는 그대의 사랑을 바랄 뿐.
그대가 마음대로 할망정
나는 목숨을 아끼지 않으리
그대 발밑에 엎드려.

누르 알 딘이 노래를 끝마치자, 미리암 공주는 그 기막힌 솜씨에 감탄하고 나서 감사의 말을 한 다음 말했습니다. "누구든지 그런 경우에는 사내답게 행동하여 절대로 비겁한 짓을 해선 안돼요." 그런데 공주는 용기가 있는 외에 바다에서 배를 다루는 기술도 뛰어나고, 모든 종류의 바람과, 그 변화도, 모든 해로도 낱낱이 터득하고 있었습니다.

그래서 누르 알 딘은 말했습니다. "그대가 마음을 털어놓고 그처럼 말해주지 않았다면 나는 아마도 심로와 분함을 못이겨 죽어버렸을 거요. 정말이지 사랑의 불길과 혹독한 이별의 아픔은 애처로운 것이니까."

공주는 그 말을 들으며 웃고는 곧 일어나 먹을 것과 술을 가져왔습니다. 두 사람은 먹고 마시고 하면서 재미있게 시간을 보냈습니다. 이윽고 공주가 부왕의 궁전에서 훔쳐낸 루비와 그 밖의 보석류, 금은세공을 가한 값비싼 장신구와, 무게는 가볍고 값어치가 있는 여러 가지 종류의 물건을 꺼내어 보이자, 누르 알 딘은 하늘에라도 오를 듯이 기뻐했습니다.

그 사이에도 배는 돛에 순풍을 가득 받고, 쾌적하게 파도를 걷어차며 전진을 계속했습니다. 그리고 마침내 알렉산드리아의 도시에 접근하여 신구 두 개의 육포와, 폼페이의 기둥이 두 사람의 눈에 비쳤습니다. 배가 항구로 들어가자, 누르 알 딘은 얼른 육지로 올라 표석 하나에다 배를 묶은 다음 미리암이 가지고 온 보물을 몇 개 손에 들고 말했습니다. "그대는 이 배에 그대로 가만히 있어. 내가 돌아온 후 아무 탈없이 시내로 데려다줄 테니까."

"얼른 서둘러주세요. 무슨 일이나 우물거리다간 후회하게 될 테니까요." "곧 돌아올 테니 걱정마오." 누르 알 딘은 공주를 배에다 남겨놓고 시내로 들어와 부친의 옛 친구인 약종상의 집을 찾아갔습니다. 그 부인에게서 알렉산드리아 여자의 관습에 맞는 크고 작은 베일과 외출용 신과 아랫도리 옷 등을 미리암을 위하여 빌릴 작정이었던 것입니다. 그러나 신이 아닌 인간으로서는 '기적의 아버지인 세월'의 화살이 자신의 몸에 내리꽂히리라고는 꿈에도 몰랐습니다.

누르 알 딘과 허리띠 만드는 처녀 미리암은 우선 그러했습니다만, 이야기가 바뀌어 공주의 아버지인 프랑크 왕의 이야기를 하자면, 아침이 되어 눈을 뜨고 보니, 공주가 보이지 않으므로 시녀와 내시에게 그 행방을 물었습니다.

그러자 그들은 대답했습니다. "오, 임금님, 공주님은 어젯밤 사원으로 참배하러 가셨는데 그 후 아무런 소식이 없습니다." 그런데 이런 이야기를 하고 있는데, 갑자기 궁전 아래쪽에서부터 시끄러운 함성소리가 들려와 궁중 안으로 울려 퍼졌습니다. "도대체 저게 무슨 소리냐?" 왕의 물음에 모두는 대답했습니다. "오, 임금님, 해변가에 10명의 선원이 죽어 있고, 왕가의 배가 없어졌습니다. 그뿐이 아니라 바다로 나가는 굴로 통하는 사원의 뒷문이 열린 채로 있습니다. 그리고 사원에서 일을 하고 있던 이슬람교의 죄수도 간데가 없습니다." "내 배가 없어졌다고 하면 확실히……." 하고 왕은 말했습니다.

─샤라자드는 날이 훤히 밝아오는 것을 깨닫자, 여기서 허락된 이야기를 그쳤다.

● 885일째 밤

샤라자드는 다시 말을 이었다. 오, 인자하신 임금님, 프랑크 왕이 공주의 실종을 눈치채고, 가신들이 그 소식을 전하여 "임금님의 배가 행방불명이 됐습니다." 하고 말하자, 왕은 즉석에서 대답했습니다. "배가 보이지 않는다면 공주는 반드시 그 배 안에 있을 것이 틀림없다."

왕은 즉각 항구의 우두머리를 불러 명령했습니다. "구세주와 거짓이 없는 신앙의 영검에 맹세코 말하지만, 그대와 그대의 부하가 이제부터 곧 내 배를 따라가서 선원까지도 다 붙잡아 오지 않으면 세상에 끔찍한 꼴로 죽여 본때를 보일 터이니 그리 알아라!"

이 말을 듣고 항구의 우두머리는 부들부들 떨면서 어전을 물러나 예의 그 사원지기 노파를 찾아가서 물었습니다. "여기 있던 그 죄수한테서 고향과 고국에 관하여 뭐 들은 거라도 없는가?" 그러자 노파는 대답했습니다. "그 사람은 곧잘 알렉산드리아에서 왔다는 말을 했습니다."

우두머리는 노파의 말을 듣자, 얼른 항구로 돌아와서 선원들에게 명령했습니다. "출범 준비를 하여 돛을 올려라!" 선원들은 명령에 복종하여 곧 바다로 나가 주야를 가리지 않고 길을 재촉했습니다. 그리하여 공교롭게도 마침 누르 알 딘이 공주를 배에 남겨 놓고 상륙한 그 시각에 알렉산드리아의 도시를 먼발치에서 바라볼 수 있는 곳에 이르렀습니다.

일행은 즉각 왕가의 배를 알아보자, 본선은 먼 데다 매어놓고, 작은 배를 내렸습니다. 이 배에는 100명의 병사가 옮겨 탔으며, 그 중에는 지난날의 그 애꾸눈의 대신도 끼여 있었습니다. 이 사나이는 옹고집의 폭군에다 손댈 길이 없는 악귀, 꾀 많은 도둑으로서 마치 아브 모하메드 알 바탈의 재생이 아닌가 싶었으니, 누구 하나 그 흉계를 이겨낼 사람이 없었습니다. 모두는 열심히 배를 저어 왕가의 배 옆으로 접근하자 일제히 이 배에 옮겨 탔습니다. 그러나 미리암 공주 외에는 아무도 없었습니다.

그래서 일단 공주와 배를 찾아가지고 본선으로 돌아온 다음 육지로 올라 오랫동안 누르 알 딘을 잡으려고 기다렸으나 좀처럼 오지 않자 자기 나라로 돌아왔습니다. 왜냐하면 싸움 한 번 하지 않고, 칼조차 빼지 않고 보기좋게 임무를 완수했던 것입니다.

일행은 다행히도 순풍을 만나 전속력으로 항해를 계속했으므로 이윽고 얼마 지나지 않아 무사하게 프랑크의 도성에 도착했습니다. 그리고 미리암 공주와 함께 상륙하여 부왕에게로 동행했습니다. 부왕은 옥좌에 앉은 채 맞이하며 공주의 얼굴을 보기가 무섭게 말했습니다. "이 배신자야, 괘씸한 계집이로다! 조상 전래의 신앙을 버리고, 우리들이 모시는 구세주의 가호를 물리치고, 더구나 떠돌이의 신앙을, 결국 말하자면 십자가와 성상에 반기를 든 알 이슬람의 신앙을 받들다니 그게 무슨 꼴이냐?"

그러자 미리암은 대답했습니다. "제가 나쁜 게 아닙니다. 마리아 님을 예배하여 축복을 얻고자 밤에 사원으로 참배하러 간 것인데, 뜻밖에 이슬람교도 도둑무리의 습격을 받아, 저는 재갈을 물리게 되었고, 손발을 결박당하여 배에 실리어 이슬람교의 나라를 향하게 되었습니다. 그러나 저는 감언이설로 그들을 감쪽같이 속여 이슬람교에 관한 이야기를 지껄였더니 그들은 결박을 풀어주었습니다. 그러고 있자니까 저도 모르는 사이에 아버님의 부하들이 몰려와서 저를 구출해주었습니다. 구세주와 거짓이 없는 신앙과 그 밖에 십자가와 그 위에 못박힌 분의 영검에 맹세코 말하겠는데, 저는 그것들의 손에서 구출되어 마음이 놓이고 정말 기뻐서 견딜 수가 없습니다. 포로의 몸에서 구출되어 이렇게 기쁜 일은 없습니다."

"거짓말 마라. 이 바람둥이 계집아! 화냥년! 복음서에 제시된 가지가지 법도의 영검에 맹세코 나는 너를 이 세상에서 가장 참혹한 형벌로 죽여 세상 사람들의 구경거리로 삼겠다! 처음의 경우에도 너는 우리를 속였지만, 그것도 모자라서 이번에도 또 돼먹지도 않은 거짓말을 지껄이느냐?"

왕은 공주를 죽여서 궁전 성문에 시체를 매달아놓으라고 명령했습니다. 그러나 그때 그전부터 공주를 짝사랑하고 있던 애꾸눈의 대신이 앞으로 나오더니 말했습니다. "오, 임금님! 공주를 죽이시지 말고 제 아내로 주십시오. 제가 엄중히 감시하고, 또한 높은 초석을 놓고, 견고한 궁전을 지어, 어떠한 도둑도 지붕 위로 오르지 못하게 하여 공주에게 접근하지 못하게 할 생각이옵니다. 이것을 지은 날에는 저와 공주님을 위하여 구세주께 대한 속죄의 제물로서 문 앞에서 30명의 이슬람교들을 죽일 작정입니다!"

왕은 그 원을 받아들여 승려와 사교 등을 불러 공주를 대신과 짝짓게 하라고 명령했습니다. 모두가 명령대로 일을 성사시키자, 대신은 공주의 신분에 알맞는 견고한 높은 성루의 축조를 명령하니 석공들은 즉각 일에 착수했습니다.

미리암 공주를 위시하여, 그 부왕과 애꾸눈의 대신은 그러했습니다만, 이야기가 바뀌어, 누르 알 딘은 어떻게 되었는가 하면 치마며, 큰 베일이며, 외출용 신 등 알렉산드리아 여자들이 입는 옷을 모조리 약종상의 아내한테서 빌려가지고 배로 돌아와보니 '사방은 괴괴하고 멀리 사원이 보일 뿐'이었습니다.

─샤라자드는 날이 훤히 밝아오는 것을 깨닫자, 여기서 허락된 이야기를 그쳤다.

● 886일째 밤

샤라자드는 다시 말을 이었다. 오, 인자하신 임금님, 누르 알 딘이 돌아와보니 '사방은 괴괴하고 멀리 사원이 보일 뿐'이었습니다. 낙심한 젊은이는 하염없이 눈물을 흘리면서 이런 시를 읊었습니다.

소아다의 환영, 새벽녘에

나를 깨우러 찾아왔네,
벗 없는 황야에서 잠잘 때.
그러나 눈을 뜨고 환영을
보니 사방은 괴괴하고
멀리 사원이 보일 뿐.

그러고 나서 누르 알 딘이 해변을 따라 비틀거리며 정처없이 걷고 있노라니까, 물가에 많은 사람들이 모여 이런 말을 하고 있는 것이 귀에 들려왔습니다. "여보시오, 이슬람교도 여러분, 알렉산드리아의 수치요. 프랑크놈들이 이 항구로 어정어정 걸어들어와서 그 안에 있는 사람을 납치해가지고 유유히 본국으로 돌아가다니. 그런데도 신앙의 전사니 이슬람교도니 하면서 누구 하나 뒤를 쫓지도 않았으니 말이오!"

누르 알 딘은 물었습니다. "어떻게 됐다는 겁니까?" 그러자 사람들은 "아, 글쎄, 여보시오. 이제 방금 프랑크 사람의 배가 한 척 병사들을 가득 싣고 항구로 들어와 거기 매두었던 배를, 안에 타고 있는 여자도 함께 납치해가지고 유유히 본국으로 돌아가버렸답니다."

누르 알 딘은 이 말을 듣자, 기절하여 쓰러지고 말았습니다. 사람들은 얼마 후 정신이 든 젊은이에게 어떻게 된 일이냐고 사정을 물어보았습니다. 그래서 젊은이가 자초지종을 자세히 이야기하여 들려주니 거기 있던 사람들은 입을 모아 욕을 하기도 하고, 비난하기도 하면서 말했습니다. "큰 베일이니 두건 따위가 없다고 해서 그 여자를 시내로 데리고 가지 않았던 거요?" 그 중 하나만이 "내버려둬. 그만큼 혼이 난 것만으로 충분하니까." 하고 말했습니다만, 다른 사람들은 각기 사정없이 욕과 비난의 화살을 퍼부었기 때문에 젊은이는 또다시 기절하여 쓰러지고 말았습니다.

때마침 그곳에 갑자기 모습을 나타낸 것은 예전의 그 약종상 노인이었습니다. 노인은 사람들이 모여 있는 것을 보고 웬일인가 싶어 가까이 와보니 다른 사람이 아닌 누르 알 딘이 군중들 한복판에 기절하여 쓰러져 있는 것이 아니겠습니까.

그래서 노인은 젊은이의 머리 가까이 앉아서 누르 알 딘을 흔들어 깨워 제정신이 들자 곧 말을 걸었습니다. "여보, 젊은이, 이 신세가 도대체 웬일이오?" 젊은이는 대답했습니다. "아저씨, 실은 행방불명이 된 그 노예 처녀를 찾아서 여자의 부친의 도성에서 배에 태워가지고 데리고 오지 않았겠어요. 여러 가지 고통과 위험을 당하고도 꾹 참고서 말입니다. 그리고 이 항구로 들어와 배를 둑에다 꽉 묶어놓고, 그 여자만을 배 안에 남겨놓고 나는 아저씨 댁으로 가서 아주머니한테 필요한 물건들을 빌린 다음 여자를 시내로 데리고 오려고 생각했던 거예요. 그런데 프랑크 사람들이 달려들어 배도 여자도 힘 안들이고 납치하여 본국으로 돌아가버렸습니다."

약종상 노인은 이 말을 듣자 눈앞이 캄캄해지며 누르 알 딘의 불행이 측은히 여겨져 견딜 수가 없었습니다. "베일 같은 것이 없다고 시내로 데리고 오지 않았단 말이오? 그러나 이제 그 애길 해본댔자 무슨 소용이 있겠소. 자, 어서 일어서시오. 같이 시내로 갑시다. 어쩌면 알라께서는 그 여자보다도 좀더 영리한 여자를 주시어 그대의 마음을 위로해주실 것이오. 알라를 칭송할지어다. 그 여자 때문에 별로 손해본 것은 없을 테니까. 아니, 손해는커녕 그 여자 덕택으로 오히려 더 이득을 보시지 않았소? 이봐요. 연분이라는 것은 결국 최고 지상하신 신의 뜻 여하에 달려 있는 것이오."

누르 알 딘이 "아저씨, 나는 그 여자 없이는 도저히 살 수 없어요. 그 여자를 위하여 죽음의 술잔을 마시게 된다 해도 행방을 찾아낼 작정입니다." 하고 말하니 약종상은 물었습니다. "그렇다면, 여보, 이제부터 도대체 어떻게 하실 작정이시오?"

"이제부터 프랑크 사람의 나라로 가서 도성으로 침입하여 죽든 살든 해보겠어요." "여보, 젊은이, 옛 속담에도 있듯이 무엇에 부딪치면 항아리는 반드시 깨지고야 마는 것. 처음엔 그대에게 위해를 가하지 않지만 이번엔 자칫 잘못하다간 죽을지도 몰라. 놈들은 벌써 그대의 정체를 낱낱이 알고 있단 말이야." 그러자 누르 알 딘은 말했습니다. "아저씨, 생으로 죽는 뱀처럼 여자를 잃은 슬픔 때문에 고생하다가 죽기보다는 그곳에 가서 단숨에 애타 죽게 해주세요."

마침 그때 항구에 정박하고 있던 한 척의 배가 손님들은 모두 일을 끝마치고, 선원은 닻줄을 맨 말뚝을 빼고 이제라도 당장 출항하려는 참이었습니다. 누르 알 딘이 급히 이것에 올라타자, 그들은 돛을 올리고 인자한 신을 생각하면서 바다로 나가 좋은 날씨와 순풍을 받으면서 며칠 동안 항해를 계속했습니다. 그런데 그러다가 갑자기 프랑크인의 순항선과 마주쳤습니다. 이 배는 부근의 해상을 순항하다 이슬람교도의 해적으로부터 미리암을 지키기 위하여 눈에 띄는 대로 모든 배를 전부 약탈하고 있었습니다. 그리고 이슬람교도의 배를 나포할 때마다 승무원을 하나도 남겨놓지 않고 프랑크 왕에게 끌고 갈라치면 왕은 미리암 공주의 일로 맹세한 서약을 완수하기 위하여 모조리 사형에 처하는 것이었습니다.

그러한 까닭으로, 누르 알 딘이 타고 있는 배를 발견하자, 프랑크 순항선의 선원들은 그 배로 뛰어올라 젊은이를 위시하여 100명에 이르는 승무원을 생포하여 왕의 어전으로 끌고 갔습니다. 왕은 당장 목을 베라고 명령했으므로 하나씩 차례로 죽여 맨 마지막으로 누르 알 딘만이 혼자 남게 되었습니다. 왜냐하면 망나니가 아직 그의 나이가 젊고, 귀여운 용모를 하고 있었으므로 불쌍하게 여기고는 제일 나중까지 남겨놓았기 때문입니다.

왕은 젊은이를 흘긋 보자, 어디서 본 듯한 생각이 들었으므로 물었습니다. "그대는 전에 우리나라에 있었던 누르 알 딘이 아닌가?" "저는 이 나라에 온 적이 없습니다. 이름도 누르 알 딘이 아니라, 이브라함이라고 합니다." "거짓말 마라. 네놈은 누르 알 딘이야. 사원 일을 하라고 그 비구승의 우두머리인 노파에게 맡긴 자가 틀림없어."

그러나 누르 알 딘은 대답했습니다. "임금님, 저는 이브라함이라는 자이옵니다." 그러자 왕은 "잠깐 기다려라." 하고 기사들에게 노파를 데리고 오라고 명령했습니다. "그 할멈이 와서 너를 보면 누르 알 딘이 아닌지 당장 알게 될 것이다."

마침 그때 미리암 공주를 얻은 애꾸눈의 대신이 들어와서 왕의 어전에 엎드려 "오, 임금님, 아뢰옵기 황송하기 짝이 없습니다만, 궁전이 마침내 준공되었습니다. 그런데 아시다시피 신은 궁전이 준공되는 날엔 문 앞에서 30명의 이슬람교도의 목을 베어 죽이겠다고 구세주에게 약속했습니다. 그래서 놈들을 죽여 구세주와의 약속을 지켜야겠다고 생각하고 이슬람교도들을 주십사 하고 이제 입궐한 것입니다. 당분간은 신이 빚진 것으로 아시고 꿔주신다면 그동안 포로들이 생기는 대로 30명 다 갚아드릴 생각입니다."

이 말을 듣고 왕은 "구세주와 참된 신앙에 맹세코 말하건대, 이제 내 수중에는 이 포로 하나가 남아 있을 뿐이다!" 하고 대답하고 누르 알 딘을 가리키며 덧붙였습니다. "이 자를 데리고 가서 즉각 목을 치도록 하라. 언젠가 이슬람교도의 포로가 수중에 들어오면 나머지분을 주마."

그래서 애꾸눈의 대신은 일어서서 누르 알 딘의 손을 잡고 문 앞에서 죽여 희생물로 바치려고 자신의 궁전으로 끌고 왔습니다. 그런데 화공들이 말했습니다. "나리, 앞으로 사흘만 있으면 단청 일이 끝납니다. 그러니까 제발 이 일이 끝날 때까지 그 포로의 목을 자르는 일을 연기해주실 수 없겠습니까? 어쩌면 그때까진 나머지 29명도 생길지 모르니까 단 한 번으로 베어 죽이게 되어 하루 동안에 약속을 지키게 될 것입니다."

이 말을 듣자, 대신은 누르 알 딘을 옥에 가두라고 명령했습니다.

―샤라자드는 날이 훤히 밝아오는 것을 깨닫자, 여기서 허락된 이야기를 그쳤다.

• 887일째 밤

샤라자드는 다시 말을 이었다. 오, 인자하신 임금님, 대신이 누르 알 딘을 옥에 가두라고 명령하자, 부하들은 마구간으로 끌고 가서 쇠사슬로 묶고, 먹을 것도 마실 물도 주지 않고 오직 혼자서 신음하게 내버려두었습니다. 글자 그대로 젊은이의 목숨은 바람 앞의 등불격이었습니다.

그런데 마침 프랑크 왕은 같은 혈통에서 나온 두 필의 종마를 기르고 있었습니다. 코스르에의 제왕조차도 둘 중 한 마리라도 가져보고 싶다고 헛되이 군침을 흘려 마지않는 준마로서 그 이름을 사핏타라고 하였는데, 한 마리는 백은과 같은 순백색이고, 또 하나는 캄캄한 밤처럼 새까만 빛깔이었습니다. 여러 나라의 왕후들은 이구동성으로 말했습니다. "저 종마를 한 마리라도 훔쳐온 자에게는 황금이건 진주건 보옥이건 달라는 대로 줄 텐데." 그러나 누구 하나 멋지게 훔쳐내는 사람은 없었습니다.

그런데 그 중 하나가 황달병에 걸려서 눈동자에 흰 막이 생겼습니다. 그래서 왕은 온 시내의 수의들을 소집하여 치료에 임하게 했으나 모두가 헛수고였습니다. 이윽고 그 자리에 대신이 들어왔습니다. 그리고 말의 병으로 속상해 하고 있는 왕의 모양을 보자, 그 심려를 제거해주리라고 결심하고는 "오, 임금님, 저에게 그 종마를 맡기시면 반드시 고쳐보겠습니다." 하고 말했습니다.

왕은 고개를 끄덕이고 누르 알 딘이 묶여 있는 마구간으로 그 말을 옮기게 했습니다. 그러나 그 말은 형제와 격리된 슬픔에 맹렬한 비명을 지르며 울부짖어 모두 간이 서늘해지게 놀랐습니다. 대신은 종마가 그렇게 울부짖는 것이 형제에게서 격리되었기 때문이라는 것을 깨닫자 곧 그 뜻을 왕에게 보고했습니다. 그러자 왕은 말했습니다. "한낱 짐승에 지나지 않는 종마도 형제에게서 격리되는 것을 견디지 못하거늘 만약 분별이 있는 인간이 그러하다면 어떠할까?"

왕은 마부들에게 또 한 마리의 종마를 데리고 가서 대신의 마구간에 있는 형제와 함께 있게 하라고 명령하고, 다시 "두 마리의 종마는 미리암 공주의 결혼 예물로 내가 보내는 것이라고 대신에게 전하라." 하고 덧붙였습니다.

누르 알 딘은 쇠사슬로 묶인 데다 고리가 채워져 마구간에 누워 있었는데 두 마리의 종마가 들어오자, 그 중 한 마리가 두 눈에 엷은 막이 끼여 있음을 발견했습니다. 그전부터 얼마간 말에 관한 지식을 가지고 있고, 그 질환을 고치는 방법을 알고 있던 누르 알 딘은 혼잣말을 중얼거렸습니다. "이건 정말 좋은 기회로구나! 나는 대신에게로 가서 거짓말을 하자. '이 말의 병을 고쳐드리겠습니다' 하고. 그렇게 말해놓고 눈을 멀게 하는 처치라도 하면 놈은 나를 죽이려고 할 터이니까 이처럼 괴로움을 당하지 않게 될 거야."

그래서 누르 알 딘은 대신이 말의 상태를 보러 마구간으로 들어오기를 기다리고 있다가 말을 건넸습니다. "여보세요, 나리, 이 말을 치료하여 눈을 완전히 고쳐놓으면 상을 주시렵니까?" 대신이 대답했습니다. "내가 살아 있는 한 이 말의 병을 고쳐서 눈이 잘 보이게 해준다면 그대의 목숨을 살려주고, 무엇이든 원하는 것을 들어주리라!" "그럼, 나리. 이 손에 결박지은 것을 풀어주라고 말씀해주십시오."

대신이 결박을 풀어주라고 명령하자 누르 알 딘은 일어나 가공하지 않은 유리를 구해다가 이것을 깨뜨려 생석회와 옥파즙과 섞었습니다. 그러고 나서 이것을 전부 말의 눈에다 바르고 붕대로 감은 다음 속으로 혼잣말을 했습니다. '말의 눈이 멀게 되면 나는 죽게 되어 이 지긋지긋한 세상과는 하직하여 편안히 쉬게 될 테지.'

젊은이는 뜬세상의 시름도 괴로움도 완전히 잊고는 편히 하룻밤을 보내고, 최고 지상하신 알라 앞에 엎드려 말했습니다. "오, 주여, 당신께서는 온갖 희망도 소원도 필요없으실 만큼 영리하시옵니다!"

그런데 그 이튿날 아침, 태양이 휘황찬란하게 떠올랐을 무렵, 대신이 마구간에 와서 말의 눈의 붕대를 풀고 잘 보니, 영원히 열려 있는 신의 높으신 뜻에 의하여 그 전보다 훨씬 나아 있지 않겠습니까. 그래서 누르 알 딘에게 말했습니다. "여봐라, 이슬람교도여, 나는 아직 이 세상에서 그대만큼 훌륭한 지식을 가지고 있는 자를 본 적이 없다. 구세주와 참된 신앙에 맹세코 나는 정말 그대에게 감탄했다. 이 나라의 명의라는 명의가 모두 다 이 병을 고치지 못했는데!"

그러고 나서 대신은 누르 알 딘의 옆으로 바싹 와서 손수 고리를 풀고서 값비싼 옷을 입혀 마사 책임자로 임명하고 월급과 수당을 정한 다음 마구간 이층에서 살게 했습니다.

누르 알 딘은 그곳에서 마음 편히 마시고 먹으며 부하인 마부들에게 이것저것 지시했습니다. 그리고 의무를 소홀히 하여 마굿간에 매어둔 말에게 사료를 주지 않거나 하면, 누구 할 것 없이 내던지고 몹시 구타한 다음 쇠고리를 채우는 것이었습니다.

그뿐이 아니라 매일 아래층으로 내려가 종마의 상태를 살피고 손수 몸을 쓸어주었습니다. 왜냐하면 대신이 두 마리의 종마를 대단히 소중히 여기고는 더할 나위 없이 귀여워하고 있다는 것을 알고 있었기 때문입니다. 대신은 젊은이의 성실한 근무 태도를 보고 아주 기뻐하며 마음이 흐뭇하여 앞으로 어떤 일이 생길지 꿈에도 모르고 그저 기뻐하기만 했습니다.

그런데 애꾸눈 재상이 미리암 공주를 위하여 지은 새 궁전에는 대신의 옛날 집과 누르 알 딘이 살고 있는 방을 내려다볼 수 있는 격자창이 달려 있었습니다. 또 대신에게는 마치 날 듯이 달리는 영양인가, 흔들리는 가는 가지가 아닌가 싶은 더할 나위 없이 요염한 딸이 하나 있었습니다. 어느 날 우연히도 이 처녀가 격자창가에 앉아 있노라니까, 뜻밖에도 누르 알 딘이 즉흥시에 담아 자기의 슬픔을 달래고 있는 노랫소리가 들려왔습니다.

아침에 눈을 뜨고 이 세상의
즐거운 위락을 얻고자 하는
비방하는 사람이여! 그대 만일
운명의 독아에 상처 입으면
슬픈 곤경에 빠져
이렇게 불평하며 호소하리라.

"오호라, 가련하다, 사랑 때문에
그 임을 위하여 사랑의 불길에
마음 타도다!"

그러나 오늘 운명의
원망을 무사히 면할지라도,
그 간책과 목소리 거칠게
거부하는 목소리를 면할지라도,
괴로움에 시달려 미친 듯이
이렇게 노래부르는 사람의 신세를
덧없이 비방하지 마라.

"오호라, 가련하다, 사랑 때문에
그 임을 위하여 사랑의 불길에
마음 타도다!"

소외당하여 마음 떨면서
그대의 구원도 병을

고칠 길 없는 연인을
나무라지 마라. 그대인들
똑같은 굴레에 묶여
자못 쓴 사랑의 술잔을
맛볼 신세가 아닌가.

"오호라, 가련하다, 사랑 때문에
그 임을 위하여 사랑의 불길에
마음 타도다!"

신을 섬기며, 그 옛날에는
마음 편히 밤을 보내고
즐거운 단잠에 사랑의
길도 미처 몰랐도다.
진정 그 임에게 나의 마음
바치기 전에는 이러하였네.

"오호라, 가련하다, 사랑 때문에
그 임을 위하여 사랑의 불길에
마음 타도다!"

그 사람 때문에 어두운 밤도
사랑의 눈은 탄식하며,
눈시울의 단잠을 빼앗겨
눈물은 하염없이 폭포처럼
볼을 적시어 끝이 없다.

"오호라, 가련하다, 사랑 때문에
그 임을 위하여 사랑의 불길에

마음 타도다!"

그대 때문에 진정 수많은
사람들은 고민에 잠기고,
사랑의 설레임에 단잠조차
빼앗겨 자못 깊은
시름의 옷을 몸에 걸치고
꿈조차 멀리 가버렸도다.

"오호라, 가련하다, 사랑 때문에
그 임을 위하여 사랑의 불길에
마음 타도다!"

몇 번이런가 이 몸 참을 길 없이
몸은 수척하여 볼을 타고 내려오는
눈물의 비는 그칠 줄 모르고,
그 옛날 아주 달콤했던
모든 양식은 그대 때문에
입에 쓰니 어이하리.

"오호라, 가련하다, 사랑 때문에
그 임을 위하여 사랑의 불길에
마음 타도다!"

진정 나를 닮아 박복한
연인은 밤의 장막
걸려 있을 때에도 자지 않고,
연정에 몰려 헤엄치면서
음산한 바다에

한숨지으며 가라앉을 뿐.

"오호라, 가련하다, 사랑 때문에
그 임을 위하여 사랑의 불길에
마음 타도다!"

무심한 사랑의 아픔과
능란한 손재주를 벗어나
사랑을 모르고 이 세상의
기쁨을 맛본 사람 있더냐?
색도 모름을
자랑하는 사람은 어디 있느냐?

"오호라, 가련하다, 사랑 때문에
그 임을 위하여 사랑의 불길에
마음 타도다!"

주여, 원컨대, 사랑에 병들어
괴로워하는 사나이를 구해주소서!
세상에 다시없는 수호신이여
온갖 재난을 멀리하여
목숨을 무사히 지켜주소서!

"오호라, 가련하다, 사랑 때문에
그 임을 위하여 사랑의 불길에
마음 타도다!"

누르 알 딘이 시를 읊고 나자, 재상의 딸은 혼잣말을 중얼거렸습니다. '구세주와 참된 신앙의 영검에 맹세코 반드시 저 이슬람교도는 아름다운 젊은이임에 틀림없을 거야! 그러나 필경 사랑하는 여자와 헤어진 연인일 거야. 그 아름다운 젊은이의 상대방도 마찬가지로 아름다울지 어떨지. 여자도 마찬가지로 사나이를 그리워하고 있는지 아닌지 알고 싶구나! 여자도 젊은이처럼 잘생겼다면 저분이 눈물을 흘리고 연모의 정을 한탄하는 것도 무리는 아니겠지만, 아름답지 않다면 헛되이 한탄하며 젊은 목숨을 줄이고, 인생의 기쁨도 제대로 만족하게 맛보고 있지 않는 셈이야.'

——샤라자드는 날이 훤히 밝아오는 것을 깨닫자, 여기서 허락된 이야기를 그쳤다.

• 888일째 밤

샤라자드는 다시 말을 이었다. 오, 인자하신 임금님, 재상 딸은 혼잣말을 중얼거렸습니다. '여자도 젊은이처럼 잘생겼다면 저분이 눈물을 흘리고 연모의 정을 한탄하는 것도 무리는 아니겠지만, 아름답지 않다면 헛되이 한탄하며 젊은 목숨을 줄이고 있는 셈이야!'

그런데 재상의 아내가 된 허리띠 짜는 미리암 공주는 그 전날 신축된 궁전으로 옮겨져 있었는데, 재상의 딸은 공주가 가슴을 태우고 있는 것을 알고 있었으므로 공주를 찾아가서 그 이야기 상대가 되어 그 젊은이와 아까 들은 노래 이야기를 해주리라고 생각했습니다. 그런데 이쪽이 나가기 전에 공주가 이야기 상대가 필요하다고 하여 사람을 시켜 처녀를 불렀던 것입니다. 그래서 처녀가 가보니, 공주는 시름에 잠겨 하염없이 눈물을 흘리고 있었습니다. 그리고 몹시 흐느껴 울면서 이런 시구를 읊었습니다.

　　세월은 가지만 그리움만은
　　사라지지도 않고 가슴을 메우며
　　사랑의 설레임에 시름하노라.

그대와 헤어져 나의 마음
끊어질 듯이 허전하건만,
이윽고 또다시 만나
둘이 하나로 맺어질
기쁜 날을 간절히 바랄 뿐이로다.

슬픔 때문에 썩어빠져
그대의 노예가 되어버린
나를 비방하여 탓하지 마라.
사이가 갈라진 연인들은
세상에서도 슬픈 것이기에
화살을 겨누어 이 가슴을
아예 쏘지 마시라.
사랑의 쓴 잔을 마시어
쓴 것인 줄을 몰랐도다!

재상의 딸은 물었습니다. "공주님, 웬일이십니까? 그렇게 슬프고도 우울한 얼굴을 하고 계시니." 이 말을 듣고 미리암 공주는 지난날의 기막혔던 가지가지의 기쁨을 회상하고 이런 시구를 읊었습니다.

나 벗과 헤어져
폭포처럼 볼을 타고
눈물 흐르건만,
이윽고 신께서 나의 고통을
고쳐주시리, 괴로움을
달래주시리.

처녀는 말했습니다. "공주님, 걱정마시고 어서 곧 격자창가로 가십시다. 우리들의 마굿간에 모습이 상냥하고, 목소리가 곱고 아주 잘생긴 젊은이가 있어요. 어쩐지 사랑하는 여자와 헤어진 연인인 것 같아요."

미리암이 "헤어진 연인이라는 걸 어떻게 알았지요?" 하고 되묻자, 처녀는 "공주님, 주야를 가리지 않고 날마다 시와 노래를 읊고 있으므로 그런 줄을 알았지요." 하고 대답했습니다. 공주는 속으로 생각했습니다. '대신의 딸의 말이 틀림없다면 필경 사랑이 깨어져 울고 있는 누르 알 딘님이 틀림없을 거야. 처녀가 말하는 젊은이가 그런지 어떤지 알고 싶군.'

그렇게 생각하고 보니, 안타까운 연정이 사무쳐 못견딜 지경이었습니다. 그래서 곧 처녀와 함께 격자창가로 가서 창 밖으로 마구간을 내려다보았습니다. 그러자 공주의 눈에 비친 것은 그리운 애인 누르 알 딘의 모습이었습니다. 다시 찬찬히 바라보니 사랑의 불길과 이별의 쓰라림에 몸은 수척하고, 상사병에 걸려 있기는 하지만, 역시 틀림없이 누르 알 딘 그 사람이었습니다. 젊은이는 몹시 지친 말라빠진 모습으로 이런 즉흥시를 읊고 있었습니다.

> 내 가슴 찢어질 듯, 눈물은 안마르고
> 구름 사이에서 쏟아지는
> 비처럼, 아, 눈물은 흘러내려
> 잠도 못이루며, 사랑에 지쳐
> 그저 그리운 것은 사랑하는 그대뿐이로다.
> 아, 타오르는 사랑의 불길이여!
> 나의 회춘의 사랑의 불길이여!
> 나의 마음을 괴롭히고 시름짓게 하는
> 지긋지긋한 병은 여덟 가지
> 이에 더하여 다섯에 다섯
> 그러니, 자, 내가 말하는
> 모든 말에 귀를 기울이시라.

추억과 흩어진 생각,
쑤시는 고통과 더욱 사무치는
사랑의 설레임과 그리고 또
몰락해버린 이 몸의 몰골이여.
낯선 나라에서 그대를 기다리며
나는 애태우고 기뻐하고 시름하노라.
참는 힘도 쇠진하여
점점 더해가는 시름과 괴로움에, 이 마음
한없이 슬퍼지고, 오호라, 사랑의
어둠에 싸인 이 몸이로다.
이 가슴의 불길은 무엇이냐고
묻는 사람이여, 흐르는 눈물로
불을 지르고, 온몸을 태워
마지않음은 그 무슨 까닭이냐 하고
묻는 사람이여, 그러니 고하리라.
이 몸은 눈물의 홍수에
깊이 빠져서 나의 영혼은
라자에서 하위야로
끝없이 떨어지노라고.

　미리암 공주는 누르 알 딘의 모습을 바라보고, 술술 새어나오는 시구와 노랫소리를 듣자, 틀림없이 젊은이가 애인인 누르 알 딘이라는 것을 알았습니다. 그러나 대신의 딸에게는 그 사실을 감추고서 말했습니다. "구세주와 참된 신앙의 영검에 맹세코, 당신이 나의 슬픔을 알고 있으리라고는 꿈에도 생각지 않았어요."
　그리고 나서 공주는 얼른 창가에서 물러나 자기 방으로 돌아갔으므로 처녀도 또한 자기 볼일을 보러 가버렸습니다. 잠시 동안 참고 있던 공주는 때를 보아 창가로 다시 돌아와 앉아서 사랑하는 누르 알 딘을 지켜보면서 그 우아한 풍채와 나면서부터의 아름다운 모습을 바라보며 자기의 눈을 즐겁게 했습니다.

공주의 눈에 비친 젊은이는 정말로 보름밤의 만월을 생각케 하는 모습이었으며, 공주는 지나간 날의 생각에 마를 새도 없이 눈물에 젖어 연방 한숨을 내쉬고 있었던 것입니다. 그리고 젊은이는 이런 시구를 읊었습니다.

끝끝내 내가 얻을 수 없는
그리운 여자와의 인연을
한결같이 바라 마지않았건만
내가 얻은 것은, 오호라 그저
뜬세상의 시름에 지나지 않았노라.
흐르는 눈물은 큰 바다의
빠졌다가 다시 밀려오는 조수처럼
두어라, 원수를
만나면 눈물을 막고
눈물의 흔적을 보이지 않았도다.
우리들 사이를 갈라놓으려고
빌어 마지않은 원수는
재앙이로다. 그 혀를
내 손에 잡는다면 당장에
둘로 갈라놓으리라.
그러나, 나는 진정 혹독한
대접을 받아, 자못 쓴
즙을 가득 담은 술잔을
비록 마실지라도 그 지난날의
나날을 원망하여 마지않으리!
그 어느 누구에게 도대체 나는
마음의 아픔을 호소하리?
그대 때문에 포로가 되었다면

그대의 재판의 마당에 선
죄수라면 그대 외에
그 누구에게 자비를 구하리오?
아, 또한 그대 때문에
받은 나의 원수를
그 누구에게 갚으리? 나의 원수를
원망하여 탄식하면
부질없는 그대의 소행은
더욱 더해갈 뿐이로다.
그대를 주인으로 삼고자
이 영혼을 바치건만
오호라, 그대 때문에 애처롭게도
시들어버렸으니 슬프구나.
아, 아름다운 사슴의 아들이여
지나간 옛날에 다정하게
가슴에 껴안았던 그리운 그대!
이 몸은 이별의 자못 쓰라린
원한을 지칠 대로 맛보았도다.
진정 그대야말로 이 세상의
미를 모조리 겸비한
그 유례가 드문 가인이어라.
그러니 그대 때문에 인종의
힘은 모두 고갈되었도다.
나의 가슴 깊숙이 그대를 맞아
다정하게 다루는 이 몸이기에
그대가 가져다주는 것은 시름뿐,
그러나 나는 손님으로서
맞을 뿐으로 만족하노라.
흐르는 눈물은 거친 파도인가

영원히 흘러 그칠 줄 모르건만
아, 내가 가야 할 길은
어디에 있는지 알고 싶구나.
내가 한결같이 두려워함은
깊은 후회에 가라앉아
소원 성취를 영원히
단념하라는 말일 뿐.

미리암은 연정을 품고 있으면서도 생이별당한 누르 알 딘의 비련의 노래를 듣자, 자신의 오장육부에 욕정의 불길이 활활 타오르는 것을 느꼈습니다. 그래서 눈에 가득 눈물을 담고 이런 시구를 읊었습니다.

그리운 임을 나는 사모하도다.
그러나 서로 만날 그때에
혀는 돌지 않고, 눈은 멀어
원한의 말도 많건만
한 마디도 못하고
넋을 잃고 놀랄 뿐.

누르 알 딘은 미리암 공주의 노랫소리를 듣자, 곧 눈치채고는 몹시 울면서 말했습니다. "저건 확실히 미리암의 목소리야."

─샤라자드는 날이 훤히 밝아오는 것을 깨닫자, 여기서 허락된 이야기를 그쳤다.

• 889일째 밤

샤라자드는 다시 말을 이었다. 오, 인자하신 임금님, 누르 알 딘은 노랫소리를 듣자, 가슴 속으로 몰래 중얼거렸습니다. '저건 아

무리 생각해봐도 미리암 공주가 틀림없어. 나의 추측이 맞는지, 정말로 공주인지 알고 싶구나!'

그러자 슬픔이 복받쳐 하염없이 탄식하면서 이런 시구를 읊었습니다.

> 나 거리에서 애인과
> 서로 만났을 때 원수는
> 둘이 나란히 있음을 보았도다.
> 원한의 말은 슬픈
> 마음을 달래주는 것이건만
> 나는 처녀에게 한 마디도
> 원한의 말을 하지 않았노라.
> 그러니 원수가 나에게 말하기를
> "상대방의 자존심을 상하게 하는
> 대답도 하지 않고 한 마디도
> 말하지 않음은 어찌된 셈이냐?"
> 나는 대답하여 가로대
> "사랑하는 자를 의심하고
> 사랑을 비웃는 것은 어리석도다.
> 참된 사랑을 하는 자는
> 비록 애인과 만난다 해도
> 잠자코 말하지 않는 법이니라."

젊은이가 이 노래를 끝마치자, 미리암 공주는 먹통과 종이를 가져다가 다음과 같이 적었습니다.

『우선 비스밀라에게 그럴 만한 경의를 표하고, 알라의 평안과 자비와 축복이 당신 위에 있기를 바랍니다. 당신을 목마르게 연모하는 노예 처녀 미리암이 한 말씀 올립니다. 이 편지를 받는 저의 희망에 따르시어, 지시에 어긋나거나 지나치게 주무시는 일이 없으시도록 부디 주의하시기를 바랍니다. 오늘밤 삼경이 지난 시각에 ― 왜냐하면 이 시각이 가장 적합하다고 생각하기에 ― 종마 두 필에 안장을 얹고 왕궁 문으로 나오십시오. 누구에게 추적을 당하거나 행선지를 묻거든 말 운동시키러 가는 길이라고 대답하시면 누구 하나 방해하는 사람도 없을 것입니다. 이 도시의 주민은 성문에는 자물쇠가 채워져 있다는 것을 굳게 믿고 있으니까요.』

그러고 나서 편지를 접어 비단 손수건으로 싸서 격자창으로부터 누르 알 딘 쪽으로 던졌습니다. 젊은이가 이것을 주워서 보니 확실히 미리암 공주의 필적입니다. 그래서 그 내용을 읽고 완전히 이해했습니다.

이윽고 젊은이는 편지에 입을 맞추고서 두 손에 받들자, 처녀와 함께 보냈던 지나간 날의 즐거웠던 사랑의 유희가 생각나 눈물을 흘리면서 이런 시구를 읊었습니다.

> 그대의 반가운 편지 나에게
> 밤이 이슥해서 다다르니, 그대를 그리는
> 사랑의 설레임을 느끼는도다.
> 정든 말을 나누며 둘이 함께
> 나누었던 기쁨을 회상하며
> 사이를 갈라놓으신 주를 칭송하리.

어두워지자 당장 누르 알 딘은 종마의 준비에 착수하여, 밤의 초경이 지나기를 가만히 기다리고 있었습니다. 그러고 나서 한시도 쉬지 않고 애절한 연정에 몰리면서 세상에 다시없는 아름다운 안장을 종마에 얹고 이것을 마구간에서 밖으로 끌어내다놓고 뒷문에다 자물쇠를 채웠습니다. 그리고 두 필의 말을 끌고 도성 성문까지 와서 털썩 주저앉아 공주가 오기를 이제나 저제나 기다리고 있었습니다.
 이야기는 바뀌어, 미리암 공주가 자기 개인방으로 돌아와보니 애꾸눈 재상이 타조의 솜털을 넣은 보료에 팔꿈치를 괴고 앉아 있었습니다. 그러나 부끄러워서 차마 공주에게 손을 뻗치거나 말을 걸진 못하는 모양이었습니다.
 미리암은 대신의 얼굴을 보자, 마음속으로 신에게 빌었습니다. '알라 움마, 오, 나의 신이시여, 부디 이 사나이에게 뜻을 이루게 하시거나, 저의 순결한 정조를 더럽히거나 하는 일이 없도록 하소서!' 공주는 대신의 옆으로 다가가 애정이 있는 듯한 몸짓을 해보이면서 옆에 앉아 그럴싸하게 시치미를 떼면서 말했습니다.
 "여보세요, 나리. 당신께선 어찌하여 그렇게 쌀쌀한 태도를 보이십니까? 자존심에서입니까? 아니면 측은해 보이시는 겁니까? 세상 속담에 '예절은 쓸데없는 것, 앉은 자가 먼저 서 있는 자에게 인사하라.'고 하지 않습니까? 그러니까 당신께서 제 곁으로 오시지도 않고, 말도 걸지 않으니까 제가 먼저 말을 건 셈이지요."
 그러자 대신은 대답했습니다. "넓은 대지의 여왕님, 당신은 아름다운 용모와 인정 많은 마음씨를 지니셨습니다. 나는 한낱 당신의 노예, 게다가 가장 천한 머슴에 지나지 않습니다. 아니, 정말, 당신의 그 우아한 자태에 겁이 나서 차마 손발이 나오지 않습니다. 나는 당신의 발밑에 이렇게 꿇어앉아 있지 않습니까."
 "그런 말씀은 마시고 무슨 요리라도 내놓으세요." 공주의 말에 대신은 내시와 시녀들에게 큰 소리로 식사 준비를 하라고 명령했습니다. 그러자 그들은 즉시 식탁을 늘어놓았습니다만, 그 위에는 메추라기, 새끼비둘기, 새끼양, 기름진 거위, 튀긴 닭 등 땅 위를 걷고, 하늘을 날고, 둥우리를 쳐서 새끼를 늘게 하는 온갖 새들과 짐승과 그 밖의 진미가 가득 놓여 있었습니다.
 미리암 공주는 한 손을 뻗어 상 위의 요리를 집어먹고, 상대방에게도 고운 손가락 끝으로 요리를 집어주면서 그 입에 입을 맞췄습니다. 그리고 배불리 먹고 나서 두 사람이 손을 씻자, 시녀들은 상을 치우고, 이번엔 술 도구를 늘어놓았습니다. 공주는 잔에 술을 가득 따라 마시고 나서 상대방에게도 계속 권하면서 잔을 거듭했습니다. 대신은 그저 기쁜 나머지 하늘에라도 오를 듯이 반색을 했습니다.

 취기가 웬만큼 돈 것을 보고 공주는 품에 손을 넣어 미리 이럴 때 쓰려고 준비해두었던 진짜 크리트 섬에서 나는 마약을 한 알 꺼냈습니다. 그것은 비록 코끼리가 단지 1디르함분의 분량을 맡아도 며칠씩 잠에 빠질 만큼 강한 것이었습니다.

 공주는 상대방의 정신을 어지럽게 하면서, 이 약을 가루로 만들어 술잔 안에 떨어뜨렸습니다. 그러고 나서 기뻐서 날뛰는 대신에게 술을 따라서 주니 대신은 그것을 받아들고, 공주의 손에 입을 맞추고는 단숨에 마셔버렸습니다. 그러나 약이 위 속으로 들어가기가 무섭게 거꾸로 마루에 쓰러지고 말았습니다.

 그래서 공주는 자리에서 일어나 한 쌍의 안장자루에 무게가 가볍고 값이 나갈 보석류와 얼마간의 식료품과 물을 넣고 단단히 무장을 갖추었습니다. 또 누르 알 딘을 위해서는 본인이 좋아할 것 같은 호화로운 왕의와 훌륭한 갑옷을 손에 들고, 안장자루를 어깨에다 걸치고(왜냐하면 공주의 완력은 용맹한 기사에 못지않았기 때문입니다), 새로 지은 궁전을 떠나 애인에게로 걸음을 재촉했습니다.

—샤라자드는 날이 훤히 밝아오는 것을 깨닫자, 여기서 허락된 이야기를 그쳤다.

• 890일째 밤

 샤라자드는 다시 말을 이었다. 오, 인자하신 임금님, 미리암 공주는 새로 지은 궁전을 떠나자 곧장 사랑하는 사나이 곁으로 달려갔습니다. 왜냐하면 공주는 기운이 세었을 뿐 아니라 아주 용맹한

여장부였기 때문이었습니다. 그동안 사랑에 미친 누르 알 딘은 말 고삐를 잡고 성문 옆에 앉아 있었는데, 그러는 동안 알라(영원히 주권과 권력을 내려주소서!)께서는 젊은이에게 졸음을 내려주셨기 때문에 마침내 꾸벅꾸벅 잠이 들고 말았습니다. 주무시지 않는 신에게 영광 있으라!

때마침 그 무렵 여러 나라의 왕후들은 예의 그 종마를 두 필이 아되면 한 필만이라도 훔치려고 막대한 보물을 쓰면서 사람들을 농락하고 있었습니다. 그런데 같은 고장에서 자라나, 말도둑질에 있어서는 굉장한 솜씨를 발휘하고 있던 흑인 노예 하나가 있었으므로 프랑크 인의 여러 왕들은 금은 재보를 미끼로 하여 종마를 훔쳐내라고 명령하면서, 만일 멋지게 두 필을 다 훔쳐내면 섬을 그대로 몽땅 주는 외에 훌륭한 어의도 주겠노라고 굳게 약속했습니다.

그래서 그 말도둑은 변장을 하고 오랫동안 프랑크의 도시를 찾아서 돌아다녔지만 왕의 수중에 종마가 있는 한은 무슨 수를 써도 훔쳐낼 수 없었습니다. 그러나 왕이 재상에게 종마를 기증하여 애꾸눈 재상이 이것을 자기 집의 마구간으로 끌고 가자 말도둑은 춤이라도 출 듯이 기뻐하며 이렇게 되면 이젠 됐다 하고 혼잣말을 했습니다. '구세주와 참된 신앙의 영검에 맹세코 기필코 두 마리 다 훔쳐내야지!'

그런데 말도둑은 마침 그날 밤 종마를 훔치려고 마구간으로 갈 생각이었습니다. 그러다 뜻밖에도 누르 알 딘이 고삐를 움켜쥐고 길가에서 깊이 잠들어 있는 모습이 눈에 띄었습니다. 그래서 말도둑은 말 옆으로 다가가서 고삐를 젊은이의 손에서 빼내어 한 마리를 앞세우고, 나중 한 마리에는 자기가 올라타려고 했습니다. 때마침 그곳에 모습을 나타낸 것은 안장자루 하나를 멘 미리암 공주였습니다.

공주는 검둥이를 누르 알 딘으로 잘못 보고 한 쌍의 안장자루를 주었습니다. 그는 이것을 한쪽 종마에다 싣고 또 하나의 안장자루를 받자, 일이 탄로날 것을 두려워하여 한 마디 말도 하지 않고서 다른 종마에다 실었습니다. 그러고 나서 두 사람은 각기 말을 타고서 몰래 성문을 빠져나갔는데, 이윽고 공주가 물었습니다. "여보세요, 누르 알 딘님, 왜 말을 안하세요?"

그러자 검둥이는 공주를 돌아다보며 말씨도 거칠게 외쳤습니다. "여보, 아가씨, 뭐라고 했지?" 공주는 노예의 야비한 말투를 듣자, 그 사람은 누르 알 딘이 아니라는 것을 알았습니다. 그래서 눈을 크게 뜨고 상대방을 잘 보니, 아니 이건 사자코에다 입이 큰 흑인 노예로서, 콧구멍은 마치 물병처럼 툭 불그러져 있는 것이 아니겠습니까. 이 모양에 갑자기 눈앞이 캄캄해지며 아찔해진 공주가 물었습니다. "함의 후손 늙은이야, 너는 도대체 누구냐? 세상에선 뭐라고 하는 놈이냐?" "야, 이 계집아, 나의 이름은 마스우드라고 하며, 세상 사람들이 잠에 곯아떨어져 있을 때 말을 훔치는 것이 나의 생업이다."

미리암 공주는 아무 대답도 하지 않고 별안간 칼집에서 칼을 빼어들고 상대방의 목덜미를 꽉 찔렀으므로 칼끝은 목덜미를 뚫고 번쩍번쩍 빛나며 앞으로 빠져나왔습니다. 그 순간 말도둑은 피투성이가 되어 말에서 떨어져 순식간에 그 영혼은 알라의 손에 의하여 영원한 집인 겁화 속으로 굴러떨어져 들어가고 만 것입니다.

그러고 나서 공주는 또 한 필의 말을 끌고 누르 알 딘을 찾으러 되돌아가니 그는 미리 만나기로 되어 있던 약속 장소에서 손에 고삐를 쥔 채 세상 모르고 코를 골면서 자고 있지 않겠습니까.

그래서 공주가 말에서 내려 한 대 툭 치니, 젊은이는 깜짝 놀라 벌떡 눈을 뜨면서 "오, 그리운 공주여, 무사히 오셔서 천만다행이오!" 하고 말했습니다.

"자, 어서 이 말을 타세요. 소리 내지 말고!" 젊은이가 곧 말에 오르자, 공주도 다른 말에 올라타, 두 사람은 잠시 아무 말도 하지 않은 채 도시를 벗어나 전진했습니다.

잠시 후에 공주가 먼저 입을 열었습니다. "자서는 안된다고 그렇게까지 말했는데. 그런데도 자다니 그런 사람치고 신통한 사람은 없어요." "아니야, 당신 약속을 듣고 마음이 놓이고 풀어져서 그만 잠이 들었구려. 그런데 도대체 어떻게 됐다는 거요?" 그래서 공주가 검둥이와의 일을 낱낱이 이야기하자 누르 알 딘은 말했습니다. "무사해서 천만다행이군!"

두 사람은 운을 하늘에다 맡기고 가는 내내 서로 이야기를 주고받으면서 부지런히 말을 몰았습니다. 그러던 중 예의 그 검둥이가 마치 마신과 같은 꼴로 흙투성이가 되어 엎어져 있는 곳에 이르렀으므로 미리암은 누르 알 딘에게 말했습니다. "말에서 내려 옷을 벗기고 무기도 뺏으세요." 그러자 젊은이는 "알라에게 맹세코, 나는 도저히 말에서 내려 옆으로 갈 용기가 없소." 하고 말하며 검둥이의 큰 몸체에 깜짝 놀라는 한편 공주의 용기와 담력에 자못 감탄하면서 그 기막힌 솜씨를 칭찬하여 마지않았습니다.

두 사람은 다시 밤새도록 말을 달려 길을 재촉하여, 아침해가 환히 떠올라 들과 산을 밝게 비칠 무렵, 어느 하구의 널따란 초원에 당도했습니다. 그곳에는 영양이 귀여운 모습으로 희희낙락 뛰어놀고 있고, 들판은 초록색 풀로 덮여 있으며, 도처에 온갖 종류의 과일이 눈에 띄었습니다. 백화가 만발한 언덕 비탈은 마치 뱀의 몸뚱이가 아닌가 싶은 느낌을 주며, 작은 새들은 가지마다에서 큰 소리로 지저귀고, 작은 시내는 무수한 작은 도랑을 이루며 졸졸 흐르고 있었습니다. 그것은 마치 시인의 훌륭한 노래에도 있는 그대로였으며, 듣는 사람의 마음을 황홀케 했습니다.

    장미빛 골짜기 붉게
    여름 해는 뜨겁게 타오르고
    옥, 은, 돌, 크기도 고르게
    이중으로 늘어서 있구나.
    잡목 숲에서 쉬면
    나무들의 가지, 젖을 문

젖먹이를 지켜보는 유모인가
무겁게 굽어보고 있네.
차고도 맑은 물을
마시고 갈증을 끄니
정말 맛있구나, 묵은 술보다도.
어느 쪽도 해를 가리어
장막을 늘어뜨린 것처럼
산들바람은 솔솔 불어와
들판을 만져 대기를 식히도다.
옥석은 비단옷을 입은
숫처녀인가 아니면 진주인가
손가락으로 표면을 만지면
부드러운 살결처럼 매끄럽구나.

또, 다른 시인은 이렇게도 노래부르고 있습니다.

샘가에서 새가 울면
사랑에 애태우는 사람은 새벽녘의
붉게 타는 들녘을 사랑하도다.
그것은 마치 천국인가,
녹음도 시원한 개울가에는
과일도 익고 맑은 시내
졸졸 흐르는 모양도 그윽하여라.

이윽고 미리암 공주와 누르 알 딘은 함께 이 골짜기로 내려가 쉬었습니다.

—샤라자드는 날이 훤히 밝아오는 것을 깨닫자, 여기서 허락된 이야기를 그쳤다.

● 891일째 밤

샤라자드는 다시 말을 이었다. 오, 인자하신 임금님, 미리암 공주와 누르 알 딘은 이 골짜기로 내려가 말을 풀어놓아 풀을 뜯게 한 다음 과일을 먹고 개울물을 마셨습니다. 그리고 나서 사이좋게 앉아서 제각기 자기가 겪은 일의 자초지종을 서로 자세히 이야기하며, 이별의 안타까움과 쓰라림, 생이별하여 연모의 정에 시름하고 괴로워했던 일 따위를 서로 호소한 것입니다.

이러고 있는데 갑자기 한줄기 흙먼지가 저 멀리서 떠올랐는가 싶더니 삽시간에 퍼져서 시야를 가리고 말았습니다. 그리고 군마의 우는 소리와 갑옷 부딪치는 소리가 귀에 들려왔습니다.

그 경위는 이러했습니다. 대신은 공주를 아내로 맞아, 그날 밤 공주를 찾아왔는데, 그 이튿날 아침 부왕은 딸을 가진 어버이의 관례에 따라 내시와 시녀들에게 금은을 뿌렸기 때문에 그들은 서로 다퉈가며 이것을 줍느라고 아우성을 쳤습니다. 그리고 나서 신랑 신부에게 아침 인사를 하기 위하여 비단 선물을 가지고 시종 하나를 데리고 궁전을 떠났습니다. 그러나 새로 지은 궁전에 도착하여 보니 대신만 혼자 양탄자 위에 엎드려 세상 모르고 자고 있었습니다. 그래서 궁전 구석구석까지 다니며 공주를 찾아보았지만 어디서도 눈에 띄지 않습니다. 이 결과 왕은 몹시 상심하고 당황했습니다.

이윽고 왕은 뜨거운 물과 진짜 초와 유향을 가져오라 하여, 이것들을 섞어 대신의 콧구멍에다 불어넣고 몸을 흔들었습니다. 그러자 대신은 마치 한 조각의 치즈와 같은 마약을 뱃속에서 몇 번씩 토해내고 마침내 완전히 정신이 들었기 때문에 왕은 그 까닭과 공주의 행방을 물었습니다. 그러자 대신은 대답했습니다. "오, 대왕님, 공주가 손수 저에게 술을 따라 권했다는 것 외엔 아무 기억이 없습니다. 또 그 후의 일은 아무것도 모르고, 공주가 어떻게 되었는지도 모릅니다."

왕은 그 대답을 듣자, 눈앞이 캄캄해지는 것만 같았습니다. 그리하여 다짜고짜로 언월도를 뽑아 대신의 머리에 일격을 가하니 칼날은 대신의 어금니 사이를 보기좋게 꿰뚫고 말았습니다.

그러고 나서 왕은 곧 마부를 불러 종마 두 필을 끌어내라고 명령했습니다. 그러나 그들은 말했습니다. "오, 임금님, 종마는 두 필 다 어젯밤 사이에 마사책임자와 함께 모습을 감추고 말았습니다. 오늘 아침 눈을 떴을 때에는 문이라는 문은 모두 열린 채로 있었습니다."

"나의 신앙과 나의 신앙의 기초가 되어 있는 온갖 것을 두고 말하지만 그 말을 훔친 놈은 다른 사람이 아닌 나의 딸이야. 딸과 전에 사원지기를 하다가 딸을 빼앗아간 이슬람교도 포로야! 나는 그놈의 정체를 알아차렸는데, 이 애꾸눈 대신이 쓸데없는 간섭을 하여 내 손에서 구해준 거다. 그러나 그 보복은 이미 받았다."

그렇게 외치더니 왕은 그 즉시로 세 왕자를 불러냈는데, 모두가 용맹무쌍한 용사들로서 격전장에 나가면 강자들이었습니다. 왕이 출동명령을 내리자, 세 왕자는 곧 말에 올라탔고, 왕을 위시하여 당대의 꽃이라고 일컬어지던 기사와 신하들도 말에 올라타 도망자의 뒤를 추격했습니다.

그런데 미리암 공주는 따라오는 병사들을 보자, 말에 올라타 어깨에서 칼을 늘어뜨리고 창을 움켜쥐었습니다. 그러고 나서 누르 알 딘에게 "당신은 어떠세요? 싸움을 할 용기가 있으세요?" 하고 물으니 젊은이는 "천만에, 싸움터에 나가면 용기가 사라져 마치 두부에 못 박기처럼 맥을 출 수가 없다니깐." 하고 대답했습니다. 그리고 이런 즉흥시를 읊었습니다.

오, 미리암이여. 원컨대
나를 탓하지 마라.
생사를 거는 싸움의
마당으로 몰지 마라.

까마귀 우는 소리에조차 겁을 먹는
　　　마음도 약한 이 몸이니
　　　어찌 전화를 견디어내리?
　　　쥐를 보고도 벌벌 떨며
　　　겁을 내고 오줌을 지리는도다!
　　　내가 사랑하는 것은 승부의
　　　싸움이 아니라 둘이서 함께
　　　잠자리에서 싸우는 사랑의 유희이니라.
　　　푸른 휘장 붉은 이불, 그 물건은
　　　싸우는 기술을 잘도 알도다.
　　　이것은 그럴 듯한 말로서
　　　이것 이외의 도리를
　　　나는 모른다고 맹세하리.

　미리암은 젊은이의 즉흥시를 듣자, 그만 웃음을 터뜨리면서 말했습니다. "누르 알 딘님, 그렇다면 혼자서 무찌르겠습니다." 미리암 공주는 재빨리 적을 향해 달리기 시작했습니다.
　그런데 미리암 공주는 당대에 따를 자가 없는 용사로서 일찍부터 무사의 귀감이라 일컬어지고 있었습니다. 그도 그럴 것이 부왕은 공주가 아직 어린 나이 때부터 승마술을 위시하여 어두운 밤에 적진을 공격하는 전법 등을 가르쳐주었던 것입니다.
　왕은 공주가 단신 쳐들어오는 모양을 보자, 그것이 미리암이라는 것을 너무나도 잘 알았기 때문에 제일 큰 왕자를 돌아다보며 말했습니다. "여봐라, 키라우트의 수령이라는 별명을 가지고 있는 바르타우트여, 우리 쪽으로 쳐들어오는 것은 틀림없이 네 누이 미리암이다. 우리에게 싸움을 걸어 칼을 마주치자는 것이다. 이제부터 네가 가서 상대해주라. 그리고 만일 네가 이기거든 제발 죽이지 말고 나사렛 인의 가르침을 잘 일러주도록 하라. 그전 신앙으로 돌아오기만 하면 포로로 하여 데리고 오너라. 그러나 싫다고 하면 무참하게 죽여서 세상에 본보기로 보여라. 그 애하고 같이 있는 사나이도 마찬가지다."

"알았습니다." 바르타우트는 그렇게 대답하고는 말을 몰고 나아가 누이를 맞아 이렇게 말을 건넸습니다. "어이, 미리암, 여태까지 너 때문에 애를 먹었거니와 그래도 모자라서 너는 조상 전래의 신앙을 버리고 방랑자의 신앙 즉 이슬람교의 신앙에 귀의하지 않고선 못배기겠는가. 구세주와 참된 신앙의 영검에 맹세코 만일 네가 역대 선왕의 신앙을 받들어 고분고분 가르침에 따르지 않는다면 난 사정없이 너를 베어 천하의 웃음거리로 삼아줄 터이다!"

그러나 미리암은 이 말을 듣자, 비웃으며 대답했습니다. "어리석은 소리 작작하라! 지나간 옛날을 다시 돌릴 수도 없고, 일단 죽은 자를 다시 소생시킬 수도 없는 노릇! 나야말로 너에게 따끔하게 버릇을 가르쳐줄 테다! 나는 알라에게 맹세코, 널리 세상에 구원을 내려주신 아브둘라의 아들 모하메드의 신앙을 버리지 않겠다. 왜냐하면 이슬람교는 참된 신앙이기 때문이다. 비록 죽음의 술잔을 마신다 해도 옳은 길은 버리지 않겠다!"

─샤라자드는 날이 훤히 밝아오는 것을 깨닫자, 여기서 허락된 이야기를 그쳤다.

• 892일째 밤

샤라자드는 다시 말을 이었다. 오, 인자하신 임금님, 미리암은 남자동생에게 외치면서 달려들었습니다.

저주받은 바르타우트는 이 말을 듣자 눈앞이 캄캄해지며, 일이 심상치 않음에 가슴이 몹시 아팠습니다. 마침내 두 사람 사이에는 처절한 싸움이 벌어졌던 것입니다. 넓은 골짜기도 좁을세라, 두 사람은 이쪽으로 저쪽으로 쫓고 쫓기면서 용감하게 격전을 벌이니, 사람들은 숨을 죽이고 그 결과를 지켜보고 있었습니다.

두 사람은 한바탕 치고받으며 무기를 휘둘렀습니다. 바르타우트가 미리암 공주에게 공격의 칼을 휘두를 때마다, 이쪽은 말과 무기를 써서 교묘하게 방어하여 자못 깨끗하게 적의 기세를 꺾어버리고는 했습니다. 막상막하의 격전을 벌이고 있는 사이에 두 사람의 머리 위에는 모래먼지가 자욱이 덮여 사람들의 눈에서 완전히 가려지고 말았습니다.

그러나 공주는 어디까지나 교묘하게 바르타우트의 기습을 피하면서 상대방의 전진을 막았으므로 마침내 용맹무쌍하다는 바르타우트도 피로를 느끼고는 다리가 휘청거렸으며, 전의도 흩어지고 기력도 빠진 상태였습니다. 이 상황을 알게 된 공주는 이때다 싶어 상대방의 목덜미를 향하여 일격을 가하니 칼날은 목덜미를 뚫고 빠져나와 알라께서는 순식간에 그 영혼을 영원의 집인 겁화 속으로 던지셨던 것입니다.

그러자 공주는 싸움터를 빙빙 뛰어 돌아다니면서 일기당천의 용사 못지않게 싸움을 걸면서 큰 소리로 외쳤습니다. "누구 싸울 사람은 없는가? 상대가 될 사람은 없는가? 겁쟁이와 약골은 딱 질색이다. 스스로 신앙의 적이라고 자처하는 전사라면 상대하기에 부족함이 없다. 치욕의 술잔을 마시게 하여 혼내주겠다. 오, 우상의 숭배자여, 반역자여, 오늘이야말로 참된 신자의 얼굴을 한층 더 희게 하고, 인자하신 신을 마다하는 자의 얼굴을 겁화로 까맣게 태워주겠다."

그런데 대왕은 큰아들이 죽은 것을 알자, 손수 자기 얼굴을 때리고 옷을 찢으며 둘째왕자에게 명령했습니다. "이봐라. 바구미의 똥이라는 별명이 붙은 바르투스여. 이 길로 곧 가서 네 누이 미리암과 대적하라. 네 형 바르타우트의 원수를 갚고 결박지어 끌고 오너라!"

바르투스는 "아버님, 알았습니다." 하고 대답하기가 무섭게 곧장 공주를 향하여 쏜살같이 쳐들어갔습니다. 그러자 공주는 쳐들어오는 상대방의 진로를 막고, 이에 맨 처음 때보다도 더욱 치열하게 치고받는 격렬한 싸움이 시작되었습니다. 바르투스는 곧 공주의 솜씨에 도저히 당해낼 길이 없다고 깨닫자, 도망치는 것이 상수라고 생각했습니다. 그러나 공주의 날카로운 칼끝을 도저히 피할 길이 없었습니다. 도망치려고 할 때마다 공주는 뒤에서 육박하여 목덜미를 향하여 날쌔게 칼을 들이박으니 칼끝은 보기좋게 목을 뚫어 바르투스도 또한 형의 뒤를 따라 쓰러졌습니다.

그러자 미리암 공주는 피비린내나는 벌판을 달리면서 큰 소리로 외쳤습니다. "전사들은 어디 있느냐? 용사는 어디 있느냐? 거짓 신앙을 받드는 애꾸눈의 절름발이 대신은 어디 있느냐?" 이 말을 들은 부왕은 슬프고도 분한 생각으로 새빨개진 눈으로 울면서 외쳤습니다. "이게 또 뭐냐, 둘째아들마저 죽다니!"

그리고 왕은 거친 목소리로 막내왕자에게 말했습니다. "방귀쟁이라는 별명이 붙은 화스얀이여! 이번엔 네가 나가서 누이와 일전을 하여 형들의 원수를 갚아라. 어떠한 일이 있을지라도 이기건 지건 달려들어라. 만일 네가 이길 경우 세상에서도 가장 무참한 방법으로 죽여라!"

그래서 화스얀이 미리암에게 달려드니 공주는 옳지 잘됐다 싶어 비술을 다하여 이를 맞아 지혜를 짜고, 용기를 내며, 무술의 극치를 다 발휘하여 공격하면서 외쳤습니다. "이 저주받은 놈아, 알라와 이슬람교도의 적아! 너도 마주 받아서 형들의 뒤를 따르게 하리라! 이교도의 나라는 재앙을 받을지어다!"

공주는 그렇게 외치고는 칼집에서 칼을 뽑아가지고 곧장 상대방에게로 달려들어 목과 팔을 잘라 형들의 뒤를 따르게 했습니다. 그러자 알라께서는 영원한 집인 겁화 속으로 그 혼을 쫓아버리셨던 것입니다.

그런데 부왕을 따라온 기사와 신하들은 당대에 으뜸가는 강자라는 호칭을 받고 있는 왕자들이 셋이나 다 나란히 패한 것을 보자, 갑자기 겁이 나고 미리암 공주가 무서워서 도저히 맞서서 싸울 용기가 나지 않았습니다. 모두는 풀이 죽어 고개를 떨구고 도저히 승산이 없으니 비겁하지만 도망치는 외에는 딴 길은 없다고 체념했습니다.

　그래서 속으로는 증오의 불길을 태우면서도 그들은 공주에게서 등을 돌리고서 허겁지겁 도망쳤습니다. 왕은 왕대로 아들들이 셋씩이나 몰살을 당하고, 더구나 부하 장병들이 도망치는 꼴을 보자 증오에 몸이 타면서도 갑자기 겁이 나서 어찌할 바를 몰랐습니다. 그리고 자기 마음속으로 혼자 중얼거렸습니다. '우리들은 완전히 미리암 공주에게 농락당했구나. 내가 단신 위험을 무릅쓰고 공주에게 맞선다 하더라도 잣칫 잘못하다간 이쪽이 창피를 당하게 되어 마치 아들들이 죽음을 당한 것처럼 사정없이 죽음을 당할지도 몰라. 그렇게 되면 만천하에 창피를 당하게 된다. 공주는 벌써 우리들에게 정이 떨어졌으며, 나도 돌아와달라는 생각은 하고 있지 않다. 그렇다면 이때는 나의 체면을 지키고, 수도로 철수하는 편이 상책인 것이다.'

　왕은 군마의 고삐를 늦춰 수도로 돌아갔습니다. 그러나 왕궁에 당도하고 보니 세 명의 씩씩한 자기 아들을 잃고, 아군의 사기는 떨어지고, 자기 명예를 망친 슬픔에 분노의 불길이 활활 타올랐습니다. 그래서 즉시로 고관대작들을 소집하여 딸 미리암이 남동생들을 죽였기 때문에 지금 자기는 가슴이 찢어질 것만 같다고 호소하며 그들의 조언을 구한 것입니다.

　그러자 그들은 이구동성으로 현세에 있어서의 알라의 대행자이며, 충성된 자의 임금이신 하룬 알 라시드에게 편지를 띄워 이 사정을 자세히 호소하는 것이 상책일 것이라고 권고했습니다. 그래서 왕은 교주에게 보내는 한 통의 편지를 써서 우선 관례대로 세상에서 하는 인사말을 한 다음 다음과 같이 적었습니다.

　『저에게 허리띠 짜는 처녀 미리암이라고 하는 딸이 하나 있는데, 카이로의 상인 타지 알 딘의 아들 누르 알 딘이라고 하는 이슬람교도의 포로에게 몸을 더럽혔습니다. 그뿐 아니라 그 사나이는 깊은 밤을 이용해 딸을 유혹하여 자기 나라로 납치해 갔습니다. 그러하오니 극히 죄송한 부탁이옵니다만 우리 충성된 자의 임금님께서는 이슬람교도의 모든 나라에 수배하시어 저의 딸을 체포하여, 사신의 손에 보내주신다면 이보다 더 큰 행운은 없겠습니다.』

─샤라자드는 날이 훤히 밝아오는 것을 깨닫자, 여기서 허락된 이야기를 그쳤다.

• 893일째 밤

샤라자드는 다시 말을 이었다. 오, 인자하신 임금님, 프랑크 왕은 충성된 자의 임금님이신 하룬 알 라시드 교주에게 서한을 보내 공손히 자기 딸 미리암의 일을 부탁하고, 온 세계의 이슬람교국에 수배하여 딸을 체포하여 교주 직속의 사자로 하여금 보내주셨으면 대단히 감사하겠다고 간곡히 부탁했습니다. 그리고 다시 다음과 같이 덧붙였습니다.

『또한 이 건에 관하여 원조해주신다면 대로마의 수도 절반을 교주님께 바칠 생각이오니, 이슬람교 사원의 건설도 뜻대로 하실 수 있으며, 또 그 수도의 세금도 임금께 바칠 생각이옵니다.』

고관대작들의 권고에 따라 이 서한을 작성한 왕은 두루마리를 접어서 애꾸눈의 재상 대신 새로 임명된 재상을 불러, 왕국의 인장을 찍어 봉인한 다음 중신들도 이것에 서명 날인하라고 명령했습니다. 그것이 끝나자, 대신에게 이 서한을 가지고 평화의 집 바그다드로 가서 직접 교주에게 전하라고 단단히 이른 다음 다시 이렇게 덧붙였습니다.

"만일 그대가 딸을 데리고 온다면 태수 두 사람 몫의 영토를 준 다음 금실로 두 겹의 단을 두른 어의를 하사하겠다."

대신은 서한을 가지고 출발하여, 산과 골짜기를 지나 길을 재촉하여 무사히 바그다드의 도성에 도착했습니다. 그리고 사흘 동안 여행의 피로를 푼 다음 충성된 자의 임금을 찾아가, 안내를 받고 궁전으로 들어가 배알을 청했습니다. 교주가 배알을 허락하니, 대신은 어전으로 나아가 엎드려 프랑크 왕의 서한과 함께 교주에게 알맞는 호화롭고도 진기한 선물을 바쳤습니다.

교주는 편지를 읽고 그 뜻을 짐작하자, 곧 자기 대신에게 모든 이슬람교국에 통첩을 내리라고 명령했습니다. 즉, 미리암 공주와 누르 알 딘 두 사람이 도망을 쳤으니 발견하는 대로 체포하여 즉시 교주에게 보내라고 단단히 이른 다음, 두 사람의 이름과 생김새까지 상세히 적어서 보내라고 명령한 것입니다. 그래서 대신은 몇 통의 서한을 작성하고 이것을 봉인하여 전령에게 주어 여러 나라의 총독에게 보냈습니다. 한편, 총독들은 즉시 교주의 명령을 받들어 두 남녀의 이름과 인상을 모든 나라에 수배했습니다.

총독과 그 백성들은 이러했습니다만, 이야기가 바뀌어, 누르 알 딘과 허리띠 짜는 공주 미리암은 프랑크 왕과 그 군사를 물리치자, 신의 가호를 받으면서 곧장 앞을 재촉하여 시리아의 다마스쿠스로 들어섰습니다. 그런데 교주의 전령은 두 사람보다 하루 전에 이 도시에 와 있었으므로 다마스쿠스의 태수는 이 두 사람을 발견하는 대로 체포하여 교주에게로 호송해야 한다는 것을 알고 있었던 것입니다.

그래서 두 사람이 시내로 들어서자마자 포졸들이 말을 걸며 이름을 물었습니다. 두 사람은 묻는 대로 사정을 말하고, 자기들에게 내리닥친 사건의 자초지종을 낱낱이 털어놓았습니다. 이 말을 듣고 포졸들은 수배중인 남녀가 틀림없음을 알자 곧 체포하여 총독 앞으로 끌고 갔습니다.

총독은 총독대로 즉시 부하들로 하여금 호위하게 하여 두 사람을 바그다드로 호송했습니다. 일행이 도성에 도착하여 교주에게 배알을 청하여 허락되자 어전으로 나가 엎드려 아뢰었습니다. "오,

충성된 자의 임금님, 이 자는 프랑크 왕의 공주 허리떠 짜는 미리암이고, 또 이 자는 카이로의 상인 타지 알 딘의 아들 누르 알 딘이라는 포로로서, 공주를 부왕에게서 빼앗고 농락했으며, 손을 맞잡고 다마스쿠스로 도망쳐와, 도성으로 들어선 것을 저희들의 눈에 띄어 심문을 당한 자입니다. 두 사람은 솔직하게 정체를 털어놓았기 때문에 밧줄로 묶어 전하의 어전으로 끌고 온 것입니다."

교주가 미리암 공주를 자세히 바라보니, 그 자태는 한없이 아름답고도 우아하며, 맵시는 당대에 비할 것이 없는 천하일품, 목소리도 아름답거니와 말도 유창하고, 거동도 활발하며 마음씨도 아주 상냥한 여자였습니다.

처녀는 공손히 교주 앞에 엎드려 영원히 위엄을 떨치시고, 모든 적이 멸망해버릴 것을 빌었습니다. 교주는 요염한 자태와 아름다운 목소리의 똑똑한 말투에 아주 감탄하여 물었습니다. "그대는 프랑크 왕의 왕녀 허리떠 짜는 미리암 공주인가?" "네, 충성된 자의 임금님, 유일신 알라를 믿는 사람들의 왕자, 신앙의 수호자, 사도의 우두머리의 친척이시여! 그렇습니다."

이어 교주는 누르 알 딘을 돌아다보고, 마치 보름날 밤의 보름달과 같은 우아한 모습에 놀라며 이렇게 말을 건넸습니다. "그리고 그대는 카이로의 상인 타지 알 딘의 아들 누르 알 딘이라는 자인가?" "네, 충성된 자의 임금님, 옳은 길을 찾아 행하시는 백성의 기둥이시여!" "그대는 어찌하여 이 처녀를 빼앗아 부왕의 왕국으로부터 납치해왔는가?"

교주의 물음에 누르 알 딘은 지금까지 겪은 일의 자초지종을 처음부터 끝까지 말했습니다. 그러자 교주는 몹시 놀라면서 외쳤습니다. "인간 세상의 고통이란 정말 가지가지로다!"

―샤라자드는 날이 훤히 밝아오는 것을 깨닫자, 여기서 허락된 이야기를 그쳤다.

• **894일째 밤**

샤라자드는 다시 말을 이었다. 오, 인자하신 임금님, 하룬 알 라시드 교주는 누르 알 딘의 기구한 신세 이야기를 묻고 처음부터 끝까지 그 자초지종을 듣자 몹시 놀라면서 외쳤습니다. "인간 세상의 고통이라는 것은 정말 가지가지로다!"

그러고 나서 교주는 공주를 돌아다보고 말했습니다. "실은 말이다, 미리암. 그대의 부친이신 프랑크 왕께서 그대에 관하여 나에게 서한을 보내주셨다. 그대의 생각은 어떤가?"

"오, 현세에 있어서 알라의 대행자, 예언자의 계율을 지키시고, 인간에게 보내는 명령을 이행하시는 임금님이시여! 부디 알라께서 전하의 위엄을 더욱 번영케 하시고, 나쁜 길과 원수로부터 지켜주옵시기를 비나이다! 전하는 이 지구상에 있어서의 알라의 대신이시며, 저는 진리와 정의를 북돋우는 신조를 내리신 전하의 신앙에 귀의하고 있는 자입니다. 구세주를 거짓말쟁이라고 일컫는 이단자의 종교를 버리고, 인자하신 알라와 그 자비로운 사도의 계시를 믿는 참된 신자가 된 것입니다. 저는 알라(칭송할지어다!)를 섬기고, 알라를 유일신이라고 인정하고, 알라 앞에 엎드려 칭송합니다. 또 교주님 앞에서 진정 알라 외에 신 없고, 모하메드는 신의 사도라는 것을 증명합니다. 알라께서는 이 사도를 통하여 가지가지의 지시와 참된 신앙을 보내시고, 비록 신을 동료로 삼는 이단의 무리들이 싫어할지라도 다른 모든 종교를 정복하고야 마시리라 생각하셨던 것입니다. 그러한 까닭으로 오, 충성된 자의 임금님, 이단자의 왕의 서한에 응하여 신앙을 거부하고, 전능하신 신과 모든 신을 동일시하고 십자가를 찬미하며, 우상 앞에 무릎을 꿇고, 보통의 인간에 지나지 않는 예수의 신성을 믿는 이단자의 나라로 저를 인도하셔도 괜찮겠습니까? 오, 알라의 대리자여, 전하께서 그런 일을 하신다면 심판일에 신의 어전에서 전하의 소매를 붙잡고, 전하의 사촌이신 알라의 사도에게 불평을 호소할 작정입니다. 마지막

심판일에는 재물을 쌓아도 어린애와 같이 쓸 데가 없고, 그저 성심성의로써 신 앞에 무릎을 꿇는 자만이 구원을 받게 되는 것입니다!"

그러자 교주는 대답했습니다. "여봐라, 미리암, 당치도 않은 소리. 나는 그러한 짓은 절대로 하지 않아! 유일신과 그 사도를 믿는 이슬람교도를, 알라께서도 그 사도께서도 금하신 이단의 무리에게 어찌 인도하겠는가!" "알라 외에 신 없고, 모하메드는 신의 사도라는 것을 증명합니다!" 미리암이 말하니, 교주는 다시 "이봐라, 미리암, 알라께서 그대를 축복하고 옳은 길로 이끌어주시도록 기도하리라! 그대는 이슬람교도며, 유일신인 알라를 믿고 있기 때문에 나는 그대를 구해줘야 할 의무가 있다. 비록 금은 보석이 산처럼 있는 세계를 준다 해도 그대를 배반하지 않을 뿐더러 그대를 버리지도 않겠다. 그러니 마음을 턱 놓고, 눈물을 거둬라. 큰 배를 탄 기분으로 걱정할 것이 없다. 그런데 그대는 이 카이로에서 온 알 딘이라는 젊은이를 남편으로 맞이하고, 그의 아내가 되고 싶다는 것인가?"

미리암은 대답했습니다. "오, 참된 신자이신 임금님, 어찌하여 저분의 아내가 되지 않겠어요? 저분은 자기 돈으로 나를 사서, 더할 나위 없이 친절하게 대해주셨어요. 게다가 저를 위하여 몇 번씩 목숨까지 건 일도 있어요."

그래서 교주는 법관과 증인을 부르고, 지참금을 정하여 공주를 젊은이에게 시집보내고, 국내의 고관대작도 출석시켜 성대한 화촉의 잔치를 베풀었습니다. 그러고 나서 그곳에 참석한 프랑크 왕의 대신을 돌아다보면서 말했습니다. "그대도 공주의 말을 들었겠지? 이 여자가 이슬람교도며, 신의 유일성을 믿고 있다고 하는데, 어찌하여 이단자인 부친에게 보낼 수가 있겠는가? 아마 딸을 학대하고 혼을 낼 것이 분명해. 특히 공주는 동생인 왕자들을 죽여버렸으니까. 그렇게 되면 부활의 날에도 나는 이 여자 때문에 벌을 받지 않으면 안될 것이오. 게다가 전능하신 알라께서도 말씀하고 계시지 않느냐 말이야. '알라께서는 절대로 참된 신자를 제쳐놓고 이단자를 위하여 힘을 쓰지 않는다.'(《코란》제4장 140절)고 말이요. 그러하니 그대는 왕에게로 돌아가서 이렇게 전하시오. '이 일에 관해서는 단념하시고, 일이 잘되지 않은 것으로 생각하시오' 하고 말이오."

그런데 이 대신은 머리가 둔한 어릿광대였으므로 교주에게 버릇없이 말했습니다. "오, 충성된 자의 임금님, 구세주와 참된 신앙의 공덕에 맹세코, 비록 미리암 공주가 마흔 번이나 이슬람교도가 된다 하더라도 저는 공주를 그냥 두고는 절대로 떠나지 않겠습니다! 만일 전하께서 저와 함께 공주를 보내주지 않으신다면 이 길로 급히 저의 왕에게로 돌아가서 이쪽으로 대군을 보내어 바다와 육지로 양면의 공격을 가할 것입니다. 선두가 이 수도에 도착해도 그 끝은 아직 유프라테스 강에 있을 만큼의 대군을 이끌고 전하의 영토를 짓밟아버리겠습니다."

교주는 프랑크 왕의 저주받은 대신에게서 이 말을 듣자, 눈앞이 캄캄해지고, 불꽃처럼 화를 내며 말했습니다. "이 나사렛의 얼빠진 놈아, 네놈은 프랑크 왕과 함께 나를 공격할 만큼의 권세를 쥐고 있다는 것인가?" 그리고 나서 호위병들에게 "이 저주받은 놈을 끌어다 목을 쳐라." 하고 명령한 다음 이런 시구를 읊었습니다.

　　어른의 뜻을 거역한
　　자에 대한 보복이니라.

교주는 대신의 목을 베어, 시체를 태워버리라고 명령했습니다만, 미리암 공주는 외쳤습니다. "오, 충성된 자의 임금님, 그와 같은 저주받은 자의 피로 전하의 칼을 더럽혀서는 안됩니다." 그렇게 말하면서 공주는 자기 칼을 뽑아가지고 대신의 목을 치니, 목은 몸체를 떠나 날고, 대신은 순식간에 오욕의 집으로 떨어지고 말았습니다. 즉, 대신의 집은 영원한 죄업이 깃들여 있는 지옥이었습니다.

교주는 공주의 뛰어난 완력과 씩씩한 기상에 놀랐습니다. 호위병들이 대신의 시체를 밖으로 끌어내어 태워버리니, 충성된 자의 임금은 누르 알 딘에게 호화로운 어의를 하사하고, 두 사람에게 궁전 안의 방을 주었습니다. 게다가 봉록과 급료를 정해주고, 옷과 가구와 값비싼 그릇 등 모든 필요한 물건을 두 사람의 방으로 날라다주었던 것입니다.

이렇듯 현세의 환락과 위안을 다하면서 잠시 바그다드에서 살고 있는 동안 누르 알 딘은 고국에 계신 부모가 그리워서 견딜 수가 없었습니다. 그래서 이 일을 교주께 말씀드려, 고국으로 보내 달라는 허가를 구하자, 교주는 당장 이것을 허락하고, 미리암을 불러 서로 여행중 조심하라고 단단히 일렀습니다. 또 값비싼 선물과 진기한 물건을 선물로 주었으며 신께서 수호하시는 카이로의 태수와 법률박사와 명사들에게 서한을 써서 누르 알 딘 부부와 양친을 추천하여, 만사를 잘 보살펴주고 더할 나위 없이 정중하게 대우하라고 명령했습니다.

이 소식이 곧 카이로에 도착하자 상인인 타지 알 딘도 그 어머니도 자기 아들의 귀국을 매우 기뻐하였으며, 도성의 태수와 명사들도 교주의 지시에 따라 두 사람을 맞으러 나갔습니다. 정말로 그것은 반가운 일로, 사랑하는 자와 사랑받는 자가 맺어지고, 구하는 자와 구함을 당하는 자가 반갑게 만나는 경축일이었습니다. 게다가 태수들은 모두 각기 날을 정하여 차례차례로 잔치를 베풀어 서로 다투어 두 사람을 후대했습니다.

누르 알 딘과 대면한 양친은 손을 서로 마주잡고 기뻐하여, 지금까지의 괴로웠던 일도 근심 걱정도 단번에 사라지고 말았습니다. 또한 양친은 미리암 공주를 기꺼이 맞이하여 융숭하게 대접했던 것입니다.

날마다 두 사람에게는 태수와 부유한 상인들로부터 여러 가지 선물이 들어오고, 잔치의 환락조차 능가하는 즐거운 생활이 계속되었습니다.

이렇듯 위안과 즐거움을 다하는 가운데 더욱 번영하면서 재미있게 먹고 마시며 살아가는 동안에 환락을 멸하고 사귐을 끊고, 무덤에 자리잡고 사는 자가 찾아오자, 두 사람은 세상을 떠나게 된 것입니다.

　멸망하는 일이 없고, 보이는 것, 보이지 않는 것의 열쇠를 손에 쥐고 계신 신에게 영광 있으라!

　이 밖에 또 카이로의 태수 슈자 알 딘에게서 다음과 같은 이야기를 들었습니다.

상부 이집트의 사나이와 프랑크 인 아내

우리들은 어느 날 밤, 사이드 지방에 있는 즉 상부 이집트의 어느 한 사나이의 집에 묵으며, 아주 융숭한 대접을 받았습니다. 그런데 주인 되는 사람은 더할 나위 없이 피부색이 검은 늙은이였으나, 아이들로 말하면 희미하게 붉은 색이 도는 새하얀 흰 눈과 같은 살결을 하고 있었습니다. 그래서 우리들은 물었습니다. "여보시오, 주인님, 어찌된 까닭입니까? 아드님은 얼굴이 흰데, 당신은 몹시 검으니?"

그러자 노인은 대답했습니다. "애들의 어머니가 프랑크 여자라서요. 내가 아직 젊었을 무렵은 알 마리크 알 나시루 사라알 딘 (이집트 및 시리아의 왕, 아이유브 왕국의 시조, 1177~ 193, 예루살렘을 점령하고, 카이로를 요새화했음)의 시대였는데, 핫틴의 전쟁이 끝난 후 그 여자를 포로로 했죠." "어떻게 하여 수중에 넣으셨죠?" "묘한 곡절이 있답니다." "어디 들려주실 수 없으실까요?" 그러자 주인은 이야기를 시작했습니다.

―해 드리고 말구요! 실은 말입니다. 나는 훨씬 오래 전부터 이곳에서 아마를 재배하여 뽑아서 손질하였는데, 자본이 금화로 500 닢이나 들었습니다. 이윽고 팔아버릴려고 해도 그 이상의 값으로는 사겠다는 사람이 없었습니다. 어떻게 하나 하고 걱정을 하고 있는데, 세상 사람들이 말하기를 "아크레로 가지고 가보시오. 거기라면 아마 좋은 값으로 팔릴 것입니다."라고 하더군요. 그런데 아크레는 그 당시 프랑크 인에게 점령되어 있었는데, 나는 아마를 가지고 가서 그 중의 일부를 여섯 달 외상으로 팔았습니다. 어느

날 내가 장사를 하고 있는 곳으로 뜻밖에도 한 프랑크 인 여자가 아마를 사러 왔습니다. '시장거리를 걸을 때에도 프랑크 인 여자는 얼굴에 베일을 걸치지 않는 것이 관습이었습니다.' 나는 그 여자의 자태가 고운 데 그만 넋을 잃고 말았습니다. 그래서 나는 값을 퍽 싸게 하여 얼마간의 아마를 팔았고, 여자는 아마를 들고서 돌아갔습니다.

그러고 나서 며칠이 지난 후 여자는 또다시 우리 가게에 와서 전보다도 좀더 많이 아마를 사겠다기에 나도 값을 훨씬 깎아줬지요. 그런 식으로 여자는 내가 반했다는 것을 눈치챈 듯 가끔 우리 가게에 모습을 나타내게 되었습니다.

그런데 그 여자는 언제나 노파를 한 사람 데리고 다녔으므로, 나는 어느 날 노파에게 말을 걸었습니다. "당신과 같이 다니는 부인이 나는 아주 좋아졌소. 어떻게 수를 좀 써서 친해지게 해줄 수 없겠소?" 그러자 노파는 "어떻게 해보리다. 하지만 말입니다. 이 일은 나와 당신과 저 여자, 이렇게 세 사람만의 비밀로 해두어야 합니다. 그리고 돈을 듬뿍 내셔야 합니다." "그 여자의 정을 살 수만 있다면 비록 이 목숨을 내준다고 해도 아깝지 않소."

─샤라자드는 날이 훤히 밝아오는 것을 깨닫자, 여기서 허락된 이야기를 그쳤다.

● 895일째 밤

샤라자드는 다시 말을 이었다. 오, 인자하신 임금님, 노파는 그 사나이에게 말했습니다. "그러나 이 일은 우리들 세 사람, 즉 나와 당신과 그 여자만의 비밀로 해두어야 합니다. 그리고 돈을 듬뿍 내셔야 합니다." 사나이는 대답했습니다. "그 여자의 정을 살 수 있다면 비록 이 목숨을 내준다고 해도 아깝지 않소."

상부 이집트의 사나이는 이야기를 계속했습니다. 그리하여 50디나르에 여자를 보내주기로 이야기가 결정되었습니다. 그래서 내가 돈을 마련하여 노파에게 주자, 노파는 받아들이고 나서 말했습니다.
"댁에 방을 하나 준비해두세요. 오늘밤이라도 당장 본인을 데리고 올 테니까요."

그래서 나는 집으로 돌아오자, 요리와 마실 것에서부터 양초와 과자 따위에 이르기까지 모든 준비를 했습니다. 그런데 집이 바다를 향해 있는 데다가 때는 마침 여름이었으므로, 나는 평지붕에다 잠자리를 만들어놓았습니다.

오래 기다릴 것도 없이 그 프랑크 인 여자가 찾아왔으므로 둘이서 마시고 먹고 있노라니까 이윽고 사방이 어두워졌습니다. 그런데 교교하게 밝은 달이 걸린 푸른 하늘 아래에 누워, 해변에 번쩍거리는 별의 그림자를 물끄러미 바라보면서 마음속으로 생각하기를 '너는 알라 앞에서 부끄럽다고 생각하지 않느냐? 외국인인 주제에 푸른 하늘 밑에서 바다를 앞에 두고 하늘을 저버리고 나사렛인의 여자와 동침하려들다니. 지옥 구덩이의 형벌을 당하고도 남을 만한 괘씸한 행동이야.' 그러고 나서 또 이렇게 중얼거렸습니다. "오, 저의 신이시여, 살펴주옵소서. 저는 당신 앞을 부끄러워하고, 보복을 두려워하여 오늘밤엔 이 기독교도의 여자와 잠자리를 함께 하지 않겠나이다!"

그래서 말입니다. 나는 아침까지 그냥 푹 자고, 여자는 날이 훤히 밝자, 벌컥 화를 내며 돌아가버렸습니다. 내가 가게에 나가 언제나처럼 앉아 있노라니까 이윽고 그 여자가 달과 같은 모습으로 노파를 데리고 지나갔습니다. 노파도 어쩐지 심기가 편치 않은 모양 같았습니다. 이 모양을 보고 나는 마음이 우울해져 자기도 모르게 혼잣말을 했습니다. '저 여자에게 손도 대지 않다니 도대체 너는 어떤 사람이냐? 살리 알 사카티인가, 맨발의 비슈르인가, 그렇지 않으면 바그다드의 유나이드인가, 아니면 후자이르 빈 이야즈(이슬람교 기원 2,3세기의 수니파의 유명한 고행자들)란 말이냐?'

나는 노파 뒤를 따라가서 말을 걸었습니다. "다시 한 번 저 여자를 데리고 올 수 없겠소?" "구세주의 공덕에 맹세하고라도 이번엔 100디나르 받지 않고서는 찾아뵙지 않겠어요!" "그럼, 금화 100닢을 내겠소."

 그래서 내가 그만한 돈을 내놓았더니 그 여자는 두 번째로 왔습니다. 그러나 여자와 함께 있다보니 먼젓번과 똑같은 생각이 머리에 떠올라 도저히 손을 댈 생각이 나지 않았습니다.

 그러다가 여자는 돌아가고, 나는 가게로 나갔는데, 잠시 후에 노파가 몹시 화를 내며 찾아왔습니다. 내가 "다시 한 번 데리고 올 수 없소?" 하고 물으니 노파는 "구세주의 공덕에 맹세하고라도 이번엔 500디나르를 내놓지 않으면 그 여자와는 함께 할 수 없어요. 당신은 이제 애가 타서 망하고 말 거요."

 이 말을 듣고 나는 전신이 오싹하여 아마를 판 돈 전부를 써서라도 목숨만은 보전해야겠다고 결심했습니다. 그런데 때마침 이것저것 생각할 겨를도 없이 관원이 이렇게 큰 소리로 외치는 소리가 들렸습니다. "듣거라, 모든 이슬람교도들이여, 그대의 나라와 이 나라와의 강화조약 기한이 끝났다. 따라서 이슬람교도 모두에게 일러두겠는데 이제부터 일주일 이내에 용건을 마치고, 급히 고국으로 돌아가주기 바란다!"

 그러한 까닭으로 그 여자와의 관계는 그것으로 뚝 끊어졌으며, 나는 외상으로 판 아마 대금을 받아들이기도 하고, 현재 가지고 있는 물건을 다른 물건으로 바꾸기도 했습니다. 그러고 나서 꽤 많은 물건을 가지고 아크레를 떠났습니다만, 나를 완전히 포로로 만든 그 프랑크 여자만큼은 단념할 수가 없어 마음 한구석으로는 미련이 남아 있었습니다.

 그런데 나는 여행을 계속하여 다마스쿠스까지 오자, 아크레에서 산 물건을 아주 비싼 값으로 팔아버렸습니다. 왜냐하면 휴전 기한이 끝나자 왕래가 두절되었기 때문에 물건이 귀해져 알라의 뜻으로 돈을 듬뿍 벌게 된 것입니다.

 그 다음에 나는 포로가 된 노예 계집을 매매하는 장사를 시작한 것인데, 그것은 예전의 그 프랑크 여자에 대한 애절한 그리움을 얼마만큼이라도 잊어버리고자 하는 생각에서였습니다. 어쨌든 3년 동안 이 장사에 종사하고 있었는데 그 동안 알 마리크 알 나시르 왕과 프랑크 인 사이에 핫틴의 전쟁 같은 것이 여기저기서 일어났는데, 신의 뜻으로 알 마리크 왕측의 승리로 돌아갔습니다. 그리고 왕은 프랑크 인의 여러 왕을 포로로 하여 연해 안의 여러 항구를 열게 했습니다.

그런데 그 후 어느 날, 사나이 하나가 나를 찾아와서 알 마리크 나시르 왕의 측실이 노예 계집을 하나 사겠다고 하는 말을 전했습니다. 나는 아주 고운 처녀 하나를 가지고 있었으므로 이것을 보였더니 그 사나이는 100디나르로 샀습니다. 그리고 90디나르만 현금으로 주고, 나머지 10디나르는 외상으로 했습니다. 왜냐하면 프랑크 인과의 싸움에서 국고를 탕진하여, 그 날은 왕실의 보고에 그만큼의 돈밖에 없었기 때문이었습니다.

그 사나이가 사정을 곧 알 마리크 알 나시르에게 의논하자 왕은 즉석에서 말했습니다. "포로들을 수용하고 있는 왕가의 창고로 데리고 가서 프랑크 여자를 하나 고르게 하라. 10디나르는 쳐주겠지."

—샤라자드는 날이 훤히 밝아오는 것을 깨닫자, 여기서 허락된 이야기를 그쳤다.

• 896일째 밤

샤라자드는 다시 말을 이었다. 오, 인자하신 임금님, "외상돈 10디나르 대신으로 처녀를 하나 고르게 하라." 하고 말했으므로 그는 나를 포로 숙사로 안내하여, 안에 있는 여자를 모두 보여주었습니다. 그러다 그 안에 내가 아크레에서 반했던 그 프랑크 여자가 있는 것을 단번에 알아보았습니다.

그런데 이 여자는 프랑크 인 기사의 아내였는데, 나는 "이 여자를 갖겠습니다." 하고 나의 천막으로 데리고 와서 "나를 아는가?"

하고 물었습니다. "모릅니다." 하는 상대방의 대답이었으므로 나는 이렇게 말해주었습니다. "나는 당신이 구면이오. 전에는 아마상인이었는데, 아크레에서 당신과 그런 곡절이 있지 않았소. 당신은 나에게서 돈을 받고 '다음엔 500디나르 내지 않으면 다시는 만나지 않겠어요.' 했지. 그런데 이제는 단돈 10디나르로 내 것이 되었군."

그러자 여자는 말했습니다. "정말 이상한 인연이군요. 당신께서 귀의하고 계시는 신앙은 참된 신앙이니까 저도 알라 외에 신 없고, 모하메드는 신의 사도로다! 하고 증언하겠어요." 그리하여 여자는 진정으로 이슬람교에 귀의하고 말았습니다. 그래서 나는 혼잣말을 했습니다. '옳지, 나는 이 여자를 자유의 몸으로 하여 법관에게 사정을 털어놓자. 그때까진 동침하지 말고.'

나는 곧장 이불 샷다드(당시 사라 알 딘 밑에서 육군 법무 총감이었다)에게 가서 자초지종을 이야기한 다음 그 여자를 정식으로 아내로 맞았습니다. 그 후 군대가 철수했으므로 나는 다마스쿠스로 돌아왔습니다.

그런데, 며칠 되지 않아 프랑크 왕으로부터 사신이 와서 두 나라 사이에 체결된 조약에 따라 포로는 모두 서로 인도하기로 되었다는 이야기였습니다. 그래서 알 마리크 알 나시르 왕은 남녀 포로를 모두 인도하였으니, 마지막엔 나의 아내만이 남게 되었습니다. 프랑크인들은 이구동성으로 말했습니다. "아무개 기사의 아내만이 눈에 띄지 않는군."

그들은 여자의 행방을 묻고 엄중히 수색하여, 그 여자가 나의 집에 있다는 것을 알게 되었습니다. 그래서 그들은 여자를 내놓으라고 하기에 나는 안색이 바뀌고 당황하여 아내에게로 갔습니다. 그러자 아내가 "당신 웬일이세요? 어디 몸이 편치 않으세요?" 하고 물으므로 나는 자초지종을 털어놓았습니다. "프랑크 왕이 사자를 보내어 포로는 전부 인도하라는 거야. 그래서 당신도 내놓으라는 것이 아니겠소."

"걱정하실 거 없어요. 나를 이곳 임금님에게 데려다주세요. 뭐라고 말을 하면 될지 알고 있으니까요." 그래서 내가 알 마리크 알 나시르 왕의 어전으로 아내를 데리고 갔더니 왕은 옥좌에 앉아 있고, 오른쪽에는 프랑크 왕의 사절이 앉아 있었습니다. 그래서 나는 말했죠. "이 여자가 내 집에 있는 여자입니다."

그러자 왕과 사절이 물었습니다. "그대는 고국으로 돌아가고 싶은가, 아니면 남편하고 그대로 여기서 살고 싶은가, 어느 쪽이냐? 알라의 뜻에 의하여 그대도 다른 포로도 자유의 몸이 된 셈인데." 이 말을 듣고 아내는 국왕에게 말했습니다. "저는 이슬람교도가 되어, 지금은 보시다시피 임신한 몸입니다. 프랑크 인과는 이젠 아무 관계도 없습니다."

사절이 "이 이슬람교도와 이러이러한 최초의 남편이었던 기사와 어느 쪽을 그대는 더 사랑하고 있는가?" 하고 묻자, 아내는 국왕에게 대답한 그대로 대답했습니다. 그러자 사절은 수행원들에게 "이 여자의 대답을 들었는가?" 하고 물었습니다. "네, 확실히 들었습니다." 하고 수행원들이 대답하자 사절은 나에게 말했습니다. "그대는 아내를 데리고 가도 좋다."

그래서 나는 아내를 데리고 어전을 물러났는데, 조금 후에 사절이 허겁지겁 뒤를 쫓아와서 외쳤습니다. "그 여자의 어머니가 말이오. '딸은 포로가 되어 입을 옷도 없을 거요.' 하며 나에게 부탁한 물건이 있소. 자, 이 큰 궤짝이오. 그대가 메고 가서 본인에게 주도록 하시오."

그래서 나는 큰 궤짝을 지고 집으로 돌아와 아내에게 이것을 주었습니다. 내가 안을 열어보니 고국에 두고 온 옷이 그대로 모두 들어 있고, 게다가 내가 준 두 개의 전대에는 50디나르와 100디나르가 손도 대지 않은 채, 내가 끈으로 맨 그대로 들어 있지 않겠습니까. 나는 이것을 보고 전능하신 알라에게 감사했습니다.

이 아들들도 아내가 낳은 아이들이며, 아내는 오늘까지도 건강하며, 이 요리도 아내가 만든 것입니다.

우리들은 이 노인에게 일어난 행복한 운명의 이야기를 듣고 깜짝 놀랐습니다. 그러나 알라는 무슨 일이나 모두 알고 계시는 신이십니다. 또, 이런 이야기도 전해내려 오고 있습니다.

영락한 바그다드의 사나이와 노예 처녀

　옛날에 바그다드에 부친으로부터 막대한 유산을 이어받은 부자가 살고 있었습니다. 이 사나이는 어느 노예 계집에게 반하여, 그 노예를 사서, 서로 뜨거운 사랑에 빠져 있었습니다. 그리고 여자를 위하여 돈을 물 쓰듯 했으므로 그 많은 재산도 전부 없어져 빈털터리가 되고 말았습니다. 그래서 생계를 이을 방도를 물색했지만 공교롭게도 무엇 하나 찾지 못했습니다.
　그런데 이 젊은이는 좋은 시절에 노래를 잘 부르는 사람들의 모임에 빈번히 출입하고 있었으므로, 그 방면에 있어서는 누구에게도 지지 않으리만큼 숙달되어 있었습니다. 그래서 젊은이가 친지 하나에게 의논하니 상대방은 말했습니다.
　"자네도 그렇고, 자네의 노예 계집도 그렇고, 노래를 부르는 것 외엔 좋은 일자리가 있을 것 같진 않군그래. 노래라도 부르면 돈벌이가 되니까 굶진 않을 것일세."
　그러나 본인도 여자도 노래부르는 것이 싫었기 때문에, 여자는 말했습니다. "당신이 출세할 방도가 생각났어요." "그건 뭔데?" "나를 팔아주세요. 그렇게 하면 둘이 다 이 곤경을 벗어날 수 있고, 나는 넉넉한 신분으로도 될 수 있어요. 하기야 부자 이외에는 나 같은 것을 사려고 하지도 않을 거예요. 그렇게 되면 어떻게 수를 써서 당신한테로 돌아오도록 하겠어요."
　그래서 젊은이는 여자를 데리고 시장으로 갔습니다. 최초로 여자를 본 사람은 바소라의 하시미 집안 사람으로서, 지체가 좋고,

제법 풍류도 아는, 마음씨가 넓은 사나이였는데, 서슴지 않고 1500 디나르로 노예 처녀를 샀습니다. (노예 계집의 주인인 젊은이는 이렇게 말했습니다.)

나는 그 대금을 받은 순간 후회하면서 여자와 함께 눈물을 흘렸습니다. 그리고 그 흥정을 취소하려고 노력했습니다. 그러나 산 사람은 도무지 응하지 않았습니다. 그래서 나는 할 수 없이 돈을 주머니에 넣고 정처없이 걸었습니다. 사랑하는 여자가 없는 집으로 돌아갈 생각이 들지 않아, 스스로 자기 얼굴을 때리면서 아직껏 겪어보지 못했을 만큼 몹시 비탄에 젖었습니다.

이윽고 나는 어느 이슬람교 사원으로 들어가 눈물을 흘리면서 앉아 있었으나 어느 사이에 마음이 풀려, 돈주머니를 벤 채 그만 잠이 들어버렸습니다. 그런데 내가 모르는 사이에 누군가가 머리 밑의 전대를 채가지고 쏜살같이 도망쳐버렸습니다. 번쩍 정신이 들어 일어난 나는 그 악한을 쫓으려고 했으나, 어찌된 일인지 어느 사이에 두 다리가 묶여져 있어, 그 바람에 고꾸라지고 말았습니다. 나는 마구 몸을 때리고 흐느껴 울면서 말했습니다. "너는 네 혼을 내주었을 뿐 아니라, 재산까지 잃었구나!"

──샤라자드는 날이 훤히 밝아오는 것을 깨닫자, 여기서 허락된 이야기를 그쳤다.

• 897일째 밤

샤라자드는 다시 말을 이었다. 오, 인자하신 임금님, 젊은이는 이야기를 계속했습니다.

그래서 나는 자기도 모르게 혼잣말을 했습니다. '너는 네 혼을 내주었을 뿐 아니라, 재산까지 잃었구나!' 나는 너무나도 분해서 티그리스 강으로 가서 덧옷으로 얼굴을 싸고 강물에 몸을 던졌습니다.

그러자 지나가던 사람들이 나를 보고 외쳤습니다. "필경 그 무슨 큰 불행한 일을 당했구나." 그들은 강 속으로 뛰어들어 나를 강둑으로 끌어올린 다음 사정을 물었습니다. 그래서 내가 겪은 재난을 이야기했더니 모두들 나를 동정해주었습니다. 그때 군중 사이에서 노인 하나가 앞으로 나와 말을 걸었습니다. "그대는 돈을 잃으셨군. 그렇지만 어찌하여 목숨마저 내던지고 지옥 구덩이로 빠지려는 거요? 자, 일어나서 나와 함께 갑시다. 어디 댁을 좀 봅시다."

나는 노인과 함께 나의 집으로 갔습니다. 잠시 노인과 함께 앉아 있으려니까 기분도 가라앉고 침착해졌으므로 고맙다는 말을 하자, 노인은 그대로 가버렸습니다.

혼자가 된 나는 또다시 죽어버리고 싶은 생각이 들었는데, 내세와 지옥을 생각해보고는 집을 뛰쳐나가 친구 하나를 찾아가서 자초지종을 이야기했습니다. 친구는 나를 불쌍히 여겨 50디나르를 준 다음 이렇게 말했습니다. "내 충고를 들어 이 길로 곧 바그다드를 떠나게. 그러노라면 자연 자네 기분도 그 여자에게서 떠나 잊어버리게 될 걸세. 자네 조상은 서기 같은 일도 했으며, 자네는 글씨도 잘 쓰고, 게다가 집안도 좋지 않은가. 그러니까 아무라도 좋으니 총독 같은 훌륭한 사람을 찾아가서 그분의 동정에 매달리라구. 그렇게 하고 있으면 자연 그 노예 색시와도 만나게 될 수 있겠지."

나는 친구의 충고에 따라(사실 또 갑자기 용기도 솟아나 얼마간 마음의 위안도 된 것입니다), 와시트(바그다드와 바소라 중간에 있는 메소포타미아의 한 도시)로 가리라고 결심했습니다. 거기에는 나의 친척도 있었기 때문입니다.

강가에 나가보니, 배 한 척이 매어져 있고, 선원들이 상품과 훌륭한 피륙 등을 계속 싣고 있었으므로 나를 와시트까지 실어다줄 수 없겠느냐고 부탁해보았습니다. 그러나 선원들은 대답했습니다. "이 배는 하시미 집안의 배인지라, 그런 옷차림으로는 태워줄 수 없겠는걸."

그러나 나는 뱃삯은 꼭 내겠다고 하며 상대방의 마음을 끌었더니 그들은 말했습니다. "어쨌든 그 꼴로는 도저히 태워줄 수 없는 걸. 그러나 꼭 타야겠다면 당신의 옷을 벗고 선원의 작업복으로 바꿔 입은 다음 우리들의 동료가 된 체하고 있는 거야."

나는 얼른 그곳을 떠나 선원의 작업복을 두어 가지 사서는 그것을 입었습니다. 그리고 또한 항해중에 필요한 식료품도 얼마간 사가지고 바소라 행의 그 배로 돌아와 선원들과 함께 배에 올라탔습니다. 그런데 그 후 얼마 안되어 다른 사람 아닌 나의 노예 색시가 두 시녀를 거느리고 배에 오르는 것이 눈에 띄었습니다. 그것을 보자 평소의 울적했던 심정도 다소 가라앉아 마음속으로 생각했습니다. '이렇게 되고 보니 바소라에 도착하기까지, 저 사람 얼굴도 볼 수 있고, 노래도 들을 수 있겠군.'

이어 얼마 후에 말을 타고 온 사람은 바로 그 하시미 가의 주인으로서 시종 일행을 거느리고 우리들 배에 오르자 배는 강을 내려가기 시작했습니다. 그 주인은 얼마 후 먹을 것을 꺼내놓고 노예계집과 함께 먹기 시작했고, 다른 사람들은 갑판 한가운데에서 식사를 시작했습니다.

주인은 식사를 끝마치고 여자에게 말했습니다. "언제까지 노래도 안부르고 탄식하고 슬퍼하기만 하고 있을 거냐? 애인과 생이별한 것은 비단 그대 하나만도 아닐 텐데!" 이 말을 듣고 나는 여자가 나를 사모하여 슬퍼하고 있다는 것을 알았습니다.

이윽고 그 사나이는 뱃전을 따라 여자 앞에 휘장을 치고, 멀리 떨어져서 식사를 하고 있던 사람들을 불러, 휘장 밖에 나란히 앉았습니다. 이 사람들은 누구일까 생각하고 물어보니 뜻밖에도 그들은 하시미 가의 사람들이었던 것입니다. 주인이 술과 과일 등 필요한 것을 그들 앞에 늘어놓으니 그들은 계속 여자에게 노래를 불러보라고 졸랐습니다. 그러자 여자는 할 수 없이 비파를 달라고 하여 음계를 조절하고 나서 이런 노래를 불렀습니다.

깊은 밤을 타고 한 무리의 사람들은

내가 사모하는 임을 데리고
가버렸네. 아, 이 가슴의
기쁨도 가지고 가버렸네.
마치 가자나무 타버리듯
이 가슴은 몹시 탔도다.
사람들이 낙타를 몰며
재빨리 가버렸으니.

여자는 갑자기 노래를 끝마치자, 슬픔을 참지 못하고 비파를 내던져버렸습니다. 좌중의 사람들을 불안한 표정을 지었으며, 나는 기절하여 쓰러지고 말았습니다. 그러자 모두는 나에게 악마가 씌인 줄 알고, 그 중 하나가 나의 귀에다 악마를 쫓는 주문을 외어주었습니다. 그래도 아직 그들은 여자를 달래서는 노래를 다시 한 곡조 불러달라고 졸랐으므로 여자는 다시 비파를 집어들고 이런 노래를 불렀습니다.

짐을 싣고 떠난 사람을
나는 못잊어 서 있건만
그리운 임의 모습은
이 가슴에 남아 슬프구나.
인기척 없는 폐허에 서서
그대의 행방을 찾았건만,
대지는 헛되이 황폐해버려
대답하는 이 없네.

노래를 끝마치자, 여자는 실신하여 그 자리에 쓰러졌습니다. 좌중에서 갑자기 울음소리가 일어나니, 나도 외마디 비명을 지르고는 그대로 기절하고 말았습니다.

선원들이 나의 심상치 않은 모양에 넋을 잃고 있는 것을 보고 하시미 가의 주인을 섬기는 시동 하나가 말했습니다. "어찌하여 이런 미치광이를 배에 태웠지?" 그래서 모두는 이구동성으로 말했습니다. "다음 부락에 도착하는 대로 이 자를 육지에 내려놓고 쫓아버려야겠군."

나는 이 말을 듣자 몹시 불안해졌습니다. 그러나 마음을 굳게 먹고 용기를 내어 마음속으로는 생각한 것입니다. '이렇게 된 이상 어떻게 해서든지 내가 이 배에 타고 있다는 것을 저 여자에게 알리지 않으면 나는 이들의 손에서 구출되지 못할 거야. 그렇게 해놓으면 저 여자도 내가 배에서 쫓겨나지 않게 해줄지도 모른다.'

그러는 동안에 배가 어느 부락 바로 옆을 지나칠 때 선장은 말했습니다. "모두 육지에 오르자." 그리하여 나만 남겨놓고 모두 상륙했습니다. 이윽고 해가 질 무렵이 되었으므로 나는 일어나 휘장 안으로 몰래 들어가 비파를 집어들고 그 줄의 가락을 하나씩 바꿔가며, 전에 내가 여자에게 가르쳐준 적이 있는 나의 독특한 음색에 맞췄습니다. 그렇게 하고 나서 나는 자리로 되돌아왔습니다.

— 샤라자드는 날이 훤히 밝아오는 것을 깨닫자, 여기서 허락된 이야기를 그쳤다.

• 898일째 밤

샤라자드는 다시 말을 이었다. 오, 인자하신 임금님, 젊은이는 이야기를 계속했습니다.

나는 자리로 되돌아왔습니다. 얼마 지나지 않아 선원들은 모두 배로 돌아왔고, 달빛은 강과 산 위로 교교한 빛을 던졌습니다. 그러자 하시미 가의 주인이 여자에게 말했습니다. "제발 부탁이야, 나의 즐거운 인생을 괴롭히지 마!" 그래서 여자는 비파를 집어들고 줄에 손가락 끝을 대보다가는 갑자기 몹시 눈물을 쏟았기 때문에 사람들은 틀림없이 미친 것이 아닐까 걱정했습니다. "알라께 맹세코, 나의 주인인 스승님이 이 배에 타고 계셔요!" 여

자의 말에 사나이는 말했습니다. "만일 그렇다면 같이 이야기해보는 게 좋겠군. 나는 방해하지는 않아. 어쩌면 그대의 슬픔이 사라져서 그대의 노래를 듣게 될지도 모르니까. 그러나 이 배에서 그런 일이 있을 수 없겠지."

그러나 여자는 다시 말했습니다. "주인이 옆에 있으면 비파를 탈 수도 없고, 평소 늘 부르던 노래도 부를 수 없어요." "그럼, 선원들에게 물어보자." "어서 물어보세요." 그래서 사나이는 모두에게 물었습니다. "누군가 다른 사람을 이 배에 태우지 않았는가?" "아뇨, 아무도 태우지 않았습니다."

그때 나는 그것으로 더 이상 따지는 일이 없으면 큰일이라고 생각되어 웃으면서 자진해서 앞으로 나왔습니다. "네, 내가 저 여자의 스승이며, 그 옛날 주인이었을 무렵 노래를 가르쳐주었습니다." 그러자 여자는 외쳤습니다. "확실히 저것은 주인의 목소리에요!"

이 말을 들은 시동들은 나를 하시미 가의 주인에게 데리고 간 것인데, 그는 단번에 나라는 것을 알자 "아니 이게 어찌 된 일이오! 도대체 무슨 꼴이요. 어쩌다가 이런 신세가 되셨소?" 나는 눈물을 흘리며 자초지종을 설명했습니다. 여자는 휘장 뒤에서 이 이야기를 들으면서 소리를 내어 울고 있었습니다. 하시미 가의 주인도 그 밖의 사람들도 나의 처지를 불쌍하게 여겼습니다만 이윽고 주인이 말하기를 "알라에게 맹세코 말하지만 나는 저 여자에게 접근한 적도 없고, 동침한 적도 없소. 오늘까지 한 번도 저 여자의 노래를 들어본 적도 없었소! 나는 알라의 은총을 톡톡히 받은 사나이로, 바그다드에 간 것은 노래를 듣기도 하고, 충성된 자의 임금에게서 봉록도 타기 위해서였소. 볼일을 끝마치고 이젠 돌아가야지 했을 때, 나는 속으로 생각한 것이오. '바그다드의 노래라고 하는 것을 좀 들어보자.' 그런 까닭으로 저 여자를 사기는 샀지만 당신들 두 분의 사정은 꿈에도 몰랐소. 됐소, 나는 신께서 보시는 가운데 바소라에 도착하면 여자를 자유의 몸으로 하여 그대에게 시집보내어, 그대들이 만족할 만한 것을, 아니, 그 이상의 것을 주리다. 다만 내가 노래를 듣고 싶다면 휘장을 두르고, 그 뒤에서 여자에게 노래를 불러달라고 하겠소. 그러면 그대를 우리 집안사람으로 맞이하여 술친구로 삼으리다."

이 말을 듣자 나는 기뻐하였습니다. 하시미 가의 주인은 휘장 속을 들여다보고, 여자에게 말했습니다. "이젠 흡족한가?" 그러자 여자는 사나이를 축복하고 감사의 말을 하였습니다. 주인은 하인을 부르더니 "이 젊은이를 데리고 가서 좋은 옷을 입히고 향을 피운 다음, 나에게 데리고 오라." 하고 분부하였습니다.

그래서 하인이 주인의 지시대로 하여 나를 데리고 돌아가니 다른 사람들과 마찬가지로 술과 안주를 권하며 우대했습니다. 이윽고 여자는 다시없는 간드러진 노랫소리로 이런 시구를 읊었습니다.

그리운 사람이 나에게
이별을 고하려고 찾아오니,
흘러 마지않는 눈물을 보고
세상 사람 나를 비방했도다.
탓하는 사람은 헤어져 가는
쓰라린 슬픔, 또는 가슴 속의
사랑의 불길을 모르리다!
사랑이 깨져 자못 슬픈
알뜰한 정을 맛본
사람이 아니고는 사랑한다는
진정한 마음을 모르리다.

좌중의 사람들은 이 노래를 듣고 더할 나위 없이 기뻐하니, 나도 매우 기뻐져서 여자 손에서 비파를 받아들고 가락도 아름답게 서곡을 타면서 이런 노래를 불렀습니다.

부탁할 바에는 인자하고
높은 자리에 앉으신
마음도 넓은 분에게 부탁하고,
고매한 분에게 부탁함은
부탁하는 사람의 명예로다!
천한 사람에게 부탁하면
재앙과 비방을 초래하리라.
할 수 없이 몸을 낮출 때는
지체도 높고, 착한 사람에게
오로지 은총을 구할지어다.
도량 넓은 대공은
남을 헐뜯고 비방하지 않지만,
천한 무리를 섬길라치면
스스로 자기 몸을 망치게 되리라.

모두는 나의 노래에 아주 흥겨워했습니다. 여자와 내가 차례차례로 노래를 부르니 유쾌한 잔치의 흥겨운 분위기는 언제 끝날지도 모르게 계속되었습니다. 그러는 동안 배는 어느 항구에 닿아 닻을 내리고, 배 안의 사람들 모두와 함께 나도 육지에 올랐습니다.

그런데 술에 취한 나는 쭈그리고 앉아서 소변을 보다가, 그만 가물가물 졸음이 와서 그 자리에 쓰러져 잠이 들어버렸습니다. 그 사이에 승객들은 배로 돌아갔고, 그들도 만취가 되어 있었으므로 내가 없는 것을 모르고 배는 해류를 타고 바소라로 향했습니다.

내가 눈을 떴을 때에는 타는 듯한 태양이 내리쬐고 있어 일어나서 사방을 둘러보아도 사람이라곤 그림자도 없습니다. 내 돈은 여자에게 주었으므로 나의 수중에는 한푼도 남아 있지 않았고, 게다가 또 하시미 가의 주인 이름은커녕 바소라의 주소도 직함도 모두 잊어버리고 말았습니다. 나는 아주 당황하여 여자를 만난 기쁨도 순식간의 꿈으로 끝난 것입니다. 어떻게 하면 좋을까 하고 있는데, 마침 다행히도 큰 배가 들어왔으므로 나는 이것을 타고 바소라까지 왔습니다.

그런데 하시미 가의 주인의 집도 모르거니와 누구 하나 아는 사람도 없었으므로, 나는 어느 잡화점 주인에게 부탁하여 먹통과 종이를 달라고 했습니다.

―샤라자드는 날이 훤히 밝아오는 것을 깨닫자, 여기서 허락된 이야기를 그쳤다.

• 899일째 밤

샤라자드는 다시 말을 이었다. 오, 인자하신 임금님, 그 노예 계집을 소유하고 있던 바그다드의 젊은이는 바소라에 오긴 왔지만, 하시미 가의 주인의 집이 어디 있는지도 몰라 아주 당황하고 말았습니다.

그래서 나는(하고 그는 말했습니다) 어느 잡화상 주인에게 부탁하여 먹통과 종이를 달라고 하여 앉아서 글을 쓰기 시작했습니다. 잡화상 주인은 나의 필적을 보고 감탄하며, 더러운 옷을 입고 있는 것을 이상하게 여겨 신상에 관하여 물었으므로 나는 외국인이며, 돈이 없다고 대답했습니다.

그러자 잡화상 주인은 말했습니다. "그대는 우리집에 살면서, 가게 장부 일을 맡아주지 않겠소? 그러면 셈을 해주는 사례로 식사는 물론 하루 반 디르함의 임금을 드리리다." "좋습니다." 나는 그렇게 대답하고 잡화상 주인네 집에서 살며, 장부일을 맡아서 한 달 동안 수입과 지출을 꼼꼼히 적었습니다. 월말이 되어 조사해 보니 수입이 늘고, 지출이 줄었습니다. 그래서 주인은 나에게 사례하며 급료도 하루 1디르함으로 올려주었습니다.

이윽고 그 해도 저물자, 주인은 자기 딸과 결혼하여 가게를 공동으로 경영해나가자고 제안했으므로, 나도 승락하여 새로 맞은 아내와 열심히 장사일에 정성을 쏟았습니다. 그러나 나의 기분은 언제나 침울하고 무거웠습니다. 주인은 평소 술을 좋아했으므로 가끔 술자리에 불러 주었지만, 나의 기분은 무거워 술을 마실 기분도 나지 않았습니다.

이렇게 2년 동안 살았는데 어느 날 내가 가게에 나가 앉아 있자니까, 술과 안주를 든 사람들이 떼를 지어 지나가고 있었습니다. 그래서 주인에게 무슨 일이냐고 물었더니 주인은 말했습니다. "오늘은 말이오, 축제날이오. 시내의 악사와 무희들이 부잣집 젊은이들과 함께 우브라 강가로 나가 그늘에서 먹고 마시며 즐긴다오."

나도 축제 기분에 마음이 들떠서 그 광경을 구경하며 울분을 풀어보고 싶어서 속으로 생각했습니다. '만에 하나라도 군중 사이에서 사랑하는 여자를 만날지도 모른다.' 그래서 나도 가보고 싶다고 말했더니 주인은 말했습니다. '그럼 곧 모두와 함께 가보게나.'

주인이 술과 안주 준비를 해주었으므로 나는 우브라 강으로 나갔습니다. 보니 사람들의 무리는 벌써 흩어지고 있었습니다. 그래서 나도 돌아설까 하고 생각했는데 문득 그때 하시미 가의 주인이 여자와 함께 타고 있던 배의 선장이 눈에 띄었습니다. 선장은 강둑을 따라 걷고 있었습니다.

내가 선장과 그 일행을 큰 소리로 불렀더니, 그들은 곧 내 얼굴을 생각해내어 배로 데리고 가서 "당신 살아 있었구려?" 하고 물었습니다. 그리고 각자가 서로 나를 껴안고, 그 후의 일을 물었습니다. 그래서 내가 자초지종을 이야기했더니 그들은 "정말 말이오. 우리들은 당신이 술에 취해 강 속으로 들어가 그대로 빠져 죽었나 하고 생각하고 있었다오." 하고 말했습니다.

그러고 나서 내가 여자 일을 물었더니 그들은 "당신이 행방불명이 되었다는 이야기를 듣자, 옷을 찢고, 비파를 때려부수는 등, 손수 자기 몸을 마구 때리며 슬퍼했다오. 그 하시미 가의 나리와 함께 바소라로 돌아왔을 때 우리들은 '그렇게 우는 것은 그만두시오.' 하지 않았겠소. 그런데 그 여자는 '이제부터 나는 검은 상복을 입고, 집 옆에 무덤을 만들어 성묘를 하고, 노래 같은 건 부르지 않겠어요.' 하는 게 아니겠소. 우리들도 손댈 길이 없어 내버려두었는데 그런 모양으로 오늘까지 살고 있다오."

이윽고 그들은 나를 하시미 가로 안내해주었습니다. 가서 보니 과연 그 여자는 이야기 들은 대로의 생활을 하고 있었습니다. 그러나 내 모습을 알아보자, 마치 단말마의 절규가 아닌가 싶은 비명을 질렀습니다. 내가 오랫동안 여자를 가슴에 끌어안고 있자니까 이윽고 하시미 가의 주인이 말했습니다. "데리고 가게." "네, 알았습니다. 그러나 나리 손으로 이 여자를 자유의 몸으로 해주시고, 약속하신 대로 결혼시켜주십시오." 나는 그렇게 대답했습니다.

그러자 주인은 그대로 해준 다음 값비싼 물건을 위시하여 많은 옷과 가재도구, 게다가 500디나르까지 내주며 이렇게 말했습니다. "이 돈은 매달 자네에게 주려고 생각한 금액이야, 그 대신 자네는 내 술친구가 되어 내가 원할 때엔 여자와 함께 노래나 들려주게."

그리고 나서 또 우리 두 사람의 집을 마련해주었을 뿐 아니라, 우리들이 필요로 하는 물건을 모두 그곳으로 날라다주라고 명령했습니다. 그래서 내가 집에 도착했을 때에는 집 안은 벌써 가구와 옷으로 가득 차 있었습니다. 나는 곧 그곳으로 여자를 옮겼던 것입니다.

집 안을 대강 정돈하고 나서 나는 잡화상 주인을 찾아가 자초지종을 털어놓은 다음 따님과 이혼하고 싶은데, 절대로 따님이 나빠서가 아니니 제발 나쁘게 생각하지 말아달라고 사정하였습니다. 그리고 지참금과 그 밖에 내가 치러야 할 몫의 돈을 지불했습니다.

그리하여 이와 같이 나는 2년 동안 하시미 가를 섬겼습니다. 그 사이에 부자가 되어 바그다드에 있을 때와 똑같은 행복한 신세가 되었습니다. 정말 알라의 은총은 크고도 끝이 없어 우리들의 시름을 쫓고 행운을 주셨으며, 고생 끝에 소원을 성취시켜주신 것입니다. 그렇기 때문에 이 세상에서도 또 장차 우리들이 가려는 저 세상에서도 하늘에 계신 알라에게 영광이 있을 것을 빌어 마지않습니다.

또, 이런 이야기도 전해지고 있습니다.

인도의 쟈리아드 왕과 재상 시마스
― 쟈리아드 왕의 후사 월드 한 왕과 그의 애첩과 대신의 후일담 ―

지금으로부터 오랜 옛날 인도의 나라에 권세가 대단한 임금이 있었습니다. 키가 크고, 용모가 잘생겼으며, 위풍당당한 품격의 소유자로서, 품성이 고상하고 도량이 넓어, 가난한 사람들에게는 아낌없이 물건을 주고, 신하와 온갖 백성을 더없이 사랑하고 있었습니다. 그 이름은 쟈리아드라고 했으며, 주위에 일흔하고도 두 명의 왕후를 거느리고, 모든 도시에 350명의 법관을 두고 있었습니다. 왕의 보좌역을 맡고 있는 대신의 수는 70명에 이르고, 10명에 하나씩 장을 임명하여, 그 우두머리로는 시마스라고 부르는 인물을 두었습니다. 이 사람은 당시 아직 22세의 정치가로서, 인품이 뛰어나고, 언변이 유창하고, 매사에 민첩하여 재기가 넘쳤으며, 나이는 아직 어릴망정 온갖 정사에 밝고, 게다가 수완이 능숙하며, 두뇌는 명석했습니다. 또한 생각이 깊고 지혜가 넉넉한 현자로서 예의에 두텁고, 온갖 학예에 통달하고 있었으므로 대왕의 총애를 독차지하다시피 했으니, 특히 왕은 그 능변과 문장의 재주, 정치의 수완, 그 밖에 알라께서 주신 어진 마음씨 등을 높이 평가하고 있었습니다. 그도 그럴 것이 대왕 스스로 정의감이 두터운 왕자로서, 백성을 잘 보살피고 귀천빈부의 구별없이 늘 은혜를 베풀고, 선정·박애·격려·안정 등, 백성에게 필요한 것을 베풀고 조세의 부담도 되도록 가볍게 하고 있었기 때문입니다.

진정 대왕이야말로 상하의 구별없이 백성을 사랑하고, 성심을 다하고, 열의를 기울여 만사에 통괄하니 비할 데 없이 정경의 길에 뛰어난 군자였습니다. 그러나 불행하게도 전능하신 알라께서는 대왕에게 자식을 주시지 않았으므로 이것만은 대왕뿐만 아니라 모든 백성의 한이 되었습니다.

어느 날 밤, 쟈리아드 왕이 왕국의 장래를 걱정하면서 잠자리에 들었다가 어느 사이에 자기도 모르게 잠이 들어, 한 그루의 나무 뿌리에 물을 주고 있는 꿈을 꾸었습니다.

―샤라자드는 날이 훤히 밝아오는 것을 깨닫자, 여기서 허락된 이야기를 그쳤다.

● 900일째 밤

샤라자드는 다시 말을 이었다. 오, 인자하신 임금님, 대왕이 꿈속에서 많은 나무들에게 둘러싸인 한 그루의 나무 뿌리에다 물을 주고 있으려니까, 갑자기 그 나무에서 불이 뿜어나와 주위의 나무들을 모두 태워버렸습니다. 그 순간 쟈리아드 왕은 소스라치게 놀라서 눈을 뜨자 신하 하나를 불러 말했습니다. "빨리 가서 재상 시마스를 불러오너라."

그래서 신하는 시마스에게로 가서 말했습니다. "임금님께서 부르십니다. 임금님께서는 주무시다가 무엇에 놀라셨던지 갑자기 눈을 뜨시고 당신을 곧 불러오라는 분부이셨습니다." 시마스는 이 말을 듣자, 얼른 일어나 왕에게 달려갔는데, 왕은 침상 위에 일어나 앉아 있었습니다. 재상은 어전에 엎드려 왕의 위세가 영원할 것을 빈 다음 말했습니다. "오, 임금님, 잠자리를 괴롭히는 일이 없기를 알라께 빕니다. 어젯밤 전하의 마음을 괴롭힌 것은 도대체 무엇입니까? 이토록 황급히 신을 부르신 것은 무슨 이유 때문이옵니까?"

왕은 우선 재상에게 앉으라고 한 다음 재상이 자리에 앉기가 무섭게 이야기를 꺼냈습니다. "나는 어젯밤 여간 무서운 꿈을 꾸지 않았다. 그 꿈은 주위에 많은 나무들이 서 있었는데, 그 중에서 어느 한 그루의 나무 뿌리에다 물을 주는 것이었다. 그러자 해괴망측하게도 그 나무가 불을 뿜어내 주위의 나무들을 모두 태워버린 것이다. 그러니 깜짝 놀랄 수밖에. 그러고 나서 곧 눈을 떴기 때문에 그대를 부른 것인데, 왜냐하면 그대는 해몽에도 일가견을 가졌으며 게다가 또 뛰어난 지혜와 깊은 분별력을 구비하고 있다는 것을 익히 알고 있기 때문이다."

이 말을 듣자, 재상 시마스는 잠시 깊이 고개를 숙이고 있었으나, 이윽고 얼굴을 들고 웃었습니다. 그래서 대왕은 물었습니다. "여봐라, 시마스, 그대 생각은 어떠한가? 감출 것 없이 진실을 얘기해보라."

시마스는 대답했습니다. "네, 임금님, 전능하신 알라께서는 임금님의 소원을 들어주시어 마음을 편하게 해주실 겁니다. 왜냐하면 이 꿈의 내용은 모두 다 순조롭다는 것, 즉 주의 뜻에 의하여 후사를 두시고, 임금님께서 장수를 누리신 후에는 그 후사가 왕국을 계승하리라는 것을 가리키고 있는 것입니다. 그러나 좀 이상한 점에 관해서는 설명하기 어려운 데가 있습니다. 아직 시기가 좀 이른 듯하게 생각되옵니다."

왕은 재상의 말을 듣자 몹시 기뻐하며 아주 만족스러워했습니다. 평소의 시름의 그림자도 어디로 가버렸는지 극히 마음이 놓여 이렇게 말했습니다. "내 꿈이 그처럼 고마운 내용의 전조라면 적당한 시기가 왔을 때 모두 설명해주기 바란다. 지금 당장 설명하기가 어렵다니 말이오. 그렇게 되면 나의 기쁨도 완전무결하게 되리라. 이도저도 오직 내가 알라(칭송할지어다!)의 승인만을 바라고 있기 때문이다."

그런데 재상 시마스는 그 후에도 왕이 자꾸만 그 다음의 설명을 듣고 싶어 할 때마다 이 핑계 저 핑계로 얼버무려버렸습니다. 그러자 쟈리아드 왕은 나라 안의 점쟁이와 해몽가를 모두 불러서 그들이 어전에 나오자, 곧 자기가 본 꿈 이야기를 하고는 "이 꿈의 진짜 해몽이 듣고 싶다." 하고 말했습니다.
 그러자 그 중 하나가 앞으로 나와 우선 발언의 허가를 구하고 허락을 받자 "오, 임금님, 실은 재상 시마스님은 결코 임금님의 꿈의 해몽을 못하실 분이 아닙니다. 다만 임금님의 심려를 어지럽힐 것을 두려워한 탓입니다. 그 때문에 모두 다 말씀 못드린 것이니, 만일 괜찮으시다면 제가 재상님께서 꺼리신 것을 솔직히 말씀드리고자 합니다." "여봐라, 해몽가여, 남의 일을 걱정말고 어서 이야기해 보라. 있는 대로 들려다오."
 "그럼, 들어주십시오." 하고 그 해몽가는 말했습니다. "언젠가는 임금님께서는 아들을 두게 되실 것이며, 임금님이 장수를 누리신 후에는 이 아드님께서 왕위를 계승하시게 될 것입니다. 그러나 이 분은 우리 임금님과는 달리 백성에게 선정을 베풀지는 못하십니다. 아니, 그렇기는 고사하고 우리 임금님의 법도를 어기고, 백성을 괴롭히고, 마치 고양이에게 맞선 생쥐가 당한 것과 똑같은 사건이 일어나게 될 것입니다. 저는 오직 전능하신 알라께 의지할 수밖에 방법이 없습니다."
 왕이 "그런데, 그 고양이와 생쥐의 이야기란 도대체 어떠한 이야기인가?" 하고 물으니 해몽가는 대답했습니다. "전하께서 만수무강하시기를 빕니다! 이런 이야기가 전해지고 있습니다."

생쥐와 고양이

 고양이 한 마리가 어느 날 밤, 먹을 것을 찾아 어느 정원으로 나갔는데, 아무것도 눈에 띄지 않습니다. 그날 밤은 공교롭게도 추위가 심한 데다, 비도 부슬부슬 내리는 형편이라 고양이는 아주 기진맥진하고 말았습니다. 그래서 고양이는 죽지 않으려고 여러 가지 궁리를 했습니다. 그 주위를 부지런히 쏘다니며 먹을 것을 찾고 있다가 나무 밑둥에 둥지가 하나 있는 것이 눈에 띄었습니다. 가까이 가서 그렁그렁 목구멍을 울리며 냄새를 맡아본즉, 생쥐 냄새가 나니 나무 주위를 빙빙 돌며 어떻게 해서든지 안으로 기어들어가 생쥐 놈을 붙잡으리라 생각한 것입니다.

생쥐 쪽에서는 고양이의 기색을 알아채자, 얼른 고양이에게 등을 돌리고는 앞발로 흙을 차올려 둥지 입구를 막아버리려고 했습니다. 이 모양을 본 고양이는 일부러 힘없는 목소리로 말했습니다.

"이봐, 형제, 왜 그런 짓을 하고 있는 거지? 나는 자네한테 신세 좀 지러 온 거야. 나를 불쌍히 여겨 이런 밤에는 자네 둥지에 넣어주어 하룻밤쯤 재워줄 거라고 믿고 왔는데. 글쎄, 나는 아주 늙어서 힘이 빠지고, 완전히 몸도 쇠약해져 간신히 걷는 형편이야. 오늘밤 이렇게 자네가 사는 정원으로 오긴 왔지만, 차라리 죽어서 이 괴로움에서 벗어날까 하고 몇 번이나 생각했는지 몰라! 자, 보라구, 나는 이 입구에서 추위와 비에 지쳐버렸어. 제발 부탁이니 불쌍하다고 생각하여 내 손을 잡고 안에 들여보내주어. 조그마한 방에서라도 재워줘. 나는 불쌍한 외국인이며, 세상에서도 흔히 말하잖아. '외국인이나 불쌍한 자들을 내 집에 재우면, 그 집은 최후의 심판날에 천국이 되리라.'고 말이야. 그러니 자네도, 이봐, 나를 도와서 하룻밤의 잠자리를 빌려준다면 필경 영원한 보답을 받게 될 거란 말이야. 날이 밝는 대로 나는 곧 나갈 테니까."

―샤라자드는 날이 훤히 밝아오는 것을 깨닫자, 여기서 허락된 이야기를 그쳤다.

• 901일째 밤

샤라자드는 다시 말을 이었다. 오, 인자하신 임금님, 고양이는 생쥐에게 말했습니다. "그러니까 오늘 하룻밤만 재워줘. 내일 날이 밝는 대로 갈 테니까."

고양이의 말을 듣고 생쥐는 대답했습니다. "당신은 하늘 아래

나의 영원한 원수이며, 당신의 먹이는 나의 고기라는 것을 알고 있으면서 어찌 내 둥지에 당신을 넣을 수 있겠어요? 정말 당신의 속임수에 빠질까 무서워요. 글쎄 남을 속이는 것이 당신의 본성이며, 당신에게는 진심이라는 것이 없으니까요. 속담에도 이런 말이 있어요. '호색가에게 미인을, 가난뱅이에게 돈을, 불에 장작을 주지 마라.'고요. 나도 당신에게 나를 맡길 순 없어요. '개나 원숭이의 심상치 않은 적개심은 적의 힘이 약해짐에 따라 점점 왕성해진다.' 하니까요."

그러자, 고양이는 세상에 다시없는 불쌍한 표정을 하고 속으로 기어들어가는 힘없는 목소리로 말했습니다. "자네는 여러 가지 설교를 늘어놓고 있는데 모두가 지당한 소리야. 내가 자네에게 못된 짓을 한 것은 인정해. 그러나 나와 자네와의 묵은 원한도 지나간 일로 치고 없는 것으로 해주게. '자기와 마찬가지로 남을 용서하면 조물주는 그 사람의 죄를 용서해주리.'라고 하니까. 확실히 옛날엔 자네의 적이었다. 그러나 이제는 여기 이렇게 와서 오로지 자네의 우정만을 바라고 있어. 세상에는 이런 말도 있잖아. '적을 자기 편으로 삼고 싶다면 친절하게 대해주라.'고. 이봐, 형제, 나는 알라께 맹세코 절대로 자네를 해치진 않겠네. 나에게는 그런 짓을 할 힘이 없어. 그러니까 자네도 알라를 믿고 동정하여 나의 약속과 맹세를 들어줘."

생쥐는 말했습니다. "나와 당신 사이에는 뿌리깊은 원한이 있어, 당신은 언제나 나를 배반만 하고 있었어. 어떻게 당신의 맹세 같은 것에 복종할 수 있단 말이오. 우리들의 원한이 그저 예사로운 것이라면 없던 것으로 칠 수도 있지만, 그렇지 않고 마음과 마음의 타고난 숙원이기 때문에 도저히 없었던 일로 할 수가 없어. 세상에서도 말하는 것처럼 '숙적을 믿는다는 것은 구렁이의 입에 손을 넣는 것과 마찬가지다.'라는 말이 있다니까요."

고양이는 아주 화가 나서 말했습니다. "내 가슴은 죄어드는 것만 같아 이제라도 곧 쓰러질 것 같아. 임종이 가까워 이러다간 자네 문 앞에서 죽을지도 몰라. 그렇게 되면 내 원혼이 자네에게 씌이게 될 거야. 힘이 있으면서도 지쳐 있는 나를 도와주지 않았기 때문이야. 이제 이이상 더는 부탁하진 않아."

이 말을 듣자, 생쥐는 전능하신 알라가 갑자기 무서워지고 고양이가 불쌍하여 견딜 수 없어 마음속으로 중얼거렸습니다. '적을 물리치고 최고 지상하신 알라의 구원을 얻고자 하는 자는 연민의 마음으로 적을 대하고 정을 베풀라고 하셨지. 옳지, 이렇게 된 이상 전능하신 신을 의지하여 이 고양이를 궁지에서 도와주어, 하늘의 보답을 받기로 하자.'

그래서 생쥐는 구멍에서 나가 고양이를 안으로 들어오라고 했습니다. 고양이는 잠시 쉬고 있는 동안 원기가 조금 회복되자, 나이 탓으로 몸이 쇠약해지고 힘도 빠졌다는 둥, 세상 이야기를 하고 싶어도 이야기 상대가 없다는 둥 불평을 늘어놓기 시작했습니다. 생쥐는 친절히 대해주며, 여러 가지로 위로하기도 하고, 열심히 시중을 들기도 했습니다.

한편 고양이는 천천히 자리를 옮겨 생쥐가 도망을 치지 못하도록 둥지 출입구를 막아버렸습니다. 생쥐는 언제나처럼 밖으로 나가려고 고양이에게 다가갔는데, 그 순간 고양이는 생쥐를 붙잡고 발톱으로 누르고서 물기도 하고 흔들기도 하고, 입에 물어보기도 하고, 그런가 하면 하늘로 내던지기도 하며, 쫓아보기도 하고, 또는 할퀴기도 하면서 놀리기 시작했습니다.

생쥐는 큰 소리로 살려달라고 하며 알라의 구원을 빌면서 고양이를 비난하기 시작했습니다. "당신이 나에게 맹세한 약속은 어떻게 됐지? 이게 나에 대한 보답이오? 나는 내 집으로 당신을 끌어넣고, 당신을 감쪽같이 믿었던 거야. 정말이지 그럴 듯한 말이 있소. '적의 약속을 믿는 자는 스스로의 구원을 바라지 않는 자이니라.'고 말이오. 그리고 '적을 믿는 자는 스스로 파멸을 초래하는 자이다.'라고도 했지. 하지만 나는 조물주를 믿겠소. 당신 손아귀에서 구출해주실 테니까."

그리하여 생쥐는 이제라도 당장 고양이에게 붙잡혀 먹히고 말 위급한 순간에까지 몰리게 되었는데, 마침 그때 사냥꾼 하나가 몰이에 익숙한 사냥개를 데리고 왔습니다. 그리고 그 중의 한 마리가 생쥐의 굴 앞을 지나다가 맹렬한 소동을 듣고, 안에서 여우가 무엇을 물어뜯고 있는 것이 아닐까 하고 생각했습니다. 그래서 개는 여우를 노리고 구멍 안으로 기어들어가 고양이에게로 달려들어 이것을 덮쳤습니다.

고양이는 개 발톱에 걸려든 것을 알자, 자기 몸부터 살아야겠다고 생각하여 생쥐를 산 채로 놓아주었습니다. 하지만 사냥개는 고양이 목을 물어 구멍 밖으로 끌어내어 시체를 땅바닥에 내동이쳤습니다.

이리하여 '자비를 베푸는 자는 마침내 자비를 받으리라. 압제하는 자는 이윽고 압제를 받으리라.'는 격언이 거짓이 아님이 보기좋게 증명된 셈입니다.

"그러하오니, 임금님." 하고 해몽가는 덧붙였습니다. "이것이 생쥐와 고양이의 이야기며, 아무나 일단 남에게서 신뢰를 받았다면 남을 배신해서는 안된다는 것을 가르치고 있습니다. 그도 그럴 것이 남을 배신하거나 실없는 행동을 한다면 이 고양이가 당한 것과 같은 천벌을 받게 되기 때문입니다. 인과응보라고도 하지요. 적선하는 집에는 반드시 경사가 있는 것과 같습니다. 그러나, 임금님, 한탄하실 것도 없고, 그 때문에 마음을 괴롭히실 것도 없습니다. 아드님께서는 포학한 독재를 하신 끝에 반드시 임금님의 올바른 정사로 돌아오시게 될 것입니다. 저는 박식한 재상 시마스님이 처음부터 모두 다 감추지 않고 임금님께 설명드렸으면 좋았을 것을 하고 생각합니다. 그쪽이 재상으로서는 온당했겠지요. '다시없이 공포에 떠는 자는 가장 지혜롭고, 솔선하여 착한 일을 행하느니라.' 하고 일컬어지고 있기 때문입니다."

대왕은 해몽가의 말을 잘 들은 다음 본인을 위시하여 다른 동료들에게도 훌륭한 선물을 하사하였습니다. 그리고 모두를 돌려보낸 다음 자기는 안방에 들어박혀서 앞일을 이리저리 궁리했습니다.

밤이 되자 왕은 측실 하나를 상대로 하여 잠자리를 같이 했는데, 이 여자는 왕의 총애를 독차지하고 있었고, 누구보다도 몹시 사랑을 받고 있었던 것입니다. 그리하여 넉 달도 채 되기 전에 뱃속에서 아기가 꿈틀거리기 시작하자 측실은 춤이라도 출 듯이 기뻐하며 곧 왕에게 그 사실을 알렸습니다.

왕은 "정말 나의 꿈은 맞는 꿈이었구나!" 하고 그 측실을 가장 호화로운 방에서 살게 함과 동시에 영예를 다하여 이를 대우했고, 많은 훌륭한 선물과 가지가지의 은혜를 베풀었습니다.

이어 신하 하나를 보내 재상 시마스를 입궐하라 하여 재상이 어전에 나오자 설레는 마음으로 말했습니다. "내 꿈은 들어맞았다. 소원이 성취된 셈이다. 아마 뱃속의 아이는 아들이고, 이 나라를 계승할 것이다. 여봐라, 시마스, 그대는 어떻게 생각하는가?"

그런데 재상 시마스는 한마디의 말도 없이 가만히 있었습니다. 이 모양을 보고 왕은 외쳤습니다. "나의 경사를 기뻐하지 않고, 한마디도 대답을 하지 않는 것은 웬일이냐? 여봐라, 시마스, 그대에겐 이 일이 마음에 들지 않는단 말인가?" 그러나 재상은 어전에 엎드려 입을 열었습니다. "오, 임금님, 만수무강하시기를 빕니다! 만일 불길을 내뿜는다면 나무그늘에서 쉰들 무슨 소용이 있겠습니까? 만일 목구멍을 틀어막는다면 순한 술을 마신다 해도 무슨 기쁨이 있겠습니까? 또 만일 물에 빠져 죽는다면 달콤한 찬물로 갈증을 푼다 한들 무슨 이익이 있겠습니까? 임금님, 저는 알라와 전하를 섬기는 머슴입니다. 그러나 끝장을 본 다음이 아니면 분별 있는 사람이 입 밖에 내어서는 안될 일이 세 가지 있습니다. 그것은 즉 여행자의 경우는 여행에서 무사히 돌아올 때까지, 전투중의 무사의 경우는 적을 쓰러뜨릴 때까지, 임신중의 여자의 경우는 아이를 낳을 때까지 함부로 말하지 않는 것입니다."

—샤라자드는 날이 훤히 밝아오는 것을 깨닫자, 여기서 허락된

이야기를 그쳤다.

● 902일째 밤

샤라자드는 다시 말을 이었다. 오, 인자하신 임금님, 재상 시마스는 끝장을 본 다음이 아니면 분별 있는 사람이 입 밖에 내어서는 안될 일이 셋이 있다고 대왕에게 전제한 다음 다시 말을 이었습니다. "오, 대왕님, 왜냐하면 일이 끝나기도 전에 뭐니뭐니하고 이야기해대는 자는 자기 머리 위에 투명 버터(용해시켜 웃국을 떠낸 버터)가 든 항아리를 달아맨 탁발승과 같기 때문입니다."
"그럼 탁발승의 이야기란 무엇인가?" 그래서 재상은 대답했습니다. "실은, 대왕님, 이런 이야기가 전해지고 있습니다."

탁발승과 버터 항아리

한 탁발승이 어느 고을의 명사 집에서 신세를 지고 있었는데, 매일 빵과자 세 조각에 투명 버터와 벌꿀을 조금씩 받고 있었습니다. 그런데 그 지방에서는 이러한 종류의 버터는 매우 값비싼 물건이었으므로 탁발승은 자기가 받는 몫을 그대로 고스란히 자기 항아리 속에다 넣고 뚜껑을 덮어 나중에는 하나 가득 찼으므로, 남에게 도둑을 당하지 않도록 머리 위에 매달아두었습니다.
어느 날 밤, 손에 지팡이를 들고 침상에 앉아 버터 생각과 그 값이 비싸다는 것 등을 생각하면서 속으로 이렇게 말했습니다. "옳지, 이제 가지고 있는 이 버터를 몽땅 팔아서 그 대금으로 암양을 한 마리 사서, 숫양을 가지고 있는 농부와 공동으로 일을 하기로 하자. 일 년 만에 암수 한 쌍의 새끼양을 낳게 해 2년째에는 또다시 암수 한 쌍을 낳게 하고, 그때에는 새끼양도 암수 한 쌍을 낳게 하자. 그런 식으로 자꾸만 계속해서 암수 한 쌍을 낳게 하면 나중에는 굉장한 수가 될 거란 말이야. 그렇게 되면 내 몫을 달라고 하여 마음 내키는 대로 팔면 돼. 우선 수놈을 팔아서 그 대신 암수 한 쌍의 소를 산다 그 말이야. 그러면 이놈도 수가 늘어서 여러 마리가 된다. 그러면 땅을 사서 정원을 만들고, 그곳에 큰 집을 짓는다. 또 옷도 사고, 남녀 노예도 사고, 아직까지 보지 못한 호화판 결혼식을 올린다. 가축을 잡고, 산해진미와 단 과자류도 만들고, 악사와 광대와 놀이꾼과 건달들을 모두 모아들여야지. 꽃도 향료도 향기로운 화초도 구해 장식하고, 부자도 가난뱅이도, 탁발승도 법률박사도, 선장도 지주도, 누구나 다 초청하여 누가 무엇을 원해도 주기로 하자. 그리고 온갖 진미와 술도 준비하여 조리꾼을 시켜 큰 소리로 외치게 한다. '누구든지 원하는 것을 주인에게 말하시오. 당장 드립니다.'

마지막으로 신부의 신방으로 들어가 베일을 걷어올리고 우아한 몸매를 마음껏 즐겨보자. 나는 먹고 마시며 즐겁고 재미있게 그 날을 보내고, '정말 나는 소원이 성취된 것이다.' 하며 혼자서 황홀경에 들어가게 될 것이다. 신을 섬기는 것도, 사원 참배도 그만둔다. 그러는 동안 아내가 남자애를 낳게 되면 나는 신이 나서 잔치를 열고, 귀하게 길러서 철학·수학·문학 등을 가르쳐주자. 그렇게 하면 아들의 이름은 천하에 알려지게 되고, 학자들 모임에서도 아들 자랑을 버젓이 할 거란 말이야. 선행을 쌓도록 타이르고, 말대답은 하지도 못하게 할 거다. 음탕한 행동과 옳지 못한 행위는 단연코 말리고, 신을 섬기도록 하고, 옳은 행위를 하도록 권장하자. 호화스럽고, 훌륭한 선물도 주기로 하자. 만일 무척 순한 효자라면 상도 배로 늘리겠지만 만일 불효자라면 이 지팡이로 때려주자."

그렇게 말하면서 탁발승은 아들을 때릴 생각으로 지팡이를 위로 치켜들었습니다. 그런데 그 바람에 머리 위 항아리를 쳤으니 어떻게 되었겠습니까. 항아리가 깨져 그 파편이 흩어지고, 머리 꼭대기에서 수염과 옷까지 버터 세례를 받게 되었습니다. 옷도 침상도 모두 못쓰게 되어 세상의 웃음거리가 된 것입니다.

"그래서 말입니다." 하고 재상은 덧붙였습니다. "무슨 일이든간에 실제로 당하기 전에는 경솔하게 왈가왈부해선 안되는 법입니다." 그러자 왕은 대답했습니다. "과연 명언이로다! 그대는 정말 재상 중에서도 훌륭한 재상이야! 하는 말도 이치에 맞거니와 조언도 온당하기 짝이 없어. 궁 안에서의 그대의 신분은 그대가 원할 수 있는 데까지의 것이고, 언제까지나 나의 은총을 독차지하리라."

이 말을 듣고 재상은 왕의 어전에 엎드려, 왕의 위세가 영원히 번영할 것을 빌며 말했습니다. "알라시여, 원컨대 우리 임금님을 만수무강케 해주시고, 옥좌를 더욱더 영광되게 해주옵소서! 신은 사적인 일이나 공적인 일이나 모두 절대로 임금님께 숨기진 않겠습니다. 우리 임금님의 기쁨은 신의 기쁨이며, 우리 임금님의 시름은 신의 시름이옵니다. 우리 임금님께서 심기가 불편하시면 신도 마음이 편치 않으며, 신에게 역정을 부리실 때에는 밤에 잠도 편히 못이룰 형편이옵니다. 왜냐하면 최고 지상하신 알라께서는 우리 임금님의 은총을 통하여 신에게 온갖 행복을 내려주시기 때문입니다. 그렇기 때문에 신은 전능하신 알라에게 천사를 보내시어 우리 임금님을 보호하시고, 우리 임금님이 신을 뵈옵게 될 때에는 훌륭한 보답을 내려주시기를 비는 바입니다." 왕이 이 말을 듣고 기뻐하자 시마스는 일어나 어전을 물러났습니다.

이윽고 달이 차자, 왕의 애첩은 아들을 낳았으므로, 사자들은 급히 대왕에게 이 반가운 소식을 전하며 축복했습니다. 대왕은 이 반가운 소식에 몹시 기뻐하며 그들에게 후한 선물을 내리고 "아람 드리라! 나는 단념하고 있었는데, 아들을 내려주신 주를 칭송할지어다. 정말 신은 그 머슴에게 인자하시고, 가엾게 여기시도다." 하고 말했습니다.

그리고 나라 안의 모든 신하들에게 친서를 보내 이 반가운 소식을 전하고 신속히 수도로 오라고 명령했습니다. 명령을 받은 태수도 태공도 고관대작도 현인도 법률박사도 학자와 철학자들도 사방에서 왕궁으로 모여들어 신분에 따라 무리를 지어 왕 앞으로 나아가 경축의 인사를 하니, 왕은 답례로 그들에게 선물을 주었습니다.

이어 왕은 시마스를 재상으로 받들고 있는 일곱 명의 대신에게 각기 자기의 지혜 분별에 응하여, 가장 중요하다고 생각하는 문제에 관해 발언하도록 지시했습니다. 그러자 우선 재상 시마스가 일어나 왕에게 발언의 용서를 구하고는 허용되자 다음과 같이 이야기했습니다.

"무에서 유를 낳게 하시고, 신께서 내리신 주권과 지배권에 공명정대함을 기하시고, 백성을 다스리는 데 청렴한 왕후를 백성에게 주신 알라를 칭송할지어다! 특히 신의 뜻에 따라 우리 국토의 폐허를 소생시키고, 우리들에게 가지가지의 은혜를 내리시며, 신의 가호를 얻어 안락하고 고요한 생활과 정의를 베푸시는 대왕을 우리에게 주신 알라를 칭송할지어다! 현왕께서는 우리들의 곤란과 괴로움을 없애주시고 공정하고도 공평한 정사를 행하셔서, 끝까지 가호를 베푸시어 우리들의 원한을 씻어주셨는데 이처럼 백성을 우대해주신 왕자가 어디 있겠습니까? 진정으로 현왕께서는 열심히 나라 다스리는 일에 온갖 정성을 다 쏟으시고, 적의 손에서 백성을 지키려고 하시는 것도 오로지 백성에 대한 알라의 은총의 소치입니다. 왜냐하면 적의 궁극적인 목적은 자기의 적을 굴복시켜서 수중에 넣으려는 데 있기 때문입니다. 또 많은 사람들은 자기 아들을 왕자에게로 데리고 가서 노예 대신으로 봉사케 하는데, 그것은 왕자의 뜻에 의하여 적의를 품은 자를 쫓아버리고 싶다는 의도에서 나온 것입니다.

그런데 우리 왕국에 관하여 보건대 그들의 어진 임금의 시대에 있어서는 아직까지 한 번도 외적에게 국토를 유린당한 적이 없는데, 이것은 붓으로는 다할 수 없는 무상의 천복에 의한 것이라고 알고 있습니다. 오, 임금님, 정말로 전하는 이 최고의 지복을 누리실 만한 큰 임금이시며, 저희들은 그 보호 아래 날개 그늘에서 편히 살고 있는 터입니다. 아무쪼록 알라시어, 우리 임금님의 공정함에 보답하시고, 만수무강케 하여주옵소서! 저희들은 또 오랫동안 전능하신 알라께 한결같이 저희들의 소원을 들어주시어, 우리 임금님의 눈을 서늘하게 해주실 유덕한 후사를 내려주십사고 간절히 기도해온 것입니다. 그리고 이제야말로 알라(칭송할지어다!)께서는 저희들의 기원을 들어주시고, 저희들의 탄원에 보답하여주신 것입니다."

─샤라자드는 날이 훤히 밝아오는 것을 깨닫자, 여기서 허락된 이야기를 그쳤다.

• 903일째 밤

샤라자드는 여기서 다시 말을 이었다. 오, 인자하신 임금님, 재상 시마스는 왕에게 말했습니다. "이제야말로 전능하신 알라께서는 저희들의 기원을 들어주시어, 신속히 구원을 내려주신 것입니다. 그것은 마치 알라께서 연못의 물고기에게 구원을 내리신 것과 흡사합니다." "그건 또 어찌 되었단 말이냐? 도대체 무슨 이야기인가?" 왕의 물음을 받자 시마스는 대답했습니다. "그럼, 임금님, 들어주십시오."

물고기와 게

어느 곳에 연못이 있었는데, 그곳에는 많은 고기가 살고 있었습니다. 그런데 연못의 물이 점점 줄어, 겨우 살아갈 수 있을 정도까지 말라붙었습니다. 물고기들은 당장에라도 죽을 것만 같아 저마다 말했습니다. "도대체 우리들은 어떻게 될까? 어떻게 하면 좋지? 살려달라고 하려면 누구에게 의논하면 좋단 말인가?"

그러자 가장 나이가 많고, 누구보다도 지혜가 있는 한 마리의 물고기가 외쳤습니다. "알라의 구원을 비는 길밖에 딴 방법이 없을 거다. 그러니 우선 게와 의논하여 충고를 부탁해보자. 이제부터서 모두 게한테 가서 어떻게 하면 좋을지 물어보는 거야. 뭐니뭐니해도 게는 우리들 중에선 가장 선배이며 제일 머리가 좋으니까 말이야. 근사한 대답이 나올 거란 말이야."

모두는 일제히 이 제안에 찬성하고 떼를 지어 게에게로 갔습니다. 그러나 그 게는 물고기들이 당하고 있는 고통도 모르고 자기 구멍 안에 옹크리고 있었습니다. 물고기들은 이마에 손을 얹고 인사를 하고는 말했습니다. "여보시오, 우리들의 주인님, 당신은 우리들의 지배자며 우두머리인데, 우리들 일을 좀 걱정해주십시오."

게는 답례하고 대답했습니다. "잘들 오셨소! 도대체 어떻게 됐다는 거요? 무슨 일이시오?" 모두는 자초지종을 이야기하여, 물이 말라서 궁지에 몰려 고통을 당하고 있다는 것, 또 물이 마를 경우 죽을 수밖에 없다는 것을 호소했습니다. 그리고 마지막으로 덧붙였습니다. "그래서 당신의 충고를 듣고, 어떻게 하면 살아날 수 있을까 의견을 들으러 왔습니다. 당신은 우리들 중에서는 가장 나이가 많으신 경험이 많은 분이니까요."

게는 얼마 동안 머리를 숙이고 있더니 이윽고 말했습니다. "확실히 당신들은 생각이 부족하오. 즉, 당신들은 전능하신 알라의 자비와 만물을 가호하시는 성려를 처음부터 단념하고들 계시는군요. 알라께서는 살아 있는 만물을 부양하시고, 아직 아무것도 만드시지 않은 날부터 나날의 양식을 예정하시고, 그 거룩하고 전능하신 힘에 의하여 모든 살아 있는 것들에게 일정한 수명과 양식을 주셨다는 것을 당신들은 모르시오? 그렇다고 하면 사람의 지혜로서도 알 수 없는 신의 뜻에 의해 정해진 일에 관하여 어찌하여 우리들이 걱정할 필요가 있겠소. 그러한 까닭으로 나는 이렇게 충고하고 싶소. 당신들로서는 전능하신 알라의 구원을 구할 수밖에 길이 없으니 우리들은 각기 사시사철 양심을 깨끗이 하여 주께 부끄럽지 않게 할 것이고, 주에게 구원을 구하여 궁지에서 구원해주실 것을 기다릴 수밖에 없다고 말이오. 왜냐하면, 최고 지상하신 알라께서는 신을 믿는 사람들의 기대를 저버리시거나, 또는 신에게 호소하는 사람들의 간청을 무턱대고 물리치거나 하시진 않기 때문이오. 우리들이 깨끗한 마음으로 행동하면 사태는 바뀌어 모든 것이 좋아질 것이오. 또 겨울이 찾아와서 대지가 물에 잠기는 일이 있어도 단 한 사람의 올바른 기원에 의하여, 주께서는 당신께서 창조하신 착한 자를 절대로 저버리시지는 않으실 것이오. 그러니까 꾹 참고 알라께서 어떻게 하실 것인지를 기다리고 계시오. 생명이 있는 자 반드시 멸함이 있으니, 죽음이 찾아오면 영원히 쉬게 되고, 도망쳐야 할 계제가 되면 우리들은 도망을 쳐서 알라의 뜻대로 이 땅을 떠날 뿐이오."

그러자 물고기들은 이구동성으로 말했습니다. "정말, 그렇군요. 부디 알라께서 당신에게 행복을 보답해주시기를!" 그러고 나서 모두 자기 집으로 되돌아온 것인데, 며칠 되지 않아 전능하신 알라께서는 큰 비를 내리시어 연못에는 그전보다도 더 가득 물을 채워 주셨습니다.

"오, 우리 임금님, 그러한 까닭으로." 하고 재상 시마스는 말했습니다. "저희들도 우리 임금님에게는 도저히 자식복이 없을 것으로 단념하고 있었습니다. 그런데 알라의 뜻에 의하여 상서로운 조짐을 지니신 후사를 얻으셨으니, 이제부터는 오로지 후사의 만복을 신께 빌어 우리 임금님의 눈을 서늘하게 해드리는, 훌륭한 후사가 되시고, 겸하여 우리 임금님과 마찬가지로 저희들에게 은총을 내려주시기를 빌어 마지않습니다. 왜냐하면 전능하신 알라께서는 구하는 자를 저버리지 않으시고, 또 누구든지 자기가 섬기는 신의 자비에 절망해서는 아니되기 때문입니다."

이어 두 번째 대신이 일어나 왕에게 이마에 손을 얹고 인사하여, 왕의 답례를 받자 이렇게 말했습니다. "진정으로 임금이라고 하는 자는 백성 속에 있는 의무적인 법도와 사도의 관행을 준수하고, 이어 조칙을 세워, 백성의 피를 수호하여 적을 막아내고, 물품을 하사하고, 정의를 행하고, 공정한 정사를 펴고, 너그럽고 어진 도량을 보이고, 백성을 슬기롭게 다스리는 것으로서, 그렇지 않는다면 임금이라고 할 수 없습니다. 그 성품에 관해서도 가난한 자에게 마음을 쓰며, 귀하거나 천하거나 상하의 구별없이 백성을 구하며, 개개인에게 정당한 권한을 인정해주지 않으면 아니되며, 그래야만 백성은 임금을 축복하고, 그 뜻을 받들게 되는 것입니다.

이러한 임금이야말로 신하의 사랑을 받게 되고, 현세에 명성을 떨치고, 내세에 위력을 떨치는 명성을 지녀, 조물주의 은총을 받게 되는 것입니다. 저희들은 지금 제가 열거한 여러 가지 왕권의 특성을 우리 임금님께서 지녔음을 인정합니다. '세상에서 가장 훌륭한 일은 백성을 다스리는 임금이 청렴 강직하여 공정할 것, 나라의 우두머리로서 능력을 갖춘 인물일 것, 스승은 체험이 풍부하고, 자기의 지식에 응하여 행동할 것'이라고 말하지만, 황송하오나 우리 임금님께서는 바로 이에 해당되십니다.

저희들은 왕위를 계승할 왕자님의 탄생을 체념하고 있었는데, 뜻밖에도 오늘의 경사를 맞이하게 된 것입니다. 알라(칭송할지어다!)께서는 우리 임금님의 기대를 저버리시지 않고 소원을 이루어주셨습니다. 이 모두가 우리 임금님께서 알라를 믿으시고, 모든 것을 다 알라의 뜻에 맡기고 계셨기 때문이라고 생각합니다. 앞으로도 우리 임금님의 소원이 막히는 일이 없이 성취되기를 비나이다. 이번의 경사는 마치 까마귀와 구렁이에 얽힌 일과 같습니다."

"그건 또 무슨 이야기인가?" 왕의 물음을 받자 대신은 대답했습니다. "그렇다면 임금님, 들어주십시오. 이런 이야기옵니다."

까마귀와 구렁이

 옛날에 한 마리의 까마귀가 어느 나무 위에서 아내와 함께 아무 부족없이 한가롭게 살고 있었습니다. 그러던 중 새끼를 낳 시절이 찾아왔지만 마침 한여름인지라 한 마리의 구렁이가 나무 밑둥의 구멍에서 기어나와 몸을 꿈틀거리면서 나뭇가지를 기어올라, 까마귀의 둥지 근처까지 오게 되었습니다. 그리고 구렁이는 거기에 사리고 앉아서 여름내 떠날 줄을 몰랐습니다.
 한편, 까마귀는 둥지에서 쫓겨나서 훼방꾼을 물리칠 힘도 없었을 뿐더러, 몸을 눕힐 장소도 없었습니다. 그러나 무더운 계절이 지나가자, 구렁이는 제 구멍으로 돌아갔으므로 까마귀 남편은 아내에게 말했습니다. "올해는 알을 까지 못했지만 저 구렁이에게서 우리를 지켜주신 전능하신 알라에게 감사를 드립시다. 신께서는 절대로 우리들의 희망을 끊어놓진 않으실 거야. 그러니까 우리들을 무사하게 지켜주신 신에게 감사를 올립시다. 정말 우리들에겐 그 밖에 신뢰할 거라고는 아무것도 없소. 만일 신의 뜻이라면 우리들이 내년까지 살아남기만 한다면 올해는 주시지 않았지만 내년이야말로 주실 테니까 말이야."
 이듬해 여름이 되어 새끼를 칠 시기가 되자, 예전의 그 구렁이가 또다시 구멍에서 기어나와 까마귀 둥지에 접근했습니다. 그러나 가지에 사리고 있으려니까 소리개 한 마리가 휙 날아들어 구렁이의 머리에 발톱을 박고 살을 찢으니 무슨 수로 견디겠습니까. 구렁이는 기절하여 대지에 꽈당 하고 떨어지니 단번에 개미들이 모여들어 먹어치워버렸습니다.
 그래서 까마귀 부부는 마음 놓고 평온한 나날을 보내며 많은 새끼들을 낳았습니다. 그리고 무사하게 난을 피한 것과 새끼들이

태어난 것을 알라께 감사했습니다.

"이러한 까닭으로" 하고 대신은 말을 이었습니다. "아주 절망하고 체념하고 있던 참에 복스러운 후사를 얻으시게 되었으니, 우리들은 모두 알라에게 깊이 감사하지 않으면 안되겠습니다. 알라시여, 아무쪼록 길이길이 우리 임금님께 반가운 보답을 내려주시기를!"

——샤라자드는 날이 훤히 밝아오는 것을 깨닫자, 여기서 허락된 이야기를 그쳤다.

• 904일째 밤

샤라자드는 다시 말을 이었다. 오, 인자하신 임금님, 두 번째 대신이 "알라시여, 아무쪼록 길이길이 우리 임금님께 반가운 보답을 내려주시기를!" 하고 말을 마치자, 바로 그 뒤에서 세 번째 대신이 일어나 말했습니다. "오, 공명 정대하신 임금님, 대지의 백성도 하늘의 백성도 다같이 사랑하여 마지않기 때문에 오늘의 번영과 미래의 복됨이 보증되어 있다는 것을 기뻐해주십시오! 전능하신 알라께서는 자비심을 전하의 성덕으로 삼으시고, 백성의 가슴 속에 이 성덕을 확고하게 심어놓으신 것입니다. 그렇기 때문에 저희들은 말할 것도 없고, 전하께서도 충심으로 알라께 감사를 드림이 옳을까 하옵니다. 그렇게 하시면 알라께서는 전하에게도 또 저희들에게도 더욱더 그 은혜를 늘이실 것입니다. 왜냐하면 인간은 최고 지상하신 알라의 뜻에 의하지 않고는 아무것도 만들어낼 수 없으며, 알라는 내려주시는 어른이시기에 살아 있는 만물에 생기는 온갖 복된 이익은 알라 속에 그 궁극의 목적과 결말이 깃들여 있기 때문입니다. 알라께서는 그 뜻하시는 대로 창조물에 당신의 은총을 베푸시고, 어떤 자에게는 많은 선물을 주시는가 하면 어떤 자에게는 겨우 그날의 양식을 주실 뿐이옵니다. 또 어떤 자를 우두머리로 삼았는가 하면, 다른 자는 세상을 버리고 오로지 신을 섬기는 은둔자로 만드신 것입니다.
　다음과 같이 말씀하신 어른도 알라이십니다. '나는 불운을 가져다주는 가해자며, 또 행운을 가져다주는 구세주다. 병을 고치기도 하고 병을 주기도 하느니라. 부자로 만들기도 하고, 가난뱅이로 만들기도 하느니라. 멸망시키기도 하고, 소생시키기도 하느니라. 나의 수중에 모든 것을 쥐고 있고, 모든 것은 나에게로 돌아오느니라.' 따라서 모든 인간들은 알라를 칭송하지 않으면 아니됩니다.
　그런데, 우리 임금님, 특히 당신께서는 복이 많으시고, 경건하신 분이시니, 이러한 어른에 관해서는 이러한 말이 있습니다. '청렴강직한 분이자 가장 다복한 자는 알라의 뜻에 의하여 현세의 행복과 내세의 행복이 맺어진 자이니라. 이 자 또한 알라께서 정하신 운명을 감수하고, 알라께서 정하신 일에 감사를 표하는 자이니라.'
　또 실제로 두 마음을 가지고 신이 정하신 운명 이외의 것을 추구하는 자는 야생의 노새와 승냥이와 같은 것입니다." 왕이 "그 두 마리의 짐승의 이야기는 어떤 것인가?" 하고 묻자 대신은 대답했습니다. "네, 들어주십시오."

야생 노새와 승냥이

　한 마리의 승냥이가 날마다 잠자리에서 나와 나날의 먹을 것을 찾아 걸어다니는 습관이 있었습니다. 그런데 어느 날 어느 산중을 헤매고 다니던 중 어느덧 날이 저물었으므로 그냥 집으로 돌아왔습니다. 그때 불쑥 다른 승냥이를 만났는데, 자기와 마찬가지로 상대방도 먹이를 찾아서 걸어다니고 있다는 것을 알자, 서로 자기가 잡은 먹이의 자랑 이야기를 시작했습니다.
　한쪽 승냥이는 말했습니다. "전에 언젠가 야생 노새 한 마리를 만났어. 사흘 동안이나 아무것도 먹고 있지 않아서 배가 고파 죽을 지경이었어. 그래서 나는 하늘에라도 오를 듯이 기뻐하며, 노새가 잡힌 것을 전능하신 알라께 감사드리지 않았겠어. 그러고 나서 심장을 도려내어 먹어버렸기 때문에 아주 배가 불러서 집으로 돌아갈 수 있었단 말이야. 그건 사흘 전의 이야기야. 그 후 오늘까지 아무것도 먹이를 찾지 못했지만 그래도 아직 배가 불러."

또 한 마리의 승냥이는 상대방의 이야기를 듣고 그가 배가 부르다는 것을 부러워하며 마음속으로 생각했습니다. '옳지, 나도 야생 노새의 심장이라는 것을 먹어봐야겠군.'

그래서 그 승냥이는 2~3일 동안 먹이를 찾는 일을 그만두었는데, 그 때문에 몸은 수척해져 이제라도 당장 쓰러질 것만 같았습니다. 기운이 없어서 꼼짝도 할 수 없을 뿐더러 먹이를 찾으러 나갈 수도 없어서 그저 굴 속에 쭈그리고 있었습니다.

그런 모양으로 승냥이가 누워 있자니까 갑자기 짐승을 찾아 두 사람의 사냥꾼이 나타나서는 노새 한 마리를 발견하자 몰기 시작했습니다. 두 사람은 하루종일 노새의 뒤를 쫓아다니다 마지막으로 사냥꾼 하나가 삼지창 화살을 쏘았는데 그것이 내장을 뚫고 심장에 닿았기 때문에 노새는 마침 승냥이의 굴 앞에서 쓰러지고 말았습니다.

이윽고 사냥꾼들은 옆으로 다가와 짐승이 죽은 것을 확인하자, 심장에 박힌 화살을 뽑았습니다. 그러나 살대만 뽑히고, 삼지창 촉은 노새의 몸 속에 박혀 있었습니다. 두 사람은 이렇게 해두면 다른 야수들이 옆으로 다가오리라고 생각하고 노새를 그대로 둔 채 그곳을 떠났습니다. 그러나 해가 질 무렵이 되어도 도무지 아무 소식이 없었으므로 두 사람은 자기 집으로 돌아갔습니다.

승냥이는 자기 굴 앞에서 일어난 소동에 귀를 기울이면서 가만히 누워 있었는데, 밤이 되자, 초조와 굶주림 때문에 신음하면서 굴을 기어나갔습니다. 그리고 굴 앞에 놓여 있는 노새의 시체를 보자, 하늘에라도 오를 듯이 기뻐하며 말했습니다.

"아무 힘도 들이지 않고 나의 소원을 성취시켜주신 알라를 칭송할지어다! 나는 정말 노새고 뭐고 이젠 걸려들지 않으리라고 생각하고 완전히 단념하고 있었다. 그러나 확실히 전능하신 신께서 이 노새를 일부러 굴 앞까지 보내주셨구나."

그리고 나서 승냥이는 시체로 달려들어 그 배를 찢어 머리를 쳐박고는 코끝으로 내장을 휘저어놓았습니다. 그리고 심장을 발견하자, 덥석 물어삼키고 말았습니다. 그런데 삼킨 그 순간에 삼지창이 달린 활촉이 목구멍에 박혔으므로 삼킬 수도 없고 그렇다고 해서 내뱉을 수도 없었습니다.

승냥이는 이젠 죽었구나 깨닫고 말했습니다. "아니, 정말이지, 알라께서 주신 것 이상 탐내는 것은 좋지 못한 일이야. 자기 분에 맞는 일에 만족하고 있었더라면 몸을 망치게 되진 않았을 텐데."

"그러므로 임금님." 하고 대신은 덧붙였습니다. "사람이라고 하는 것은 알라께서 몫지어 주신 것만으로 만족하고, 그 은총에 감사하고, 신에의 희망을 버리는 일이 있어서는 안됩니다.

보십시오, 임금님. 전하의 깨끗하신 마음과 여러 가지 공훈에서 보여주신 좋은 의도 때문에 알라께서는 자식복을 주신 것입니다. 모두가 체념하고 있었는데도 말입니다. 그러한 까닭으로 저희들은 전능하신 신에게 후사의 장수와 영원한 복됨을 빌고, 전하가 돌아가신 후에도 그 성약을 지켜, 훌륭한 후계자가 되시기를 간절히 빌어 마지않는 바입니다."

──샤라자드는 날이 훤히 밝아오는 것을 깨닫자, 여기서 허락된 이야기를 그쳤다.

● 905일째 밤

샤라자드는 다시 말을 이었다. 오, 인자하신 임금님, 네 번째 대신은 일어서서 말했습니다. "진실로 임금이라고 하는 자는 사려가 깊고, 지혜의 문을 빈번히 드나드는 사람으로서, 학예와 정경의 길에 밝고, 성품이 청렴강직하여 신하에게는 공명정대하고, 존경해야 할 것을 존경하고, 공경할 것을 공경하고, 사정에 따라서는 인자한 마음으로써 권력을 부드럽게 행사하고, 다스리는 자는 다스림을 받는 자를 보호하고, 일체의 부담을 경감시키고, 상을 주고, 피를 아끼며, 치욕을 감추고, 신의를 존중해야 할 것이니, 이러한 임금이야말로 현세와 내세의 복을 받을 가치가 있고, 이래야만 악의를 면할 수 있고, 나라의 건설을 용이케 하고, 적에게서 승리를 얻고, 자기의 소원을 성취할 수 있으며, 동시에 또 알라의 은총을 더욱 늘이고, 총애를 더욱 깊게 하고, 비호를 한층 높이게 되는 것입니다.

그러나 가령 임금이라는 자가 그 반대라고 하면 임금은 말할 것도 없고 국내의 중생도 불행과 재액을 모면할 길이 없습니다. 왜냐하면 그 박해가 미치는 범위는 원근을 가릴 것 없고, 자국인은 말할 것도 없고, 외국인까지 그 피해를 입기 때문이며, 이윽고는 순례하는 왕자를 학대한 무도한 임금이 겪은 바와 같은 일이 발생하게 될 것입니다."

쟈리아드 왕이 "그건 또 무슨 이야기인가?" 하고 묻자, 대신은 대답했습니다. "그렇다면, 임금님, 들어주십시오."

무도한 왕과 순례하는 왕자

옛날 모리타니아 나라에 한 왕이 있었는데, 도에 지나치게 지배권을 휘둘러 백성을 괴롭히는 가혹하기 짝이 없는 폭군으로서, 백성은 말할 것도 없고, 영내에 들어서는 외국인의 복지도 보호도 전연 염두에 두지 않았습니다. 이 왕국에 들어서는 날엔 관리들은 누구나 사정없이 가진 돈의 8할을 몰수하고, 겨우 나머지 2할만을 그냥 남겨둔다는 형편이었습니다.

그런데, 전능하신 알라의 뜻으로 이 폭군은 아들 하나를 두었는데, 왕자는 다행히도 신의 은총이 두터워 속세의 부귀영화는 정의에 어긋날 뿐 아니라 꿈과 같이 부질없는 것임을 깨닫고는 젊은 몸으로 이것들을 물리치고, 티끌 같은 세상과 일체의 속된 일을 버렸습니다. 그리고 최고 지상하신 신을 섬기기 위하여 궁전을 떠나 순례자가 되어 들과 산을 넘고, 이 도시에서 저 도시로 방랑을 계속했던 것입니다.

어느 날, 왕자는 부왕의 수도로 돌아왔습니다. 경비하는 병사들은 당장 왕자를 붙잡아 온몸을 뒤졌지만 무엇 하나 값이 나갈 만한 것은 없고, 그저 가지고 있는 것은 새것과 헌것 두 벌의 덧옷뿐이었습니다. 그래서 그들은 헌것은 그대로 두고, 새것만을 몰수하고는 오만불손하기 짝이 없는 태도로 마구 모욕을 가했습니다. 이 태도에 왕자는 불평을 늘어놓았습니다. "재앙이로다, 이 압제자 놈들아! 나는 가난한 순례자인데, 도대체 이 덧옷이 너희들에게 무슨 소용에 닿는다는 말이냐? 만일 돌려주지 않는다면 왕을 뵙고 너희들의 무정한 행동을 호소하겠다."

그러자 그들은 대답했습니다. "우리들은 왕의 명령에 따라서 했을 뿐이다. 그러므로 네놈 마음대로 해라."

그래서 왕자는 왕궁으로 가서 안으로 들어가려고 했습니다. 그런데 시종들이 이것을 막았으므로 왕자는 돌아서면서 속으로 생각했습니다. '이렇게 되고 보니 왕이 출타하기를 기다렸다가 사정을 이야기하여 괘씸한 행동을 벌하시라고 호소할 수밖에 딴 길이 없겠다.'

왕자가 기다리고 있자니까, 갑자기 호위병 하나가 왕의 출타를 소리높이 알리는 소리가 들려왔습니다. 그래서 왕자는 가만히 다가가 문 앞에 섰습니다. 이윽고 왕의 모습이 나타나자 왕자는 그 앞을 막고 엎드려 우선 왕의 축복을 빈 다음 자기가 얼마나 문지기들로부터 비열한 대접을 받았는가를 말하며 불평을 늘어놓았습니다. 그리고 맨 마지막으로 자기는 알라에 귀의하여 세상을 버리고 대지를 방랑하며 도시와 촌락을 방방곡곡 돌아다니고 있는 알라의 종의 하나로서, 만나는 사람마다 그 사람의 형편에 따라 희사를 받고 있는 중이라고 아뢰었습니다.

"저는 우리 임금님의 이 도성으로 들어와서" 하고 왕자는 다시 덧붙였습니다.

"다른 수도자들과 마찬가지로 친절하고도 관대한 대접을 받을 수 있으리라고 생각하고 있었습니다. 그런데 임금님의 부하들은 나의 길을 막고 덧옷을 빼앗았을 뿐더러 마구 때렸습니다. 그러하오니 사정을 잘 조사해보신 후 비호를 내리시고, 덧옷을 돌려보내 주셨으면 합니다. 그렇게 해주시면 저로서는 이 이상 한시도 이 도성에 그대로 머무를 생각은 없습니다."

그러자 무정한 왕은 말했습니다. "왕의 법도도 모르면서 도대체 어떤 놈이 그대를 이 도성으로 들여놓았느냐?" "어쨌든 제 덧옷을 돌려주십시오. 다음에 마음대로 하십시오."

그런데, 왕은 이 말을 듣자, 더욱더 심기가 편치 않아 말했습니다. "이 바보놈이! 덧옷을 빼앗겼다면 머리를 숙이고 사과할 것이지 뻔뻔스럽게 불평을 늘어놓다니 이번엔 네놈 혼을 빼놓겠다."

왕은 왕자를 옥에 가두라고 명령했습니다. 투옥의 쓰라림을 겪은 왕자는 왕에게 말대답한 것을 후회하면서 덧옷을 건지려다가 목숨을 뺏기게 되는 것이 아닌가 하고 자신의 행동을 탓했습니다. 그리고 날이 밝자 일어나 오랫동안 신에게 기도를 올렸습니다.

"오, 알라시여, 당신은 올바른 심판자이십니다. 저의 처지도, 저 폭군 때문에 당한 일도 잘 알고 계실 것입니다. 당신을 섬기는 이 머슴은 당신의 대자대비에 매달려 이 무도한 지배자로부터 저를 구하시고, 저 자에게 한을 풀게 해주셨으면 하는 바입니다. 그렇기 때문에 만일 저자가 저에게 못된 짓을 했다고 생각하신다면, 오늘 밤에라도 그에 따른 보복을 내려주시고, 징벌을 가해주시옵소서. 왜냐하면 당신의 지배는 공명정대하시고, 당신께서는 모든 탄식하고 슬퍼하는 자를 구해주시는 어른이시기 때문입니다. 오, 주권과 영광을 마지막 날까지 영원히 간직하고 계시는 신이시여!"
 옥지기는 이 불쌍한 죄수의 기도 소리를 듣자, 온몸을 부들부들 떨었습니다. 그러자, 그 순간 갑자기 왕궁 안에서 불이 일어나 궁전도, 그 안에 있는 사람도 모두 타버렸으며, 옥의 문까지 불에 타 떨어졌고, 그 옥지기와 순례자를 제외하고는 누구 하나 살아 남은 사람은 없었습니다. 옥지기는 이 광경을 보고 이게 모두 순례자의 기도 탓이라는 것을 알고는, 곧 왕자의 결박을 풀어 함께 그 불구덩이를 피하여 다른 도시로 도망을 쳤습니다.
 이렇듯, 무도한 왕은 횡포한 행위 때문에 온 도성과 더불어 멸망해버리고, 이 세상은 물론 저 세상의 덕목도 모조리 잃고 만 것입니다.

 "오, 인자하신 임금님, 저희들의 경우는" 하고 대신은 말을 이었습니다. "자나깨나 전하의 번영을 빌고, 전하를 임금님으로 만드신 은혜에 대하여 최고 지상하신 알라께 감사의 말을 바치고, 전하의 정의와 뛰어난 정사를 믿으며 마음을 놓고 있는 바입니다.
 평소에 저희들은 임금님께서 이 왕국을 이어줄 후사를 가지시지 못한 것을 몹시 가슴 아프게 생각하고는, 전하에게 억울하게도 세상의 왕후들이 겪은 그러한 재앙이 떨어지면 어찌하나 하고 걱정하고 있었던 것입니다. 그러나 다행히도 전능하신 알라께서는 저희들에게 은혜를 베푸시어 저희들의 걱정을 씻어주시고 저런 훌륭한 옥동자를 주시어 저희들에게 기쁨을 가져다주신 것입니다. 이제부터는 저희들의 주께서 저 젊은 왕자를 전하 못지않은 훌륭한 후사로 만드시어 영원히 영광과 복됨을 베풀어주실 것을 빌 뿐입니다."
 이어 다섯 번째 대신이 일어서서 말했습니다. "최고 지상하신 신에게 충복 있을지어다!"

 —샤라자드는 날이 훤히 밝아오는 것을 깨닫자, 여기서 허락된 이야기를 그쳤다.

• 906일째 밤

샤라자드는 다시 말을 이었다. 오, 인자하신 임금님, 다섯 번째 대신은 말했습니다. "최고 지상하신 신, 온갖 천부와 세상에서도 귀중한 위덕을 베풀어주시는 신에게 축복 있으라! 저희들은 굳게 믿어 의심하지 않습니다. 알라께서는 감사의 뜻을 보이고, 신앙에 충실한 자에게 영광을 베풀어주신다는 것을. 오, 인자하신 임금님이시여, 당신께서는 이러저러한 화려한 성덕과 정의와 백성에 대한 공명 정대한 태도를 가지시고, 전능하신 알라께서 기리시는 모든 일에 뛰어나심으로써 그 위덕이 원근에 널리 알려져 있는 것입니다.

그 때문에 주께서는 우리 임금님의 체면을 높이시고, 다스리는 세상을 더욱 번영케 하시고, 실의 낙담 끝에 저 고귀하신 후사를 주신 것입니다. 이리하여 저희들도 멸망을 모르는 영원한 기쁨에 잠기게 된 것입니다. 그도 그럴 것이 일찍이 저희들은 임금님의 후사가 없는 것을 몹시 걱정하며, 우리 임금님의 올바른 정사와 관대하신 태도를 생각할수록 애끓는 슬픔에 잠겨, 우리의 임금님께서는 왕국을 이어줄 후사도 없는 채 알라의 뜻으로 유명을 달리하시는 것이 아닐까, 또는 그렇게 되면 신하들 사이에도 여러 가지 분쟁이 생기고, 까마귀들에게 일어난 바와 같은 일이 일어나는 것이 아닐까 걱정하고 있었던 것입니다."

"까마귀들에게 어떤 일이 일어났다는 건가?" 왕이 묻자 대신은 대답했습니다. "오, 인자하신 임금님, 들어보십시오."

까마귀와 매

지금으로부터 먼 옛날에 어느 사막의 한복판에 널찍한 계곡이 있었습니다. 개울이 졸졸 흐르고, 수목은 우거지고, 과일이 열리고, 작은 새들은 전능하신 유일신이시며, 낮과 밤의 조물주이신 알라를 칭송하며 지저귀고 있었습니다. 그 속에 까마귀 한 떼도 섞여 세상에 다시없이 행복한 나날을 보내고 있었습니다.

그런데, 이 까마귀 떼는 온화하고, 너그러운 마음이 두터운 한 마리의 까마귀를 우두머리로 받들고 있었으므로 편안히 풍족한 생활을 즐기고 있었습니다. 또 동시에 무슨 일이든 생각 깊이 이루어지고 있었으므로 다른 새들은 상대방의 틈을 노릴 수가 없었습니다. 그러는 동안 우두머리인 까마귀는 온갖 생물이 피할래야 피할 수 없는 운명이 찾아와 할 수 없이 저 세상으로 가버리고 말았습니다. 까마귀들은 우두머리 까마귀의 죽음을 몹시 애도했는데 더구나 우두머리의 뒤를 이을 적임자가 하나도 없어 슬픔의 원인은 더욱 가중되었던 것입니다.

그래서 그들은 이마를 맞대고, 덕망이 있고, 신을 받드는 마음이 두터운 자 중에서 누가 가장 우두머리로서 적임자인지에 관하여 여러 가지로 의논했습니다. 무리 중 어느 일파가 한 마리의 까마귀를 골라서 "이 자를 왕으로 모시자."하니 다른 무리들은 그것에 반대하여 그런 자는 싫다고 합니다. 그러한 까닭으로 옥신각신 분쟁이 일어나 점점 더 논쟁의 목소리가 높아졌습니다.

마침내 마지막으로 의견을 정하기를 그날 밤은 모두 자고, 다음 날 아침 아무도 먹이를 구하러 나가지 말고 해가 뜨기를 기다렸다가 어느 장소에 전원이 모이기로 결정이 났습니다.

"모인 다음에"하고 그들은 말했습니다. "모두가 함께 날아올라, 누구보다도 가장 높이 오른 자를 지배자로 세워 우리들의 왕으로 모시기로 하자."

이 생각은 모두의 마음에 들었습니다. 그래서 맹세를 하고 그대로 실행하기로 하고는 정해진 날 전원이 동시에 하늘로 날아 올라갔습니다. 그런데 각기 자기야말로 다른 동료보다 높이 날아 올라갔다고 생각하여, 하나가 "내가 제일 높이 올랐다." 하자 또 하나는 "아니야, 그렇지 않아. 나야." 하고 주장합니다.
 그러던 중 가장 아래에 있는 까마귀가 말했습니다. "모두 위를 봐, 가장 높이 올라간 자를 발견하거든 그 자를 우두머리로 하자." 모두가 위를 우러러보니 한 마리의 매가 하늘 높이 떠 있으므로 그들은 제각기 말했습니다. "우리들은 제일 높이 날아 올라간 것을 왕으로 모시기로 결정했는데, 이봐, 저것 좀 봐, 저 매가 가장 높이 떠 있지 않아. 어때, 자네들의 의견은?"
 그러자 모두 입을 모아 외쳤습니다. "그럼, 저 매를 우두머리로 삼자." 그래서 그들은 매를 불러서 말했습니다. "여보시오. 매 나리. 우리들은 여러 가지 신세를 지기 위하여 당신을 왕으로 뽑았습니다." 매는 머리를 끄덕이면서 "인샬라, 신의 뜻에 맞는다면 너희들을 아주 행복하게 해주마." 하고 대답했습니다. 모두 기뻐하며 매를 왕으로 삼았습니다.
 그런데 얼마 후에 매는 매일 서너 마리의 까마귀를 데리고 먼 동굴로 날아가 모두 때려 떨어뜨려서는, 눈알과 골을 빼먹은 다음에 시체는 강 속으로 던져버렸습니다.
 까마귀 일족을 몰살시킬 작정으로 매는 매일같이 똑같은 일을 되풀이하고 있었는데, 이윽고 무리의 수가 자꾸만 줄어드는 것을 눈치챈 까마귀들은 매에게로 모여들어 말했습니다. "오, 임금님, 저희들이 당신께 불평을 호소하는 것은 당신을 왕으로 모시고자 하여 통치자로 삼은 그날부터 저희들은 더할 나위 없이 가련한 상태에 빠져 매일같이 친구들이 행방불명이 되어가기 때문입니다. 저희들은 무슨 연유인지 도무지 그 까닭을 알 수 없는데, 어쨌든 그 친구들의 대부분은 지체도 높고, 당신을 측근에서 섬기고 있는 자들이기 때문에 더욱 그러합니다. 이렇게 된 이상 저희들은 손수 자기 몸을 지킬 수밖에 딴 방도가 없습니다."
 이 말을 듣고 매는 펄펄 뛰며 외쳤습니다. "정말은 네놈들이 하수인이면서 선수를 쳐서 나에게 죄를 씌우려는 배짱이구나!" 그렇게 말하면서 매는 까마귀에게로 달려들어 동료들 앞에서 그 중 주동자격인 열 마리를 찢어버리고, 나머지는 때리거나 걷어차며 마구 혼을 내어 쫓아버리고 말았습니다.

그 모양을 보고 모두가 자기들이 한 소행을 후회하면서 말했습니다. "초대 임금님이 돌아가신 후 특히 이종족인 매가 다스리는 세상이 되고 나서 무엇 하나 좋아진 것이 없어. 그러나 비록 최후의 하나까지 몰살을 당한다 해도 이 고통을 참을 수밖에 다른 길이 없군. '자기 동족의 지배에 복종하지 않는 자는 어리석기 때문에 적에게 지배당한다.'는 격언을 그대로 실천한 격이지. 이렇게 되고 보면 목숨을 걸고 도망칠 수밖에 딴 방도가 없어. 그렇지 않으면 멸망할 따름이야." 그리고 날아올라 사방으로 흩어졌습니다.

"오, 임금님, 저희들도 또," 하고 대신은 말을 이었습니다. "이와 같은 불행을 당하게 되어, 전하와는 아주 다른 임금의 지배를 받는 게 아닌가 하고 걱정했습니다. 그러나 다행히도 하늘의 은총을 받고, 후사를 주셨으므로 이제는 이 조국에서 마음 편히 안전하게 더욱 번영하며 다같이 살아갈 수 있겠다고 굳게 믿어 의심치 않습니다. 그러므로 전능하신 신을 칭송하고, 찬미의 말과 만수무강의 사의를 바칩니다. 아무쪼록 알라시여, 우리 임금님을 위시하여 온갖 중생을 축복하여, 다시없는 복됨을 주시고, 우리 임금님의 생애가 행복하도록 온갖 전력을 아끼시지 않기를 비나이다!"

그러자 여섯 번째의 대신이 일어서서 입을 열었습니다. "오, 임금님, 현세에서도 내세에서도 모든 경사를 알라로부터 받으시기를 간절히 빌어 마지않습니다! 진실로 옛사람은 다음과 같은 말을 남기고 있습니다. '기도하고, 단식하고, 부모에게 효도를 다하고, 공정하게 정사를 행하는 자는 주의 뜻을 받드는 자로서 주의 사랑도 두터우리라.'고요. 전하는 저희들 위에 군림하여 공명정대하게 다스렸기 때문에 그 모든 것이 신의 축복을 받고 있는 터입니다. 그렇기 때문에 저희들은 전능하신 알라께 전하의 보답을 일정불변한 것으로서, 넓고도 크신 변치 않는 아량으로 후히 위로해주십사고 기원하는 바입니다.

평소에 저희들은 현자의 말을 듣고, 임금님이 세상을 떠나시거나, 혹은 도저히 임금님과는 비교도 되지 않는 다른 사람의 즉위로 인하여 백성의 행복이 깨질 우려가 있다는 것, 그리고 내분이 생기고, 이 알력 때문에 재난이 생기리라는 것, 따라서 최고 지상하신 알라께 부단히 기도를 올리지 않으면 아니된다는 것, 그렇게 하면 전능하신 신께서 왕위를 이을 후사를 주시지 않을 수가 없으리라는 것 등, 이것저것 걱정하고 있었던 것입니다.

그러나, 결국 인간이 속세의 부귀를 바라거나, 이것저것 동경하여 찾아본들 최후의 결말이 어떻게 되리라는 것은 인간으로서 결국 알 수 없는 것입니다. 그렇기 때문에 인간은 결말을 알 수 없는 사물을 주에게 구해선 안됩니다. 왜냐하면 그것에 의하여 득을 보기보다는 해를 보기가 쉬우며, 스스로 무덤을 파는 결과가 되지 않는다고 할 수도 없기 때문입니다. 마치 뱀을 부리는 자와 그 가족에게 내리닥친 바와 같은 사건이 일어날지도 모릅니다."

―샤라자드는 날이 훤히 밝아오는 것을 깨닫자, 여기서 허락된 이야기를 그쳤다.

• 907일째 밤

샤라자드는 다시 말을 이었다. 오, 인자하신 임금님, 여섯 번째 대신은 말했습니다. "인간은 결말을 알 수 없는 일을 주에게 바라서는 안됩니다. 왜냐하면 그것에 의하여 득을 보기보다는 해를 보기가 쉬우며, 스스로 무덤을 파는 결과가 되지 않으리라고 할 수 없으니까요. 그리고 마치 뱀을 부리는 사나이와 그 가족이 당한 바와 같은 일이 생길지도 모릅니다." "그건 또 무슨 이야기인가?" 하는 왕의 물음을 받고 대신은 대답했습니다. "그렇다면, 임금님, 들어보십시오."

뱀 부리는 사람과 그의 아내

옛날에 뱀 부리는 사람이 하나 있었는데, 뱀에게 재주를 가르치는 것을 생업으로 하고 있었습니다. 그리고 커다란 바구니를 가지고 있었는데, 여기에 세 마리의 뱀을 넣어두고 있었지만 집안식구들은 아무도 그 일을 모르고 있었습니다.

날마다 뱀 부리는 사람은 바구니를 지고 거리를 돌아다니면서 뱀을 놀려가지고 사람들게 보여줌으로써 자기와 가족들의 끼니를 벌고는, 저녁때가 되면 자기 집으로 돌아가서 아무도 모르게 뱀을 바구니에 넣고 뚜껑을 덮었습니다. 오랫동안 이와 같은 일이 계속되었는데, 어느 날 언제나처럼 자기 집으로 돌아와보니 아내가 물었습니다. "이 바구니엔 무엇이 들어 있어요?" "도대체 바구니에 왜 그리 관심이 많아. 먹을 것은 얼마든지 있지 않아? 알라께서 주시는 것에 만족하고 쓸데없는 걸 묻지 마라." 주인의 대답에 아내가 입을 다물었습니다. 그러나 속으로는 생각했습니다. '이 바구니를 조사해서 안에 무엇이 들어 있는지 확인하지 않고선 직성이 안풀리겠어.'

그래서 아내는 우선 아이들을 충동질하여 안에 무엇이 들어 있는지 가르쳐줄 때까지 귀찮게 남편에게 졸라대라고 일렀습니다. 그래서 아이들은 안에 들어 있는 것이 무슨 먹을 것임에 틀림없다고 생각하고서 날마다 부친에게 안에 든 것을 보여달라고 졸라댔습니다. 그러나 부친은 역시 얼버무리며 그런 것은 묻는 것이 아니라고 말했습니다.

그와 같이 하여 또다시 얼마가 지났습니다. 그러나 어머니는 여전히 집념을 버리지 않고 마침내 아이들과 짜고, 아버지가 자기들의 소원을 들어서 바구니를 열어줄 때까지는 음식을 전혀 먹지 않기로 합의를 보았던 것입니다.

어느 날 밤 뱀 부리는 사람인 남편은 요리와 음료수를 잔뜩 사가지고 자기 집으로 돌아와 편히 앉아서 집안식구와 함께 저녁을 먹자고 권했습니다. 그러나 집안식구들은 이것을 마다하며 시무룩한 표정을 지었습니다. 그래서 주인은 그들을 달래면서 말했습니다. "이봐, 무엇이 소원인지 말해봐. 요리거나 음료수거나 옷이거나 무엇이든지 사줄 테니까."

모두는 대답했습니다. "저, 아버지, 아무것도 특별히 탐나는 것이 없지만 그저 그 바구니 속에 든 것이 보고 싶으니 그 뚜껑을 열어주세요. 열어주지 않으면 우리들은 죽고 말 거예요." "너희들에게 필요한 물건이라고는 아무것도 들어 있지 않다. 사실을 말하면 이것을 여는 것은 너희들의 몸에 해가 될 뿐이야."

아버지가 무슨 말을 해도 그들은 더욱더 고집을 부릴 뿐이었습니다. 이 모양을 본 아버지는 모두를 달래면서 만일 말을 듣지 않는다면 때려주겠다고 위협했습니다. 그래도 그들은 여전히 집요하게 졸라대므로 마침내 아버지는 화를 내고는 지팡이를 쳐들어 때리려고 했습니다. 아이들은 집 안쪽으로 도망쳤습니다.

그런데 문제의 바구니를 그 자리에 그냥 놓아둔 채였습니다. 어디에다도 감출 겨를이 없었던 것입니다. 그래서 아내는 남편이 아이들을 쫓아간 틈을 타서 얼른 바구니 뚜껑을 열고 안을 들여다보려고 했습니다. 그러자 그 순간 뱀이 나와서 느닷없이 독이빨로 물었기 때문에 마누라는 그 자리에서 기절하고 말았습니다. 이어서 뱀들은 온 집안을 기어다니며 누구 할 것 없이 집안식구들을 물었기 때문에 모두 죽고 말았습니다. 다만 뱀 부리는 사람만이 혼자 난을 면해 집을 뛰쳐나와 어디론지 사라져버렸습니다.

"오, 인자하신 임금님, 그러한 까닭으로," 하고 대신은 말을 이었습니다. "이 이야기를 깊이 음미해보신다면 위대하신 신께서 거절하시지 않는 것은 따로 하고, 사람은 남에게 아무것도 탐내지 말

것, 아니, 사람은 신의 뜻에만 따라야 한다는 것을 깊이 명심해야 합니다. 그런데 임금님, 넘칠 듯한 지혜와 돈독한 은혜로 해서 알라께서는 마침내 후사를 내려주시어 전하의 눈을 서늘하게 해주시고, 마음을 위로해주셨습니다. 앞으로는 전능하신 신에게 기도를 올려 신 자신은 말할 것도 없고 온 백성이 기뻐할 올바른 후계자가 되실 것을 빌어 마지않는 바이옵니다."

이어 일곱 번째 대신이 일어서서 말했습니다. "오, 임금님, 저의 동료인 총명하고도 박식한 대신들은 어전에서 전하의 뛰어난 통치력을 칭송하고, 이 점에 있어서는 전하께서 다른 모든 왕후를 능가하고 계시다는 것을 증명하였고, 따라서 다른 사람을 물리치고 우리 임금님을 뽑은 것인데, 저도 이 점에 관해서는 이론이 없습니다.

정말로 그것은 저희들에게 부과된 의무입니다. 임금님께 은총을 내리시고, 자비와 왕국의 복됨을 주시어, 임금님 및 저희들 중생을 구해주신 알라를 칭송할지어다! 그럼으로써 저희들도 또한 신에 대한 감사의 마음을 더욱더 굳게 해야 할 것은 말할 것도 없고, 모두 이것은 임금님께서 이 세상에 계심으로 해서 신께서 주신 선물입니다.

우리 임금님이 살아 계시는 동안은 저희들은 압제도 부정도 두려워하지 않으며, 또 아무도 저희들의 약점을 들춰낼 수도 없을 것입니다. 정말로 갸륵하게도 '중생의 최고의 복됨은 정의의 왕이니라, 최대의 해악은 부정의 왕이니라.'고도, '폭군과 함께 살기보다는 차라리 사나운 사자와 함께 살지어다.'라고도 일컬어지고 있습니다. 임금님의 목숨을 저희들에게 베푸시고, 이젠 후사가 없다고 단념하신 임금님께 후사를 내려주신 전능하신 알라께 영원한 찬사를 바칩니다! 왜냐하면 이 현세에서의 가장 훌륭한 하늘의 은혜는 아버지가 되는 일이며 '자손 없는 자의 생애는 알맹이 없는 생애로서 후세에 전하는 일 없느니라.'고 세상에선 말하고 있으니까요.

임금님으로 말씀드리면, 타고난 성품이 강직하시고, 정의감이 강하시며, 한결같이 최고 지상하신 신을 공경하셨기 때문에 마침내는 경사스러운 옥동자를 내려주셨으며, 정말로 이 옥동자야말로 최고 지상하신 임금님 및 저희들에게 알라께서 내려주신 선물이며, 이 모두가 임금님의 탁월하신 경륜과 오랜 세월에 걸쳐서 참고 견디어오신 결과인가 합니다. 이 점에서 '거미와 바람'이란 이야기와 흡사합니다."

쟈리아드 왕은 물었습니다. "그 거미와 바람이란 어떤 이야기인가?"

―샤라자드는 날이 훤히 밝아오는 것을 깨닫자, 여기서 허락된 이야기를 그쳤다.

• 908일째 밤

샤라자드는 다시 말을 이었다. 오, 인자하신 임금님, 쟈리아드 왕이 "그건 어떤 이야기인가?" 하고 묻자 대신은 "그럼, 들어보십시오."

거미와 바람

어느 때 한 마리의 거미가 사람의 눈에 띄지 않는 어느 높은 문에 달라붙어 거미집을 치고는 전능하신 알라에게 감사하면서 평온하게 나날을 보내고 있었습니다. 알라의 뜻으로 파충류의 침입을 피할 수 있는 안전하고도 안락한 집이 부여되었던 것입니다.

이렇듯 거미는 안락한 생활과 그날그날의 일정한 양식을 알라에게 감사하면서 오랫동안 살고 있었는데, 그러던 중 조물주는 문득 거미가 감사하는 마음과 인내력이 얼마나 강한가를 시험해보려는 생각이 들었습니다. 그래서 심한 돌풍을 보내니, 바람은 거미를 집과 함께 날려서 큰 바다의 한가운데로 던져버리고 말았습니다.

파도가 흔들리는 대로 표류하다가, 거미는 바닷가에 떠밀려 올라오게 되자, 자신의 무사함을 주에게 감사하고, 돌풍을 비난하기 시작했습니다. "오, 바람이여, 너는 어찌하여 나를 이 지경으로 만들었느냐? 나는 그 문 꼭대기에 집을 치고 편히 살고 있었는데, 이런 데로 데려다주다니. 도대체 그렇게 하면 너에게 무슨 이익이 있다는 거냐!"

그러자 바람은 대답했습니다. "오, 거미여, 너는 이 세상이 재앙의 집이라는 것을 모르는가? 어때, 말해봐. 이것만은 내 몫이라고 하며 영원히 변하지 않는 행복을 자랑할 수 있는 자가 있는지 없는지. 얼마나 인내력이 있는지를 시험해보시기 위하여 알라께서는 창조물을 시험해보신다는 것을 너는 모르는가? 그렇다면 저 망망한 대해에서 너를 구해준 나를 욕하다니 그런 법이 어딨어."

"과연 그렇구나." 거미는 대답했습니다. "나는 네 힘에 의하여 이런 낯선 나라로 날려왔다. 그러나 여기서 도망치고 싶어 죽겠다." "무슨 소리야. 좀 참고 있으면 이제 곧 먼저 살던 집으로 보내주마."

그래서 거미가 참고 지내려니까 이윽고 동북풍은 그치고, 서남풍이 불기 시작하여, 바람은 조용히 거미를 싣고 그전 집으로 날아갔습니다. 거미는 그전 장소로 돌아오자, 단단히 자기 집에 달라붙었습니다.

"그래서 저희들은," 하고 대신은 말을 이었습니다. "주권, 왕위, 영광 등 알라께서 우리 임금님에게 주신 것을 어린 왕자님에게도 주시기를 알라에게 기도올리는 바입니다. 진정으로 알라께서는 우리 임금님의 정성과 인내의 마음을 칭찬하시어 보답하시고, 백성을 불쌍히 여기시어 은총을 주시며, 이미 체념하고 계시던 노후에 이르러 후사를 주셨으니 더욱 만수무강하시어 마침내 우리 임금님의 눈을 서늘하게 하시어, 왕권과 왕국 등 우리 임금님에게 주신 것을 어린 왕자님에게도 주시게 된 것입니다. 아무쪼록 그렇게 해 주옵소서!"

그러자 마지막으로 쟈리아드 왕이 말했습니다. "어떠한 송사를 바쳐서라도 알라를 칭송할지어다! 어떠한 감사의 뜻을 표해서라도 알라에게 사의를 표하리! 온갖 창조물이신 알라 외에 신 없고, 그 기적에 의하여 우리들은 신의 위대하신 영광을 알았도다! 신은 당신이 원하시는 머슴에게 그 국토를 통치할 주권과 통치를 맡기시니라! 신은 당신의 뜻에 맞는 자를 골라서 백성을 다스리는 대행자 및 부통치자로 삼으시어 이 자에게 백성을 공명정대하게 다스리고, 종교상의 율법과 관행과 정당한 행위를 견지하도록 명령하시니라. 또 지조를 끝까지 굳게 지키며, 모든 사물들로 하여금 신의에 따르도록 하라고 명령하시니라. 이렇게 행동하여 주의 명령에 복종하는 자는 누구나 다 숙원을 달성하고, 신의 규율을 지체없이 지속하시느니라. 이렇게 함으로써 신의에 의하여 현세의 위난을 모면하고, 내세에 있어 충분한 보답을 받게 되리라. 왜냐하면 신은 올바른 자에 대한 보답을 잊으시는 법은 없기 때문이다.

이와는 달리 알라의 법도를 따르지 않는 자는 대죄를 범하는 자로서, 내세의 복됨보다도 속세를 존중하여 주의 명령을 거스르는 것이다. 이러한 자는 현세에 있어 업적을 남기는 일도 없고, 내세에 있어서는 어떠한 천혜의 혜택도 받지 못한다. 왜냐하면 알라께서는 그릇된 자, 간악한 자를 용서치 않으시며, 또 어떠한 머슴의 행위도 놓치시지 않기 때문이다.

이제 나의 대신들은 내가 그대들을 공정하게 대하고, 총명하게 정사를 행하였기 때문에 알라께서 나 또는 모두에게 은총을 베푸신 자초지종을 이야기했을 뿐인데, 알라의 넓고도 크신 변함없는 자비심에 대하여 우리들은 진정으로 감사의 뜻을 표하지 않으면 안된다. 또, 그대들은 이 일에 관하여 전능하신 알라께서 나에게 신령을 불어넣으셨다고 이야기하고, 서로 다투어 최고 지상하신 주에게 감사의 뜻을 바치고, 온갖 은혜와 사랑을 칭송하여 마지 않았다.

　나도 또한 여기서 알라에게 감사의 뜻을 표하는 바이다. 왜냐하면 나는 신의 법도를 받드는 일개 보잘 것 없는 노예에 지나지 않기 때문이다. 나의 마음은 신의 수중에 있고, 나의 혀는 신의 뜻에 따르며, 어떠한 일이 있을망정 신의 판정을 감수하는 자이니라. 대신 그대들은 각기 후사의 문제에 관하여 마음에 떠오르는 바를 피력하였고, 이 늙은 몸이 신념을 잃고 절망상태에 빠지려는 그 순간 또다시 신의 새로운 총애를 입었다는 것을 말했는데 지당한 말이로다.

　그렇기 때문에 실의에서 건져주시고, 낮과 밤이 교체되는 것과 같은 지배자의 교체를 모면케 해주신 알라를 칭송할지어다! 정말로 후사를 주셨다는 이 한 가지는 그대들에게도 나에게도 위대한 은혜였도다. 그러니 우리들은 곧 우리들의 기원에 응하여, 저 아들을 주시고 왕위의 계승자로서 높은 지위에 앉히신 전능하신 알라를 칭송할지어다!

　그리고 신의 대자대비에 매달려 반가운 일이 많고, 경건한 소행에 마음을 기울일 것을 간절히 바라리라. 이리하여야만 내 아들은 올바르고 공평하게 백성을 다스리고, 신의 끝없는 자비와 은총을 입어, 무서운 과오와 미흡한 소행으로부터 백성을 수호하는 진정한 임금이 될 것이니라!"

　쟈리아드 왕이 말을 맺자, 현인과 법률박사들은 일어나 알라의 어전에 무릎을 꿇고, 왕에게도 감사의 뜻을 표했습니다. 그러고 나서 왕의 손에 입을 맞춘 다음 각기 자기 집으로 돌아갔습니다.

　한편 왕은 궁중으로 돌아가 갓난아이를 바라보며, 자기 아들을 위하여 기도를 올리고 나서 윌드 한이라는 이름을 붙였습니다.

　왕자가 무럭무럭 성장하여 열두 살이 되자, 왕은 모든 학문을 닦게 하고자 생각하고, 도성 한가운데에다 방이 360개나 되는 궁전을 짓고 왕자를 그곳에 옮겼습니다. 그리고 법률박사 가운데 특히 세 명의 현자를 골라 밤낮을 쉬지 않고 교육에 전념케 하고,

온갖 지식에 통달케 하기 위하여 무엇 하나 남기지 말고 가르치라고 분부했습니다. 또 날마다 방을 바꿔가며 왕자와 대좌하고, 그곳에서 가르친 가지가지의 학예에 관하여 일일이 이것을 문짝에 적어놓은 다음, 왕자에게 한 강의 내용을 7일에 한 번씩 자기에게 보고하라고 명령한 것입니다.

그래서 모두는 왕자 곁을 떠나지 않고 밤낮으로 교육에 정성을 다 쏟아 자기들이 알고 있는 전부를 가르쳤습니다. 더군다나 왕자는 하나를 듣고도 열을 안다는, 누구에게서도 그 예를 볼 수 없는 재주를 보였습니다. 7일마다 세 명의 교사들은 쟈리아드 왕에게 가서 왕자가 공부한 내용을 전했으므로 왕 자신도 학식과 덕망이 다 같이 뛰어난 명군이 되었습니다. 현자들은 말했습니다. "저희들은 왕자님만큼 깨달음이 빠른, 뛰어난 천분을 타고난 천재를 아직껏 본 적이 없습니다. 앞으로도 왕자님에게 알라의 축복이 있고, 왕자님께서 건승하시어 기쁨이 끊이지 않기를 빕니다."

왕자가 열세 살을 맞이했을 무렵에는 온갖 학문을 거의 익혔으며, 당대의 모든 법률박사와 현자들을 능가할 정도가 됐습니다. 그래서 스승들은 왕자를 부왕에게 데리고 가서 말했습니다. "오, 임금님, 이 복이 많으신 젊은 왕자님을 위하여 아무쪼록 알라의 축복이 임금님에게 있으시기를 빕니다! 왕자님으로서는 온갖 지식을 터득하였으므로 오늘 이리 모시고 왔습니다. 오늘날의 학자로서 왕자님만큼 학예의 기량을 쌓으신 분은 한 분도 안 계십니다."

쟈리아드 왕은 이 말을 듣고 아주 기뻐하며 전능하신 알라(영원히 왕권과 권력이 알라에게 속하기를!) 앞에 엎드려 감사의 말을 바쳤습니다. 그리고 재상을 불러 말했습니다. "실은 말이다. 시마스, 스승들이 와서 아들이 온갖 지식을 모두 터득했으므로 이제는 아무것도 가르칠 것이 없다, 학문상으로는 당대의 누구도 능가할 만한 정도가 되었다고 말하지 않겠는가. 그대의 의견은 어떤가?"

이 말을 듣고 재상은 알라(주권과 권력이 영원히 알라에게 속하기를!) 앞에 엎드려 왕의 손에 입을 맞추고 말했습니다. "루비라고 하는 보석은 산중의 아무리 굳은 바위 속에 묻혀 있어도 등불처럼 빛을 발하지 않을 수가 없습니다. 왕자님도 이와 다름없습니다. 나이는 아직 젊으셔도 현자가 되고도 남을 만하며, 왕자님에게 은혜를 베풀어주신 것을 알라에게 감사를 드리나이다! 어쨌든 내일 태수와 학자의 꽃이라고 불리는 사람들을 소집하여 모든 사람들 앞에서 왕자님의 지식의 정도를 시험해보기로 하겠습니다. 인샬라!"

─샤라자드는 날이 훤히 밝아오는 것을 깨닫자, 여기서 허락된 이야기를 그쳤다.

• 909일째 밤
 샤라자드는 다시 말을 이었다. 오, 인자하신 임금님, 쟈리아드 왕은 재상 시마스의 말을 듣자, 나라 안의 재주가 뛰어난 법률박사와 학예를 충분히 닦은 학자, 현인들의 입궐을 명령했습니다. 그리고 그 이튿날 왕궁 문전에 그들이 모습을 나타내자, 왕은 곧 알현을 허락했습니다.
 이윽고 시마스가 사후하여 왕자의 두 손에 입을 맞추자, 왕자도 일어나 재상 앞에 엎드렸지만, 재상은 이것을 말리고 "사자새끼는 어떠한 짐승 앞에서도 엎드리지 않으며, 빛이 그림자에 속하는 것도 좋지 않습니다." 하고 말했습니다. 그러자 왕자는 "사자새끼는 표범을 만나면 옆으로 다가가 그 지혜를 존중하여 표범 앞에 엎드립니다. 또, 빛은 안에 있는 것을 나타내기 위하여 그림자에 힘입는 법이죠."
 "오, 왕자님, 지당한 말씀입니다. 그런데 우리 임금님 및 신하들의 허락을 얻어 제가 이제부터 묻는 일에 관하여 곧 대답해주시기 바랍니다." 시마스가 말하니 젊은 왕자는 대답했습니다. "그럼 나도 아버님의 허락을 얻고서 대답하겠습니다."
 그래서 재상은 우선 질문을 던졌습니다. "영원하며, 절대적인 것은 무엇이며, 그 둘의 표시는 무엇이며, 둘 중 어느 것이 영원불변한 것인지 대답해보십시오." "알라는 영원하며 절대적인 것입니다. 왜냐하면 알라는 처음이 없는 알파며, 끝이 없는 오메가이기 때문입니다. 그런데 이 둘의 표시라고 하는 것은 현세와 내세를 가리키는 것이며, 두 가지 중 영원불변한 것은 내세 쪽입니다."

"그렇습니다. 당신의 대답에 틀림은 없습니다. 그러나 알라께서 표시하신 것 중 하나가 현세이며, 또 하나가 내세라고 하는 것을 어떻게 하여 아셨는지 그 이유를 들려주십시오." "이 세상은 무에서 창조되었고, 존재하는 것에서 생긴 것은 아니므로 이것을 안 것입니다. 그러므로 모든 만물은 그 시원적 본질로 돌아가게 됩니다. 그뿐이 아니라 현세는 신속하게 끝이 나고 마는 존재며, 현세의 업은 행동이라는 보상을 요구하기 때문에 사라져버리는 모든 존재의 재현을 가정하게 됩니다. 따라서 내세는 제2의 표시입니다."

"그렇다면 내세가 두 존재 속에서 영원한 것이라는 것을 어떻게 해서 아셨는지 말씀해보십시오." "그것은 현세의 업에 대한 보상의 집으로서, 끝이 없는 영원의 손에 의하여 마련된 것이기 때문입니다."

"이 세상 사람들 중에서 그 행위가 가장 칭찬할 만한 사람은 누구입니까?" "현세의 행복보다도 내세의 복됨을 선택하는 사람들입니다."

"현세의 행복보다 내세의 그것을 택하는 사람은 어떠한 사람입니까?" "덧없이 멸망하는 집에서 살고, 자기는 멸망하기 위하여 만들어졌고, 멸망된 후에는 저 세상으로 갈 것을 깨닫고 있는 사람입니다. 또 실제로 이 세상에서 영원히 살며 멸망하지 않는 자가 있다고 하더라도 그 사람은 내세를 버리고 현세를 택하는 짓은 하지 않을 것입니다."

"미래의 생활은 현재의 생활이 없어도 영원히 존속하고 있습니까?" "현재의 생활을 가지고 있지 않은 자는 내세의 생활도 가지고 있지 않습니다. 나는 이 세상과 이 세상의 사람과 그 사람들이

지향하는 목적을 어떤 종류의 장인에 비유하겠습니다. 어느 태수가 장인들을 위하여 조그마한 집을 지어 그곳에서 살게 하고는 각자가 어느 일정한 일을 하도록 명령하고, 일정한 기한을 정해주고, 그 중 하나를 책임자로 임명했다고 합니다. 자기에게 배당된 일을 완수하는 사람은 책임자가 그를 비좁은 곳에서 밖으로 내다주며, 이와 반대로 정해진 날짜까지 이것을 못하는 자는 벌을 받게 됩니다. 그런데 이럭저럭하는 동안 뜻밖에도 집 틈에서 꿀이 새어나오는 것을 발견하여 장인들이 이것을 핥아보고 그 달콤한 맛을 알게 되면, 그땐 자기에게 할당된 일도 등한히 여기게 되어 하지 않는 결과가 되는 거죠. 그렇게 되면 그들은 이윽고 자기들이 당할 벌을 알면서도 자기들이 살고 있는 비좁고 비참한 집에서 견디고, 이 보잘 것 없는 쉽게 얻어진 환경에 만족하게 됩니다. 그러나 책임자는 운명에 의하여 정해진 시기가 오면 누구나 할 것 없이 좋건 나쁘건 그 집에서 끌어내는 것입니다.

　그러한 까닭으로 우리들은 이 현세라고 하는 것이 모든 사람의 눈을 현혹하는 집이며, 각자가 정해진 수명을 가지고 있다는 것을 알게 됩니다. 그리고 현세의 자질구레한 쾌락을 알고 이것을 좇기에 바쁜 자는 티끌과 같은 세상의 속사를 좋아하여 자신을 버리는 셈이 되므로, 구원받지 못하는 자들 속에 끼이게 되고, 이 보잘 것 없는 쾌락을 거들떠보지도 않으며, 이 세상의 속사보다는 내세에 대한 일을 좋아하는 자는 구원받는 자들 속에 끼이게 됩니다."

　"현세와 내세에 관한 의견을 확실히 듣고 보니, 저로서는 이의가 없습니다. 그러나 생각건대 이 두 가지 것은 마치 사람 위에 두 가지 주권이 놓여진 것과 같아서 사람은 이 쌍방을 다 만족시켜야만 하는데 양자는 서로 상반되는 것입니다. 그러므로 가령 생계의 양식을 악착스럽게 구하려고 하면 장래의 자기 영혼을 위하여 해가 될 것이고, 그렇다고 해서 내세를 위하여 자기를 바쳐버리면 자기 몸에 해를 끼치는 결과가 됩니다. 따라서 이 상반되는 양자를 동시에 만족시키는 길은 없다고 생각합니다만."

"아니오, 경건한 생각을 가지고, 올바른 방법으로 현세의 생계를 세우는 것은 바로 내세의 선을 구하는 데 있어 양식이 되는 것입니다. 즉 만일 인간이 육체를 유지하기 위하여 생애의 일부를 희생하여 현세의 생계를 구하고, 다른 일부는 영혼을 편안케 하고 해독을 막기 위하여 내세의 선과를 구하는 데 쓴다면 그런 결과가 되는 것이지요. 내가 생각하기에 현세와 내세의 관계는 마치 선한 왕과 악한 왕의 관계와도 흡사합니다."

시마스 재상이 "그건 또 무슨 말씀이십니까?" 하고 묻자, 젊은 왕자는 이런 이야기를 시작했습니다.

두 사람의 왕

옛날에 선한 왕과 악한 왕이 있었습니다. 악한 왕은 나무와 과일과 화초 등이 많은 영토를 가지고 있었습니다만 상인들이 발을 들여놓기만 하면 반드시 그 금품을 빼앗아버리는 것이 관례가 되어 있었습니다. 그래도 상인들은 꾹 참았습니다. 그도 그럴 것이 땅이 풍요하여 풍부히 살 수 있을 뿐 아니라, 보석의 산지로서도 유명했기 때문입니다.

그런데 보석을 좋아하는 선한 왕은 이 땅의 소문을 듣고 당장 신하 하나를 보내어, 막대한 돈을 주고는 그곳으로 가서 보석을 사오라고 명령했습니다. 그래서 신하는 그곳으로 갔습니다. 그런데 상인이 많은 돈을 가지고 보석을 사러 자기 나라로 왔다는 소문이 악한 왕의 귀에 들어갔으므로 왕은 곧 그 사나이를 불러들여 심문했습니다. "너는 누구이며, 어디서, 누구의 심부름으로 왔느냐? 그리고 네 용건은 무엇이냐?"

상인은 대답했습니다. "저는 이러이러한 나라의 사람으로서 국왕이 돈을 주어 이 나라에서 보석을 사오라고 하여 왔습니다. 그래서 저는 지시에 따라 이곳에 온 것입니다." 그러자 악한 왕은 외쳤습니다. "바보 같은 놈! 네놈은 내가 내 나라의 백성을 어떻게 다루고, 날마다 그 돈을 짜낸다는 것을 모르는가? 게다가 너는 이러이러한 날부터 쭉 이곳에 체류하고 있었겠다!"

"이 돈은 한푼도 제 것이 아닙니다. 그것을 맡아 가지고 있을 뿐으로, 그 돈만큼의 물건을 돈주인에게 돌려보내줘야 합니다." 하고 상인이 말하니 악한 왕은 말했습니다. "너는 그 가진 돈을 전부 털어놓아 몸값으로 하지 않는 한 나는 네가 이곳에서 사는 것도, 나가는 것도 허락할 수 없다!"

——샤라자드는 날이 훤히 밝아오는 것을 깨닫자, 여기서 허락된 이야기를 그쳤다.

● 910일째 밤

샤라자드는 다시 말을 이었다. 오, 인자하신 임금님, 괘씸한 임금은 자기 나라로 보석을 사러 온 상인에게 말했습니다. "네가 가진 돈 전부를 내놓고 몸값으로 하지 않는 한 내 영토내에선 살 수 없다. 내놓지 않으면 죽을 뿐이야."

그래서 상인은 속으로 생각했습니다.

'나는 두 사람의 왕 사이에 낀 신세가 되었구나. 이 폭군의 압제는 영내의 모든 백성에게 미치고 있는 것 같다. 그러니까 왕의 마음이 풀리도록 하지 않으면 나는 목숨도 돈(이것은 확실하다)도 뺏기고는 임무를 다할 수 없게 된다. 그렇다고 해서 가진 돈을 전부 주어버리면 돈주인인 임금님에게 변명할 길이 없게 되어 기껏해야 몸의 파멸을 자초하기가 고작이다. 그렇다고 하면 이 자리에서 이쪽 왕에게 얼마간 주어 그의 마음을 사서 이 몸의 곤란을 면하여 목숨을 건지는 길밖에 딴 방도가 없다. 그러면 수입이 많은 이곳에서 살 수 있고, 그러는 동안 원하는 만큼의 보석도 살 수 있게 될 것이 아냐. 그러면 이 폭군에게 선물을 주어 환심을 사고, 손수 번 몫만큼은 내가 갖고 돈주인인 임금님에게는 심부름시킨 물건만 가지고 가면 될 게 아니냐. 그 임금님은 관대하시고 정의감이 두터운 성품이시니까 이 괘씸한 폭군이 재보를 얼마간 약탈했다 하더라도 아주 소량이라면 나무람을 받을 걱정은 없을 게다.'

그리하여 상인은 폭군에게 하늘의 은총이 있기를 빌고 말했습니다. "그럼, 임금님, 제 몸값을 내놓고, 귀국에 왔다가 돌아갈 때까지의 몫도 이 돈 가운데서 얼마만큼 내놓기로 하겠습니다." 악한 왕은 이 말에 동의하여 일 년간의 체류를 허락했으므로 상인은 나머지 돈으로 온갖 종류의 보석을 사가지고 자기 나라로 돌아왔습니다. 그리고 아까 말한 바와 같은 악한 왕의 손에서 자기 몸을 지킨 전말을 국왕에게 실토한 다음 여러 가지로 변명을 늘어놓았습니다.

선한 왕은 그 변명을 인정하고, 머리 좋게 계략을 꾸민 것을 칭찬하여, 알현실에서는 옥좌 오른쪽에 상인을 앉히고 영세록을 내려주었기 때문에 상인은 행복스러운 생애를 보냈습니다.

"그런데, 이 선한 왕은 내세에 비유된 모습이며, 악한 왕은 현세에 비유된 모습입니다. 폭군의 영토에 있어서도 보석 그 자체는 선행과 경건한 소행을 가리키고 있습니다. 상인은 인간이며, 상인이 가지고 온 돈은 알라께서 주신 양식입니다. 이것을 곰곰이 생각해보면 현세에 있어 생활의 밑천을 구하는 자는 단 하루라도 내세의 선과를 구하지 않고 보내서는 안된다는 것을 압니다. 이렇게 해야만 이 인간은 비옥한 대지에서 얻는 것으로써 현세를 만족시키고, 또 동시에 천국을 찾아 자기 생활의 일부를 희생시킴으로써 내세도 만족시키는 결과가 됩니다."

"영혼과 육체는 똑같은 보답과 인과를 받게 되는 것입니까? 그렇지 않으면 육체는 색향을 탐내고 죄를 범하는 것이니, 특히 징벌을 받아야 할 것입니까?" "색욕과 죄악으로 달리는 성품은 영혼을 그것으로부터 멀리하여 후회함으로써 포상을 받는 원인도 될 수 있는 것입니다. 그러나 무슨 일이건 진실은 마음대로 하시는 신의 수중에 있는 것이며, 사물은 그 정반대되는 것에 의하여 판별되는 것입니다. 그러므로 물질은 육체에는 없어서는 안될 것이지만, 영혼이 없는 육체는 전혀 존재하지 않습니다. 영혼의 정화는 이 세상에 있어서의 뜻하는 바를 늘 깨끗이 하며, 내세에 있어 소용되는 것에 뜻을 두는 것에 있습니다.

사실 영혼과 육체는 상을 타기 위하여 경주하는 두 필의 말이거나, 젖을 나누어 먹는 두 형제거나, 아니면 사업상의 두 동업자와 흡사합니다. 뜻하는 바에 의하여 선행이 식별되고, 이리하여 육체와 영혼은 행위에 있어서나, 또는 인과응보에 있어서나 똑같이 분담하는 동업자라는 것이 되며, 이 점에선 '장님과 앉은뱅이와 마당지기'의 관계와 흡사합니다."

"그것은 또 어째서입니까?" 하고 시마스가 물으니 왕자는 대답했습니다. "그렇다면 재상님, 들어보시오."

장님과 앉은뱅이

장님과 앉은뱅이가 길동무가 되었는데 사이좋게 함께 동냥을 하는 것이 버릇이었습니다. 어느 날, 어느 인정 많은 사람의 정원으로 가서는 정원에서 하룻밤을 자고 가겠노라고 사정했습니다. 마음씨가 착한 주인은 두 사람이 이야기하는 것을 듣고 불쌍히 여겨, 자기 정원으로 데리고 가서 얼마간의 과일을 따서 준 다음 정원을 망치거나 더럽히지 말라고 이르고는 가버렸습니다.

그런데 과일이 맛있게 익어 있는 것을 본 앉은뱅이는 장님에게 말했습니다. "이봐, 내 눈에는 과일이 익은 것이 보여. 따주고 싶군. 그러나 먹고 싶어도 손이 닿지 않아. 너는 두 다리가 성하니까 가서 좀 따 와. 같이 먹자."

그러자 장님이 말했습니다. "귀찮은 놈이군! 나는 과일 같은 것은 생각도 못해봤는데, 네가 그런 소릴 하니까 나도 먹고 싶어졌어. 하지만 나에겐 보이지 않으니까 할 길이 없어. 그렇다면 어떡하면 따 먹을 수 있지?"

그러자 때마침 그곳에 정원지기가 왔습니다. 이 사나이는 사리가 밝은 사람이었으므로 앉은뱅이가 말했습니다. "여보세요. 정원지기 양반. 과일이 조금 먹고 싶은데, 우리들은 보시다시피 이런 지경으로 나는 앉은뱅이고, 상대방은 장님이니 어떻게 하면 좋겠소?"

그러자 정원지기는 "아니! 너희들은 이 정원의 주인이 정원을 망치거나 더럽혀서는 안된다고 한 말을 잊었는가? 이른 말을 잘 지키고 그런 쓸데없는 소리는 그만둬." 그러나 두 사람은 지질 않습니다. "아니야, 먹을 만큼만 딸 테니까 용서해주시오. 과일을 따 먹지 않으면 성미가 풀리지 않아요. 그러니까 어떻게 하면 따 먹을 수 있는지 무슨 좋은 방법이 있으면 가르쳐줘요."

정원지기는 두 사람이 도무지 그만둘 것 같지 않았기 때문에 말했습니다. "그럼, 이렇게 해봐. 앉은뱅이 양반, 장님 등에 네가 업혀 먹고 싶은 과일 나무 아래로 가란 말이야. 그러면 손이 닿는 대로 딸 수 있을 게 아냐."

그래서 장님이 앉은뱅이를 업어 앉은뱅이가 하라는 대로 마음에 드는 나무 아래로 데리고 갔습니다. 그러고는 마음대로 과일을 따기 시작하여 큰 가지를 부러뜨리기도 하며 못쓰게 만들었습니다. 그리고 또 이리저리 정원을 돌아다니면서 손발로 못쓰게 하여, 정원에 있는 나무를 하나도 빼놓지 않고 벌거숭이로 만들어버린 것입니다.

두 사람이 먼저 장소로 돌아와보니 그곳에 정원 주인이 나와 있었습니다. 그리고 이 모양을 보고 불처럼 화를 내며 두 사람 앞으로 와서 외쳤습니다.

"고약한 놈들 같으니라구! 이게 도대체 무슨 일이냐? 정원을 못 쓰게 하면 안된다고 하지 않았어?" "보시다시피 저희들은 도저히 과일 같은 건 딸 수 없거든요. 하나는 앉은뱅이여서 설 수 없고, 또 하나는 장님으로 눈앞에 무엇이 있는지 보이지 않습니다. 그러니 저희들에게 무슨 죄가 있습니까?"

그러나 주인은 대답했습니다. "너희들이 무슨 짓을 했는지, 어떻게 하여 내 정원을 못쓰게 했는지, 내가 모르리라고 생각했는가? 난 말이다. 이 장님아, 너희들이 한 짓을 훤히 알고 있다. 너는 앉은뱅이를 업고 그놈의 지시대로 과일나무 밑으로 간 거야."

그리고 주인은 사정없이 벌을 준 다음 그들을 정원에서 내쫓고 말았습니다.

"그런데, 이 장님은 마음으로밖에는 아무것도 보이지 않는 육체의 권화며, 앉은뱅이는 몸뚱이째 움직이는 외에는 걸을 수도 없는 영혼의 권화입니다. 또 정원은 인간의 상벌의 근원이 되는 것이며, 정원지기는 선을 권장하고 악을 금하는 이성에 비유됩니다. 그러므로 육체와 영혼은 쌍방이 똑같이 상벌을 받게 되는 것입니다."

"왕자님의 생각으로는 학자 가운데서 가장 칭찬을 받을 만한 사람은 누구입니까?" "알라의 지식을 닦고, 그 지식의 혜택을 입는 사람입니다." "그것은 어떠한 인간입니까?" "오로지 주의 마음에 맞도록 노력하며, 주의 노여움을 피하려고 하는 사람입니다." "그렇다면 어느 쪽이 더 훌륭한 사람입니까?" "알라의 지식을 가장 많이 닦은 사람입니다."

"그렇다면, 어느 쪽이 더 경험이 많습니까?" "자기 지식에 따라 행동함에 있어 가장 지조가 굳은 사람입니다." "어느 쪽이 마음이 깨끗한 사람입니까?" "한결같이 죽음에 대비하고, 한결같이 주를 칭송하고, 소원이 극히 적은 사람입니다. 또 죽음의 무서운 양상을 마음에 늘 새기는 사람은 티없는 거울을 들여다보는 사람과 흡사합니다. 왜냐하면 이와 같은 사람은 진리를 알고 있으며 거울은 더욱더 맑게 밝아지니까요."

"재보 가운데서 가장 훌륭한 것은?" "천상의 재보지요." "천상의 재보 중에서 가장 훌륭한 것은?" "알라의 송사와 찬미입니다." "지상의 재보 중 가장 훌륭한 것은?" "인자한 행위입니다."

―샤라자드는 날이 훤히 밝아오는 것을 깨닫자, 여기서 허락된 이야기를 그쳤다.

● 911일째 밤

샤라자드는 다시 말을 이었다. 오, 인자하신 임금님, 시마스 재상이 왕자에게 "지상의 재보 중 가장 훌륭한 것은?" 하고 묻자, 왕자는 대답했습니다. "인자한 행위입니다."

그래서 재상은 다시 계속하여 물었습니다. "지식과 사려와 기지의 셋이 서로 다른 점, 그리고 이 세 가지 것을 결합한 것에 관한 왕자님의 의견을 들려주십시오." "지식은 학문에서, 사려는 경험에서, 기지는 반성에서 생기며, 이 세 가지 것은 모두 이성 안에서 결합됩니다. 이 세 가지 특성을 결합하는 자는 누구나 완벽의 경지에 도달하고, 이것에 주를 섬기는 마음과 두려워하는 마음을 가진 자는 바른 길로 들어서는 것이 되는 거죠."

"올바른 분별, 총명한 지성, 예민한 기지 등을 구비한 학문 있는 현자의 예를 들어보고, 욕망과 색욕이 이들 특성을 바꿀 수 있는 지에 대해 대답해주십시오." "바꿀 수 있습니다. 왜냐하면 이 두 가지 욕정은 사람의 마음 속에 깃들이면 지혜도 사리분별도 기지도 바꿔놓고 마니까요. 흡사 독수리와 같은 것입니다. 이 새는 아주 교활하기 때문에 사냥꾼을 경계하여 하늘 높이 살고 있습니다. 그러나 새사냥꾼이 그물을 치고, 단단히 말뚝을 박아 고정시켜놓은 다음 거기다 한 조각의 고기를 매달아놓고 있는 것을 보면, 갑자기 그 먹이가 먹고 싶어져서 전부터 덫에 걸린 새들의 비참한 신세를 싫도록 보았다는 것도 잊고 말지요.

그래서, 독수리는 하늘에서 날아내려와 고기조각으로 달려들다가 그 덫에 걸려 꼼짝도 할 수 없게 되었습니다. 새사냥꾼은 가까이 다가가 독수리가 덫에 걸려 있는 것을 보고는 깜짝 놀라서 말했습니다. '나는 비둘기와 작은 새들을 잡으려고 그물을 쳤는데 어째서 독수리가 걸렸을까?'

분별이 있는 인간은 욕정에 끌리더라도 그 결과를 생각하고 그 욕심 때문에 아름답게 보이는 것으로부터 멀리 피하고, 이성의 힘으로 욕망과 음욕을 눌러버립니다. 왜냐하면 이러한 욕정에 몰리게 될 때에는 마술에 능한 기수가 난폭한 말을 재갈 하나로 꼼짝도 못하게 하고 자기가 원하는 곳으로 말을 몰고 가듯이 냉정하게 분별력을 작동시키지 않으면 안됩니다. 지식도 없고, 분별력도 없는 무지한 인간은 무엇 하나도 모르면서 그저 욕심과 색정에 눈이 어두워져 있기 때문에 그대로 행동하여 스스로 자기 신세를 망치는 무리 속에 끼게 됩니다. 이러한 인간만큼 형편없는 인간도 없습니다."

"욕망과 색정의 나쁜 영향을 막는 데 있어 어떠한 때에 지식과 이성이 소용이 됩니까?" "욕망과 색정의 소유주가 내세의 행복을 찾아서 이것을 사용할 경우에는 이성과 지식이 필요합니다. 그러나 이 현세의 행복을 찾아서 이것을 사용하는 것은 좋지 못합니다. 그저 자기 생계의 밑천을 얻거나, 재액에서 몸을 지키거나 하는 데 있어 필요할 때에만 그것을 사용하는 것은 무방하나 그 경우에는 끝까지 내세를 염두에 두고 사용하지 않으면 아니됩니다."

"사람이 전심전력하여 오로지 마음을 기울일 것 중에서 가장 가치 있는 것은 무엇입니까?" "훌륭하고 경건한 일뿐입니다."

"그러한 일을 행하면 생활의 양식을 얻는 데 지장이 있습니다. 그때에는 없어서는 안될 나날의 양식을 구하기 위하여 어떻게 하면 좋겠습니까?" "인간의 하루에는 24시간이 있습니다. 따라서 3분의 1은 생계를 유지하기 위하여, 나머지 3분의 1은 기도와 휴식에, 나머지 시간은 지식의 습득에 바치지 않으면 안됩니다. 왜냐하면 지식이 없는 인간이라고 하는 것은 마치 불모지와 마찬가지며,

경작이나 초목을 심기에도 적합하지 않습니다. 경작과 재배 준비가 없이는 그 땅에서 아무것도 수확할 수 없습니다. 그러나 땅을 갈고 씨를 뿌리면 훌륭한 수확을 얻을 수 있습니다. 교양이 없는 인간도 이와 마찬가지입니다. 지식이 그 인간에게 심겨지게 되기 전까지는 아무 성과도 없고, 지식이 있어야만 비로소 성과를 올리게 됩니다."

"사리분별이 수반되지 않는 지식에 관해서는 어떻게 생각하십니까?" "여물을 먹거나, 눈을 뜨는 시각을 알고 있어도 전혀 이성이 없는 소와 말의 지식과 똑같습니다."

"아주 간단한 대답이지만 일단 그 대답은 인정하겠습니다. 그럼, 왕후로부터 몸을 지키려면 어떻게 하면 좋겠습니까?" "자기로부터 왕후를 멀리하는 것입니다." "왕후는 우리들을 지배하고, 모든 것을 저편에서 장악하고 있다면 어떻게 가까이하지 않을 수가 있겠습니까?" "당신에 대한 왕후의 지배는 당신께서 왕후에게 의무를 지고 있는 점에 있습니다. 따라서 의무를 다하기만 하면 그 이상의 지배를 받지 않게 되겠지요."

"왕에 대한 대신의 의무는 무엇입니까?" "공사를 가리지 않고 훌륭한 조언을 하여 열심히 보좌하고, 또 올바른 판단을 내리고, 왕의 비밀을 엄수하는 일입니다. 이 밖에 마땅히 왕에게 알려야 할 일을 숨겨서는 안되고, 왕명이라면 조금도 이를 소홀히 하는 일이 없이 충실히 이행해야 되고, 무슨 일이건 왕의 승낙을 구하고, 왕의 노여움을 피해야 합니다."

"대신은 왕에게 어떻게 행동해야 합니까?" "당신이 대신으로서, 임금과의 사이를 원만히 해나가고 싶다면 왕의 말을 잘 듣고 진언하며, 왕이 기대하는 이상이 되도록 마음을 쓸 것, 또 왕이 그대의 지위를 어느 정도로 생각하고 있느냐에 따라 왕에게 요구할 것입니다. 왕께서 적합하다고 생각하는 이상의 지위에 올라가지 않도록 부디 명심하십시오. 왜냐하면 그것은 왕에 대하여 당돌한 행위가 되기 때문입니다. 만일 왕의 온정만 믿고 왕께서 적당하다고 생각하는 이상의 지위에 오른다고 하면 당신은 사냥꾼과 똑같은 경우를 당하게 됩니다. 이 사냥꾼은 평소 들짐승을 덫으로 잡아 모피만을 갖고 고기는 버리곤 했습니다. 그런데 거기 곧잘 사자 하나가 와서 버린 고기를 먹곤 했습니다. 그러는 사이에 사냥꾼은 사자와 친구가 되어, 고기를 던져주고는 꼬리를 휘젓고 있는 사자의 등에다 두 손을 얹었습니다.

그런데 사냥꾼은 사자가 잘 따르며 순한 것을 보자, 속으로 생각했습니다. '이 사자는 나에게 순종하며 나는 이놈의 주인이다. 그렇다면 내가 이놈 등에 올라타고 앉아 다른 야수와 마찬가지로 가죽을 벗겨도 될 성 싶다.' 그래서 사냥꾼은 용기를 내어 사자 등에 뛰어올랐습니다. 상대방이 순하다고만 지레 짐작하고 절대 안전하리라 생각한 것입니다. 그런데 사자 쪽에서는 이 행동을 보자, 매우 화를 내고 느닷없이 앞다리를 쳐들어 사냥꾼을 후려쳤습니다. 발톱이 사냥꾼의 몸에 박히자, 사자는 사냥꾼을 짓밟고 갈가리 찢어 그것을 아귀아귀 먹어버렸습니다.

이 이야기에서도 알 수 있는 것처럼 대신이라고 하는 것은 왕에 대하여 신분에 어울리게 행동하고, 왕의 미움을 사지 않도록 하여 자기 판단이 옳다고 우쭐대서는 안됩니다."

―샤라자드는 날이 훤히 밝아오는 것을 깨닫자, 여기서 허락된 이야기를 그쳤다.

• 912일째 밤

샤라자드는 다시 말을 이었다. 오, 인자하신 임금님, 쟈리아드 왕의 젊은 왕자는 시마스 재상에게 대답했습니다. "대신이라고 하는 것은 왕에 대하여 신분에 어울리게 행동하고, 왕의 미움을 사지 않도록 하여 자기 판단이 옳다고 우쭐대서는 안됩니다."

그러자 시마스 재상이 물었습니다. "대신은 어떻게 하면 왕의 명예를 받들 수 있습니까?" "자기에게 맡겨진 일을 잘 수행하고,

고결한 조언을 주고, 건전한 판단을 내리고, 그 명령을 충실히 수행하면 됩니다."

"당신께선 지금 왕의 노여움을 피하고 왕의 요청에 따라 모든 명령받은 일을 성심성의껏 수행하라고 말씀하시고, 그것이 대신에게 주어진 의무라고 하셨습니다만, 왕이 좋아하는 것이 모두 전제고, 압제고, 도에 어긋난 요구라면 어떻게 하시겠습니까? 이러한 무도한 임금을 섬기고 마음을 썩힌다면 대신은 도대체 어떻게 하면 좋겠습니까? 왕의 전제나 욕심을 막으려고 애써도 그것이 불가능하고, 그렇다고 해서 왕의 욕심을 받아들여, 마음에도 없는 조언으로 아첨한다면 그것은 대신의 중대한 과오이며, 스스로 백성의 적이 되는 것입니다. 이것에 대한 왕자님의 의견은 어떠십니까?"

"재상님, 대신의 책임과 과오에 관하여 당신이 말씀하시는 바는, 그저 왕의 비행을 부추겼을 경우에만 생기는 것입니다. 그러나 왕이 이러한 종류의 비행에 관하여 대신과 의논할 때에는 대신된 자는 정의와 공정한 길을 왕에게 아뢰고, 횡포한 행동을 안하도록 간하여, 올바르게 백성을 다스릴 원리를 설명하지 않으면 안됩니다. 또 인과응보의 이치를 풀이하여 선행을 권장하고, 천벌이 무섭다는 것을 경계하여 비행을 억제하지 않으면 안됩니다. 만일 왕이 그 간언을 받아들여 이에 귀를 기울인다면 대신의 목적은 도달된 셈이며, 그렇지 않을 경우 조용히 왕의 곁을 떠날 수밖에 없지요. 왜냐하면 어느 쪽이거나 헤어지기는 용이하기 때문입니다."

"백성에 대한 왕의 의무, 군주에 대한 백성의 의무란 무엇입니까?" "백성은 왕이 순수한 의도를 가지고 명령하는 일이라면 모두 다 수행하고, 임금뿐이 아니라 알라와 알라의 사도의 마음에 맞는 일이라면 모두 다 기꺼이 복종하지 않으면 안됩니다. 백성은 또 임금에 대하여 재산을 지켜주고, 자기들의 처자를 지켜달라고 요청할 수가 있습니다. 그것은 마치 임금의 명령을 받들어 복종하고, 임금을 위하여 목숨을 던지고, 정당한 의무를 다하고, 올바른 재판과 혜택 등 임금의 선물에 감사하여 임금을 칭송하는 것이 신하의 의무인 것과 마찬가지입니다."

"지금 당신께서 말씀하신 것 외에 백성은 무엇이든 왕에게 요청할 수가 있습니까?"

"할 수 있습니다. 임금에 따라 백성의 권리는 신하에 대한 임금의 요구권보다도 훨씬 구속력이 있습니다. 왜냐하면 백성에 대한 임금의 의무불이행은 백성의 의무불이행보다도 훨씬 더 해가 되기 때문입니다. 왕의 실추, 왕국과 재보의 소멸 따위는 임금이 백성에 대한 의무를 소홀히 하기 때문에 생기는 것입니다. 그렇기 때문에 왕권을 맡은 자는 세 가지 것을 조정하도록 전념하지 않으면 안됩니다. 즉, 신앙을 기르고 신하를 훈도하고, 정사를 조정하는 일입니다. 왜냐하면 이상의 세 가지 것이 순조롭게 이루어져야만 왕국은 오래 존속하기 때문입니다."

"백성의 복지를 위해서 임금은 어떻게 해야 합니까?" "백성에게 주어야 할 것은 주고, 법률과 관행을 준수하고 법률박사와 학자를 기용하여 백성을 교화하고, 서로 백성의 죄과를 없게 하고 백성의 생명을 존중하고, 그 재화를 수호하고, 부담을 경감하고, 병력을 강화하지 않으면 아니됩니다."

"임금에 대하여 대신이 요청하는 바는 무엇입니까?" "대신만큼 임금에 대하여 긴요하게 요청할 안건을 가지고 있는 자는 다시 없습니다. 그것은 세 가지 이유에 의한 것인데, 첫째는 재정을 그르친 경우에 임금에게서 받는 징벌 때문이요, 그 반면 공정한 재정을 내렸을 경우에는 임금과 백성이 전반적인 은혜를 입기 때문입니다. 둘째는 대신이 어느 정도 왕에게서 신임을 받고 있는가를 백성이 알고 있고, 존경과 복종의 눈으로 대신을 바라보게끔 하기 위해서요, 셋째는 왕과 백성이 지켜보고 있다는 것을 알고 군신이 싫어하는 바를 멀리하여, 사랑하는 바를 실현하기 위해서입니다."

"이상으로 왕과 대신과 백성의 특질에 관하여 대답하신 바를 전부 알게 된 셈인데, 저도 이의가 없습니다. 그러나 이번에는 거짓말과 허황된 말과 중상과 쓸데없는 말 따위를 삼가하려면 어떻게 하는 것이 좋은지 대답해주십시오." "사람은 착한 일과 진실된 일 외엔 아무것도 지껄여서는 안되며, 또 자기에게 관계없는 일을 이러쿵저러쿵 지껄여서는 안됩니다. 비방의 말을 말며, 남에게서 들은 이야기를 적에게 누설하거나 혹은 적과 자기편을 가릴 것 없이 임금에게 참소하면 안됩니다. 전능하신 알라 외엔(자기에게 이롭게 생각되는 사람이거나, 자기에게 이롭게 생각되지 않는 사람이거나) 아무도 개의할 필요는 없습니다. 왜냐하면 알라는 이로움과 해로움을 주시는 유일한 신이시기 때문입니다. 누구에게나 죄를 뒤집어씌우지 말 것이며, 아무것도 모르는 일을 마음대로 지껄여서는 안됩니다. 알라의 앞에서 그 책망을 듣고, 세상 사람들의 증오를 살 우려가 있기 때문입니다. 말이라고 하는 것은 화살과 같은 것으로 한번 내보내면 돌이킬 수가 없는 것입니다. 또 비밀을 못지키는 인간에게 비밀을 누설하지 않도록 조심해야 합니다. 누설하지 않을 거라고 믿고 일단 털어놓는 날엔 엉뚱한 화를 자초할지도 모르니까요. 부디 조심하여 내 편에서도 적에게서도 비밀을 지키도록 해야 합니다. 왜냐하면 누구를 막론하고 비밀을 지킨다는 것은 인간의 신뢰에 충실히 보답하는 길이기 때문입니다."

"가족과 친구에 대해서는 어떻게 행동하면 좋을지 대답해주십시오." "올바른 행위를 함으로써만 인간은 안정된 마음으로 뜻을 이룰 수 있는 것입니다. 따라서 인간은 가족에 대해서는 가족에게 알맞는 것을 주고, 친구에게는 친구에게 알맞는 것을 주어야 합니다."

"친족에 대해서는 어떻게 대처해야 합니까?" "우선 양친에게는 유순하게 굴고, 말도 공손하게 애정과 존경을 표해야 합니다. 형제와 동포에 대해서는 좋은 충고를 주고, 돈을 아끼지 말고, 일을 돕고, 더불어 기뻐하고, 더불어 슬퍼하고, 그들이 범하는 과실에 대해서는 눈감아줘야 합니다. 이러한 관대한 대접을 받으면 그들도 최선의 충고로써 보답하고, 만일의 경우엔 목숨까지도 바치게 됩니다. 그렇기 때문에 자기의 형제가 신뢰할 만하다는 것을 알거든 아낌없이 애정을 기울여 아무쪼록 돕도록 해야 합니다."

―샤라자드는 날이 훤히 밝아오는 것을 깨닫자, 여기서 허락된 이야기를 그쳤다.

• 913일째 밤

샤라자드는 다시 말을 이었다. 오, 인자하신 임금님, 쟈리아드 왕의 왕자이자 젊은 후사는 대신으로부터 아까 말씀드린 바와 같은 문제에 관하여 질문을 받자, 조금도 나무랄 데가 없는 대답을 척척 했습니다. 그래서 시마스 재상은 또다시 묻기 시작했습니다.
"생각건대, 형제라고 해도 두 가지가 있으며, 친밀한 친구도 있는가 하면 사교상의 친구도 있습니다. 최초의 참된 친구에 관해서는 과연 당신께서 말씀하신 그대로입니다. 그러나 이번엔 다른 교제상의 친구에 관한 의견을 듣고자 합니다."
"교제상의 친구에 관하여 말하자면 기분좋은 대우, 유쾌한 이야기, 즐거운 이야기 상대를 얻을 수 있어 무료를 달랠 수 있습니다. 그러므로 자기의 기쁨을 아끼지 말고 상대방과 마찬가지로 인심을 후하게 나눠 가지며, 상대방의 정다운 표정이나 너그러운 애정이나 상냥한 대응에도 똑같이 대해야 합니다. 그렇게 하면 본인의 생활도 즐거워지고, 이쪽 주장이 상대방에게 용납되기도 할 것입니다."
"그럼, 이번에는 조물주께서 온갖 생물에게 양식을 정해주셨는데, 그것에 관하여 묻고자 합니다. 신께서는 인간과 짐승에 대하여 수명을 다할 때까지 각자에게 양식을 주셨는지요? 만일 그렇게 주셨다면 그것을 얻느라고 쓸데없이 애써 싸울 것도 없는 것을, 운명에 의하여 자기 수중에 들어와야 할 것을 찾아서 죽을 고생을 하는 것은 도대체 어찌된 셈입니까? 또 한편에서는 만일 그처럼 미리 정해져 있지 않다면 아무리 죽을 고생을 해본댔자 수중에 들어오지 않습니다. 그렇다고 하면 노력을 아끼고 주만을 의뢰하여 육체와 마음에 휴식을 주어야 할까요?"

"말씀하신 대로 온갖 생물에는 양식이 할당되어 있고, 수명이 정해져 있습니다. 그러나 모든 생활에는 수단과 방편이 있습니다. 그리고 찾는 자는 찾는 것을 그만두는 것으로써 욕망을 면할 수 있습니다. 동시에 또 인간은 부귀를 구하려는 것이 그 본연의 모습입니다. 그러나 거기에도 두 가지 경우가 있습니다. 즉 부귀를 얻거나, 아니면 얻지 못하는 경우입니다. 전자의 경우에 당자의 기쁨은 다음과 같은 두 가지가 있습니다.

우선 부귀를 얻은 행위 그 자체에, 다음은 그 만족스러운 결과에 있습니다. 또 한쪽의 경우에는 본인의 기쁨은 우선 기분좋게 나날의 양식을 얻어가는 것에, 두 번째는 남에게 신세지지 않으려고 하는 것에, 셋째는 마음에 거리낌이 없다는 데에 있는 것입니다."

"부귀를 얻는 수단에 관한 의견은?" "사람은 알라(주권과 권력이 영원히 알라에게 귀속되기를!)께서 인정하신 바를 옳다고 보고, 금하신 것은 옳지 못하다고 보는 데 있을 것입니다."

여기까지 와서 두 사람의 문답이 끝나자, 시마스도 거기 있던 법률박사도 모두 일어나 젊은 왕자 앞에 엎드려 왕자를 극구 칭찬했습니다. 한편 부왕은 자기 아들을 가슴에 꽉 껴안고 옥좌에 앉히고 "나의 생애에 내 눈을 서늘하게 해줄 아들을 주신 알라에게 축복 있으라!" 하고 말했습니다.

이윽고 왕자는 모든 학자들 앞에서 말했습니다. "마음의 문제에 통달한 현인이여, 알라께서는 아주 빈약한 지식을 나에게 주셨음에 지나지 않습니다. 그러나 그래도 나는 당신의 질의에 관하여 핵심을 찔렀는지 어떤지 자신은 없으나, 일일이 회답한 결과 당신은 다행히도 이것을 칭찬했습니다. 아마도 나의 잘못을 봐주신 것이겠죠.

그런데 이번에는 내 쪽에서 어느 문제에 관하여 물어볼까 합니다. 나로서는 판단력이 모자라 힘도 부쳐 잘 표현할 수도 없습니다. 그도 그럴 것이 마치 검은 그릇에 들어간 맑은 물이 검게 보이는 것처럼 나에게는 침침하게 흐려서 똑똑히 보이지 않기 때문입니다. 그러므로 나 같은 자에게도 모든 것이 분명해지도록 당신께서 설명해주셨으면 합니다. 이대로 간다면 과거에 있어 분명하지 않았던 것처럼 장래에 있어서도 분명하지 않을 것입니다. 알라께서는 목숨을 액체 속에, 체력을 음식 속에, 병자의 치료를 명의의 기술 속에 넣으셨는데, 그와 마찬가지로 어리석은 자의 치료는 현자의 학문에 의할 것이라고 정하셨습니다. 그렇기 때문에 이제부터 내가 하는 말씀에 귀를 기울여주십시오."

그러자 재상 시마스는 대답했습니다. "오, 지혜가 뛰어나 결정론을 모두 터득하신 대가들이여, 모든 학자들은 저의 질문에 대한 어린 왕자님의 명쾌한 대답, 사물에 대한 훌륭한 판단, 날카로운 분석 등으로 왕자님이 뛰어난 분이라는 것을 증명하고 있습니다. 왕자님 자신도 아시다시피 저에게 무엇을 물으셔도 올바른 판단을 내리고, 틀림없이 이것을 풀이하는 데 있어서는 오히려 저보다도 왕자님이 더 잘하실 것입니다. 왜냐하면 알라께서는 아직 누구에게도 주시지 않은 재주를 당신께 주셨기 때문입니다. 그러나 저에게 물으시겠다고 하신 말씀은 도대체 어떠한 것인지 말씀해주십시오."

"조물주(그 전능하신 힘을 칭송할지어다!)께서는 무엇으로 이 세계를 만드셨는지 가르쳐주십시오. 그 이전에는 아무것도 없고, 이 세상에는 아무것도 존재하지 않았을 터인데, 무엇인가를 가지고 만드셨을 것입니다. 또, 거룩하신 조물주께서는(칭송할지어다!) 무에서 유를 만드는 힘을 가지고 계시지만, 신의 뜻은 그 완전무결한 위대한 힘에도 불구하고, 무엇인가를 근본으로 하지 않고서는 아무것도 만들지 못한다고 정하셨습니다."

왕자의 물음에 재상은 대답했습니다. "진흙에서 그릇을 만드는 사람, 그 밖에 다른 물건이 없이는 아무것도 만들 수 없는 장인에 관하여 말하자면 그들 스스로가 그저 만들어진 존재에 지나지 않습니다. 이것에 반하여 기묘한 방법으로 이 세상을 창조하신 조물주의 사물을 존재케 하는 그 힘을 알고 싶다고 생각하신다면, 생각을 기울여 창조된 여러 가지 종류의 사물들을 잘 보십시오. 그렇게 하시면 창조주의 완벽한 힘을 증명하는 증거와 실례를 발견하시고, 동시에 신께서는 무에서 유를 창조하실 수 있다는 것을 깨닫게 될 것입니다. 그렇습니다. 신께서는 절대적인 무에서 사물을 창조해내셨습니다. 왜냐하면 창조물의 실체인 원소는 단순한 무에 지나지 않았기 때문입니다.

이 점에 관해서는 조금도 의심되는 바가 없도록 설명드리겠습니다. 밤과 낮의 변화라는 기적의 표시를 보시면 한눈에 알 수 있게 되어 있습니다. 해가 가라앉고, 밤이 찾아오면 해는 어디에 있는지 알 길이 없습니다.

또, 암흑과 공포와 함께 밤이 사라지면 해가 솟아올라 밤의 집이 어디 있는지 모릅니다. 이와 마찬가지로 태양이 떠오르면 그때까지 태양이 어디다 빛을 비치해두고 있는지 모르고, 태양이 가라앉으면 가라앉은 장소를 전혀 모르는 것입니다. 조물주(그 이름을 칭찬하고, 그 힘을 칭송할지어다!)의 조화 중에서도 특히 이 실례는 아무리 슬기로운 사람이라 할지라도 어리둥절하게 하는 사실을 많이 포함하고 있습니다."

"오, 현자여, 당신께서는 지금 부인할 수 없는 조물주의 힘이라고 하는 것을 나에게 설명하여주셨습니다. 그렇다면 어찌하여 신은 인간을 창조해내셨는지를 가르쳐주십시오." "신께서는 영원한 옛날부터 존재하고 있던 단지 한 마디의 말의 힘을 빌어서 만물을 창조하신 것입니다." "그렇다면 알라(그 이름을 칭찬하고, 그 힘을 칭송할지어다!)께서는 만물이 존재하기 전에 창조물을 있게 하시고자 원했던 것인가요?" "그렇습니다. 그 뜻으로 단지 한 마디로써 만물을 창조하신 것이니, 신의 말씀, 즉 그 한마디가 없었으면 창조물은 생기지 않았을 것입니다."

—샤라자드는 날이 훤히 밝아오는 것을 깨닫자, 여기서 허락된 이야기를 그쳤다.

● 914일째 밤
　샤라자드는 다시 말을 이었다. 오, 인자하신 임금님, 왕자는 부왕의 재상에게 결정론상의 질문을 하여 만족스러운 회답을 얻었지만, 시마스 재상은 다시 말을 이었습니다. "오, 나의 사랑하는 젊은 왕자님, 누가 대답한다 하더라도 이제 제가 말씀드린 것밖에는 대답할 수가 없을 것입니다. 하기야 거룩한 법도에 관하여 전해지는 모든 말씀을 왜곡하거나, 진리의 명백한 의의를 굽힌다면 모르겠습니다만. 말씀은 내재적인 고정된 힘을 갖는다는 것이 그와 같은 곡해의 무리들의 상투수단이지만, 저는 도저히 그런 이단의 견해에 동조할 수는 없습니다. 알라(영원히 주권과 권력이 귀속되길!)께서 그 말씀으로 세계를 창조하셨다고 하더라도 그 뜻은 알라(그 이름을 칭송할지어다!)께서 본질에 있어서도 속성에 있어서도 하나며, 알라의 말씀이 독립된 힘을 가지고 있다는 것은 아닙니다.
　오히려 말씀이나 그 밖의 완전한 속성이 알라(그 위엄을 칭찬하고, 절대권을 칭송할지어다!)의 속성인 것처럼 힘은 그저 알라의 속성의 하나에 지나지 않는 것입니다. 그렇기 때문에 알라는 그 말씀 없이는 상상될 수 없고, 알라 없이는 그 말씀을 상상할 수도 없습니다. 왜냐하면 그 말씀을 가지고 알라께서는 만물을 창조하셨고, 말씀 없이는 아무것도 창조되지 않았기 때문입니다. 진실로, 알라께서 만물을 창조하신 것도, 그 참된 말씀에 의해서이며, 진실에 의하여 우리들은 창조된 것입니다."
　"조물주의 문제에 관한 당신의 말씀은 잘 알았습니다. 덕분에 완전히 이해가 갔습니다. 그러나 당신의 의견에 의하면 신은 그 참된 말씀으로 세계를 창조하신 것인데, 진실은 허위의 반대입니다. 그렇다고 하면 진실의 대칭으로서의 허위는 어디서 생겨난 것입니까? 허위가 진실과 혼동되어 인간에게 의심스러운 것이 되고, 결국 이 두 가지 것을 구별할 필요가 생긴 것은 도대체 어떠한 까닭입니까? 조물주(영원히 주권과 권력이 귀속하기를!)께서는 허위를 사랑하십니까, 아니면 미워하십니까? 조물주께서 진실을 사랑하시고, 진실에 의하여 만물을 창조하시고, 허위를 미워하신다고 말씀하였는데, 그렇다면 조물주가 미워하시는 허위가 사랑하시는 진실을 범하게 된 것은 어찌된 까닭입니까?"

왕자의 질문을 받고 시마스 재상은 대답했습니다. "정말로 최고 지상하신 알라께서는 신의 이름을 사랑하고, 그 말씀을 받드는, 조금도 거짓이 없는 인간을 창조하신 것입니다. 그 때문에 인간은 조금도 후회할 필요가 없는 셈인데, 이윽고 허위가 진실을 범하게 된 것입니다. 그것은 알라께서 인간에게 주신 능력에 의하여 창조된 것으로, 생각과 탐욕이라고 불리는 성품 따위가 그것입니다. 이렇듯 허위가 참된 것의 영역으로 침입해 들어가면서 인간의 사고와 능력, 또는 인성의 약점인 동시에 의욕적인 면인 탐욕 따위에 의하여 진정한 것이 허위와 섞이게 되었습니다. 그래서 알라께서는 인간의 허위를 구축하시고, 인간을 진실에 따르게 하기 위하여 후회의 마음을 만드셨고, 또 허위의 암흑 속에 머물지 못하도록 징벌을 만드셨습니다."

"그럼, 허위가 진실의 영역에 침입하여 양자가 혼동되게 된 경위, 또 인간이 징벌을 받고, 후회를 필요로 하게 된 경위를 가르쳐 주십시오." "알라께서 참된 인간을 만드셨을 때에는 신 그 자신을 사랑하게끔 만드신 터인지라 후회의 필요도, 징벌의 필요도 없었던 것입니다. 그러나 그러던 중 알라께서는 인간 속에 영혼을 깃들이게 하셨습니다. 영혼이 깃들이게 되어 비로소 인간은 완벽한 것이 되는 터입니다만, 한편으로는 그것에 내재하는 번뇌 쪽으로 기울어지게도 되었습니다. 여기에서 허위가 생기고, 본시 사람의 본성은 진실이며, 게다가 사랑으로써 성격과 감정을 만드셨음에도 불구하고 진실과 뒤섞이게 되었던 것입니다. 인간이 이와 같은 상태에 이르고 보면 진실에 거역하여 타락하게 되고, 진실에서 타락하는 자는 누구나 다 허위에 빠지게 됩니다."

"그렇다면 허위는 그저 불복종과 위배에 위해서만 진실을 범한 것입니까?" "그렇습니다. 그것은 알라께서 인류를 사랑하고 계시기 때문이며, 알라의 손으로 만들어지고, 알라를, 즉 진실을 필요로 하는 인간에 대해서 깊은 애정을 가지고 계시기 때문입니다. 그러나 인간은 가끔 영혼이 번뇌에 기울기 때문에 바른 길을 이탈하고, 그릇된 길로 달리기 쉬우며, 그렇기 때문에 주를 배반하고 허위에 빠지고, 징벌을 받게 되는 것입니다. 그러나 또 후회하여 허위에서 멀어져, 진실을 사랑하는 마음으로 되돌아가면 내세의 보답도 받을 수 있습니다."

왕자는 물었습니다. "모든 사람들은 원죄를 아담에게 돌리고 있습니다만, 죄의 기원을 가르쳐주세요. 진실의 본성으로써 알라의 손에 의하여 창조된 아담이 자기 자신을 배반한 것은 도대체 어떻게 된 것입니까? 다음에 영혼이 들어간 후 배반과 후회가 뒤섞였다 하더라도 그 결과는 좋은 보답일까요, 아니면 천벌일까요? 우리들의 견해로는 어떤 사람들은 늘 죄업이 깊고, 신이 사랑하시지 않는 것에 마음이 끌리어, 진실에의 사랑이라고 하는, 창조 본래의 의도와 목적에 위배하여, 자신의 머리 위에 주의 노여움을 부르고 있는가 하면, 한편에서는 쉴새없이 조물주의 만족을 구하여, 주를 잘 섬기어, 자비와 내세의 보답을 받을 만한 사람들도 있습니다. 같은 인간으로서 도대체 어찌하여 이와 같은 차이가 생기는 것일까요?"

"인류에게 내려진 불복종의 근원은 악마에게 귀속됩니다. 악마는 알라께서 만드신 천사와 인간과 마신 가운데서 가장 신분이 높은 존재로서, 본시 진실에 대한 사랑이 그 마음속에 숨어 있었습니다. 왜냐하면 진실 이외의 것은 아무것도 몰랐기 때문입니다. 그런데 악마는 자기가 천하 제일이라고 생각할 때마다 자만과 허영과 오만의 마음이 머리를 쳐들어 마침내는 주의 명령에 대한 충성과 순종의 맹세를 저버리고 만 것입니다. 그 때문에 알라께서는 악마를 모든 생물 중에서도 가장 비열한 것으로 치시고는 애정을 끊고 증오 속에 그 살 집을 정해주신 것입니다.

그런데 악마는 알라께서(그 이름을 칭송할지어다!) 불순종을 싫어하신다는 것, 또한 아담이 주에게 진실과 사랑과 복종을 맹세하고 있다는 것 등을 알면서 아담에게 질투를 느끼고는 아담을 바른 길에서 끌어내려, 자기와 마찬가지로 허위에 편들게 하려고 여러 가지 흉계를 꾸몄습니다. 이리하여 아담은 감쪽같이 적의 꾀에 넘어가, 주를 저버리고, 자기 번뇌에 사로잡혀 징벌을 받았습니다만, 이 모두가 허위가 나타났기 때문입니다.

조물주(그 이름을 칭송할지어다!)께서는 인간의 약점과 갑자기 적에게 마음을 바치고는 진실을 버리는 경향이 있다는 것을 눈치채자, 인자하신 마음에서 인간에게 후회의 마음을 내리셨습니다. 이것에 의하여 인간은 모반적 성향의 수렁에서 일어나 회한의 무기를 들고 악마와 그 일당을 무찔러 본래의 성질인 진실로 돌아올 수가 있었던 것입니다.

악마는 알라에 의하여 자신의 수명이 연장되었다는 것을 깨닫자, 허겁지겁 인간에게 도전하여 수단을 다해 쳐들어왔습니다. 그것은 인간에게서 주의 은총을 빼앗고, 악마와 그 일당이 자초한 주의 노여움을 인간에게도 씌워주려는 심보에서입니다. 그래서 알라께서는 인간에게 회한의 능력을 주시어 한결같이 진실에 귀의하여 이것을 견지하라고 명령하셨습니다. 그리고 불순종과 방종으로 흐르지 말라고 명령하셨을 뿐만 아니라, 인간에게 이 지상에서 끊임없이 도전하고 밤낮을 가릴 것 없이 호시탐탐 노리고 있는 적이 있다는 것을 보여주셨던 것입니다. 그러나 인간의 본질은 본시 진실을 사랑하게끔 만들어진 것이므로 만일 진실을 끝까지 지킨다면 내세의 보답을 받을 권리가 있고, 그 대신 육욕에 지고, 번뇌에 굴복한다면 징벌을 당하게 됩니다."

─샤라자드는 날이 훤히 밝아오는 것을 깨닫자, 여기서 허락된 이야기를 그쳤다.

• 915일째 밤

샤라자드는 다시 말을 이었다. 오, 인자하신 임금님, 젊은 왕자는 옛날부터 논의의 대상이 되어 있는 여러 가지 문제에 관하여 시마스 재상에게 물어서 온당한 답변을 얻었습니다. 이윽고 왕자는 말을 이었습니다. "그렇다면 말씀해주십시오. 조물주의 위대한 힘은 당신이 말씀하시는 대로 무한정한 것이며, 아무도 조물주를 굴복시키거나, 그 의지에서 이탈할 수가 없다고 하면 인간은 도대체 어떠한 힘에 의하여 조물주를 배반할 수 있겠습니까? 조물주는 인간이 위배하지 못하도록 하시고, 영원히 진실을 지키도록 강요할 수가 있다고는 생각하지 않으십니까?"

그러자 시마스는 대답했습니다. "진정으로 전능하신 알라(그 이름을 칭송할지어다!)께서는 공명 정대하시고, 그 자애를 받을 만한 사람들을 사랑해주십니다. 알라께서는 정의로운 영감과 넘칠 만한 자비심으로써 만물을 공명 정대하게 만드셨습니다. 또, 자기 의도대로 행동하도록 자립의 권한도 인간에게 주셨습니다. 그 밖에 정도를 가르치시어 자기 좋은 대로 선을 행하는 능력을 주셨습니다. 따라서 인간이 그 역을 행한다면 몸의 파멸을 자초하여 신의 뜻에 어긋나는 결과가 됩니다."

"만일 조물주께서 당신 말씀대로 인류에게 의지력을 주시고, 그것에 의하여 사람마다 자기 생각하는 대로 행동할 수 있다면 왜 조물주는 인간과 인간이 바라는 악업 사이로 끼여들어 인간을 올바른 방향으로 전환시키지 않는 것입니까?"

"그것은 조물주의 너그러우신 자비심과 뛰어난 지혜에 의한 것입니다. 왜냐하면 조물주께서는 일찍이 악마에게 노여움을 보이시고 조금도 연민을 나타내시지 않았지만, 그와 정반대로 아담에 대해서는 일단 화를 내셨지만 뉘우치는 모양을 보시고 자비를 베푸시어 용서해주셨습니다."

"조물주는 정말로 유일한 진실입니다. 왜냐하면 그 공죄에 따라 모든 인간에게 보답하고, 또 만물을 다스리는 힘을 가진 것은 알라 외엔 아무도 없기 때문입니다. 그러나 도대체 알라께서는 왜 사랑하는 것과 사랑하지 않는 것을 만드셨습니까?" "알라께서는 모든 것을 만드셨지만 오직 사랑하는 것에만 연민을 주시는 것입니다."

"신의 뜻에 맞는 일로서, 이것을 행하는 자는 내세의 보수를 받는다는 것, 또 하나는 알라의 뜻에 어긋나, 이것을 행하면 천벌을 받는다고 하는 것, 이 두 가지 것에 관해서는 어떻게 생각하십니까? 이 둘에 관하여 설명해주시고, 내가 그것에 관하여 납득이 가게 설명해주십시오."

"그것은 선과 악이며, 육체와 영혼 속에 내재하는 두 가지 것입니다. 오, 젊은 왕자님, 아시다시피 이 선과 악은 영혼과 육체가 서로서로 힘을 합하여 행하는 일입니다. 선은 신의 뜻에 맞기 때문에 선이라고 명명되었고, 악은 신의 악의를 불러일으키기 때문에 악이라고 불리는 것입니다. 알라께서는 선행을 권장하시고, 악행을 금하시기 때문에 당신께서는 알라를 알고, 좋은 행위를 함으로써 알라의 뜻에 맞도록 노력하지 않으면 아니됩니다."

"나는 이 두 가지 것이, 즉 선과 악이, 보통 세상에서 흔히 인간의 육체에 깃들이는 것으로 생각되어 있는 오감에 의하여만 생긴다고 하는 것을 알고 있습니다. 이것은 언어, 청각, 시각, 후각, 촉각 등을 낳는 감각 중추입니다. 그런데 내가 알고 싶은 것은 이들 오감이 오로지 선을 위하여 만들어진 것인지, 혹은 악을 위하여 만들어진 것인지 그 여부입니다."

"그럼, 이제 당신께서 물으신 문제를 설명해드릴 테니 들어보십시오. 이것은 명백한 증거이니 가슴 속에 잘 간직하여 명심해두십시오. 즉 조물주(칭송할지어다!)께서는 진실로써 인간을 만드셨고, 진실을 사랑하는 마음을 사람에게 심어주셨습니다. 온갖 현상 속에 그 흔적을 간직하고 있는 최고 지상하신 신의 위력이 없이는 아무것도 창조되지 않을 것입니다. 알라(우리들은 알라를 칭송할지어다!)께서는 한결같이 정의와 공평과 자비의 조정에 뜻을 두시고, 알라를 사랑하도록 인간을 만들고, 그 속에 영혼을 심어놓으셨습니다. 번뇌로 달리는 경향은 그 영혼에 고유한 것이지만 알라께서는 또 인간에게 능력을 주시고, 아까 말씀드린 오감을 주시어 천국인가 지옥인가를 얻는 수단으로 삼으신 것입니다."

"그것은 무슨 까닭입니까?" "알라께서는 말하기 위한 혀와 행위를 위한 손을, 걷기 위한 발을, 보기 위한 눈을, 듣기 위한 귀를 만드셨기 때문이며, 또 각자에게 특별한 힘을 주시어 그 기능을 완수하게끔 유도하고, 그 하나하나가 알라의 뜻에 맞도록 명령하신 것입니다. 그런데, 말로써 신의 뜻을 받드는 것은 성실이며, 그 반대인 허위를 삼가야할 것입니다. 시각으로 신의 뜻에 맞는 것은 신이 사랑하시는 것으로 눈을 돌리고, 그 반대로 신이 미워하시는 것으로 눈을 돌리는 것은, 예를 들자면 욕정에로 눈을 돌리는 것은 그만두어야 할 것입니다. 청각으로 신의 뜻에 맞는 것은 훈계나 알라의 책에 적혀 있는 법도와 같은 진실된 것에만 귀를 기울이고, 그 반대로 알라의 노여움을 초래하는 일에는 귀를 기울이지 않아야 할 것입니다.

손으로 신의 뜻에 맞는 것은 알라께서 맡기신 것을 독점하지 말고, 알라의 뜻에 맞도록 이것을 쓸 것이며, 그 반대로 알라께서 맡기신 것을 아끼거나 혹은 나쁜 일에 이것을 쓰거나 하지 않도록 하는 것입니다. 이 밖에 신의 뜻에 맞는 것은, 예를 들자면 가르침을 구할 때의 경우처럼 자나깨나 선을 추구하고, 그 반대로 알라의 길 이외의 길을 걷는 것을 그만두는 것입니다.

그런데 인간이 행하는 그 밖의 욕정에 관하여 말하자면 이것은 영혼의 명령에 의하여 육체에서 생깁니다. 그러나 육체에서 생기는 욕망에도 두 가지가 있으니, 하나는 생식의 욕망이고, 또 하나는 먹고 싶은 욕망입니다. 전자에 관하여 말하자면 이것을 정당하게 채운다는 것은 신의 뜻에 맞는 것이며, 만일 이 법도를 어기면 신의 진노를 사게 됩니다. 먹고 마시는 욕망에 관하여 말하자면 각자가 많고 적음에도 불구하고 전능하신 신께서 할당해주신 것만을 취하여 주를 칭송하고, 주에게 감사의 뜻을 표하면 신의 뜻에도 맞는 것이 됩니다. 또 신의 진노를 사는 것은 정당하게 자기 것도 아닌 것을 자기 것으로 하는 데서 생깁니다.

이상의 계율 이외의 모든 것은 허위며, 왕자님도 아시다시피 알라께서는 만물을 만드시고, 오직 선만을 좋아하시며, 인체의 각 기관에는 신이 부과하신 의무를 수행하도록 명령하고 계십니다. 왜냐하면 알라께서는 전지 전능하신 신이시기 때문입니다."

"아담이 금단의 나무 열매를 먹고 결국 복종에서 모반으로 달리게 된 것을 전능하신 알라(그 힘을 칭송할지어다!)께서는 미리 아셨던가요?" "그렇습니다. 오, 젊은 현자시여, 전능하신 알라께서는 아담을 창조하시기 전에 벌써 그 사실을 알고 계셨습니다. 그 명백한 증거는 신께서 미리 나무의 열매를 따먹지 말라고 경고하셨고, 만일 그것을 따먹으면 모반심을 일으키게 될 것이라고 예고하고 계신 데 있습니다. 이것은 정의와 공정 때문이며, 주에게 아담이 여러 가지로 변명을 늘어놓고 궤변을 하는 일이 없도록 하려는 생각에서 나온 것입니다.

그렇기 때문에 아담이 과오를 범하고, 재앙을 초래하고, 심한 오명과 그릇됨을 입었을 때, 마침내 그것은 자손에게까지 파급되었습니다. 그 때문에 알라께서는 예언자와 사도를 보내시어 인류에게 책을 주시고, 신성한 계율을 가르치거나, 그 속의 교훈을 친절히 설명하시기도 하고, 또한 바른 길을 밝히시어 우리들이 해야 할 의무와 해서는 안될 일들을 가르쳐주셨던 것입니다.

또한 저희들에게 자유의사를 주시어, 그 정당한 한계 내에서 행동하는 자는 자신의 소원을 성취하여 번영하고, 한편 이 정당한 한계를 넘어 지금 말씀드린 계율이 명령하는 이외의 것을 행하는 자는 주의 뜻에 어긋나 현세에서도 내세에서도 신세를 망치는 결과가 됩니다. 이것이 즉 선악의 길이라는 것입니다.

　왕자님도 아시다시피 만물을 다스리는 알라께서는 전능하시며, 우리들을 위하여 온갖 욕정을 만드신 것도 오직 신의 큰 뜻에 의한 것입니다. 또 올바른 길에 이러한 욕정을 쓰라고 명령하신 것도 결국 우리들을 위하여 선이 되리라고 생각하셨기 때문입니다. 그러나 죄 많은 길에 욕정을 사용하면 그것은 악이 됩니다. 따라서 저희들이 옳다고 생각하는 것은 전능하신 알라로부터 말미암이며, 사악이라고 생각하는 것은 조물주가 아니라 창조물에서 말미암은 것입니다. 그러므로 다시없는 공경의 마음으로 알라를 숭상하여야 합니다!"

　――샤라자드는 날이 훤히 밝아오는 것을 깨닫자, 여기서 허락된 이야기를 그쳤다.

● 916일째 밤

　샤라자드는 다시 말을 이었다. 오, 인자하신 임금님, 쟈리아드 왕의 젊은 왕자는 그와 같은 의문에 관하여 여러 가지로 시마스에게 묻고 충분한 답변을 얻자, 다시 이렇게 물었습니다. "알라와 그 창조물에 관하여 당신께서 설명하신 것들은 나에게도 잘 이해가 갔습니다. 그러나 도무지 해결할 수 없는 이상하기 짝이 없는 것이 하나 있습니다. 제발 가르쳐주십시오. 도대체 아담의 자식들이 내세의 생활에 관하여 무관심이고, 생각해보려고도 하지 않고서 이 현세에만 집착하는 것은 어찌된 까닭입니까? 언젠가는 비록 나이는 어려도 이 세상을 떠나지 않으면 아니될 텐데."

　"네, 지당한 말씀입니다. 이 현세라고 하는 것이 변하기 쉽고, 무상한 것이라고 하는 것은 행운이 있는 자에게 행운, 불운한 자에게 불운이 영원 무궁토록 계속되는 것이 아니라는 증거입니다. 왜냐하면 세상의 인간은 누구나 할 것 없이 변화하는 현상을 면할 길이 없으며, 비록 이 세상을 다스리는 권력을 가지고 있고, 그것에 만족하고 있어도 이윽고 그 지위가 흔들리고, 재빨리 저세상으로 가버리지 않을 수가 없기 때문입니다. 그렇기 때문에 사람은 이 세상을 믿을 수도 없고, 영화를 누리며 이익을 얻을 수도 없습니다. 이 한 가지 것을 깨달으면 세상에서 가장 비참한 인간은 현세에 현혹되어 내세를 마음에 두지 않는 사람들이라는 것을 알게 될 것입니다. 왜냐하면 현재 제아무리 편한 생활을 보내고 있더라도 그와 같은 안일은 저세상으로 간 다음에 내리닥칠 공포와 불행과 전율에는 도저히 비할 수 없기 때문입니다.

그렇기 때문에 만일 인간에게 죽음이 도래하여 덧없는 쾌락과 기쁨이 단절되었을 때에 어떠한 변을 당할지를 안다면, 속세와 그 속된 일을 깨끗이 버릴 것임에 틀림없습니다. 왜냐하면, 우리들은 내세가 더 훌륭한, 더 복받은 세상이라는 것을 굳게 믿고 있기 때문입니다."

"오, 현자여, 당신의 빛나는 등불에 의하여 나의 마음에 덮여 있던 어둠도 걷혔습니다. 더구나 당신은 내가 걸어야 할 정도로 나를 인도해주신 것 외에 발밑을 비추는 등불까지 주셨습니다."

그때 그 자리에 앉아 있던 현자 하나가 일어나 입을 열었습니다. "봄의 계절이 돌아오면 암토끼도 코끼리도 필경 목초지를 찾을 것이 분명합니다. 정말, 저는 아직껏 들어보지도 못한 질의와 회답을 두 분한테서 들었습니다. 그러나 이번엔 두 분의 문답을 잠시 멈추시고 몇 가지 질문을 제가 두 분께 올려볼까 합니다. 도대체 이 세상의 보물 가운데서 가장 훌륭한 것은 무엇이겠습니까?" 그러자 왕자는 대답했습니다. "육체의 건강과 올바른 생활과 유덕한 후사입니다."

"보다 더 큰 것과 보다 더 작은 것이란 무슨 말입니까?" "보다 더 큰 것이라는 것은 그것보다 작은 것이 굴복하는 것이며, 보다 더 작은 것이라는 것은 그보다 큰 것에 굴복하는 것입니다."
 "살아 있는 인간에게 공통되는 네 가지 것이란 무엇입니까?"
"음식물과 단잠과 색정과 죽음의 고민입니다.""누구도 그 추함을 제거할 수 없는 세 가지 것이란 무엇을 말합니까?""바보와 천한 성질과 허위입니다.""거짓말 중에서도 가장 뛰어난 것은 어떤 것입니까? 모든 거짓말이 추한 것이기는 합니다만.""거짓말을 함으로써 재앙을 피하여 이익을 가져오게 하는 것입니다."
 "진실이라고 하는 것은 그 모두가 올바른 것입니다만 어떠한 종류의 진실이 추한 것입니까?""사람이 자기가 가지고 있는 것을 뽐내며, 이것을 의기양양하게 자랑하는 것입니다.""가장 추한 것은 무엇이겠습니까?""자기가 가지고 있지 않은 것을 뽐내는 일입니다.""인간 중에서 가장 어리석은 자는 누구입니까?""자기 뱃속에 넣을 것밖에는 생각하지 않는 자입니다."
 이 때 재상 시마스가 끼여들었습니다. "오, 우리 왕자님, 과연 당신께서는 저희들의 임금이십니다. 그러니 우리 임금님께서 돌아가신 후에는 아무쪼록 왕국을 아드님에게 물려주실 것을 간절히 바라는 바이옵니다. 저희들은 언제까지나 당신의 신하로서 당신을 섬길 생각이옵니다."
 그래서 쟈리아드 왕은 법률박사를 위시하여 그곳에 늘어선 신하들에게 이제 재상이 한 말을 명심하여 그대로 모든 일을 행하도록 타이르고, 또 왕자를 왕위를 계승하는 상속인으로 정하고, 현왕의 후계자로 정한 이상은 왕자의 명령에 어긋나는 일이 없도록 하라고 분부했습니다. 그리고 또 영내의 모든 사람들에게 문인이건, 무관이건 노인이건 젊은이건 그 밖에 누구든 구별없이 왕자의 왕위 계승에 반대함이 없이 그 명령에 어긋나지 않도록 맹세를 시켰습니다.
 그런데, 왕자가 열일곱의 봄을 맞았을 때, 왕은 중병에 걸려 이제라도 당장 숨을 거둘 지경이 되었습니다. 그래서 왕은 자기 목숨이 얼마 남지 않았다는 것을 깨닫자, 신하들에게 말했습니다.

"이번 병은 죽을 병이다. 따라서 자식을 위시하여 일가친척에서부터 고관대작에 이르기까지 하나도 빠짐없이 나의 베갯머리에 불러다주기 바란다."

이 말을 듣고 모두 퇴궐하여 가까이 사는 사람들에게는 그 뜻을 전하고, 먼 곳에 사는 사람들에게는 모이라는 통고문을 보냈습니다. 그러자 사람들은 모두 속속 왕에게로 달려와 물었습니다. "오, 임금님, 병세는 어떠십니까? 그처럼 괴로운 얼굴을 하고 계시는데 기분은 어떠하십니까?"

쟈리아드 왕은 대답했습니다. "이번의 병은 불치의 죽을 병이다. 전능하신 알라께서 정하신 대로 죽음의 화살이 나를 쏘았으니, 이젠 그만이다. 오늘 내일 사이에 저세상 구경을 하게 될 것이다." 그러고 나서 왕자를 보고 말했습니다. "내 옆으로 가까이 오너라."

젊은 왕자는 병상을 눈물로 적실 정도로 하염없이 눈물을 흘리면서 옆으로 다가왔습니다. 왕도 또한 두 눈에 하염없이 눈물을 흘리니, 늘어서 있는 사람들도 눈물에 잠긴 것입니다. 이윽고 왕은 말했습니다. "여봐라, 아들아, 눈물을 거둬라. 피할 수 없는 운명에 부닥치는 것은 나뿐만이 아니다. 알라께서 만드신 모든 생물은 죽음을 피할 수 없는 것이다. 그러나 너는 전능하신 신을 공경하여 훌륭한 행동을 하라. 그렇게 하면 선행에 이끌려 모든 사람들이 가는 저세상으로 가게 될 것이다. 욕심에 매달리지 말고 자나깨나 항상 주를 칭송하도록 하라. 진실을 눈동자의 표적으로 삼으라. 이것이 너에게 주는 나의 마지막 유언이다."

—샤라자드는 날이 훤히 밝아오는 것을 깨닫자, 여기서 허락된 이야기를 그쳤다.

• 917일째 밤

샤라자드는 다시 말을 이었다. 오, 인자하신 임금님, 쟈리아드 왕이 이것저것 왕자에게 훈계를 하고 왕위를 이을 후계자로 정하자 왕자는 말했습니다. "오, 아버님, 아시다시피 저는 예전부터 아버님의 명령에 복종하고, 가르침에 어긋나지 않았으며, 아버님의 뜻을 받들어 충실하게 법도를 지켜왔습니다. 그도 그럴 것이 아버님이야말로 저에게 있어서는 천하에 다시없는 아버님이셨기 때문입니다. 그러므로 비록 아버님이 안계신다 하더라도 어찌하여 아버님의 큰 뜻에 어긋나는 짓을 하겠습니까? 훌륭하게 저를 길러주신 오늘날 아버님께서는 이 세상을 하직하려고 하고 계십니다. 그래도 저로서는 원통하게도 아버님을 이 세상에 그대로 살아 계시게 할 만한 힘이 없습니다. 그러나 아버님께서 분부하신 말씀을 명심하고 잊지만 않으면 저는 축복을 받고, 훌륭한 행운을 누릴 수 있을 것입니다."

  그러자 왕은 임종을 앞두고 단말마의 고통으로 헐떡이면서 말했습니다. "귀여운 내 아들아, 그대는 십계를 굳게 지켜 어긋나지 마라. 그것을 굳게 지키기만 하면 이 세상이나 저 세상에서도 알라의 은총을 받게 될 것이다. 그 십계라고 하는 것은 노할 때에는 노여움을 가라앉히고, 괴로울 때에는 괴로움을 잘 참고, 입을 열면 진실을 말하고, 약속하면 그것을 이행하고, 사람을 재판할 때에는 정의를 행하고, 권력을 가질 때에는 인자하게 굴고, 총독 및 부총독은 관대하게 대접하고, 적에게는 아낌없이 온정을 베풀고, 쓸데없이 적에게 위해를 가하지 마라. 다시 또 하나의 십계도 잘 지키도록 하라. 이것을 지키면 백성들 사이에서 그대가 얻는 바가 많을 것이다. 즉 물건을 나눌 때에는 공평하게 하고, 벌줄 때에는 압제해서는 안된다. 일단 약속을 했다면 어디까지나 맹세를 지키고, 그대에게 간언하는 자에게 귀를 잘 기울이라. 또 그대의 기분을 상하게 하는 일이 있을지라도 애써 내색하지 말 것이며, 싸움을 삼가고, 신하들에게는 거룩한 법도와 칭찬할 만한 관행을 준수토록 하라. 무지는 날카로운 칼로써 근절할 것이며, 모반과 허위 따위에 행여 마음을 써서는 안된다. 맨 마지막으로 만민의 사이에 공명 정대한 정치를 행하면 백성은 상하의 구별없이 그대를 사랑하고, 악한 자도 심사가 고약한 자도 모두 그대를 두려워할 것이니라."

이어 왕은 자기 아들을 후사로 정했을 때에 그곳에 있었던 태수와 법률박사들에게 말했습니다. "부디 그대들의 임금의 명령을 거스르지 않도록 하라. 또 왕명에 거역하지 않도록 조심하라. 왕명에 거역하면 나라는 망하고, 세상은 지리멸렬하게 되고, 그대들의 육체도 재산도 없어지게 되어, 적은 손뼉을 치고 기뻐할 것이리라. 그대들이 나에게 서약한 맹세는 십분 터득하고 있을 터이므로, 이 젊은 새 임금에 대해서도 굳게 약속을 지키도록 하라. 그리고 나와의 사이에 행해진 충성된 약속을 새 임금과의 사이에서도 지키도록 하라. 새 임금의 명령을 잘 받들어 이에 복종하는 것은 그대들의 의무인 동시에 그대들의 행복도 있으리라. 따라서 나에게 충성을 바친 것처럼 새 임금에게도 충성을 바쳐라. 그렇게 하면 그대들의 지위도 신분도 점점 번영하리라. 왜냐하면 새 임금은 그대들을 다스리는 왕권을 가지고 있고, 그대들의 운명을 마음대로 좌우할 수가 있기 때문이다. 내 말은 이뿐이다."

이윽고 왕은 단말마의 고통에 사로잡혀 혀도 잘 돌지 않게 되었기 때문에 자기 아들을 가슴에 끌어안고 입을 맞추고는 알라에게 감사를 드렸습니다. 마침내 임종이 찾아와 왕은 저세상으로 가버린 것입니다.

신하도 대신도 모두 왕의 서거를 몹시 슬퍼하여 울었으며, 수의에 시체를 싸서 극히 성대하게 영예와 예의를 다하여 장례식을 치렀습니다. 그리고 모두 왕자와 함께 궁전으로 돌아오자, 옥좌에 앉힌 후 왕의를 입히고, 선왕의 왕관을 쓰게 한 다음 손가락에는 도장반지를 끼웠습니다. 젊은 왕은 선왕을 본받아 온순하고도 인자하며, 정의에도 두터운 정사를 펴서 백성을 다스렸으나 얼마 지나지 않아 뜬세상의 번뇌와 색욕에 눈이 어두워지고, 쾌락의 포로가 되어 선왕과의 약속은 찾아볼 수도 없이 충성된 마음도 내던지고 정사도 게을리하여, 속세의 부질없는 허식에 빠져 스스로 자기 몸을 망치고 마는 사도에 발을 들여놓았던 것입니다.
 음욕의 불길에 몸을 태우게 된 왕은 우아하다는 여인의 소문만 들어도 즉시로 이를 불러들여 동침하곤 했습니다. 이렇게 하여 왕은 이스라엘 자손의 임금이었던 다윗의 아들 솔로몬보다도 더 많은 여인을 끌어모았던 것입니다. 또, 왕은 가끔 여자들과 함께 한 달씩이나 계속 후궁에 틀어박혀 나라 안의 일도, 정치도 전혀 돌보지 않고, 백성이 호소하는 가지가지의 고통도 아랑곳하지 않았습니다. 서면으로 호소하는 경우에도 한마디의 회답도 하지 않았습니다.
 그런데 신하들은 이 상황을 보고 왕이 국사를 등한히 하여 백성과 나라의 이해를 내던지고 전연 개의치 않는다는 것을 알게 되자, 머지 않아 무슨 재앙이 반드시 일어날 것이라고 생각하고는 몹시 마음이 아팠던 것입니다. 그래서 그들은 몰래 모여 왕의 잘못을 비난하면서 밀담을 나누다가 그 중 하나가 말했습니다. "자, 이제부터 재상 시마스에게로 가서 사정을 이야기하고, 현왕 때문에 우리들이 당하고 있는 괴로운 입장을 털어놓으면 어떻겠소? 그렇게 하면 재상이 왕에게 간언할지도 모르니까 말이오. 그렇게 하지 않으면 언젠가는 우리들에게 재난이 닥치게 될 거란 말이오. 왜냐하면 임금은 범부의 경박함, 이 속세의 쾌락에 눈이 어두워져 번뇌의 포로가 되어 있기 때문이오."
 그래서 일동은 시마스 재상을 찾아가 이렇게 말했습니다. "여보시오, 사려분별이 깊으신 현자님, 우리 임금은 속세의 쾌락에 눈이 어두워 그 함정에 빠졌습니다. 그 때문에 덧없는 영화에 심취하여, 모두 나라를 망칠 일에만 전념하고 있는 터입니다. 이제야말로 나라는 문란하고, 백성은 부패 타락하고, 세상은 혼탁하고 바야흐로 멸망의 지경에까지 이르렀습니다. 며칠이고, 몇달이고 간에 저희들은 임금님의 얼굴을 뵐 수가 없고 또 저희들에게나 대신들에게도 어명이 내려지지 않고 있습니다. 용건이 있어도 임금에게 진언할 수도 없고, 또 임금으로서도 올바른 길과 백성은 안중에도 없으며,

백성이 어떻게 되던 간에 상관하지 않습니다.

그런데, 저희들이 갑자기 여기 온 것은 일의 진상을 당신께 알리기 위해서입니다. 왜냐하면 당신은 최고의 장로이시며, 저희들 중에서도 제일 학식과 덕망이 갖춰진 분이며, 또 우리 임금의 비행을 고쳐줄 수 있는 분은 당신말고는 아무도 없습니다. 당신께서 사시는 이곳에 재앙이 초래될 만한 일은 절대로 용서할 수 없습니다. 그러므로 당신께서 좀 수고를 하시어 우리 임금에게 간언을 해주십시오. 임금님께서 당신의 말씀을 받아들이지 않으시어 알라의 길로 돌아오시지 않는 일은 없겠지요."

그래서 시마스 재상은 얼른 일어나 입궐하여, 제일 먼저 만난 시동을 붙잡고 말을 건넸습니다. "이봐라, 시동, 임금님을 뵈옵고 싶은데 어디 연락 좀 해다오. 뵈올 일이 있으니 꼭 임금님을 뵈옵고 자초지종을 진언한 다음 그 대답을 받아야 한다."

그러자 시동은 대답했습니다. "나리, 실은 요즘 한 달 동안 임금님께서는 누구에게도 배알을 허용치 않으셨고, 저도 요사이 한 번도 뵌 적이 없습니다. 그러나 어떤 사람 하나를 소개해드리겠습니다. 이 사람이라면 나리를 위하여 배알의 윤허를 받아낼지도 모릅니다. 그것은 임금님을 가까이 모시면서 주방에서 요리를 가져오는 검둥이인데, 이 사람을 꼭 붙잡도록 하십시오. 주방으로 오거든 부탁해보는 것입니다. 나리 뜻대로 해줄 것입니다."

그래서 재상은 주방 입구로 가서 잠시 앉아 있자니까, 이윽고 그 흑인이 와서 주방으로 들어가려고 했습니다. 시마스는 흑인을 붙잡고 말을 걸었습니다. "여봐라, 나는 임금님을 뵈옵고 특별히 임금님의 일신상에 관한 문제에 관하여 의논할 일이 있다. 부탁인데, 임금님께서 식사를 끝마치시고, 가장 심기가 좋으실 때를 기다리고 있다가 임금님에게 한 마디 말씀드려 배알의 윤허를 얻어낼 수 없겠는가? 그렇게 하면 내가 임금님의 뜻에 맞을 만한 이야기를 할 수도 있을 테니 말이다."

"알았습니다." 흑인은 그렇게 대답하고 식사를 들고 왕에게로 갔습니다. 왕은 이것을 먹고 나서 식후의 느긋한 기분에 싸였습니다. 이때다 싶어 흑인은 왕에게 말을 걸어 "시마스 재상께서 문 앞에 서서 배알의 윤허를 청하고 계십니다. 특별히 임금님께 관계가 있는 문제에 관하여 아뢰옵고 싶으신 일이 있다는 것입니다."

이 말을 들은 왕은 뜨끔하고 갑자기 가슴이 설레임을 느끼고는 곧 재상을 들이라고 명령했습니다.

──샤라자드는 날이 훤히 밝아오는 것을 깨닫자, 여기서 허락된 이야기를 그쳤다.

● 918일째 밤

샤라자드는 다시 말을 이었다. 오, 인자하신 임금님, 왕이 흑인에게 시마스 재상을 들이라고 명령하자, 흑인은 곧 나가서, 재상더러 안으로 들라고 말했습니다. 그래서 재상은 방안으로 들어와 알라 앞에 엎드린 다음 왕의 두 손에 입을 맞추고 축복을 빌었습니다.

그러자 왕이 "여봐라, 시마스, 나를 만나고 싶다니 도대체 무슨 일이라도 일어났는가?" 하고 묻자, 시마스는 대답했습니다. "오랫동안 뵈옵지 못해 그전부터 꼭 뵈옵고자 바라고 있었습니다. 그러나 뜻밖에도 이제 바로 임금을 우러러 뵙게 되니 정말 영광입니다. 실은 권세 높으신 임금님, 오늘 소신이 입궐한 것은 한 마디 전하께 아뢰올 말씀이 있어서입니다." "뭐든 말해보라." "오, 임금님, 소신은 전능하신 알라께서 약관의 전하에게 일찍이 어떤 임금에게도 주신 일이 없는 그러한 학문과 지혜를 주셨다는 것을 꼭 명심하여주시기를 바라는 바입니다. 그뿐만 아니라 위대한 은총을 베푸시어 전하께 왕위마저 주셨습니다. 그러므로 알라께서는 전하께서 신의 뜻에 어긋나, 천혜를 저버리시고 다른 길로 들어서는 것을 절대로 좋아하시지 않습니다. 따라서 임금님께서는 자신의 재물과 권력으로써 신의 뜻을 거스리는 일이 없으셔야 하며, 신의 뜻을 잘 명심하시어 이것을 받들지 않으면 아니됩니다. 사실인즉

소신이 보는 바에 의하면 이미 오랫동안 전하께서는 선왕의 분부도 잊으시고, 약속을 어기고, 충고와 지혜로운 말을 무시하고, 올바른 재판도 좋은 정사도 내던져버리고 계십니다. 알라의 은총을 소중히 여기시기는커녕, 감사의 마음을 가지고 알라께 보답하시려고도 하시지 않습니다."

"어찌하여? 도대체 무슨 얘길 하려는 건가?" 왕의 물음에 시마스는 대답했습니다. "말씀드리고자 하는 것은 다름이 아니라, 전하께서 국사를 등한히 하시고 알라께서 맡기신 백성의 이익을 소홀히 여기시고, 한심스러운 욕정에 빠져 계신다는 사실입니다. 그 때문에 이 세상의 천한 색욕도 전하의 눈에는 아름답게 비치는 것입니다. 나라와 신앙과 백성의 평화는 임금된 자가 잘 감시하고 있어야 할 바라고 합니다만 그 말씀은 참으로 지당한 말씀입니다. 이러한 까닭으로, 임금님, 황송하옵기 짝이 없습니다만 신은 임금님께 훌륭히 국사를 보살펴주옵시기를 권하고 싶습니다. 왜냐하면 그렇게 해야만 구제의 길이 발견되고, 파멸의 심연에 빠지게 되는 보잘 것 없고 덧없는 쾌락은 멀리 하시리라 믿기 때문입니다. 만에 하나라도 어부에게 내리닥친 바와 같은 재앙이 전하에게도 내리닥치면 큰일입니다."

"그것은 무슨 이야기인가?" 왕의 물음에 시마스는 대답했습니다. "실은 이런 이야기를 들은 적이 있습니다."

어리석은 어부

어떤 어부가 언제나처럼 강으로 고기를 잡으러 나갔습니다. 강으로 와서 다리를 건너고 있노라니까, 한 마리의 큰 고기가 눈에 띄었으므로 마음속으로 생각했습니다. '여기 가만히 있어 본댓자 쓸데없는 일이다. 저 고기가 잡힐 때까지 어디까지고 쫓아가보자.

저것만 잡으면 며칠 동안 고기잡이를 안나와도 되겠군.'
 그래서 어부는 옷을 벗어버리고 나서 그 고기 뒤를 쫓아 강으로 뛰어들었습니다. 어부는 멀리까지 물고기를 쫓아가서 마침내 그것을 잡고 말았습니다. 그러나 뒤돌아보니 그때는 벌써 둑에서 꽤 먼 곳까지 나와 있었습니다. 떠내려온 탓이라는 것을 알았지만 어부는 도무지 물고기를 놓고 돌아가려고는 하지 않고 생명이 위험한데도 두 손으로 물고기를 꽉 움켜쥐고 파도 흐르는 대로 몸을 맡기고 있었습니다. 이럭저럭하고 있는 동안에 일단 빠지면 도저히 나올 수 없는 소용돌이 속에 휘말려 들어가고 말았습니다.
 그러자 그제서야 어부는 비명을 지르며 고함을 치기 시작했던 것입니다. "빠져 죽을 것만 같소. 살려주시오!" 그러자 강 감시원들이 달려와서 물었습니다. "이게 웬일이야, 이런 위험한 곳으로 들어오다니?" "살아날 길은 있었지만 그것을 버리고 일부러 손수 탐욕과 파멸에 몸을 빠뜨린 거지요."
 그들은 말했습니다. "여보, 어째서 당신은 안전한 길을 버리고 이런 파멸의 길로 들어선 거요? 그전부터 거기 빠지면 살아날 수 없다는 것을 알고 있으면서도. 당신이 손에 쥐고 있는 것을 버리기만 하면 살아날 수 있을 텐데, 어찌하여 그렇게 안하시오? 그렇게만 하면 생명은 무사하고, 아무리 해도 빠져나올 수 없는 재난에 빠지지 않고도 될 수 있었을 텐데. 이렇게 되었으니 이젠 아무도 당신을 파멸의 함정에서 구해낼 수는 없을 거요.."
 이런 까닭으로 어부는 한가닥 희망도 끊어져, 욕심에 사로잡혀 목숨마저 걸고 잡았던 것조차 잃고는 비참한 최후를 맺고야 만 것입니다.

 "그래서 신이 이 우화를 말씀드린 것은," 하고 시마스는 덧붙였습니다. "자신의 의무를 소홀히 하는 그러한 천한 행동을 그만두고 백성의 통치와 영내의 질서의 유지 등 천직을 잘 지켜 누구에게서도 비난을 받지 않도록 해주셨으면 하고 바라기 때문입니다."

왕이 "그렇다면 그대는 날더러 어떻게 하라는 말인가?" 하고 물으니 시마스는 대답했습니다. "내일 심기가 풀려 괜찮으시다면 신하들에게 알현을 허용하시어 국사를 잘 살피시고 여러 가지로 설명하신 다음 손수 좋은 통치와 국위를 선양하실 것을 약속하시기 바랍니다." "오, 시마스. 지당한 말이로다. 그럼 내일 신의 뜻에 맞는다면 그대가 권하는 대로 하리다."

그래서 재상은 왕의 어전을 물러나와 신하들에게 그 뜻을 전했습니다. 그리고 그 이튿날 아침 왕은 후궁을 나와 신하들에게 배알을 허락하고, 여러 가지로 변명한 다음 금후는 모두의 뜻에 따라 선처하겠다는 것을 약속했습니다. 모두는 그 말을 듣고 안도하면서 각기 자기 집으로 돌아갔습니다.

그러자 왕의 총애를 한몸에 모아 누구보다도 많은 사랑을 받고 있는 애첩 하나가 들어와서 왕이 침통한 얼굴로 재상의 간언을 듣고 자기 몸의 앞길을 걱정하고 있는 모양을 보고 이렇게 말했습니다. "오, 임금님, 걱정이 있으신 것 같은데, 도대체 어떻게 되신 것입니까? 무슨 걱정거리라도 있으신지요?"

왕이 "아냐, 아무것도 아니야. 그저 의무 때문에 그냥 계속 쾌락을 즐길 수는 없는 거야. 나 자신의 일, 백성의 일 등을 이처럼 내버려둘 권한이 나에겐 없어. 이런 모양으로 있다간 이윽고, 아니 지금이라도 당장 나는 왕국을 잃을지도 모르리라." 하고 말하니 애첩은 대답했습니다. "임금님, 알았습니다. 대신들에게 속으신 거예요. 그 사람들은 그저 전하를 괴롭혀서 함정에 빠뜨리려고만 애쓰고 있는 사람들이옵니다. 그렇게 하면 전하는 임금으로서의 쾌락도 맛보지 못하시고, 한가하게 인생을 즐기실 수도 없으실 테니까요. 아니오, 그렇기는 고사하고, 자기들의 고통을 피하여 임금님의 수명을 줄이려는 배짱입니다. 나중에는 오뇌와 번민으로 수명을 단축시키는 결과가 될 것이에요. 그것은 마치 남을 위하여 자기 몸을 죽인 사람, 아니면 소년과 도둑의 이야기 그대로입니다."

"어떤 이야기인데?" 왕의 물음에 애첩은 대답했습니다. "이런 이야기가 전해 내려오고 있습니다."

소년과 도둑

　일곱 명이 도둑이 어느 날 언제나처럼 물건을 훔치러 나갔는데, 도중 한 소년을 만났습니다. 이 소년은 빈털터리인 데다가 고아였으므로 도둑들에게 뭐 먹을 것을 좀 달라고 구걸했습니다. 그래서 그 중 하나가 대답했습니다. "이봐, 도련님, 우리들과 한 패가 되지 않으려나? 먹을 것과 마실 것, 입을 것도 주고 잘 돌봐줄 테니" 그러자 소년은 대답했습니다. "그렇다면 같이 데려가주세요. 당신네들은 내 집안식구 같군요."
　그들은 소년을 데리고 갔습니다만, 이윽고 잘 익은 열매가 주렁주렁 달려 있는 호두나무 옆에까지 와서 소년에게 말을 걸었습니다. "이봐, 도련님, 우리들과 함께 이 정원으로 들어가서 저 나무 위로 올라가지 않을래. 배불리 호두를 먹은 다음 나머지를 우리들에게 던져주면 되는 거야."
　소년은 고개를 끄덕이고 모두와 함께 정원 안으로 들어갔습니다.

　――샤라자드는 날이 훤히 밝아오는 것을 깨닫자, 여기서 허락된 이야기를 그쳤다.

● 919일째 밤

　샤라자드는 다시 말을 이었다. 오, 인자하신 임금님, 소년은 고개를 끄덕이고 나서 도둑들과 함께 정원 안으로 들어갔습니다. 그러자 그 중 하나가 다른 일행에게 말했습니다. "우리들 중에서 가장 몸이 가볍고, 키가 큰 녀석은 누구지? 그 녀석한테 이 나무에 올라가라고 하는 거야." "그야 이 도련님보다 가벼운 녀석은 없지 뭐야." 그들은 그렇게 말하고 소년에게 나무 위로 올라가게 하고는 이렇게 말했습니다. "이봐, 도련님, 누구에게 들켜서 혼나면 안 되니까 열매를 따서 먹으면 안돼." "그럼 어떡하면 되죠?" 소년이 묻자 그들은 대답했습니다. "가지 사이에 앉아서 한 가지씩 힘껏 흔들어. 그러면 호두가 떨어질 테니 우리가 그것을 줍는 거야. 낱낱이 열매를 흔들어 떨어뜨린 후 네가 내려오면 네 몫을 줄게."

그래서 소년은 닥치는 대로 가지라는 가지는 전부 흔들기 시작했습니다. 호두가 후두둑 떨어지자, 도둑들은 이것을 주워서 먹기도 하고, 감추기도 하여 아주 배가 불렀습니다. 하나도 먹지 못한 것은 나무 위에 올라가 있는 소년뿐이었습니다.

그렇게 하고 있는데 그곳에 갑자기 정원 주인이 나타났습니다. 주인은 걸음을 멈추고 자기 앞에 벌어진 광경을 목격하자 그들에게 물었습니다. "당신들은 이 나무를 어떻게 할 작정이오?" 그들은 대답했습니다. "우리들은 아무것도 따지 않았습니다. 그저 지나가다가 저 애숭이가 나무에 올라가 있는 것을 보고 주인인 줄 알고 호두를 먹고 싶으니 좀 달라고 했을 뿐입니다. 그랬더니 저 녀석이 가지를 흔들어대는 바람에 호두 열매가 떨어진 거예요. 저희들에겐 아무 잘못이 없습니다."

그래서 주인은 소년에게 소리를 질렀습니다. "네가 할 말은 뭐냐?" 그러자 소년은 "저 사람들 이야기는 거짓말투성이입니다. 사실을 말하자면 우리들 모두 함께 왔어요. 나무 위로 올라가서 호두 열매가 떨어지도록 가지를 흔들라고 하길래 나는 하라는 대로 했을 뿐이에요."

"너는 손수 지독한 재난을 자초한 셈이구나. 그래 호두를 좀 따 먹었느냐!" "조금도 먹지 못했습니다."

그러자 정원 주인은 말했습니다. "일부러 자기 몸을 망치고서 남을 이롭게 하다니 너도 한심스러운 바보구나." 그리고 도둑들에게 "당신들에겐 별로 불평할 것도 없으니 어서 가시오." 하고 말했습니다. 그리고 소년을 붙잡아 지독히 혼을 냈습니다.

"그러한 까닭으로," 하고 애첩은 덧붙였습니다. "대신과 신하들은 자기들의 이익을 위하여 임금님을 희생하여 마치 도둑들이 소년을 이용한 것처럼 이용하려고 하는 것입니다." "과연 듣고 보니 네 말이 옳도다. 옳지, 나는 이젠 나가지도 않고, 쾌락도 그만두지 않으리라." 왕은 그날 밤 애첩과 함께 치희를 다하여 음락에 빠졌습니다.

그 이튿날 아침, 재상 시마스는 중신들을 모아놓고, 거기 모인 신하들과 함께 각기 기쁨의 말을 나누면서 왕궁 정문으로 몰려갔습니다. 그런데 문은 잠긴 채였고, 정작 왕은 모습을 나타내지 않았으며, 또 배알의 허가도 내려지지 않았습니다. 그래서 모두는 실망하여 시마스에게 말했습니다. "오, 세상에 둘도 없는 훌륭한 재상, 학식과 덕망을 다같이 겸비한 현자시여, 나이도 어리고 분별력도 없는 저 젊은 임금님의 처사를 보셨습니까? 수많은 죄를 저지른 외에 거짓말까지 시키다니. 보십시오. 우리들에게 굳게 약속을 하고 나서 스스로 그것을 허사로 만들지 않았습니까? 정말 이건 죄가 두 배로 커지는 것과 같습니다. 그러나 다시 한 번 임금님한테 가셔서 어찌하여 나오시지 않았나 그 이유를 탐지해보고 오십시오. 필경 이러한 처사는 정신이 썩었기 때문이라고 생각됩니다. 정말 철없는 행동입니다."

그래서 시마스 재상은 왕에게 사후하여 말했습니다. "오, 임금님, 심기가 편하신 것을 보니 반갑기 한이 없군요. 그런데 이와 같은 보잘 것 없는 쾌락에 빠지시어 한시도 소홀히 해서는 안될 중요한 국사를 돌보시지 않는 것은 무슨 까닭이옵니까? 임금님은 마치 젖 짜기 위한 낙타를 기르고 있던 어느 사나이 그대로이십니다.

어느 날 그 사나이는 젖을 짜러 갔다가 젖이 어찌나 맛있던지 그만 깜빡 잊고 낙타의 고삐를 꽉 붙잡아 매놓지 않았던 것입니다. 그런데 낙타는 그것을 눈치채자 갑자기 몸을 뿌리치고 숲 속으로 도망을 친 것입니다. 이렇듯 이 사나이는 젖도 낙타도 둘 다 감쪽같이 잃고는 이익보다는 손해가 더 컸던 것입니다. 그러므로 임금님, 임금님 자신의 행복과 백성의 행복이 어디 있는지를 잘 살펴보십시오. 왜냐하면 먹을 것이 필요하다고 해서 1년 내내 부엌 입구에 앉아 있어서는 안되며, 그것과 마찬가지로 여자를 좋아한다고 해서 늘 그 여자 옆에 붙어 있어도 안됩니다. 인간은 배고프지 않을 정도로 식사를 하고, 갈증을 끌 정도로 물을 마셔야 하는 것과 마찬가지로, 뜻있는 사람은 24시간 동안 두 시간만 여자와 함께 보내고, 나머지는 자기와 가족의 일을 처리하기 위하여 써야 합니다. 그 이상으로 여자와 같이 있다고 하는 것은 심신 양면으로 좋지 않습니다. 여자들이란 절대로 도움이 되는 말을 하지 않고, 그렇게 하게도 내버려두지 않습니다. 그러므로 남자들은 말에 있어서나 행동에 있어서나 여자가 하라는 대로 해서는 안됩니다.

 소신이 들은 바에 의하면 많은 남성들이 여자 때문에 몸을 망치고, 그 중에는 마누라 하라는 대로 모두 응하다가 몸의 파멸을 자초한 자도 있습니다."

 "그건 또 무슨 이야기인가?" 왕이 물으니 시마스는 대답했습니다. "그렇다면, 임금님 다음과 같은 이야기를 들어보십시오."

남편과 아내

 옛날, 어느 곳에 부부가 있었는데, 남편은 아내를 사랑하여 소중하게 여기고, 아내 말이라면 무엇이든 다 들어주고, 하라는 대로 했습니다. 그런데 이 남편에게는 정원이 하나 있어, 손수 나무를 심고 있었으므로 매일 그곳에 가서 손질을 하기도 하고, 물도 주곤 했습니다.

어느 날, 아내가 물었습니다. "여보, 정원에 무엇을 심었어요?" 남편이 "당신이 좋아하는 것은 모두 다. 그래서 열심히 가꾸고 물을 주고 있는 거야." 하고 대답하자, 아내는 다시 말을 이었습니다. "나를 거기 데려가 보여주지 않겠어요? 구경한 다음 잘 자라도록 정성껏 기도를 올리겠어요. 내 기도는 얼마나 효과가 있다구요."

그래서 그 이튿날 일찍 남편은 아내를 데리고 정원으로 가서 함께 안으로 들어갔습니다. 그런데 두 젊은이가 그 모양을 멀리서 보고 서로 말했습니다. "저것들은 괘씸한 연놈이야. 간통하기 위하여 저 정원으로 들어간 게 틀림없어." 두 젊은이는 부부가 무엇을 하나 그것을 보려고 뒤를 쫓아 정원 한구석에 몸을 감췄습니다.

부부는 정원으로 들어가 잠시 걸어다니고 있었는데, 이윽고 남편이 아내에게 말했습니다. "약속한 기도를 올려주지 않겠소?" 그러나 아내는 이렇게 대답했습니다. "난 말이죠, 여자가 남자에게 요구하는 것을 하고 싶어요. 내 소원을 들어줄 때까지 기도 같은 건 하지 않겠어요."

그러자 남편은 외쳤습니다. "아니, 당신 무슨 소릴 하는 거요! 집에서 하는 것만으로 부족하다는 거요? 이런 곳에선 소문이 나빠. 게다가 내 일도 엉망진창이 되고 말 테고. 당신 겁도 없구려. 누구에게 들키면 어떡힐라구." "그게 무슨 상관이에요. 죄를 저지르고 있는 것도 아니고, 나쁜 짓을 하고 있는 것도 아닌데. 그리고 물 주는 것은 나중에 하면 되잖아요. 그런 건 아무 때나 하고 싶을 때 하면 되잖아요."

아내는 남편의 말을 귓등으로도 듣지 않고 그 장난을 해달라고 졸라댑니다. 그래서 남편은 아내를 껴안고 옆으로 누웠는데, 아까 그 두 젊은이는 이 광경을 보고 부부에게로 달려들어 누르며 이렇게 말했습니다. "너희들 연놈은 간통을 했으니 놓아줄 수 없다. 이 여자를 놓아주면 괜찮고, 그렇지 않으면 관가에 고발하겠다."

"무슨 소리야! 이 여잔 내 마누라고 나는 이 정원의 주인인데." 두 젊은이는 그의 말에는 아랑곳하지 않고 아내에게로 달려들었습니다. 아내는 구원을 요청하여 "내 몸에 손이라도 대봐라!" 하고 아우성을 쳤습니다. 그래서 남편은 큰 소리로 구원을 요청하면서 두 젊은이에게로 달려들자, 젊은이 하나가 홱 몸을 돌려 느닷없이 단도로 남편을 찔러 죽이고 말았습니다.

―샤라자드는 날이 훤히 밝아오는 것을 깨닫자, 여기서 허락된 이야기를 그쳤다.

• 920일째 밤

샤라자드는 다시 말을 이었다. 오, 인자하신 임금님, 남편을 죽이고 나서 두 젊은이는 아내에게로 달려들어 강제로 몸을 더럽히고 말았습니다.

"임금님, 이런 이야기를 말씀드린 것도," 하고 재상은 말을 이었습니다. "남자라고 하는 것은 여자의 이야기를 듣고 여자가 하라는 대로 하거나, 충고를 들어서는 안된다는 것을 알아주시기를 바라기 때문입니다. 그렇기 때문에 학문과 예지의 옷을 입고 그 위에다 무지의 옷을 덧입거나, 또는 올바른 일이나 유익한 일을 알면서 사악한 의견을 따르지 않도록 조심해주십시오. 사람을 부패 타락시키기도 하고, 세상에서도 비참한 파멸로 이끌기도 하는 비열한 쾌락을 추구하셔선 안됩니다."

왕은 시마스의 이 말을 듣자 "최고 지상하신 알라의 뜻이라면 내일은 꼭 알현실로 나가리다." 하고 대답했습니다. 그래서 재상은 입궐하고 있는 고관대작들이 있는 곳으로 돌아와서 왕의 대답을 전했습니다.

그러나 이 말이 애첩의 귀에 들어가자, 애첩은 곧 왕에게로 와서 말했습니다. "신하는 임금의 노예이어야 합니다. 그러나, 임금님, 어쩌 제가 보기에는 전하가 신하들의 노예가 되어 계시군요. 신하들을 무서워하시고, 그 사람들의 악의를 겁내고 계시군요. 신하들은 그저 임금님의 심중을 시험해보려는 겁니다. 만일 겁을 내신다면 전하를 경멸할 것이고, 만일 완고하여 끄떡도 안하신다면 무서워할 것입니다. 사악한 대신들은 이렇게 임금님을 다루고 있는데, 그도 그럴 것이 그들은 평소 여러 가지로 속임수를 쓰고 있기 때문입니다. 저 사람들이 실제로 어떻게 악의를 품고 있는지 분명히 가르쳐드리겠어요. 만일 임금님께서 그 사람들이 요구하는 조건을 고분고분 받아들이신다면 전하의 지배권을 빼앗아 제 마음대로 안하는 것이 없을 것이고, 또 이걸 하시오, 저걸 하시오, 하고 계속 지시를 하다가 끝내는 임금님의 신세를 망쳐놓을 것입니다. 그렇게 되면 마치 상인과 도둑과 같은 이야기가 됩니다."

"그건 도대체 어떤 이야기인가?" 하고 왕이 묻자 여자는 대답했습니다. "이런 이야기를 들은 적이 있습니다." 하고 이야기를 시작했습니다.

상인과 도둑

옛날에 부자 상인이 하나 있었습니다. 어느 고을로 물건을 팔러 갔는데, 그 고을에 도착하자마자 곧 숙소를 잡고 그곳에 묵기로 했습니다. 그런데 어느 세상에나 상인을 노리고 잠복하고 있는 도둑들이 있는 법인지라, 도둑들은 그 상인에게 눈독을 들여 물건을 훔치려고 생각했습니다. 그래서 도둑들은 숙소까지 따라와서 어떻게 해서든지 숙소 안으로 침입하려고 궁리했습니다. 그러나 도무지 접근할 수가 없었으므로 두목이 말했습니다. "옳지, 어떻게 해서든지 해치우자."

두목은 그곳을 떠나, 의사 차림을 하고 어깨에 얼마간의 약이 든 자루를 메었습니다. 그러고 나서 "의사가 필요한 분은 없습니까?" 하고 외치면서 걷다가 이윽고 상인이 든 숙소에까지 왔습니다. 때마침 상인은 점심을 먹고 있던 중이었으므로 두목은 말을 건넸습니다. "의사를 청할 일이 없으십니까?" 그러자 상인은 "그건 필요 없지만, 자, 앉아서 식사나 같이 합시다." 하고 대답했습니다. 도둑은 상인의 맞은편에 앉아서 먹기 시작했습니다.

그런데, 이 상인은 아주 대식가였습니다. 도둑은 그것을 알자 속으로 생각했습니다. "이거 좋은 걸 알았는걸." 그리고 상인에게 말했습니다. "당신에게 주의시켜야 할 일이 하나 있군요. 친절하게 해주셨으니까 감춰둘 수도 없군요. 당신은 퍽이나 식욕이 좋으신 걸 보니, 그 때문에 뱃속 어딘가 탈이 난 것 같군요. 어서 빨리 고치지 않으시면 나중에 크게 봉변을 당하게 될 것입니다."

"내 몸은 튼튼해서 위의 소화도 아주 잘됩니다. 하기야 대식가이기는 하지만 몸에는 조금도 이상이 없습니다. 알라께 감사해둡시다!" "당신은 그렇게 생각하고 계실 테죠. 그러나 병은 확실히 내장에 잠복하고 있습니다. 내 말을 잘 들으시면 치료를 받고 싶은 생각도 나실 법한 일인데요."

"그렇다면 내 병을 고칠 수 있는 사람은 어디 있을까요?" 상인의 물음에 도둑은 대답했습니다. "병을 고쳐주실 분은 알라이시지만, 나 같은 의사도 병을 제법 잘 고칩니다." 그러자 상인은 말했습니다. "그렇다면, 곧 치료법을 가르쳐주시오. 약도 주시고." 도둑은 가루약을 지은 다음 그 속에 독한 마취제를 섞어서 "이걸 오늘 밤 잡수시오." 하고 말했습니다. 상인을 사례를 하고 받았습니다.

밤이 되자 상인은 우선 조금만 약을 핥아보았는데, 가슴이 두근거리는 것을 느꼈습니다. 그러나 별로 의심하지도 않고 이것을 삼키고 그날 밤은 편히 잘 수가 있었습니다.

이튿날 밤이 되자 도둑은 또 어제보다 더 많은 마취제를 탄 가루약을 가지고 왔으므로 상인은 이것을 받았습니다. 그날 밤은 이 약으로 설사를 했지만 상인은 꾹 참고 별로 거절하려고도 하지 않았습니다.

도둑은 상인이 자기를 신용하고서 불평도 없이 자기 말에 잘 복종하는 것을 알게 되자, 이번에는 독약을 갖다주었습니다.
 상인이 이것을 복용하자, 대번에 위 속에 있는 것은 모두 쏟아져 나오고 배가 터져, 이튿날 아침이 되자 완전히 숨이 끊어져 있었습니다. 도둑의 일당은 이때다 하고 상인이 가지고 있던 물건이며 돈을 몽땅 훔쳐가지고 도망쳐버렸습니다.

 "이런 이야기를 말씀드린 것도," 하고 애첩은 말을 이었습니다. "사기꾼들이 하는 말 같은 것은 한마디도 듣지 마시기를 바라기 때문입니다. 그렇지 않으면 자기 신세를 망치는 결과가 될지도 모릅니다." 왕은 외쳤습니다. "옳은 말이로다. 죽어도 나는 그놈들 앞에 나가지 않으리라."
 그런데 그 이튿날 아침 신하들은 떼를 지어 왕궁 앞으로 몰려가 거의 하루 종일 거기 앉아 있었습니다. 그러나 결국 왕이 나올 것 같지 않다고 판단하자 시마스 재상을 찾아가서 말했습니다. "오, 총명한 철인이며, 경험 많은 재상이시여, 저 뻔뻔스럽고 철없는 왕이 우리들을 우롱할 뿐이라는 것을 깨닫지 못하셨습니까? 이렇게 된 이상 왕국을 빼앗아 다른 자에게 주는 것이 도리에 맞는 당연한 처사라고 생각합니다. 그렇게 하면 국사도 자리가 잡히고 우리 영토도 안전하게 보존될 수 있을 것입니다. 그러나 다시 한 번 세 번째로 왕한테 가서 왕에게 반기를 들어 왕권을 빼앗기는 아주 쉬운 일이지만 선왕에 대한 의리도 있고, 선왕의 분부에 의하여 갖가지의 맹세도 한 의리상 그것도 주저된다는 뜻을 전해주시오. 그러나 내일은 우리들 모두가 하나도 빠짐없이 무기를 들고 여기 모여 성채의 문을 때려부술 각오입니다. 왕이 나와서 우리들이 바라는 대로 하면 별로 위해를 가하지 않겠지만, 그렇지 않은 이상 이쪽에서 쳐들어가서 왕을 살해하고, 왕국을 다른 사람의 수중에 맡길 생각입니다."
 그래서 재상 시마스는 왕께 배알하고 아뢰었습니다. "오, 아욕과 음욕의 외도에 굴복당한 임금님이시여, 자신을 이 지경에 빠뜨리고 계시다니 이게 무슨 일이십니까? 도대체 누가 전하를 속여서 이렇게 만들었는지 알고 싶습니다. 스스로를 저버리고 죄를 저지른 것이 임금님 자신이라면, 그 옛날 저희들이 알고 있던 임금님의 고결한 뜻도 지혜도 모두 흔적 없이 사라져버린 셈이군요. 누가 전하의 성정을 이처럼 일변하여 분별에서 어리석음으로, 온정에서 냉혹으로 바꿔놓았는지 그놈의 정체를 알고 싶군요! 그 전엔 저를 기꺼이 맞아주는데 이제는 원수처럼 대하시게 되었으니 도대체 이게 어찌된 셈입니까, 이번으로 제가 세 번이나 간언을 드렸는데 그것을 받아들이지 않는다니. 올바른 충고를 드렸건만 아직껏 저의 충고를 번번이 물리치시다니. 말씀해주십시오. 이러한 아이 장난 같은 행동은 어찌된 셈입니까. 어느 놈의 충동에 의하여 이 지경에 이르셨습니까. 실은 이 왕국의 백성들은 모두가 의논 끝에 임금님을 습격하고 살해하여, 왕국을 다른 자의 수중에 맡기려고 하고 있습니다. 임금님께서는 백성을 상대로 하여 싸워 스스로의 목숨을 보전할 수 있다고 생각하십니까? 그렇지 않으면 피살된 후 다시 살아날 수 있다고 생각하십니까? 정말 이러한 일들을 모두 하실 수 있다면 전하의 몸은 아주 안전하시어 별로 제 충고 같은 것은 필요없겠지요. 그러나 당신의 목숨과 왕위를 걱정하신다면 부디 정신을 차리셔서 확고히 주권을 잡으시어 온 백성에게 훌륭한 위력을 발휘하시고, 스스로 사정을 설명하시어 백성을 납득시켜주십시오. 왜냐하면 그들은 전하의 수중에 있는 것을 빼앗아 이것을 다른 자에게 맡길 각오가 되어 있으니까요. 백성들이 반기를 들어 봉기하려고 결심한 것도 필경 당신께서 젊은 혈기에 과오를 범해 색욕에 빠져 음락에 혈안이 되어 있는 것을 잘 알고 있기 때문입니다. 저 돌멩이조차도 물바닥에 오래 잠겨 있어도 이것을 집어서 서로 부딪쳐보면 불꽃이 튀지 않습니까? 어쨌든 신하들은 백성을 믿고 그 다수의 힘으로 전하로부터 왕위를 빼앗아 다른 자에게 넘기고, 마음대로 전하를 죽이고자 꾀하여 국왕 타도의 밀의를 하였습니다. 그렇게 되면 마치 승냥이가 늑대를 혼내준 것과 같은 결과가 되고 말 것입니다."

——샤라자드는 날이 훤히 밝아오는 것을 깨닫자, 여기서 허락된 이야기를 그쳤다.

• 921일째 밤

샤라자드는 다시 말을 이었다. 오, 인자하신 임금님, 재상 시마스는 마지막으로 이렇게 말했습니다. "백성은 마음대로 전하의 파멸을 꾀하여 이것을 실행으로 옮길 수 있을 것입니다. 그렇게 되면 전하의 신세는 마치 승냥이가 늑대를 혼내준 것과 같은 결과가 되고 말 것입니다."

"그것은 도대체 어떠한 까닭인가?" 왕이 묻자, 재상은 대답했습니다. "이런 이야기를 들은 적이 있습니다."

승냥이와 늑대

한 떼의 승냥이가 어느 날 먹이를 찾으러 나섰습니다. 여기저기 헤매며 찾고 있던 중 문득 한 마리의 낙타 시체를 발견했으므로 승냥이들은 제각기 말했습니다. "좋은 것을 찾았다. 이것만 있으면 당분간은 문제없다. 그러나 우리 무리 중 누군가가 다른 무리를 못살게 굴거나, 힘센 자가 약한 자를 완력으로 압제하는 일이라도 생기면 그건 큰일이야. 힘없는 놈은 당장 눌려서 죽고 말 테니까 말이야. 그러니까 누군가 우리들을 지배하여 각자에게 몫을 할당해줄 그런 자를 찾지 않으면 안되겠어. 그렇게 되면 힘있는 놈도 약한 자에게 뽐내진 못할 게 아냐."

모두 이마를 맞대고 의논하고 있으려니까, 그곳에 뜻밖에도 늑대 한 마리가 나타났습니다. 승냥이 하나가 동료에게 말하기를

"네 말이 옳다. 그럼, 저 늑대에게 우리를 다스려달라고 부탁해 보면 어때? 저놈은 짐승 중에서 가장 힘이 세고, 그놈 아비는 그 전에 우리들의 왕이었기 때문이야. 그러므로 놈이 우리들을 잘 다스려주도록 알라께 기도를 올려보자."

이리하여 승냥이들은 늑대에게 말을 걸어 자기들이 결정한 일을 전했습니다. "당신을 우리들의 상전으로 모시기로 했소. 그러면 당신은 필요한 정도에 따라 각자에게 하루분의 몫을 나누어줄 터이고 강한 자가 약한 자를 못살게 굴거나, 어느 놈이 힘센 것을 빙자하여 다른 놈을 해칠 걱정도 없을 거란 말입니다."

늑대는 우두머리 역을 맡기로 하여 그날 하루몫의 먹을 것을 각자에게 듬뿍 나누어주었습니다. 그러나 이튿날이 되자 혼자 생각했습니다. '이 낙타를 약골들에게 모두 나눠주고 보면 내 몫이 없을 게 아냐. 있어도 얼마 안되는 몫일 거란 말이야. 그런데 내가 혼자 먹는다 해도 놈들은 나나 나의 일족의 밥이 될 것이 무서워서 끽소리도 못할 거야. 그렇다고 하면 내가 독점해도 어느 놈 하나 반대하지는 못할 거야. 나에게 먹을 것으로 이놈을 주신 것은 확실히 알라야. 아무에게도 나눠줄 의무란 없어. 나 혼자 독차지하고 아무에게도 주지 않는 것이 상책이야.'

그래서 이튿날 아침 언제나처럼 승냥이들이 와서 먹을 것을 요구하자, 늑대는 대답했습니다. "이젠 줄 것이라곤 아무것도 남아 있지 않아." 이 말을 듣고 승냥이들은 힘없이 슬금슬금 그 자리를 떠나면서 말했습니다. "이것도 모두 다 알라의 뜻인데, 저 비열한 배반자놈 때문에 혼이 나겠는걸. 놈은 알라를 섬기지도 않고, 두려워하지도 않아. 그러나 우리들에겐 원수를 갚을 만한 책략도 없고, 힘도 없어."

그러자 승냥이 하나가 말했습니다. "지금까지 배가 고파 견딜 수 없어 그런 짓을 했는지도 몰라. 그러니까 오늘은 실컷 먹여놓고, 내일 다시 한 번 가보기로 하자."

그래서 승냥이들은 그 이튿날 다시 한 번 늑대한테 가서 말했습니다. "오, 약탈자의 아버지, 우리들이 당신에게 주권을 준 것은 힘센 놈을 무찌르고 약한 놈을 도와달라기 위해서였소. 그리고 이 먹이가 없어지면 다른 먹이를 찾기 위하여 힘을 써줘야 할 거란 말이오. 그렇게 하면 우리들은 언제든지 당신의 감독과 감시를 받겠소. 그런데 이 이틀 동안 아무것도 먹은 것이 없어 배가 고파서 죽겠소. 하루 몫의 할당을 주지 않겠소? 나머지 몫은 모두 마음대로 처분해도 상관없습니다만."

그런데 늑대는 번번이 대답도 하지 않고 점점 더 굳어질 뿐이었습니다. 승냥이들은 이런저런 수를 다 써보면서 상대방의 마음을 구슬려보려고 했지만 그럴수록 상대방은 더욱 끄덕도 하지 않았습니다. 그래서 승냥이 하나가 동료들에게 말했습니다. "이렇게 된 이상 사자한테 가서 보호를 요청하고, 저 낙타를 맡길 수밖에 없어. 만일 얼마간이라도 분배해주면 더 바랄 것이 없지. 비록 나눠주지 않는다 하더라도 이 얄팍한 악당놈에게 빼앗기기보다는 백배 낫지."

그들은 사자에게 가서 늑대한테 당한 자초지종을 이야기한 다음맨 마지막으로 이렇게 말했습니다. "저희들은 당신의 노예입니다. 보호를 받고 싶어서 이렇게 온 것입니다. 제발 저 늑대의 손아귀에서 저희들을 구해주십시오. 저희들은 당신의 부하가 될 테니까요."

사자는 이 이야기를 듣자, 오로지 전능하신 알라를 생각하며 늑대를 찾으러 함께 떠났습니다. 한편 늑대는 사자가 다가오는 것을 보자, 죽어라 하고 도망치려고 했습니다. 그러나 사자가 뒤쫓아 가서 붙잡아가지고 찢어 죽인 다음, 그 먹이인 낙타의 시체는 승냥이들에게 돌려주었습니다.

"이 이야기는," 하고 재상은 덧붙였습니다. "임금이라고 하는 것은 백성을 함부로 다루면 안된다고 하는 것을 가르쳐주고 있습니다. 그렇기 때문에 전하도 신의 충고를 받아들이시어 이제 말씀드린 이야기를 믿어주십시오." 그러자 왕은 말했습니다. "그대가 하라는 대로 하리라. 내일은 인샬라, 반드시 신하들을 알현하리라."

그래서 시마스는 왕의 어전을 물러나, 신하들에게로 돌아와 왕이 자기의 진언을 받아들여 내일 배알을 허용한다는 뜻을 전했습니다. 그러나 애첩은 시마스가 왕에게 진언했다는 소문을 듣게 되자, 왕은 반드시 신하들에게 알현을 허용할 것이라고 생각했습니다. 그래서 허겁지겁 왕에게 달려가서 말했습니다. "임금님께서 노예 따위에게 고분고분 굴복하시다니 정말 한심스러운 일이군요! 임금님께서는 대신들이 노예에 지나지 않는다는 것을 모르십니까? 왜 그처럼 저런 자들을 애지중지하시는 거죠? 그들은 그 때문에 건방지게 임금님의 주권을 맡겨 왕위에 오르게 한 것도 자기들이고, 임금님에게 은혜를 베푸는 것도 자기들이라고 우쭐대고 있습니다. 실은 임금님께 손가락 하나 건드릴 수 없는 처지이건만 말입니다. 정말로 그들에게 굴복해야 하는 것은 임금님이 아니십니다. 그렇기는 고사하고 반대로 그들이 임금님에게 신세를 지고 있으며, 임금님의 명령을 준수하는 것이 그 자들의 본분이 아니겠어요. 그렇다고 하면 임금님께서 그들을 몹시 두려워하고 계신 것은 도대체 어떻게 된 일입니까? 속담에도 '너의 마음 철석 같지 않을진대 너는 임금 될 자격이 없느니라.'는 말이 있습니다. 그런데 임금님께서 천성이 순하신지라 그들은 잘못 생각하고 자기 주제도 잊고서 건방지게 굴 뿐만 아니라 충성심마저 내버리고 있다니까요. 알고 보면 임금님의 명령을 황송하게 받들어, 죽어도 임금님에게 심복해야 할 것이 아니겠어요. 그래서 임금님께서 그들의 말을 그대로 받아들여 현재처럼 방임하시고, 마음에 내키지 않으시면서도 사소한 일을 받아들이신다면 저들은 덩달아 차례차례로 이것저것 양보를 요구하게 되어, 그것이 저 자들의 나쁜 버릇이 될지도 모릅니다. 그러나 제 말씀을 들어주신다면 저들을 권력 있는 자리에 앉힐 것도 아니고, 또 그들의 말을 정말로 믿거나 일부러 방자한 짓을 하도록 내버려두셔도 안됩니다. 그렇지 않으면 '양치기와 도둑' 이야기처럼 되고 말 것입니다."

"그건 또 어떻다는 이야기인가?" 하고 왕이 묻자, 애첩은 대답했습니다. "이런 기담이 전해지고 있습니다."

양치기와 도둑

옛날에 양치기 하나가 있었는데, 숲 속에서 한 떼의 양을 돌보면서 정신을 바짝 차리고 망을 보고 있었습니다. 어느 날 밤, 도둑 하나가 양 몇 마리를 훔치려는 생각에서 다가왔습니다만 양치기는 밤에도 자지 않고, 낮에도 방심하지 않고 정신을 차려 망을 보고 있었습니다. 그래서 밤새도록 양치기 주위를 빙빙 돌면서 기회만 노리고 있었습니다만 도저히 훔쳐낼 수가 없었습니다.

헛수고만 실컷 한 도둑은 무슨 생각을 했는지 사막의 다른 쪽으로 가서 사자 한 마리를 덫으로 잡아, 그 가죽을 벗겨낸 다음 짚을 잔뜩 복부에다 쑤셔넣었습니다. 그리고 틀림없이 양치기의 눈에 띄도록 사막의 나지막한 언덕에다 그것을 세워놓았던 것입니다.

이렇게 해놓고 도둑은 양치기 있는 데로 돌아와서 말을 걸었습니다. "저 사자의 심부름으로 왔는데, 당신한테서 저녁거리로 양을 가져오라는 거야." "사자가 어디 있는데?" "저길 보라구. 저기 언덕 위에 서 있잖아."

양치기는 도둑이 말하는 대로 눈을 들어 사자의 모습을 보자, 진짜 사자라고만 생각하여 아주 깜짝 놀랐습니다.

—샤라자드는 날이 훤히 밝아오는 것을 깨닫자, 여기서 허락된 이야기를 그쳤다.

● 922일째 밤

샤라자드는 다시 말을 이었다. 오, 인자하신 임금님, 양치기는 사자의 허울을 보고 진짜 사자로 오인하여 깜짝 놀라 무서워서 부들부들 떨면서 도둑에게 말했습니다. "어이, 형제, 갖고 싶은 대로 가지고 가. 불평은 안할 테니까."

그래서 도둑은 원하는 만큼의 양을 손안에 넣은 것인데, 양치기가 벌벌 떨고 있는 모양을 보면 볼수록 점점 더 욕심이 생겼습니다. 그래서 조금 사이를 두었다가 양치기에게로 가서 위협했습니다. "사자놈은 이것을 달라 저것을 달라 하며 여간 주문이 많지 않아." 그리고 실컷 양을 빼앗아가고도 계속 얼르면서 빼앗다보니 마침내 양떼를 거의 다 빼앗고 말았습니다.

"여보세요. 임금님," 하고 애첩은 덧붙였습니다. "이런 이야기를 들려드린 것도 그저 임금님의 온유하신 인품 때문에 중신들을 현혹케 하고, 방자하게 하는 일이 있을까 염려되어 한 것입니다. 사실을 말하자면 그런 짓을 하게 내버려두시기보다는 차라리 죽여버리시는 편이 나을까 합니다." "그대의 진언을 받아들이고, 신하들의 간언 같은 것엔 귀도 기울이지 않으리라. 또 그놈들한테 나가지도 않고." 하고 왕은 대답했습니다.

그 이튿날 대신을 비롯하여 중신들과 중요한 신하들이 모여 각기 손에 무기를 들고 왕궁으로 나갔습니다. 왕에게로 침입하여 목숨을 빼앗고, 다른 사람을 옥좌에 앉힐 작정이었던 것입니다. 모두가 문 앞으로 와서 문지기에게 문을 열라고 명령했습니다. 그러나 문지기는 이것을 거절했기 때문에 그들은 문을 태워버리고 침입하기 위하여 불을 가져오라고 사람을 보냈습니다.

문지기는 그들의 이야기를 듣고 허겁지겁 왕에게 달려가서 문 앞에 폭도들이 몰려왔다고 아뢰었습니다. "그들은 저에게 문을 열라고 명령했습니다만 저는 거절했습니다. 그러자 문을 태워버리기 위하여 불을 가지러 갔으므로 이윽고 침입하여 임금님을 살해할지도 모릅니다. 어떡하면 좋겠습니까?"

왕은 마음속으로 '드디어 나도 망하게 되었구나.' 하고 생각하고서 곧 애첩을 불렀습니다. 그리고 애첩이 오자마자 말했습니다. "과연 시마스가 한 말은 모두 사실이었다. 이제 영내의 모든 사람이 나와 그대를 죽이러 몰려왔다. 문지기가 문을 열어주지 않았기 때문에 문을 태워버리려고 불을 가지러 갔어. 그래서 궁전도 그 안에 있는 사람도 이제 곧 타 죽고 말 것이다. 어떻게 하면 좋을지 그대에게 좋은 생각이 없는가?"

그러자 애첩은 대답했습니다. "아무 걱정하실 것도 없고, 그렇게 놀라실 것도 없습니다. 백성들이 임금에게 반기를 들 시기가 왔을 따름입니다." "그럼 무슨 좋은 꾀는 없겠는가? 이렇게 된 이상 어떻게 하면 좋겠는가?" "임금님의 머리를 수건으로 동여매시고 병자 시늉을 하시면 됩니다. 그리고 시마스 재상을 부르시면 재상이 와서 보고 임금님께서 몸이 편치 않으시다는 것을 알게 될 것입니다. 그러면 이렇게 말씀하세요. '나는 오늘 나가려고 했는데 몸 상태가 좋지 않아 나갈 수가 없었다. 모두에게 가서 이 뜻을 전하고 내일은 꼭 나가서 사무를 처리하고, 정무를 볼 테니 그리 알아라.' 그러면 모두는 안심하고, 화난 것도 가라앉을 것이란 말씀이에요. 그렇게 해놓고 힘과 새주가 뛰어난 아버님의 심복 노예를 10명 부르시는 거예요. 모두 다 마음속을 털어놓을 수 있는 심복으로서 임금님의 명령을 잘 듣고, 비밀을 잘 지키며, 자진하여 임금님 뜻을 받드는 사람이 아니면 안됩니다. 그리고 내일은 임금님 옆에 바싹 시립케 하여 한꺼번에 모든 신하들을 들여보내지 말도록 지시하시고, 하나씩 들어올 때마다 '이 놈을 잡아서 죽여라.' 하고 명령하시는 겁니다.

노예들에게 이의가 없다면 내일은 알현실에 옥좌를 만들고, 문을 모두 열어놓으세요. 신하들은 문이 열려 있다는 것을 알게 되면 아주 안심을 하고 마음도 가볍게 입궐하여 배알의 허락을 청할 것입니다. 그때엔 이제 말씀드린 것처럼 한 명씩 배알케 하시어 마음대로 처단하십시오. 그러나 우선 제일 먼저 그들을 총지휘한 수령인 시마스부터 처단하셔야 합니다. 그 자는 이번 사건의 장본인이니까요.

그래서 우선 제일 먼저 그 자를 죽이고, 그 다음 차례차례로 다른 자들을 처단하시되, 순종의 맹세를 저버린 자는 하나도 용서해서는 안됩니다. 또 임금님께서 무서워하시는 난폭한 자도 마찬가지로 몰살해버리십시오. 그렇게 하시면 이젠 임금님에게 반기를 들 만한 힘도 없어졌을 것이니 마음을 괴롭히실 것도 없으실 겁니다. 천하태평한 가운데 보위를 유지하시고, 마음대로 행동하실 수 있게 되실 것입니다. 이것 이외에 임금님의 몸을 위한 묘책은 없습니다."

왕은 "정말 기막힌 묘책이로다! 그대의 지시는 정말 요령이 좋고 절묘하니 그대의 말대로 하리라." 하고 대답하고 나서 길다란 천을 가져오라 하여 그것을 머리에다 둘둘 감고 꾀병을 가장했습니다. 그리고 재상을 불러 말하기를 "여봐라, 시마스, 그대도 알고 있겠지만, 나는 그대를 끔찍하게 여기고, 그대의 충고를 잘 듣고, 형이나 아버지처럼 생각하고 있는 터이다. 또 내가 무슨 일이건간에 그대가 하라는 대로 한다는 것도 알고 있을 것이다. 나는 그대가 어제 나에게 신하들 앞으로 나가 정사를 보살피라고 진언한 것을 천만지당한 충고라고 생각하여 꼭 나가려고 했던 것이다. 그런데 갑자기 병이 나서 공교롭게도 일어날 수도 없는 상태가 되었다. 듣자니 백성들은 내가 나가지 않았기 때문에 격분하여 나에게 반갑지 않은 흉계를 꾸미고 있다던데, 그것은 내가 병에 걸렸다는 것을 몰라서 한 소치다. 그러니 이 길로 가서 나의 증세를, 몸 상태가 좋지 못하다는 것을 모두에게 알린 다음, 나를 대신하여 해명해다오. 나는 신하들의 지시에 따라 그들이 원하는 대로 처신할 생각이니까. 그대는 평소 나에 대해서도 또는 돌아가신 선친에 대해서도 충성된 조언을 해왔으니까, 이번 문제도 나를 대신하여 잘 처리해주기 바란다. 그대는 본시 신하들 사이를 원만하게 조정하는 데 일가견이 있으니까. 내일은 인샬라! 반드시 나가리다. 아마도 깨끗하기 그지없는 진실과 마음속에 간직하고 있는 선의의 축복을 받고 오늘밤에라도 병이 나을 테니까 말이다."

시마스는 이 대답을 듣고 반색을 하면서 알라 앞에 엎드려, 왕에게 천복이 내리라고 빌고, 왕의 한 손에 입을 맞추었습니다. 그리고 신하들이 모여 있는 곳으로 가서 왕에게서 들은 대로 전하고 그들의 계획을 그만두라고 일렀습니다. 그 밖에도 왕이 알현실에 나오지 못한 이유를 설명하여 이해시킨 다음, 내일은 알현실로 나와 모두의 희망에 따르기로 약속했다는 뜻을 전한 것입니다. 모여 있던 신하들은 이 말을 듣고 각기 자기 집으로 돌아갔습니다.

—샤라자드는 날이 훤히 밝아오는 것을 깨닫자, 여기서 허락된 이야기를 그쳤다.

• 923일째 밤

샤라자드는 다시 말을 이었다. 오, 인자하신 임금님, 시마스는 왕의 어전을 물러나와 백성을 지휘하는 주요 인물들 앞으로 돌아와 "내일은 왕이 알현실로 나와 각자의 소원을 풀어주실 것이오." 하고 말했습니다. 그래서 모두는 각기 자기 집으로 돌아갔습니다.

이야기가 바뀌어, 왕은 곧 거인과 같은 체구의 용감무쌍한 노예를 10명, 선왕의 호위병 가운데서 골라 어전으로 들라 한 다음 "그대들은 나의 부친의 은총을 입어 높은 지위에 앉아 온갖 혜택과 영예를 받았지만, 나는 그보다도 더 높은 지위에 앉히리라. 그런데 이제부터 그 까닭을 말하리라. 그대들은 나를 섬기는 동안은 알라의 비호를 받을 것이기 때문이다. 그러나 우선 조금 물어볼 일이 있다. 내가 원하는 대로 하고, 내 명령하는 바에 따라 누구에게도 비밀을 누설하지 않는다면 그대들이 생각지도 않은 보답과 은혜를 내리리라. 그러나 무엇보다도 무엇이든 순종하겠다는 뜻을 나타내야 하리라."

10명의 노예들은 이구동성으로 이렇게 대답했습니다. "오, 우리 임금님, 어떠한 명령이라도 저희들은 절대 복종하겠나이다. 전하께서는 저희들의 주인이시며, 임금이시기 때문에 그 명령을 거역할 까닭이 추호도 없습니다."

그러자 왕은 말했습니다. "알라께서 그대들에게 은혜를 베풀어주시도록 빌겠노라! 그런데 내가 그대들을 선출하여 영예를 높이고자 한 까닭은 이러하다. 이미 그대들도 알고 있겠지만 선왕께서는 나라 안의 백성을 무척 관대하게 다루시어, 나를 위하여 그들의 맹세를 받으셨고, 그들은 나에게 복종하여 명령을 거스리지 않겠다고 맹세했던 것이다. 그런데 뜻하지 않게 어제와 같은 사태가 벌어져, 그놈들은 나의 신변에 모여들어 나를 살해하려고 하였다. 그래서 나로서도 그 어떤 대책을 강구하고 싶은 것이다. 즉 어제 그놈들이 저지른 일을 곰곰이 생각해본 결과, 두 번 다시 그런 불상사가 일어나지 않도록 엄중하게 처벌할 수밖에 딴 길이 없겠다고 생각한 것이다. 그래서 그대들이 내가 지시하는 놈들을 몰래 없애버렸으면 하는 것이다. 이게 모두 단지 그 주모자들을 살해하여 재해를 사전에 방지하여 이 왕국으로부터 재앙을 몰아내고자 하기 때문이다. 그런데 그 방법으로는 이렇게 하면 좋을 것 같다. 내일 나는 이 방에서 이 자리에 앉아 하나씩 알현을 허락하여 한쪽 입구에서 들어와 다른쪽 출구로 나가게 한다. 그대들은 10명이 다 내 앞에 서서 내 신호에 주의하여주기 바란다. 누구누구 가릴 것 없다. 하나씩 들어오는 놈은 붙잡아 저 방으로 끌고 들어가서 죽이고 시체를 감춰버리는 것이다." "분부하신 말씀 잘 알았습니다." 노예들이 대답하자, 왕은 선물을 주어 그날 밤은 그냥 물러가게 했습니다.

그 이튿날 왕은 그 10명의 노예들을 불러서 옥좌를 만들라고 명령했습니다. 그리고 왕 자신은 왕의를 입고 판례서를 두 손에 들고 10명의 노예들을 양쪽에 시립케 한 다음 문을 열라고 명령했습니다.

문이 활짝 열리니 포고관은 소리 높이 외쳤습니다. "윤허를 받은 자는 어전으로 들라!" 이 소리를 듣고 대신도 태수도 시종도 궁중으로 들어와 신분에 따라 늘어섰습니다. 이윽고 왕은 하나씩 배알의 윤허를 주었는데, 제일 먼저 들어온 것은 격식에 따라 재상 시마스였습니다. 그러나 시마스는 왕의 어전에 나타난 그 순간 갑자기 10명의 노예들에게 포위되어 옆방으로 끌려가서 목숨을 뺏기고 말았습니다. 이런 식으로 하여 노예들은 나머지 대신도 법률박사도 명사들도 차례차례로 살해하여, 마침내 마지막 하나마저 깨끗이 처치해버린 것입니다.

그리고 왕은 참수인들을 불러 나머지 사람들 중에서도 용기와 기량이 있는 사람들을 모두 칼로 베어 죽이라고 명령했습니다. 그래서 그들은 기량 있는 사람을 하나도 남기지 않고 베어 죽였으며, 다만 가난뱅이와 쓰레기 같은 사람만을 살려주었습니다. 이 사람들은 참수인에게 쫓겨 각기 자기 집으로 도망쳐 돌아왔던 것입니다.

한편 왕은 오로지 방탕한 생활과 쾌락에 빠지고, 색욕의 번뇌에 넋을 빼앗겨 갖가지의 포악무도한 짓을 하면서 마침내 그 옛날의 온갖 간악한 임금들조차 무색케 할 정도에 이르렀습니다.

그런데 이 나라는 금은을 비롯하여 보옥이 무진장으로 있는 보고였으므로, 이웃 왕후들은 모두가 이 왕국을 탐내고 시기하여, 무슨 재앙이라도 왕에게 내리닥치면 좋겠다고 은근히 바라고 있었습니다. 그 중의 한 사람, 즉 외인도의 왕은 마음속으로 생각했습니다. '이 어리석은 풋내기가 요사이 중신들과 국내의 호걸과 절개를 지닌 자들을 모두 죽였다고 하니, 이 기회에 어디 영토를 빼앗아볼까. 나이도 아직 어리고, 전술도 미숙하고, 지모도 없는 데다가 좋은 조언을 해주거나 원조해줄 사람도 남아 있지 않는 것을 보니, 놈의 수중에 있는 것을 뺏으려면 지금이 절호의 기회다. 옳지, 내일을 기다릴 것도 없이 오늘 안으로 놈의 행동을 나무라고 책망하는 편지를 보내어 싸움을 걸어보자. 그놈이 어떻게 나올는지 두

고 볼 일인데.'

 그래서 왕은 윌드 한 왕 앞으로 다음과 같은 내용의 서신을 보냈습니다.

『인자하시고 훌륭하신 신 알라의 이름으로. 듣건대 귀하는 대신을 위시하여 법률박사며 용사 등을 처단하여 스스로를 재앙 속으로 몰아넣어, 그 때문에 일단 공격을 받게 되면 귀국은 이를 격퇴할 병력도 무력도 이젠 없다는 소문이 떠돌고 있다. 뿐만 아니라 귀하는 스스로 인륜을 어기면서 포악무도한 행동을 많이 한다는 소문마저 들리니 말할 것도 없다.

 이제야말로 알라의 뜻에 의하여 나는 귀하를 정복하여, 지배할 권한이 부여되었으며, 귀하는 나의 손안에 들어왔도다. 그러니 나의 말에 귀를 기울여, 나의 명령에 복종하여 나를 위하여 바다 한복판에 어떤 공격에도 함락되지 않는 성채를 축조하라. 만일 이것을 못한다면 당장 귀하의 왕국을 떠나 목숨이 아까우면 도망치라. 나는 인도의 방방곡곡에서 각기 1만 2000의 병력에 의하여 구성된 기마병력 12여단을 귀국으로 보내 침입하여 재보를 빼앗고, 장병을 죽이고, 여인은 포로로 할 것이다.

 그 밖에 나의 대신 바디아를 군의 총수로 임명하여 귀하의 도성을 함락할 때까지 엄중히 포위케 하리라. 나는 이 서한의 지참자에게 사흘간의 체류를 허락했을 뿐이니 신속히 나의 요구에 응하면 귀하를 살려줄 것이요, 아니면 모든 병력을 파견할 뿐이로다.』

 그리고 왕은 두루마리를 접어 사절에게 주니, 사절은 곧 이것을 가지고 윌드 한 왕의 수도로 가서 왕에게 바쳤습니다. 왕은 서신을 읽자, 갑자기 힘이 빠지고 가슴이 막히는 것만 같았으니, 도움과 조언을 요구할 상대도 없는 오늘날, 이젠 꼭 죽는 길밖에 없다고 체념했습니다.

이윽고 왕은 일어나 애첩의 처소로 갔습니다만 애첩은 새파랗게 질린 왕의 안색을 보자 말했습니다. "오, 임금님, 도대체 웬일이세요?" "아니다. 오늘부터 나는 이젠 임금이 아니라, 임금의 노예에 지나지 않는다." 왕은 그렇게 대답하고 편지를 펴서 읽어주었습니다. 그러자 애첩은 하염없이 울며 자기 옷을 찢었습니다.

왕은 물었습니다. "정말 큰일났다. 무슨 좋은 수가 없겠느냐?" 그러나 애첩은 대답했습니다. "여자라고 하는 것은 싸움에 있어선 아무 지략도 없고, 또 실력도 없을 뿐더러, 좋은 분별도 없습니다. 이러한 위급할 때에 재주와 실력을 가지고 있는 것은 남자뿐입니다."

왕은 이 말을 듣자, 대신과 고관대작을 죽인 것을 진정으로 몹시 뉘우치고 후회했습니다.

―샤라자드는 날이 훤히 밝아오는 것을 깨닫자, 여기서 허락된 이야기를 그쳤다.

• 924일째 밤

샤라자드는 다시 말을 이었다. 오, 인자하신 임금님, 윌드 한 왕은 애첩의 말을 듣자, 대신과 중신들을 죽여버린 것을 몹시 뉘우쳤습니다. 그리고 이와 같이 창피스러운 통고를 받기보다는 차라리 죽는 편이 낫겠다고도 생각했습니다. 그래서 애첩들에게 말했습니다. "글쎄, 나는 너희들 때문에 자고새와 거북에게 내리닥친 것과 같은 봉변을 당하게 되었구나." "그건 어떠한 일입니까?" 애첩들의 물음에 왕은 이야기했습니다. "이런 이야기를 들은 적이 있다.

자고새와 거북

옛날, 어떤 섬에 여러 가지 종류의 거북이 살고 있었는데, 이 섬에는 나무들이 우거지고, 과일이 있고, 작은 시냇물도 졸졸 흐르고 있었다. 마침 어느 날 섬의 하늘을 날아가고 있던 한 마리의 자고새가 극심한 더위와 피곤에 지쳐 몹시 헐떡거리면서 이 섬에서 좀 쉬어가리라 생각했다.

얼마 후에 서늘한 장소를 찾고 있던 자고새는 거북의 집을 발견했으므로 그 근처에 내려앉았다. 마침 그때 거북들은 먹이를 찾아서 밖에 나가 있었는데, 자기 집에 돌아와보니 그 자고새가 있지 않겠는가. 거북들은 자고새의 아름다운 모습이 매우 마음에 들었다. 알라의 뜻으로 자고새는 거북들의 눈에 아주 우아한 모습으로 비쳤던 것이다. 그래서 모두가 조물주를 칭찬하여 "스바나 루라" (알라를 칭송할지어다라는 뜻) 하고 외치고는 다시없이 자고새를 사랑하여 진심으로 반가이 맞았다. "확실히 이 새는 새 중에서도 가장 훌륭한 새로구나." 거북들은 이구동성으로 그렇게 말하고는 자고새를 애무하고, 상냥하게 대우하기 시작하였다.

자고새는 거북들이 애정어린 눈초리로 자기를 바라보고 있다는 것을 깨닫자, 자기도 그들을 친하게 느끼게 되어 그들과 친하게 되고, 같은 집에서 기거하게 되었다. 아침에는 자기가 좋아하는 곳으로 날아갔다가 저녁에는 돌아오고, 밤에는 거북들과 함께 자곤 했다.

이렇게 오랫동안 살고 있는 동안 거북들은 자고새가 낮에는 보이지 않고 밤에만 모습을 나타내는 것을 못마땅하게 생각하고는 (왜냐하면 아침 일찍 자고새는 허겁지겁 날아가버리므로 하루종일 그 소식을 알 수 없어 그로 인해 거북들의 연정은 더해만 가기 때문이었다) 서로 말했다. "정말 우리들은 저 자고새를 사랑하고 있고, 그는 우리들의 친구가 되었어. 우리는 한시라도 떨어질 수 없어. 그를 늘 우리들 곁에 있게 하려면 도대체 무슨 수단을 쓰면 되지? 아침이 되면 날아가버리고, 하루종일 어디 가 있다가 밤이 되어야 겨우 모습을 나타내니."

그러자 한 마리의 거북이 말했다. "걱정들 마라. 여러분, 내가 잠깐 동안이라도 여길 떠나지 못하게 해보일 테니까." "그렇게 하면 우리들은 모두 네 노예가 되어주마." 다른 거북들이 말했다.

그래서 자고새가 먹이 사냥에서 돌아와 모두의 사이에 끼여앉자 그 꾀쟁이 거북이 옆으로 다가가 무사히 집에 돌아온 것을 기뻐하면서 천복을 빌었다. "여보시오. 자고새 나리, 실은 알라의 뜻으로 이 무인도에 있으면서 우리들은 서로 사랑하고, 마음을 서로 주고 있는 친한 사이가 되었습니다. 그런데 서로 사랑하는 자에게 있어 가장 즐거운 때는 자리를 같이하고 있을 때이며, 가장 비참하고 괴로운 때는 사이가 갈라져 헤어져 있을 때지요. 그런데 당신은 해가 뜨기가 무섭게 어딘가 가 있다가 날이 저물어야 겨우 돌아온단 말이오. 그래서 우리들은 아주 쓸쓸하단 말이오. 정말 슬프고, 죽도록 당신이 그리워서 견딜 수가 없어요."

자고새는 대답했다. "그야 나도 그대들을 좋아하고, 도저히 그대들이 미치지 못할 정도로 그리워서 견딜 수 없어. 그러나 나는 날개가 있는 새니까 어떻게 할 수 없어. 늘 함께 살고 있을 수만도 없어. 이것이 나의 천성이란 말이야. 날개가 있는 새라고 하는 짐승은 밤에 자는 때 외엔 가만히 있을 수가 없어. 날이 훤히 밝으면 하늘로 날아올라가서 어디론지 마음에 맞는 곳으로 가서 아침 먹이를 찾아야 하니까 말이야."

그러자 상대방 거북은 대답했다. "당신 말이 맞아요! 그러니 날개를 가진 분은 거의 쉴 사이도 없군요. 그러니까 즐거운 일이란 괴로운 일의 사분의 일도 안돼요. 살아 있는 만물의 최고 지상한 목적이라고 하는 것은 안식과 인생의 즐거움에 있어요. 다행히도 알라의 뜻으로 우리들 사이에 애정이 싹터서 친구가 되었는데, 당신이 적의 손에 잡히기라도 하여 신세를 망치고 영원히 뵐 수 없게 되면 어떻게 하나 하고 생각하면 걱정이 되어 견딜 수 없어요."

"과연 그렇군! 그렇다면 도대체 어떻게 하면 좋을지 무슨 묘안이라도 있는가요?" "나는 당신이 하늘을 날 때 사용하는 날개의 털을 뽑아버리라고 권하고 싶어요. 그리고 조용히 우리들의 곁에서 살며, 우리들이 먹는 것을 먹고, 우리들이 마시는 것을 마시며 이 초원에서 가만히 있으면 되는 거요. 여기에는 누렇게 익은 과일이 주렁주렁 열린 나무도 얼마든지 있으니까요. 그러니 모두 함께 과일이 무수히 많은 이곳에서 사이좋게 삽시다."

자고새는 거북의 말에 솔깃하여 자기 몸의 안일을 바라 서슴지 않고 거북이 하라는 대로 하나씩 털을 뽑았다. 그리고 모두와 함께 어리석게도 덧없는 안일한 꿈에 빠지면서 나날을 보냈다.

이윽고 거기 모습을 나타낸 것은 한 마리의 족제비였다. 자고새를 보니 날개의 털이 모두 뽑혀 있어 날 수 있을 것 같지도 않았다. 이 모양을 보고 몹시 마음이 흡족해진 족제비는 혼잣말을 했다. '저 자고새놈 살이 통통 쪄서 털이라곤 얼마 없군.'

그래서 족제비는 가까이 가서 이것을 붙잡았다. 자고새는 비명을 지르며 거북에게 구원을 요청했다. 그런데 거북들은 자고새가 족제비에게 잡혀서 꼼짝도 못하고 있는 것을 보고 꽁무니를 빼고는 한 곳에 모여 자고새의 처지를 슬퍼하며 눈물에 젖었다. 왜냐하면 눈앞에서 자고새가 고통을 당하고 있었기 때문이다.

자고새는 말했다. "우는 길밖에 어떻게 할 수 없는가?" 그러자 그들은 "여보시오, 형님. 우리들은 족제비를 상대로 해선 손쓸 길이 없어요." 이 말을 들은 자고새는 몹시 슬퍼져서 이젠 살아날 길은 없다고 각오하고 말했다. "그대들이 나쁜 것이 아니라, 내가 나빴어. 그대들이 하는 말을 정말로 믿고 손수 하늘을 나는 도구인 날개깃을 뜯어버렸으니 말이야. 그대들이 하라는 대로 한 이상 신세를 망친 것도 당연한 일이야. 그러니 이제 와서 그대들에게 실수가 있다고 탓할 수도 없어."

"그것과 마찬가지로," 하고 왕은 말을 이었습니다. "여자들아, 나는 그대들을 탓하지는 않는다. 나는 조상인 아담이 몸을 망친 것도 계집 탓이었고, 그 때문에 에덴동산을 내쫓긴 것을 잊고 있었던 나 자신을 탓할 뿐이다. 그대들은 모든 죄의 근원이건만 어리석은 탓으로 분별도 없이 그대들의 말만 믿고 대신이며 태공들을 죽여버렸다. 그들은 무엇에 있어서나 나에게 충성된 조언자였고, 영예로운 신하였으며, 어떠한 어려움도 물리쳐주는 유력한 인물들이었다. 그러나 이렇게 된 이때 그 대신의 역할을 할 인물은 하나도 없고, 누구 하나 이 딱한 나를 곤경에서 구해줄 사람도 없다. 나는 이젠 살아날 길이 없는 파멸의 구덩이로 빠지고 만 것이다."

―샤라자드는 날이 훤히 밝아오는 것을 깨닫자, 여기서 허락된 이야기를 그쳤다.

• 925일째 밤

샤라자드는 다시 말을 이었다. 오 인자하신 임금님, 월드 한 왕은 자신을 나무라면서 말했습니다. "모르고 한 짓이긴 하지만 그대들의 말에 귀를 기울이고, 대신들을 죽인 것은 다름아닌 바로 나다. 그렇기 때문에 현재로는 그들을 대신할 만한 인물도 찾아낼 수 없는 형편이다. 알라의 자비로 확고한 분별이 있는 인물이라도 나와서 나를 구원해주지 않는 한 나는 자멸할 수밖에 딴 길이 없다."

그리고 왕은 자기 침소에 들어박혀서 대신과 현자들의 죽음을 애도하면서 이렇게 말했습니다. "다만, 한때라도 좋으니 이 위급한 때에 호걸들이 있어주었으면 얼마나 좋을까! 그러면 나는 그들에게 사과하고 현재의 곤경과 그 후에 내리닥친 재난을 호소하련만!" 왕은 하루종일 음식을 전폐하고 시름의 바다에 잠겨 있었습니다.

 그러나 해가 저물어 사방이 컴컴해지자, 왕의를 벗고 헌옷으로 바꿔 입고는 도성을 이리저리 헤매기 시작했습니다. 만에 하나라도 누구에게서 위로의 말이라도 들을 수 있을까 하고 생각했기 때문입니다. 이리하여 큰 거리를 헤매고 있자니까 때마침 성벽 한 구석에 몸을 감추고 서 있는 두 소년이 눈에 띄었습니다. 둘 다 동갑내기로 12살 정도 되어 보였습니다. 왕은 두 아이의 이야기를 엿듣기 위하여 이야기 하느라고 정신이 없는 소년들 곁으로 눈에 띄지 않도록 몰래 접근했습니다. 그러자 한쪽 소년이 다른 소년에게 말했습니다. "애, 너 말이야, 우리 아빠한테 어제 들었는데, 비가 적어 가뭄이 든 데다가 이 도성에 지독한 불상사가 일어나서 여물기도 전에 농작물이 말라 죽어, 지독한 재난에 부딪히게 될 거라는 거야." 그러자 상대방 소년이 말했습니다. "그 재액의 원인을 몰라?" "음, 모르겠는걸! 너 알고 있으면 가르쳐줘."

 "좋아, 난 잘 알고 있으니까 가르쳐줄게. 이봐, 이 이야기는 우리 아빠한테서 들었는데, 지금 계신 임금님은 아무 죄도 없는 대신과 중신들을 죽인 거야. 임금님이 계집한테 빠져서 혈안이 되어 있었기 때문이야. 그전부터 대신들은 색욕에 빠지지 말라고 임금님에게 아뢰었지만 본인은 듣지도 않고, 애첩들 하라는 대로 그 사람들을 살해하라고 명령한 거야. 그래서 임금님은 우리 아빠인 시마스를 죽였어. 우리 아빠는 지금의 왕과 선왕, 이렇게 2대에 걸쳐서 대신 노릇을 했고, 재상에까지 올라갔어. 하지만 이제 두고봐. 필경 임금님은 그 보답으로 알라의 천벌을 받아 복수를 당하고 말 테니까."

 상대방이 "모두 죽었는데 알라인들 속수무책일 게 아냐." 하고 말하니 그 소년은 대답했습니다. "실은 말이야. 외인도의 임금님은 우리 임금님을 깔보고 아주 치욕스런 편지를 보내왔어. 거기엔 말이야. '나를 위하여 바다 한가운데에 성채를 축조하라. 만일 응하지 않으면 자기 나라의 대신 바디아를 총수로 하여 각 사단에 병력

1만 2000기를 거느리는 12개 군단을 파견하여 왕국을 점령해서 남자들은 모두 죽이고 귀하와 여자들은 포로로 하겠노라.' 하고 적혀 있어. 그리고 서인도왕은 이 편지를 받고 나서 3일 이내에 대답하라고 했어. 그런데 말이다. 너 말이야, 이 외인도 왕이라는 자는 독재적인 폭군으로서 전쟁에 있어선 비할 데 없는 호걸, 게다가 국내에는 무수히 많은 병력을 가지고 있어. 그래서 우리 임금님이 계략을 써서 방어하지 않는 한 파멸은 뻔한 일이야. 그렇게 되면 인도왕은 우리 왕을 죽이고서 우리들의 재산을 약탈하고, 남자는 모두 죽이고, 여자는 포로로 할 거야."

월드 한 왕은 두 소년의 이야기를 듣자, 더욱더 불안한 충동에 몰려 소년들에게 마음이 끌렸습니다. "필경 저 아이는 점쟁이임에 틀림없어. 내가 가르쳐준 것도 아닌데, 이 일을 알고 있다니. 그 편지는 내가 보존하고 있는 데다가 비밀을 누설한 적도 없으니까, 나 이외에 아무도 알 까닭이 없어. 그렇다고 하면 저 애는 그것을 어떻게 해서 알았을까? 옳지, 내가 저 애한테 가서 이야기해보자. 어떻게 해서든지 그 애의 손에 의하여 구원받도록 알라께 기도를 올려보자."

왕은 가만가만 소년에게로 접근하여 말을 건넸습니다. "이봐, 귀여운 소년아, 지금 너는 임금님 이야기를 하고 있었는데, 어떻게 됐다는 거냐? 대신과 중신들을 살해하여 세상에 다시없는 흉악무도한 짓을 했다고 하는데, 옳지, 정말로 그 임금님은 자기뿐만 아니라 신하에게 까지 죄를 저지른 거야. 네 말이 옳아. 그런데 말이다, 가르쳐주지 않겠니, 외인도왕이 편지를 보내어 임금님을 욕하고, 마구 위협했다는 이야기를 어떻게 하여 알았느냐?"

그러자 소년은 대답했습니다. "아저씨, 나는 말이지요. 매일 밤낮으로 쳐보는 점으로 알았어요. 그 밖에 또 옛사람의 말에도 '어떠한 비밀도 알라의 눈을 속일 수는 없느니라. 왜냐하면 아담의 아들은 안에 마음의 덕성을 간직하고, 그로 인하여 제아무리 어두운 비밀도 드러나기 때문이니라.' 하고 있으니까요."

윌드 한 왕은 "기특하구나. 아직 나이도 어린데 어디서 점을 배웠느냐?" 하고 물으니 소년은 대답했습니다. "우리 아버지가 가르쳐주었습니다." "네 아버님께서는 아직 살아 계시느냐, 아니면 돌아가셨느냐?" "돌아가셨어요."

그래서 왕은 다시 물었습니다. "임금님을 위하여 그 무슨 좋은 수가 없겠는가? 임금님 자신과 이 왕국을 비참한 재앙에서 막을 수 있는 방법 말이다." "그것을 지금 아저씨와 이야기해도 소용없어요. 하지만 만일 임금님께서 나를 부르셔서 적을 무찌르려면 어떻게 하면 좋겠느냐고 물으시면 전능하신 알라의 힘으로써 어떻게 하면 구원을 받을 수 있는지를 가르쳐드리겠습니다."

윌드 한 왕이 "그러나 너를 어전에 불러내다니, 도대체 누가 너에 대한 이야기를 왕에게 일러바치지?" 하고 반문하니 소년도 가만히 있지 않습니다. "임금님께서는 경험이 많은 현자를 찾아다니고 계시다니까 내가 입궐하여 어떻게 하면 무사하게 일이 가라앉을지, 우환을 막아낼 수 있을지 가르쳐드릴 작정이에요. 그러나 국가존망의 중대사를 등한히 하고, 귀부인들과 정사에 빠져 있으니 내가 어정어정 입궐하여 구원의 방도를 가르쳐드린댔자, 임금님은 필경 저 대신들을 죽인 것처럼 저놈 목숨을 빼앗으라고 명령할 것임에 틀림없어요. 모처럼의 친절도 원수가 되어 자기 신세만 망치는 결과가 될 것입니다. 그렇게 되면 세상 사람들도 나를 깔보고 바보로 여기며, 나는 결국 '그 지식이 분별을 능가하는 자는 무지 때문에 멸망한다.'는 무리 속에 끼게 될 것입니다."

왕은 이 말을 듣자, 이놈은 정말 영리한데, 하고 생각했습니다. 뛰어난 지혜가 분명히 보여 이 소년이라면 자기와 나라도 구원해 줄 수 있겠다는 확신이 들었습니다.

그래서 왕은 곧 말을 이어 물었습니다. "너는 어디서 왔느냐? 집은 어디고?" "이것은 우리집 담이에요." 왕은 그 장소를 마음 속에 단단히 기억한 다음 소년과 헤어져 마음도 가볍게 궁전으로 돌아왔습니다.

궁전으로 돌아와서 왕은 옷을 갈아입고 애첩을 멀리한 다음 술과 안주와 준비하라고 명령했습니다. 그러고 나서 안주와 술을 마시면서 최고 지상하신 알라에게 감사를 드리고, 오로지 구원을 빌었습니다. 대신과 법률박사들을 처단한 자신의 죄에 대해서도 알라의 용서를 빌고, 마음속 깊이 신에게 참회하고, 앞으로는 오로지 기도에 전념하고, 오래도록 단식하며 죄를 씻기 위하여 고행할 것을 맹세했습니다.

그 이튿날, 왕은 심복 내시 하나를 불러, 그 소년의 집의 위치를 이르고 거기 가서 겸손한 자세로 소년을 데리고 오라고 명령했습니다. 그래서 내시는 소년의 집을 찾아내어 이렇게 말했습니다. "임금님이 부르십니다. 뭔가 물어보실 일이 있으신 모양인데 조금도 걱정하실 것 없습니다. 일이 끝나는 대로 댁으로 돌아오십시오." 소년이 "이렇게 부르시다니 도대체 임금님은 무슨 용건이 계실까요?" 하고 물으니 내시는 대답했습니다. "우리 임금님의 용건은 그저 문답을 하고 싶다는 것뿐입니다." "그렇다면 임금님의 지시에 따라 기꺼이 가겠습니다." 소년은 그렇게 대답하고 내시의 뒤를 따라 입궐했습니다. 어전으로 나오자, 소년은 알라 앞에 무릎을 꿇고 이마에 손을 얹고 인사한 다음 왕의 천복을 빌었습니다. 왕도 또한 답례한 다음 소년에게 앉으라고 권했습니다.

——샤라자드는 날이 훤히 밝아오는 것을 깨닫자, 여기서 허락된 이야기를 그쳤다.

• 926일째 밤

샤라자드는 다시 말을 이었다. 오, 인자하신 임금님, 소년이 왕의 어전으로 나가 이마에 손을 얹고 인사를 하니, 월드 한 왕도 답례한 다음 앉으라고 자리를 권했습니다.

그래서 소년이 마루에 앉자, 왕은 곧 물었습니다. "어젯밤 너의 말상대가 된 사람이 누군지 아는가?" "네." "그 사람은 지금 어디 있는가?" "지금 저와 이야기를 하고 계십니다." "바로 그렇다." 왕은 그렇게 대답하고 나서 자기 옆의 의자에 앉으라고 하고는 요리와 마실 것을 준비하라고 명령했습니다.

그리고 잠시 이 이야기 저 이야기하다가, 이윽고 왕은 정색을 하며 말했습니다. "여봐라, 어젯밤의 이야기로는 그대에겐 인도왕의 모략을 무찌를 묘안이 있다고 말했겠다. 그 묘안이란 무엇이냐? 어떻게 하면 인도왕의 위해를 피할 수 있단 말이냐? 가르쳐다오. 그렇게 하면 나는 그대를 국내의 조언자 중의 우두머리로 받들어 재상으로 임명하여 무엇이건 그대의 의견대로 하고 굉장한 보수를 내리리라."

"오, 임금님, 그 보수는 전하께서 도로 거두시고, 귀부인들에게서 충고나 책략을 구하도록 하십시오. 저의 부친 시마스와 그 밖의 대신을 죽이도록 지시한 것도 여자들이었으니까요." 왕은 이 말을 듣자 부끄러워 한숨을 쉬더니 "여봐라, 소년이여, 시마스는 정말 그대의 아버지였던가?"

"시마스는 정말로 제 아버지시며, 저는 틀림없이 시마스의 아들입니다." 소년의 대답에 왕은 고개를 푹 숙이고 뚝뚝 눈물을 흘리면서 알라의 용서를 빌었습니다. "오, 소년이여, 나는 정말 아무것도 모르고 귀부인들의 간악한 충고에 따랐을 뿐이다. 그러다 '여자의 흉계는 정말 크도다.'라는 말처럼 되고 말았구나. 그러나 제발 부탁이니 용서해다오. 그대를 아버지의 자리에 앉히고, 아버지보다도 한층 더 그대의 신분을 높여주리다. 게다가 하늘에서 내려온 이번의 재난을 쫓아버리기만 하면 그대의 목에 황금 목걸이를 걸어주고, 세상에 다시없는 준마에 태워 포고관을 앞세워서 이렇게 외치게 하리라. '여기 계신 분은 재상의 귀공자, 현왕의 다음 자리에 계신 대신이시다!' 또 여인들의 사건에 관해서는 전능하신 알라의 뜻에 맞는 시기에 원수를 갚아 원한을 풀어주리라고 생각하고 있다. 그것은 그렇고, 나의 마음이 놓일 수 있도록 그대가 어떠한 묘책을 가지고 있는지 어서 가르쳐달라." 그러자 소년은 말했습니다. "제가 무슨 말씀을 하든지 반대하시지 않을 것, 제가 두려워하고 있는 재앙이 절대로 저에게는 내려지지 않게 하시겠다고 맹세하여주십시오." 그래서 왕은 "나는 네가 한 말을 절대로 어기지 않을 것이며, 그대를 최고 고관으로 하여 무엇이든 다 그대가 하라는 대로 하겠다는 것은 천지신명께 맹세코 절대로 거짓말이 아니다. 전능하신 주여, 제가 하는 말씀을 살펴주옵소서!"

이 말을 듣자, 소년의 마음은 명랑해져 아무 거리낌없이 마음대로 말을 할 수가 있었습니다. "오, 임금님, 제 진언이라고 하는 것은 인도왕의 사신에게 회답을 줄 유예기간이 끝날 때까지 가만히 기다리고 있는 것입니다. 저쪽에서 회답을 요구하여 오거든 하루만 더 연기하십시오. 이 말을 들으면 사신은 자기 왕으로부터 5일 정도의 유예를 받고 있으니까, 라고 말하며 그 자리를 얼버무리고 약속날에는 반드시 회답을 달라고 말할 것입니다. 그러나 상대방을 따돌려, 또 회답을 연기하여 이번엔 언제라는 확실한 날짜를 정하지 않는 것입니다.

그렇게 하면 사신은 화를 내고 임금님의 어전을 물러나와 시내 한가운데로 나가서 큰 소리로 고함을 칠 것입니다. '여보시오. 거리의 여러분들. 나는 말이오. 나는 새도 떨어뜨릴 만큼 그 세력이 강대하시고, 쇠도 녹일 만큼 그 의지가 굳으신 외인도의 대왕의 사신이오. 우리 대왕께서는 이 성의 왕에게 한 통의 편지를 보내시어 그 회답 기한을 정하셨소. 약속한 날짜까지 회답을 주지 않으면 각오하라고. 그런데 나는 이 도성의 임금님을 뵈옵고 그 편지를 내보였더니 왕은 이것을 읽고 3일간의 유예를 주면 회답하겠노라고 하므로, 이쪽은 예의상 인정해준 것이오. 그러나 사흘이 지난 후 회답을 요구하자, 다시 하루만 더 기다려달라는 것이었소. 이쪽은 이이상 더 기다릴 수는 없소. 그러므로 외인도의 우리 임금에게로 이 길로 돌아가서 자초지종을 보고할 작정이오. 여보시오, 거리의 여러분들. 그대들은 이 일의 증인이 되어주어야겠소.'

이러한 일은 모두 임금님의 귀에 들어오게 될 것입니다. 그러면 사신을 부르셔서 온화하게 이렇게 말씀하십시오. '스스로 자신의 파멸을 초래케 하는 자여, 거리의 시민들에게 나를 비방하다니 무슨 짓이냐? 평상시 같으면 나의 손으로 네놈의 목을 자를 것이나, 옛사람은 슬기롭게도 자비는 귀공자의 특성이라고 말씀하시고 있다. 여봐라, 나의 회답이 늦은 것은 이쪽이 무력해서가 아니라 일이 바쁘고, 잡무에 몰려 회답을 써보낼 겨를이 없었기 때문이다.'

그리고 그 편지를 꺼내어 다시 한 번 읽어보시고, 한참 동안 껄껄 웃으신 다음 이렇게 말씀하십시오. '그대는 이것 외에 또 한 통의 편지를 가지고 있지 않는가? 만일 있다면 그 회답도 쓰는 김에 함께 써주마.' 사신이 '이것 밖에 없습니다.' 하면 두 번 세 번 되풀이하여 똑같은 질문을 계속하십시오. 상대방은 그래도 '이것 밖에 아무것도 가지고 있지 않습니다.' 하고 대답할 것입니다.

그때엔 이렇게 말씀하십시오. '글쎄, 그대의 임금이라는 자는 정말 한심스러운 사나이구먼. 이런 편지를 보내 우리들의 분노를 사게 하다니. 이렇게 된 이상 이쪽에서 군대를 파견하여 외인도의 영토를 석권하여 점령하고 싶은 생각이 드는구나. 그러나 편지에 있는 것과 같은 교만하고 방자한 태도도 이번만큼은 너그럽게 봐주마. 그대의 임금은 분별도 모자랄 뿐이 아니라, 한치 앞도 못바라보는 인물이니까 말이다. 우선은 두 번 다시 이와 같은 어린애 같은 짓을 반복하지 말라고 경고하는 것이 우리들의 품위에 맞는 소치다. 그러나 자기의 목숨을 내걸고 또다시 이러한 짓을 되풀이하면 그때는 자신의 파멸을 초래할 뿐이다. 아무리 생각해봐도 그와 같은 일로 그대를 파견한 인도왕은 무지몽매한 인물임에 틀림없다. 사물의 성사를 생각해보지도 않고, 일을 도모할 줄 아는 사려분별 있는 대신을 하나도 가지고 있지 않으니까 말이다. 도량이 있는 인물이라면 이런 이상한 편지를 보내기 전에 대신과 미리 의논해보았을 것이 아니더냐. 그러나 어쨌든 이 서신에 알맞는, 아니, 그 이상의 회답을 적어서 보내리라. 왜냐하면 학교의 생도로 하여금 답장을 쓰게 해야겠으니 말이다.'

그렇게 말씀하시고 나서 저를 부르세요. 그리고 제가 나가거든 편지를 읽으시고, 회답을 쓰라고 말씀해주십시오."

윌드 한 왕은 이 조언을 듣자, 마음도 가볍고 개운해져서 소년의 의견에 찬성했습니다. 이 묘안이 아주 마음에 들었기 때문입니다. 그래서 왕은 소년에게 선물을 하사하고 선친의 직함을 주어 일단 집으로 돌려보냈습니다.

그런데 그 사신은 약속한 3일간의 유예가 지나자, 왕에게로 와서 회답을 요구했습니다. 그런데 왕은 다시 회답을 연기하고 옥좌가 있는 방 한구석으로 물러가서 소년에게서 배운 대로 쌀쌀한 응답을 했습니다. 그러자 사신은 시장으로 나가 외쳤습니다. "여보시오. 거리의 양반들이여, 나는 외인도 왕의 사신으로서 이곳 왕에게 편지를 가지고 온 것이오. 그런데 왕은 회답을 연기했소. 우리 임금님께서 정해주신 시한이 이미 끝났으니, 이곳 왕에게는 변명의 여지도 없게 된 것이오. 그대들이 이 사실의 증인이 되어주시오."

이 소문이 왕의 귀에 들어가자, 왕은 곧 사신을 불러 말했습니다. "여봐라, 스스로 자신의 파멸을 자초하는 자여, 그대는 그저 왕에게서 왕에게 보낸 밀서의 지참자에 지나지 않는다. 그런데 거리로 나가 임금의 비밀을 폭로하다니 그게 무슨 짓이냐? 본시라면 나는 그대의 목을 벨 것이지만 그대의 우매한 왕에게 회답을 전해야 하겠기에 이번만큼은 용서해주마. 그런데 그 회답으로 말하면 학교의 아동에게라도 쓰게 하는 것이 어울릴 것이다."

그리고 나서 왕이 재상의 아들을 들게 하니 소년은 입궐하여 알라 앞에 엎드려, 왕의 천수무강과 무운장구를 빌어 기도를 올렸습니다. 윌드 한 왕은 소년에게 편지를 던져주며 말했습니다. "이 편지를 읽어본 다음 급히 받았다는 내용의 답장을 써다오."

소년은 편지를 받아들고 읽어본 다음 빙긋이 미소를 띠우더니 이윽고 소리내어 웃기 시작하여 끝내는 껄껄 웃으며 왕에게 물었습니다. "이 편지의 답장을 쓰라고 일부러 저를 부르셨습니까?" "그렇다." 윌드 한 왕이 대답하자, 소년은 말했습니다. "오, 임금님,

저는 무슨 중대한 용건이라도 있는 줄 알았습니다. 저보다도 아직 어린 애도 이런 편지의 답장은 쓸 수 있을 터인데 그러셨군요. 그러나, 오 세력이 강대하신 우리 임금님, 임금님 뜻대로 하올까 생각합니다."

"그렇다면 사신도 기다리고 있는 터이니 곧 답장을 쓰도록 하라. 약속의 기일은 와 있는데, 나는 벌써 대답을 하루 연기했다."

"네, 알았습니다. 그러면 급히 쓰도록 하겠습니다." 소년은 대답을 하고 종이와 먹통을 꺼내어 다음과 같이 적었습니다.

―샤라자드는 날이 훤히 밝아오는 것을 깨닫자, 여기서 허락된 이야기를 그쳤다.

• 927일째 밤

샤라자드는 다시 말을 이었다. 오, 인자하신 임금님, 소년은 편지를 받아들고서 이것을 읽어본 다음 종이와 먹통을 꺼내어 다음과 같이 적었습니다.

『인자하시고 자비로우신 알라의 이름을 받들어! 자비로운 신의 용서와 구원과 자비를 내려주신 자에게 평화 있으라!

오, 스스로 대왕이라 자칭하지만 말뿐이며, 참된 임금이 아닌 그대여, 틀림없이 그대의 편지는 나의 손안에 들어와 이것을 읽었도다. 그런데 편지의 내용은 이방인의 잠꼬대에 지나지 않다고 생각하는 바다. 나는 그대의 무지와 사심을 확인했노라.

그대는 올라가지도 못할 나무는 쳐다보지도 말라는 격이 되었도다. 만일 내가 알라의 창조물과 중생에게 연민의 정을 가지고 있지 않다면 그대를 이대로 내버려두지는 않으리라. 그대의 사신에 관하여 말하자면 그는 시장에 나가서 그대의 편지의 내용을 시정의 무리들에게 누설하였으니 응당 나의 보복을 받아 마땅하리라. 그러나 나는 그대를 존경하는 바는 아니건만 본인을 불쌍히 여겨 그 죄를 용서하였노라. 생각건대 그 자는 그대에게 있어서는 죄없는 사람이라는 것을 알았기 때문이니라.

그대는 내가 여러 대신과 법률박사 및 중신들을 살해했다고 서신 중에 운운하고 있지만, 그것은 사실이며, 나는 나 한 개인의 이유에서 그들을 단죄한 것이다. 나는 유일무이한 학자를 살해한 것이 아니고, 그들보다 더 총명하고 지혜와 기량이 뛰어난 학자는 무수히 많이 있도다. 그 뿐만 아니라 나의 나라 안에는 세 살짜리 아동이라 할지라도 지식을 잘 갖춘 자들뿐으로, 내가 처단한 여러 대신 이상 우수한 자는 얼마든지 있도다.

나의 장병도 또한 각기 혼자서 1000명을 맞설 수 있는 용사들이며, 재력에 관해서는 매일 1000파운드의 은을 만들어내는 제조장이 있는 것 외에 황금 및 보석은 바닷가의 모래만큼이나 많도다. 이 밖에 나의 지배하에 있는 백성에 관하여 말하자면 심성은 매우 선량하고, 생활 또한 아주 풍요롭도다.

그러한 상태이거늘 어찌하여 그대는 분수도 모르고 감히 나에게 '바다의 한가운데에다 성채를 구축하라.'고 명령하는가? 정말로 수상한 일로서 지혜가 천박한 탓으로 생각하노라. 왜냐하면 조금이라도 분별이 있다면 굽이치는 파도와 몰아치는 바람 등을 어찌하여 생각지 않느냐. 어쨌든 바다의 큰 파도 작은 파도를 막고, 광풍을 가라앉게 하라. 그 다음 나는 그대를 위하여 성채를 구축하리라.

다음에 그대는 나를 굴복시키겠다고 큰소리를 치고 있지만 설마한들 알라께서는 그러한 건방진 짓을 허용하시지 않으시리라. 그대와 같은 자가 나를 배반하여 나의 영토를 침입하여 점유하겠다고 함은 가소로운 망언이로다. 그렇다. 전능하신 신께서는 그대가 정당한 이유 없이 나에게 거역한다면 나에게 승리를 주시리라. 그러므로 그대는 주 또는 나의 보복을 받는 것은 스스로를 파멸로 이끄는 길이라고 명심하라. 그러나 나는 그대나 그대의 백성에 관해서는 알라를 두려워하기 때문에 느닷없이 그대에게 군사를 일으키는 일은 없으리라. 따라서 그대도 또한 알라를 두려워한다면 어서 금년도의 공물을 보낼지어다. 그렇지 않을진대 나는 끝까지 처음 뜻을 고수하여 전원이 코끼리를 탄 강자인 110만의 병력을 보내어 그대를 공격하리라. 나의 대신을 우대군의 선두에 세워서 그대는 사신에게 사흘간의 유예를 주었으니 나는 그대를 3년간 포위하라고 명령하리라. 그리하여 나는 그대의 영토의 주인이 되어, 그대 하나만의 목숨을 빼앗고, 그대의 애첩만을 포로로 하리라.』

이 소년은 편지의 여백에다 자신의 초상을 그리고, 그 밑에다 이렇게 덧붙여서 썼습니다. "이 답신은 보잘 것 없는 일개 아동의 손에 의하여 작성된 것임." 다 쓰고 나서 소년이 이것을 봉인하여 왕에게 넘겨주니 왕은 또다시 이것을 사신의 손에 넘겨주었습니다. 사신은 답신을 받아들고 왕의 손에 입을 맞추고는 알라와 임금의 어진 처사에 감사의 말을 한 다음 소년의 총명스러운 지모에 혀를 차면서 어전을 물러나왔습니다.

사신은 정해진 기일이 겨우 3일 지난 후에 자기 임금의 왕궁으로 돌아왔는데, 왕은 이미 약속의 기일이 지나도록 사자가 오지 않으므로 회의를 열고 있었습니다. 그래서 사신은 왕의 어전으로 나아가 무릎을 꿇고 가지고 온 답신을 왕에게 바쳤습니다. 왕이 이것을 받은 후 귀국이 늦게 된 이유와 윌드 한 왕의 근황 등을 묻자, 사신은 자기 눈으로 보기도 하고, 듣기도 한 것을 상세히 이야기했습니다. 이 이야기를 들은 왕은 깜짝 놀라며 말했습니다. "엉터리 같은 수작 그만하라! 그 무슨 얼토당토 않은 이야기인가. 그 따위 왕이 그럴 리가 있는가?"

그러자 사신은 대답했습니다. "오, 대왕님, 신은 전하의 어전에 엎드려 있습니다. 어쨌든 이 답신을 뜯어서 읽어보십시오. 신의 말씀이 잘못이 아니라는 것이 분명해질 것입니다."

그래서 왕은 편지를 뜯고 읽어보았는데, 이것을 쓴 아동의 얼굴 모습을 보자 벌써 자기의 영토는 적의 수중에 떨어진 거나 다름없이 생각되고, 자신의 장래가 걱정되었습니다. 이윽고 대신과 중신들을 둘러보며 자세한 이야기를 하고, 편지의 내용을 읽어 들려주니 모두가 소스라치게 깜짝 놀라며, 그저 입에 발린 달콤한 말로 왕의 공포를 달래려고 애썼습니다. 그러나 모두들 공포에 가슴이 두근거리면서 터질 것만 같았던 것입니다.

그러자 재상인 바디아가 천천히 입을 열었습니다. "실은 임금님, 동료 대신들이 한 말씀은 아무 가치도 없는 것입니다. 제 의견으로는 곧 그 왕에게 서신을 보내어 다음과 같이 해명하는 것이 좋지 않을까 생각합니다. '나는 귀하를 경애하고 있으며, 선왕도 경애하여 마지않았던 자이니라. 그 편지를 사신에게 맡기어 귀하에게 보낸 것도 귀하를 시험해보기 위해서였고, 다른 뜻은 없노라. 즉 귀하의 지조를 시험해봄과 동시에 얼마나 용맹한지, 실제와 이론에 있어 얼마나 뛰어나고, 얼마나 교묘하게 수수께끼를 푸는 힘이 있는가, 얼마나 완전하게 천부의 재예를 갖추고 있는지 따위를 탐지하고 싶어서였다. 그렇기 때문에 나는 귀하가 축복을 받고, 수도의 방비를 튼튼히 하며, 권세를 더욱 떨칠 것을 전능하신 알라께 빌어 마지않는 바이다. 왜냐하면 귀하는 자신의 본분을 잊는 일이 없고, 백성들이 요구하는 모든 것을 잘 채워주고 있기 때문이다.' 이런 친서를 작성하여 다른 사자에게 맡겨서 보내십시오."

왕은 외쳤습니다. "놀랍도다! 그 자가 나라 안의 현자라고 하는 현자와 대신, 중신에서부터 장군 등에 이르기까지 모두 죽이고도 싸움의 준비를 게을리하지 않은 대왕이며, 아직도 나라 안에 백성이 많고 이처럼 번영하고, 더구나 그 때문에 이렇게까지 강대한 위세를 자랑할 수 있다니 정말 이상한 일이로다! 그러나 무엇보다도 놀라운 일은 학업 중의 아동이 왕을 대신하여 이러한 답신을 썼다고 하는 사실이다. 실제로 나는 너무도 과욕하여 자신은 물론 신하들에게까지 재앙을 끼치는 결과가 되었다. 이렇게 된 바에는 이 재상의 충언을 받아들여 분규를 수습할 수밖에 딴 방도가 없다."그래서 외인도왕은 여러 내시와 노예와 더불어 값비싼 선물을 준비하고 다음과 같은 답신을 작성했습니다.

『훌륭하시고 자비를 베푸시는 알라의 이름으로! 아뢰옵건대, 나의 경애하는 벗 쟈리아드 왕의 후사인 영광된 윌드 한 왕이시여, 아무쪼록 귀하에게 주의 자비가 내리시고, 만수무강하옵기를! 보내주신 답신 이제 받아보고, 그 뜻을 확실히 알았나이다. 보내주신 말씀 지극히 타당한 말씀이라고 생각하며 이것이야말로 내가 알라께 빌어 마지않는 바이옵니다. 그러하오니 알라께서 더욱 귀하의 무위를 높이시고, 귀국의 기초를 공고히 하고, 적은 말할 것도 없고, 무모한 일을 꾸미는 자들을 쳐부시어 귀하에게 승리를 내려주시옵기를 빌어 마지않나이다. 실은 귀하의 선친은 나의 막역한 벗으로서, 두 사람 사이에는 일평생 변치 않는 여러 가지의 협정과 계약이 체결되어 서로 협력하여 오로지 상대방의 복지를 염원하여 마지않았나이다. 선친께서 서거하시고 귀하께서 옥좌에 앉게 되었을 때에는 나의 기쁨 그지없는 바가 있었나이다. 그러나 귀하께서 대신을 위시하여 국가의 기둥인 명사들을 처형하셨다는 소식이 나의 귀에 들어옴에 이르러, 나는 그 소문이 다른 왕들의 귀에도 들어가 귀하에게 감히 반기를 들지나 않을까 무척 걱정했던 것입니다. 왜냐하면 나는 귀하가 국사를 소홀히 하고, 국방을 돌보지 않고, 왕국의 안녕 따위는 안중에도 없는 것이 아닌가 하고 염려했기 때문이었나이다. 이리하여 나는 귀하의 마음을 분기케 하는 편지를 보내게 되었나이다. 그러나 그와 같은 답신을 보내신 것을 보고 나는 도리어 안도의 마음을 갖게 되어, 이렇게 된 바에는 그저 알라의 뜻에 의하여 귀하가 왕국의 번영을 누리시고, 빛나는 위세를 떨칠 것을 바라 마지않습니다. 그럼, 귀하의 안녕을 빌며 붓을 놓는 바이옵니다.』

그리고 왕은 호위병을 100기 붙여서 이 편지와 선물을 월드 한 왕의 어전으로 보낸 것입니다.

──샤라자드는 날이 훤히 밝아오는 것을 깨닫자, 여기서 허락된 이야기를 그쳤다.

• 928일째 밤

샤라자드는 다시 말을 이었다. 오, 인자하신 임금님, 외인도의 대왕은 선물의 준비를 갖추자, 호위병 100기를 붙여서 이것을 월드 한 왕의 어전으로 보냈습니다. 일행은 길을 재촉하여 여행을 계속하여 목적지인 왕궁에 도착하자 인사를 드린 후 친서와 선물을 바쳤습니다.

왕은 친서를 읽자, 호위병의 대장에게 그에 상당하는 숙사를 제공하여 정중하게 대접하고, 내놓은 선물도 쾌히 받았습니다. 이 소문은 삽시간에 세상으로 퍼져 왕은 더할 나위 없이 기뻤습니다.

이윽고 왕은 시마스의 아들인 그 소년과 100기를 이끌고 온 호위병장을 부른 다음 나이 어린 재상을 후히 대접하고 인도 왕의 편지를 보여주었습니다. 또한 월드 한 왕은 호위병의 대장을 앞에 놓고 스스로 친히 외인도왕의 잘못됨을 비난하니 대장은 왕의 두 손에 입을 맞추고서 자기 임금의 어리석음을 사과하고, 월드 한 왕의 장수와 그 위세를 빌었습니다.

왕은 사신의 기원에 치사한 다음 여러 가지의 영예와 선물을 내리고, 부하 병사들에게도 각기 그 지위에 따라 그에 알맞는 하사품을 주었습니다. 또 상대방 임금에게도 여러 가지 선물을 전하라고 이르고는 소년 재상에게는 그 친서에 대한 답신을 쓰라고 명령했습니다.

소년은 곧 답신을 쓴 것인데, 그것은 우선 매우 화려한 머리말로 시작하여 화해의 문제에 관하여 가볍게 언급하고, 사신과 그 부하 장병들의 예의범절이 뛰어나게 좋음을 극구 찬양한 것이었습니다. 격식대로 쓰고 나서 이것을 왕에게 보이니 왕은 "오, 착한 소년이여, 무엇이라고 썼는지 어디 한 번 읽어보라." 하고 말했습니다. 그래서 소년이 죽 늘어선 호위병들을 앞에 놓고 답신을 낭독하니 왕도, 거기 모인 사람들도 모두 형식과 내용 다같이 갖춰진 기막힌 짜임새에 감탄했습니다.

이어 왕은 답신을 봉인하여 대장에게 주어 귀로에 오르게 하고, 휘하 장병을 얼마쯤 수행케 하여 국경까지 호송했습니다. 대장은 마음속으로 소년 재상의 학식에 반하여, 신속히 용건을 끝마치고서 화목이 이루어진 것을 알라께 감사하면서 외인도의 임금에게로 돌아갔습니다.

그리고 왕의 어전으로 나온 대장은 선물과 답신을 왕에게 바친 다음 자기가 보고 온 것을 보고했습니다. 이 말을 듣고 왕은 몹시 기뻐하며 최고 지상하신 주에게 찬사를 보내고, 대장에게는 영예를 준 다음 그 충성된 헌신을 찬양하여 지위를 승진시켜준 것입니다. 그 후로도 왕은 평온한 가운데 극히 안락하게 여생을 보냈습니다.

이야기는 바뀌어, 윌드 한 왕으로 말하자면, 올바른 길로 돌아온 왕은 사도를 버리고, 진정으로 알라에게 참회하고, 온갖 주색잡기를 버리고는 오로지 국사를 보살피고 알라를 무서워하고, 백성을 다스리는 일에 전념했습니다. 이 밖에 또 재상 시마스의 아들을 선친의 자리에 앉히고 국내에서는 국왕 다음 가는 제일인자로서 국왕의 기밀을 다루는 중요한 인물로 삼은 한편 수도를 위시하여 국내의 다른 도시를 7일 동안에 걸쳐서 아름답게 장식하라고 명령한 것입니다.

이것을 보고서 백성들은 아주 기뻐했고, 시름과 공포는 찾을 길도 없이 사라져 공명 정대한 정사를 기대하여 가슴을 설레였으며, 왕을 위하여, 또는 왕과 백성으로부터 재앙을 몰아낸 재상을 위하여 열심히 기도를 바쳤던 것입니다.

이윽고 왕은 재상에게 물었습니다. "국가를 편안케 하고, 백성을 유복케 하고, 고관대작 등을 그전대로 다스리려면 어떻게 하면 좋은지 그대의 생각을 말해주오." 그러자 나이 어린 재상은 "오, 옥좌에 계신 우리 임금님, 신의 의견에 의하면 무엇보다도 우선 전하의 마음으로부터 부정하고 사악한 근원을 없애고, 방탕한 음행과 포악한 행동, 혹은 여색 탐닉의 나쁜 버릇을 버리시는 일이 긴요하다고 생각합니다. 왜냐하면 두 번 다시 죄악의 근원으로 되돌아가면 두 번째의 타락은 처음 때보다도 한층 더 처치하기 곤란하기 때문입니다." "나의 마음으로부터 없애지 않으면 아니될 죄악의 근원이란 무슨 말인가?" 왕이 거듭하여 묻자 나이는 어리건만 영리하기 짝이 없는 재상은 서슴지 않고 대답했습니다.

"오, 임금님, 사악의 근본은 여색에 빠지고, 색향에 눈이 어두워 여인의 충고나 감언에 따르는 것입니다. 색욕이란 제아무리 건전한 지혜라도 흐리게 하고, 제아무리 강직한 성격이라도 타락시키니까요. 제 말씀에는 확실한 증거가 있습니다. 가령 임금님께서 여자의 마음을 깊이 생각해보시고, 그들의 언동을 자세히 주목해보신다면 자신의 영혼을 간할 만한 좋은 본보기를 찾아내시어 저의 의견 같은 것은 조금도 필요하지 않으실 것입니다. 그러므로 부디 조심하시어 여자 같은 것에 현혹되시지 마시고, 마음속에서 여자의 환상 같은 것을 몰아내도록 하십시오. 왜냐하면 최고 지상하신 알라께서는 예언자 모세의 입을 빌어서 과음을 경계하시었고, 그 때문에 어느 총명한 임금은 자기 아들을 향하여 이렇게 말씀하신 것입니다. '여봐라, 아들아, 내가 죽은 후 네가 왕국을 이을 때에는 너무 빈번히 여자의 방을 찾는 게 아니다. 네 마음이 흐려지고, 사리 분별이 흐려지면 아니되기 때문이다. 여자와의 교섭이 지나치면 자연 여색에 빠지게 되고, 여색에 빠지면 자연 사리 분별이 흩어지게 마련이다.'

그 증거로 다윗의 아들로 우리들의 주이신 솔로몬(두 분께서 편히 눈감으시라!)의 경우 부친의 분노를 산 것은 여자 때문이었습니다. 알라의 특별한 뜻에 의하여 솔로몬은 지식이며 지혜며 지상권이 부여되고, 그와 같은 하사품은 전대의 어떠한 임금도 부여받지 못한 것이었는데 말입니다. 오, 임금님, 그러한 실례는 얼마든지 있습니다만 제가 솔로몬의 예만을 든 것은 임금님도 아시다시피 솔로몬이 받은 것과 같은 모든 주권을 부여받은 자는 일찍이 아직 없었고, 따라서 온 세계의 임금은 모두 솔로몬의 법도에 복종하였기 때문입니다.

 이러한 까닭으로, 임금님, 여색은 모든 재앙의 근원이며, 여자들에겐 사리 분별이란 조금도 없습니다. 그렇기 때문에 남자는 각자의 필요에 응하여 여자를 써야 하며, 넋을 잃고 여자에게 빠지면 언젠가는 타락과 파멸의 늪으로 빠지게 될 것입니다. 만일 임금님께서 제 말씀을 잘 들으시면 모두 다 훌륭하게 번영하겠지만, 이것을 돌보지 않으시면 후회한들 소용없는 일이 되고 말 것입니다."

 "아니, 나는 진심으로 옛날의 음탕한 행동은 버렸노라." 하고 왕은 대답했습니다.

 ─샤라자드는 날이 훤히 밝아오는 것을 깨닫자, 여기서 허락된 이야기를 그쳤다.

● 929일째 밤

 샤라자드는 다시 말을 이었다. 오, 인자하신 임금님, 월드 한 왕은 소년 재상에게 말했습니다. "아니, 나는 진심으로 옛날의 음탕한 행동을 버렸고, 정신없이 정사에 몰두했던 짓도 이젠 그만두었다. 그러나 저 여자들의 간계에 대하여 어떠한 벌을 주면 좋을까? 그대의 부친 시마스를 죽인 것도 여자의 사심 때문이고 나의 본의에서 한 짓은 아니야. 시마스를 없애버리라는 그들의 감언에 나의 분별이 흐렸던지 나는 그만 속고 말았던 것이다."

그러고 나서 왕은 "아, 슬프도다!" 하고 외치고 비탄에 몸부림치면서 다시 말을 이었습니다. "아, 훌륭한 생각을 지니고, 정치의 도에도 뛰어났던 명재상을 잃다니 이 얼마나 슬픈 일이냐? 수많은 대신과 국가의 명사들 중에서도 뛰어난 인물을, 재주 있고, 총명한, 지혜를 구비한 훌륭한 인물을 잃다니!"

"오, 임금님," 소년 재상은 입을 열었습니다. "그 허물은 오직 여자들에게만 있는 것은 아닙니다. 여자란 기분좋은 상품과 같은 것으로, 보는 사람들은 그 욕정에 끌리는 것입니다. 이것을 탐내어 사려는 자에게 팔리는 것으로, 이쪽에서 요구하지 않으면 아무도 억지로 사라고는 하지 않습니다. 그러므로 나쁜 것은 사는 쪽이며, 특히 그 상품이 유해하다는 것을 알고 있을 경우에 더욱 그렇습니다. 그래서 저는 아버지를 본받아 임금님에게 충고를 드리는 바이옵니다만, 임금님은 그 당시 아버님의 충고를 승인하시지 않으셨습니다."

그러자 왕은 "여봐라, 재상이여, 그대의 말처럼 나는 과연 스스로 그 과오를 범했다. 신이 정해놓으신 전세의 숙명이라고 할 밖에 변명의 여지가 없다." "임금님, 전능하신 알라께서는 우리들을 만드시어 능력을 주셨고, 아울러 자유의사와 물건을 고르는 힘마저 주신 것입니다. 그러므로 결국 우리들의 의사 여하에 의하여 행동하는 것입니다. 주께서는 우리들이 죄를 저지를까 염려하시어 남에게 해를 끼치지 말라고 명령하셨습니다. 그러므로 우리들로서는 올바른 행동을 염두에 두지 않으면 아니되겠기에 전능하신 신께서는 어떠한 경우에도 착한 일만 하라고 명령하시고, 옳지 않은 것을 금하고 계십니다. 그러나 우리들이 행동하는 바는 좋건 나쁘건 우리들 자신의 의도에서 나온 것입니다."

"과연 그대의 말이 옳도다. 나의 양심은 몇 번씩 그런 짓을 하지 말라고 경고하고, 그대의 아버지 시마스도 거듭 되풀이하여 나에게 간언을 주었지만 나는 마침내 번뇌의 포로가 되어 과오를 범하고 만 것이다. 음욕에 눈이 멀어 사리를 분별할 수도 없었던 것이다. 또다시 그런 과오를 범하지 않도록 나를 견제해줄 방법은 없을까? 그것에 의하면 나의 분별은 자기 마음의 욕심을 이길 수도 있을 텐데 말이다."

그러자 나이 어린 재상은 대답했습니다. "있고 말고요. 어떻게 하면 두 번 다시 그런 죄에 빠지지 않을 수 있을지 가르쳐드리겠습니다. 그러기 위해서는 우선 무지의 옷을 벗어버리시고, 사물을 이해하는 논리적 능력의 옷을 입으시고, 욕정을 따르지 않으시고, 주를 따르시고, 옳은 선왕의 방침을 지켜 최고 지상하신 신 알라와 백성에 대한 의무를 완수하시고, 다시 신앙의 옹호와 백성의 복지의 증진에 진력하시고, 올바르게 처신하여 백성을 학살하는 일이 없도록 하는 것입니다. 또 일의 결과를 잘 헤아리실 것이며, 포학압제, 오만불손 등에 기울어지지 않도록 엄하게 몸을 근신하고, 정의·공정·겸손 등을 이행하고, 전능하신 신의 법도 앞에 무릎을 꿇고, 신의 뜻으로 임금님께서 다스리게 된 창조물을 위하도록 애쓰고, 백성이 기원하는 바를 성취시키려면 임금답게 이것에 전념해야 합니다.

임금님께서 항시 이에 마음을 쓰신다면 평온 무사하고 한가하게 여생을 보내시고, 알라께서도 또한 자비를 베푸시어, 임금님을 우러러보는 만백성의 존경과 사랑을 받게 될 것입니다. 그렇게 하시면 적의 의도도 수포로 돌아가버립니다. 왜냐하면 전능하신 신은 적을 몰아내시고, 임금님은 신의 은총을 얻어 만백성의 존경을 받게 되었기 때문입니다."

그러자 윌드 한 왕은 말했습니다. "온정이 깃들인 그대의 말에 의하여 정말로 나의 영혼은 소생되었고, 가슴 속의 등불은 켜졌으며, 어둠 속의 어리석은 눈이 열리게 된 것이다. 나는 앞으로는 전능하신 신의 도움을 얻어 그대가 하라는 대로 하리라고 결심하였다. 그 옛날의 번뇌 많고 죄 많은 생활을 버리고, 나의 영혼을 부당한 감금에서 구제로, 불안에서 편안함으로 구출하기로 하리라. 이렇게 되었으니 그대도 기뻐하여 만족해주어야만 하겠다. 왜냐하먼 나이 어린 그대가 나의 사랑하는 아버지가 되고, 나이 먹은 내가 그대의 아들이 되어 그대가 명령하는 것이라면 무엇이나 성심껏 실행하는 것이 나에게 부과된 의무가 되었기 때문이다. 그렇기 때문에 나는 알라와 그대의 너그러운 뜻을 감사하여 마지않는다. 알라께서는 그대의 손을 통하여 행운과 좋은 가르침과 나의 재난을 막는 올바른 분별력을 나에게 주셨기 때문이다. 또 나의 백성의 안녕도 그대의 손으로, 그대의 식견과 훌륭한 연구에 의하여 이루어졌기 때문이다. 그대는 그저 이제부터 나의 왕국의 좋은 상담역이 되어 옥좌에는 앉지 않더라도 나와 대등한 자가 되어다오. 그대가 행하는 일은 모두가 나에게는 옳으며, 아무도 그대의 말에 거역하지는 못하게 하리라. 그대는 나이는 어리지만 뛰어난 재능과 지식을 가지고 있기 때문이다. 그러므로 그대를 나에게 주시어 파멸의 사도로부터 구원의 길로 이끌어주신 알라께 나는 진정으로 감사하고 있다."

왕의 말을 듣고 재상은 대답했습니다. "오, 인자하신 임금님, 제가 좋은 조언을 드렸다 할지라도 그것은 절대로 저의 공적은 아닙니다. 왜냐하면 행위와 말로써 임금님을 구해드리는 것은 저 자신이 임금님의 은총을 받는 한 개의 풀에 지나지 않으므로, 저에게 부과된 당연한 의무의 하나라고 생각합니다. 아니 저 하나만이 아닙니다. 저보다 먼저 가신 분도 임금님의 은총을 입고 있었습니다. 그러므로 저희들은 누구나 다 마찬가지로 한결같이 임금님의 영예와 사랑을 받고 있는 터이니, 어찌 이 사실을 등한히 할 수 있겠습니까? 게다가 또 임금님은 저희들의 수호자이시며 지배자, 적을 막아주시는 임금님이시기도 하고, 평소 우리들을 지켜주시며 자나깨나 저희들의 안녕을 위하여 진력하고 계십니다. 정말로 비록 저희들이 임금님을 섬기며 아낌없이 목숨을 내던진다 하더라도 아직 은혜에 대하여 의무를 완전하게 다했다고는 할 수 없습니다.

어쨌든 저희들은 전하를 저희들의 우두머리로 모시고, 저희들의 임금으로 삼아주신 전능하신 알라께 임금님이 장수를 누리시고,

모든 일에 보기좋게 성공하시기를, 또 이 세상에 계신 동안은 환난을 더하여 임금님을 시험해보는 일이 없이, 순조롭게 소원이 성취되고, 돌아가시는 날까지 온 백성의 경애를 받으시고, 더욱 널리 너그럽게 바다와 같은 성의를 온 백성에게 미치시기를 빌어 마지 않습니다. 그렇게 되면 임금님께서는 세상의 모든 현자를 휘하에 가지시게 되고, 온갖 악인을 물리치시게 되며, 모든 현인과 용사를 영내에 모아들일 뿐 아니라, 무지한 자와 비열한 자를 모두 임금님의 시대로부터 근절할 수 있을 것입니다. 그리고 또 저희들은 임금님의 백성으로부터 빈궁과 재화를 막고, 백성 사이에 사랑과 우정의 씨를 뿌리고, 현세와 그 번영을, 내세의 복됨을, 신의 은총과 사랑과 숨은 자비를 충분히 맛보게 해주시기를 알라께 빌어 마지않습니다. 아무쪼록 이렇게 되게 해주소서! 왜냐하면 알라께서는 만물을 다스리는 전지전능하신 신이시고, 알라에게 불가능한 것은 없고, 만물은 알라에게로 되돌아가기 때문입니다."

왕은 재상의 기원이 깃들인 말을 듣자 아주 기뻐하며, 가슴 속으로부터 그를 사랑하여 이렇게 말했습니다. "오, 재상이여, 그대는 나에게 있어서는 형제와도, 부모 자식과도 바꿀 수 없는 인물이다. 사별하면 모를까, 어떠한 일이 있어도 그대와는 헤어지지 않으리라. 나의 수중에 있는 것은 모두 다 그대의 자유에 맡기리라. 또 나에게 후사가 없다면 내가 죽은 후에는 그대를 왕위에 오르게 하리라. 그대는 국내의 모든 인물 중 가장 훌륭한 인재이기 때문이다. 고관대작이 늘어선 앞에서 나의 주권을 주고, 이 왕국을 이어나갈 태자에 임명하리라. 인샬라!"

──샤라자드는 날이 훤히 밝아오는 것을 깨닫자, 여기서 허락된 이야기를 그쳤다.

● 930일째 밤

샤라자드는 다시 말을 이었다. 오, 인자하신 임금님, 윌드 한 왕은 그전 재상이었던 시마스의 아들에게 말했습니다. "언젠가는 나는 그대를 나의 후계자로 하여, 예비 후계자로 지명하겠다. 그리고 영내의 고관대작들을 불러서 증인이 되어달라고 할 테다."

그리고 왕은 비서를 불러, 영내의 모든 태수들은 왕궁으로 들라는 호출장을 쓰게 했습니다. 또 수도에는 상하의 구별없이 모든 서민들도 알 수 있도록 포고문을 붙이고, 태수를 위시하여 총독, 시종, 중신, 명사는 물론 법률을 전공한 박사와 학자들까지 하나도 빠지지 않고 입궐하라는 명령을 내린 것입니다.

그 밖에 왕은 대규모의 어전회의를 열기도 하고, 전례가 없는 성대한 잔치를 베풀기도 하여, 귀천의 구별없이 모든 백성을 초청했습니다. 사람들은 초청받고 모여, 꼬박 한 달 동안 먹고 마시며 신바람이 났습니다. 잔치가 끝나자, 왕은 일가친척은 말할 것도 없고, 나라 안의 모든 가난한 사람들에게 어의를 하사하고, 학문이 있는 사람들에게는 선물을 듬뿍 내렸습니다.

이어 왕은 시마스의 아들에게 그 이름이 알려진 법률박사와 현자 등을 다수 골라서, 이들을 소년에게 소개한 다음 이 중에서 여섯 명을 골라서 부하대신으로 임명하라고 분부했습니다. 그래서 소년 재상이 연공을 쌓고, 재기가 발랄하고, 학식이 깊고, 기억력과 판단력이 뛰어난 여섯을 골라 이들을 천거하니 왕은 즉석에서 대신의 관복을 주며 말했습니다. "그대들은 이번에 시마스의 아들인 이 재상 밑에서 나의 대신직을 맡게 된 것이다. 재상이 무슨 말을 하건, 무엇을 명령하건 그대들은 절대로 그 명령을 위반해서는 안 된다. 왜냐하면 비록 나이는 가장 어려도 지혜와 재능에 있어서는 가장 연장자이기 때문이다."

그리고 왕은 대신의 관례에 따라 황금으로 장식한 의자에 그들을 앉히고 봉급과 수당을 정했습니다. 그리고 국사를 맡기기에 가장 적합한 인물을 국내의 명사와 잔치 자리에 참석했던 무사 중에서 고르라고 명령했는데, 그것은 10명의 장, 100명의 장, 1000명의 장에 임명하여 중신대공의 관례에 따라 계급과 봉급을 정하고, 봉록을 주기 위해서였습니다.

　대신들이 열심히 왕명에 복종하니, 왕은 다시 늘어선 신하 전부에게 여러 가지 하사품을 내리고, 각기 명예로운 영예를 지고 고향으로 돌아가라고 지시했습니다. 또 한편으로는 총독들에게 백성을 올바르게 다스리고, 빈부의 구별없이 백성을 사랑하라고 훈시한 다음, 각자의 신분에 따라 국고의 부담에서 구제하라고 분부했습니다.

　대신 모두가 왕의 만수무강과 무운장구를 비니, 왕은 또 전능하신 알라께서 주신 갖가지의 은혜에 감사하여, 3일간 수도를 화려하게 장식하라고 명령한 것입니다.

　태수와 총독의 손을 통하여 나라의 정사를 정비한 윌드 한 왕과 재상 이븐 시마스(시마스의 아들이라는 뜻)는 그러했습니다. 그런데 충성스럽지 못하고 신의를 저버린 원한에서 대신들을 몰살하고, 하마터면 나라를 파괴 직전으로 몰아넣은 그 애첩과 측실 등은 어찌됐는가 하면 순조롭게 알현이 끝나고, 모든 일을 적절하게 처리한 다음, 각자가 자기 집으로 돌아가자, 왕은 곧 젊은 시마스 재상과 여섯 명의 대신들을 가까이 불러 넌지시 말했습니다.

　"여봐라, 대신들아. 나는 정도를 이탈하여, 남의 말도 안듣고, 암울에 빠져, 진실도 약속도 저버려 돌보지 않고, 훌륭한 간언도 물리치고 말았다. 이것은 모두 저 여자들의 농간에 빠진 탓이었고, 그들의 잔꾀에 넘어가고, 아부의 감언이설에 속고, 결국에 가서는 충동을 받고 죄를 저지르면서도 조금도 수치를 몰랐다. 왜냐하면 감언에 현혹되어 그들의 말을 정말로 믿고, 훌륭한 충고라고만 생각한 것이다. 그런데 아니나 다를까! 그들의 말은 무서운 독약이었다. 오늘에 와서 분명해졌는데 그들은 나를 망치게 하고자 한 것이다. 그러므로 정의를 위해서도 벌을 내려 나의 보복을 받는 것이 당연하다. 본보기를 보여야 할 인간들에게 본을 보여주어야겠다. 그러니 그들을 사형에 처하고 싶은데, 그대들의 의견은 어떠한가?"

그러자 연소한 재상은 대답했습니다. "오, 임금님, 저는 전에도 말씀드렸습니다만 오직 여자들만이 나쁜 것이 아니라, 죄는 여자들과 그 말에 따른 남자, 쌍방에 다 있습니다. 그렇다 하더라도 부인들은 두 가지 이유에서 징벌과 보복을 받아 마땅합니다. 우선 첫째, 전하는 최고 지상하신 임금님이시니까 자신께서 일단 하신 말씀은 끝까지 이행하시지 않으면 안됩니다. 둘째는 여자들이 외람되게도 임금님을 충동질하여 자기들에게 아무 관계도 없는, 입을 놀려서는 안될 일에 입을 놀렸기 때문입니다. 그렇기 때문에 그 여자들은 확실히 사형에 처해 마땅합니다. 그러나 지금까지의 과거는 불문에 붙이고 앞으로는 노비의 신분으로 낮춰버리는 것이 어떨까 합니다. 그렇지만 이것뿐만 아니라, 모든 것이 다 임금님의 생각 여하에 달려 있습니다."

대신의 하나는 이븐 시마스의 충고를 지지했습니다. 그러나 다른 하나는 왕의 어전에 엎드려 말했습니다. "알라시여, 아무쪼록 우리 임금님을 만수무강하시게 해주옵소서! 정말로 우리 임금님께서 저 여자들을 사형에 처하시기로 결정하고 계시다면 제 말씀대로 하시면 어떠실까요?"

"그것은 어떤 것인가?" 윌드 한 왕의 물음에 그 대신은 대답했습니다. "어느 천한 노비에게 명령하여 임금님을 속인 여자들을 대신과 현인들을 몰살시킨 그 방으로 데리고 가서 감금해버리는 것입니다. 그리고 겨우 목숨만 이어갈 정도의 적은 양의 먹을 것과 물을 주십시오. 방에서 한걸음도 내놓지 마시고, 누가 죽어도, 전부가 최후의 하나까지 죽어버릴 때까지 그대로 버려두시는 것입니다. 그렇게 끔찍한 일을 저질렀으니까 이 정도의 벌은 당연한 보복입니다. 그렇고 말고요. 이 성스러운 시대에 일어난 모든 불상사와 재앙의 근원이니까요. 그렇게 하시면 '자기 동포에게 무덤을 파는 자는 비록 오랫동안 태평스러운 은총을 입을지라도, 반드시 언젠가는 이 무덤 속에 스스로 빠지고 말리라.' 하는 세상의 속담이 실증될 것입니다."

왕은 대신의 이 권고를 받아들여 곧 네 명의 튼튼한 여자 노예들을 불러들여 죄지은 여자들을 방으로 들게 하여 감금한 다음 매일 조금씩만 먹을 것과 물을 주라고 명령했습니다. 노예 계집들은 왕의 지시대로 했습니다만, 그 여자들은 자기들이 저지른 죄를 후회하고 하염없이 비탄에 잠긴 것입니다.

이렇듯, 알라께서는 이 세상의 생지옥을 여자들에게 주시어 보복하시었고, 또 내세에서도 갖가지의 죄과를 준비하셨으니 악취가 코를 찌르는 컴컴한 방에 갇혀 있는 동안 하나가 죽고, 둘이 죽고 하여 마침내 최후의 하나마저 죽어버렸습니다. 그리고 이 소문은 널리 온 세계의 여러 나라에까지 퍼져갔습니다.

이상으로 윌드 한 왕과 그 대신들에 관한 이야기는 끝났습니다. 사람들을 죽게 하시고, 썩어빠진 시체를 소생시키시는 알라를 칭송할지어다! 영원히 찬사와 칭찬과 존중을 받아 마땅하신 분은 오직 알라 한 분뿐이로다! 또 수많은 이야기 중 이런 이야기도 있습니다.

◎ 옮긴이　김병철

1921년 개성 출생.
보성전문, 중국 국립중앙대학·대학원 졸업(미국 소설사 전공).
중앙대학교 영문과 교수, 문과대학장 및 대학원장 역임. 문학박사.
한국영어영문학회 회장 역임(1979~1981).
제8회 한국번역문학상, 대한민국예술원상 수상.
저서 : 《헤밍웨이 문학의 연구》, 《한국근대 서양문학이입사 연구》 외.
역서 : 《생활의 발견》, 《포 단편선》, 《미국의 비극》,
《톰 소여의 모험》, 《누구를 위하여 종은 울리나》 등이 있음.

아라비안 나이트 ⑨

1993년　4월　20일　　초판 1쇄 발행
2012년　1월　10일　　초판 4쇄 발행

　　　　　　　지은이　리처드　버턴
　　　　　　　옮긴이　김　병　철
　　　　　　　펴낸이　윤　형　두
　　　　　　　펴낸데　범　우　사

　　　　　　출판등록　1966. 8. 3. 제 406-2003-048호
　　　　　　413-756 경기도 파주시 교하읍 문발리 525-2
　　　　　　대표전화 (031)955-6900, 팩스 (031)955-6905

＊ 파본은 교환해 드립니다.

　　ISBN 89-08-03159-6 04890　　(홈페이지) www.bumwoosa.co.kr
　　　　　89-08-03201-0 (세트)　　(이메일) bumwoosa@chol.com

국내외 명작중 현대의 고전을 엄선한 획기적인 본격 비평문학선집

범우비평판 세계문학선

❶ 토마스 불핀치
1-1 그리스·로마 신화 최혁순 값 10,000원
1-2 원탁의 기사 한영환 값 10,000원
1-3 샤를마뉴 황제의 전설 이성규 값 8,000원

❷ 도스토예프스키
2-1.2 죄와 벌(상)(하) 이철(외대 교수) 각권 9,000원
2-3.4.5 카라조프의 형제(상)(중)(하)
    김학수(전 고려대 교수) 각권 9,000원
2-6.7.8 백치(상)(하) 박형규 각권 7,000원
2-9.10.11 악령(상)(중)(하) 이철 각권 9,000원

❸ W. 셰익스피어
3-1 셰익스피어 4대 비극 이태주(단국대 교수)
    값 10,000원
3-2 셰익스피어 4대 희극 이태주 값 10,000원
3-3 셰익스피어 4대 사극 이태주 값 12,000원
3-4 셰익스피어 명언집 이태주 값 10,000원

❹ 토마스 하디
4-1 테스 김회진(서울시립대 교수) 값 10,000원

❺ 호메로스
5-1 일리아스 유영(연세대 명예교수) 값 9,000원
5-2 오디세이아 유영 값 9,000원

❻ 밀 턴
6-1 실낙원 이창배(동국대 교수) 값 10,000원

❼ L. 톨스토이
7-1.2 부활(상)(하) 이철(외대 교수) 각권 7,000원
7-3.4 안나 카레니나(상)(하) 이철 각권 12,000원
7-5.6.7.8 전쟁과 평화 1.2.3.4 박형규
    각권 10,000원

❽ 토마스 만
8-1 마의 산(상) 홍경호(한양대 교수) 값 9,000원
8-2 마의 산(하) 홍경호 값 10,000원

❾ 제임스 조이스
9-1 더블린 사람들 김종건(고려대 교수) 값 10,000원
9-2.3.4.5 율리시즈 1.2.3.4 김종건 각권 10,000원
9-6 젊은 예술가의 초상 김종건 값 10,000원
9-7 피네간의 경야(하)·詩·에피파니 김종건
    값 10,000원
9-8 영웅 스티븐·망명자들 김종건 값 12,000원

❿ 생 텍쥐페리
10-1 전시 조종사(외) 조규철 값 8,000원
10-2 젊은이의 편지(외) 조규철·이정림 값 7,000원
10-3 인생의 의미(외) 조규철(외대 교수) 값 7,000원
10-4.5 성채(상)(하) 염기용 값 8,000원~10,000원
10-6 야간비행(외) 전채린·신경자 값 8,000원

⓫ 단테
11-1.2 신곡(상)(하) 최현 값 9,000원

⓬ J. W. 괴테
12-1.2 파우스트(상)(하) 박환덕 값 7,000원~8,000원

⓭ J. 오스틴
13-1 오만과 편견 오화섭(전 연세대 교수) 값 9,000원

⓮ V. 위 고
14-1.2.3.4.5 레 미제라블 1~5 방곤 각권 8,000원

⓯ 임어당
15-1 생활의 발견 김병철 값 12,000원

⓰ 루이제 린저
16-1 생의 한가운데 강두식(전 서울대 교수)
    값 7,000원

⓱ 게르만 서사시
17 니벨룽겐의 노래 허창운(서울대 교수)
    값 13,000원

⓲ E. 헤밍웨이
18-1 누구를 위하여 종은 울리나
    김병철(중앙대 교수) 값 10,000원
18-2 무기여 잘 있거라(외) 김병철 값 12,000원

⓳ F. 카프카
19-1 성(城) 박환덕(서울대 교수) 값 10,000원
19-2 변신 박환덕 값 10,000원
19-3 심판 박환덕 값 8,000원
19-4 실종자 박환덕 값 9,000원
19-5 어느 투쟁의 기록(외) 박환덕 값 12,000원

⓴ 에밀리 브론테
20-1 폭풍의 언덕 안동민 값 8,000원

㉑ 마가렛 미첼
21-1.2.3 바람과 함께 사라지다(상)(중)(하)
    송관식·이병규 각권 10,000원

㉒ 스탕달
22-1 적과 흑 김붕구 값 10,000원

㉓ B. 파스테르나크
23-1 닥터 지바고 오재국(전 육사교수) 값 10,000원

㉔ 마크 트웨인
24-1 톰 소여의 모험 김병철 값 7,000원
24-2 허클베리 핀의 모험 김병철 값 9,000원
24-3.4 마크 트웨인 여행기(상)(하) 박미선
    각권 10,000원

작가별 작품론을 함께 실어 만든 **출판 37년이 일궈낸 세계문학의 보고!**

대학입시생에게 논리적 사고를 길러주고 대학생에게는 사회진출의 길을 열어주며,
일반 독자에게는 생활의 지혜를 듬뿍 심어주는 문학시리즈로서
범우비평판은 이제 독자여러분의 서가에서 오랜 친구로 늘 함께 할 것입니다.

㉕ 조지 오웰 25-1 동물농장 · 1984년 김회진 값 10,000원
㉖ 존 스타인벡 26-1.2 분노의 포도(상)(하) 전형기 각권 7,000원
26-3.4 에덴의 동쪽(상)(하) 이성호(한양대 교수) 각권 9,000~10,000원
㉗ 우나무노 27-1 안개 김현창(서울대 교수) 값 7,000원
㉘ C. 브론테 28-1.2 제인 에어(상)(하) 배영원 각권 8,000원
㉙ 헤르만 헤세 29-1 知와 사랑 · 싯다르타 홍경호 값 9,000원
29-2 데미안 · 크눌프 · 로스할데 홍경호 값 9,000원
29-3 페터 카멘친트 · 게르트루트 박환덕(서울대 교수) 값 9,000원
29-4 유리알 유희 박환덕 값 12,000원
㉚ 알베르 카뮈 30-1 페스트 · 이방인 방 곤(경희수) 값 9,000원
㉛ 올더스 헉슬리 31-1 멋진 신세계(외) 이성규 · 허정애 값 10,000원
㉜ 기 드 모파상 32-1 여자의 일생 · 단편선 이정림 값 10,000원
㉝ 투르게네프 33-1 아버지와 아들 이정림 값 9,000원
33-2 처녀지 · 루딘 김학수 값 10,000원
㉞ 이미륵 34-1 압록강은 흐른다(외) 정규화(성신여대 교수) 값 10,000원
㉟ T. 드라이저 35-1 시스터 캐리 전형기(한양대 교수) 값 12,000원
35-2.3 미국의 비극(상)(하) 김병철 각권 9,000원
㊱ 세르반떼스 36-1 돈 끼호떼 김현창(서울대 교수) 값 12,000원
36-2 (속)돈 끼호떼 김현창(서울대 교수) 값 13,000원
㊲ 나쓰메 소세키 37-1 마음 · 그 후 서석연 값 12,000원
㊳ 플루타르코스 38-1~8 플루타르크 영웅전 1~8 김병철 각권 8,000원~9,000원
㊴ 안네 프랑크 39-1 안네의 일기(외) 김남석 · 서석연(전 동국대 교수) 값 9,000원
㊵ 강용흘 40-1 초당 장문평(문학평론가) 값 10,000원
40-2 동양선비 서양에 가시다 유영(연세대 교수) 값 12,000원
㊶ 나관중 41-1~5 원본 三國志 1~5 황병국(중국문학가) 값 10,000원
㊷ 귄터 그라스 42-1 양철북 박환덕(서울대 교수) 값 10,000원
㊸ 아쿠타가와류노스케 43-1 아쿠타가와 작품선 진웅기 · 김진욱(번역문학가) 값 10,000원
㊹ F. 모리악 44-1 떼레즈 데께루 · 밤의 종말(외) 전채린(충북대 교수) 값 8,000원
㊺ 에리히 M. 레마르크 45-1 개선문 홍경호(한양대 교수 · 문학박사) 값 12,000원
45-2 그늘진 낙원 홍경호 · 박상배(한양대 교수) 값 8,000원
45-3 서부전선 이상없다(외) 박환덕(서울대 교수) 값 12,000원
㊻ 앙드레 말로 46-1 희망 이가영(국민대 대우교수) 값 9,000원
㊼ A. J. 크로닌 47-1 성채 공문혜(번역문학가) 값 9,000원
㊽ 하인리히 뵐 48-1 아담 너는 어디 있었느냐(외) 홍경호(한양대 교수) 값 8,000원
㊾ 시몬느 드 보봐르 49-1 타인의 피 전채린(충북대 교수) 값 8,000원
㊿ 보카치오 50-1,2 데카메론(상)(하) 한형곤(외국어대 교수) 각권 11,000원
(51) R. 타고르 51-1, 고라 유영(연세대 명예교수) 값 13,000원
(52) R. 롤랑 52-1~5, 장 크리스토프 김창석(번역문학가) 값 12,000원
(53) 노발리스 53-1 푸른꽃(외) 이유영(전 서강대 교수) 값 9,000원

(全冊 새로운 편집 · 장정 / 크라운변형판)
계속 발간됩니다.

범우사 E-mail:bumwoosa@chol.com TEL 02)717-2121

배낭 속에 책 한 권을!
범우문고

독서의 생활화와 양질의 도서를 보급키 위해 문학·사상·고전·철학·역사·학술분야를 망라한 종합교양문고로, 언제 어디서나 누구든지 저렴한 가격으로 부담없이 읽을 수 있는 책!

▶ 각권 값 2,800원

1 수필 피천득
2 무소유 법정
3 바다의 침묵(외) 베르코르/조규철·이정림
4 살며 생각하며 미우라 아야코/진웅기
5 오, 고독이여 F.니체/최혁순
6 어린 왕자 A.생 텍쥐페리/이정림
7 톨스토이 인생론 L.톨스토이/박형규
8 이 조용한 시간에 김우종
9 시지프의 신화 A.카뮈/이정림
10 목마른 계절 전혜린
11 젊은이여 인생을… A.모르아/방곤
12 채근담 홍자성/최현
13 무진기행 김승옥
14 공자의 생애 최현 엮음
15 고독한 당신을 위하여 L.린저/곽복록
16 김소월 시집 김소월
17 장자 장자/허세욱
18 예언자 K.지브란/유제하
19 윤동주 시집 윤동주
20 명정 40년 변영로
21 산사에 심은 뜻은 이청담
22 날개 이상
23 메밀꽃 필 무렵 이효석
24 애정은 기도처럼 이영도
25 이브의 천형 김남조
26 탈무드 M.토케이어/정진태
27 노자도덕경 노자/황병국
28 갈매기의 꿈 R.바크/김진욱
29 우정론 A.보나르/이정림
30 명상록 M.아우렐리우스/황문수
31 젊은 여성을 위한 인생론 P.벅/김진욱
32 B사감과 러브레터 현진건
33 조병화 시집 조병화
34 느티의 일월 모윤숙
35 로렌스의 성과 사랑 D.H.로렌스/이성호
36 박인환 시집 박인환
37 모래톱 이야기 김정한
38 창문 김태길
39 방랑 H.헤세/홍경호
40 손자병법 손무/황병국
41 소설·알렉산드리아 이병주
42 전락 A.카뮈/이정림
43 사노라면 잊을 날이 윤형두
44 김삿갓 시집 김병연/황병국
45 소크라테스의 변명(외) 플라톤/최현
46 서정주 시집 서정주
47 사람은 무엇으로 사는가 L.톨스토이/김진욱
48 불가능은 없다 R.슐러/박호순
49 바다의 선물 A.린드버그/신상웅
50 잠 못 이루는 밤을 위하여 C.힐티/홍경호
51 딸깍발이 이희승
52 몽테뉴 수상록 M.몽테뉴/손석린
53 박재삼 시집 박재삼
54 노인과 바다 E.헤밍웨이/김회진
55 향연·뤼시스 플라톤/최현
56 젊은 시인에게 보내는 편지 R.릴케/홍경호
57 피천득 시집 피천득
58 아버지의 뒷모습(외) 주자청(외)/허세욱(외)
59 현대의 신 N.쿠시키(편)/진철승
60 별·마지막 수업 A.도데/정봉구
61 인생의 선용 J.러보크/한영환
62 브람스를 좋아하세요… F.사강/이정림
63 이동주 시집 이동주
64 고독한 산보자의 꿈 J.루소/엄기용
65 파이돈 플라톤/최현
66 백장미의 수기 I.숄/홍경호
67 소년 시절 H.헤세/홍경호
68 어떤 사람이기에 김동길
69 가난한 밤의 산책 C.힐티/송영택
70 근원수필 김용준
71 이방인 A.카뮈/이정림
72 롱펠로 시집 H.롱펠로/윤삼하
73 명사십리 한용운
74 왼손잡이 여인 P.한트케/홍경호
75 시민의 반항 H.소로/황문수
76 민중조선사 전석담
77 동문서답 조지훈
78 프로타고라스 플라톤/최현
79 표본실의 청개구리 염상섭
80 문주반생기 양주동
81 신조선혁명론 박열/서석연
82 조선과 예술 야나기 무네요시/박재삼
83 중국혁명론 모택동(외)/박광종 엮음
84 탈출기 최서해

번호	제목	저자
85	바보네 가게	박연구
86	도왜실기	김구/엄항섭 엮음
87	슬픔이여 안녕	F.사강/이정림·방곤
88	공산당 선언	K.마르크스·F.엥겔스/서석연
89	조선문학사	이명선
90	권태	이상
91	내 마음속의 그들	한승헌
92	노동자강령	F.라살레/서석연
93	장씨 일가	유주현
94	백설부	김진섭
95	에코스파즘	A.토플러/김진욱
96	가난한 농민에게 바란다	N.레닌/이정일
97	고리키 단편선	M.고리키/김영국
98	러시아의 조선침략사	송정환
99	기재기이	신광한/박헌순
100	홍경래전	이명선
101	인간만사 새옹지마	리영희
102	청춘을 불사르고	김일엽
103	모범경작생(외)	박영준
104	방망이 깎던 노인	윤오영
105	찰스 램 수필선	C.램/양병석
106	구도자	고은
107	표해록	장한철/정병욱
108	월광곡	홍난파
109	무서록	이태준
110	나생문(외)	아쿠타가와 류노스케/진웅기
111	해변의 시	김동석
112	발자크와 스탕달의 예술논쟁	김진욱
113	파한집	이인로/이상보
114	역사소품	곽말약/김승일
115	체스·아내의 불안	S.츠바이크/오영옥
116	복덕방	이태준
117	실천론(외)	모택동/김승일
118	순오지	홍만종/전규태
119	직업으로서의 학문·정치	M.베버/김진욱(외)
120	요재지이	포송령/진기환
121	한설야 단편선	한설야
122	쇼펜하우어 수상록	쇼펜하우어/최혁순
123	유태인의 성공법	M.토케이어/진웅기
124	레디메이드 인생	채만식
125	인물 삼국지	모리야 히로시/김승일
126	한글 명심보감	장기근 옮김
127	조선문화사서설	모리스 쿠랑/김수경
128	역옹패설	이제현/이상보
129	문장강화	이태준
130	중용·대학	차주환
131	조선미술사연구	윤희순
132	옥중기	오스카 와일드/임헌영
133	유태인식 돈벌이	후지다 덴/지방훈
134	가난한 날의 행복	김소운
135	세계의 기적	박광순
136	이퇴계의 활인심방	정숙
137	카네기 처세술	데일 카네기/전민식
138	요로원야화기	김승일
139	푸슈킨 산문 소설집	푸슈킨/김영국
140	삼국지의 지혜	황의백
141	슬견설	이규보/장덕순
142	보리	한흑구
143	에머슨 수상록	에머슨/윤삼하
144	이사도라 덩컨의 무용에세이	I.덩컨/최혁순
145	북학의	박제가/김승일
146	두뇌혁명	T.R.블랙슬리/최현
147	베이컨 수상록	베이컨/최혁순
148	동백꽃	김유정
149	하루 24시간 어떻게 살 것인가	A.베넷/이은순
150	평민한문학사	허경진
151	정선아리랑	김병하·김연갑 공편
152	독서요법	황의백 엮음
153	나는 왜 기독교인이 아닌가	B.러셀/이재황
154	조선사 연구(草)	신채호
155	중국의 신화	장기근
156	무병장생 건강법	배기성 엮음
157	조선위인전	신채호
158	정감록비결	편집부 엮음
159	유태인 상술	후지다 덴
160	동물농장	조지 오웰
161	신록 예찬	이양하
162	진도 아리랑	박병훈·김연갑
163	책이 좋아 책하고 사네	윤형두
164	속담에세이	박연구
165	중국의 신화(후편)	장기근
166	중국인의 에로스	장기근
167	귀여운 여인(외)	A.체호프/박형규
168	아리스토파네스 희곡선	아리스토파네스/최현
169	세네카 희곡선	테렌티우스/최현
170	테렌티우스 희곡선	테렌티우스/최현
171	외투·코	고골리/김영국
172	카르멘	메리메/김진욱
173	방법서설	데카르트/김진욱
174	페이터의 산문	페이터/이성호
175	이해사회학의 카테고리	막스 베버/김진욱
176	러셀의 수상록	러셀/이성규
177	속악유희	최영년/황순구
178	권리를 위한 투쟁	R.예링/심윤종
179	돌과의 문답	이규보/장덕순
180	성황당(외)	정비석 엮음
181	양쯔강(외)	펄벅/김병걸
182	봄의 수상(외)	조지 기싱/이창배
183	아미엘 일기	아미엘/민희식
184	예언자의 집에서	토마스만/박환덕
185	모자철학	가드너/이창배
186	짝 잃은 거위를 곡하노라	오상순
187	무하선생 방랑기	김상용
188	어느 시인의 고백	릴케/송영택

범우사 E-mail:bumwoosa@chol.com TEL 02)717-2121

온고지신(溫故知新)으로 21세기를!

범우고전선

시대를 초월해 인간성 구현의 모범으로 삼을 만한 책을 엄선

1 유토피아 토마스 모어/황문수
2 오이디푸스 王 소포클레스/황문수
3 명상록·행복론 M.아우렐리우스·L.세네카/황문수·최현
4 깡디드 볼떼르/염기용
5 군주론·전술론(외) 마키아벨리/이상두
6 사회계약론(외) J. 루소/이태일·최현
7 죽음에 이르는 병 키에르케고르/박환덕
8 천로역정 존 버니언/이현주
9 소크라테스 회상 크세노폰/최혁순
10 길가메시 서사시 N.K. 샌다즈/이현주
11 독일 국민에게 고함 J.G. 피히테/황문수
12 히페리온 F. 휠덜린/홍경호
13 수타니파타 김운학 옮김
14 쇼펜하우어 인생론 A. 쇼펜하우어/최현
15 톨스토이 참회록 L.N. 톨스토이/박형규
16 존 스튜어트 밀 자서전 J.S. 밀/배영원
17 비극의 탄생 F.W. 니체/곽복록
18-1 에 밀(상) J.J. 루소/정봉구
18-2 에 밀(하) J.J. 루소/정봉구
19 팡 세 B. 파스칼/최현·이정림
20-1 헤로도토스 歷史(상) 헤로도토스/박광순
20-1 헤로도토스 歷史(하) 헤로도토스/박광순
21 성 아우구스티누스 고백록 A. 아우구스티누스/김평옥
22 예술이란 무엇인가 L.N. 톨스토이/이철
23 나의 투쟁 A. 히틀러/서석연
24 論語 황병국 옮김
25 그리스·로마 희곡선 아리스토파네스(외)/최현
26 갈리아 戰記 G.J. 카이사르/박광순
27 善의 연구 니시다 기타로/서석연
28 육도·삼략 하재철 옮김

29 국부론(상) A. 스미스/최호진·정해동
30 국부론(하) A. 스미스/최호진·정해동
31 펠로폰네소스 전쟁사(상) 투키디데스/박광순
32 펠로폰네소스 전쟁사(하) 투키디데스/박광순
33 孟子 차주환 옮김
34 아방강역고 정약용/이민수
35 서구의 몰락 ① 슈펭글러/박광순
36 서구의 몰락 ② 슈펭글러/박광순
37 서구의 몰락 ③ 슈펭글러/박광순
38 명심보감 장기근
39 월든 H.D. 소로/양병석
40 한서열전 반고/홍대표
41 참다운 사랑의 기술과 허튼 사랑의 질책 안드레아스/김영락
42 종합 탈무드 마빈 토케이어(외)/전풍자
43 백운화상어록 백운화상/석찬선사
44 조선복식고 이여성
45 불조직지심체요절 백운선사/박문열
46 마가렛 미드 자서전 M.미드/최혁순·최인옥
47 조선사회경제사 백남운/박광순
48 고전을 보고 세상을 읽는다 모리야 히로시/김승일
49 한국통사 박은식/김승일
50 콜럼버스 항해록 라스 카사스 신부 엮음/박광순
51 삼민주의 쑨원/김승일(외) 옮김
52-1 나의 생애(상) L. 트로츠키/박광순
52-1 나의 생애(하) L. 트로츠키/박광순
53 북한산 역사지리 김윤우
54-1 몽계필담(상) 심괄/최병규
54-1 몽계필담(하) 심괄/최병규

▶ 계속 펴냅니다

범우사 서울시 마포구 구수동 21-1호 TEL 717-2121, FAX 717-0429
http://www.bumwoosa.co.kr (E-mail) bumwoosa@chollian.net

온고지신(溫故知新)으로 21세기를!

현대사회를 보다 새로운 시각으로 종합진단하여
그 처방을 제시해주는

범우사상신서

1. 자유에서의 도피   E. 프롬/이상두
2. 젊은이여 오늘을 이야기하자   렉스프레스誌/방곤·최혁순
3. 소유냐 존재냐   E. 프롬/최혁순
4. 불확실성의 시대   J. 갈브레이드/박현채·전철환
5. 마르쿠제의 행복론   L. 마르쿠제/황문수
6. 너희도 神처럼 되리라   E. 프롬/최혁순
7. 의혹과 행동   E. 프롬/최혁순
8. 토인비와의 대화   A. 토인비/최혁순
9. 역사란 무엇인가   E. 카/김승일
10. 시지프의 신화   A. 카뮈/이정림
11. 프로이트 심리학 입문   C.S. 홀/안귀여루
12. 근대국가에 있어서의 자유   H. 라스키/이상두
13. 비극론·인간론(외)   K. 야스퍼스/황문수
14. 엔트로피   J. 리프킨/최현
15. 러셀의 철학노트   B. 페인버그·카스릴스(편)/최혁순
16. 나는 믿는다   B. 러셀(외)/최혁순·박상규
17. 자유민주주의에 희망은 있는가   C. 맥퍼슨/이상두
18. 지식인의 양심   A. 토인비(외)/임현영
19. 아웃사이더   C. 윌슨/이성규
20. 미학과 문화   H. 마르쿠제/최현·이근영
21. 한일합병사   야마베 겐타로/안병무
22. 이데올로기의 종언   D. 벨/이상두
23. 자기로부터의 혁명 ①   J. 크리슈나무르티/권동수
24. 자기로부터의 혁명 ②   J. 크리슈나무르티/권동수
25. 자기로부터의 혁명 ③   J. 크리슈나무르티/권동수
26. 잠에서 깨어나라   B. 라즈니시/길연
27. 역사학 입문   E. 베른하임/박광순
28. 법화경 이야기   박혜경
29. 융 심리학 입문   C.S. 홀(외)/최현
30. 우연과 필연   J. 모노/김진욱
31. 역사의 교훈   W. 듀란트(외)/천희상
32. 방관자의 시대   P. 드러커/이상두·최혁순
33. 건전한 사회   E. 프롬/김병익
34. 미래의 충격   A. 토플러/장을병
35. 작은 것이 아름답다   E. 슈마허/김진욱
36. 관심의 불꽃   J. 크리슈나무르티/강옥구
37. 종교는 필요한가   B. 러셀/이재황
38. 불복종에 관하여   E. 프롬/문국주
39. 인물로 본 한국민족주의   장을병
40. 수탈된 대지   E. 갈레아노/박광순
41. 대장정—작은 거인 등소평   H. 솔즈베리/정성호
42. 초월의 길 완성의 길   마하리시/이병기
43. 정신분석학 입문   S. 프로이트/서석연
44. 철학적 인간 종교적 인간   황필호
45. 권리를 위한 투쟁(외)   R. 예링/심윤종·이주향
46. 창조와 용기   R. 메이/안병무
47-1. 꿈의 해석 ㊤   S. 프로이트/서석연
47-2. 꿈의 해석 ㊦   S. 프로이트/서석연
48. 제3의 물결   A. 토플러/김진욱
49. 역사의 연구 ①   D. 서머벨 엮음/박광순
50. 역사의 연구 ②   D. 서머벨 엮음/박광순
51. 건건록   무쓰 무네미쓰/김승일
52. 가난이야기   가와카미 하지메/서석연
53. 새로운 세계사   마르크 페로/박광순
54. 근대 한국과 일본   나카스카 아키라/김승일
55. 일본 자본주의의 정신   야마모토 시치헤이/김승일·이근원
56. 정신분석과 듣기 예술   E. 프롬/호연심리센터

▶ 계속 펴냅니다

범우사   서울시 마포구 구수동 21-1호 전화 717-2121, FAX 717-0429
http://www.bumwoosa.co.kr (천리안·하이텔 ID) BUMWOOSA

범우학술·평론·예술

방송의 현실과 이론 김한철	텔레비전과 페미니즘 김선남·김홍규
독서의 기술 모티머 J./민병덕 옮김	아동문학교육론 B. 화이트헤드
한자 디자인 한편집센터 엮음	한국의 청동기문화 국립중앙박물관
한국 정치론 장을병	겸재정선 진경산수화 최완수
여론 선전론 이상철	한국 서지의 전개과정 안춘근
전환기의 한국정치 장을병	독일 현대작가와 문학이론 박환덕(외)
사뮤엘슨 경제학 해설 김유송	정도 600년 서울지도 허영환
현대 화학의 세계 일본화학회 엮음	신선사상과 도교 도광순(한국도교학회)
신저작권법 축조개설 허희성	언론학 원론 한국언론학회 편
방송저널리즘 신현응	한국방송사 이범경
독서와 출판문화론 이정춘·이종국 편저	카프카문학연구 박환덕
잡지출판론 안춘근	한국민족운동사 김창수
인쇄커뮤니케이션 입문 오경호 편저	비교텔레콤論 질힐/금동호 옮김
출판물 유통론 윤형두	북한산 역사지리 김윤우
통합적 마케팅 커뮤니케이션 김광수(외) 옮김	한국회화소사 이동주
'83~'97 출판학 연구 한국출판학회	출판학원론 범우사 편집부
자아커뮤니케이션 최창섭	한국과거제도사 연구 조좌호
현대신문방송보도론 팽원순	독문학과 현대성 정규화교수간행위원회편
국제출판개발론 미노와/안춘근 옮김	겸제진경산수 최완수
민족문학의 모색 윤병로	한국미술사대요 김용준
변혁운동과 문학 임헌영	한국목활자본 천혜봉
조선사회경제사 백남운	한국금속활자본 천혜봉
한국정치의 이해 장을병	한국기독교 청년운동사 전택부
조선경제사 탐구 전석담(외)	한시로 엮은 한국사 기행 심경호
한국전적인쇄사 천혜봉	출판물 판매기술 윤형두
한국서지학원론 안춘근	우루과이라운드와 한국의 미래 허신행
현대매스커뮤니케이션의 제문제 이강수	기사 취재에서 작성까지 김숙현
한국상고사연구 김정학	세계의 문자 세계문자연구회/김승일 옮김
중국현대문학발전사 황수기	불조직지심체요절 백운선사/박문열 옮김
광복전후사의 재인식 I, II 이현희	임시정부와 이시영 이은우
한국의 고지도 이 찬	매스미디어와 여성 김선남
하나되는 한국사 고준환	눈으로 보는 책의 역사 안춘근·윤형두 편저
조선후기의 활자와 책 윤병태	현대노어학 개론 조남신
신한국사의 탐구 김용덕	교양 언론학 강좌 최창섭(외)
독립운동사의 제문제 윤병석(외)	통합 데이타베이스 마케팅 시스템 김정수
한국현실 한국사회학 한완상	문화간 커뮤니케이션의 이해 최윤희·김숙현

범우사 서울시 마포구 구수동 21-1
전화 717-2121 FAX 717-0429

범우 셰익스피어 작품선

범우비평판세계문학선 3-❶❷❸❹

셰익스피어 4대 비극
W. 셰익스피어 지음/이태주 옮김
크라운 변형판 · 값 12,000원 · 544쪽

우리에게 너무도 잘 알려진 〈햄릿〉〈맥베스〉〈리어왕〉〈오셀로〉 등 비극 4편을 싣고 있으며, 셰익스피어의 비극세계와 그의 성장과정 · 극작가로서 그가 차지하는 문학사적 지위 등을 부록(해설)으로 다루었다.

셰익스피어 4대 희극
W. 셰익스피어 지음/이태주 옮김
크라운 변형판 · 값 10,000원 · 448쪽

영국이 낳은 세계최고의 시인이요 극작가인 셰익스피어의 희극 4편을 실었다. 〈베니스의 상인〉〈로미오와 줄리엣〉〈한여름밤의 꿈〉〈당신이 좋으실 대로〉 등을 통하여 우리의 영원한 세계문화 유산인 셰익스피어를 가까이 만날 수 있을 것이다.

셰익스피어 4대 사극
W. 셰익스피어 지음/이태주 옮김
크라운 변형판 · 값 12,000원 · 512쪽

셰익스피어 사극은 14세기 말에서 15세기 말에 이르기까지 영국사의 정권투쟁을 다루고 있다. 여기에는 〈헨리 4세 1부, 2부〉〈헨리 5세〉〈리차드 3세〉를 수록하였는데 셰익스피어는 이러한 역사극을 통해 세계인들에게 이상적인 군주의 모습이 어떤 것인지를 잘 보여주고 있다.

셰익스피어 명언집
W. 셰익스피어 지음/이태주 편역
크라운 변형판 · 값 10,000원 · 384쪽

이 책은 그의 명언만을 집대성한 것으로 인간의 사랑과 야망, 증오, 행복과 운명, 기쁨과 분노, 우정과 성(性), 처세의 지혜 등에 관한, 명구들이 일목요연하게 엮어져 있다.

 서울시 마포구 구수동 21-1호 전화 717-2121, FAX 717-0429
http://www.bumwoosa.co.kr (천리안 · 하이텔 ID) BUMWOOSA

범우비평판세계문학 38-①~⑧
책 속에 영웅의 길이 있다…!!

플루타르크 영웅전

플루타르코스/김병철(중앙대 명예교수) 옮김

국내 최초 완역, 크라운변형 新개정판 출간!

프랑스의 루소가 되풀이하여 읽고, 나폴레옹과 베토벤, 괴테가
평생 곁에 두고 애독한 그리스·로마의 영웅열전(英雄列傳)!
영웅들의 성격과 인물 됨됨이를 사실적으로 묘사한 영웅 보감!

그리스와 로마의 영웅들과 위인들의 파란만장한 생애를 통해 그들의 성격과 도덕적 견해를 대비시켜
묘사함으로써 정의와 불의, 선과 악, 진리와 허위, 이성간의 사랑 등 인간의 모든 문제를 파헤쳐 보이고 있다.

지금 전세계의 도서관에 불이 났다면 나는 우선 그 불속에 뛰어들어가 '셰익스피어 전집'과 '플루타르크
영웅전'을 건지는데 내 몸을 바치겠다. —美 사상가·시인 에머슨의 말—

새로운 편집 장정 / 전8권 / 크라운 변형판 / 각권 8,000원~9,000원

 **범우사** 서울시 마포구 구수동 21-1호 TEL 717-2121, FAX 717-0429
http://www.bumwoosa.co.kr (E-mail)bumwoosa@chollian.net

범우 아믹총서
(Animation · Movie · Illustration · Comics)

영화 역사가들은 애니메이션 기원을 서양에서만 찾고 있지만,
이 책은 400여 컷의 도판과 함께 국내외 주요 작가와 작품들을 소개,
우리 나라에서 그 기원을 찾는다.
이 책은 기원전 1만~5천 년경의 것으로 추정되는 동굴벽화에서부터
오늘에 이르기까지 애니메이션 역사를 각 나라별로 총망라하여 보여주고 있다.

애니메이션 영화사 - 기원 전에서부터 현대까지
황선길 지음   범우아믹총서-①/4×6배판/368면/15,000원

부천 애니페스티발 교수상 작품 (2000년)

남녀노소를 불문하고 향유할 수 있는 문화로 자리잡은 애니메이션은 이제 국내 창작물도
수적, 질적으로 증가하면서 과거 하청작업의 틀에서 벗어나고 있다.
이 책은 이러한 시점에서 국내 애니메이션의 기획·제작에 몸 담아온 저자가 그 동안의
경험을 살려서 애니메이션의 바탕이 되는 시나리오 작업에 대해서 소개하고 있다.

애니메이션 시나리오 -발상에서 스토리보드까지
황선길 지음   범우아믹총서-②/4×6배판/224면/10,000원

영상(실사·애니메이션·다큐멘터리) 번역에 대한 체계화를 시도한 이 책은,
외국어를 우리말로 옮기는 의미 해석작업이 아니라 우리말로 옮겨 놓은 대사를
더빙 언어로 다듬는 작업방법을 다루고 있다.
이 책은 실사 영화, 애니메이션, 다큐멘터리 등에도 폭넓게 적용된다.

문법파괴 영상번역
황선길 지음   범우아믹총서-③/4×6배판/240면/10,000원

국내에 애니메이션과 만화가 대중문화로 각광받으며, 이와 관련한 책들도
쏟아져 나오고 있다. 그러나 출판만화이론 분야는 연구가 척박하다.
이 책은 만화분야에 종사하는 사람, 종사할 사람, 또 만화에 관심 있는 많은 일반인들에게
출판만화에 대한 안목을 깊게 해 줄 것이다.

서사만화 개론
김용락·김미림 지음   범우아믹총서-④/신국판/400면/13,000원

일본 최초의 출판인 전문 양성기관인 일본 에디터 스쿨 출판부가 이 책의 출판원(元)이다.
이 책에서는 언제부터 어떻게 그림책이라는 것이 만들어지게 되었으며,
모든 것이 수공업으로 이루어지던 활자 매체에 그림과 삽화가 도입된 기원에서
부터 제작 공정, 발전 과정 등이 그 시대의 그림·삽화와 함께 서술되어 있다.

일러스트레이션의 전통과 문화
요시다 신이치 지음/이민정 옮김/윤재준 감수
범우아믹총서-⑤/4×6배판/256면/15,000원

 **범우사**   서울시 마포구 구수동 21-1호 TEL 717-2121, FAX 717-0429
http://www.bumwoosa.co.kr (천리안·하이텔 ID) BUMWOOSA

서울대 선정도서인 나관중의 '원본 삼국지'

범우비평판세계문학 41-①②③④⑤
나관중 / 중국문학가 황병국 옮김

新개정판

원작의 순수함과 박진감이 그대로 담긴 '원본 삼국지'!

원작에 가장 충실하게 번역되어 독자로 하여금 읽는 즐거움을 느끼게 합니다.
이 책은 편역하거나 윤문한 삼국지가 아니라 중국 삼민서국과 문원서국
판을 대본으로 하여 원전에 가장 충실하게 옮긴 '원본 삼국지' 입니다.
한시(漢詩) 원문, 주요 전도(戰圖), 출사표(出師表) 등
각종 부록을 대거 수록한 신개정판.

·작품 해설: 장기근(서울대 명예교수, 한문학 박사) ·전5권/각 500쪽 내외·크라운변형판/각권 값 10,000원

제갈량

* 중·고등학생이 읽는 사르비아 〈삼국지〉
1985년 중·고등학생 독서권장도서(서울시립남산도서관 선정)
최현 옮김 / 사르비아총서 502·503·504 / 각권 6,000원

* 초등학생이 보면서 읽는 〈소년 삼국지〉
나관중 / 곽하신 엮음 / 피닉스문고 8·9 / 각권 3,000원

 범우사   서울시 마포구 구수동 21-1호 전화 717-2121, FAX 717-0429
http://www.bumwoosa.co.kr (E-mail) bumwoosa@chollian.net